En 2018, Harlequin fête ses 40 ans !

Chère lectrice,

Comme vous le savez peut-être, 2018 est une année très importante pour les Éditions Harlequin qui célèbrent leur quarantième anniversaire. Quarante années placées sous le signe de l'amour, de l'évasion et du rêve... Mais surtout quarante années extraordinaires passées à vos côtés ! Azur, Blanche, Passions, Black Rose, Les Historiques, Victoria mais aussi HQN, &H et bien d'autres encore : autant de collections que vous avez vues naître, grandir et évoluer, avec un seul objectif pour toutes – vous offrir chaque mois le meilleur de la romance. Alors merci à vous, chère lectrice, pour votre fidélité. Merci d'avoir vécu cette formidable aventure avec nous.

Une princesse en fuite

*

Fiançailles au palais

*

Son séduisant protecteur

À PROPOS DE L'AUTEUR

D'abord actrice, Alexandra Sellers s'est ensuite consacrée à ses deux véritables passions : l'écriture et la romance. Depuis, elle a signé plus de quarante romans Harlequin, et est particulièrement reconnue pour ses histoires captivantes de cheikhs et de princes du désert.

ALEXANDRA SELLERS

Une princesse en fuite

INTÉGRALE
PRINCESSES DU DÉSERT

Traduction française de
LUCY ALDWYN

♦ sAGAs ♦

HARLEQUIN

Collection : SAGAS

Titre original :
SHEIKH'S CASTAWAY

Ce roman a déjà été publié en 2010.

© 2004, Alexandra Sellers.
© 2010, 2018, HarperCollins France pour la traduction française.

Ce livre est publié avec l'autorisation de HARLEQUIN BOOKS S.A.

Tous droits réservés, y compris le droit de reproduction de tout ou partie de l'ouvrage, sous quelque forme que ce soit.
Toute représentation ou reproduction, par quelque procédé que ce soit, constituerait une contrefaçon sanctionnée par les articles 425 et suivants du Code pénal.

Si vous achetez ce livre privé de tout ou partie de sa couverture, nous vous signalons qu'il est en vente irrégulière. Il est considéré comme « invendu » et l'éditeur comme l'auteur n'ont reçu aucun paiement pour ce livre « détérioré ».

Cette œuvre est une œuvre de fiction. Les noms propres, les personnages, les lieux, les intrigues, sont soit le fruit de l'imagination de l'auteur, soit utilisés dans le cadre d'une œuvre de fiction. Toute ressemblance avec des personnes réelles, vivantes ou décédées, des entreprises, des événements ou des lieux, serait une pure coïncidence.

Le visuel de couverture est reproduit avec l'autorisation de :

Femme : © BUENA VISTA IMAGES/GETTY IMAGES

Réalisation graphique couverture : T. MORIN

Tous droits réservés.

HARPERCOLLINS FRANCE
83-85, boulevard Vincent-Auriol, 75646 PARIS CEDEX 13
Service Lectrices — Tél. : 01 45 82 47 47
www.harlequin.fr

ISBN 978-2-2803-8404-9 — ISSN 2426-993X

1

Le spectacle avait de quoi surprendre !

En robe de mariée, seule aux commandes de l'appareil, la princesse Noor eut un geste d'impatience. D'une main nerveuse, elle rejeta en arrière le vaporeux voile qui la gênait et poussa un profond soupir en scrutant le ciel où l'attendait une mauvaise surprise : une énorme masse nuageuse, d'un gris blanc jaunâtre, s'étendait au-dessus de la côte, empêchant toute visibilité et lui barrant la route.

Or, elle ne maîtrisait pas le maniement des instruments de bord. Comment allait-elle faire pour piloter, sans repères visuels, au milieu des nuages ?

Au-dessous d'elle, le soleil faisait encore scintiller les eaux turquoise du golfe de Barakat, mais cela ne lui était pas d'un grand secours car elle était incapable de poser sur l'eau le petit engin amphibie qu'elle avait... *emprunté* à son propriétaire.

Comment avait-elle pu ne pas se rendre compte plus tôt de cette formation nuageuse en puissance ? Elle aurait changé de cap aussitôt. Etait-ce la faute des mètres de tulle qui l'entouraient ? Ou avait-elle été trop occupée à ruminer la cruelle humiliation qu'elle venait de subir ?

Comme au sortir d'un rêve, elle secoua la tête pour s'éclaircir les idées et ne réussit qu'à s'inquiéter un peu plus.

Que faisait-elle, seule, dans cet avion ?

Elle n'avait même pas pris le temps d'enlever son voile, ni

d'échanger sa somptueuse robe pour une tenue plus confortable, avant de plonger dans l'inconnu ! Encore moins de consulter la météo ! Elle était partie sans savoir où elle allait. Avec une seule idée : fuir, s'éloigner au maximum du cheikh Bari al Khalid.

Elle observa de nouveau les nuages qui se faisaient de plus en plus menaçants et, le cœur battant, réalisa qu'elle était en bonne voie pour que l'éloignement qu'elle avait recherché soit définitif. Si elle se trouvait prise dans la masse nuageuse, elle pouvait dire adieu à tout mariage avec qui que ce soit…

Tout avait commencé une trentaine d'années auparavant, avec le coup d'Etat de Ghasib, supplantant la famille royale sur le trône du Bagestan. De nombreux Bagestanis avaient alors fui leur magnifique pays pour s'établir en Australie. C'est là que les parents de Noor s'étaient rencontrés, étaient tombés amoureux et s'étaient mariés.

Mais quelques mois plus tôt, le cours de l'Histoire avait de nouveau changé. La famille royale en exil avait fini par regagner son trône, et le sultan Ashraf avait fait une entrée triomphale dans les rues de la ville au milieu d'une foule en délire qui criait : « Vive le sultan ! » « Longue vie à Ashraf ! »

Les gens hurlaient, riaient, dansaient sur place tout au long du cortège royal qui se dirigeait vers le Vieux Palais.

Pour Noor Askhani, c'est là que tout avait réellement commencé. Sa vie jusqu'alors simple et confortable, avait basculé d'un seul coup dans un autre univers, et s'était transformée en un véritable conte de fées.

Comme tous les Bagestanis en exil, la famille de Noor avait suivi le déroulement de l'action à la télévision, pleurant, riant, se félicitant de ce qui se passait au Bagestan, animée de sentiments d'espoir, de crainte et de joie. Quand les événements s'étaient précisés, son père, d'une voix solennelle lui avait montré le sultan Ashraf al Jawadi sur l'écran et déclaré :

— Il est temps que tu saches qui tu es, Noor. Cet homme est ton cousin.

Son cousin ! Ce fier cavalier sur son cheval blanc ! Celui qui allait devenir le sultan du Bagestan ! Et pas un lointain cousin : la mère de Noor était la fille de l'ex-sultan, Hafzuddin, et de sa seconde épouse, une Française du nom de Sonia. Quant à son père, il descendait en ligne directe de la sœur de l'ancien sultan. Leurs palais et toutes les propriétés qui leur avaient été confisqués allaient donc leur être rendus, et leurs titres, restaurés.

C'est ainsi que Noor Askhani, fille d'un Bagestani aisé qui avait fort bien réussi dans son pays d'adoption, était devenue Noor Yasmin al Jawadi, petite-fille de l'ancien sultan du Bagestan, cousine du futur sultan, également apparentée à la famille royale du royaume voisin de Parvan.

Très vite, leur était parvenue l'invitation à se rendre au couronnement du nouveau sultan. Une invitation sur lourd papier glacé, frappée du sceau royal qui, pendant trente ans, avait disparu de tous les documents officiels.

— Cela ressemble plus à un ordre qu'à une invitation, avait observé son père avec une certaine satisfaction.

Noor n'avait jamais rien vu de comparable à la prestance du couple royal. Tous les deux grands, d'une beauté sévère, étincelants dans des costumes traditionnels rebrodés de fils d'or, de perles et de diamants, ils avaient lentement remonté la grande galerie du palais au milieu de la foule silencieuse qui s'inclinait sur leur passage, et avaient gagné la salle du trône.

Cheikh Bari al Khalid avait été présent en tant que l'un des nouveaux promus à la dignité très recherchée des Compagnons de la Coupe qui suivaient le sultan. Plus tard, elle apprit qu'il était le petit-fils d'un ami très cher de son propre grand-père.

A ce moment-là, toutefois, il n'était, pour la princesse Noor, que l'un des plus beaux hommes qu'elle ait jamais vus.

Noor alluma le micro de la radio.
— Matar Filkoh, India Sierra Quebec deux six, annonça-t-elle.
— *Indi... Entends pas... recommencez...*

La radio, inaudible, crachotait et sifflait. Les conditions météorologiques étaient trop mauvaises.

La jeune femme recommença :

— India Sierra Quebec, deux, six. Quelle météo ? Je répète : météo.

— *Piste deux... vent de surface un huit zéro deg... rafale trente-cinq nœuds... Visib... cinq cents...nimbus... Pluie...*

Puis, plus rien. Le cœur de Noor faillit s'arrêter. Elle ferma le micro et, immobile, passa en revue la situation. Si l'aéroport avait été accessible, elle aurait pris le risque de traverser les nuages pour revenir s'y poser. Mais l'aéroport était en altitude et d'après ce qu'elle avait pu saisir, le temps s'y était rapidement détérioré pour devenir catastrophique. Alors, même si elle y parvenait, l'atterrissage...

De nouveau, elle paniqua. Il faisait un temps superbe quand elle était partie. Les nuages avaient dû se rassembler brusquement, en provenance des montagnes. Elle se souvint, trop tard, d'avoir entendu dire que cela se produisait parfois de façon imprévisible.

La radio avait parlé de nimbostratus, lui semblait-il. C'était déjà mieux que s'il s'était agi de cumulonimbus, les pires. Cependant, sans instruments pour la guider, tout était danger. Elle ne s'était pas souciée d'apprendre le maniement des instruments de bord car cela lui avait paru superflu ; elle ne volait d'ordinaire que par beau temps et pour son plaisir.

Maintenant elle se rendait compte que, noyé dans une masse de nuages, un pilote perdait vite tout sens de l'orientation, et qu'elle pouvait très bien descendre en vrille en moins de temps qu'il n'en faut pour le dire.

La seule solution : se poser sur la mer. Oui, sauf qu'elle ne l'avait jamais fait.

Elle l'avait vu faire. Par un expert. Cela pouvait être utile.

Par Bari en personne. Le champion des pilotes. Le champion en tout d'ailleurs. Elle baissa les yeux sur la somptueuse robe de soie et de dentelle, incrustée de perles qu'elle portait et hocha la tête. Bari al Khalid était expert en tout, y compris dans l'art de séduire.

Dans l'art du mensonge, aussi. Mais heureusement pour elle, elle l'avait découvert à temps.

Ses yeux se posèrent sur l'horloge de bord. Une heure seulement ! Cela ne faisait donc qu'une heure qu'elle était partie ? Si elle n'avait pas surpris une certaine conversation, si elle ne s'était pas enfuie du palais, sous le coup de l'émotion, blessée par ce qu'elle venait d'entendre, elle serait mariée : cheikh Bari al Khalid serait son époux…

A la réception qui avait suivi le couronnement du sultan, Bari al Khalid avait fait forte impression sur la toute nouvelle princesse Noor. Vêtu d'une veste de soie prune, des rangées de perles sur la poitrine et son épée de cérémonie, scintillante de joyaux, à son côté, il avait une allure folle et irradiait d'une virilité puissante et presque sauvage qui n'avait pas échappé à la jeune fille.

Et, qui plus est, Noor avait été intriguée par le regard qu'il dardait sur elle, mi-passionné, mi-furieux. Comme s'ils avaient été reliés malgré eux par un lien invisible qu'il ne pouvait rompre et qui le dérangeait, ou l'agaçait. Elle remarqua toutefois qu'il ne s'éloignait jamais très loin, toujours présent à quelques pas d'elle.

Noor elle-même était une belle jeune femme dans tout l'éclat de sa beauté et, ce jour-là, grâce à la générosité de ses parents, elle était merveilleusement mise en valeur. Elle portait une robe de soie vert pastel, *Les Mille et une Nuits*, dessinée par le couturier de la princesse Zara.

Le bustier brodé, à demi transparent, rehaussé de perles et d'émeraudes, se terminait par un col haut, moulant sa poitrine épanouie et sa taille fine. Le bas de la robe se composait de multiples jupons de soie sur un large pantalon resserré aux chevilles tel qu'en portaient les femmes dans les harems d'autrefois. Le voile traditionnel, fixé derrière sa tête, au creux de sa chevelure, cascadait gracieusement jusqu'à ses pieds, accroché au passage et comme par inadvertance à ses épaules pour lui recouvrir les bras.

Un léger maquillage illuminait ses yeux tandis que ses cheveux, tirés en arrière, dégageaient ses oreilles fines et ciselées et son long cou élégant.

Tout autour d'elle, on s'empressait, on l'admirait, on s'adressait à elle avec des « Votre Altesse » qui l'enchantaient !

Toutefois, Noor se sentait encore plus impressionnée de savoir qu'il avait suffi d'un regard de sa part pour que l'homme, là, un peu plus loin, apparemment solide comme un roc, perde un instant de sa belle assurance.

Le petit avion dansait dangereusement au-dessus des vagues, et Noor se trouvait aux prises avec un problème de taille. Elle avait déjà réussi des atterrissages sur la terre ferme… avec Bari sur le siège du copilote. S'il le fallait, elle tenterait sa chance sur l'eau. Mais ce ne serait qu'en dernier recours. Et avec l'aide du ciel.

Elle sortit la carte pour essayer d'évaluer sa position et sentit le découragement s'abattre sur elle : sans le moindre repère, elle n'avait aucune chance.

Devait-elle amerrir là, tout de suite ? Comment pourrait-on la retrouver au milieu de toute cette étendue ? Devait-elle essayer de se rapprocher de la côte, de gagner l'aéroport, coûte que coûte en se jetant dans les tourbillons des nuages ?

D'autre part, elle savait atterrir en se repérant à l'œil. Mais saurait-elle évaluer l'altitude de l'avion avec seulement l'altimètre pour la guider ? D'en haut, il était difficile de se rendre compte. N'allait-elle pas se jeter dans la mer et entrer de plein fouet en collision avec l'eau alors qu'elle se croyait à des mètres au-dessus ? Ou prendre pour une légère vague ce qui se révélerait un mur d'eau infranchissable ?

Un peu comme ce qu'il s'était produit avec Bari al Khalid. Allait-elle commettre la même erreur de jugement ?

Je nous croyais proches l'un de l'autre, pensa-t-elle amèrement. *Alors qu'il était loin, très loin de moi.*

*
* *

Comme le voulait le protocole, le nouveau Compagnon de la Coupe fut présenté à la cousine du sultan. Il s'inclina devant Noor, la main sur la poitrine, respectant parfaitement les règles en vigueur à la cour. Néanmoins, son expression dégageait une telle confiance en son pouvoir d'attraction qu'elle se sentit fondre sur place.

— Venez, dit-il, d'un ton qui ne souffrait pas de refus, comme si elle ne pouvait que souscrire à ses désirs. Je vais vous montrer les jardins. Vous verrez, les fontaines sont splendides.

Jamais encore elle n'avait été transportée à ce point, et jamais avec un tel panache, une telle vague d'excitation. Subjuguée, elle le suivit.

A partir de ce moment, il prit les choses en main et lui fit découvrir le pays de ses parents. Il s'employa à remplir sa vie et Noor vécut les moments les plus heureux de son existence.

Car il excellait en tout. Au tennis par exemple. Son corps musclé, agile attirait les regards de Noor qui en oubliait la balle. Il l'emmena naviguer sur le plus beau yacht qu'elle ait jamais vu. Il lui apprit à piloter son avion. Sans parler des soirées éblouissantes qu'ils fréquentèrent, se mêlant à la jet-set internationale qu'elle n'avait jamais imaginé côtoyer un jour. Une vie de rêve.

Ajoutez à cela qu'il lui fit l'amour sur son yacht, pendant une tempête ! Pour Noor, c'était la première fois.

— Nous allons nous marier, décréta-t-il alors. Nous vivrons au Bagestan et c'est là que nos enfants grandiront.

Elle pensa instinctivement qu'il était beaucoup trop tôt pour une telle décision, et Jalia, sa cousine, fut de son avis. Mais Noor chassa bien vite ce petit détail de son esprit tant son univers avait chaviré d'un seul coup dans la féerie.

Depuis les révélations de son père, les événements s'étaient succédé trop vite, faisant basculer tous ses repères. Seul au milieu de ce tourbillon émergeait le fait que Bari al Khalid la désirait et voulait l'épouser. C'était son point d'appui, sa seule référence. Bari était un personnage éminent, un homme promis à un grand avenir. Il savait ce qu'il faisait.

Elle ne rentra que brièvement en Australie, le temps de prendre ses dispositions et de tirer un trait sur sa vie passée. Puis elle revint au Bagestan où s'organisait fébrilement la cérémonie du mariage. Un événement considérable auquel étaient conviés le tout Bagestan ainsi que les dignitaires des principautés du golfe de Barakat.

C'est alors qu'à quelques minutes de l'engagement définitif, son seul point d'appui lui avait été enlevé. Brutalement, grâce à une indiscrétion involontaire de sa part, elle avait compris qu'il s'était joué d'elle, qu'elle avait été trompée : Bari al Khalid savait ce qu'il faisait, sans aucun doute, mais il ne l'aimait pas. Il ne l'épousait pas par amour. Pire encore, il n'avait aucune envie de l'épouser. S'il n'y avait eu l'héritage…

Les îles du golfe !

Une secousse plus forte que les autres la ramena à la réalité et son cerveau se remit à fonctionner. Comment avait-elle pu les oublier ? Il y avait un groupe d'îles quelque part. Elle les avait survolées avec Bari. Il fallait qu'elle les trouve. C'était peut-être sa seule chance d'éviter l'amerrissage.

Al Jeza'ir al Khaleej, les îles du golfe.

— Elles sont inhabitées depuis que l'on a forcé les gens à les évacuer pour satisfaire les exigences des promoteurs, lui avait expliqué Bari. Sauf la plus grande. Il y a là un complexe hôtelier de grand luxe, le Gulf Eden, le Paradis du Golfe, construit par une chaîne internationale. C'était pour Ghasib le moyen d'attirer les riches étrangers et leurs devises.

Son ton était chargé de mépris et Noor avait baissé les yeux, évitant de mentionner qu'elle avait rêvé d'y venir passer des vacances. Il avait fallu que son père s'y oppose fermement pour qu'elle renonce à son idée.

Les îles ! Ma dernière chance, estima-t-elle. *Où sont-elles ? A quelle distance ?*

Elle regarda désespérément la carte.

— Mon Dieu, aidez-moi à m'en sortir…

2

De sa cachette, entre les sièges des passagers et l'espace réservé aux bagages, Bari al Khalid releva la tête et se risqua à observer sa future épouse en fuite.

Comment osait-elle déserter, *le* déserter de cette manière grossière et incompréhensible ? Sans un mot d'explication. Sans que rien ne le laisse prévoir ! Pour qui le prenait-elle ? Pensait-elle qu'il allait se laisser insulter ainsi sans réagir ?

Il avait du mal à réaliser ce qui lui arrivait et se trouvait encore sous l'effet du choc, dans une colère noire qui, peu à peu, se teintait d'un léger amusement et d'un sourire de revanche.

L'aéroport était hors d'atteinte, perdu dans les nuages. Dangereux, princesse ! Il savait que Noor n'oserait pas franchir la masse compacte qui les entourait et qu'elle était incapable d'amerrir.

Elle méritait mille fois de se retrouver en situation difficile. Elle payait sa bêtise et son outrecuidance.

Un sourire sardonique se dessina sur les lèvres de Bari. Quel plaisir de la laisser se débattre avec les éléments ! Cela lui donnerait peut-être une bonne leçon !

S'il n'avait tenu qu'à lui, il aurait attendu qu'elle ait épuisé la réserve de carburant, qu'elle soit désespérée, suppliant le ciel de la sauver. Que, prise de remords, elle regrette son geste et reconnaisse ses torts.

Malheureusement, il ne pouvait prendre le risque qu'elle se mette à paniquer et provoque le pire.

Il apparaissait clairement que la princesse Noor était incapable de garder son sang-froid devant l'adversité, ce qui, pour le rôle qu'elle avait accepté de tenir à la cour du sultan, poserait un problème.

Mais elle était aussi incapable de tenir sa parole.

Sauf qu'elle y serait bien obligée. Elle s'était donnée à lui, avait promis de l'épouser, et il se faisait fort de l'obliger à honorer sa promesse.

Il se redressa complètement et s'avança vers elle.

— Prise à votre propre piège ! s'écria-t-il avec une grimace de dérision.

— Bari !

Elle avait sursauté violemment et sa voix s'étrangla dans sa gorge. Elle tourna vivement la tête et rencontra le regard noir qui brillait dangereusement dans le beau visage viril du cheikh. Il était encore en tenue de cérémonie, revêtu de sa veste de soie, paré de ses joyaux, son épée à son côté.

Elle cligna des yeux.

— Je rêve !

— Si seulement ! persiffla-t-il avec un rire sarcastique. J'aimerais que ce ne soit qu'un rêve et non un cauchemar. Que je n'aie pas eu le malheur de découvrir quel genre de femme vous étiez.

Il souleva la masse de tulle du voile de mariée qui occupait le siège de droite et le laissa tomber par terre avec un geste de mépris, comme si ce souvenir de leur mariage manqué lui soulevait le cœur. Noor sentit le voile lui tirer la tête en arrière sous la couronne de roses qu'elle n'avait pas enlevée.

Il casa habilement son épée sur le côté, s'installa dans le siège libéré et boucla sa ceinture.

— Maintenant je prends les commandes, décréta-t-il en posant fermement les mains sur les manettes.

Sa colère avait fait place au calme du pilote expérimenté qu'il était, et l'avion répondit aussitôt aux sollicitations de l'expert.

— Etes-vous bien réel ? s'étonna Noor qui n'était pas loin de se croire complètement folle.

Avait-elle abandonné les commandes à un fantôme ? Elle

avait entendu dire que certains avions s'écrasaient au sol et que personne ne les pilotait !

— Vous allez vite vous en rendre compte, murmura-t-il, les lèvres serrées.

Noor n'avait jamais vu cette bouche sensuelle aussi cynique, ce visage aussi fermé, et se dit qu'elle n'inventerait jamais une vision de cauchemar qui la terrifiait à ce point ! Bari était bien là, en chair et en os.

Elle eut un rire grimaçant.

— Vous êtes la réponse de Dieu à ma prière, constata-t-elle. Il ne manque pas d'humour !

— Ne mêlez pas Dieu à vos agissements d'enfant gâtée, intima-t-il. Si vous croyez faire sa volonté…

Son ton était cinglant et Noor sentit les prémices de la honte s'insinuer en elle.

Bari se pencha au-dessus d'elle pour lire les instruments de bord. Très vite l'avion effectua un quart de tour pour échapper aux nuages. Malgré sa peur, elle était rassurée car, même si la masse nuageuse les rattrapait, Bari, lui, saurait s'en sortir.

— Comment êtes-vous là ? demanda-t-elle enfin. Comment m'avez-vous retrouvée ?

— Il n'est pas très difficile de suivre à la trace une limousine blanche avec un voile de mariée flottant par le toit ouvrant ! ironisa-t-il. Pas difficile non plus d'imaginer que vous aviez l'intention de prendre l'avion !

Là, il se trompait car elle n'avait rien planifié. Elle avait été prise de panique quand elle avait réalisé qu'elle n'avait pas son sac, pas de vêtements de rechange, pas d'argent. Rien. Elle n'avait pas osé revenir au palais car c'était le premier endroit où on l'attendrait pour la forcer à se marier. Et elle n'avait pas eu non plus le courage de faire face, d'annoncer sa décision à ses parents, aux invités.

Elle s'était souvenue que Bari avait toujours de l'argent en réserve dans son avion en cas de nécessité et c'est ce qui l'avait poussée à aller vers l'aéroport. Quand elle avait découvert l'appareil, avec le plein d'essence, fin prêt pour leur voyage de noces, l'idée de fuir, d'échapper à la situation impossible dans laquelle elle s'était mise, s'était alors imposée.

— Les raisons de votre comportement ridicule m'échappent, reprit-il sèchement, d'une voix râpeuse, comme s'il devait avaler des tessons de verre. Même un voyou de la pire espèce hésiterait à se conduire de la sorte.

Le mépris qui transparaissait dans ses paroles atteignit Noor au plus profond d'elle-même. Elle n'avait jamais vu une telle expression de mépris sur le visage de Bari. Elle n'avait jamais vu quelqu'un d'aussi froidement en colère. Elle reconnut qu'il avait des raisons de l'être, mais refusa d'endosser ses critiques, de se laisser condamner sans réagir.

— Vous êtes arrivé à l'aéroport avant moi et vous êtes monté dans l'avion pour vous y cacher ! s'indigna-t-elle. Vous n'avez même pas essayé de comprendre, de me parler !

— Sans doute auriez-vous aimé une confrontation publique ? Pas moi. Maintenant, nous rentrons et vous m'épousez comme promis sans faire de manières, et surtout sans un mot sur vos agissements.

— Nous rentrons ? s'écria-t-elle sur un ton suraigu.

Elle jeta un coup d'œil dehors et réalisa qu'ils volaient en direction du Bagestan. Elle se redressa sur son siège et s'affola.

— Que faites-vous ? Où allons-nous ?

— Nous nous poserons à l'embarcadère et nous nous rendrons au palais. A pied, s'il le faut. Là, nous nous excuserons auprès des invités pour notre retard. Puis, aura lieu la cérémonie du mariage. Comme convenu.

C'était dit d'un ton froid, sans appel, où perçait la colère la plus redoutable que Noor ait jamais sentie.

— On attribuera cela au droit de la mariée d'être en retard, ajouta-t-il, un sourire ironique aux lèvres.

Elle le regarda, incrédule. Quelle arrogance ! Cela la conforta dans sa résolution : elle avait bien fait d'agir comme elle l'avait fait !

— Vous n'oubliez qu'une chose, Bari al Khalid, déclara-t-elle aussi fermement qu'elle le put. La mariée a changé d'avis. Il n'est pas question que je vous épouse.

— Vous n'avez *pas* changé d'avis, l'informa-t-il d'une voix glaciale. Je suis conscient que vous n'aviez pas l'intention de m'épouser, mais vous vous êtes trompée d'homme pour jouer à vos petits jeux de gamine capricieuse, élevée à l'occidentale. Vous avez promis de m'épouser, et vous m'épouserez.

— Je ne joue à aucun jeu ! s'exclama-t-elle, furieuse à son tour. Je vous ordonne de faire demi-tour !

Comment osait-il passer outre à sa volonté affirmée de ne pas l'épouser ? Il devait pourtant bien savoir pourquoi ! Ou du moins s'en douter. Pour qui la prenait-il ?

— Nous n'en avons plus pour longtemps avant d'arriver, reprit-il. Alors expliquez-moi rapidement de quoi il s'agit, si ce n'est pas un jeu. Et je veux toute la vérité.

— La vérité ! s'indigna-t-elle. Vous exigez la vérité, vous ! Ce n'est pas moi qui ai menti depuis le début. Ce n'est pas moi qui suis dépourvue de conscience morale ! Ce serait plutôt à vous de…

— Comment osez-vous me parler de conscience morale ! s'écria-t-il violemment.

Elle eut l'impression que, d'un seul coup, il perdait le contrôle de lui-même. Son cœur fit un bond dans sa poitrine et, un instant, elle eut peur.

— Qu'est-ce qui vous a fait accepter de m'épouser pour ensuite vous rétracter ? Des centaines d'invités…

— Vous devez bien avoir une petite idée de mes raisons, l'interrompit-elle. Vos mensonges ! Vous pouviez vous douter qu'un jour ou l'autre, je m'en apercevrais.

—… sont venus du monde entier pour notre mariage, en hommage aussi à la renaissance de notre pays, continua-t-il sans l'écouter. Vous rendez-vous compte que vous avez failli croiser le cortège du sultan lors de votre fuite à travers les rues de la ville ?

— J'avais bien cru reconnaître les fanions de votre bien-aimé sultan sur les voitures, admit-elle d'un air ironique. Sa garde d'honneur est dangereuse : ils ont failli m'envoyer dans le fossé !

Il lui lança un regard si noir qu'elle se recula sur son siège, s'attendant à être giflée.

— Ne parlez pas sans savoir d'un homme dont vous ignorez

le courage et la force de caractère, se contenta-t-il de dire d'une voix blanche.

L'avion avait viré de cent trente degrés et se dirigeait maintenant vers la côte. Cependant la masse nuageuse les avait rejoints et le regard de Bari se fit plus tendu. Pendant leur échange, il n'avait pas prêté attention à ce qui se passait dans le ciel autour d'eux.

Consciente du danger, Noor se félicita de la présence de Bari car, sans lui, elle serait en train de dire ses dernières prières.

— Cumulonimbus, annonça-t-il. J'aurais dû me méfier.

Elle retint son souffle, mit sa main sur la vitre du cockpit en un geste inutile, comme pour repousser la masse sinistre qui se rapprochait à vive allure.

— La radio a dit : nimbostratus, protesta-t-elle faiblement.

Il ne répondit pas et elle sut qu'il avait raison. Les cumulonimbus étaient dangereux pour un si petit avion car ils provoquaient d'importantes turbulences qui pouvaient le déséquilibrer ou même le disloquer en quelques secondes.

Elle sentit qu'ils perdaient de l'altitude et changeaient de cap, s'éloignant de la côte et du danger pour essayer de passer sous les nuages, peut-être.

— Vous n'avez même pas eu l'idée de vous débarrasser de vos atours avant de foncer dans les nuages, ironisa-t-il, les yeux rivés aux instruments de bord. Dans l'eau, tout ce tissu vous entraînera au fond dans la minute. Enlevez-moi cela tout de suite.

Noor s'inquiéta aussitôt. *Dans l'eau ? Que voulait-il dire ?* Pendant qu'il essayait de reprendre le contact radio, elle se mit néanmoins à enlever les nombreuses épingles qui retenaient la couronne de roses sur sa tête.

D'un seul coup, la mer, le ciel et le soleil disparurent et ils plongèrent dans un univers uniformément gris, dans un monde étrangement feutré. Des gouttes d'eau étoilèrent l'écran du cockpit.

Les doigts de Noor se mirent à trembler. Elle hésita puis continua d'enlever les épingles. Que pouvait-elle faire d'autre ?

Bari se pencha pour consulter les instruments et, malgré elle, Noor nota le reflet d'une mèche de cheveux soyeux. Cet homme était d'une beauté hors du commun ! Rien à voir avec un bellâtre hollywoodien. Il était digne des guerriers de Saladin, le visage empreint d'une noblesse innée qui ne devait rien aux crèmes ou aux pommades ou à l'ombre d'une barbe soigneusement étudiée.

Si seulement…

Mais l'heure n'était pas aux fantasmes, se reprocha-t-elle en rougissant.

Elle finit par se libérer de la couronne et du voile, sans prendre la peine d'enlever les dernières épingles. Elle tira, grimaça car elle s'arrachait des cheveux, mais fut heureuse de rejeter le voile derrière son siège où il se ratatina en un tas pitoyable.

Le parfum des roses malmenées lui monta aux narines comme si tous ses sens étaient exaltés. Inconsciemment, elle se massa les tempes où restaient quelques épingles, repoussant le souvenir de ce moment de bonheur quand la coiffeuse avait posé la guirlande de fleurs sur ses cheveux.

Soudain, une rafale les frappa de plein fouet, faisant tanguer l'appareil. Le cœur de Noor s'arrêta.

— Ya Allah ! s'écria Bari.

De gris, leur univers devint noir au moment où une seconde rafale les secouait.

Encore un éclair, puis un sourd grondement se fit entendre.

Noor frémit d'horreur, la gorge sèche, les mains moites. *Non, mon Dieu, non !*

Suivit un nouvel éclair, puis un coup de tonnerre retentissant.

L'orage les avait rejoints.

3

Or, rien n'était plus dangereux qu'un orage au milieu des nuages. Noor le savait. Tous les pilotes le redoutaient.

Et tout cela était sa faute ! reconnut-elle, prise d'un remords aussi tardif qu'inutile. C'était sa faute à elle s'ils étaient tous les deux en danger de mort.

— Etes-vous attachée correctement ? demanda Bari.

Le calme de sa voix la surprit et fit reculer le vent de panique qui menaçait de la submerger.

— Non. Ma robe…

— Tant pis pour votre robe.

Elle sentait que l'avion descendait, mais sans deviner si Bari le maîtrisait vraiment, et sans savoir non plus où s'arrêterait cette descente.

— Mettez le harnais, ordonna-t-il. Vite !

Bien que choquée par le ton autoritaire, elle comprit qu'il serait idiot de protester. Elle se contorsionna sur son siège, cherchant à atteindre les courroies du harnais sous les mètres de soie de sa jupe.

Ils perdaient toujours de l'altitude.

— Allons-nous atterrir ?

— On va voir, répliqua Bari sèchement.

Un autre coup de tonnerre couvrit le son de sa voix. Elle sentit qu'il rectifiait le cap et se demanda comment il pouvait se repérer et savoir où ils étaient dans ces conditions épouvantables.

Elle ne l'avait jamais vu en situation difficile et s'étonnait qu'un homme aussi passionné, aussi prompt à s'emporter, puisse garder son calme en de telles circonstances. Un instant, elle se souvint de la seule fois où elle avait expérimenté sa… passion. Il n'avait pas fait preuve d'autant de calme. Avait-il fait semblant, comme pour le reste ?

Probablement.

Elle avait réussi à mettre la main sur la première boucle du harnais, mais ne trouvait pas la deuxième. Elle essaya de se relever dans l'espace restreint et tâtonna derrière elle. Bari se pencha, trouva la boucle et la lui tendit. En effleurant sa main, Noor tressaillit et revit, dans un bref instant, le moment de passion qu'ils avaient partagé. *Au moins, je ne mourrai pas vierge !* pensa-t-elle en étouffant un rire amer. Avec un vague « merci », elle prit la boucle qu'il lui tendait et ses yeux rencontrèrent ceux de Bari. Durs et sans concession, ils la jaugeaient, animés d'une seule passion, le mépris.

— Même dans la gueule du loup…, ironisa-t-il.

Une secousse de l'appareil empêcha Noor de répondre. Elle fut rejetée sur son siège avec un bruit de déchirure. Son bras heurta violemment quelque chose et elle réprima le cri de douleur qui lui montait aux lèvres. Elle s'attacha péniblement. La toile rugueuse du harnais frottait contre la dentelle du bustier, écrasant ou détachant les perles, malmenant les délicates broderies.

Elle eut un petit pincement au cœur car cette robe était un véritable chef d'œuvre. Une perle se détacha, puis une autre qui lui tomba dans la main. Instinctivement, elle referma les doigts sur la petite sphère lisse, image de ses rêves à tout jamais détruits. Et pourtant…

Si le mariage avait eu lieu, ils auraient pris cet avion, se seraient assis l'un à côté de l'autre, heureux, en route pour… Cette idée lui causa la curieuse sensation de vivre deux vies à la fois, et cela de façon tellement réaliste qu'elle se demanda un instant s'ils avaient déjà été mariés dans un autre monde.

S'ils s'étaient mariés, aurait-elle continué de croire que Bari l'aimait ? Aurait-elle vécu son rêve d'amour en fille naïve qu'elle était, facile à berner ? Aurait-il, lui, continué de faire semblant, après avoir obtenu ce qu'il voulait ? Ou lui aurait-il fait savoir quelle idiote elle avait été ?

Aurait-elle seulement deviné ses véritables motivations si elle n'avait pas entendu cette conversation qui ne lui était pas destinée ?

Comme un coup de poignard la scène lui revint à la mémoire...

— Une enfant gâtée qui ne s'intéresse qu'à la mode et aux bijoux. Qui ne pense qu'à s'amuser. Une tête sans cervelle.

Noor se regardait dans le miroir, enveloppée de soie et de dentelle. Son teint mat et ses cheveux d'un riche auburn mis en valeur par toute cette blancheur, ressemblaient au cœur d'une rose enfouie au creux d'une profusion de pétales.

Le diamant al Khalid complétait sa parure, cadeau de mariage du grand-père de Bari. Elle en avait eu le souffle coupé ! Bien qu'habituée au luxe et à l'aisance, le train de vie de Bari et de sa famille dépassait de beaucoup ce qu'elle avait connu jusque-là. Le diamant brillait à son doigt, la première pierre de cette taille qu'elle ait jamais vue. Brillait d'un feu sourd qui n'était pas sans lui rappeler celui qui brûlait dans les yeux de Bari quand il la regardait...

C'est alors qu'elle entendit les paroles de mépris en provenance de la pièce d'à côté.

— Je la crois incapable de s'intéresser ou d'aimer quelqu'un d'autre qu'elle-même.

— Elle est encore jeune, dit une autre voix.

— Vingt-quatre ans ! Ce n'est plus une gamine ! Ne lui cherche pas d'excuses, veux-tu !

Malgré le léger malaise ressenti, Noor n'était pas surprise. Elle savait que les femmes du côté de Bari n'étaient pas ravies du choix qu'il avait fait. Mais elle s'en moquait !

— C'est dû à son éducation. Elle a été trop gâtée par ses parents, reprenait la seconde voix, celle de la tante de Bari. Mais c'est une al Jawadi. Je pense qu'elle a plus de ressources qu'elle-même ne le soupçonne.

Il était clair que les deux femmes ignoraient sa présence dans l'immense salle de bains, mitoyenne aux deux chambres. Quelques minutes plus tôt, elle était aux mains de la coiffeuse et de sa femme de chambre. Quand tout avait été terminé, elle avait pris le prétexte d'une dernière visite à la salle de bains pour retrouver un peu de calme, et se concentrer sur ce qui l'attendait : le plus beau jour de sa vie.

C'est là qu'elle avait entendu murmurer des voix qui se croyaient à l'abri des indiscrétions.

La plus jeune, une cousine de Bari, reprenait sur un ton acerbe :
— Il la connaît à peine.
— Tu réagis comme une Occidentale, dit la tante. Un homme n'a pas besoin de connaître son épouse. Il suffit que les familles soient accordées.

Ignorant les battements de son cœur, Noor se prépara à revenir dans sa chambre pour les toutes dernières finitions. Puis Jalia, sa cousine, et ses demoiselles d'honneur viendraient la chercher. L'heure serait alors venue pour elle de descendre à la rencontre de l'homme le plus beau, le plus riche, le plus sexy de sa vie, l'homme qui méritait entre tous l'honneur d'avoir été promu Compagnon de la Coupe. L'homme qui, depuis qu'il avait posé les yeux sur elle, avait décidé qu'il épouserait Noor Askhani, la princesse Noor Yasmin al Jawadi Durrani.

— Evidemment, quand le mariage est arrangé à l'avance...

Les voix se firent encore plus distinctes. Les protagonistes s'étaient rapprochées de la porte légèrement entrouverte, sans savoir que l'objet de leur discussion se tenait à quelques pas d'elles.

— C'est un peu cela, reprit la tante. C'est ton grand-père qui a décidé que Bari épouserait Noor.
— Vraiment ? s'exclama la cousine, à la fois surprise et intriguée.

Les yeux de Noor s'écarquillèrent et elle retint son souffle.
— Alors ce n'est pas Bari qui est tombé fou amoureux d'elle ? Il ne l'épouse pas par amour ?

Noor nota la touche de plaisir dans la voix. A n'en pas douter, cette cousine était amoureuse de Bari !

— Loin de là ! Il était même furieux quand son grand-père l'a mis en demeure de s'exécuter.

Les voix s'éloignèrent, les deux femmes allant vers la terrasse.
— Alors pourquoi n'a-t-il pas refusé ? Lui qui a tant de caractère !
— Il n'a pas eu le choix, dit la tante sans émotion apparente. C'était la condition imposée par Jabir al Khalid pour qu'il rentre en possession des biens de sa famille. Ton grand-père tient beaucoup à cette alliance avec les Durrani. Sinon, il disposera lui-même des propriétés pour…

Le reste de la conversation s'estompa. Mais Noor en avait assez entendu. Elle resta immobile, clouée sur place, aussi blanche que son voile. Ses rêves brisés, ses illusions envolées. Des rêves idiots, enfantins…

Un sourd grondement et une violente secousse la ramenèrent brutalement à la réalité, au danger qu'elle courait. Elle regretta amèrement les révélations de son père sur l'origine et l'histoire de leur famille. Comme elle aurait aimé n'en avoir jamais rien su et continuer de vivre sa vie sans complications de jeune fille heureuse ! Princesse ! Elle se souvint de sa joie et de sa fierté quand elle avait appris qu'elle avait droit à ce titre. Cela avait tout changé pour elle et de façon si dramatique qu'elle était, là, maintenant, en grand danger de perdre la vie, loin de chez elle !

Un autre coup de tonnerre, des éclairs. Elle retint de justesse un cri de frayeur. S'ils étaient frappés par la foudre…

D'autres turbulences plus fortes secouèrent l'appareil. Ils perdirent encore de l'altitude et, avec un bruit inquiétant, atterrirent sur une masse d'air en fusion. Son estomac protesta et elle pria intérieurement. *Mon Dieu ! Faites que je ne vomisse pas !*

Les éclairs se succédaient, le bruit était assourdissant. Ils étaient au cœur de l'orage.

Bari luttait pour garder le contrôle de l'avion et tenter de le diriger. Il avait choisi d'aller vers les îles du golfe. Mais était-ce la bonne direction ? Les instruments, totalement déréglés, ne lui étaient d'aucune aide et l'homme qu'il était, livré au chaos le plus total, en perdait l'usage de ses sens.

Il pilotait au jugé, « avec ses tripes » comme disaient les aviateurs, s'en remettant à la chance et priant le ciel de s'en sortir. Il aurait de beaucoup préféré ne jamais connaître ce que recouvraient ces clichés entendus sur le terrain d'aviation.

C'était sa faute, reconnut-il. Il avait perdu la tête et le contrôle de sa vie depuis que son grand-père lui avait fait part de sa décision. C'est seulement maintenant qu'il s'en rendait compte.

Mais il était trop tard. Trop tard pour se laisser envahir par la colère, que ce soit contre son grand-père ou contre Noor. Il avait besoin de toute sa tête pour se concentrer sur la situation.

Fallait-il descendre plus bas ? Cela pouvait s'avérer dangereux, car certaines des îles étaient montagneuses et les sommets atteignaient parfois quatre ou cinq cents mètres. Et qu'il soit dans la bonne direction ou non, voler bas était un risque énorme.

Rester au centre de l'orage en était un autre.

Une seule solution : amerrir, en espérant sortir des nuages à temps pour évaluer la position, remonter ou modifier la trajectoire si nécessaire.

Noor était tétanisée, le cœur au bord des lèvres, l'estomac noué et, dans la bouche, le goût métallique de la panique. Pour la première fois, elle avait peur de mourir. Si la foudre frappait… Si l'avion se disloquait… Si une montagne se dressait devant eux…

Elle aurait voulu hurler et frapper quelque chose de ses poings, s'échapper de cet espace confiné, fuir en courant. Oublier les battements fous de son cœur qui cognaient dans sa poitrine et dans sa tête. Se réveiller de ce cauchemar, saine et sauve.

Un coup plus violent fit trembler toute la structure de l'avion et elle gémit :

— Oh ! Mon Dieu !

Comment un acte aussi insignifiant de sa part s'était-il transformé en une telle catastrophe ? S'était-elle vraiment comportée comme une gamine capricieuse ?

— Priez pour que l'on vous accorde un peu de plomb dans la tête, pendant que vous y êtes, ironisa Bari.

Il se battait avec les éléments et paraissait toujours aussi calme. Et toujours aussi incisif !

Mais, quoi qu'il en soit, sa remarque opéra des miracles. La colère servit d'antidote à la panique. Noor serra les dents et se força à reprendre le contrôle d'elle-même. Si elle devait mourir, ce serait dans la dignité, sans hurlements ni plaidoyers puérils. Sans regrets inutiles sur l'aberration de sa conduite. Du moins l'espérait-elle...

Le bruit était terrible dans le cockpit. Le vent, la pluie, le tonnerre, les craquements de l'avion se conjuguaient en une cacophonie impressionnante.

Par-dessus le bruit, elle cria :

— Est-ce que je peux faire quelque chose ?

Bari la regarda intensément, notant le changement dans son attitude.

— Essayez la radio ! D'entrer en contact !

En fait, il avait peu d'espoir, mais cela donnerait à la jeune femme quelque chose pour s'occuper l'esprit.

— Donnez-leur notre position ! hurla-t-il. Altitude, plus ou moins cinq cents mètres, en descente. Cap deux deux cinq. Demandez-leur s'ils nous voient sur leurs radars et peuvent confirmer notre position.

Mais elle n'eut que des parasites. Ils étaient trop éloignés de l'aéroport, ou une montagne les empêchait de communiquer. Elle entendit le pilote d'un autre avion dire qu'il les captait, mais le signal faiblit rapidement. Puis, plus rien.

— Essayez le canal de détresse, ordonna Bari.

Tous les pilotes connaissent la fréquence par cœur quoique, espérant ne jamais avoir à s'en servir. La bouche sèche, elle pointa sur 121.5.

— Mayday, mayday, commença-t-elle.

Un éclair les environna de toutes parts comme s'ils avaient touché des fils à haute tension. Puis un curieux silence s'établit. La pluie avait-elle cessé ? Son cœur s'était-il arrêté de battre ?

Mais ce fut de courte durée. De nouveau, le tonnerre résonna, encore et encore.

— On est touchés ? s'affola-t-elle.

Bari haussa les épaules.

— Les contacts marchent.

Il tira sur le manche à balai. L'appareil ralentit.

— Je vais nous poser sur l'eau. Ce ne sera pas une partie de plaisir. Mais autant exploser dans l'eau que dans l'orage.

Si la mer était bien là où elle était censée être ! réalisa Noor.

Curieusement, elle se sentit envahie d'un grand calme. Mash'Allah !

— Que puis-je faire ? demanda-t-elle.

— Il y a un radeau de sauvetage à l'arrière. Pouvez-vous le dégager de son logement ?

Il paraissait en douter mais, sans hésiter, elle posa le micro et défit son harnais.

— D'accord.

— Attention aux secousses, lui recommanda-t-il.

Elle se débarrassa de ses escarpins et se glissa entre les sièges. D'une main elle ramena autour d'elle les jupes volumineuses de sa robe, de l'autre, elle s'accrocha à tous les points d'appui qui se présentaient. Car, pris de frénésie, l'avion la secouait dans tous les sens comme pour la déstabiliser et lui faire lâcher prise.

Malgré cela, elle remarqua que les nausées avaient disparu. Elle avait dépassé le cap de la panique.

Néanmoins, le vacarme avait repris. Le vent, avec la force d'un ouragan, hurlait de plus belle. Le tonnerre grondait et les éclairs fusaient dans toutes les directions.

Elle atteignit l'espace des bagages et vit un genre de valise, solidement ancrée sur un support. Elle en avait vu de pareilles sur les yachts de ses amis mais, dans cette autre vie, Noor l'insouciante, ne s'était pas imaginé un instant qu'un jour, elle en aurait besoin.

« Radeau de sauvetage. 4 pers. Ne pas gonfler dans un espace fermé »

C'était bien cela.

Elle s'accroupit dans les montagnes de tissu de sa robe et chercha à défaire les attaches qui retenaient le container dans son logement. Un de ses ongles parfaits, verni couleur pêche, en paya le prix et se cassa.

Bari poussa un juron alors que l'avion plus secoué que jamais, tanguait de droite et de gauche. Noor fut projetée contre les sièges au moment où elle dégageait le lourd radeau de son support mais ne lâcha pas prise. Il était difficile à manœuvrer et ce ne fut pas sans peine ni sans cris de rage qu'elle parvint à le traîner entre les sièges, derrière Bari. Encore deux ongles de fichus !

Bari se battait avec l'avion. Une mèche de cheveux barrait son visage rendu étrangement pâle par la tension nerveuse.

— Asseyez-vous, ordonna-t-il. Attachez-vous. Nous allons bientôt sortir du plafond des nuages et il se pourrait que je doive remonter aussitôt.

De nouveau, elle sentit la peur l'envahir, sachant ce qu'il redoutait : qu'une montagne leur barre le passage. Elle s'attacha aussi vite qu'elle put, se mordant les lèvres, les mains moites.

Le bruit redoublait. La pluie martelait le cockpit, le vent se déchaînait autour d'eux et l'orage ne faiblissait pas. Elle avait l'impression d'être au centre de ce vacarme, physiquement, dans chaque fibre de son corps.

Pour se calmer, elle reprit le micro.

— Mayday, mayday. Ici, India Sierra…

Subitement, ils sortirent des nuages sous une pluie battante qui n'offrait pas beaucoup de visibilité, sauf que la mer était là, sous eux.

Elle poussa un long soupir et se reprit à respirer. Merci, mon Dieu. Merci. Alhamdolillah !

Elle jeta un coup d'œil à Bari, mais ne vit rien transparaître de ses émotions sur son visage.

— Préparez-vous ! cria-t-il.

L'eau, verdâtre, se soulevait en vagues qui lui parurent gigantesques. Cela n'avait rien de rassurant, encore moins d'accueillant !

Noor s'appuya de sa main libre sur le panneau de contrôle devant elle et posa fermement les pieds sur le plancher.

Une dernière fois, elle essaya le micro :

— India Sierra Quebec deux six, nous allons…

Bari ralentit, descendit, essaya d'apprécier la hauteur des vagues et l'état de la mer. Pire que ce qu'il avait espéré.

Le ventre de l'appareil toucha l'eau avec un bruit sourd, une fois, deux fois, essuyant une vague après l'autre.

Bari se débattit pour empêcher l'avion de piquer du nez, les muscles de ses bras tendus à se rompre. Il passa au point mort au moment où une vague plus violente arracha en partie, l'aile à bâbord. Dans un déchirement de métal, l'avion tourna sur lui-même, se redressa, retomba, plongea en avant et s'immobilisa.

4

Bari coupa le contact et les hélices s'arrêtèrent. Le bruit de métal arraché s'estompa. Malgré la pluie qui redoublait de violence, dans le cockpit, c'était l'impression de silence qui dominait.

Bari détacha son harnais et demanda d'une voix dure :

— Etes-vous blessée ?

— N… non.

En réalité, elle était encore sous le choc de l'amerrissage, des secousses répétées, et si elle avait eu quelque chose de cassé, elle ne s'en serait pas rendu compte.

— L'appareil est sérieusement endommagé, constata Bari en ouvrant la porte.

La pluie pénétra à l'intérieur en rafales tandis que les vagues frappaient l'avion avec une violence féroce. Déjà le tapis de sol était trempé, laissant présager de la suite imminente.

— Nous n'avons que quelques minutes avant qu'il ne s'enfonce.

Brusquement consciente de la réalité, Noor se détacha et se leva de son siège.

Debout dans l'ouverture de la porte, Bari était fouetté par la pluie qui trempait ses vêtements de cérémonie et lui collait les cheveux sur le front. D'une main experte, il amarra le radeau à une poignée de métal. Malgré sa tenue pitoyable, il émanait de lui une puissance physique et une virilité qui forçaient l'admiration. Son épée luisait à son côté dans son fourreau précieux. Il était l'image même de ces nobles guerriers d'autrefois, prêts à tout, qui figurent sur les peintures anciennes.

Les éclairs fusaient de partout et le tonnerre éclata tout près d'eux avec la force d'une bombe, faisant sursauter Noor malgré elle.

— Enlevez votre robe !

— Quoi ? Maintenant ? s'exclama-t-elle, portant instinctivement la main à sa gorge.

— Tout de suite, reprit-il durement. Si vous ne voulez pas vous noyer.

Elle était trop dépassée par la situation pour protester et reconnut qu'il avait raison. Si elle tombait à l'eau, sa robe l'entraînerait au fond. De toute façon, elle n'avait rien à cacher à Bari ; il la connaissait déjà.

Il ne se préoccupa pas de savoir si elle obéissait ou non. Il tira le radeau jusqu'à la porte et le mit à l'eau.

Noor leva les bras et commença à défaire les minuscules boutons recouverts de soie qui fermaient sa robe dans le dos. Elle réussit à atteindre les trois ou quatre premiers, mais sa robe était trop serrée pour qu'elle aille plus loin.

— J'ai besoin de votre aide, bougonna-t-elle, vexée de ne pouvoir y arriver toute seule.

Mais elle avait parlé trop bas pour qu'il l'entende. Elle reprit plus fort :

— Il faut que vous m'aidiez à l'enlever.

Il la regarda et la vit, le dos tourné vers lui, lui lançant un appel des yeux par-dessus son épaule. Il vit la somptueuse chevelure auburn, la nuque délicate dans l'ouverture de la robe et la peau mate du dos encore protégée par la soie.

Emu malgré lui il oublia, l'espace d'un instant, le danger qui les entourait, et l'idée de ce qui aurait pu être l'effleura. Sans un mot, il se mit à défaire un à un les boutons comme il aurait pu le faire dans l'intimité d'une chambre nuptiale, leurs cœurs battant à l'unisson...

Il réussit à libérer deux des boutons, puis grommela quelque chose et Noor sentit ses mains dans son dos avant qu'il ne déchire le tissu de haut en bas. Les boutons se répandirent dans la cabine avec un bruit étrangement distinct en dépit de la tempête.

Puis Bari se détourna et se remit à sa tâche. Le radeau était presque gonflé. Il était temps car l'eau commençait à envahir l'avion. Il saisit une sacoche derrière un siège.

Noor sortit les bras des manches et se dégagea de sa robe. S'accrochant au siège, elle la laissa tomber et passa par-dessus, vêtue en tout et pour tout d'un body de dentelle et de ses bas. Elle roula la robe sous son bras et se tint dans l'encadrement de la porte, attendant le signal de Bari.

Avec un bruit sec, l'auvent se déploya au-dessus du radeau comme une tente, d'un rouge vif pour être plus repérable. Par l'ouverture, Bari jeta son épée à l'intérieur puis la sacoche. Il se retourna, la regarda d'un œil froid, sans paraître se souvenir de la dernière fois où il l'avait vue dans cette tenue.

L'orage s'en donnait à cœur joie entre ciel et terre. Une rafale de vent plus forte que les autres secoua durement l'avion.

— Chaussures ? demanda Bari.
— Enlevées.
— Sautez dans le radeau.

La robe serrée contre elle, elle se prépara à obéir quand il s'écria :
— Et ça ?
— C'est tout ce que j'ai ! cria-t-elle dans le vent.

Et, sans attendre sa réaction, elle sauta, atterrissant sur l'auvent qui s'aplatit sous son poids tandis qu'elle heurtait du genou quelque chose de dur.

Elle faillit paniquer, noyée sous des torrents de pluie et environnée d'éclairs.

— Mettez-vous à l'abri ! hurla-t-il.

Sa robe était partout ! Elle réussit à la rouler en boule, la cala sous son bras et, s'accrochant à une corde, fit de la place pour Bari.

Son voile de mariée atterrit à ses pieds. Apparemment Bari avait compris que cela pouvait être utile. L'instant d'après, il sautait à son tour.

— Passez sous l'auvent, cria-t-il. Il faut qu'il reprenne sa position ouverte.

Elle attrapa son voile et se glissa dans l'ouverture comme dans un sac de couchage. Elle sentit quelque chose sous elle mais n'eut pas le temps de savoir ce que c'était. Bari passait à son tour par l'ouverture, la tête la première. Au grand étonnement de Noor, l'auvent se releva brusquement, les mettant à l'abri des éléments déchaînés.

Bari passa la main derrière elle, lui effleurant les fesses. Elle sursauta.

— Quoi ?

Il saisit son épée, la sortit du fourreau qu'il jeta derrière lui et se rua dans l'ouverture à une telle vitesse qu'elle eut peur.

Debout dans le vent et la pluie, il attrapa la corde qui les reliait à l'appareil en perdition et leva l'épée.

— Bari ! cria-t-elle d'une voix rauque.

Une énorme vague frappa l'avion, le fit basculer, s'éloigner. La corde glissa dans les mains de Bari qui se retrouva au-dessus des flots en position dangereuse. Une vague souleva le radeau.

— Bari !

Elle se jeta sur lui, s'agrippant à la ceinture de joyaux qu'il n'avait pas quittée et le retint de toutes ses forces. Le radeau vacilla dangereusement.

Il se débattit sous elle, l'épée levée comme un guerrier assoiffé de sang.

Dans le vent et la pluie, il lui lança un regard noir par-dessus son épaule et ordonna, les dents serrées :

— Rentrez à l'intérieur. Vous allez nous faire chavirer.

Elle lâcha la ceinture comme si elle avait touché un fer rouge et, le cœur battant, revint sous l'auvent, s'essuyant le visage et ne le quittant pas des yeux.

D'un coup sec il trancha la corde et rentra à son tour.

Le regard de Noor fut attiré par quelque chose au-dessus de sa tête.

— Je vois qu'il y a un couteau prévu pour ceux qui n'auraient pas leur épée de cérémonie avec eux !

Elle eut l'impression qu'une ombre de sourire se dessinait sur les lèvres de Bari, restituant un court instant l'homme plein d'humour qu'elle connaissait. Une secousse de l'embarcation lui rappela que l'heure n'était pas aux bons souvenirs ! Les vagues les malmenaient durement. A quelques mètres d'eux, l'avion était ballotté dans tous les sens, prêt à sombrer. Allait-il les entraîner par le fond ?

Un sac de plastique rouge était fixé au sol. Bari l'ouvrit et en sortit un genre de pelle en plastique et un manche qu'il assembla. Tous ses gestes étaient nets, précis, accentuant chez Noor le sentiment d'anxiété.

— Qu'est-ce que c'est ? demanda-t-elle.

Il posa l'objet à côté de lui.

— Une rame. Si vous ne savez pas vous en servir, il va falloir apprendre. Et vite.

Il sortit du sac deux autres éléments qu'il assembla avec une économie de mouvements surprenante.

— Est-ce que l'on ne devrait pas fermer l'entrée ? On reçoit toute l'eau, se plaignit Noor.

— Il y a plus pressé. Prenez une rame et venez.

Toute sa vie, Noor avait été l'enfant gâtée de sa famille. Seule fille et surtout petite dernière, elle avait été protégée de tout. On n'avait jamais exigé d'elle le moindre effort. Il y avait toujours eu quelqu'un pour se plier à ses volontés. Ses parents, ses frères et même sa cousine Jalia ; tous s'étaient ingéniés à lui cacher les dures réalités de la vie. Pour elle, tout tournait autour de son plaisir. Personne, y compris Bari, ne lui avait jamais parlé sur ce ton de commandement.

— A quoi bon ? protesta-t-elle. Où voulez-vous aller ? Nous ne savons même pas où nous sommes.

— Je sais que nous sommes beaucoup trop près de l'avion, répliqua-t-il froidement. Quand il va plonger, il pourrait nous faire basculer. Alors, cessez de discuter et essayons de répartir notre poids au maximum. Il est dangereux d'être du même côté mais pour l'instant, on ne peut pas faire autrement.

Il sortit et se mit à ramer pour éloigner le radeau de l'appareil. Battu par les vagues, l'aile brisée, il était une menace tant qu'ils restaient à proximité. L'aile pouvait accrocher le dinghy, ou la queue les harponner. Ils pouvaient être pris dans les remous et entraînés avec lui quand il s'enfoncerait.

Surpris, il vit Noor passer la tête dans l'ouverture, rame à la main.

— Qu'est-ce que je fais ? cria-t-elle.

— Nous allons essayer de contourner l'avion et ramer droit devant nous.

Noor pouvait à peine respirer, noyée par la pluie. Mais Bari l'avait mise au défi de se rendre utile et elle allait lui montrer de quoi elle était capable.

Elle prit place à son côté, rejeta ses cheveux mouillés en arrière et essaya maladroitement de se servir de l'instrument.

— Regardez comment que je fais, dit-il d'une voix plus douce.

Elle baissa la tête et suivit le mouvement de sa rame. Ce n'était pas si compliqué en fait !

Au bout de quelques minutes, ils ramaient ensemble, luttant contre les vagues qui avaient tendance à les ramener vers l'épave de l'avion. Une vague plus forte les souleva, parut les jeter sur l'appareil mais les porta plus loin, leur faisant ainsi dépasser le point dangereux. Ils redoublèrent d'efforts pour s'éloigner au maximum.

— Cela suffit, nous sommes hors de danger maintenant, décréta Bari au bout d'un moment.

Il lui fit signe de rentrer, en fit autant et ferma l'ouverture. Enfin, ils étaient à l'abri du vent et de la pluie, comme dans un cocon. Trempée jusqu'aux os, à moitié nue, dans une coquille de plastique dont le sol était recouvert d'eau et qui bondissait sur les vagues comme un 4x4 sur une route pleine d'ornières, Noor s'étonna de constater que cela lui paraissait le summum du confort. Elle s'affala contre la paroi rebondie du radeau, essoufflée, le cœur battant, mais étrangement rassurée.

Pendant un court instant, ils reprirent leur souffle puis Bari ouvrit le panneau, se servit de la rame pour faire tourner le radeau et voir où en était l'avion.

Ils avaient pris assez de distance pour ne plus subir l'attraction de son naufrage qui ne saurait tarder.

Noor regarda par-dessus la tête de Bari, ne vit ni bateau, ni terre autour d'eux. Mais il était difficile de distinguer quoi que ce soit dans cette tempête. Peut-être étaient-ils près de la terre sans la voir ?

Bari referma le panneau.

— Avez-vous aperçu quelque chose ? lui demanda-t-elle.

— Non, mais nous ne devons pas être loin des îles du golfe.

Du paquetage d'urgence, il sortit une feuille recouverte de plastique. « Procédures d'urgence. » Les éclairs illuminaient leur abri de fortune d'une lumière orangée que les yeux de Noor avaient du mal à supporter. Bari parcourut le document. Il fronça les sourcils, tendit la main vers le plafond et alluma une petite lampe.

Blottie contre le bourrelet du radeau, secouée par les remous, Noor se sentait reprise de nausées. Ses cheveux lui dégoulinaient dans le dos et ses bas glissaient sur ses cuisses ; elle les enleva d'un geste rageur. Bari sortit un autre objet du sac.

— Qu'est-ce que c'est ?

Il ne répondit pas, secouant la tête comme pour chasser une mouche inopportune.

Vexée, elle se renfrogna dans son coin. Ses yeux se posèrent sur sa robe de mariée, en tas sur le tapis de sol et déjà mouillée. Mais c'était mieux que rien. Elle s'en empara et utilisa un des jupons de soie pour s'essuyer le visage. Des traces jaunes, noires et vertes lui apprirent qu'elle devait offrir un joli spectacle à regarder ! Elle essaya de se sécher les cheveux et les bras, mais le jupon était lui aussi mouillé.

Le silence régnait dans la cabine. Bari essayait de se repérer et Noor de contrôler ses haut-le-cœur, elle qui d'habitude avait le pied marin. Le radeau affichait qu'il pouvait contenir quatre personnes. Noor estima, non sans humour, qu'il était difficile d'y tenir à deux quand l'un était une mariée en rupture de bans et l'autre son futur époux, passablement remonté contre elle.

La fragile embarcation montait et descendait, tanguait dangereusement sous les coups de boutoir des vagues. Subitement ils furent soulevés, rejetés durement sur l'eau tandis qu'une masse liquide s'abattait au-dessus de leurs têtes dans un bruit énorme. Une vague s'était écrasée sur leur radeau.

Le martèlement de la pluie sur le toit de plastique, le grondement de l'orage contrastaient avec le silence relatif qui régnait à l'intérieur, et renforçait l'impression de confinement.

Noor commença à manquer d'air.

Elle frissonna d'angoisse et d'appréhension. C'était la première fois qu'elle était à la merci des éléments déchaînés.

A la merci de Bari.

— Combien de temps avant que l'on nous trouve ? demanda-t-elle en tremblant nerveusement.

Bari leva les yeux du document qu'il avait en main et fronça les sourcils.

— A votre avis, qui va s'inquiéter de nous ?

5

Un instant elle resta comme paralysée par ce qu'il venait de dire. L'orage grondait encore mais paraissait s'éloigner. Alhamdolillah !

— Que dites-vous ? finit-elle par demander, interloquée.

— Qui sait que nous étions dans l'avion ? Qui sait qu'il s'est écrasé en mer ?

— Mais… les radars ?

— Nous étions trop bas la plupart du temps.

Il se mit à défaire la corde de l'ancre et continua :

— Quand on va découvrir que nous avons pris l'avion, rien n'indiquera que nous ne sommes pas arrivés à destination. Une destination inconnue.

Elle le regarda, interdite. Voulait-il dire que ce cauchemar n'était pas fini ?

— A moins, reprit-il, le regard dur, que quelqu'un ne vous attende quelque part.

Elle ne comprit pas ce qu'il voulait dire et décida d'ignorer sa remarque.

— Et notre hôtel ? Ne vont-ils pas s'étonner de ne pas nous voir arriver ?

Un rire moqueur fut la réponse de Bari.

— Pas de mariage, pas de lune de miel ! Quoi de plus normal !

Puis il se remit à sa tâche, oubliant sa présence. Ce qu'elle détesta. Il ne l'avait jamais ignorée auparavant. Or, elle avait beau savoir qu'il lui avait joué la comédie, son attention lui manquait.

Pour la première fois depuis son départ précipité, elle se demanda ce qui s'était passé après sa fuite. Quand s'en était-on aperçu ? Qui avait donné l'alerte ? Les gardes à l'entrée l'avaient vue passer dans la limousine, mais comme elle avait accéléré, ils n'avaient pu se rendre compte de rien.

— Est-ce que les gens ont su ? Qu'ont-ils…, balbutia-t-elle.

— Ont-ils su que ma future épouse avait changé d'avis ? suggéra-t-il d'un ton acerbe.

Son calme apparent laissait percer la colère noire qui resurgissait.

— J'ignore ce qu'ils ont imaginé, grommela-t-il. Ce que je sais, c'est que vous avez gravement offensé nos familles, nos amis et tous nos invités, sans aucune raison valable. C'est impardonnable, et rien au monde ne peut justifier un tel comportement.

Personne ne s'était jamais permis de la critiquer, et ces reproches cinglants la piquèrent au vif.

— C'est vous ma justification ! s'indigna-t-elle. Il est bien trop facile de m'humilier, de piétiner ma fierté sans que j'aie le droit de réagir !

Elle était d'autant plus furieuse qu'elle commençait à se sentir coupable. Au Bagestan ou à Barakat, on prenait l'hospitalité et le protocole très au sérieux, presque comme un devoir religieux. Or elle avait été élevée dans une famille qui, malgré l'exil, avait maintenu les traditions de sorte qu'elle avait cela dans le sang autant que Bari.

— Piétiner votre fierté ? ironisa-t-il. Plutôt marcher sur des charbons ardents !

— Un jeu d'enfant pour quelqu'un d'aussi endurci, rétorqua-t-elle.

— Pas si endurci que je ne me rende compte de la chance que j'ai eue !

— Ce n'est pas l'impression que vous donniez, il y a peu. Vous vouliez me traîner de force à l'autel, si je ne me trompe. Alors que je vous suis totalement indifférente. Vos motivations sont tout autres…

Bari la dévisagea un instant d'un regard indéchiffrable.

— Vous est-il déjà venu à l'idée de faire le moindre effort, Noor ? De payer, un tant soit peu, de votre personne ? Non. Vos désirs sont des ordres ! C'est cela ? Tout doit vous être porté sur un plateau à la seconde même où vous l'exigez ?

C'était tellement injuste et inattendu qu'elle ne sut que répondre et le fixa en silence.

— Qu'est-ce que vous en savez ? protesta-t-elle. Vous ne me connaissez pas ! Demandez à mes amies, elles vous diront autre chose !

Il eut un hochement de tête sceptique et ne se donna pas la peine de répondre. Il ouvrit le panneau et la pluie pénétra à l'intérieur. Sans paraître y prêter attention, il fit glisser la corde de l'ancre dans l'eau.

Noor le regarda faire en silence. Pour rien au monde elle n'aurait offert de l'aider. Ce serait faire amende honorable, lui donner raison et tenter de gagner ses bonnes grâces. Jamais, au grand jamais !

Toutefois, elle était blessée qu'il la croie incapable de participer à une quelconque tâche. Et surtout qu'il puisse l'ignorer aussi complètement.

Elle aurait aimé en faire autant, ne pas se sentir oppressée par sa présence comme elle l'était de plus en plus. C'était lui qui lui donnait ce sentiment de claustrophobie.

Retenu par l'ancre, le radeau se stabilisa, et Bari referma l'ouverture.

— Est-ce qu'il y a une trousse de pharmacie ? demanda-t-elle.

Il la transperça du regard.

— Pourquoi ? Etes-vous blessée ?

— Non. J'ai besoin de ciseaux.

— Pour faire quoi ? insista-t-il d'un ton soupçonneux.

— Parce que la vie est trop ennuyeuse et que j'ai envie de faire des trous dans le radeau pour ajouter un peu de piment à notre existence, répliqua-t-elle, sarcastique.

Elle agita sa main et ajouta, plus calmement :

— Mes ongles ont souffert.

— La manucure devra attendre.

— Ils sont cassés et vont tout accrocher.

— Je ne vois pas ce qu'ils pourraient accrocher ! Vous n'avez encore rien fait ! Il y a plus urgent.

— Quoi, par exemple ? Ramer jusqu'en Australie ?

— Ecoper, ordonna-t-il en lui lançant un autre instrument de plastique. Servez-vous de la fenêtre d'observation pour rejeter l'eau.

Réprimant un mouvement de colère, Noor admit qu'il avait raison. Et tout valait mieux que de rester à croupir dans l'eau qui, effectivement, s'amassait dangereusement au fond. Mais ce ne fut pas facile. Chaque fois qu'elle passait la pelle par la fenêtre, l'eau lui dégoulinait le long du bras jusqu'à l'aisselle à la manière d'un supplice chinois.

Bari ouvrit un sac en plastique qu'il attacha à une petite ouverture dans le toit.

— Qu'est-ce que c'est ? demanda-t-elle encore une fois, se doutant aussitôt de la réponse.

— Pour récolter l'eau de pluie.

— Vous voulez de l'eau ?

— A votre avis, que ferons-nous après la tempête ?

Elle se mordit la lèvre et se remit à écoper.

Quand le sac fut aux trois quarts plein, Bari le détacha et le referma puis il prit une tasse en plastique et se mit à écoper avec elle. Ils travaillèrent en silence, évacuant l'eau au maximum, puis ils essayèrent d'éponger le sol.

— Vous croyez qu'un bateau ou un avion va nous repérer ? demanda-t-elle.

— Probablement pas tout de suite.

— Dans combien de temps ?

Il leva des yeux exaspérés vers elle.

— Vous savez comme moi que l'on peut rester perdus en mer pendant des jours et même des semaines.

— Mais nous sommes dans le golfe de Barakat, remarqua-t-elle, pas au milieu du Pacifique.

Il ne répondit pas et elle se demanda avec un frisson d'angoisse s'ils pouvaient dériver vers la haute mer.

Brusquement paniquée, elle se mit à claquer des dents. Elle croisa les bras autour d'elle pour essayer de contrôler les tremblements qui l'agitaient, le contrecoup de tout ce qui venait de se passer.

— J'ai peur, murmura-t-elle. J'ai froid. Bari ? Pouvez-vous me... me réchauffer ?

Elle s'en voulut aussitôt de cette faiblesse, mais c'était trop tard.

Il se retourna, la vit pieds nus, jambes nues, tremblante. Son regard remonta jusqu'au body de soie trempé qui collait à son corps à la manière d'un maillot de bain transparent, ne cachant rien de ses formes ni de sa toison au creux de ses cuisses.

Pendant un court instant, son regard perdit la sourde irritation dont il l'avait gratifiée depuis le début. Un éclair illumina ses yeux, de ce feu brûlant qui l'avait séduite, l'équivalent, presque, d'un contact physique. Noor se souvint d'une autre tempête qui les avait intimement rapprochés...

Ce matin-là, ils avaient longé la côte et jeté l'ancre pour déjeuner dans une baie sablonneuse aux eaux turquoise, bordée de rochers. Puis ils nagèrent un long moment dans les eaux transparentes, juste au-dessus des ruines d'un très ancien lieu d'habitations primitives, preuve que d'autres personnes avaient apprécié cet endroit paradisiaque et s'y étaient installées des centaines d'années plus tôt. Il n'en restait que des murets de pierres disposés en carré et, çà et là, des fragments de poteries, visibles sur le sable blanc.

Au-dessus d'eux, perchée sur un promontoire rocheux, à l'extrémité des montagnes qui s'avançaient dans la mer, se dressait une maison beaucoup plus récente, construite dans le style traditionnel du Bagestan. Volets et fenêtres, autrefois blancs, étaient grisâtres et en triste état. Le dôme qui couronnait le bâtiment avait également souffert des outrages du temps. La grande porte d'entrée bâillait tristement et tenait à peine sur ses gonds.

Nombreuses étaient les propriétés ainsi abandonnées par ceux qui avaient dû quitter le pays quand Ghasib était arrivé au pouvoir, ce qui avait été le cas de la famille de Noor. Certaines maisons situées à proximité de la ville, avaient été confisquées par le gouvernement ; pour les autres, on les avait laissées se détériorer.

Tout en nageant dans les eaux cristallines, Noor avait admiré la maison qui l'attirait.

— Quel dommage ! Elle a dû être si belle, autrefois. Je me demande à qui elle appartient et si les propriétaires ont l'intention de la remettre en état un jour.

Bari n'avait pas répondu. Ils étaient remontés sur le yacht et s'étaient débarrassés du sel qui collait à leur peau sous la douche à l'arrière du bateau. Soudain Bari montra le ciel où des nuages noirs se rassemblaient derrière la montagne.

— Il va pleuvoir, dit-il avec satisfaction.

Ils s'installèrent sous l'auvent et déballèrent le pique-nique : salade de bulgur, imam bayaldi, houmous et autres gourmandises.

L'odeur épicée des mets flottait doucement dans l'air qu'agitait une légère brise, présage de la pluie bienfaisante.

Noor s'étira de plaisir, consciente d'un bien-être physique total, dû à la chaleur, à la mer, à la nourriture, et surtout à la proximité du corps musclé de Bari... de son regard sur elle...

Il la désirait.

Il l'avait désirée depuis le premier jour de leur rencontre et ne s'en était pas caché. C'est pourquoi elle lui avait dit qu'elle était vierge, dès le début. Elle prévenait toujours ses flirts, tôt ou tard. Avec Bari, le plus tôt s'était imposé.

— Uniquement avec mon époux ou mon futur époux, avait-elle annoncé lors de leur premier baiser.

Il avait acquiescé sans un mot, mais elle avait vu sa mâchoire se crisper et elle avait cru, un instant, que ses yeux allaient la consumer sur place. Pour la première fois, loin au fond d'elle, elle avait ressenti l'ombre d'un regret. Pour la première fois, elle avait eu des doutes. La plupart de ses amies estimaient normal de faire l'amour avec tout homme d'agréable compagnie. Peut-être avaient-elles raison ?

Avait-il senti ce moment de doute ? Un éclair dans ses yeux avait averti Noor qu'il se sentait capable de la faire changer d'avis. Elle s'était donc armée de courage pour résister à des assauts... qui ne vinrent pas. Dans les jours qui suivirent, Bari ne chercha pas à la persuader de revenir sur sa décision, ni en paroles, ni en actes.

D'autres hommes s'y étaient essayés, la menant au bord du

plaisir, insistant sur leur passion pour elle et leur droit d'aller plus loin. Mais cela n'avait fait que renforcer sa détermination.

Bari ne l'avait embrassée qu'une fois et c'était ce baiser enflammé qui avait poussé Noor à lui faire part de sa virginité et des limites qu'elle s'était fixées. Depuis, il ne l'avait plus embrassée ni caressée, ni même protesté. Mais il ne s'était pas privé de la convoiter. Ses yeux et non ses lèvres avaient parcouru son corps, goûté sa bouche pulpeuse, s'étaient attardés sur elle, la transperçant du regard comme s'il l'avait intimement possédée, la faisant fondre de désir. Ses yeux et non ses lèvres lui avaient fait savoir qu'il la désirait de tout son être.

Et elle s'était peu à peu sentie prisonnière de son sourire qui se transformait en expression de possession presque brutale, de sa bouche crispée, de ces poings serrés sous l'effort du contrôle qu'il s'imposait. Et il lui était devenu presque impossible de refuser ses invitations quotidiennes à partager ses loisirs, même si, pour l'un et l'autre, c'était un nouveau genre de torture.

Elle se réjouissait cependant de la maîtrise dont il faisait preuve, se félicitait que son désir pour elle ne le pousse pas à essayer de la faire céder. Toutefois, lorsqu'elle se réveillait la nuit, seule dans son lit, elle se souvenait du regard de Bari, du contact de sa main sur elle quand il l'aidait à monter ou à descendre de voiture ou du bateau. Tout son corps était envahi de désir et se prenait à regretter qu'il ait retiré sa main, au lieu de renforcer son emprise.

Et les jours passaient, presque douloureux d'un désir toujours plus difficile à refouler.

Jusqu'à cette promenade en bateau…

La brise se renforça, annonçant la venue imminente de la pluie.

— A votre avis, la sécheresse est-elle terminée ? demanda-t-elle.

Il avait plu deux fois les jours précédents et le peuple en liesse, attribuait les bienfaits de ce miracle au nouveau sultan.

Il la scruta et dit d'une voix de basse qui la fit frémir :

— Oui. C'est terminé. Cela a pris assez de temps. Trop de temps.

Il y eut un silence et elle fit semblant de ne pas comprendre le sous-entendu de ses paroles.

— Avez-vous faim ? ajouta-t-il, sans la quitter des yeux.

Elle répondit de la tête et, au hasard, empila des aliments sur son assiette. Bari prit la boule de pain frais, en détacha un morceau qu'il trempa dans l'huile d'olive et, relevant la tête, le glissa entre ses lèvres.

Une avidité féroce pour tout autre chose que de la nourriture étreignit brusquement Noor, avidité née des longues nuits solitaires, des jours de contacts quotidiens, sources de désirs insatisfaits. Ces journées entières passées en compagnie de Bari avaient aiguisé son désir de lui et affaibli sa résistance.

Un peu d'huile coula sur la lèvre inférieure de Bari ; il la rattrapa avec sa lèvre supérieure au moment où ses yeux surprenaient le regard de Noor accroché à son geste. Il ébaucha un sourire et sa bouche retrouva sa sensualité naturelle.

Il saisit de nouveau le pain, prenant plaisir à l'entourer de la main comme il l'aurait fait d'un sein, ses longs doigts hâlés se détachant sur la blancheur de la boule, avec assurance et adresse. Il en offrit un morceau à Noor.

Leurs doigts s'effleurèrent et elle sursauta, retirant vivement sa main. Le morceau de pain tomba sur la table. Elle s'efforça de respirer calmenent, les yeux levés vers lui. Elle vit qu'il savait ce qui se passait en elle à cet instant précis. Evidemment. Elle avala sa salive et passa sa langue sur ses lèvres sèches.

— Merci, murmura-t-elle, reprenant le pain en tremblant.

Il y avait des couteaux et des fourchettes dans le panier de pique-nique, mais Bari se servait de ses doigts ou du pain. A l'orientale. Pour Noor, cela ajoutait encore à la sensualité du moment. Elle ne pouvait s'empêcher de contempler ses doigts agiles et précis saisir les aliments d'une caresse et les porter, d'un geste rapide et sûr, à sa bouche avec un plaisir visible d'épicurien. Le toucher, le goût, l'odorat, tous ses sens étaient en éveil.

C'est ainsi qu'il savourerait son corps si elle le laissait faire, lui murmura une petite voix intérieure. A cette seule pensée, tout son corps fut parcouru d'un long frisson.

Il prit un morceau de poulet qu'il déchiqueta, choisit une part qu'il lui présenta au bout de ses doigts luisant d'huile. Il ne perdit rien du spectacle de ses dents se refermant sur le morceau et laissa échapper un soupir de plaisir quand les lèvres de la jeune femme effleurèrent sa peau. Un peu par défi, elle emprisonna son doigt entre ses lèvres et suça l'huile.

Une décharge électrique la parcourut de la tête aux pieds. Elle leva les yeux vers lui, quelque peu effrayée par son audace. Elle savait qu'elle s'aventurait là en terrain dangereux, mais une partie d'elle-même la trahissait, la poussait vers lui d'une force irrésistible et mystérieuse. Elle tenta de se protéger de quelques pauvres arguments. Il ne l'avait même pas embrassée. Ils ne faisaient rien d'autre que manger, comme deux amis, et ce n'était pas la première fois qu'elle pique-niquait avec un ami.

Néanmoins, elle était consciente que Bari était différent des autres, que l'attirance entre eux était d'une autre dimension que ce qu'elle avait connu jusqu'alors. Elle était hélas consciente, aussi, qu'elle se rapprochait à grands pas du point de non-retour...

Presque malgré elle, la petite voix intérieure qui la poussait à céder à la sensualité de Bari, l'emporta. En un geste délicatement aguicheur, elle passa sa langue sur ses lèvres et lui sourit.

Il baissa à demi les paupières, lui laissant entrevoir l'éclair de satisfaction possessive qui passa dans ses yeux et qui... annonçait sa perte.

Elle sentit sa peau s'embraser comme sous l'effet d'un orage intérieur et entrouvrit la bouche, dans l'attente de son baiser.

Mais il ne l'embrassa pas.

Il se livra à la conquête subtile de tous ses sens. Il lui murmura à l'oreille qu'elle était si belle et si désirable, qu'aucun homme ne pouvait lui résister. Il la fit boire dans son verre, lui essuyant doucement les lèvres sans la quitter des yeux.

Il lui caressa le cou, les épaules au-dessus du sarong de soie qu'elle avait noué sur son maillot de bain, la main, le creux des poignets. Il lui versa du vin dans la main et le but, le lécha, avec une jouissance qui frappa Noor comme un coup de massue. Sa langue et ses lèvres explorèrent la paume de sa main, s'en délectèrent comme si elle était un de ces vins capiteux qui enivrent et montent à la tête.

Il insista pour qu'ils mangent, satisfaisant un besoin, en faisant surgir un autre. Pour Noor, son désir de lui envahissait tout son corps, passait dans ses veines, obscurcissait son cerveau, dressait ses seins et lui nouait l'estomac.

Bari semblait brûler du même feu. Ses lèvres, sa langue, ses mains moites, ses yeux passionnés disaient la frénésie de désir qui l'avait submergé.

Pendant ce temps, les nuages s'étaient accumulés au-dessus de leurs têtes. De temps à autre, un grondement de tonnerre ébranlait l'atmosphère. Un vent chaud agitait la toile de l'auvent qui les protégeait du soleil et Noor sentit que son corps était semblable à la terre parcheminée qui attendait impatiemment les bienfaits d'une pluie trop longtemps désirée. Ne serait-il pas impardonnable, presque un péché, de tourner le dos à cette merveilleuse ondée ? De s'en tenir à des principes qui n'amenaient que sécheresse et désolation ?

Là, en bas dans la cabine, les attendait un grand lit et l'éternité. Bari l'aida à se lever et la guida. Il la fit doucement tomber sur l'amoncellement de coussins et s'étendit à côté d'elle. Puis il la prit presque violemment dans ses bras et, pour la première fois, laissa libre cours à sa passion...

Bari lui lança un sac de plastique qui atterrit sur ses genoux, la tirant de ses souvenirs brûlants et la ramenant à la terrible réalité. Elle rougit comme s'il avait pu lire dans ses pensées.

Qu'est-ce que c'est ? demanda-t-elle, frissonnant de froid.
— Une couverture de survie. Il ne serait pas prudent de se rapprocher pour se réchauffer. Il vaut mieux répartir le poids pour ne pas déstabiliser le radeau.

Le ton de mépris avec lequel il rejetait sa demande de réconfort l'emplit de confusion. On aurait dit qu'elle lui faisait des avances indécentes !

Elle ne crut pas un instant à ses arguments et se sentit cruellement blessée qu'il ne veuille même pas la prendre dans ses bras dans un moment pareil. Elle se souvint alors de ce qu'elle avait entendu le matin même et toute la colère, toute la douleur de la découverte de sa fourberie l'envahit de nouveau.

— Qu'est-ce qui vous donne le droit de me témoigner un tel mépris ? Me suis-je jamais jetée à votre tête ? C'est vous qui, depuis le premier jour, m'avez regardée comme si j'étais... un puits dans le désert !

Elle en avait les larmes aux yeux, mais réussit à se contrôler.

— Hélas ! Trois fois, hélas ! Vous n'étiez qu'un mirage, déclara Bari d'un ton dur.

— Moi ! s'écria-t-elle, sur le point de s'étrangler d'indignation. C'est *vous* le mirage ! Moi, je ne vous ai jamais menti !

— Même quand vous avez promis de m'épouser alors que vous n'en aviez pas l'intention ?

Sa voix résonnait d'une fureur mal contenue. Dans la lumière rougeâtre de l'abri, il lui parut avoir changé. Son visage n'était plus que celui d'un étranger en colère, l'étranger qu'il était soudain devenu ; un personnage qu'elle ne connaissait pas.

— Et quand vous avez dit, vous, que vous vouliez m'épouser, reprit-elle, ce n'était pas un mensonge peut-être ?

Les mots se bousculèrent soudain en elle, empreints de chagrin, de déception, de haine. Son orgueil blessé attisait sa colère et se déversait en phrases lapidaires.

— Vous ne vouliez pas m'épouser. Vous ne l'avez jamais voulu. Vous le faisiez contre votre gré. Ne vous donnez pas la peine de me contredire. Sachez que j'ai entendu votre tante et votre cousine échanger des confidences extrêmement explicites. Vous ne vous êtes résigné à m'épouser que sous la pression de votre grand-père. Il tient à cette alliance avec les Durrani, la famille de son vieil ami. C'est lui qui vous a mis en demeure de m'épouser. Pour hériter des biens de votre famille. Uniquement. Mais vous ne m'aimez pas.

Il la regardait sans broncher, juste un sourcil levé.

Elle insista :

— Est-ce que je mens toujours ?

Une seconde interminable s'écoula.
— Non, Noor, concéda Bari d'une voix extrêmement calme. Non, je ne vous aime pas. Mais pourquoi vous en indigner ainsi ? Vous l'avez toujours su.

6

Noor, effarée, le regardait avec horreur et sentit son monde s'écrouler une seconde fois.

— Je ne vous ai jamais dit que je vous aimais, reprit-il imperturbable, et vous ne me l'avez jamais demandé. Tout ce que vous vouliez, c'était un mari fortuné, d'un rang social propre à satisfaire votre orgueil et vos caprices d'enfant gâtée. Qui vous permettrait de mener la vie de plaisir égoïste dont vous rêviez. C'est ce que je représentais pour Noor Askhani et il se trouve que, pour moi, c'était le prix à payer.

— Le prix à payer ?

— C'est pourquoi votre soi-disant découverte que l'amour n'entrait pas en ligne de compte dans notre mariage n'est pas une excuse, repondit-il sans l'entendre. Alors, je vous repose la question : qu'est-ce qui vous a fait rompre un engagement sur lequel nous étions tous les deux d'accord ? Et pourquoi avoir choisi un tel moment, le plus grossièrement injurieux pour nos familles et nos invités ?

Ses yeux brillaient d'une lueur sauvage et lançaient des éclairs.

— C'est faux ! s'écria-t-elle, blessée.

— Qu'est-ce qui est faux dans ce que je viens de dire ?

— Si vous ne m'aimiez pas, pourquoi ne pas me l'avoir dit quand vous m'avez demandé de vous épouser ?

— Vous ne m'avez jamais posé la question. Vous avez préféré

ne pas vous en inquiéter. Cela ne semblait pas être important pour vous.

— Parce que… parce que je croyais…

— Vous croyiez quoi ? Que je vous aimais ?

Il éclata d'un rire cruel qui résonna étrangement dans l'habitacle confiné du radeau.

— Vous pensiez tout vous approprier, c'est cela ? Je vous apportais ma fortune, mon rang, l'honneur de mon nom. Cela ne vous suffisait donc pas ? Vous vouliez aussi mon amour ? Et vous ? Qu'est-ce que vous m'offriez en échange ? Pas votre amour, assurément, car vous n'aimez que vous.

— Ce n'est pas vrai ! s'écria-t-elle, abasourdie par ses accusations. Je n'ai pas besoin de votre rang, de…

Les larmes menaçaient de la submerger, mais elle n'aurait voulu pour rien au monde lui laisser voir combien elle était bouleversée par ses déclarations, combien elle se sentait humiliée, meurtrie, anéantie.

— Vous avez fait semblant, l'accusa-t-elle, un sanglot dans la voix. N'essayez pas de nier, de me faire passer pour une idiote. Pendant tout ce temps, vous vous êtes conduit comme si vous étiez fou amoureux de moi.

Il leva une main et haussa les épaules.

— Vous êtes très attirante physiquement, Noor. Quel homme aurait pu résister ? Mais si vous aviez cherché mon amour, vous auriez agi comme quelqu'un qui veut être aimé, et non comme quelqu'un sûre d'elle-même et de ses droits. Quand vous êtes-vous préoccupée de savoir ce que je pensais de vous ? Et ma mère et mes sœurs ? Avez-vous fait le moindre effort pour les comprendre, pour vous en rapprocher ? Non. Rien ne vous intéresse en dehors de votre petit confort personnel. Ni les opinions, ni les sentiments des autres.

— Vous mentez !

— A tel point, continua-t-il, ignorant l'interruption, que vous n'avez pas remarqué que je ne vous parlais jamais d'amour. Et voilà que maintenant, vous me dites avoir cru que j'étais fou de vous. Est-ce le comportement d'une femme amoureuse ?

Il marqua une pause et reprit, encore plus durement :

— Si vous, vous aviez été amoureuse de moi, vous me l'auriez dit. Même lors d'une banale aventure sexuelle, une femme ne peut pas s'empêcher de dire : « Je t'aime » à son partenaire. Mais pas vous ! Pas Noor Askhani ! « *Oh, Bari ! C'est merveilleux !* », s'amusa-t-il à imiter d'une voix de fausset, ajoutant le ridicule à une ironie cruelle. Voilà tout ce que vous avez trouvé à dire. Pas un seul mot d'amour.

La colère et l'humiliation envahissaient Noor, la ravageaient comme un incendie ne laissant que ruines sur son passage. Jamais elle n'avait été insultée de cette manière, condamnée aussi durement, sans appel.

Désespérée, elle sortit son dernier argument :

— J'étais vierge, souvenez-vous. Pourquoi croyez-vous que j'aie attendu tout ce temps sinon par amour pour celui auquel je me donnerais ?

Il sourit sans joie.

— Vous attendiez un mari potentiel. Vous m'avez dit : « Uniquement avec mon époux ou mon futur époux. » Et non pas « avec l'homme que j'aimerai ».

— Il était évident que j'aimerais celui qui deviendrait mon mari ! s'insurgea-t-elle.

Les yeux de Bari la transpercèrent avec une telle violence qu'elle se sentit comme un papillon cloué sur une planche de laboratoire.

— Et l'homme que vous avez failli épouser, Noor, vous l'aimiez ?

Elle crut que son cœur s'arrêtait de battre.

— Je...

— Allez-y. Dites-moi que vous m'aimez, lui dit-il comme un défi.

Avait-il raison ? s'interrogea-t-elle, déstabilisée. Avait-elle juste aimé l'image de l'homme, du prétendant titré et fortuné et non pas l'homme lui-même ? C'était quoi, l'amour ?

La voyant hésiter, il eut un rire amer et elle protesta :

— Vous vous doutez bien que ce n'est pas maintenant que je vais vous faire de grandes déclarations !

— Si pour vous, l'amour est si facilement rayé de la carte, c'est que vous ne savez rien de l'amour. Vous vous croyez blessée dans votre amour alors que c'est votre orgueil et seulement lui qui est en cause.

— C'est complètement faux !

Il lui jeta un regard glacial et continua :

— C'est votre orgueil qui vous a fait agir comme vous l'avez fait. C'est lui qui vous a poussée à déserter la cérémonie, à quitter le palais sans un mot d'explication pour nos familles, nos invités. Pour moi. C'est cela, n'est-ce pas ? Vous n'avez pas supporté d'être blessée dans votre petit orgueil ? Tout cela à cause d'une conversation que vous auriez entendue ?

Noor se demandait si elle ne rêvait pas, si elle n'allait pas bientôt s'éveiller de ce cauchemar. Comment osait-il lui lancer de pareilles accusations ? Elle qui avait vu en lui le roc sur lequel elle construirait sa vie, s'enfonçait à présent dans des sables mouvants.

Un véritable cauchemar !

Qu'était-il arrivé à la jeune fille radieuse dans sa merveilleuse robe de mariée, avec au doigt un diamant fabuleux d'une valeur inestimable, sur le point d'épouser un homme fou amoureux d'elle ? Pourquoi cette jeune femme, chérie des dieux, s'était-elle exposée à la tempête la plus épouvantable qui soit, mettant sa vie en danger, finissant sur une mer déchaînée dans un radeau de fortune en attendant des secours qui pourraient ne jamais venir ? Comment en était-elle arrivée là ? Maquillage délavé, ongles cassés, cheveux en bataille, trempée, nue, frissonnante, que faisait-elle là, coincée dans un minuscule espace en compagnie de celui qu'elle avait cru fou amoureux et qui n'avait plus que mépris pour elle ?

Mais le pire était le portrait qu'il venait de faire d'elle. Etait-elle vraiment cette femme tellement habituée à être adulée qu'elle ne s'était jamais interrogée sur les sentiments de Bari ? Cette femme qui considérait l'amour envers elle comme un dû ?

Non. Il se trompait. Si elle avait cru en l'amour de Bari, c'est qu'il s'était comporté comme s'il l'aimait.

— Je ne prends pas l'amour comme un dû, affirma-t-elle, ne trouvant rien d'autre à lui opposer.

Elle frissonna, se redressa et ouvrit le sac qu'il lui avait lancé.

Elle en sortit une pièce d'un tissu métallisé qui brilla dans la pénombre.

— Le côté argent à l'intérieur, dit-il tandis qu'il actionnait un gonfleur.

Elle s'enveloppa de la mince feuille d'aluminium et sentit aussitôt les effets bénéfiques de la chaleur. Hélas, les accusations de Bari, elles, subsistaient toujours.

— On dirait le costume du sultan lors du couronnement, ironisa-t-elle, tentant de repousser loin d'elle les paroles de mépris de l'homme qu'elle avait failli épouser.

Se pouvait-il qu'il y ait du vrai dans ce qu'il avait affirmé ? se demanda-t-elle, angoissée. Non. Tout le monde autour d'elle l'aimait. Pas seulement ses parents ou ses frères ou Jalia. Au collège, elle avait été admirée et appréciée par tous. *A l'exception de deux ou trois filles, jalouses de sa popularité*, admit-elle honnêtement. Mais on ne peut pas plaire à tout le monde. Tout être humain a des amis et des ennemis. Ces filles la jalousaient parce qu'elle était choyée par ses parents, qu'elle avait toujours beaucoup d'argent et jouissait d'une grande liberté ; toutes ces choses que les gens ne supportent pas chez les autres.

Mais elle devait bien admettre aujourd'hui que certains membres de la famille de Bari s'étaient montrés réservés à son égard. Mais que lui importait leur opinion ? Libre à eux de penser d'elle ce qu'ils voulaient ! Hélas, sur ce point, Bari voyait juste : elle n'avait fait aucun effort pour se faire apprécier d'eux. S'ils n'approuvaient pas sa façon d'être, c'était leur problème. Pas le sien. De plus, cela relevait de la pure jalousie parce que Bari était tombé amoureux d'elle, avait-elle pensé.

Oui, mais si Bari n'était pas amoureux d'elle et qu'ils le savaient, si la jalousie ne justifiait pas leur attitude, qu'est-ce qui la justifiait alors ?

Qu'ils ne l'aimaient pas simplement… parce que c'était elle ?

Qu'avait-elle fait pour provoquer leurs réticences ? Avait-elle blessé quelqu'un volontairement ?

Brutalement, comme en réponse à ses interrogations, elle imagina ce qui avait dû se passer après sa fuite. Jalia et les demoiselles d'honneur venant la chercher dans sa chambre... se rendant à la salle de bains... fouillant la maison, se posant des questions... s'inquiétant... Avaient-elles tout de suite donné l'alerte ? Qu'avaient-elles pensé ? Et ses parents ? Dans quelle situation embarrassante elle les avait mis !

Quant aux invités, ils avaient dû être sous le choc de la surprise et de l'étonnement, voire de la colère. Elle leur avait infligé une injure personnelle en les traitant ainsi en quantité négligeable. Là encore, Bari avait raison : elle n'avait pensé qu'à elle alors que certains invités avaient traversé la moitié de la planète pour partager sa joie. Elle n'avait même pas pris la peine de les avertir du changement de programme.

Cette découverte lui fit l'effet d'une porte qui s'ouvre, et d'autres découvertes du même ordre lui revinrent à la mémoire.

Elle revit des moments de sa vie où elle s'était comportée en égoïste, méchamment même. Certaines filles qu'elle avait snobées parce qu'elles ne portaient pas les derniers vêtements à la mode, ou dont elle s'était moquée quand elles essayaient de se faire des amis. D'autres, un jour ses amies, le lendemain oubliées sans un mot d'explication. Ce garçon timide qui lui avait demandé de sortir avec lui et qu'elle avait cruellement rejeté, le jugeant indigne d'elle.

Et tout cela sans se poser de questions ! Certaine qu'elle avait raison. Que Noor Askhani avait tous les droits. Elle ne tolérait aucune critique. Un mot de travers et son auteur était aussitôt exclu du cercle de ses admirateurs.

Toute sa vie, elle s'était comportée comme si le monde tournait autour d'elle, réalisa-t-elle, consternée. Pas consciemment bien sûr, mais toute son attitude parlait pour elle.

Quand elle avait appris que Bari ne l'aimait pas, l'univers dont elle était le centre, s'était dégonflé comme un ballon. Blessée dans son orgueil, elle avait infligé la pire injure à son entourage, sans réfléchir aux conséquences.

Elle leva les yeux et rencontra le regard sévère de Bari posé sur elle. Il était hors de question de lui faire part des pensées qui l'agitaient, de la pénible prise de conscience que ses reproches avaient provoquée. Comment pourrait-elle se confier à celui qui la jugeait si durement, ne l'aimait pas, ni d'amour, ni même d'amitié ?

Impassible, Bari la regardait se débattre avec les émotions qui la traversaient, les lèvres tremblantes, le menton agité de soubresauts. Elle se prit la tête dans les mains, dissimulant son visage tandis que les larmes coulaient sur ses joues. Il la laissa pleurer. *Le contrecoup de l'accident, probablement*, pensa-t-il. De toute façon, il était trop furieux contre elle pour avoir envie de la réconforter. Toutefois, quand les pleurs devinrent sanglots et gémissements incontrôlés, il décida d'intervenir. Il lui lança un autre sac en plastique.

— Cessez de gaspiller votre énergie, ordonna-t-il.

Noor releva la tête, entre deux sanglots, le visage inondé de larmes. Elle réussit à se calmer, se moucha dans un de ses jupons et prit le sac.

— Qu'est-ce que c'est ? demanda-t-elle faiblement.
— La trousse d'urgence.

Elle se souvint de la lui avoir demandée, mais ne savait plus pourquoi. Accablée de honte et de chagrin, elle ouvrit le sac, y trouva une lampe de poche dont elle se servit pour examiner le contenu. La première chose qui lui tomba sous les yeux fut un tube de pilules contre le mal de mer. Comme par une relation de cause à effet, elle eut un haut-le-cœur, rejeta vivement sac et lampe et se rua vers l'avant. Elle baissa la fermeture, agrippa le rebord du radeau et, penchée au-dessus de l'eau, dans la tourmente, elle évacua le choc de l'accident, le chagrin, la honte, tout ce qui lui pesait si lourdement sur le cœur jusqu'à ce qu'elle n'ait plus rien ni dans l'estomac, ni dans la tête.

Quand ce fut terminé, elle plongea la main dans l'eau et se nettoya le visage et la bouche à l'eau de mer. Cela lui piqua les yeux et la fit tousser, mais lui permit de reprendre peu à peu ses esprits.

Elle se sentit étrangement nettoyée, purgée, et rentra à l'intérieur.

Bari ne broncha pas.

Aucune importance. Elle ne lui demandait pas de s'apitoyer sur elle. Ni même de s'inquiéter. Elle ne lui demandait rien, ne voulait rien lui devoir. Elle avait beaucoup appris pendant le dernier quart d'heure. Une leçon douloureuse qui changeait sa vision des choses et surtout d'elle-même. Pour la deuxième fois en quelques mois, elle ne savait plus très bien qui elle était.

Mais il était inutile de faire part à Bari de ses réflexions ; il l'accuserait d'inventer, ou de vouloir se rendre intéressante.

— La tempête s'éloigne, dit-elle d'un ton aussi neutre que possible. Je crois que j'ai aperçu la côte.

Il lui tendit la tasse en plastique qui lui avait servi pour écoper.

— Remplissez-la au tuyau.

Elle allait protester lorsqu'elle se rendit compte qu'il avait probablement raison de ne pas vouloir utiliser l'eau qu'il avait stockée, au cas où ils en auraient besoin, même si la terre était proche.

Mais cependant, il aurait pu y mettre les formes !

— Je vois que nous n'allons pas nous embarrasser de politesses inutiles, ne put-elle s'empêcher de rétorquer, acerbe.

Ce qui était une façon de s'exposer à ses critiques, se dit-elle aussitôt, regrettant sa remarque.

— Vous savez de quoi vous parlez, on dirait !

Elle l'avait bien cherché ! Sans un mot elle positionna la tasse comme elle le lui avait vu faire, mais il avait remis le tuyau en place et elle ne parvint pas à le ressortir du premier coup. Elle jeta un coup d'œil vers, lui mais il était occupé à actionner le gonfleur.

Du diable si elle mendierait son aide ! Elle allait lui prouver qu'elle n'était pas aussi idiote qu'il le croyait !

Elle reprit la manœuvre et fut récompensée par le bruit de l'eau dans la tasse. Nyaaa !

La tasse se remplissait beaucoup plus lentement qu'avant et elle réalisa que la pluie diminuait, que l'orage s'éloignait. A trois reprises, elle but le liquide curieusement fade.

— Voulez-vous boire ?

Bari leva les yeux vers elle, surpris.

— Oui. Merci.

Elle s'abstint de toute remarque. La croyait-il vraiment incapable de penser aux autres, même dans une situation comme la leur ? Sans commentaire, elle lui tendit la tasse. Il la vida d'un coup et la lui rendit, grommelant un vague « merci ». Elle renouvela l'opération et il but de nouveau avidemment.

Elle se sentit soudain mal à l'aise avec lui, presque gênée. Nul doute qu'il mettrait cela sur le compte de la nouveauté. N'était-ce pas la première fois qu'elle faisait quelque chose pour quelqu'un ? Mais que savait-il d'elle, après tout ?

Les yeux rivés sur la tasse qu'elle remplissait une troisième fois, elle demanda :

— Vous êtes-vous avisé que vous ne m'avez vue que dans des circonstances exceptionnelles ? D'une part, j'étais en vacances, et d'autre part, je venais d'apprendre qui nous étions réellement, et que ma famille possédait des titres et un palais. Enfin, tout le monde autour de moi s'était mis à me traiter en princesse. Connaissez-vous beaucoup de gens qui aurait gardé la tête sur leurs épaules au cours d'événements aussi troublants ?

Quand elle lui tendit la tasse, leurs regards se croisèrent.

— Dois-je comprendre qu'à votre avis, il ne faut pas juger du caractère de quelqu'un quand la vie comble cette personne de ses bienfaits ? ironisa-t-il.

— Bienvenue au tribunal des Gens de Mer, s'écria-t-elle, vexée. Oubliez ce que je viens de dire !

Il lui rendit la tasse, lui indiquant d'un geste qu'il n'avait plus soif.

Noor la remplit encore une fois et sortit une pilule contre le mal de mer de son emballage. Ce faisant, elle accrocha un ongle. Elle avala la pilule, trouva les ciseaux et se coupa les trois ongles endommagés. Elle étendit les mains devant elle et décida qu'au rythme où cela allait, ils seraient tous à couper bientôt. Autant le faire dès maintenant.

Oui, mais si les secours étaient proches ? Si la vie de luxe et de raffinement reprenait aussitôt son cours normal ?

Elle sentit les yeux de Bari sur elle et releva la tête. Avec un sourire cynique, il signifia :

— Ne vous inquiétez pas. Ils auront sûrement le temps de repousser avant que vous ne retrouviez vos admirateurs.

Serrant les dents, Noor coupa d'un geste vif tous ses ongles.

— J'espère que ce n'est pas une bêtise, reprit-il. Ils auraient pu être utiles. Qui sait combien de poissons nous aurons à écailler.

Cette fois, Noor ne se laissa pas décontancer. Elle le regarda bien en face.

— Votre épée s'en chargera. Quel réconfort de penser qu'enfin, le glorieux passé de votre famille servira à quelque chose !

Le combat était bien engagé et s'annonçait très rude !

7

Noor regarda d'un œil morne la terre qui se rapprochait. Une petite île isolée, une des îles du golfe à l'écart des autres, semblait-il.

Les nuages avaient disparu, faisant place à un soleil de plomb qui transforma rapidement le radeau en sauna. Heureusement depuis peu, le soleil baissait à l'horizon et la chaleur n'était plus aussi intense. Noor se demanda s'il était prudent de sortir de l'abri. Depuis longtemps, Bari s'était assis sur le bord du radeau et utilisait une des rames pour diriger l'esquif vers la terre. Il avait également mis au point une espèce de ligne de pêche qui traînait dans l'eau.

Il avait enlevé sa veste qu'il portait sur la tête, les manches nouées en une sorte de keffieh. Tout autre que lui aurait eu l'air ridicule alors qu'il avait l'allure d'un génie de conte de fées, torse et bras musclés, la peau bronzée, pieds nus, vêtu d'un saroual. Il donnait l'impression d'être parfaitement à l'aise et de profiter de quelques jours de vacances en mer !

Noor, au contraire avait dû rester à l'intérieur en raison de l'ardeur du soleil. Elle avait péniblement réussi à se faire un sarong et une écharpe dans l'un des jupons de sa robe de mariée et cela, avec des ciseaux qui n'étaient pas à la hauteur de la tâche. Sans cette maigre protection, elle ne pouvait s'aventurer au soleil. Son moral avait encore baissé d'un cran lorsque Bari lui avait dit qu'ils avaient suffisamment d'eau pour les premières vingt-quatre heures ! Et après ?

De toute façon, leurs échanges ne dépassaient guère les monosyllabes de première utilité.

Au fur et à mesure qu'ils se rapprochaient de la terre, l'île se révélait plus accueillante qu'elle ne l'aurait cru. Un moment, elle avait espéré atteindre celle qui abritait le célèbre hôtel, le Gulf Eden. Mais non, hélas ! Néanmoins, ils avaient devant eux une anse abritée par des rochers et une plage bordée de palmiers, ce qui laissait espérer une source d'eau douce.

Elle se glissa par l'ouverture, la tête protégée par l'écharpe encore humide et, sans raison apparente, fut frappée d'une idée réconfortante.

— Attendez ! s'écria-t-elle, rompant le silence hostile qui s'était établi entre elle et Bari. Il doit bien y avoir une radio dans l'équipement du radeau ! Une C.B. !

Bari la toisa d'un œil froid sans répondre.

Elle continua, tout excitée :

— Je me souviens que mes amis ont cela sur leur yacht. Cela fait partie des équipements d'urgence.

— Pas sur un radeau. Il y en avait une à bord de l'avion…

— Et vous l'avez oubliée ! s'exclama-t-elle, désespérée.

— Nous avons des fusées. Dès qu'il fera assez sombre, nous en ferons partir une.

— Pourquoi pas maintenant ? s'énerva-t-elle. Les fusées sont aussi visibles le jour !

— Est-ce que cela vaut la peine de gaspiller une fusée uniquement par plaisir ? Pour rompre la monotonie du moment, peut-être ?

Noor n'avait pas l'habitude que l'on se moque d'elle, même à demi-mot et n'apprécia pas sa remarque. Pour se donner une contenance, elle leva l'écharpe au-dessus de sa tête et la laissa flotter dans le vent. Ce simple geste la réconforta et elle se sentit l'esprit plus libre.

— Un peu de mouvement ne nous ferait pas de mal, dit-elle sèchement. D'autant que vous ne semblez pas avoir beaucoup de chance avec votre pêche, ajouta-t-elle pour le vexer.

Mais, ne voulant pas lancer un nouveau débat orageux, elle ajouta vivement :

— Pourquoi parlez-vous de gaspillage ? Combien y a-t-il de fusées ?

— Deux.

— Seulement ! Et si personne ne les voit ? Oh, mon Dieu ! Cette île a l'air minuscule et déserte. Vous ne croyez pas que nous ferions mieux de rester dans le radeau, d'essayer d'atteindre une île plus hospitalière, une île habitée ? Là où des gens pourraient nous porter secours ?

Il se tourna vers elle et son souffle émit un curieux sifflement qu'elle n'entendit pas. Noor se tenait dans l'entrée du radeau, un pied sur le bourrelet, son écharpe tendue au-dessus d'elle. La tête rejetée en arrière, elle se tournait d'un côté puis de l'autre, s'offrant aux caresses de la brise.

Comme elle s'était offerte aux caresses de ses lèvres.

Le léger sarong ne cachait rien de sa peau délicate, légèrement bronzée, mis à part les seins et le ventre, ces endroits cachés qu'il connaissait comme le dos de sa main pour les avoir couverts de baisers lors de leur unique étreinte.

Des gouttes de sueur perlaient à la racine de ses cheveux, comme après l'amour, et ses seins se soulevaient sous la fine dentelle, suivant le mouvement de ses bras.

Dans sa ligne de vision, le haut de ses cuisses et la toison bouclée, à peine voilée par le tissu de soie semblaient l'attirer comme un aimant. Il lui aurait suffi de se pencher pour que sa bouche prenne la place de ses yeux. Les souvenirs affluaient en masse. Ses muscles crispés, son corps tendu réclamaient leur dû.

— Ne serait-ce pas la meilleure solution ? dit-elle encore, inconsciente de ce qu'elle provoquait chez lui.

Ces mots le ramenèrent à la question qu'elle avait posée. Des gens. Il lui fallait des gens !

Il grimaça un sourire.

— L'idée d'être privée de vos fidèles esclaves vous terrifie-t-elle à ce point ? ironisa-t-il.

— Mes *fidèles esclaves* ?

— Vous craignez de ne pouvoir survivre sans votre armée de servantes, sans Jalia ou vos frères, toujours prêts à faire vos quatre volontés ? Ou sans quelqu'un qui veuille bien les remplacer ? Vous préférez prendre le risque de rester sur le radeau plutôt que de faire face par vous-même à la situation ! Tout plutôt que d'être obligée de vous débrouiller sans l'aide des autres !

A l'entendre, on devinait qu'il était à bout de patience, que cinq minutes de plus en la compagnie de Noor, et il se jetait à l'eau. Ou l'étranglait. Ses lèvres se retroussaient sur ses dents éclatantes en un sourire moqueur que Noor, avec son orgueil cruellement mis à mal, reconnaissait maintenant sans se tromper ! Ce même sourire qui, autrefois, l'avait fait fondre, avait-il toujours été un sourire de dérision ?

La jeune femme serra les dents.

— Je ne faisais que proposer une solution raisonnable, proclama-t-elle, la mâchoire crispée. Indépendamment de *mes* désirs. Mais je dois me rendre à l'évidence, entre les muscles et le cerveau, ce sont les muscles qui l'emportent !

Les yeux de Bari s'éclairèrent d'une lueur qui lui donna la chair de poule. Toutefois, il ne se départit pas de son sourire.

— C'est là toute l'histoire de votre sexe. Vous avez toujours raison sans pouvoir rien faire pour le prouver ! Manque de moyens !

Quel soulagement de faire et d'entendre des phrases complètes quels que soient les sentiments exprimés ! Noor réalisa soudain qu'un affrontement, aussi vindicatif fût-il, valait mieux qu'un lourd silence qui ne faisait que l'angoisser encore plus. Il en allait de sa survie mentale.

— Cela n'a pas toujours été le cas, rétorqua-t-elle. Il n'y a pas si longtemps que les hommes sont aux commandes. Deux ou trois mille ans, tout au plus. Une petite parenthèse regrettable dans l'ordre normal des choses.

— Vous pensez que l'on va en revenir au matriarquat ? Que la société d'aujourd'hui va s'en remettre à la sagesse suprême des femmes ?

— Ce sera cela ou la disparition de l'espèce.

— Vous êtes donc persuadée que, sous la direction des hommes, la société court à sa perte ?

— Je pense qu'une catégorie d'hommes, ceux qui redoutent les femmes et ne leur donnent pas voix au chapitre dans la conduite des affaires publiques, ont déjà conduit notre société au déclin, entamant la descente aux enfers.

— Et bien sûr, je fais partie de ces demeurés impénitents ? Réaction typique d'une femme qui ne supporte pas la moindre critique. Bon prétexte pour en faire un cas de misogynie caractérisée.

Elle se pencha, le visage à la hauteur du sien et déclara en articulant chaque mot :

— Sachez que je me moque de vos critiques. Peu m'importe ce que vous pensez de moi et peu m'importe aussi que vous m'aimiez ou non, mentit-elle effrontément.

Les yeux de Bari sur elle la brûlaient plus que les rayons du soleil et elle sentit toute sa volonté s'émietter…

— Vous ne voulez pas m'écouter ? reprit-elle cependant. Vous avez décidé que nous devions nous rendre sur cette île. Pourquoi ? Parce que vous savez tout mieux que moi ? Vous êtes expert en la matière sans doute. Les naufrages cela vous connaît ! A d'autres, mon cher ! En l'occurrence, vous n'en savez pas plus que moi et nous sommes à égalité. Sauf que moi, j'ai besoin de votre permission pour continuer alors que vous, vous pouvez manier ce radeau sans mon aide. Que me reste-t-il ? Vous jeter par-dessus bord et essayer de me diriger vers une terre plus accueillante ?

— Mais je vous en prie, ironisa-t-il. Faites, si vous en êtes capable.

— Et voilà ! On en revient au point de départ : la force contre la raison !

Elle eut un sourire moqueur et leva les yeux au ciel, comme affligée par la bêtise d'un mauvais élève.

A voir l'air tendu de Bari, elle sentit qu'elle avait marqué un point et entamé son calme. Avait-elle aussi mis le feu à la poudrière qu'elle sentait couver sous les apparences ?

— Attendez un peu avant de vous attribuer tout le mérite de la raison, répliqua-t-il, énervé. Ces îles sont inhabitées, sauf celle du Gulf Eden. C'est exact. Toutefois, je serais curieux de savoir comment vous espérez atteindre cette île précise quand vous n'avez aucune idée de notre position et encore moins de là où elle se trouve ? Même une femme peut comprendre cela.

Il avait encore raison... Noor serra les dents et ne trouva qu'une faible réplique à son argument.

— Pas étonnant que le monde soit dans une telle pagaille avec des hommes à la barre ! bougonna-t-elle.

— Quand les femmes étaient au pouvoir, c'était le paradis sur terre ?

— Les villes n'étaient pas entourées de murs comme des forteresses. Prenez l'exemple de Sumer...

— C'est dans le manuel féministe d'histoire pour grands commençants que vous puisez vos arguments ? Il n'y avait pas de murs non plus autour de Persépolis, la capitale de l'empire perse, le plus grand de toute l'Antiquité. Dirigé de main de maître par les rois Achéménides ! Tous des hommes !

— Dites-moi, interrogea-t-elle faussement calme, mes arguments vous déplaisent-ils parce qu'ils sont féministes ou parce qu'ils contredisent votre vision des choses ?

En dépit du sang-froid qu'elle affichait, Noor était troublée plus qu'elle ne l'aurait souhaité. Le soleil couchant se reflétait dans les yeux de Bari, l'auréolait de lumière et d'une sensualité extême.

La mer autour d'eux luisait d'un éclat doré. Aux couleurs d'améthyste et de bleu saphir des hauts fonds avaient succédé le turquoise et l'émeraude des moindres profondeurs, étoilés çà et là de reflets argentés. On aurait dit qu'un peintre céleste s'était plu à disperser des diamants sur la crête des vagues et... sur les boucles brunes de Bari, accentuant sa relation naturelle avec la mer, et rappelant à Noor des souvenirs d'une autre époque... Celle où ils avaient glissé sur l'eau, en harmonie avec le soleil couchant. Les mains de Bari s'étaient attardées sur elle après l'amour, caressant avec tendresse le corps dont il avait pris possession... ses bras... ses épaules... ses seins...

Le cœur de Noor s'accéléra. D'accord, il était très beau. Et alors ?

D'accord, il lui avait fait l'amour comme dans les romans. Mais maintenant qu'elle savait ce qu'il était vraiment, comment pouvait-elle encore être attirée par lui ?

Car il avait raison : elle ne l'aimait pas d'amour et ne l'avait jamais aimé !

— C'est parce que ces idées ne reposent sur rien, annonça calmement Bari, répondant à sa question. C'est à peine si nous comprenons nos voisins d'aujourd'hui. Alors comment pouvons-nous prétendre connaître le fonctionnement de sociétés disparues depuis des milliers d'années ?

Le radeau approchait de la crique, projetant son ombre sur le fond de sable blanc. Un banc de poissons argentés et turquoise prit la fuite, se sentant menacé par cette forme sombre.

Un mouvement brusque de la ligne de pêche mit fin à leur conversation. Un poisson s'était fait prendre ! Bari lança vivement l'écope à Noor.

— Essayez de la mettre sous l'animal !

Lentement, il ramena la ligne, levant le poisson hors de l'eau, le laissant se débattre un instant pour finalement le tirer dans le radeau.

L'urgence de la tâche à accomplir, la nécessité d'assurer leur dîner du jour détendit l'atmosphère et leur fit oublier leur dispute. Quand le poisson fut enfin à bord, ils se sourirent.

— Je pourrais le manger tout cru tant j'ai faim ! s'écria Noor.

— Qui sait si ce n'est pas ce qui vous attend ! ironisa Bari.

Voyant que le radeau s'éloignait de la plage et dérivait vers les rochers, il sauta dans l'eau et fit signe à Noor de rester à bord. Il passa l'amarre sur son épaule et tira l'embarcation vers la crique sablonneuse. Les muscles de ses bras et de ses épaules entrèrent en action ; il guida l'esquif le long du promontoire qui s'enfonçait dans le sable blanc, le maintint dans la bonne direction au milieu des remous des vagues qui s'écrasaient au pied des rochers.

Noor le regardait faire, impuissante et anxieuse. Elle le vit sortir de l'eau et remonter sur la plage. Le saroual mouillé collait à sa taille mince, à ses hanches, à ses cuisses, mettant en évidence une musculature puissante. Les souvenirs de son corps sur le sien affluèrent. Elle se sentit fondre…

Douloureux et sublime, c'était ce que lui rappelait son corps. Là, de nouveau, le bruit des vagues léchant leur radeau, les mouvements de la mer au rythme érotique de montée et de descente, tout se liguait contre elle pour raviver le souvenir de cette première expérience et le moment suprême où s'étaient mêlés le plaisir et la douleur.

Ce jour-là, elle n'avait pas atteint les sommets, mais la légère souffrance de la perte de sa virginité n'avait pas atténué son désir de lui. Les mains et les lèvres de Bari sur elle lui avaient fait connaître le plaisir. Cependant, ce qui l'avait marquée, c'était de le sentir en elle, l'entraînant vers une vérité fondamentale qu'elle n'avait pas atteinte mais qui l'attirait irrésistiblement. Le contact de leurs corps avait suffi à la transporter de bonheur et, à sa grande honte, c'était ce dont elle rêvait, ce à quoi elle aspirait de toutes ses forces, là, maintenant…

Et pendant tout ce temps, se rappela-t-elle cruellement, *il te méprisait, ma chère. Ce n'était qu'une façon de te séduire. Il payait le prix pour satisfaire son grand-père et mériter son héritage !*

Le radeau toucha le fond. Oubliant ses sombres pensées, elle sauta par-dessus bord dans les vagues, douces et chaudes sur ses jambes.

— Il faut qu'on le tire au sec, dit Bari, hors d'atteinte de la marée. Mettez-vous de ce côté.

Il ordonnait, s'attendant à être obéi et Noor ne put que s'exécuter. Ils tirèrent le bateau sur la plage et ne s'arrêtèrent que sur le sable sec, à l'abri des rochers. Alors Bari fit un signe d'approbation comme envers un enfant qui se serait bien conduit.

Il se pencha dans le radeau pour prendre la torche électrique et Noor se détourna, s'absorbant dans la contemplation d'un coucher de soleil somptueux. Tout le spectre des couleurs y était représenté : rouge sang à l'horizon, orange foncé, doré, puis vert tirant sur le bleu saphir, avec quelques touches d'améthyste juste au-dessus d'eux.

Devant elle, la mer n'était plus qu'une étendue de velours sombre, éclairée çà et là de rouge et d'or. Splendide !

— Princesse !

La voix qui interrompit sa rêverie la fit sursauter. Elle se retourna pour voir le visage de Bari affichant le sourire moqueur qu'elle détestait.

— C'est bien ce que je pensais ! se moqua-t-il. Dommage. A partir de maintenant, il n'y a plus de princesse. Le titre est temporairement suspendu. Ici, chacun contribue à l'effort de guerre.

Elle le fusilla du regard.

— Je ne faisais qu'admirer le coucher de soleil, se défendit-elle.

Elle ne précisa pas que c'était aussi le moyen de ne pas admirer son corps musclé ! Il gèlerait en enfer avant qu'elle admette ce genre de tentations.

— D'accord, dit Bari sur un ton sceptique. Mais ce n'est pas le moment. Si vous voulez dîner, il va falloir vous y mettre.

— Est-ce que l'on ne devrait pas, d'abord, explorer l'endroit où nous sommes ?

— Il va bientôt faire noir comme dans un four. Nous ferons cela demain. Vous feriez bien de rassembler des pierres pour en faire un foyer et, après, vous viderez le poisson.

— Et vous, pendant ce temps-là, qu'est-ce que vous ferez ? questionna-t-elle d'une voix suave. Vous vous reposerez un peu après cette dure journée ?

— Je vais aller ramasser du bois mort pour faire un feu, dit-il en ignorant la remarque. A moins que vous ne vouliez manger le poisson cru.

Il leva la main et, avec un petit bruit sourd, un couteau vint se ficher dans le sable, aux pieds de Noor.

Puis, sans plus d'explication, il s'éloigna.

Dans l'obscurité grandissante, elle ramassa des pierres qu'elle disposa en cercle. Quelque peu inquiète, elle releva la tête et aperçut la lampe de Bari se déplaçant dans ce qui devait être un sous-bois.

Il était toujours un peu effrayant de se retrouver en terrain inconnu et Noor frissonna. Elle se sentait complètement démunie, pratiquement nue, mal protégée par le ridicule sarong. Seule l'idée de faire du feu la rassura.

Elle n'avait jamais vidé un poisson de sa vie mais l'avait vu faire assez souvent pour s'y essayer. D'autant plus qu'elle se doutait que Bari l'attendait au tournant. Eh bien, il en serait pour ses frais !

Elle respira à fond, saisit le couteau avec fermeté et, avec une moue de dégoût, s'attaqua à la bête. Elle était en train de le mettre sur une feuille de palmier quand Bari revint, les bras chargés de bois.

— Bravo, Princesse. Toi, bonne fille ! dit-il à la vue de ses préparatifs.

Elle serra les dents et répliqua sur le même ton :

— Bravo Cheikh ! Toi, bon garçon !

Il baissa les yeux et fronça les sourcils. Avant qu'il ne proteste, elle leva la main.

— Ce n'est pas moi qui ai commencé !

A son grand soulagement, il éclata de rire.

Noor alla se rincer les mains dans la mer et quand elle revint, Bari avait disposé le bois et s'employait à allumer le feu. Sur son ordre, elle alla chercher le sac qui contenait l'eau et la tasse en plastique. Elle en profita pour s'envelopper de la couverture de survie et en apporta une autre qu'elle étendit sur le sable comme pour un pique-nique. Mais la comparaison s'arrêtait là car il n'y avait rien d'autre. Aucun ustensile. Pas de couverts. Pas de sel. Rien.

Elle resserra la mince couverture autour d'elle, luttant contre la panique. *Ils avaient eu de la chance*, se dit-elle en guise de réconfort, se souvenant de l'orage et du naufrage de l'avion. Bari avait eu raison : ils étaient plus en sécurité sur la terre ferme que sur l'eau, perdus dans la nuit sur un minuscule radeau.

Les derniers rayons du soleil disparurent derrière l'horizon et l'obscurité les enveloppa, vaguement éclairée par les flammes timides du feu. Le silence était impressionnant et mettait en relief le moindre bruit : le murmure de la mer, les craquements du bois, le cri d'un oiseau ou d'un animal dans l'ombre menaçante des arbres.

Seuls.

Ils étaient seuls sur cette île perdue.

8

Cette nuit-là, Bari ne dormit pas, et, les yeux ouverts, écoutait la respiration régulière de la jeune femme à côté de lui.

Au-dessus d'eux, accroché aux arbres, le voile de mariée était censé faire office de tente. La lune et les étoiles brillaient dans le ciel violet foncé tandis qu'en bruit de fond, il percevait le rythme des vagues qui s'écrasaient mollement sur la plage. A quelques mètres d'eux, la mer, presque noire, luisait, à peine teintée ici et là, de touches argentées. Pas d'horizon. L'obscurité les recouvrait comme un filet dans lequel ils seraient prisonniers.

Comme le filet émotionnel dans lequel il se débattait.

Non, Noor, je ne vous aime pas.

Ce mariage avait été voulu par son grand-père. Nostalgique d'une époque où les anciens décidaient pour les plus jeunes, le vieil homme en revenait aux coutumes ancestrales.

Bari ressassait son amertume et s'indignait, autant contre son grand-père que contre lui-même qui s'était incliné, désireux de respecter la tradition.

Que Jabir al Khalid se soit préoccupé avant tout d'une chose aussi triviale démontrait qu'il avait perdu le sens des priorités. Au lieu de s'attaquer aux mille et un problèmes que soulevait le Grand Retour, il avait fait rechercher la famille de son meilleur ami Faruq Durrani pour arranger le mariage de son petit-fils sans demander son avis au petit-fils concerné qui, lui, avait tout autre chose en tête que de se marier. Il avait des responsabilités à honorer en tant que Compagnon de la Coupe, soutien du nouveau sultan dans l'organisation et la gestion du royaume. De plus, en tant qu'héritier des biens de sa famille au Bagestan, il était impatient de remettre en valeur son patrimoine, depuis longtemps en friche. Et faire la cour à une jeune femme, même pour honorer un mariage arrangé par les familles, ne faisait pas partie de ses préoccupations premières.

Mais cela n'avait pas convaincu son grand-père. Pas plus le fait que la jeune Durrani soit une étrangère, élevée en Australie, à la manière occidentale, dans le luxe et l'insouciance et, selon toutes probabilités, inapte à seconder Bari dans ses diverses tâches.

Aussi calmement et respectueusement qu'il l'avait pu, Bari avait fait remarquer que cette jeune personne n'avait pas été préparée à accepter un mariage arrangé avec un inconnu. Comme toute Occidentale, elle devait attendre sans doute le grand amour pour épouser l'homme de son choix.

Son grand-père avait reconnu la justesse de ses propos et avait décidé qu'il n'y aurait pas de démarches officielles comme autrefois, et qu'il reviendrait à Bari de faire sa cour et de gagner les faveurs et le consentement de la jeune fille.

Mais le pire restait à venir car, peu de temps après, Jabir al Khalid, impatient, dictait son ultimatum, une sorte de chantage qui avait bouleversé Bari.

Le vieillard se disait conscient des changements survenus dans les mœurs et se rendait compte que ses désirs n'avaient plus force de loi, qu'il n'avait plus le même pouvoir que ses prédécesseurs. En conséquence de quoi, pour s'assurer que le contrat moral entre son petit-fils et lui serait respecté, il employait la menace, sans hésitation : ou Bari se pliait à sa volonté, ou il était déshérité et les propriétés de sa famille iraient à des cousins qui se battaient déjà pour savoir qui hériterait de quoi ! De plus, s'il ne ne se conformait pas au diktat, il lui serait interdit de fréquenter son grand-père et son entourage.

Or, Jabir al Khalid savait mieux que tout autre que son petit-fils avait toujours rêvé de revenir dans un Bagestan libre, qu'il avait participé avec Ashraf Durrani à la lutte souterraine pour rendre le trône à la famille des al Jawadi, qu'il voulait aider à reconstruire le pays et mettre en valeur son héritage.

Alors que ses rêves étaient en voie de se réaliser, que Bari s'attendait aux félicitations de son grand-père pour ce qu'il avait accompli, et à ses encouragements pour la suite, ce dernier avait émis ce souhait invraisemblable. Il exigeait que Bari mette de côté ses projets, qu'il repousse à plus tard les grandes entreprises qu'il avait envisagées pour se consacrer à la conquête d'une femme-enfant outrageusement gâtée, sans aucun sens des responsabilités de son rang, et l'épouser !

Lors de sa première rencontre avec Noor, à l'occasion du couronnement du sultan, Bari avait compris que le destin se jouait de lui : la jeune fille était pire encore que ce qu'il avait imaginé. Une vraie beauté, capricieuse, imprévisible, une moue sensuelle sur les lèvres, consciente d'être le centre de l'attention générale. De toute évidence, la jeune Australienne avait rapidement découvert les privilèges de son rang de princesse orientale et en profitait pleinement.

Bien qu'éloigné d'elle, dans l'immense salle du palais où avait lieu la réception, il avait été aussitôt attiré par le magnétisme sexuel qui émanait d'elle. Ce magnétisme débridé, exalté, irradiait comme une étoile nouvellement née qui aurait testé la force de son rayonnement.

Elle souriait à tous, attirant les hommes malgré eux, tels des papillons s'agglutinant autour d'une lampe, rejetant dans l'ombre les étoiles de moindre grandeur.

Telle était Noor Askhani.

Mais malgré sa colère contre son grand-père et ses exigences intempestives, il ne put retenir un mouvement de jalousie à l'encontre des autres hommes qui l'approchaient.

Si elle devait être sienne, ce serait intégralement.

Pour la première fois de sa vie, il comprit ce qui avait poussé ses ancêtres à enfermer et voiler leurs femmes. Il n'avait pas choisi cette jeune femme, mais elle était néanmoins à lui. Brusquement, que d'autres lui sourient et la caressent des yeux, lui fut insupportable. Ils lui volaient son bien. Son instinct de mâle oriental se révoltait, l'incitait à se battre !

Sa réaction le surprit, une réaction primitive qu'il ressentait pour la première fois et cela, pour une femme qu'il ne connaissait pas et méprisait à l'avance !

Une femme qu'il désirait comme il n'avait jamais désiré aucune autre femme…

La robe qu'elle portait ce jour-là avait encore ajouté à son pouvoir de séduction. Des joyaux lui entouraient le cou, cascadaient sur sa poitrine. Des nuages de tulle vert pâle masquaient et révélaient tout à la fois les formes parfaites de son corps. Tout avait été étudié pour exciter l'imagination et provoquer le désir des hommes alentour.

Les doutes qu'il avait entretenus concernant sa conquête s'envolèrent rapidement. Il était possible en effet qu'elle ne soit pas préparée à un mariage arrangé mais, en sa faveur, jouait le fait qu'apparemment, elle n'attachait pas d'importance aux sentiments en général et à l'amour en particulier. Très vite, elle se montra flattée de l'intérêt qu'il lui portait, de l'intensité de son désir pour elle. Mais il ne fallut pas longtemps à Bari pour se rendre compte que cela n'avait rien à voir avec les sentiments.

Il avait tous les atouts en main pour lui plaire : la fortune, la naissance, la dignité de Compagnon de la Coupe et les relations sociales qui lui permettaient de frayer avec les plus grands.

Apparemment, c'était ce qu'elle appréciait chez lui.

Il fit donc étalage de ses richesses, de ses fréquentations et garda pour lui la part de ses rêves et de ses ambitions personnelles comme il l'aurait fait avec toute autre femme. Il lui avait fait rencontrer des princes et des gens célèbres, mais n'avait rien dévoilé de lui-même, de sa vraie personnalité. Il l'avait comblée de cadeaux, se retenant de la couvrir de baisers comme l'y poussait son désir brûlant.

Car c'était là que le bât blessait : le désir insensé de posséder cette femme qui l'avait saisi dès le début. La piètre opinion qu'il avait d'elle, sa lucidité quant à son égoïsme d'enfant gâtée, rien n'altérait sa détermination. Ni son désir.

Il tint les autres hommes à distance, résolu à remporter le prix de cette virginité qu'elle se vantait d'avoir préservée pour son futur époux. Un seul regard suffisait généralement à faire comprendre à l'intrus qu'il n'était pas le bienvenu.

Il avait tout de suite compris qu'elle était aussi attirée par lui et craignait de céder à ses pulsions, pour peu qu'il se montre plus entreprenant qu'un autre. C'est pourquoi il mit au point une stratégie aussi calculée que celle du sultan Ashraf pour regagner son trône. Noor n'avait qu'une seule arme à lui opposer : « *Seulement avec mon futur époux.* » Il s'employa donc à saper ses défenses pour l'amener au point où, le désir l'emportant, elle baisserait sa garde. Il entrerait alors en action, lui ferait l'amour et lui proposerait le mariage dans la foulée, réalisant ainsi l'accomplissement de ses propres désirs et la volonté de son grand-père.

Pas un instant, Bari n'avait envisagé que Noor, prise aux filets de sa stratégie, puisse faire volte-face et lui échapper au tout dernier moment. Comment aurait-il pu imaginer qu'elle dénonce leur contrat, dûment établi par leur rapport sexuel, et prenne la fuite ?

Il ne savait pas quoi penser des raisons qu'elle avait avancées pour se justifier. Elle qui n'avait pas manifesté le moindre signe d'amour à son égard, le moindre intérêt envers ses sentiments, pourquoi aurait-elle été choquée d'apprendre qu'il l'épousait sur ordre de son grand-père ? Elle qui avait consenti sans se faire prier à cette union des plus satisfaisantes pour elle, pourquoi se serait-elle révoltée à l'idée d'un mariage arrangé ?

Cependant il commençait à comprendre. Cette femme, incapable de donner quoi que ce soit d'elle-même, voulait tout : la fortune, le rang social, et l'amour. Elle s'était enfuie quand elle avait appris que ce n'était pas le cas et qu'il ne l'aimait pas. Comment osait-elle prétendre à son amour alors qu'elle-même ne l'aimait pas !

Ne savait-elle pas que rien n'était jamais acquis ? Que la fortune et la beauté n'avaient jamais rien acheté ? Et surtout pas l'amour.

« *Ceux que la fortune a comblés de ses bienfaits, se doivent de cultiver l'humilité.* » C'était la devise des Compagnons de la Coupe : servir les autres en remerciement de leur naissance et de leurs richesses.

Noor remua à côté de lui et il la regarda. Sous la couverture de survie, elle s'était enveloppée dans un pan de soie de sa jupe de mariée. Au-dessus d'eux, le somptueux voile leur servait de moustiquaire. La scène était cocasse. Bari sourit amèrement ; les atours de la mariée avaient subi le même sort que les espoirs de son futur époux : déchirés, réduits en lambeaux.

Sous la clarté de la lune, les cils de la jeune femme projetaient des ombres délicates sur ses joues et tout son visage prenait une apparence éthérée, d'un autre monde. Les vieilles légendes parlaient des djinns, ces créatures faites de feu alors que les humains étaient nés de la terre. Or le clair de lune jouant sur sa peau laiteuse donnait l'impression d'iradier de l'intérieur. Allah avait bien créé des êtres à partir de la terre, pourquoi n'en aurait-il pas créé en se servant du clair de lune ? *De tels êtres auraient cette apparence*, se prit-il à penser. Translucides, un reflet du ciel. Un reflet de lune.

La lune avait-elle un cœur ? Ou cette clarté opalescente était-elle un symbole de froideur et d'insensibilité ?

Qu'importait ! L'essentiel n'était pas là. L'essentiel était de mener à bien le mariage comme prévu. De trouver le moyen de revenir au Bagestan et d'en finir avec ces simagrées. C'était le prix à payer pour réaliser son rêve et accomplir la promesse faite à son père sur son lit de mort. Jamais il n'oublierait ses dernières paroles :

— Rentre à la maison, fils. Reconstruis ce que nous avons perdu.

Il avait promis. Il n'avait que quinze ans à l'époque, un âge impressionnable, et cette promesse lui avait dicté sa conduite les années qui suivirent, dans l'ombre du sultan, jusqu'à son rétablissement sur le trône du Bagestan.

Toutefois, l'homme adulte qu'il était maintenant nourrissait une autre ambition, un autre rêve : trouver l'âme sœur, la femme qui partagerait ses joies et ses tristesses. Une femme capable de sacrifice et de dévouement, prête à s'impliquer dans le mariage et la famille, et non quelqu'un d'égoïste et d'insensible aux autres comme Noor.

Pourtant, à un moment donné de leur relation, il avait espéré réussir à la toucher, apprendre à l'aimer et se faire aimer d'elle. Il s'était imaginé qu'ils pourraient, avec le temps, former un couple solidaire et aimant qui serait leur point d'ancrage.

Mais l'esclandre dont elle s'était rendue coupable lui avait ouvert les yeux. C'était une égoïste, sans égards pour les autres, dépourvue de cœur. En l'état actuel des choses, s'il persistait à vouloir l'épouser, l'avenir s'annonçait difficile, douloureux même. Pour lui, pour les enfants qu'ils auraient, pour sa mère et ses sœurs.

A moins que Noor Askhani n'ait plus de cœur qu'il n'y paraissait, se reprit-il à espérer. Et il pourrait à la fois honorer la promesse faite à son père, satisfaire son grand-père et vivre avec une femme qu'il ne cessait de désirer.

Bari contempla l'obscurité semée ici et là de touches lumineuses et soupira. La naissance, la richesse, la beauté ne seraient d'aucune utilité sur cette île déserte. Seules comptaient les qualités réelles de la personne. Cet environnement hostile servirait-il de révélateur ?

Il fronça les sourcils, le regard fixé vers le lointain comme s'il cherchait à percer ce que l'avenir leur réservait. « La vraie nature d'une personne se manifeste dans l'adversité », se souvint-il. C'était un dicton cher à sa famille, maintes fois cité pendant les longues années d'exil.

Noor rêvait. Il le vit au plissement de son front, à l'ombre d'un sourire sur ses lèvres. D'un seul coup, son cœur bondit dans sa poitrine et son corps s'enflamma. S'il se rapprochait, la prenait dans ses bras comme l'y poussait l'ardeur de ses sens, s'il la réveillait par ses baisers, par l'urgence de son désir, quelle serait sa réaction ? Est-ce qu'elle le repousserait ?

Sans aucun doute. Mais il n'avait pas besoin de la surprendre dans son sommeil, pas besoin de l'éclat romantique des étoiles, des odeurs de mer et de sel, du silence alentour pour qu'elle soit à lui. Il saurait lui communiquer la passion qui l'animait et faire naître en elle son désir de lui.

Car c'était une femme toute de passion. Il l'avait découvert lors de leur après-midi enivrant sur son yacht, de leur soirée de jouissance mutuelle. Quels que soient les artifices de son cœur, son corps avait parlé pour elle et n'avait pas menti.

A cette évocation, sa virilité se manifesta dans toute sa plénitude, lui faisant souhaiter d'entendre la respiration de sa compagne se transformer en gémissements de plaisir. Il voulait goûter la douceur de sa peau, se repaître de son odeur, sentir l'abandon de son corps sous ses caresses et toucher la moiteur humide prête à le recevoir. C'est ce qui lui avait presque fait perdre le contrôle de lui-même lors de leur première fois.

L'odeur et le bruit de la mer lui rappelaient cruellement cet après-midi de rêve si éloigné de l'instant présent. Malgré lui, il pencha la tête vers le creux de sa gorge. En dépit de la dure journée qu'ils avaient connue, sa peau gardait une odeur de musc qui raviva les regrets de Bari.

Cela aurait dû être leur nuit de noces. Elle était sienne en droit. Si elle ne s'était pas comportée comme une folle, il aurait eu tout loisir de l'éveiller par les baisers qui lui brûlaient les lèvres, de caresser ses seins fermes que seule la lune caressait, de rassasier la faim qui le tenaillait avec sa langue, ses mains, tout son corps jusqu'à la possession finale.

Il aurait eu le droit d'enfoncer son membre gonflé de désir dans l'écrin de la chair de sa femme, son autre moi. De s'élever à grands coups répétés vers la jouissance la plus débridée qu'il ait connue, en quête de sa réponse à elle, celle qui lui était montée à la gorge et l'avait projetée vers lui.

Au prix d'un énorme effort, Bari réussit à se contrôler et fixa intensément la mer sous la clarté de la lune.

Il était pratiquement sûr d'avoir échoué sur l'île la plus éloignée, à la pointe de l'archipel, celle que l'on appelait le « Talon de Salomon ». Dans ce cas, ils étaient en dehors du passage des navires, et les petits bateaux ne s'y aventuraient plus depuis que les îles avaient été évacuées. Seuls, les bâtiments qui approvisionnaient le Gulf Eden passaient à quelque distance de là, mais bien trop loin pour qu'ils espèrent être secourus.

Si le dicton familial disait vrai, si l'adversité révélait la vraie nature d'une personne, c'était l'occasion ou jamais d'en faire la preuve avec Noor ! Seuls sur cette île, livrés à eux-mêmes, ils ne pouvaient compter que sur leur ingéniosité pour assurer leur nourriture, leur sécurité ; et pour faire plus ample connaissance.

C'était l'occasion de découvrir si elle avait un cœur et s'il pouvait espérer en forcer la porte. Un autre dicton courait parmi les hommes de sa famille : « Un homme s'ouvre le cœur d'une femme en frappant sans relâche à la porte de sa féminité. » Un rappel des prouesses sexuelles attendues d'un amant digne de ce nom.

Au-dessus d'eux, la lune, impassible, continuait son ascension dans le ciel, déversant sa lumière blanche, pure, sur Bari et ses projets.

9

Noor se réveilla au lever du soleil. Comme avant elle depuis l'aube du genre humain, tous ceux qui suivent le rythme de la nature. Tel un nœud de serpents enflammés, le soleil s'élevait au-dessus de la mer, projetant ses rayons sur l'eau rougeoyante.

Bari se tenait sur la grève et, du coin de l'œil, la vit remuer.

— Réveillée ?

Elle fit « oui » de la tête et se redressa sur un coude pour mieux admirer le flamboiement de la naissance du jour accompagné du chant des oiseaux nichés dans le bois derrière eux.

Elle s'étira et bâilla.

— Qui pourrait dormir devant un tel spectacle ? dit-elle.

D'une main, elle tira sur leur moustiquaire de fortune et voulut s'asseoir. Elle retint un cri : elle avait mal partout comme si on l'avait battue !

— Je crois qu'il va me falloir un kiné, gémit-elle. Je suis pleine de courbatures.

Bari la regarda passer en revue ses bleus et ses bosses.

— Il doit y avoir quelque chose dans la trousse d'urgence, suggéra-t-il. Une pommade.

Elle respira à fond et constata qu'une nuit à la belle étoile n'était pas désagréable sous ce climat. Elle fit quelques essais de jogging sur place sans trop souffrir. Elle avait connu pire quand son entraîneur-masseur avait poussé certains exercices à fond.

— Comment vais-je faire pour m'échauffer ? murmura-t-elle pour elle-même.

Loin de sa salle de gymnastique, elle se sentait perdue.

Levant la tête, elle vit l'expression amusée de Bari et s'irrita.

— Vous avez un problème ?

Il rit.

— Non, non. Rien, Princesse. Voulez-vous boire ?

Il n'en fallut pas davantage à son estomac pour se manifester. Elle s'avisa qu'elle mourait de faim.

Bari lui tendit la tasse en plastique remplie d'eau. Elle but et garda l'eau dans sa bouche. Un goût bizarre. Pas de goût, en fait. Elle vit Bari l'observer et décida de garder ses réflexions pour elle.

— J'ai faim. Si on mangeait ?

— Il faut d'abord, explorer l'île et, bien sûr, nous mettre en quête de nourriture avant qu'il ne fasse trop chaud. Après quoi…

— Explorer ? s'exclama-t-elle. Nous mettre en quête de nourriture ? De quoi parlez-vous ?

Il roula des yeux et elle eut envie de le frapper.

— D'aller à la recherche de quelque chose à manger, reprit-il. Ce n'est pas ce que vous voulez ?

Elle eut un rire grinçant.

— Si. Un verre de lait écrémé et un muffin de régime !

— Croyez-moi, nous ne saurons pas ce qui nous attend avant d'avoir pris connaissance des lieux.

Il se servit une tasse d'eau et leva les yeux vers le ciel ; le soleil était déjà haut et brillait de tous ses feux. Dans quelques heures à peine, la chaleur serait accablante.

— Il faut que l'on y aille.

— Vous plaisantez ! s'insurgea-t-elle. Qu'est-ce que vous avez en tête ? Que je ramasse des baies sauvages dans une feuille de palmier ?

— Si vous avez mieux à proposer en matière de survie…

Il la regardait, songeur. Puis il sourit et expliqua :

— Noor, je suis sérieux. Comment pensez-vous que nous allons survivre en attendant les secours ?

— Nous avons des rations. Je les ai vues.

Il savait qu'elle le savait. Alors, à quoi jouait-il ?

Il se tenait devant elle, apparemment décontracté, les pieds fermement plantés dans le sable, les bras croisés sur la poitrine, la tasse au bout d'un doigt. Sa veste de soie était froissée, tachée, tout comme son pantalon blanc. Toutefois, il avait le maintien fier et assuré, d'un Compagnon de la Coupe.

Ce maintien qui, autrefois, l'avait impressionnée et séduite, se retournait à présent contre elle.

— C'est vrai. Il y a des rations dans le sac d'urgence de l'avion. Très peu. A garder en cas de toute dernière nécessité. Avec un peu de chance...

— Et maintenant, ce n'est pas une nécessité ? s'énerva-t-elle. Je meurs de faim.

— Rien de tel pour aiguiser vos dons de cueilleuse, répliqua Bari sur le ton ferme d'un sergent s'adressant à une nouvelle recrue récalcitrante.

Il alla remettre la réserve d'eau dans le radeau et en referma soigneusement l'entrée.

— Venez, dit-il.

— Avez-vous oublié que je n'ai ni chaussures, ni vêtements ? interrogea-t-elle, le menton levé.

Il baissa les yeux vers ses propres pieds, nus également puis la regarda d'un air qui l'irrita royalement. Il lui prit le poignet d'une main ferme.

— Vos pieds vont vite s'endurcir, décréta-t-il en l'entraînant.

— Mais je ne veux pas que mes pieds s'endurcissent ! s'écria-t-elle, indignée.

Elle enfonça ses talons dans le sable, freinant de toutes ses forces et se libéra de son emprise.

— Si vous croyez que je vais me balader à la recherche de fruits sauvages, pieds nus et en sous-vêtements !

Les trilles d'un oiseau éclatèrent dans le silence soudain, comme pour se moquer d'elle.

Bari l'observait.

— Vous préférez mourir de faim ?

— A vous de rapporter ce que vous trouverez, proclama-t-elle. C'est vous l'homme, fort, primitif. C'est vous qui avez l'épée, non ?

N'avait-elle pas raison ? Que pouvait-elle faire, à moitié nue, sans chaussures et sans armes, au milieu d'une forêt ?

— Selon la tradition, vous avez raison, reconnut-il. Mais hier, vous avez rejeté cette tradition. Vous m'avez rejeté, moi. Je ne vous suis donc rien et vous, vous ne m'êtes rien non plus, Noor. Vous ne pouvez pas, un jour, me laisser tomber et, le lendemain, réclamer ma protection. Si vous voulez un semblant de petit déjeûner, il va falloir vous le procurer par vous-même.

Elle se savait en terrain glissant mais la faim, une faim qu'elle n'avait jamais connue, renforçait son entêtement.

— Mais je sais où me le procurer ! clama-t-elle. Dans les petits sachets en plastique du sac d'urgence. Je m'en tiendrai là pour ce matin. Merci.

Elle s'avança en direction du radeau, mais la main de Bari se fit plus dure sur son épaule et l'immobilisa.

— Nous avons déjà établi qu'entre la raison et la force, c'était la force qui l'emportait inévitablement. Avez-vous vraiment envie de vous en assurer ?

Elle tenta de le défier du regard, mais ne vit dans ses yeux qu'une froide détermination. Ils étaient couleur de lave, noirs en surface avec des lueurs de feu, intense, brûlant, reflets d'un brasier d'enfer qui couvait à l'intérieur.

Elle avait cru que son regard recelait une ardente passion pour elle. Maintenant, elle savait qu'il n'en était rien. D'où venait alors cette impression de lave en fusion, mi-excitante, mi-dangereuse ?

A le voir si froidement déterminé, elle fut persuadée que l'homme qui, hier, voulait l'épouser, la regarderait mourir de faim sans le moindre remords ! Qu'il prendrait plaisir à dévorer le résultat de sa chasse, sous ses yeux, sans lui en offrir le moindre morceau ! Le Bari qu'elle avait connu — il y a des années, lui semblait-il —, ne se serait pas comporté de cette manière !

De nouveau, elle eut la curieuse impression de vivre deux vies à la fois. Après tout, si elle avait épousé Bari, s'ils s'étaient envolés pour leur voyage de noces comme prévu, selon toute vraisemblance, ils auraient subi le même sort que celui qui les avait amenés sur l'île. Dans ce cas, se conduirait-il avec elle de la même manière ?

Elle rit d'un rire amer et reprit :

— Tout bien considéré, j'ai de la chance ! Ce n'est déjà pas très agréable de découvrir la vraie nature d'un homme, de s'apercevoir qu'il a tout d'un monstre. Ce qui aurait été terrible, c'est que j'aie épousé ce monstre et que je sois sa femme pour... le pire !

— Un homme protège sa femme, se sent responsable d'elle, répondit-il d'une voix sourde. Vous n'êtes pas ma femme. Et c'est vous qui en avez pris la décision, pas moi. Je ne fais donc que respecter votre choix. Je ne vois pas en quoi cela fait de moi un monstre !

Quelque chose comme un vague regret effleura Noor. Regret qu'elle repoussa fermement. Elle se débarrassa de la couverture de survie et ramassa le morceau de soie sur lequel elle avait dormi. Elle l'enroula autour d'elle et se sentit mieux. Ce n'était qu'une mince protection mais cela lui donnait l'illusion d'être habillée. Et, vu les circonstances, c'était comme si elle avait enfilé une armure.

Le défiant du regard, elle le noua sur sa poitrine à la manière d'un sarong.

Bari cligna des yeux et se dirigea vers le radeau pour y prendre quelque chose. Quand il se redressa, il calait le couteau dans la ceinture de son pantalon.

— On laisse l'épée au fourreau, aujourd'hui ? remarqua-t-elle, moqueuse.

— C'est une arme de combat qui ne doit pas être souillée par le sang des animaux, rétorqua-t-il d'une voix sèche.

Elle ne sut s'il plaisantait, s'il dramatisait ou s'il exprimait une vérité.

— Mon bon sens me dit, qu'armé d'un simple couteau, un chasseur est amené à s'approcher beaucoup plus près de l'animal qu'avec une épée de trois pieds de long. Mais qui suis-je pour en discuter avec le valeureux guerrier ?

— De toute façon, ce serait une perte de temps inutile et... vous avez faim, répliqua-t-il sur un ton léger.

Elle se retint de réagir à l'éclair insidieux qui brilla dans les yeux de Bari.

Il la précéda le long de la plage en direction de la pointe rocheuse. Il voulait se faire une idée de l'île et de leur position avant de s'aventurer à l'intérieur.

Malgré tout, ce fut une promenade magique. Les rochers luisaient de diverses nuances de brun et d'ocre dans la lumière du matin, et les chants des oiseaux dans les arbres les accompagnaient. La forêt, derrière eux, était beaucoup plus importante qu'ils ne l'avaient imaginé. L'île avait l'allure d'une oasis verdoyante.

Une agréable surprise pour les naufragés que Noor se garda bien d'exprimer. Ce fut Bari qui expliqua spontanément :

— La plupart des îles, comme les régions côtières du Bagestan, sont très fertiles. En fait, même la mauvaise gestion de Ghasib n'a pas nui à cette fertilité. Je crois me souvenir que certaines espèces d'herbes rares, connues pour leurs propriétés médicinales, étaient exportées vers le continent.

Elle rit doucement.

— Je croyais que c'était l'imagination de mes parents, jointe à la nostalgie, qui avait transformé le pays en paradis. Mais je m'aperçois qu'ils n'avaient pas tort.

— Les chutes de pluie y sont abondantes, continua Bari, de sorte que cette microrégion a conservé le climat qui, dans l'Antiquité, devait être celui d'une vaste portion de cette partie du monde. De la Méditerranée aux montagnes de Parvan, en fait. Ce n'est que récemment qu'un changement dramatique dans le climat a raréfié les pluies, causant la désertification d'une grande partie des terres autrefois fertiles.

Noor écoutait, se résignant peu à peu à faire une trêve avec Bari, peut-être parce que cette expédition, l'exploration d'un milieu inconnu, mettait en évidence la nécessité d'unir leurs forces, en camarades d'infortune qu'ils étaient.

— Pourquoi cette minuscule portion de territoire a-t-elle échappé à la désertification, personne ne le sait, reprit Bari. La sécheresse qui a récemment frappé le Bagestan a fait craindre le pire. Mais avec le retour des pluies, nous pouvons estimer vivre dans ce qui ressemble le plus au monde au jardin d'Eden.

Le paradis ! Elle était au paradis en compagnie de Bari al Khalid !

Noor ne put retenir un petit sourire sarcastique où se mêlaient la nostalgie et le regret.

Quand ils se mirent à escalader les rochers, elle reconnut que cela n'était pas aussi difficile qu'il y paraissait. La surface en était plutôt lisse et faisait penser à une coulée de lave solidifiée, des milliers d'années auparavant. Elle se dit que c'était une forme d'exercice comme une autre, même si cela se passait loin d'une salle de gymnastique, et en prit courageusement son parti.

Sur le ton d'un guide touristique, Bari continuait :

— Personne ne s'accorde non plus quant à l'origine de ces rochers qui n'existent que dans le golfe de Barakat et nulle part ailleurs dans le monde.

Plus haut, ils découvrirent un étroit sentier qui, apparemment avait été utilisé récemment.

— On dirait que l'île est habitée, se réjouit Noor, essoufflée par l'ascension et déjà pleine d'espoir.

— Ce serait tout récent alors, dit Bari avec un haussement d'épaules. Quand Ghasib a cédé la gestion de l'archipel au Gulf Eden Resort, tous les habitants ont été évacués de force. Les villages, les maisons, tout a été détruit pour satisfaire les promoteurs dont l'ambition était de créer dans l'archipel un complexe de luxe pour touristes fortunés, complètement en dehors de tout lieu habité.

— Je me souviens que notre petite communauté était bouleversée par ce qui se passait ici.

— Oui. Et la communauté internationale s'en est mêlée. Ils ont réussi à retarder les projets de construction sur les autres îles. Le sultan lui-même devra y réfléchir car on lui suggère de transformer l'archipel en parc naturel. Cependant, il y a les gens qui ont été chassés de chez eux, du berceau de leurs ancêtres, privés de leur patrimoine à prendre également en considération. Depuis le Retour, certains ont déjà essayé de revenir.

De nouveau pleine d'espoir, Noor regarda autour d'elle, à la recherche de traces laissées par des gens. Car cela voudrait dire qu'ils auraient des bateaux et qu'ils pourraient rentrer chez eux !

Penché, Bari examinait la piste attentivement. Il se releva et considéra Noor d'un air quelque peu moqueur.

— Désolé de vous décevoir, Princesse, mais ce sentier a été tracé par des animaux. Des chèvres, probablement.

— Ce n'est pas mon jour de chance !

Peu de temps après, ils durent renoncer à poursuivre l'ascension car la pente devenait trop abrupte. Ils s'arrêtèrent pour s'orienter, environnés des cris des mouettes et de leur ballet incessant.

L'île présentait une forme vaguement ovale, en grande partie plate sauf à l'extrémité sud, là où les rochers, entassés pêle-mêle, formaient un amoncellement spectaculaire, dressé vers le ciel au-dessus de la mer.

Ils se tenaient du côté sous le vent, à l'endroit où la végétation lâchait prise, et le spectacle qui s'offrait à leur vue était impressionnant. Derrière eux, la pointe, légèrement concave, tel un arc de lave pétrifiée. En dessous d'eux, le sentier qu'ils avaient rejoint à mi-parcours et qui descendait en lacets le long de la colline pour se perdre dans la forêt.

Une plage de sable blanc courait sur un bon tiers du pourtour de l'île. De l'autre côté, une zone de roseaux, de marécages. Abrité par la pointe rocheuse, un jardin luxuriant d'arbres, de fleurs et d'oiseaux. Le bruit d'une cascade leur apprit qu'il y avait une source quelque part et ils ne furent pas longs à distinguer la brèche dans la végétation creusée par le ruisseau.

Un oiseau au plumage bariolé lança son cri, battit des ailes, et s'envola au-dessus de leurs têtes avant de plonger dans la couronne d'arbres.

Soudain Bari désigna quelque chose de la main, à hauteur des yeux. Un grand oiseau, ailes déployées, se laissait porter par les vents.

— Un faucon, dit-il, l'air satisfait.

— Et alors ? demanda Noor, intriguée.

— C'est de bon augure. Cela indique la présence de petits animaux.

Ils restèrent encore quelques minutes, à scruter l'horizon. Mais dans aucune direction ils n'aperçurent trace d'une terre, île ou autre !

Ils redescendirent et suivirent le sentier qui gagnait le couvert des arbres. Le bruit de l'eau se faisait de plus en plus proche.

Soudain elle fut là devant eux. Une mince cascade sortait du rocher, aussi légère qu'un voile de mariée, et s'écoulait quelques pieds plus bas en ruisselets, coupés de minichutes d'eau avant de former un vrai ruisseau et de disparaître dans la forêt.

En équilibre fragile, une petite chèvre noire et blanche se tenait au bord du bassin où l'eau tourbillonnait. Elle ne les avait pas entendus approcher, et Bari comme Noor s'immobilisèrent, frappés par sa vulnérabilité. Totalement confiante, le nez dans le ruisseau, elle représentait cet état de grâce que la langue arabe, exprime par un seul mot unissant « paix » et « soumission ».

Noor et Bari échangèrent un sourire complice et, d'un commun accord, s'assirent sans bruit, attendant que la chèvre ait fini de boire. Il émanait d'elle une telle confiance en son environnement que c'en était à la fois beau et émouvant.

— Comme il serait facile d'aimer un être aussi confiant.

Surprise, Noor s'aperçut qu'elle avait murmuré les mots à voix basse.

Bari la regarda d'un air pensif sans rien dire.

La chèvre releva la tête, les regarda sans crainte avant de prendre son élan pour rejoindre le sentier et s'éloigner paisiblement entre les arbres.

Le regard de Noor se posa sur le couteau fiché dans la ceinture de Bari, et elle leva des yeux inquiets vers lui.

Comme s'il devinait ses pensées, il se mit à rire.

— Il faudrait que ce soit ma toute dernière ressource, la rassura-t-il.

Elle rit avec lui et, pendant un instant, ce fut comme au tout début de leur rencontre. Avec un pincement au cœur, elle se souvint avoir pensé qu'ils s'accordaient parfaitement, qu'ils avaient, entre autres, le même sens de l'humour.

Pauvre sotte ! se moqua-t-elle. Quand elle croyait qu'ils riaient des mêmes choses, c'était d'elle qu'il riait !

Elle reporta son regard sur la cascade, et, sans s'être consultés, ils se débarrassèrent dans un même élan de leurs vêtements et descendirent sur les rochers, sous le voile de la cascade.

L'eau parut glaciale à leurs corps en sueur après l'effort de l'ascension et Noor ne put retenir un cri sourd quand elle sentit les premières gouttes sur sa peau.

Bari l'entendit et tressaillit. Elle avait poussé le même cri quand il était entré en elle pour la première fois.

Il vit aussi ses seins se dresser sous l'effet du froid comme ils s'étaient dressés vers lui…

Plus troublé qu'il ne voulait le penser, il lui tourna le dos et fit quelques pas pour se placer sous une chute d'eau plus importante.

— Quel plaisir de se débarrasser de tout ce sel ! s'écria Noor.

Sa voix avait des intonations aiguës qui révélaient sa nervosité. Elle espéra que cela passerait inaperçu, tout comme l'envie irrépressible de le dévorer des yeux. Ils n'avaient fait l'amour qu'en une seule occasion, lors de cet après-midi sur son yacht. Elle n'avait pas eu le temps de se rassasier de la nudité virile de son amant.

Il avait tout d'une publicité pour un parfum, les gouttelettes d'eau ruisselant amoureusement sur des formes parfaitement bien proportionnées. Difficile pour elle de ne pas s'en délecter.

Bari la regarda à peine avant de faire remarquer d'une voix aussi indifférente que ses yeux :

— Nous avons de la chance d'avoir une source d'eau douce à notre disposition.

Après quelques instants, Noor attrapa son body et se mit à le laver sous la cascade. Bari plongea sous l'eau, émergea, s'ébrouant comme un animal heureux de vivre, rayonnant d'une force vitale puissante. L'eau coulait sur son visage, sur son corps, mettant en relief les muscles, les courbes, les membres déliés comme si la nature elle-même souhaitait prendre l'empreinte de ce modèle pour le reproduire ailleurs.

En un réflexe instinctif, primitif, les entrailles de Noor se contractèrent. Inconsciemment, elle savait qu'elle pourrait servir le projet de la nature, contribuer à perpétuer le modèle. Un courant électrique la traversa, et son cœur s'enfla d'un amour immense pour tout ce que lui offrait l'univers en ce moment magique.

Il y eut quelques secondes de calme surnaturel : le soleil se reflétait dans la cascade en une myriade de points lumineux, tels des diamants qu'une main invisible aurait négligemment laissés tomber dans l'eau qui se déversait sur eux.

En cet instant de grâce étrange, un homme et une femme se regardèrent soudain, découvrant l'un chez l'autre un monde inexploré. La brise leur murmurait à l'oreille que leurs deux entités possédaient la clé du secret suprême. L'homme tendit la main vers la femme et la main de la femme, sans l'avoir voulu, s'y posa doucement.

Leurs corps ruisselant de mille et un diamants, il la mena vers un endroit baigné de soleil et la fit s'étendre dans l'herbe avec lui.

10

Elle s'allongea sur lui, mêlant ses jambes aux siennes, comme guidée par une vieille habitude. Une onde de chaleur la parcourut et son corps trembla de désir au contact de sa virilité dressée. Les mains de Bari se refermèrent sur ses fesses qu'il tint fermement tandis que ses hanches se collaient aux siennes.

Ses doigts se glissèrent doucement entre les cuisses de Noor, explorant, caressant les délicats pétales de la fleur de son intimité. Il ne la quittait pas des yeux, guettant sur son visage les signes de son désir pour lui.

Elle était toute douceur, prête à accueillir ses longs doigts dans l'écrin de sa presque virginité, lui faisant espérer les plaisirs à venir.

De son autre main, perdue dans ses cheveux emmêlés, il approcha sa tête de sa bouche. Les baisers qu'il avait trop longtemps retenus se déversèrent sur les lèvres de Noor, sur sa bouche dont il prit possession dans un élan presque sauvage.

— Bari ! murmura-t-elle, à demi indignée tandis qu'il l'étouffait de baisers.

Elle sentit une chaleur intense la parcourir sous l'effet des doigts experts, un désir de lui si puissant que ses jambes s'ouvrirent spontanément pour lui donner accès à la partie la plus intime d'elle-même. Une chaleur de sucre et de miel se répandit sur sa peau.

Les doigts de Bari vibraient en elle et sa langue explorait les profondeurs veloutées de sa bouche jusqu'au moment où elle s'arracha à ses lèvres brûlantes pour s'arquer contre lui et, avec un cri étouffé, accueillir le plaisir qui montait en elle. Il ramena son ventre contre le sien et la regarda, le visage levé vers le ciel, crier son plaisir.

— Encore, ordonna-t-il d'une voix rauque.

Cette fois l'explosion monta en force, atteignit un palier, puis un autre. Les cris de Noor se firent plus longs, plus pleinement jouissifs ; son excitation était à son comble, son plaisir plus intense et son désir de lui irrépressible.

La gorge offerte, le corps tendu, la bouche ouverte, elle n'était que désir primitif, presque animal.

Il la dévorait des yeux sans chercher à déguiser le désir qu'il avait d'elle, de cette Noor aux paupières baissées, concentrée sur un monde de sensations qu'elle découvrait et acceptait dans tout son naturel et sa simplicité.

Il ne put se retenir plus longtemps. La lave qui couvait sous la surface fit exploser ce qui lui restait de maîtrise de soi. Il sentit l'éruption monter en lui, menaçant de tout balayer sur son passage. Ses mains la soulevèrent au-dessus de lui, ses doigts l'ouvrirent et, d'une seule poussée, il entra en elle.

Elle reconnut l'urgence de son désir en parfaite union avec le sien, avec cette faim ardente pour l'éblouissement final que son corps devinait. Plaisir, douleur de l'homme en elle, de cette montée de la jouissance vers les hauteurs tourbillonnantes auxquelles les appelait le faucon au-dessus d'eux.

Il lui fit plier les genoux contre ses hanches et lui enseigna la plus vieille danse du monde, le rythme le plus ancien, le plus libre, le plus sauvage aussi. Encore et encore jusqu'à ce que les dieux accèdent à leur prière et les noient dans les vagues du plaisir partagé.

Dès que les spasmes se dissipèrent et qu'elle reprit peu à peu conscience avec la réalité, Noor s'en voulut amèrement de sa stupide faiblesse. Quelle idiote était-elle donc pour donner à son séducteur toutes les raisons de la mépriser ? Une première fois, Bari al Khalid l'avait déflorée sans remords et sans amour et, maintenant qu'elle le savait, elle l'avait laissé recommencer ! Elle qui s'était promis de ne faire l'amour qu'avec son futur époux !

Puisqu'il était hors de question qu'elle épouse Bari al Khalid, jamais elle n'aurait dû renouveler la même bêtise !

Elle se dégagea vivement de son étreinte.

— Belle démonstration ! Satisfait ?

Elle le regarda. Il avait le visage tourné vers elle, les paupières à demi baissées. Il ne dit rien.

Ce qui ajoutait au trouble et à la colère de Noor était cette petite voix intérieure qui lui suggérait que puisqu'elle avait perdu sa virginité, cela n'avait plus d'importance. Pire encore, que cela en valait la peine ! C'était exactement l'attitude adoptée par ses amies en Australie : « Je ne fais de mal à personne et cela ne m'enlève rien. Nous ne vivons qu'une seule fois ! » Attitude qu'elle avait méprisée alors.

Elle s'était crue à l'abri de ce genre de faiblesses, mais elle découvrait que le sexe agissait comme une drogue. Une fois que vous en aviez fait l'expérience, vous n'aviez de cesse d'y retourner.

Avec une logique bien féminine, sa colère se retourna contre Bari. De quel droit avait-il osé lui faire l'amour après les propos qu'il avait tenus à son sujet ?

Elle se leva et renoua le sarong sur sa poitrine d'un geste sec. Elle prit le body trempé et le tordit entre ses mains.

— Encore une de vos manœuvres bien calculées, ajouta-t-elle.

— Pourquoi chercherais-je à vous manœuvrer ? demanda-t-il d'une voix traînante qui n'exprimait qu'un ennui de circonstance.

Noor s'énerva.

— L'héritage familial est toujours en question, non ?

— Oh, cela !

Il eut un sourire cynique qui fit se hérisser la jeune fille de plus belle.

— Mon grand-père comprendra que les meilleurs arbres portent des branches pourries, enchaîna-t-il. Quand il apprendra la manière dont vous vous êtes comportée, il ne voudra certainement plus que je vous épouse.

Bien que furieuse et blessée dans son orgueil, Noor ne se laissa pas abattre.

— Encore mieux ! rétorqua-t-elle. Si je comprends bien, vous

vous êtes payé une petite gâterie gratuite. Le réflexe de l'homme dans toute sa splendeur : « Je prends mon plaisir là où bon me semble ! »

— Et pour une femme, de quoi s'agit-il ? D'un viol, peut-être ? ironisa-t-il.

Il avait frappé juste.

Sous le saroual, il ne portait qu'un sous-vêtement des plus restreints, du genre cache-sexe et, apparemment, c'était tout ce qu'il avait l'intention de mettre pour poursuivre leur exploration. Quand elle le vit jeter sur son épaule veste et pantalon, elle ne put s'empêcher de répondre d'une voix ironique :

— Très Tarzan ! Mais ne vous avisez pas de me reprendre pour Jane. Vous auriez une mauvaise surprise !

— Qui diable peut bien être ce Tarzan ? se moqua Bari en s'éloignant d'un pas souple d'animal repu.

En guise de petit déjeuner, ils se nourrirent d'herbes fraîches et d'œufs de tortue servis sur des feuilles de palme. Ce n'était pas un festin de roi, mais Noor était tellement affamée qu'elle ne fit pas la grimace. Elle aurait même pu avaler une demi-douzaine d'œufs supplémentaire, mais Bari avait insisté pour qu'ils n'en prennent qu'un nombre raisonnable dans le nid qu'ils avaient trouvé.

— Mais il y en a des centaines ! avait-elle protesté.

— Vous oubliez que nous ne sommes pas les seuls prédateurs en quête de ces œufs. Or les tortues sont une espèce rare qu'il faut préserver.

Argument imparable. Toutefois, cela ne calmait pas ses crampes d'estomac ! Elle se lécha les doigts et, jetant un coup d'œil autour d'elle, demanda :

— Et maintenant, que faisons-nous ? On guette les bateaux ?

— En premier lieu, il faut construire un abri.

Elle le regarda, interloquée :

— Et le radeau ?

— Trop petit. Trop chaud. Pas assez sécurisant. Il nous faut prévoir quelque chose de solide...

— Mais nous n'allons pas rester coincés ici éternellement ! s'affola-t-elle. Quelqu'un va venir à notre secours !

— Peut-être. Mais pourquoi le monde entier viendrait-il à votre secours quand vous-même ne faites rien pour votre survie ?

— Vous essayez de me faire peur. Vous avez décidé de me faire travailler pour me punir de m'être enfuie.

C'était si proche de la vérité qu'il esquissa un léger sourire. Croisant ses bras musclés sur sa poitrine, il l'observa sans rien dire pendant un bon moment.

— Je pense effectivement que participer à votre propre survie ne peut pas vous faire de mal, admit-il.

— J'ai déjà eu droit, ce matin au réveil, à la leçon sur la recherche de nourriture, lui rappela-t-elle. Cela suffira pour aujourd'hui, vous ne croyez pas ? Construisez-vous un abri si cela vous chante.

Il la regarda en silence pendant un temps qui lui parut interminable. Soudain mal à l'aise, elle leva le menton en un geste de défi.

— Noor, dit-il d'une voix grave, nous ne sommes pas dans un film. Il n'y a pas de caméras ni d'hélicoptère pour nous embarquer au moindre bobo. Nous sommes seuls, dans une situation bien réelle.

Elle leva les sourcils.

— Ce qui veut dire ?

— Que la première règle est de coopérer, de se serrer les coudes.

— Ah oui ? Et la seconde ? Car il y a sûrement une seconde règle.

Il ne s'énerva pas et répondit comme si elle avait posé sérieusement la question.

— La seconde est de choisir un leader et de lui obéir.

— Laissez-moi deviner, se moqua Noor. Je parierais que vous avez été désigné à l'unanimité !

Une petite voix lui souffla qu'il était absurde de se livrer à un combat aussi dérisoire. *Pas plus absurde que son idée idiote de construire un abri,* se justifia-t-elle.

Bari eut ce sourire qu'elle avait trouvé si séduisant autrefois, découvrant des dents blanches bien alignées. Mais aujourd'hui, cela le faisait ressembler à un animal sauvage et dangereux !

— Nous avons convenu que la force remportait cinquante et un pour cent des voix, déclara-t-il.

— Eh bien, la force peut construire cent pour cent de votre fichu abri, rétorqua Noor. Le cerveau s'en tiendra à la logique et se servira du radeau si nécessaire.

— Impossible. Car nous utiliserons l'auvent imperméable du radeau pour protéger le toit de notre construction.

— Quelle riche idée ! ironisa-t-elle. Démolir ce qui existe pour en faire un abri de fortune qui s'écroulera au premier coup de vent. Heureusement que vous ne prétendez pas avoir le monopole de l'intelligence.

— Et vous ? Votre entêtement ridicule, est-il une preuve d'intelligence ? Vous vous conduisez comme une idiote sans cervelle. Que savez-vous de ce qui nous attend ? Imaginez que nous soyons totalement à l'écart des voies empruntées par les bateaux ? Cela pourrait prendre des jours, voire des semaines avant que…

— Je n'en crois pas un mot ! s'écria-t-elle, brusquement paniquée à cette idée. Il ne se passera pas des semaines avant que l'on vienne à notre secours. De toute façon, le radeau est un abri parfaitement satisfaisant en attendant.

— Non. Ce n'est pas suffisant, croyez-moi. Vous vous entêtez à me contredire parce que vous êtes furieuse que je ne sois pas amoureux de vous.

— Faux ! Puisqu'il n'est plus question de mariage entre nous, je me moque complètement de vos sentiments à mon égard.

— Ce n'est pas le moment de faire de la psychologie primaire ! répliqua-t-il sèchement. Il faut nous organiser pour survivre et vous le savez. Or un abri est la chose essentielle, pour l'un comme pour l'autre. Alors je me mets au travail et quand je donne des ordres, j'entends être obéi.

— Si vous croyez me tenir à votre merci, vous risquez d'être déçu.

— En ce cas, je vais installer mon campement ailleurs et vous n'y serez pas la bienvenue.

Elle savait qu'il ne le ferait pas. Qu'il ne pouvait pas l'abandonner seule dans son coin. Mais le regard inflexible de ses yeux noirs ne lui disait rien qui vaille. On aurait dit qu'il attendait qu'elle lui donne une bonne raison de la planter là. Elle décida de ne pas tenter le diable.

— Comment ai-je jamais pu croire que vous m'aimiez ! s'exclama-t-elle d'un ton désabusé, se rendant à ses arguments. Que d'illusions ! Je devais vivre dans un monde imaginaire.

— N'est-ce pas votre mode de vie habituel ? murmura Bari pour lui-même.

Pour Noor, les jours qui suivirent furent un véritable enfer. Ils se nourrissaient de dattes, d'œufs de tortue et de baies sauvages qui ne s'apparentaient que de très loin à des fruits. Et malgré ce régime d'ascète, Bari exigeait qu'elle coopère à son projet grandiose d'une construction solide. Il lui fit couper les arbres, charrier les branches, extraire ce qui pouvait l'être des restes tragiquement dévastés d'un petit hameau d'habitations qu'ils avaient découvert non loin de la plage.

Ses ongles étaient non seulement cassés mais sales et noirs, ses bras et ses jambes, couverts de bleus, d'écorchures, et incrustés de saleté indélébile. Son visage brûlé, desséché, son nez qui pelait, la désolaient et lui faisaient craindre de ne jamais retrouver un teint normal. Ses cheveux finirent par être tellement emmêlés qu'elle ne pouvait plus y passer les doigts. Quant à ses mains et ses pieds, ils n'étaient qu'ampoules et coupures diverses !

Elle avait tout d'une clocharde. Elle s'était fabriqué des « mocassins » orange dans un reste de l'auvent, les cousant péniblement avec l'hameçon et les fibres d'une plante inconnue. Inutile de dire qu'ils manquaient de confort et d'élégance et n'offraient qu'une maigre protection contre les morsures de serpents dont elle avait une peur panique. Son body se détériorait à vitesse grand V, et les différents sarongs et autres bouts de tissu qu'elle enroulait autour d'elle pour se protéger du soleil, étaient vite souillés dès qu'elle se livrait à l'une des nombreuses tâches ingrates que lui assignait Bari. De plus, ils la gênaient dans ses mouvements.

En matière de vêtements, Bari avait eu plus de chance. Dans

le sac d'urgence de l'avion, il avait trouvé une masse de choses utiles : un briquet, une boîte à outils, un gros rouleau de scotch et... un short en jean !

Ce n'était qu'un short, mais Noor aurait payé cher pour le confort d'une fermeture Eclair !

Pire encore, elle souffrait cruellement du manque de tout produit de toilette. Rien, ils n'avaient rien, pas même du papier. Ni la moindre... intimité. Bari avait promis de construire quelque chose dès que l'abri serait en bonne voie, mais le temps lui semblait long.

C'était la première fois depuis qu'elle était adulte qu'elle n'avait pas à sa disposition les crèmes de toutes sortes, shampooings, déodorants et parfums dont elle faisait un usage quotidien, sans parler d'une boîte de mouchoirs en papier.

Son seul luxe au milieu de ce cauchemar consistait en une mini-brosse à dents et un tube de dentifrice, trouvés dans le sac d'urgence. Evidemment, ils partageaient l'unique brosse et se rationnaient strictement le dentifrice. C'était leur seul lien tangible avec la civilisation, la seule barrière entre eux et la régression totale à une existence de sauvages. Certains jours, en se brossant les dents, Noor en aurait pleuré de bonheur !

En milieu de journée, ils s'arrêtaient pour se reposer, car même un meneur d'esclaves comme Bari ne pouvait contraindre quiconque à travailler par cette chaleur. Toutefois, Noor ne se reposait pas. Chaque jour, elle se rendait à la cascade dans la montagne, expédition qui lui paraissait de plus en plus difficile tant sa fatigue était grande. Mais une fois là, elle se délectait du charme de l'endroit, du contact de l'eau sur sa peau, même si, sans savon, il était difficile de se nettoyer vraiment et, même si, sur le chemin du retour, elle était de nouveau trempée de sueur.

Pour elle, c'était les nuits qui s'avéraient les plus éprouvantes. Dormir sur le sable était déjà pénible mais souvent, elle avait trop froid pour trouver le sommeil. Quand elle s'endormait enfin, elle était réveillée en sursaut par les bruits étranges en provenance de la mer ou de la forêt. Depuis l'incident de la cascade, ils dormaient séparément. Et elle avait beau s'envelopper dans la couverture de survie, se couvrir de tout le tissu qu'elle avait préservé, dès que la brise se levait, ce qui était pratiquement toujours le cas, le drap s'envolait et avec lui, toute la chaleur de son corps.

Par courtoisie, Bari aurait dû lui proposer sa veste pour la nuit, rageait-elle. Mais il semblait déterminé à passer outre à tout comportement chevaleresque. Pendant la journée, il se servait de la veste pour se protéger la tête et le dos. La nuit, il l'utilisait comme chemise et laissait Noor se débrouiller avec les lambeaux de soie qu'elle avait tirés des jupons. Elle avait bien essayé de porter le haut de sa robe de mariée mais, enfilé devant derrière, les manches étaient trop serrées. De plus il était couvert de perles et n'avait plus de boutons.

Un soir, après une journée particulièrement éprouvante, Noor se risqua à plaider sa cause, inquiète de devoir endurer une nouvelle nuit d'insomnie.

— Je vous ai déjà fait remarquer, répliqua Bari sèchement, que vous aviez rejeté ma protection de votre plein gré. Alors de quel droit venez-vous maintenant réclamer d'être l'objet de mes attentions ?

— Faut-il que je vous explique les règles élémentaires du comportement de base de tout homme civilisé ?

Bari eut un rire amer.

— Allez-y. J'aimerais entendre la version personnalisée de la princesse Noor quant à un comportement civilisé !

Comme elle aurait aimé... l'étrangler !

— Vous êtes plus grand et plus résistant, et vous paraissez conserver la chaleur mieux que moi. C'est aussi vous qui avez les vêtements les plus confortables. Vous ne croyez pas que vous pourriez partager ?

A l'expression qui se peignit sur son visage, elle comprit qu'elle s'était aventurée en terrain dangereux. Mais il était trop tard pour reculer.

— Et vous, Noor ? dit-il d'une voix légèrement tremblante. Vous êtes très belle, très gracieuse. Très charmeuse aussi quand vous le voulez. Quelle a été votre attitude envers ma mère et mes sœurs ? Avez-vous essayé de gagner leur amitié ? Avez-vous partagé quoi que ce soit avec elles ?

— Oh, cela suffit ! s'écria Noor agacée.

Elle se leva et se mit à marcher autour du feu où cuisait un poisson pour leur dîner.

— D'accord, reprit-elle, plus calmement. Je me suis conduite en enfant gâtée.

Elle leva les mains en un geste d'impuissance.

— J'ai commis des erreurs. J'ai été égoïste, idiote, tout ce que vous voudrez. A tel point que je n'ai pas compris que c'était ma faute si elles ne m'aimaient pas. Voilà. Vous êtes satisfait ? Maintenant, coincée comme je le suis sur cette île, je ne peux rien faire pour racheter ma conduite envers votre famille. Toutefois, je vous promets de présenter mes plus plates excuses à tous ceux que j'ai offensés dès notre retour à la civilisation. Ce qui n'empêche que, pour le moment, je meurs de froid la nuit et je n'arrive pas à dormir. Je reconnais également, si cela vous fait plaisir, que je manque de cran et d'énergie pour mener cette vie épouvantable, surtout avec vous qui ne cessez de me harceler et de me coller tout le sale travail !

Sa voix avait monté d'un cran et la colère menaçait de prendre le dessus.

— Vous coller tout le sale travail ? s'étonna Bari, les sourcils levés.

— Parfaitement. Vous en faites peut-être autant, si ce n'est plus même, mais moi, je n'ai pas l'habitude, et vous ne faites rien pour me faciliter les choses.

— Que devrais-je faire, à votre avis ? demanda-t-il d'une voix égale. Tout assumer tout seul ?

— Non, ce n'est pas ce que je veux dire. Mais est-ce que cela vous coûterait beaucoup de montrer un peu de compréhension à mon égard ?

Elle arpentait les abords du foyer, se servant de ses mains et de ses bras pour appuyer sa pensée.

— Que ce soit à moi de nettoyer le poisson, de ramasser le bois, de tenir la corde pendant que vous montez un mur, j'en conviens. Mais ne pourriez-vous y mettre un peu de gentillesse ? Etes-vous obligé de me faire sentir votre mépris en permanence ?

De montrer à tout instant que vous êtes persuadé que je rechigne à l'ouvrage ? Que je déteste participer à ces tâches de survie ?

— N'est-ce pas le cas ?

Noor fut prise au dépourvu par cette question. Elle s'arrêta pour le regarder. Assis de l'autre côté du feu, éclairé par la lueur des flammes, il ressemblait à un être mi-homme, mi-dieu sorti tout droit d'une légende.

— C'est précisément la façon dont vous vous comportez, Noor. Comme si j'étais responsable de la situation, des souffrances que vous endurez. Or qui est responsable de ce qui nous arrive ? Vous, et seulement vous ! Quant à la nécessité de coopérer, le simple bon sens l'exige si nous voulons survivre.

— Je sais, murmura-t-elle, subitement calmée.

— Si vous le savez, pourquoi ne pas vous conduire en adulte ? Vous n'êtes plus une gamine. Pourquoi réagissez-vous à toutes mes demandes comme un enfant insouciant qui préfère ses jeux au travail à accomplir ?

— C'est… ce que je fais ? balbutia-t-elle.

Il ne répondit pas, la laissant réfléchir à sa question.

Noor respira à fond, tentant de mettre de l'ordre dans ses pensées.

— Croyez-vous que vos continuels gémissements sur l'horreur de la situation nous facilitent les choses, à vous comme à moi ? insista-t-il. Pourquoi ne pas accepter ce qui est, au lieu de passer votre temps à vous lamenter sur votre sort ? Nous sommes là, ensemble, et nous avons besoin l'un de l'autre. Vous aimeriez que je m'en souvienne quand cela vous convient alors que le reste du temps, vous choisissez de l'ignorer ? Mais il faut être deux pour coopérer, Noor. C'est comme dans le mariage.

Sans prévenir, les larmes montèrent aux yeux de Noor. Cela n'avait rien à voir avec le mot « mariage », évidemment. Elle ne regrettait pas un instant de ne pas avoir épousé Bari, même si elle s'en voulait terriblement d'avoir choisi ce moyen aussi ridicule pour fuir.

Non. Elle pleurait de faim, de tension nerveuse, de fatigue. Elle pleurait aussi de découvrir chaque jour un peu plus les failles de son caractère dans le miroir que ne cessait de brandir Bari devant ses yeux.

— Comme j'aimerais que vous vous voyiez, dit-elle sans conviction tandis que les larmes ruisselaient sur ses joues, que vous vous entendiez, Si vous croyez que vous êtes parfait !

— Bien sûr que je ne le suis pas, répliqua-t-il vivement.

Il y eut un silence, puis Bari ajouta un peu plus calmement :

— Dites-moi ce que vous attendez de moi, Noor.

Elle renifla.

— Je ne dors pas la nuit parce que je suis gelée. C'est tout.

— D'accord. Je peux vous réchauffer si c'est ce que vous voulez.

Sa voix basse et chaude fit courir des frissons le long de son dos et elle se demanda si elle avait eu raison d'ouvrir un tel débat.

Perplexe, elle écarquilla les yeux. Que proposait-il ?

— Je...

Elle se passa la langue sur les lèvres et hésita avant de poursuivre.

— Vous proposez de...

La phrase resta inachevée, suspendue dans le silence du soir qui tombait et que meublaient les craquements rassurants du feu. Il baissa les yeux, s'empara d'un bâton et remua le poisson en train de cuire sur une feuille de palme. Puis il se tourna vers elle et la regarda.

— C'est de sexe que vous avez besoin ?

Le ton de sa voix exprimait une répugnance non déguisée qui blessa la jeune femme. Si c'était là l'expression de ses sentiments à son égard !

— Non ! s'écria-t-elle, inquiète à l'idée qu'il puisse penser qu'elle cherchait à l'attirer près d'elle pour qu'il lui fasse l'amour. Je vous ai déjà dit « non » !

— Exact, admit-il sur le ton de l'ennui.

Il s'arrêta un instant et poursuivit, ironique, cette fois :

— Bien que nous n'en soyons pas de très bons exemples, la chaleur humaine peut effectivement s'avérer des plus efficaces. Par conséquent, je vous donnerai ma veste pour la nuit et je viendrai partager votre couche, uniquement dans le but de vous réchauffer puisque vous me le demandez si gentiment. Cela correspond-il à vos désirs ?

Sans trop savoir pourquoi, elle se sentit terriblement humiliée et répondit d'une toute petite voix :

— Oui. Merci.

Soudain, elle eut une idée.

— Bari.

— Noor ?

— Si vous êtes d'accord, je pourrais essayer de vous faire un genre de djellaba avec la jupe de ma robe. Je pourrais aussi tresser des morceaux de soie pour un keffieh. Est-ce que ce ne serait pas plus pratique que votre veste pour vous protéger du soleil ?

Les yeux de Bari brillèrent d'un curieux éclat et Noor crut y voir une lueur d'approbation.

— Ce serait beaucoup mieux en effet, dit-il gravement. Merci, Noor.

— Pourquoi n'y ai-je pas pensé plutôt, s'étonna-t-elle avec une moue timide.

Bari eut un sourire énigmatique.

— Oui. Pourquoi ?

11

— Mon Dieu, faites que je trouve du savon ! pria Noor à voix basse.

Elle souleva une brique noircie et l'envoya rejoindre la pile de ses trouvailles. Dès le deuxième jour, ils avaient découvert l'emplacement d'un hameau et Noor s'était mise à fouiller les ruines pour y récupérer ce qui pourrait leur être utile. Opération des plus pénibles qu'elle poursuivait jour après jour sous l'œil attentif de la petite chèvre. L'animal la suivait à présent partout dans ses déplacements en forêt, mais ne se risquait pas encore à s'approcher du campement.

Pour Noor, les choses avaient changé. Le travail était toujours aussi rude, mais elle se sentait tournée vers un objectif. Travailler pour subvenir à ses besoins lui procurait un étrange sentiment de satisfaction. Le fait de savoir que tout ce qu'elle faisait, que chaque instant de chaque jour contribuait à assurer leur survie, l'exaltait. Elle reconnaissait que Bari avait raison, que la coopération était une nécessité. Qu'il ait autant besoin d'elle, qu'elle de lui la rassurait. Elle éprouvait de la fierté à participer à une tâche commune qui dépassait les strictes limites de ses besoins personnels.

La chèvre elle-même semblait s'attacher à elle. Noor s'ingéniait à gagner sa confiance, à lui faire comprendre qu'elle n'avait rien à craindre. De jour en jour, l'animal semblait plus à l'aise, à la grande satisfaction de la jeune femme.

Restait un point noir considérable : elle avait faim en permanence et leur alimentation manquait de variété.

— La nourriture est épouvantable, se plaignit-elle à la chèvre. Et il n'y en a jamais assez ! ajouta-t-elle, reprenant la phrase célèbre de Woody Allen.

La bête continua de brouter tranquillement des herbes qui figuraient au registre des choses mangeables indiquées par Bari.

— D'accord. Pour toi, pas de problème, constata Noor, amère.

Ils avaient découvert un autre nid de tortue et y puisaient des œufs en alternant avec le premier qu'ils recouvraient soigneusement. Ils vivaient de poissons, de petits animaux que Bari réussissait à tuer et de racines de légumes déterrées dans les jardins en friche du village. Certaines herbes au goût épicé mettaient un peu de saveur dans un régime terriblement fade.

Noor avait cruellement souffert du manque de sel jusqu'au moment où Bari lui avait fait remarquer que la mer en était pleine. Après de nombreux efforts infructueux, elle avait été récompensée par quelques précieux cristaux au creux de sa main et en aurait pleuré de joie.

Comme elle était devenue émotive ! avait-elle remarqué. Beaucoup trop à son avis !

Maintenant, c'était le manque de savon qui l'affligeait. Ses cheveux s'étaient transformés en paillasson et elle n'osait imaginer l'allure qu'elle avait. Elle avait essayé de se voir dans la surface brillante de la couverture de survie, mais finalement s'était réjouie qu'elle soit trop froissée pour refléter quoi que ce soit. Il lui suffisait de regarder Bari pour se faire une idée de sa propre image. Progressivement, son visage, la peau tannée et craquelée par le soleil, avait été envahi par la barbe, ce qui lui donnait un air de sauvage. Ses mains, longues et fortes étaient incrustées de saleté et aussi calleuses que celles d'un maçon.

Une seule consolation pour Noor : malgré le manque de savon et grâce à la cascade, ils ne dégageaient pas d'odeurs nauséabondes. Du moins, c'est ce qu'elle en concluait car Bari sentait… l'homme, peut-être un peu plus que dans le monde civilisé, mais sans que cela soit désagréable.

Elle espéra qu'il en allait de même pour elle. Malgré cela, à ce moment précis, elle aurait volontiers échangé tous ses nouveaux titres et sa fortune pour une heure à son club de thalasso.

— Massage shiatsu au concombre et aux huiles essentielles ! annonça-t-elle à la petite chèvre.

Elle se redressa pour détendre son dos douloureux et s'étonna que tout le mal qu'elle se donnait en salle de gym l'ait si peu et si mal préparée à l'exercice physique qu'exigeait la situation.

— Manucure aux essences de pêches et crème réparatrice pour les ongles, déclama-t-elle sous le regard fasciné de la chèvre.

D'entendre les mots la réconfortait, lui rappelait l'existence d'un autre monde qu'elle rejoindrait un jour prochain. Du moins l'espérait-elle...

— Soin des pieds au romarin et sel de mer, continua-t-elle.

C'était aussi le parfum des chips bio qu'elle affectionnait tout particulièrement.

— Je crois que tu les aimerais. Tu devrais essayer, dit-elle à sa confidente.

Celle-ci parut gravement réfléchir à la proposition et se remit à brouter.

Noor souleva une brique noircie. Ceux qui avaient détruit le village s'étaient contentés d'y mettre le feu. Malgré cela, il ne restait pratiquement rien de ce qui avait fait la vie quotidienne des habitants. Ils avaient eu le temps, heureusement, d'emporter ce qui leur appartenait. Peut-être aussi que les hommes chargés de ce sale travail avaient mis la main sur tout ce qui avait été abandonné.

Jusque-là, leur plus belle trouvaille avait été une hache au manche en partie brûlé. Ils utilisaient aussi certains matériaux de ce qui avait été des murs pour bâtir leur abri en dur, ce qui satisfaisait Bari.

Noor, elle, avait d'autres espoirs.

— S'il vous plaît, juste un petit morceau de savon..., supplia-t-elle.

Elle se remit à fouiller dans les ruines car le soleil était déjà haut dans le ciel et, bientôt, la chaleur deviendrait accablante. Il lui fallait se hâter d'apporter à Bari les briques dont il avait besoin pour construire le « petit endroit » qu'il avait enfin commencé de mettre sur pied.

Ce matin-là, elle explorait l'extrémité du hameau, là où la destruction n'avait pas été totale. Elle avait découvert les restes d'une maison. Munie de la barre de fer que Bari avait dénichée, elle souleva un morceau de tôle ondulée. Utile, certainement, mais elle ne pouvait pas la transporter toute seule. Il faudrait que Bari vienne l'aider s'il décidait de s'en servir. Elle repoussa la tôle sur le côté, se couvrant la bouche de son sarong pour se protéger des nuages de poussière. Dessous, elle découvrit ce qui avait été la porte de la maison et poussa un cri de joie. Elle était presque intacte, à peine noircie par l'incendie. Avec son bâton, elle la remua de part et d'autre pour faire fuir d'éventuels serpents, puis elle la redressa.

Soudain elle s'immobilisa, comme hypnotisée par une poupée de chiffon qui gisait là, abandonnée.

D'une main tremblante, elle la prit et laissa retomber la porte avec fracas.

De fabrication artisanale, elle avait été confectionnée dans une chaussette, bourrée de restes de tissu. L'imagination de Noor s'enflamma et elle vit comme si elle y avait été les différentes phases qui avaient donné naissance à la poupée. Le bout du pied servait pour la tête et le talon pour les fesses. « Coupez en deux le reste et en quelques points de couture, vous avez les jambes. Ensuite, vous fabriquez des bras avec un autre reste de tissu que vous rembourrez avant de les fixer de chaque côté. Puis, avec amour, sous les yeux d'une petite fille tremblant d'impatience, vous inventez un visage : des yeux noirs, un soupçon de nez et une bouche souriante, le tout soigneusement brodé à l'aiguille. Parachevez votre œuvre avec une chevelure de laine tressée, retenue par un ruban doré et terminez par une tunique coupée dans un reste du tissu de la robe que porte la petite fille. »

Alors, l'enfant peut l'habiller et la déshabiller, la nourrir, la coucher ; se mettre à l'aimer.

Hélas, un jour, la poupée adorée dégringolera sans qu'on le voit de la caisse où s'entassent les biens de la famille, ou des bras de l'enfant, paniquée de sentir ses parents terrorisés, chassés de chez eux par des étrangers brutaux.

Noor vivait la scène, entendait les cris des enfants, les supplications des femmes comme si leur angoisse avait imprégné la pauvre petite poupée, les poutres noircies, la terre, l'air autour du hameau.

A l'époque, on avait parlé de « désastre humanitaire », mais cela ne représentait rien pour Noor Askhani. Là, dans ce champ de ruines, elle réalisait qu'elle avait toujours cru agir selon sa conscience, une conscience de privilégiée. Elle donnait généreusement à différentes œuvres de charité et allait même jusqu'à penser que la répartition des richesses était quelque peu injuste.

Quant à vraiment comprendre le malheur qui frappait certaines personnes, c'était une autre histoire !

« Pourquoi ne veux-tu pas que j'y aille ? » Elle s'entendait argumenter avec son père, sur le ton d'une enfant gâtée habituée à ce que l'on cède à tous ses caprices. Dès son ouverture, le Gulf Eden était devenu l'endroit à la mode, et plusieurs de ses amies y avaient passé des vacances de rêve. Pourquoi pas elle ?

Son père avait mis son veto et rien n'avait pu le faire fléchir. Il avait tenté de lui expliquer ses raisons, mais Noor n'avait pas écouté et avait boudé pendant des semaines.

Maintenant, elle se sentait au cœur de la tragédie, comme si la petite fille à la poupée, l'enfant effrayée de ce qui lui arrivait, s'accrochait à elle. Ces gens faisaient partie de son peuple, et étaient venus grossir le nombre de personnes chassées de chez elles pour une raison bien futile : créer un lieu de plaisir destiné aux privilégiés de la planète, installer des bases militaires, agrandir les pâturages. Pour aider à la désertification !

Et elle ? Que faisait-elle en ce moment ? Elle fouillait les ruines de la vie de ces gens pour améliorer ses propres conditions de vie ! Pour un bout de savon !

Les larmes aux yeux, elle secoua la poussière qui recouvrait la poupée, ajusta la tunique tachée, s'essuya le visage d'un geste rageur, et partit en courant, laissant derrière elle les restes pitoyables de la misère et du malheur infligés par des hommes à d'autres hommes. Par simple goût du profit.

Noor rejoignit le campement les bras chargés de branches de palmier dont elle recouvrirait le sol de leur abri.

Elle pensait trouver Bari en train de travailler mais il avait disparu. Personne dans la hutte. Personne près des toilettes en construction. Personne dans le sous-bois.

Les outils en désordre jonchaient le sol et la planche qu'il était en train de fixer pendait par une extrémité.

Elle sentit l'inquiétude la gagner. Ce n'était pas le genre de Bari, méthodique, organisé, soigneux des quelques outils qu'il avait rassemblés.

Qu'est-ce qui avait pu lui faire tout interrompre brutalement ?

Elle sortit du sous-bois, posa ses feuilles sur le sol et se rendit sur la plage à sa recherche. Elle vit la djellaba et la ceinture de soie qu'elle lui avait faites abandonnées sur le sable, et son regard se porta aussitôt vers la mer. Après quelques minutes, elle distingua quelque chose comme des débris, des caisses qui dérivaient vers la plage.

Elle s'immobilisa, le cœur battant. Que contenaient ces caisses ? Etaient-ce les restes d'un naufrage ?

Dans le soleil du matin, la houle faisait danser ces cadeaux inattendus comme une friandise à portée de la main.

Du savon ? espéra-t-elle. *De la nourriture ? Du chocolat ?*

De là où elle se tenait, elle voyait un grand container, une caisse en plastique, un rouleau de cordes et des oranges qui oscillaient sur la mer. La marée n'allait pas tarder à les rejeter sur la plage, mais Noor n'eut pas la patience d'attendre. Elle, défit son sarong et, en body déchiré mais tout à fait passable comme maillot de bain, elle entra dans l'eau.

Alors qu'elle allait plonger, elle aperçut un autre tas de caisses et d'autres containers qui dérivaient vers les rochers. Elle réfléchit rapidement. C'était trop risqué. Les vagues et le courant étaient trop forts à cet endroit pour qu'elle puisse s'y aventurer.

Mais il fallait choisir entre attendre que la marée rejette sur la plage certaines choses et se lancer à la poursuite de ce qui allait s'écraser sur les rochers…

Bari ! Où était-il ? Avait-il vu ? Elle s'abrita les yeux de la main et scruta la plage, l'eau, espérant l'apercevoir.

— Baaariii ! hurla-t-elle. Baaaariiii !

Pas de réponse.

Hésitante, elle reporta son regard vers la précieuse cargaison qui se dirigeait vers les rochers. Pour la première fois, Bari n'était pas là pour lui dicter sa conduite. Fallait-il essayer de sauver ces caisses ? La plupart lui parurent trop importantes pour être traînées ou poussées vers la plage. Si elle réussissait toutefois à parvenir jusqu'à elles…

Mieux valait attendre ce que la marée voudrait bien leur apporter. Néanmoins…

Elle courut vers le radeau, y prit une longue corde en Nylon. Elle s'en entoura la taille, courut sur la plage aussi loin qu'elle put en direction du promontoire et entra dans l'eau. Elle se servit de la corde comme d'un lasso. Il lui fallut plusieurs essais infructueux et des efforts désespérés avant de réussir à attraper la première caisse. Elle s'assura que la corde tenait bon et se livra à son premier combat contre les éléments : tirer ce premier butin sur le sable malgré les vagues et le courant. Ne pas laisser la mer lui reprendre ce qu'elle lui agitait sous le nez.

Ce fut avec un cri de victoire qu'elle tira la caisse au sec et dénoua la corde. Elle était prête à recommencer l'opération quand elle aperçut Bari. Loin, au-delà des rochers. Se battant avec une caisse énorme.

Ses forces en furent décuplées. Sous le soleil et dans l'eau, elle lutta contre la mer, bras et jambes douloureux, tendus au maximum, pour pousser, tirer l'un après l'autre, tout ce qui était à sa portée.

— Noor !

Elle leva la tête, avec l'impression de sortir d'un rêve. La grève était parsemée de choses de toutes sortes. Inconsciente du temps écoulé, elle réalisa qu'elle avait vu Bari pousser plusieurs fois des caisses vers la plage puis s'éloigner à la nage.

— Essayez de me lancer votre corde !

Quelque chose dans sa voix la fit réagir aussitôt. Elle défit la corde de la dernière caisse et, moitié courant, moitié nageant, alla vers Bari.

— N'allez pas plus loin ! ordonna-t-il. Restez où vous êtes.

Le soleil aveuglant dansait sur les vagues. Bari agrippait une corde qu'il avait enroulée autour de trois caisses en chaîne. La houle tendait la corde au maximum et Noor se rendit compte qu'il mettait toute sa force à les retenir.

— Prenez appui sur vos pieds, tenez bien la corde et lancez-moi l'autre bout.

— Bari ! s'écria-t-elle, prise d'une panique soudaine, laissez tout !

— Allez-y ! Lancez la corde !

Les mains tremblantes elle enroula la corde, imaginant le pire : s'il s'écrasait sur les rochers...

— Bari ! Laissez tomber !

— Lancez-moi cette fichue corde ! hurla-t-il.

Elle la lui lança de toutes ses forces. Elle le vit brusquement entraîné par son chargement et cria encore :

— Bari ! Arrêtez !

Mais il avait attrapé la corde et essayait de nouer les deux ensemble. Les coups de boutoir de la mer rendaient la tâche impossible. Il était ballotté, déporté, en danger d'être écrasé par les caisses, ou projeté sur les rochers.

Noor ne pouvait l'aider sans être elle-même renversée.

Une vague plus forte que les autres fit basculer Bari qui disparut sous l'eau.

— Bari ! hurla-t-elle.

Il émergea au moment où Noor vit les caisses prendre le large.

— Pouvez-vous me tirer vers vous ? cria-t-il.

Il nageait en biais pour ne pas avoir à lutter contre le courant. Noor tenait fermement la corde, le tirant vers la plage, avec l'impression de faire évoluer un étalon ombrageux ! Il parvint enfin à passer la barre et sortit de l'eau, vacillant.

Il saignait abondamment, la cuisse ouverte par une profonde estafilade.

12

Noor se précipita vers lui et se glissa sous son bras pour le soutenir.

Il s'appuya lourdement sur elle. Lui qui n'était pas homme à se plaindre, grimaçait à chaque pas, traînant la jambe, sursautant quand il devait faire porter son poids de ce côté-là. Il ne geignait pas, mais son souffle court et ses mâchoires crispées disaient toute sa souffrance et faisaient courir des frissons de peur dans le dos de Noor. S'il était gravement blessé, que faire ?

Elle réussit à l'amener jusqu'à la hutte. Là, avec un grognement de douleur, il se laissa tomber sur la couverture de survie et ferma les yeux, reprenant sa respiration.

Le cœur serré, Noor contemplait la blessure.

— Ya Allah ! murmura-t-elle.

C'était l'expression de sa mère devant un problème. Dans sa tête elle imagina le pire : infection, gangrène, amputation. Quelle horreur s'il perdait une jambe à cause d'elle !

— La trousse de secours, grimaça Bari dans un souffle.

C'était lui qui souffrait, se reprocha-t-elle. Ce n'était pas à lui de prendre les choses en main, mais à elle !

Elle courut vers le radeau où ils avaient rassemblé leurs objets les plus précieux et s'empara de la mallette. Elle avait soigneusement découpé les restes de sa robe de mariée et fait un tas des morceaux. Elle en choisit un de bonne taille et revint vers Bari.

Elle s'agenouilla près de lui et constata qu'il saignait moins.

Elle se sentit quelque peu soulagée. Elle déchira des bandes dans le tissu avec l'impression d'agir en véritable professionnelle !

— Il faudrait recoudre…, avança-t-elle.

— Pour le moment, l'important est de désinfecter.

Mais il n'y avait pas d'eau bouillie. Pas de pot et… pas de feu. C'était Bari qui, tous les soirs allumait le feu pour leur dîner et leur réconfort psychologique. Elle n'avait jamais réussi à le faire prendre !

Devant son incapacité à faire flamber quelques malheureuses brindilles, Noor sentit toute sa fierté l'abandonner d'un seul coup.

— L'eau des rations d'urgence doit être stérile, dit Bari.

Elle repartit en courant, revint avec les petits sacs d'eau auxquels ils n'avaient pas touché.

L'heure qui suivit fut pour Noor la plus éprouvante de sa vie. Suivant les directives calmes et claires de Bari, elle lava la plaie, s'assura qu'aucun débris n'y restait et la noya d'antiseptique. Puis elle en rapprocha les bords du mieux qu'elle put grâce aux pansements que contenait la trousse, et les tint serrés par des bandes de soie. Elle recouvrit le tout d'un autre morceau de tissu et d'un sac de plastique.

— Comment vous sentez-vous ? demanda-t-elle, en lui jetant un regard inquiet.

— Cela va aller, la rassura-t-il.

Il respirait fort et vite, visiblement éprouvé, et retenait à peine les grimaces de souffrance que le traitement de la plaie à vif avait provoquées.

Cependant, il ajouta :

— Vous avez fait un vrai travail de pro. Merci.

Elle rougit sous le compliment, sachant néanmoins que c'était loin d'être parfait. Malgré cela, elle sentit un sentiment de fierté la gagner. Elle avait fait quelque chose d'utile ! Pas très bien, certes, mais elle l'avait fait !

— Merci, répondit-elle, en lui souriant timidement.

A cet instant, elle se sentit étrangement proche de lui, comme si elle venait de pousser la porte d'un jardin inconnu qu'ils découvraient ensemble.

— Je suis contente d'avoir pu vous rendre service, ajouta-t-elle.
— Pas autant que moi ! réussit-il à plaisanter.
Après des semaines de regards de mépris, le franc sourire de Bari lui fit l'effet d'une pluie bienfaisante sur un semis de plantes nouvelles. Ils se regardèrent en silence pendant que les oiseaux saluaient de leurs chants le soleil qui déjà commençait à baisser à l'horizon.
— Voulez-vous un antidouleur ? lui proposa-t-elle. Il y en a dans la trousse.
— Non, je...
Mais un élancement plus douloureux le fit se raviser.
— Oui. Merci.
Elle sortit un comprimé et le lui tendit avec une tasse d'eau. Il se redressa péniblement, but et se rallongea avec un grognement.
— Comment est-ce arrivé ? interrogea Noor.
— Je n'en sais trop rien. Je n'ai rien vu. Je me débattais dans le courant et j'ai senti quelque chose qui m'écorchait. Un rocher ou une planche.
— Vous croyez avoir quelque chose de cassé ?
— Non. Une sérieuse écorchure et une simple contusion, probablement. Dans un ou deux jours, je pense que je pourrai me servir de ma jambe.
Elle en doutait un peu, mais ne voulut pas l'inquiéter plus que nécessaire.
— Ya Allah, murmura-t-elle.
Mais une sourde angoisse l'étreignit lorsqu'elle réalisa les conséquences de l'immobilisation de Bari.
— Heureusement que la hutte est presque terminée, marmonna-t-il d'une voix ensommeillée. Vous serez à l'abri. Vous pourrez vous débrouiller.
Le contrecoup du choc et l'effet du médicament se faisaient sentir. Il ferma les yeux.
Noor le regarda, inquiète. Se débrouiller ? Et s'il perdait conscience ? Saurait-elle faire face ?
— Bari, avez-vous besoin de quelque chose ? demanda-t-elle, juste pour qu'il ouvre les yeux.

Il prit son temps pour soulever ses paupières et centrer son regard sur elle et dire :

— Avons-nous de quoi manger ?

Manger ! Trop accaparé par l'opération de sauvetage des caisses, Bari n'avait pas pêché, et elle n'avait pas rapporté d'œufs de son expédition. Le soleil baissait et, dans la pénombre, elle aurait du mal à trouver quelque chose.

— Nous avons des dattes…, commença-t-elle.

Soudain, elle eut une illumination !

— Les caisses ! s'écria-t-elle, sautant sur ses pieds.

Elle alla prendre le couteau tandis que Bari l'avertissait :

— Faites attention. Il est très coupant.

Mais c'est à peine si elle l'entendit. Déjà elle courait sur la plage. Elle s'accroupit près d'une caisse volumineuse et déchiffra les caractères arabes qu'elle n'avait pas pris le temps de lire.

Al Bostan, épicerie fine, importateur, traduisit-elle avec un cri de joie.

— De la nourriture ! Je le savais.

Les mains tremblant d'excitation, de faim, de fatigue, elle s'attaqua au revêtement hermétique de plastique puis au large ruban de scotch qui scellait la caisse. Enfin, elle put dégager les rabats de carton.

Des paquets de plastique brillèrent doucement dans la lumière du soleil couchant et Noor sentit son cœur bondir dans sa poitrine.

— De la salade ! De la laitue ! Hourra ! cria-t-elle comme si elle avait mis la main sur une bouteille de moët et chandon.

Elle sortit un paquet qu'elle ouvrit : un peu flétrie mais qu'importe !

— Ce n'est pas vraiment un repas pour un blessé, marmonna-t-elle. J'imagine que les boîtes de soupe s'en sont allées par le fond.

Elle s'attaqua à une autre caisse, plus petite, faisant preuve d'une habileté surprenante qui l'étonna elle-même. Mais l'heure n'était pas aux compliments.

Hélas ce qu'elle découvrit avait tout d'une mauvaise plaisanterie…

— Oh non ! gémit-elle.

Alors que Bari avait risqué sa vie, qu'il était gravement blessé, c'était tout ce qu'il y avait dans ces fichues caisses !

— Que veulent dire ces cris ? s'inquiéta Bari.
Elle remonta lentement vers lui.
— Deux caisses ouvertes. Je vous annonce que nous sommes les heureux propriétaires d'une bonne douzaine de laitues passablement fripées et de quelques centaines de cuillères en plastique spécial cocktails !

Elle laissa tomber les échantillons de ses trouvailles près de lui d'un air catastrophé.

A sa grande surprise, il éclata de rire. Elle l'imita presque malgré elle. Cette mésaventure avait tout du gag de mauvais goût, et rire était sans doute la meilleure des choses à faire. Mais elle perçut autre chose derrière leur joyeuse réaction ; comme une complicité retrouvée...

Bari prit une des cuillères et l'examina.
— C'est bien ce que je pensais. Vous voyez le logo ? Ceci était destiné au Gulf Eden. Ils font venir des aliments frais du continent pratiquement tous les jours. Une des barges a dû être prise dans la tempête. Soit elle a sombré, soit elle s'est débarrassée de sa cargaison.

— Mais cela fait des jours ! Pourquoi a-t-il fallu tout ce temps pour que les caisses viennent s'échouer sur la plage ? s'étonna Noor.

Bari haussa les épaules.
— Les courants autour des îles sont très fluctuants. Imprévisibles aussi. Tout marin s'en méfie. Je pense que le coup de vent d'hier soir y est pour quelque chose.

La veille, en effet, le vent avait soufflé en rafales et la mer avait roulé des vagues énormes qui s'écrasaient sur la plage avec fracas.

— D'autres caisses contiennent peut-être des denrées moins périssables, suggéra-t-il.

— Vos désirs sont des ordres, chef, dit Noor avec un sourire.
Elle se releva et empoigna la hache comme un vrai bûcheron. Elle n'eut pas un mot pour faire remarquer que le manche noirci lui avait sali les mains.

*
* *

Un peu plus tard, elle revint vers la hutte, trébuchant sous le poids de son chargement. Elle se laissa tomber à genoux à côté de Bari et son butin se répandit sur le sable.

— Ce n'était pas évident d'ouvrir les caisses, soupira-t-elle.

Ses mains éraflées et ensanglantées en témoignaient sans conteste. Malgré cela, elle était ravie.

— Vous avez quand même réussi ? demanda Bari, en lui jetant un regard étrange.

— Seulement deux. Mais j'ai le coup de main maintenant ! s'exclama-t-elle pleine de fierté. Les autres, ce sera pour demain. Regardez ce que j'ai trouvé !

— Montrez-moi ça, dit-il avec un sourire d'approbation qui fit battre le cœur de Noor un peu plus fort.

Elle ne lui avait jamais vu cette expression et se sentit étrangement émue.

— Ta da ! Du saumon fumé ! déclama-t-elle, brandissant sa trouvaille.

— Quel soulagement de constater que le monde civilisé existe toujours, se moqua Bari.

— Cela se mange, non ? répliqua Noor quelque peu blessée. J'adore le saumon et il y en a des centaines de paquets, valables pour des siècles.

Bari émit un petit rire tandis que le même sourire éclairait son visage.

— J'ai dit qu'il faudrait du temps avant que l'on vienne à notre secours mais j'espère bien que…

— Je sais, mais l'essentiel est que ce soit mangeable et le reste aussi longtemps que l'on en aura besoin. Pas comme la laitue.

— Alhamdolilla ! dit-il.

Elle continua son inventaire.

— Du riz. Des dizaines de paquets. Je n'aurais pas cru que cela flotterait ! Des biscuits. Des chips en quantité industrielle et…

Elle fourragea parmi les boîtes et paquets et leva une main victorieuse.

— Du café ! J'en meurs d'envie à l'avance ! Une bonne tasse de café ! Il ne nous reste plus qu'à trouver le moyen de faire bouillir de l'eau, marmonna-t-elle d'un air sombre. Je n'ai mis la main sur aucun ustensile, mais j'ai bon espoir. Tout n'était pas destiné aux cuisines de l'hôtel. Il y a aussi des livraisons pour les boutiques. N'avez-vous rien remarqué ? ajouta-t-elle, levant une main à hauteur de sa tête et prenant la pose.

— Une nouvelle coiffure d'aventurière ?

— Et pas n'importe laquelle ! C'est le tout dernier cri en matière de mode pour expéditions dans le désert.

Elle se retourna pour lui montrer le rabat de la casquette qui lui couvrait la nuque, un peu à la manière des képis de la Légion Etrangère.

— Vous remarquerez la discrétion du logo. Conçu pour que, seuls les vrais initiés, les gens bourrés aux as, le reconnaissent, bien sûr.

— Bien sûr, acquiesça Bari gravement.

— Je parie qu'ils vendent des Bikini assortis. J'aimerais bien en trouver un. Le truc que je porte en est aux tout derniers jours de sa courte vie mouvementée et aurait grand besoin d'être remplacé. Mais il fallait que j'arrête avant qu'il ne fasse tout à fait noir. Avez-vous faim ?

— Une faim de loup !

— Saumon fumé et crackers ? Cela vous va ?

Elle avait découpé des morceaux de plastique dans l'emballage ainsi que deux « plateaux » de bois qui leur servirent d'assiette.

Elle ouvrit un paquet de saumon, un autre de crackers et versa de l'eau dans leur unique tasse qu'elle posa entre eux dans le sable. Elle s'assit et contempla son œuvre aussi fière que si elle avait mijoté un vrai repas de fête.

— C'est magique, non ? s'exclama-t-elle d'une joie presque enfantine.

— La meilleure chose qui nous soit arrivée depuis longtemps, reconnut Bari en lui souriant.

Ils se jetèrent sur la nourriture avec un plaisir évident. Pendant un temps, ils mangèrent en silence. Quel bonheur de retrouver le goût du sel !

— Qui aurait cru qu'un simple cracker pouvait procurer tant de satisfaction ? dit-elle quand leur appétit fut apaisé.

Il opina de la tête, prit la tasse et la lui tendit. Quand elle avança la main pour la prendre, elle prit conscience de l'état pitoyable de ses mains. D'habitude, elle les frottait avec du sable et de l'eau de mer et réussissait tant bien que mal à les nettoyer. Aujourd'hui, trop excitée par les événements du jour, elle avait oublié. Ses ongles cassés étaient noirs de crasse, la paume de ses mains calleuses marquée par la suie du manche de la hache et du couteau, ses doigts égratignés, éraflés de partout à force de s'être acharnée à ouvrir les caisses.

Mais, curieusement, elle ne s'en émut pas. Ses mains témoignaient juste d'une journée de travail particulièrement intense.

Ses doigts se refermèrent sur la tasse tandis qu'un curieux sentiment de fierté l'envahissait. La saleté de ses mains lui fit l'effet d'un diplôme, l'admettant dans les rangs de toutes les femmes qui, de par le monde, arrachaient à la terre leur subsistance quotidienne.

Pour la première fois de sa vie, elle méritait de boire cette eau, de rassasier sa soif née d'un dur labeur. Inconsciemment, elle opérait le rapprochement entre le travail et l'estime de soi. Jusqu'alors, tout lui avait été donné uniquement parce que son père appartenait à une certaine classe sociale, qu'il était riche ; et qu'elle était sa fille, ni plus ni moins.

Aujourd'hui, c'était elle toute seule qui avait mérité le repas qu'elle venait de prendre et la tasse d'eau qu'elle buvait.

Et cela faisait toute la différence.

Depuis trois jours, tout le travail retombait sur Noor. La blessure de Bari cicatrisait lentement, mais il ne pouvait encore se servir de sa jambe et ne participait donc pas aux diverses tâches. Cependant, malgré la fatigue, Noor ne parvenait pas à dormir. Et en cas d'insomnie, il n'y avait rien à faire dans cette obscurité particulièrement dense.

Ils étaient étendus côte à côte sous la couverture de survie et, les yeux grands ouverts, elle poussa un long soupir. Elle revit les journées qui venaient de s'écouler. Sous la direction de Bari, elle avait appris à allumer le feu. Il lui avait d'ailleurs fallu plusieurs essais et elle avait gaspillé pas mal de gaz du petit briquet avant de réussir. Elle avait attrapé un poisson grâce au filet que Bari avait confectionné avec un morceau de son voile de mariée et un bâton. Sur une simple description, elle avait su reconnaître certaines herbes au pouvoir cicatrisant et en avait fait un cataplasme pour sa blessure.

Tous les jours, d'autres caisses échouaient sur la plage leur apportant une foule d'objets plus ou moins inutiles, mais pour lesquels elle s'ingénia à inventer un usage.

Par exemple, elle avait créé de toutes pièces un jeu de backgammon. Parmi l'impressionnante livraison d'aimants pour réfrigérateur, elle en avait choisi quinze avec le logo du palais et quinze avec le logo de la grande mosquée. Un morceau de carton lui fournit le plateau. Avec le couteau, elle dessina les flèches et les teinta de deux couleurs différentes avec le jus de baies écrasées.

Elle avait confié à Bari deux petits morceaux de bois pour qu'il en fasse des dés. Le soir, ils s'installaient près du feu et jouaient à la lumière des tisons.

Sur une impulsion, elle avait enfilé des perles de sa robe sur un bout de fil à pêche pour s'en faire un collier. Satisfaite de son œuvre, elle fit la même chose pour la poupée de chiffon qu'elle avait baptisée Laqiya.

Ce matin-là, elle avait ouvert une énorme caisse destinée à une boutique de cadeaux, Memor Arabia, et y avait découvert une demi-douzaine de grands bols en cuivre martelé ainsi que plusieurs houkas, ces longues pipes à eau très répandues en Orient. Le tout enveloppé de kilomètres de plastique à bulles !

Elle avait repoussé les houkas d'un air dédaigneux.

— Qu'est-ce que les gens vont faire de cela ? A quoi cela va-t-il leur servir ?

Bari éclata de rire.

— Heureusement que vous ne travaillez pas dans le tourisme !

— Avouez que c'est du gâchis, non ? Je suis sûre qu'en rentrant, ils vont l'exposer sur leur cheminée, juste pour en faire étalage.

Trois mois plus tard, ils le donneront, couvert de poussière, à une œuvre charitable et quelqu'un d'autre l'achètera pour décorer la table du salon !

Elle prit une des pipes et l'examina.

— Remarquez, c'est de la très bonne qualité. Je parie que l'on pourrait s'en servir. Les tuyaux sont vraiment en cuivre.

Elle se tut, plongée dans ses réflexions.

Quelques heures plus tard, elle avait défait les tuyaux de cuivre de plusieurs pipes, les avait disposés au-dessus du feu, à la manière d'une grille de barbecue, les extrémités reposant sur des pierres. Elle remplit d'eau un des bols en cuivre et, quand l'eau se mit à bouillir, elle put, pour la première fois, faire du café ! Elle versa la poudre dans l'eau et attendit, presque en extase, que le tout infuse.

— Ca-fé ! Ca-fé ! chantonna-t-elle alors que l'odeur merveilleuse lui chatouillait les narines.

Un autre bol lui servit à décanter le breuvage qu'elle servit à Bari à l'aide de la tasse en plastique en guise de louche. Puis elle en fit autant pour elle-même.

— N'est-ce pas merveilleux ? s'exclama-t-elle, ravie. J'ai l'impression d'avoir fait pousser les plants et moulu les grains moi-même !

Peut-être était-ce le café qui l'empêchait de dormir, pensa-t-elle. Après être resté si longtemps sans caféine, son organisme réagissait plus violemment qu'autrefois. C'était la seule explication plausible car, après une dure journée de travail, pourquoi le sommeil la fuyait-elle ?

Elle aurait aimé se blottir contre Bari mais s'en abstint. Fidèle à sa promesse, il dormait désormais sous la même couverture qu'elle. Toutefois il n'avait jamais proposé de la tenir dans ses bras. Parfois, le matin, Noor se réveillait pour constater que, dans son sommeil, elle s'était inconsciemment rapprochée de lui.

Bien que leurs rapports aient évolué dans le bon sens de façon spectaculaire, elle n'osait toujours pas lui demander de la prendre dans ses bras. La seule fois où elle s'était risquée à le faire, elle avait été repoussée de telle manière qu'elle n'était pas près d'oublier l'humiliation alors ressentie.

Au rythme de son souffle, elle devina que Bari ne dormait pas non plus. Dans l'obscurité, elle le sentit remuer et croiser les bras sous sa tête en marmonnant.

— Pas moyen de dormir…

— C'est quand même fou, non ? dit-elle à voix basse. Alors que tous mes muscles n'aspirent qu'au repos, je n'y parviens pas non plus ! Et vous ? Est-ce parce que vous souffrez que vous ne pouvez pas dormir ?

Il marmonna sans répondre et elle attribua son silence au fait qu'il ne voulait pas s'abaisser à reconnaître une telle faiblesse.

— Vous croyez que votre blessure se cicatrise normalement ?

De nouveau, il ne répondit pas et elle sentit la crainte l'envahir. Que pourrait-elle faire s'il souffrait de complications ? Si l'infection s'en mêlait ? Le cataplasme d'herbes qu'elle appliquait sur la blessure, suivant ses indications, lui paraissait plus dangereux qu'autre chose. Mais, vu son manque total de connaissances dans le domaine médical, elle se sentait complètement impuissante.

— Si nous nous en sortons, dit-elle résolument, je m'inscris en suivant à un cours de secourisme. En plus, je veux apprendre quelque chose de concret, acquérir des compétences pratiques, utiles.

Bari ne réagit pas et, au bout de quelque temps, elle crut qu'il s'était endormi. Néanmoins, d'une voix un peu enrouée, il demanda :

— Dans quel domaine ?

— Je ne sais pas, reconnut-elle. Il faudra que je me renseigne. En… plomberie peut-être ? suggéra-t-elle avec un petit rire. Perdus comme nous le sommes sur cette île, je réalise que certaines compétences sont vitales, alors que les connaissances théoriques et même une certaine culture ne sont que fioritures de l'esprit. Vous aviez raison, en fait : chacun doit coopérer et participer à l'effort commun. Et, qui plus est, savez-vous ce que je viens de comprendre ?

— Non. Quoi donc ?

— Que c'est la même chose dans le monde civilisé. Simplement, il est plus facile de ne pas voir la vérité en face.

Il se tut mais cette fois, elle savait qu'il l'avait écoutée.

— Je vois, dit-il gravement.

— Alors, quand nous reviendrons —... si nous revenons —, je veux me mettre à apprendre quelque chose d'utile. La mécanique ou la médecine ou... Vous croyez qu'il est trop tard ? s'inquiéta-t-elle. Que je suis idiote ou naïve, une fois de plus ?

— Non. Pourquoi serait-il idiot de chercher à contribuer à la bonne marche du monde ?

Elle se mit à rire doucement.

— Vous croyez que c'est ce que je cherche à faire ? Je n'y avais pas pensé ! Ya Allah ! Me voilà bonne à ranger parmi les dames patronnesses, se désola-t-elle. Une de ces pathétiques gosses de riches qui visite les orphelinats et se lamente sur le sort de ces pauvres petits !

Bari éclata de rire.

— Cela ne dépend que de vous, fit-il remarquer. Si c'est ce que vous voulez.

— Sûrement pas ! Je veux faire quelque chose d'utile et de concret.

— D'après ce que j'ai pu constater ces derniers jours, enchaîna Bari, à moitié sur le ton de la plaisanterie, vous pourriez envisager de devenir inventeur et faire breveter vos créations.

— C'est le plus beau compliment que l'on m'ait jamais fait.

Et ce fut là, dans ce moment étrange de calme irréel et de suave douceur qu'elle réalisa, en toute sérénité et comme si cela allait de soi, qu'elle l'aimait. Elle aimait ce Bari avec qui elle échangeait des confidences. Celui qui l'écoutait et la comprenait. L'avait-elle aimé depuis le premier jour ? Avait-elle été trop préoccupée d'elle-même pour s'en apercevoir ? Ou était-ce depuis leur arrivée sur l'île et leur vie en commun que son cœur s'était ouvert à l'amour ? Elle n'aurait su dire quand cela avait commencé, quand la graine avait été semée, mais il ne faisait aucun doute que la plante s'était épanouie en elle, occupant son cœur, son âme et son corps de toute sa luxuriance.

Le cœur dilaté d'amour et de joie, elle fut à deux doigts de lui faire part de sa découverte. Seule la crainte la retint. Il avait fait semblant de l'aimer alors qu'il n'avait que mépris pour elle, et cela pour gagner sa confiance et l'épouser. Or ses raisons de vouloir l'épouser n'avaient pas changé : faire la volonté de son grand-père pour rentrer en possession de son héritage.

Si elle lui avouait son amour, se croirait-il obligé de continuer de lui jouer la comédie ? De faire semblant de répondre à cet amour ?

Elle espérait bien qu'il avait changé d'avis à son sujet au cours de ces derniers jours, mais il n'en avait rien dit. Si elle se trompait ?

Ses idées s'embrouillaient.

Elle changea de position et, agacée, s'écria :

— Que ne donnerais-je pas pour un lecteur de D.V.D. et un bon film !

— C'est votre remède contre l'insomnie ? demanda Bari.

— En général je n'éprouve aucune difficulté à dormir. Mais si cela m'arrive, oui, je me lève et je me passe un film. Ou bien je lis. Ou j'envoie des e-mails à mes amies. C'est bien cela le problème de la technologie : jamais là quand on en a vraiment besoin ! Je me demande ce que font les peuplades primitives pour pallier l'insomnie ?

— La même chose, sans la technologie. Ils se font leur propre film. Ils se racontent des histoires. Voulez-vous que je vous raconte une histoire ?

Elle poussa un petit cri de surprise.

— Mon père me racontait toujours une histoire pour m'endormir quand j'étais petite. J'avais presque oublié. La vôtre parle-t-elle de djinns, de fées et de rochers noirs monstrueux ?

— Bien sûr !

Le cœur de Noor battit plus vite quand elle le sentit passer son bras sous sa tête, l'invitant à se rapprocher de lui. Elle se glissa plus près encore et posa la tête sur son épaule nue.

— Votre jambe ? s'inquiéta-t-elle.

— Elle va très bien. Restez tranquille et écoutez.

13

Il était une fois un Roi qui avait une fille merveilleusement belle. Zarsana, c'était son nom, faisait la joie de ses parents et de son entourage. Elle était si belle et si bonne que tous s'accordaient à dire qu'elle semblait venue d'un autre monde. Les servantes entre elles l'avaient surnommée « la Princesse-fée ».

Un jour, le Roi dit à la Reine :

— Je serai triste de perdre notre fille, mais je pense qu'il est temps pour elle de prendre époux. Il nous faut lui trouver le mari qui fera son bonheur. Dans notre désir de la garder près de nous, nous n'avons que trop tardé.

Le lendemain, le Roi se rendit dans les appartements de sa fille et lui fit part de ses intentions.

Zarsana sourit et dit :

— Pourquoi devrais-je vous quitter, ma mère et vous, alors que nous sommes heureux ensemble ? Pourquoi bouleverser notre vie ? Nous sommes très bien ainsi !

Son père lui démontra que c'était dans l'ordre des choses, que toute jeune femme était destinée à quitter ses parents pour se marier.

La Princesse finit par se laisser convaincre mais y mit une condition :

— Celui que j'épouserai aura été dans la Ville en Or.

Surpris de cette étrange exigence, le Roi tenta de la faire revenir sur sa décision, mais rien n'y fit. Il la quitta donc et convoqua ses vizirs.

Aucun d'eux, pas même le Grand Vizir, n'avait entendu parler de la Ville en Or. Ils se concertèrent et dirent au Roi :

— Invitez tous les princes du monde en âge de se marier à venir au palais et demandez-leur si, au cours de leurs voyages, ils ont été dans la Ville en Or. Celui qui s'y sera rendu, épousera la Princesse.

C'est ce que fit le Roi. Tous se rendirent à l'invitation, et le Roi les interrogea personnellement un par un. Malheureusement, aucun des princes n'avait entendu parler de la Ville et, encore moins, n'y avait séjourné. Ils rentrèrent chez eux, perplexes quant à la raison de cette invitation.

Les vizirs, de nouveau consultés, proposèrent :

— Les Compagnons de la Coupe sont des hommes de grande valeur. Posez-leur la question. Celui qui aura connaissance de la Ville, épousera la Princesse.

Suivant leur conseil, le Roi organisa une grande fête à laquelle il convia tous les Compagnons de la Coupe. Le repas fut des plus animés. On discuta philosophie, amour et poésie car tous étaient non seulement courageux mais cultivés. Certains même récitèrent des poèmes.

Puis le Roi demanda :

— L'un d'entre vous a-t-il visité la Ville en Or ? A celui-là, je donnerai la Princesse, ma fille, en mariage et je le ferai Prince de la Couronne.

Tous les Compagnons se regardèrent, désireux de connaître un sort aussi enviable. La beauté de Zarsana et son caractère exceptionnel leur étaient connus et être fait Prince de la Couronne promettait à l'heureux élu d'hériter du royaume, en temps voulu. Malgré cela, aucun ne put prétendre connaître la Ville en Or.

Quand les vizirs furent de nouveau réunis en conseil, ils étaient à court d'idées et ne purent que dire :

— Aucun autre homme n'est assez noble pour devenir l'époux de la Princesse, même s'il avait connaissance de la Ville en Or. La Princesse doit renoncer à cette condition.

Ils se retirèrent sans autre proposition.

Le Roi se rendit chez sa fille et lui fit part de son embarras.

— Personne ne connaît la Ville en Or. Renonce à cette condition et laisse-moi te choisir un mari.

Mais la jeune fille s'entêta et suggéra :

— Faites proclamer dans les rues et sur les places que j'épouserai celui qui a visité la Ville en Or, quel que soit son rang ou sa fortune.

Le Roi, inquiet, céda au désir de sa fille. La proclamation eut beaucoup de succès et fit marcher les langues et s'enflammer les esprits. Hélas ! personne, même parmi les plus âgés des sujets du Roi, n'avait entendu parler de la Ville.

La nouvelle parvint aux oreilles d'un beau garçon, Salik, fils d'un marchand de soie récemment décédé, qui lui avait laissé une immense fortune. Or, Salik n'avait pas tardé à dilapider son héritage dans le jeu, les festins et autres désordres. Abandonné par ses amis d'un jour, il se retrouvait sans rien, couvert de dettes et trop honteux de lui-même pour faire appel aux amis de son père.

Quand il entendit la proclamation, il décida que c'était pour lui l'occasion rêvée. Puisque personne ne connaissait cette Ville en Or, pourquoi ne pas prétendre y avoir été ? Qui pourrait prouver qu'il inventait de toutes pièces sa visite dans cette cité mythique ?

Il se présenta donc au palais et fut conduit devant le Roi. Sans hésiter, il débita son histoire et le Roi, impressionné, fit venir sa fille.

— Ainsi, vous avez vu la Ville en Or ? demanda Zarsana. Comment y êtes-vous parvenu ? Racontez-moi.

— Au cours de mes voyages en quête de connaissances et de sagesse, répondit Salik sans se décontenancer.

— Par quel chemin ? demanda la Princesse.

— J'ai voyagé pendant des jours jusqu'à Ispahan et continué en direction de Dasht-i-Kavir, inventa Salik. De là, j'ai atteint Zanzibar, non sans mal et poursuivi ma route vers Bokhara et enfin, à travers la montagne, Samarkand. De là, j'ai gagné les rives de la mer et je suis entré dans la Ville en Or, un vrai paradis, une cité de rêve, broda-t-il effrontément. J'y suis resté plusieurs mois à étudier et suis revenu chez moi.

La Princesse sourit et l'encouragea :

Une princesse en fuite

— Vous semblez dire vrai, avoir découvert la Ville en Or. Redites-moi comment vous êtes allé là-bas ?

Salik, sûr de lui, se lança dans un récit encore plus extravagant.

— D'ici, il m'a fallu beaucoup de temps et enduré nombre d'épreuves pour rejoindre Ispahan. Là-bas, je me suis joint à une caravane qui m'a emmené à Dasht-i-Kavir. Puis, avec un ami, j'ai réussi à atteindre Samarkand après une série d'aventures extraordinaires que je vous raconterai plus tard. C'est à Bokhara que j'ai rencontré un vieux sage qui m'a conseillé et guidé vers la Ville...

Fatiguée de ses fadaises, la Princesse perdit patience et ordonna à ses servantes de le jeter dehors.

Quand son père s'en étonna, elle lui reprocha de n'avoir pas réalisé que le jeune homme n'était qu'un imposteur.

— Ne vous énervez pas, mon Père, dit-elle. Cela prendra du temps mais finira par arriver.

Le Roi, déçu mais soulagé, ordonna que l'on continue de faire entendre la proclamation dans tout le royaume.

Salik, lui, était plus misérable encore qu'avant son aventure. Il avait été pris en flagrant délit de mensonge, envers son roi et la fille du Roi, et était devenu un objet de mépris pour ses concitoyens. Pire que cela, il était tombé fou amoureux de la jeune fille au premier coup d'œil et se désolait d'avoir perdu toute chance de jamais gagner son amour.

Pendant quelque temps, il traîna son ennui et sa peine, se lamentant sur son sort et se reprochant amèrement d'être passé à côté de l'amour de sa vie. Finalement, désespéré, il décida que puisqu'il ne pouvait espérer gagner les faveurs de la Princesse dans l'état où il se trouvait, il ne lui restait qu'un seul espoir : découvrir la Ville en Or. Il irait donc parcourir le monde, en quête de la Ville et, soit y parviendrait, soit mourrait d'avoir essayé.

Il partit donc et atteignit les confins de la forêt d'Aghaz, célèbre repaire de bêtes sauvages et de bandits de grand chemin. La forêt lui parut interminable, comme si elle s'allongeait devant lui au fur et à mesure qu'il avançait. Il finit par arriver à un vieil arbre dont un derviche très âgé avait fait sa demeure. L'ermite l'accueillit avec bonté, lui donna à manger et à boire, mais ne put le renseigner sur la Ville en Or. Il l'envoya voir son frère, ermite également, qui vivait plus haut dans la montagne.

Celui-là non plus n'avait pas connaissance de la Ville. Toutefois, il conseilla à Salik de se rendre au bord de la mer et de gagner une île, Jariza, gouvernée par le Roi Ashabi qui avait beaucoup voyagé et pourrait peut-être le renseigner.

C'est ce que fit Salik. Il parvint au rivage et obtint son passage pour l'île sur le bateau d'un marchand. Ils étaient presque arrivés à destination quand ils furent pris par une effroyable tempête. Le bateau ne résista pas aux vents violents et aux vagues hautes comme des montagnes. Salik et le marchand furent jetés à l'eau où Salik fut aussitôt englouti par un énorme poisson.

Peu de temps après, le poisson fut capturé par des pêcheurs qui, frappés de sa taille gigantesque, décidèrent d'en faire cadeau au Roi. Le Roi ordonna que l'on ouvre le poisson et, à la grande surprise des spectateurs, en sortit un beau jeune homme.

A la demande du Roi, Salik se présenta et expliqua l'objet de sa mission.

— Je cherche à atteindre l'île de Jariza, termina-t-il. Je voudrais rencontrer le Roi Ashabi car on m'a dit qu'il avait beaucoup voyagé et pourrait m'aider dans ma recherche de la Ville en Or.

Le Roi éclata de rire et dit :

— Vous êtes sur l'île de Jariza et je suis le roi Ashabi.

Tous furent émerveillés de ce dénouement inattendu et se félicitèrent d'avoir apporté le poisson à leur Roi.

Ashabi avait entendu dire que la Ville en Or était située sur une île lointaine, beaucoup plus au large, mais il ne savait pas exactement où. Il suggéra à Salik de se rendre dans une autre île où se trouvait une châsse sacrée qui faisait l'objet d'un pèlerinage. Ce pèlerinage devait avoir lieu la semaine suivante et des milliers de pèlerins s'y rassembleraient venant de toutes les îles alentour. Ce serait pour Salik une occasion unique d'interroger les pèlerins et, peut-être, d'en savoir plus sur sa destination.

Salik demeura donc avec le Roi jusqu'au jour où ils partirent ensemble pour l'île du pèlerinage. Pendant la traversée, ils aperçurent une île dominée par un arbre énorme, au tronc imposant et dont les branches touchaient le sol. Intrigué, Salik demanda ce qu'était cet arbre mais le Roi avoua son ignorance car, dit-il :

— Personne n'ose s'en approcher. Il y a, tout autour de l'île, des courants violents et des tourbillons mortels qui aspirent les bateaux et les envoient par le fond.

Il n'avait pas fini sa phrase qu'ils sentirent le bateau vibrer, tournoyer, pris dans un tourbillon infernal. Aspiré par le maëlstrom, le bateau se rapprocha de l'île et Salik réussit à sauter sur la rive et à se cramponner aux branches de l'arbre. Il s'abrita sous l'arbre, vit le bateau disparaître et se demanda ce qu'il allait faire.

Le soir, un troupeau de rocks, genre d'oies sauvages gigantesques, vint se nicher dans l'arbre. Surpris, Salik découvrit qu'il comprenait leur langage. Les oiseaux discutaient de leurs projets pour le lendemain et il entendit l'un d'eux dire :

— Aujourd'hui, j'ai passé la journée à la Ville en Or et je pense y retourner demain car les jardins sont si beaux, si riches en nourriture que je ne vois pas pourquoi j'irais plus loin.

Vous imaginez la joie de Salik !

Plus tard dans la nuit, il monta dans l'arbre et se cacha dans le plumage de l'oiseau. Le lendemain, ils s'envolèrent pour le grand voyage et atterrirent dans un jardin magnifique.

Salik descendit de sa monture sans se faire remarquer et erra dans les jardins. Il rencontra deux femmes à qui il demanda où il était. Les femmes lui dirent qu'il était dans la Ville en Or, que l'île était régie par la Princesse-fée Perizan en l'absence de sa sœur, la reine Marifa. Quant à elles, elles étaient les jardinières de la Reine.

Elles le conduisirent au palais et Salik dut expliquer son histoire à la Princesse.

Lorsqu'il eut terminé son récit, la princesse Perizan dit :

— Votre histoire m'intéresse énormément et je serais heureuse d'en savoir plus. Toutefois, dans l'instant, je dois m'absenter pour une visite que je ne peux remettre. Pendant mon absence, vous serez bien traité. Vous pouvez demander tout ce dont vous avez besoin et vous promener dans le palais et les jardins. Une seule chose : n'essayez pas d'entrer dans le Pavillon du Milieu.

Sur ces mots, elle partit, accompagnée de ses femmes.

Salik se promena dans le palais et les jardins, admirant leur beauté inouie. Des piliers incrustés d'or et de pierres précieuses, des plantes luxuriantes, des fleurs merveilleuses qu'il n'avait jamais vues ailleurs. Des oiseaux au plumage coloré chantaient dans les arbres, ajoutant la musique aux plaisirs de la vue.

La princesse Perizan avait dit vrai : aussitôt formulés, ses moindres désirs étaient satisfaits. Il appréciait tout particulièrement la nourriture, légèrement épicée, délicieuse. Un vrai régal.

Le deuxième jour, en pauvre mortel curieux qu'il était, il commença à se demander pourquoi la Princesse lui avait interdit l'entrée du Pavillon du Milieu. Poussé par la curiosité, il se rendit dans la grande cour du palais où le Pavillon occupait une place privilégiée, au centre d'un magnifique jardin, son dôme en or brillant sous le soleil. Il monta les marches d'un large perron qui donnait accès à une terrasse entourant une pagode. Au rez-de-chaussée, une rangée d'arcades encadrait des miroirs pailletés d'or. Il en fit le tour et devina que le centre de la pagode était une grande pièce octogonale. Sur un des côtés, il vit une porte et… entra.

Il découvrit une pièce encore plus richement décorée que tout ce qu'il avait vu jusqu'alors. Les murs parsemés de diamants scintillaient de mille feux et les tableaux qui les ornaient étaient incrustés de rubis, d'émeraudes, de saphirs, de turquoises… Un autre joyau, très étrange, noir comme la nuit, luisait à la manière d'un œil de serpent.

La lumière venait de huit fenêtres, découpées dans le dôme et éclairait un divan dressé sur une estrade au centre de la pièce. Un tissu de brocart doré, rebrodé de diamants et de perles couvrait sans la dissimuler la forme d'une femme étendue sur le divan. Ses longs cheveux noirs cascadaient jusqu'au sol, entremêlés de fils d'or et, dans chaque boucle se cachait une perle de forme parfaite. Sur son front, un bandeau du même brocart retenait un fabuleux diamant qui paraissait concentrer la lumière pour la renvoyer dans tous les coins de la pièce.

Aveuglé, Salik se protégea les yeux de la main et s'approcha de la femme étendue pour voir son visage. Quels ne furent pas son trouble et sa surprise de reconnaître la toute belle princesse Zarsana, l'élue de son cœur, celle qu'il avait vue, pour son malheur, dans le palais de son père, quelques mois plus tôt.

Il prononça son nom à voix haute, l'appela à plusieurs reprises, sans qu'elle réagisse. Décontenancé, perplexe, il se demanda si elle était endormie, morte ou si ce n'était qu'un mirage, un effet de son imagination. Il n'osa insister. Triste et malheureux, il se résigna à quitter les lieux et s'assit sur la terrasse pour réfléchir à ce qu'il venait de voir.

De sa position en hauteur, il découvrit un lac qu'il n'avait pas encore remarqué. Sur la rive, se tenait un superbe cheval, à la robe couleur d'ébène, entièrement caparaçonné. Sur son dos, une selle d'or rouge, décorée de joyaux mais pas de bride. Etonné, Salik descendit au bord du lac et s'approcha du cheval. Quand il voulut le monter, l'animal se mit à ruer des quatre fers et l'envoya au milieu du lac. Salik perdit pied, s'enfonça sous l'eau et refit surface, au beau milieu d'un lac situé dans un jardin de… sa ville d'origine.

Passablement troublé, il se hissa hors de l'eau et sortit du jardin. Tout en déambulant dans les rues animées, il se demandait s'il n'avait pas rêvé tout ce qui lui était arrivé et doutait de la réalité des événements récents. Soudain, au milieu du bruit, il entendit le crieur public déclamer la proclamation du Roi : « A celui qui a vu la Ville en Or, je donnerai la Princesse, ma fille, en mariage et je le ferai Prince de la Couronne. »

Comprenant qu'il avait peut-être, cette fois, une chance de se racheter et de gagner les faveurs de la Princesse, Salik se hâta vers le palais et demanda à voir le Roi.

— J'ai vu la Ville en Or, déclara-t-il avec assurance. Menez-moi voir le Roi.

Les gardes le conduisirent à la salle du trône où les vizirs et les Compagnons de Coupe étaient rassemblés. Quand ils le virent, ils se mirent à crier :

— Voilà le menteur, le vantard, celui qui raconte des sornettes. Celui que la Princesse a fait jeter dehors !

Le Roi aussi se souvenait de lui et le menaça de châtiments sévères s'il persistait dans ses mensonges.

Bien qu'effrayé du sort qui l'attendait, Salik tint bon et demanda que l'on aille chercher la Princesse.

— Si elle me rejette encore une fois, je suis prêt à subir tous les châtiments, affirma-t-il. Même la mort.

Ebranlé par ses déclarations, le Roi prit conseil auprès de ses vizirs, mais il n'en tira que des avis confus et contradictoires. Il prit donc sur lui d'envoyer un message à sa fille, lui faisant part de la demande du jeune homme.

La Princesse arriva, entourée de ses dames d'honneur. Quand elle vit Salik, elle adressa des reproches à son père.

— Ne me dites pas que vous écoutez les histoires que raconte cet homme ? s'écria-t-elle.

Mais Salik s'avança et la regardant dans les yeux, demanda :

— Comment se fait-il, Princesse, que je vous aie vue, endormie ou morte, dans le Pavillon du Milieu ? Etendue sur un divan dans le palais de la Ville en Or. Et maintenant, vous êtes là, bien vivante !

Pendant un instant, Zarsana resta silencieuse, se contentant de sourire.

Puis elle se tourna vers son père et déclara :

— Il dit la vérité. Il a vu la Ville en Or. C'est donc lui que j'épouserai. Toutefois, il ne sera pas Prince de la Couronne, ici, dans ce royaume. Il devra me suivre et venir vivre avec moi dans la Ville en Or.

Elle fit une pause et pousuivit :

— Mon vrai nom est Marifa et je suis la reine des fées de mon pays. En mon absence, ma sœur assure la régence. Car j'ai été condamnée à naître et à vivre parmi les mortels jusqu'à ce que l'un d'entre vous, par amour pour moi, se rende dans la Ville et y voit ma forme réelle. Dès maintenant, cet homme devient l'un des nôtres et gouvernera mon royaume avec moi. Il s'appellera Asheq car son amour est vrai.

A peine avait-elle terminé que le grand étalon noir entra par l'une des fenêtres et vint se placer près d'elle. Elle enfourcha le cheval. Salik monta derrière elle et ils s'envolèrent dans les airs, au grand étonnement de tous.

La reine Marifa et le roi Asheq furent accueillis par une foule en liesse. Sous le regard d'Allah, ils régnèrent de longues années, dans la paix et le bonheur.

14

Son récit achevé, Bari se tut et ils restèrent quelque temps silencieux.

Puis Noor dit d'une voix sourde :

— Merci. C'était une très belle histoire.

Il y avait dans sa voix une telle sensualité qu'il parut tout naturel à Bari de la serrer un peu plus fort contre lui.

Noor avait la main sur la poitrine nue de Bari et tressaillit. Elle passa sa langue sur ses lèvres et essaya de deviner l'expression du visage au-dessus d'elle. Mais les dernières lueurs du feu s'étaient éteintes et la lune n'était pas encore levée.

— Noor, murmura Bari d'une voix douce qui balaya toute résistance chez elle.

Elle poussa un soupir qui en disait long et les lèvres de Bari effleurèrent ses paupières, sa joue, à la recherche de sa bouche. Il couvrit son visage de petits baisers et prit possession de ses lèvres.

Il avait une main dans son dos et de l'autre, il descendit le long de son cou jusqu'à la veste qu'il lui avait donnée. De ses doigts habiles, il se mit à défaire lentement les boutons.

Noor, le cœur battant, retenait sa respiration, attentive à chaque sensation qui s'éveillait en elle. Elle crut voir un éclair de lumière la traverser quand la main de Bari se referma sur un sein et que sa bouche dessina un entrelacs de baisers sur sa gorge. Elle se sentit fondre de désir au contact de sa langue sur sa peau.

Elle lui embrassa le cou, caressa sa poitrine musclée, lui prit la

Une princesse en fuite

tête entre ses mains, enfonçant ses doigts dans les boucles brunes de son compagnon. Elle frémit et retint un petit cri lorsque les mains de Bari descendirent le long de son ventre, vers sa féminité.

Le plaisir l'envahit comme s'il avait déversé de l'or liquide dans ses veines. Elle ne put contenir plus longtemps les gémissements qui montèrent du plus profond d'elle-même et, avec un grand cri, atteignit le sommet tant attendu. Elle referma les doigts sur le membre dressé de Bari et poussa un soupir de contentement à ce contact trop longtemps désiré.

Sa peau avait le toucher d'un marbre chaud, vibrant. Le cri étranglé qui jaillit de sa gorge fut pour Noor le signe de son pouvoir sur lui et augmenta son propre plaisir. Ils se livrèrent alors à une orgie de caresses, de baisers de plus en plus brûlants jusqu'à ce que leur plaisir conjugué les rende fous d'excitation incontrôlable. Avec un grondement primitif, il se glissa entre ses cuisses ouvertes pour l'accueillir et entra, vicorieux, dans ce qui lui parut être sa destination naturelle.

Derrière eux, la lune se levait dans le ciel, les éclairant de sa lumière argentée, auréolant le visage et les boucles de Noor d'un voile lumineux. Bari commença à remuer en elle et la clarté de la lune leur parut s'infiltrer en eux et les inonder au rythme de leur plaisir, à la manière d'une succession de vagues puissantes et bienfaisantes qui finirent par les aveugler, les consumer entièrement sous l'effet de sa brûlure suprême.

Chaque cellule de leur corps, chaque muscle, chaque nerf subissait l'assaut de la coulée de lave en fusion, par à-coups répétés et puissants, encore et encore. Le pilon dans le mortier écrasait les herbes de leur passion, de leur désir de l'un pour l'autre pour en extraire l'huile essentielle, les enivrer du parfum envoûtant de l'extase infinie.

Les effluves de leur communion se répandirent en eux. Ils n'étaient plus qu'un et, dans les airs, flottait des « Je t'aime » dont ils ne surent pas s'ils les avaient dits, pensés, murmurés ou criés. L'amour avait pris le relais, s'était emparé des mots, des sentiments.

Ils n'étaient plus « Toi » et « Moi ».

Ils n'étaient plus qu'une seule entité.

Bari se tenait au bord de l'eau, contemplant le spectacle des premiers rayons de soleil qui, déjà, séparaient les ténèbres du ciel de l'obscurité de la mer.

Il eut un rire silencieux, amer. Pris à son propre piège, voilà ce qui lui arrivait. Il avait délibérément cherché à se faire aimer de Noor et c'était lui qui… Comment avait-il pu se fourvoyer à ce point ? Aurait-il dû ne pas prendre en compte les élans de son cœur ?

Mais Noor était une femme belle, énergique, intelligente, avec un cœur aimant, sensible.

Une femme qu'il aimait. D'un amour fou et brûlant qui le consumait. Car quelle autre femme aurait réagi de cette manière au test qu'il avait voulu lui faire subir ? De mauvais gré, au début, elle s'était malgré tout adaptée, et la suite des événements avait révélé sa vraie nature. Sous des dehors d'enfant gâtée, celle qu'il avait accablée de son mépris, s'était avérée une femme courageuse, sensible, capable de faire face à l'adversité avec énergie et humour. Sans parler de ses facultés d'imagination, de créativité et de spontanéité.

Maintenant, il savait vraiment qui elle était. Il avait découvert les solides qualités de son caractère, enfouies sous des apparences d'égoïsme généré par une vie trop privilégiée. Les quelques jours qu'ils venaient de passer sur cette île avaient dépouillé la jeune fille de la gangue de son vernis mondain et révélé le pur métal qui brillait à l'intérieur.

Un trésor inestimable que son cœur avait pourtant pressenti depuis toujours. Comme Salik, il en avait aperçu le reflet et avait décidé de gagner l'amour de sa bien-aimée.

Comment avait-il pu se croire un seul instant insensible au charme et à la valeur de Noor ?

Quelle prétention de sa part !

Il hocha la tête, honteux de s'être comporté de manière aussi arrogante. Dans son orgueil, il avait estimé nécessaire de mettre Noor à l'épreuve, inconscient de son propre aveuglement. Lui aussi avait besoin de se débarrasser de son insolence, de ses jugements péremptoires, besoin de laisser parler ses sentiments pour celle qui lui avait ravi son cœur et qu'il voulait pour épouse.

Car elle était sienne. C'était là une vérité essentielle qui découlait tout naturellement de l'irruption spontanée du désir qui lui brûlait la poitrine et se déversait dans ses veines comme une évidence.

Ses réflexions l'amenèrent à se poser la question de son obéissance aux ordres de son grand-père. De quel droit le vieil homme avait-il cherché à lui imposer sa volonté ? Bari se sentait floué. Quel idiot il avait été de mettre en péril son avenir, sa relation avec Noor, pour un caprice de vieillard.

Pouvait-il encore espérer gagner l'amour de Noor et son estime après toutes les souffrances qu'il lui avait imposées ? Après qu'il l'eut critiquée, humiliée, qu'il eut prétendu n'avoir aucun sentiment pour elle ?

La nuit dernière, lui avait-elle murmuré des mots d'amour ou l'avait-il seulement imaginé ? Quand il avait crié son amour pour elle, elle s'était jointe à lui, se souvint-il et il s'était senti submergé d'un grand bonheur.

Mais maintenant, les doutes l'assaillaient.

Il était temps pour lui de les sortir de cette situation, de les ramener au Bagestan. L'épreuve avait assez duré. Il avait poussé le test au maximum et ne savait plus ce qu'il avait réussi à provoquer chez Noor. Son amour ou sa haine ?

Quelle femme pourrait aimer un homme qui lui a fait subir une telle épreuve, se répéta-t-il ? Comment avait-il pu croire que l'amour naîtrait dans de telles circonstances ? Dans le dénuement le plus complet, la faim, le travail épuisant…

Qu'est-ce qui l'avait poussé à agir de la sorte ? Etait-ce son cœur qui lui avait dicté sa conduite ? Devant sa détermination à ne pas l'épouser, avait-il, d'instinct, saisi l'occasion de la garder près de lui, pour lui ? Etait-ce la raison profonde qui avait motivé son comportement ?

Quelle bêtise en tout cas ! Et comme il espérait n'avoir pas tout gâché !

Il contempla l'objet qu'il tenait à la main et tourna un bouton. Une lumière rouge s'alluma ; l'appareil fonctionnait.

Il eut un instant d'hésitation, essayant d'envisager les conséquences de ce qu'il s'apprêtait à faire. Sans y parvenir. L'avenir se perdait dans la brume.

Il poussa le bouton. Voilà, c'était fait.

Dans quelques heures à peine, un hélicoptère viendrait les chercher.

Quelques heures ! C'était le temps dont il disposait pour faire la conquête de Noor, pour savoir si ce qu'il avait cru entendre cette nuit était bien réel.

Et pour lui avouer la vérité.

— Eh bien ! Cela va mieux, on dirait !

Il sursauta et faillit dissimuler l'objet qu'il tenait, mais il n'en fit rien.

— Vous vous êtes lancé dans une longue marche, constata Noor d'une voix douce. Comment va votre jambe ?

— Oh, bien. Très bien.

La jeune femme n'était pas bien réveillée, encore engourdie par cette nuit de folie. Toutefois, elle vit que Bari tenait un objet étrange avec une antenne et un bouton rouge qui clignotait. Un téléphone mobile dans une des caisses naufragées ? La clé de leur retour en terre civilisée !

— Qu'est-ce que c'est ?

Elle tendit la main et, avec un soupir de résignation, il lui donna l'appareil.

Sans comprendre, elle lut ce qui était écrit sur le boîtier. D'un seul coup, elle réalisa, ouvrit la bouche, tout à fait réveillée cette fois.

— Mais… c'est une C.B. ! Où l'avez-vous trouvée ? Est-ce que cela vient du même bateau que les caisses ? Est-ce que cela marche ? Oh, mon Dieu ! Merci !

Tout excitée, elle posait sur lui des yeux interrogateurs.

Bari se taisait.

Elle sauta de joie, incapable de contenir son excitation.

— Nous allons être repérés ! Vite, très vite, j'espère. Depuis quand l'avez-vous ? C'est la marée qui l'a apportée ?

Malgré elle, sa joie se teintait d'appéhension. Elle avait été heureuse dans cet endroit, mais heureuse d'une manière étrange, différente de ce qu'elle avait connu auparavant. Le fait de devoir se suffire à soi-même, de travailler pour survivre. Un bonheur simple qui ne résisterait pas aux contraintes d'un monde civilisé, pressentait-elle.

Bari restait tourné vers la mer à peine agitée de vagues paresseuses.

— Noor, commença-t-il, à voix basse. Noor…

— Bizarre, l'interrompit-elle. La marée n'a pas commencé de monter. Quand cette… chose a-t-elle débarquée ?

Elle regarda l'objet de plus près, sachant qu'il y avait moyen de l'identifier et trouva ce qu'elle cherchait : *Al Khalid ISQ26*…

— Ne me dites pas…, s'écria-t-elle.

Elle ouvrit grands les yeux puis les ferma, tentant de repousser la réponse qui la prenait à la gorge.

— C'est… à vous ? demanda-t-elle, incrédule. Dans l'avion ?

— Oui, admit-il à voix basse.

En un éclair, Noor comprit.

— Non ! ce n'est pas possible ! s'écria-t-elle. Vous n'avez pas… Oh, mon Dieu !

— Noor, dit Bari trop tard, Noor, je vous aime.

Il essaya de la prendre dans ses bras, mais elle s'en arracha comme une bête blessée et, se reculant d'un pas, pâle comme la mort, le dévisagea.

— Pendant tout ce temps, vous aviez une C.B. ? dit-elle. Depuis le début ? Depuis le radeau ?

Devant son silence, elle hurla :

— Avouez !

— Est-ce bien nécessaire ?

— Nous aurions pu être secourus dès la fin de la tempête ? Avant même d'atteindre l'île ?

Elle le regardait sans comprendre, déchirée, malheureuse. Les mots se bousculaient en elle au fur et à mesure qu'elle réalisait ce qu'il avait fait.

— Qu'est-ce que vous avez voulu prouver ? C'était quoi ? Une punition ? Une expérience ? Savoir si j'allais craquer ? C'est cela ? Maintenant vous avez décidé que cela suffisait et vous me rendez ma liberté ! Je me demande bien pourquoi ! Qu'est-ce qui vous a fait changer d'avis ?

— Je vous aime, Noor, redit Bari obstinément, sentant malgré tout confusément qu'il l'avait perdue.

Pourtant il se refusait à croire que l'amour qu'il ressentait pour elle n'avait aucun pouvoir.

— Non, rétorqua-t-elle avec mépris. Je sais pourquoi vous avez décidé de mettre fin à l'expérience. Vous avez obtenu ce que vous vouliez !

Elle fit une pause, essayant de mettre de l'ordre dans les pensées qui tourbillonnaient dans sa tête.

— Ce qui a changé entre hier et aujourd'hui ? reprit-il. Je vais vous le dire ! Une seule chose : cette nuit, ne vous ai-je pas dit que je vous aimais ?

Elle ferma les yeux, frissonna comme sous l'effet d'une douche glacée.

— C'était bien ce que vous attendiez, n'est-ce pas ? J'apprivoise la pimbêche, je la casse, je la réduis à ma merci et, vite fait, bien fait, elle tombe amoureuse de moi !

— Non, essaya-t-il de protester sans qu'elle y prête attention.

— Les secours seraient alors arrivés par hasard, tombés du ciel. Vous auriez certainement trouvé une explication à ce miracle et je n'aurais jamais eu vent de votre petite expérience. Malheureusement pour vous, je me suis réveillée trop tôt !

— Je n'avais pas pensé à ce que j'allais vous dire !

— Menteur ! s'indigna Noor, hors d'elle. Vous aviez tout prévu, du début jusqu'à la fin. Depuis quand, je me le demande. Depuis votre apparition fracassante dans l'avion ? Personne ne se met en travers de vos projets sans en payer le prix, c'est cela ? C'est vous qui menez le jeu ? Qu'est-ce que vous aviez en tête ? Briser Noor Askhani et ses velléités d'indépendance ? L'épouser sans amour, quoi qu'elle dise et quoi qu'elle fasse, pour la satisfaction de votre orgueil de mâle et pour entrer en possession de votre héritage ?

— Je n'ai pas cherché à vous briser, et je n'avais rien planifié. J'ai profité de la situation, c'est vrai. Mais...

— La blessure à la jambe ? Du théâtre aussi ? se moqua-t-elle.

Soudain il s'énerva pour de bon et répliqua d'un ton sec :

— Faites attention à ce que vous dites !

— Vous n'avez pas l'air d'avoir beaucoup de mal à marcher, continua-t-elle malgré tout.

— Exact, depuis quelques...

— Je m'aperçois, avec un peu de retard, enchaîna-t-elle sans l'écouter, que cette fameuse blessure ne vous a pas trop gêné la nuit dernière !

La nuit dernière ! Elle eut un haut-le-cœur et dit entre ses dents :

— Vous avez voulu faire de moi votre esclave, dans tous les sens du terme ! Cela vous a amusé, j'espère, de m'avoir à vos ordres, de me voir exécuter vos moindres désirs ! D'être soumise et dépendante ! Etes-vous satisfait ? Avez-vous pris votre revanche ? Pouvons-nous rejoindre le monde civilisé maintenant ? Encore que, un monde qui abrite un individu de votre acabit ne me paraisse pas mériter le nom de « civilisé ». Mais passons. Et après ? Quel est votre programme ?

Il se rapprocha d'elle et, d'une voix intense, chercha à la convaincre de l'écouter.

— Noor, ne le prenez pas comme cela. Pensez à tout ce que vous avez appris pendant ces quelques jours.

— Appris ? Ah oui ! J'ai appris quel macho arrogant et sûr de lui-même vous étiez !

Il serra les dents et insista :

— Vous avez appris bien autre chose.

— Allez vous faire voir !

Elle lui tourna le dos et contempla leur campement ; cette cabane qu'ils avaient construite, le foyer, les tas de caisses... L'endroit qui lui était devenu cher parce que Bari y était. C'était là qu'elle avait découvert ses propres capacités d'invention, de courage, d'énergie. Là, que son amour...

Soudain, elle vit leur campement pitoyable avec les yeux d'un étranger : la hutte primitive, faite de bric et de broc avec une porte noircie par la fumée, le tas de plastique à bulles qui leur servait de matelas, le radeau à moitié dégonflé, les restes du feu... Pire encore, au milieu de tout cela, elle, une créature d'un autre monde, à moitié nue, les cheveux emmêlés, la peau tannée et desséchée par le soleil, les bras et les jambes marqués de cicatrices en tous genres, vaguement enroulée dans ce qui avait été, autrefois, un morceau de soie !

Avec, autour du cou... un collier de perles, fait de ses mains !

Elle se sentit salie et humiliée jusqu'au tréfonds d'elle-même, jusqu'à en avoir la nausée. Comme elle avait été fière de ce ridicule collier de perles dont elle s'était parée pour plaire à Bari !

Sous l'effet de la colère et du dégoût, elle tenta de l'arracher. Il résista puis finit par céder. L'une après l'autre, les perles se répandirent sur le sable, aux pieds de Bari, comme autant de larmes durcies par le chagrin.

Elle tourna les talons et se dirigea vers la cabane. Il lui prit le poignet, l'arrêta, la forçant à lui faire face.

Elle luttait contre les sanglots qui l'étouffaient, le visage fermé.

— Noor, n'ai-je aucune excuse pour m'être conduit de la sorte ? Je ne prétends pas avoir eu raison d'agir ainsi. C'était fou et idiot mais, souvenez-vous. Souvenez-vous de ce que vous, vous avez fait. Je vous ai proposé de m'épouser en toute bonne foi, persuadé que, même sans véritable amour, nous pouvions former un couple, être des partenaires solides l'un pour l'autre. Je m'étais fait à l'idée que vous seriez la mère de mes enfants. Tout mon entourage était là pour partager ce moment important de ma vie. Quand un garde est venu me prévenir qu'il vous avait vue quitter le palais dans la limousine, mon sang n'a fait qu'un tour. La colère, un vent de folie si vous voulez, s'est emparé de moi. N'avais-je aucune excuse ?

Mais Noor ne se laissait pas fléchir. Elle le regarda froidement et déclara, sarcastique :

— C'est maintenant seulement que vous réalisez votre *folie* ?

— Peut-être. L'amour peut conduire à la folie. Pour moi, ce fut l'inverse. C'est la découverte de mon amour pour vous qui m'a rendu à la raison. Je vous aime, Noor.

Elle ricana.

— Je vous en prie ! Pas de ça !

Il ne se découragea pas.

— Noor, arrêtons avant de nous engager sur une voie de non-retour. Nous nous sommes l'un et l'autre fait du tort. Oublions le passé. Par amour, Noor. Je vous aime et je vous demande de m'épouser, d'être ma femme.

Elle le dévisagea de haut en bas d'un air dédaigneux et s'exclama :

— Mais pour qui vous prenez-vous ? Quand je pense que vous ne m'avez même pas offert votre veste pour me réchauffer. Il a fallu que je me mette à genoux pour vous en prier ! Si c'est cela « être la femme de Bari al Khalid ! »

— Vous m'aimez, Noor. Vous me l'avez dit, cette nuit.

— Et vous y avez cru ? ricana-t-elle de plus belle. C'est pourtant bien vous qui m'avez dit que toutes les femmes se laissaient aller à de grandes déclarations lors d'un rapport sexuel !

— Pas vous, Noor.

— Oh, depuis, j'ai été à bonne école, ironisa-t-elle. Et j'apprends vite comme vous avez pu le constater. Si vous m'avez imposé cette épreuve dans le but d'arracher mon consentement à vous épouser, vous avez sorti la C.B. trop tôt, mon cher ! Vous auriez dû...

Il l'interrompit et la prit dans ses bras, la serrant contre lui. Ses yeux plus noirs que jamais la transpercèrent d'un éclair sauvage et ses lèvres vinrent s'écraser sur les siennes.

Un feu d'enfer monta en elle, mais elle eut la force de s'arracher à son étreinte avant de perdre tout contrôle. Elle releva vivement la tête et tenta de le repousser.

— Ne me touchez pas !

Il n'en continuait pas moins de lui embrasser le cou, les oreilles, la gorge.

— En quoi vous ai-je blessée, Noor ? Je vous aime.

Malgré sa colère, Noor sentait son corps répondre aux sollicitations de la bouche de Bari, son cœur s'affoler. Les caresses de ses mains provoquaient désir et passion, et elle se sentit fondre dans ses bras.

— Epouse-moi, Noor, redit Bari d'une voix chargée d'angoisse et de désir. Tu es à moi. Je te veux pour épouse.

Loin, très loin au fond d'elle-même, l'orgueil bafoué par l'humiliation subie resurgit. Elle trouva la force de se dégager de ses bras.

— Ne me touchez pas, Bari al Khalid. Ne m'adressez plus jamais la parole !

15

— Oh là, là ! Que cela fait mal ! Que c'est bon ! Continue, Rudayba. C'est merveilleux ! Comment ai-je pu m'en passer ?

Noor était aux mains de sa masseuse préférée qui lui administrait d'une main ferme tout le grand jeu : massage complet aux huiles essentielles et à la pulpe de concombre.

— Alors, tu ne lui adresses plus la parole ? lui demanda Jalia, sa cousine et meilleure amie.

Cette dernière s'était confortablement installée sur un canapé, près de la table sur laquelle était étendue Noor et, d'une main distraite, feuilletait un magazine.

Depuis le retour de Noor, les deux cousines se tenaient plus ou moins cloîtrées dans la suite de Jalia, hors de portée de Bari et surtout des paparazzi. L'aventure de Noor et du cheikh avait fait grand bruit, et les journalistes guettaient en permanence, à l'affût de toute déclaration, du moindre fait et geste des deux protagonistes.

— Qu'est-ce que tu crois ?

— Je ne te comprends pas, soupira Jalia avec un haussement d'épaules. Tu étais prête à l'épouser alors que tu ne l'aimais pas et qu'il n'avait jamais prétendu t'aimer. Et maintenant qu'il proclame être fou amoureux de toi et que tu as le cœur brisé…

— Je n'ai pas le cœur brisé !

—… tu ne veux plus entendre parler de mariage ! continua Jalia sans s'émouvoir. Pas très logique de ta part !

— Je t'ai déjà expliqué, dit Noor, affichant son air buté, que j'avais accepté de l'épouser parce que j'étais éblouie par tout ce qui m'arrivait. Je ne savais même pas si je l'aimais ou non. Sur l'île, j'ai cru que je l'aimais, mais je vois maintenant que ce n'était dû qu'à la solitude à deux, et à ses manigances. Ce n'était pas de l'amour. Et cela n'en sera jamais !

— Continue de te le répéter et tu vas finir par y croire, se moqua Jalia. On peut toujours se convaincre de ce que l'on veut entendre.

— C'est ridicule ! répondit faiblement Noor.

— Tu sais que tu n'es plus la même ? continua Jalia sans se décontenancer. Tes yeux sourient de l'intérieur et tu es beaucoup plus attentive aux autres. C'est pour cela que tu en veux à Bari ?

Noor gémit, souffrant mille morts sous les efforts de Rudayba et poussa un soupir.

— Non, de cela je lui suis reconnaissante. Mais cela n'a rien à voir…

Jalia déploya le magazine qu'elle tenait et le mit devant les yeux de Noor. Une double page affichait :

Un naufrage qui finit bien

Plusieurs photos les montraient à leur descente d'hélicoptère, revêtus des peignoirs que leurs sauveteurs leur avaient procurés. Sur l'une des photos, Noor tenait la poupée de chiffon, le seul souvenir de l'île qu'elle avait tenu à emporter avec elle.

D'autres photos, d'archives celles-là, meublaient l'espace, cherchant à dissimuler le fait qu'il n'y avait pas matière à sensation dans cette histoire. Ni Bari ni elle n'avaient accordé d'interview malgré la pression indécente des journalistes. Or, étant donné la réaction de sa propre famille, Noor n'avait aucune envie de se livrer à des confidences publiques. Sa propre mère ne lui avait pas adressé la parole pendant toute une journée.

— Ils ne vont pas te lâcher, remarqua Jalia. Tout le monde attend le prochain épisode. Qu'est-ce que tu vas leur dire ? La vérité ?

— Ouch ! Rudayba ! Tu y vas fort, se plaignit Noor. Mais cela fait du bien ! Ya Allah ! Tu veux rire ? enchaîna-t-elle à l'attention de sa cousine. Tu imagines les titres ? « *Il ne m'a jamais aimée, pleure la princesse au cœur brisé !* » Sûrement pas !

— Tu pourrais le poursuivre en justice, suggéra Jalia d'un air moqueur, ouvrant un autre journal qui titrait en grosses lettres :

Fuite ou voyage de noces ? Le mystère reste entier

— Les journalistes adoreraient !
— Pour quel motif ? demanda Noor.
— Détention forcée et voies de faits. Les médias s'en délecteraient et se rangeraient à tes côtés. Tu expliquerais en détail toutes les épreuves auxquelles t'a soumise ton geôlier de fiancé. Comment il a essayé de briser ta résistance courageuse…
— Rudayba, dit soudain Noor, cela suffira pour aujourd'hui. Merci.

La masseuse s'arrêta aussitôt, s'essuya les mains et disparut discrètement.

Noor descendit de la table de massage et s'enroula avec un soupir de plaisir dans l'énorme serviette chaude qui l'attendait. Un luxe qu'elle appréciait à sa juste valeur. De même que la propreté sans restriction.

— Je vais prendre une douche.

Jalia la suivit dans la salle de bains.

Noor se contempla dans le miroir, estimant qu'après plusieurs jours de soins intensifs, elle avait de nouveau figure humaine. Ses cheveux, lisses et brillants, avaient retrouvé leur souplesse, ses mains leur douceur grâce à différentes lotions, et ses ongles, recoupés et vernis faisaient plaisir à voir. Ses pieds, eux aussi, étaient en bonne voie de guérison.

Restaient quelques marques et cicatrices qui ne tarderaient pas à disparaître.

Seuls, les souvenirs subsistaient. Il lui suffisait de fermer les yeux pour revoir Bari, pour sentir ses mains, sa bouche… et pour que son cœur se mette à battre douloureusement dans sa poitrine.

— Tu veux que j'appelle un avocat ? demanda soudain sa cousine, suivant toujours son idée.

— Inutile. Je ne vais pas traîner Bari en justice ! protesta Noor.
— Et pourquoi donc ?
— Parce qu'il me faudrait le revoir au tribunal, sourit-elle.
— Tu en es là ! s'écria sa cousine d'un ton entendu.

Noor entra dans la douche et prit le flacon de gel parfumé qu'elle contempla longuement avant de s'en servir. Comme cela lui avait manqué sur l'île, dans cet endroit démuni de tout... où elle donnerait très cher pour retourner.

Pour retomber amoureuse de Bari et croire qu'il l'aimait aussi....

Les larmes lui montèrent aux yeux et, pour lutter contre cette faiblesse, elle employa toute son énergie à se frotter le corps, les épaules, les bras, le ventre... A chasser de son esprit le souvenir de la cascade et de ce qui s'y était passé.

Mais certaines brûlures sont indélébiles et ont tendance à ne pas disparaître.

— Si vous refusez de me voir, j'alerte les médias, menaça Bari au téléphone.

Noor essaya de se persuader qu'elle restait insensible au son de la voix de Bari.

Elle inspira calmement et rétorqua froidement :
— Et alors ?
— Vous pourriez ne pas apprécier ce que j'ai l'intention de leur dire. A savoir, que vous vous êtes enfuie le jour de votre mariage parce que vous ne m'épousiez que pour mon argent. Et qu'au dernier moment, vous aviez appris que mon héritage n'était pas aussi important que vous le pensiez !
— Qui va croire cela ? s'indigna Noor.
— Tous ceux qui ne s'intéressent pas à la vérité, mais sont à l'affût d'une histoire, quelle qu'elle soit. Or, je suis capable de leur en fournir tous les éléments. D'un autre côté, si nous nous concertions, nous pourrions leur offrir beaucoup mieux, non ?
— C'est du chantage !
— Peut-être, admit Bari. Mais sachez que rien ne m'arrêtera et que je ne reculerai devant rien.

— Mais pourquoi ? s'étonna Noor. Où voulez-vous en venir ?

— Vous ne vous en doutez pas ? Je croyais avoir été clair. C'est vous que je veux, Noor. Maintenant et pour toujours.

Le cœur de Noor faillit s'arrêter. Comme elle aurait aimé le croire. N'était-ce pas ce qu'elle rêvait d'entendre ?

— Impossible. Et vous le savez !

Puis, malgré elle, elle le poussa dans ses retranchements et enchaîna :

— En quoi le fait de raconter n'importe quoi aux médias, cette histoire d'argent, par exemple, peut-il me forcer à vous épouser ?

— Evident ! Ce sera le seul moyen pour vous de prouver aux yeux du monde que ce n'est pas l'argent qui vous intéresse. Sinon, votre réputation sera sérieusement compromise.

Elle lui raccrocha au nez.

— Princesse, que pensez-vous de l'ultimatum posé à son petit-fils par Jabir al Khalid ?

La journaliste avait réussi à se procurer le numéro de son portable et Noor avait décroché sans se méfier. Maintenant, elle était prise au piège.

Elle n'avait pas l'habitude de manipuler les médias et se demanda comment s'y prendre pour soutirer à sa correspondante le maximum d'informations sans trop en dire.

C'était l'occasion de savoir ce que Bari avait bien pu raconter. Quelle était encore cette histoire avec son grand-père ?

— Ultimatum ? dit-elle en riant. Je... ne vois pas à quoi vous faites allusion.

— Je veux dire, la découverte que vous n'êtes pas celle que le grand-père de Bari al Khalid lui destinait, que vous n'êtes pas la petite-fille de son meilleur ami.

Noor tomba des nues.

— Que je ne suis pas...

— Vous n'êtes donc pas au courant ? reprit la journaliste. Le vieil homme pensait que vous étiez la descendante de son meilleur ami, c'est pourquoi il approuvait le mariage de son petit-fils avec vous. Mais il semble qu'il se soit trompé dans les noms. Votre grand-père, Faruq Askhani, était bien Compagnon de la Coupe avec lui mais ce n'était pas lui, son meilleur ami.

— Vraiment ? dit Noor, curieuse d'en savoir plus.

— En fait, Faruq Askhani et Jabir al Khalid étaient rivaux en amour et c'est votre grand-père qui a été l'heureux élu. Il semble que Jabir al Khalid ait confondu le nom de son rival avec celui de son ami. La mémoire peut jouer de curieux tours, non ?

Noor, ébahie, réussit à meubler le silence par une remarque quelconque tout en se demandant si elle devait croire ce que lui annonçait cette femme et à quoi cela menait.

— Maintenant qu'il a compris son erreur, poursuivit la journaliste, il s'oppose à votre mariage avec son petit-fils.

— Quoi ? s'exclama Noor malgré elle.

— Jabir al Khalid a changé d'avis et a interdit à son petit-fils de vous épouser.

Le téléphone collé à l'oreille, Noor avait du mal à respirer et son cœur battait la chamade. Bari, interdit de…

Elle s'éloigna du combiné et tenta de reprendre son souffle.

— C'est une nouvelle…

— Vrai ou faux ? l'interrompit la journaliste. Est-ce que Bari et vous êtes toujours fiancés ?

— C'est à nous d'en décider, réussit à placer dignement Noor.

— Le meilleur ami de Jabir al Khalid a cinq petites-filles. Bari al Khalid est mis en demeure de faire son choix au plus vite. Qu'en pensez-vous ?

— Pas de commentaire.

— Pourquoi votre mariage n'a-t-il pas eu lieu, princesse ?

Noor raccrocha sans répondre.

Elle se mit à arpenter la pièce d'un pas nerveux. Etait-ce possible ? Le vieil homme s'était-il réellement trompé ? Avait-il vraiment changé d'avis ? Ou était-ce encore une machination de Bari pour la faire craquer ?

C'est alors que sa mère l'appela pour lui confirmer la nouvelle. Jabir al Khalid s'était aperçu de son erreur et se réjouissait que le mariage n'ait pas eu lieu, quelle qu'en soit la raison. Il y voyait là un cadeau du ciel qu'il acceptait avec reconnaissance. Et il interdisait bel et bien à Bari d'épouser la petite-fille de son rival et ennemi.

La mère de Noor, déjà furieuse contre sa fille, l'était encore plus à présent.

— Tu crois qu'il va obéir à son grand-père ? demanda Noor d'une petite voix, s'efforçant de garder son calme.

— Evidemment, répliqua sèchement sa mère. Il le doit s'il veut entrer en possession de son héritage. Il était prêt à le faire avant, je ne vois pas pourquoi il refuserait maintenant. Quand je pense que tu as rejeté un tel parti, poursuivit-elle amèrement. Tout cela est ta faute, Noor. Si le mariage avait eu lieu, Jabir al Khalid ne se serait peut-être jamais avisé de son erreur. Ou s'il s'en était souvenu, il l'aurait vite oubliée dès qu'il aurait fait sauter son arrière-petit-fils sur ses genoux ! Maintenant...

Jamais sa mère ne lui avait parlé sur ce ton, et Noor réalisa qu'elle avait déçu les attentes de ses parents qu'elle aimait pourtant tendrement. Cependant, ils n'auraient jamais rien exigé d'elle qu'elle ne soit en mesure d'accomplir. S'ils s'étaient réjouis de ce mariage, c'était qu'ils n'y voyaient que son bonheur.

Et elle avait tout gâché.

Quelle idiote elle avait été ! Elle s'en rendait compte à présent. Trop tard.

Elle avait refusé que Bari l'épouse. Et aujourd'hui, elle repoussait de toutes ses forces l'idée qu'il en épouse une autre pour les mêmes raisons !

Quel cauchemar !

16

Noor s'était soigneusement préparée à le recevoir. Elle avait apporté une attention toute particulière au choix de ses vêtements. Tailleur bleu marine, jupe à pinces qui mettait en valeur sa silhouette fine. Débardeur de soie blanche, jambes nues et escarpins ouverts.

Assise à une table près de la fenêtre, elle feuilletait machinalement la brochure d'une université technique décrivant les cours qu'ils proposaient. Quand il fut introduit, elle fit semblant de ne pas remarquer son entrée et, le cœur battant, tourna une nouvelle page du catalogue.

Une main brune entra dans son champ de vision, prit la brochure et l'envoya valser à l'autre bout de la pièce.

Elle leva les yeux vers Bari et le dévora des yeux. C'était la première fois qu'elle le revoyait depuis leur retour de l'île. La barbe avait disparu, les cheveux recoupés auréolaient son visage de boucles souples. Il portait des vêtements occidentaux, jean beige, mocassins marron et polo noir ouvert sur un cou ferme et musclé.

Elle ouvrit la bouche pour protester, mais il ne lui en laissa pas le temps.

— C'est vous qui m'avez demandé de venir. Alors, ne jouez pas à vos petits jeux. Que voulez-vous ?

Il la prit par le bras et la fit se lever. Avec ses talons, elle se trouvait presque à sa hauteur et plongea dans les profondeurs inquiétantes de ses yeux noirs.

Etouffant un juron, il la prit dans ses bras et sa bouche s'empara de la sienne, douce et chaude, avide. Il la tenait emprisonnée, tendrement mais fermement. Il était inutile de chercher à lui échapper, si tant est qu'elle en ait eu envie...

A son contact, Noor s'enflamma. Son sang bouillonna dans ses veines et ses lèvres se gonflèrent de désir. De sa langue, Bari força le passage de sa bouche, envoyant un courant électrique se propager le long de son dos... au creux de son ventre... D'une main, il lui entourait la taille. Son autre main lui tenait la tête, les doigts dans ses cheveux en un geste infiniment sensuel.

Impossible de résister à une telle force de séduction, reconnut Noor. Cependant des questions défilaient dans sa tête. Etait-ce leur dernier baiser ? Allait-il en épouser une autre ?

Bari se fit plus insistant, plus possessif, passant la main sous la veste du tailleur pour mieux la presser contre lui. La tête rejetée en arrière, elle subissait sans se plaindre les assauts de ses baisers. Presque au bord de l'évanouissement, elle voyait le monde à l'envers dans un éblouissement de plaisir.

Elle se redressa, lui passa les bras autour du cou, plaquant ses seins dressés contre son torse. Délaissant sa bouche, il couvrit sa gorge parfumée de baisers, lui arrachant des gémissements de plaisir.

— Au moins, j'ai une meilleure odeur que la dernière fois que vous m'avez embrassée, remarqua-t-elle, haletante, cherchant à mettre un peu de légèreté dans l'atmosphère passionnée qui les habitait.

— Parce que vous croyez que je préfère les parfums artificiels à votre odeur naturelle ? grommela-t-il avant de lui écraser la bouche de ses lèvres brûlantes.

Quand, enfin, elle put lui poser la question pour laquelle elle l'avait fait venir, ils étaient sur le canapé. Elle, assise sur ses genoux, la jupe remontée, fondant sous la caresse habile de ses doigts à l'intérieur de ses genoux, le long de ses cuisses.

— Je n'ai rien inventé, dit-il en réponse à ses accusations. Grand-père s'est vraiment trompé et s'en est rendu compte pendant notre absence en répondant aux questions des journalistes. Les noms lui sont alors revenus à l'esprit et il a compris son erreur.

Il s'est brusquement souvenu que votre grand-père était celui qui lui avait ravi l'amour de la princesse al Jawadi.

— Comment a-t-il pu confondre les noms ? s'indigna Noor.

— Il est âgé et cela remonte à l'époque de sa jeunesse. D'autre part, je me demande si, inconsciemment, il ne souhaitait pas me voir épouser la petite-fille de celle qui avait été son grand amour. Mais maintenant qu'il a recouvré la mémoire, il se montre plus autoritaire que jamais et bien décidé à m'imposer sa volonté.

Elle retint son souffle. Il lui baisa la main, la paume, le poignet.

— Il m'interdit de vous épouser, Noor. Ce qui signifie que je n'ai pas grand-chose à vous offrir. Ce que mon père m'a laissé n'est rien en comparaison de ce qui est entre les mains de mon grand-père. Malgré cela, je suis toujours prêt à rester dans ce pays pour participer à sa reconstruction, avec les moyens que l'on me donnera.

Il la regarda, les yeux chargés d'amour.

— Noor, êtes-vous prête à le faire avec moi ? Voulez-vous m'épouser ?

Elle se mordit la lèvre.

— Pourquoi ne pas épouser une autre fille, celle qui vous ferait retrouver les bonnes grâces de votre grand-père et votre héritage ?

— Parce que c'est vous que j'aime, Noor, dit-il, la prenant doucement aux épaules. Parce que vous êtes la seule et l'unique, et que je veux être le père de vos enfants. Que tous les palais du monde ne combleraient pas le vide de ma vie sans vous.

Comme elle souhaitait que cela fût vrai !

Elle crut que son cœur allait jaillir de sa poitrine et dit à voix basse :

— Oh, Bari ! Je... Mais...

— Noor, écoutez-moi et essayez de comprendre. J'étais si furieux contre vous que, dans l'avion, quand j'ai entendu à la radio que l'aéroport était hors d'atteinte, j'ai espéré que cela vous servirait de leçon ! J'ai été tenté de vous laisser vous débrouiller toute seule, pour que vous récoltiez les fruits de votre inconscience !

Il s'arrêta et, après quelques secondes, poursuivit :

— J'avais réellement oublié qu'il y avait une C.B. dans le

sac d'urgence. De toute façon, personne n'aurait pu venir à notre secours pendant la tempête.

— Et après ? Quand je vous ai demandé s'il y avait une C.B. dans l'avion ?

— Là, je m'en suis souvenu et je vous ai menti, admit-il. J'ai pensé que c'était l'occasion pour vous d'apprendre à vous suffire par vous-même, mais cela n'a pas marché tout de suite.

— Mais moi je n'avais qu'une envie : sortir de ce cauchemar et retrouver la vie normale ! s'exclama-t-elle.

Il lui prit la main et la porta à sa bouche pour un long baiser.

— Je sais. Mais j'ai persisté. Je voulais voir comment vous alliez réagir. Ce n'est qu'au matin de cette nuit que…

— Quelle nuit ?

Il l'attira contre lui et resta pensif quelques instants.

— Je vous dois des explications, Noor. J'avais quinze ans à la mort de mon père. Son rêve avait toujours été de revenir au Bagestan et, sur son lit de mort, il m'a fait promettre d'aider la famille royale à remonter sur le trône, de revenir au pays pour y faire ma vie et restaurer le patrimoine de nos ancêtres. J'ai juré que je ferais comme il le souhaitait et, depuis ce jour, je me suis senti lié par ma promesse envers lui.

Noor pensa à ses parents, eux aussi fidèles à leur pays, animés d'une passion pour le territoire de leurs origines qu'ils lui avaient transmise sans qu'elle s'en rende vraiment compte.

— Je comprends, dit-elle.

— Il avait toujours été entendu que, même si du vivant de mon grand-père, je n'entrais pas en possession de tout l'héritage, du moins je devais en recevoir une partie, à charge pour moi de le restaurer avec les moyens mis à ma disposition. Quand, après le Grand Retour, mon grand-père y mit les conditions que vous savez, j'ai estimé ne pas avoir le choix. Je vous ai proposé de m'épouser, selon sa volonté, pour tenir la promesse faite à mon père. Ce n'est qu'au matin de cette nuit, sur l'île, que je me suis demandé si j'étais prêt à sacrifier mes espoirs d'un mariage heureux avec vous pour être fidèle à cette promesse. Si mon père aurait voulu que je sacrifie mon bonheur. Or, l'idée m'est venue que si je vous faisais changer d'avis…

— Quoi ? Comme cela ? se moqua Noor.

— Cela vous était déjà arrivé une fois, lui rappela Bari, en lui caressant la joue. Quand je vous ai demandé de m'épouser, sur ordre de mon grand-père, j'étais persuadé que nous pourrions faire un couple solide. Quand vous vous êtes enfuie, le jour du mariage, j'ai cru que je m'étais trompé, que nous étions vraiment trop différents pour nous comprendre. C'est alors que survint l'occasion de découvrir votre vraie personnalité.

— Et pas de savoir si vous m'aimiez ou non ? s'indigna Noor.

— Si, cela aussi, bien sûr. Mais il m'a fallu quelque temps pour réaliser que je me découvrais moi aussi. Moi et les sentiments qui m'animaient.

Ils se turent un moment.

— C'est ce qui vous a poussé à me garder… prisonnière ? Jusqu'où auriez-vous été ?

— Honnêtement, je n'avais rien prévu, avoua Bari. J'avais même fini par oublier la radio. Cela ne paraissait pas important. Jusqu'au jour où je me suis blessé en récupérant ces caisses. Je me suis demandé ce que je faisais là à risquer ma vie pour un peu de nourriture alors que les secours étaient à portée de radio.

— Pourquoi ne vous en êtes-vous pas servi à ce moment-là ? s'étonna-t-elle. Vous étiez sérieusement blessé. Vous avez dû craindre pour votre vie !

— J'étais incapable de marcher jusqu'à l'endroit où je l'avais cachée ! grimaça-t-il, penaud. Et je ne pouvais pas vous le dire. Je me doutais de votre réaction et je n'avais aucune excuse à vous offrir. Je ne me suis pas fait confiance. Je n'ai pas compris que je ne pouvais pas vous blesser puisque je vous aimais.

Ses mains se firent plus pressantes, mais Noor résista et voulut connaître la suite.

— Et après ? Quand vous avez pu marcher ? Pourquoi avoir attendu ?

Bari soupira.

— Vous étiez en pleine transformation, en train de devenir

une autre. En train de découvrir ce dont vous étiez capable. Je n'ai pas osé interrompre le... processus.

Il y eut une nouvelle pause avant que Bari ne demande d'une voix douce :

— Dites-moi comment vous, vous avez vécu cette aventure.

Elle soupira et lui sourit.

— J'ai tellement appris, Bari. Vous avez raison, cela m'a transformée. Au début, j'ai détesté la situation, le travail, la saleté, tout. Je ne pouvais pas croire que j'étais forcée de vivre dans ces conditions. Mais c'était *le prix à payer*, j'imagine, conclut-elle avec un petit sourire ironique. Maintenant, je ne regrette rien.

— Et vous... me pardonnez ?

Elle posa un léger baiser sur ses lèvres.

— Comment pourrais-je reconnaître que le changement m'a été bénéfique et en vouloir à celui qui en est à l'origine ? Oui, je vous pardonne. Et vous, me pardonnez-vous ?

Il lui prit la tête dans ses mains et l'attira contre lui pour un baiser passionné qui la laissa étourdie et à bout de souffle.

— M'aimez-vous, Noor. Voulez-vous m'épouser ?

Elle ferma les yeux, écoutant les battements désordonnés de son cœur, puis les rouvrit.

— Pas de réponse ? s'inquiéta-t-il.

— Je vous aime, Bari. Oui, je veux vous épouser. Comment pourrais-je dire « non » ?

Il l'embrassa à lui faire perdre la tête, sa passion se communiquant à leurs corps enlacés, s'infiltrant dans chaque nerf, faisant fondre Noor entre ses bras. Ils glissèrent sur le sofa, leurs jambes emmêlées, avides de retrouver l'intimité sublime qu'ils avaient connue sur l'île.

Au bout de quelques instants, Bari se releva et, plongeant la main dans sa poche, dit avec un sourire :

— Tout d'abord, ceci.

Il tenait à la main le superbe diamant de leurs fiançailles.

Noor se souvint du moment douloureux où elle l'avait enlevé, poussée par la rage de la déception, juste avant de s'enfuir. C'était dans une autre vie.

Elle était une autre femme.

— Donnez-moi votre main, ordonna Bari d'une voix basse.

Elle le regarda dans les yeux et posa sa main dans la sienne.

Avec un air de fierté possessive, Bari lui glissa l'anneau au doigt.

Beaucoup plus tard, Bari murmura :

— Vous souvenez-vous du jour où je vous ai emmenée sur mon bateau, le long de la côte ?

Ils étaient allongés sur le lit. Noor reposait au creux de son épaule. Il s'était redressé sur un coude et la regardait, les yeux embués d'amour et de quelque chose de plus fort encore qu'il ne pouvait exprimer.

Elle lui rendit son regard. Se souvenir ? Comment aurait-elle pu oublier ?

— Vous voulez parler de la maison sur la colline, surplombant la crique où nous nous sommes baignés ? Vous l'avez trouvée superbe, si je me souviens bien ? Du moins, elle pourrait l'être...

— Oh ! murmura Noor. Elle appartient à votre famille ?

— Oui. Cela fait partie de ce que mon père m'a laissé. J'avais l'intention de vous la faire visiter ce jour-là. Mais nous avons employé le temps à... autre chose.

— Vraiment ? le taquina Noor. Là, j'ai oublié...

En riant, il la prit contre lui et l'embrassa.

— Il est urgent de la restaurer sinon elle va tomber en ruine, poursuivit-il. Il nous faut une maison de ville, bien sûr, mais j'aimerais que cette propriété redevienne la maison de famille qu'elle a été. Notre maison. Viendrez-vous la voir avec moi et me dire si vous seriez d'accord pour y vivre la plupart du temps ?

— Oui.

Mais aussitôt, elle s'inquiéta.

— Et les journalistes ? Qu'allons-nous leur dire ?

— On ne peut pas leur dire la vérité, reconnut Bari.

— Je sais que j'ai été idiote, mais personne n'a besoin de le savoir !

— Je ne reconnais à personne le droit de malmener ma fiancée, ne vous inquiétez pas ! la rassura-t-il avec un sourire.

— Pas en public, en tout cas, ajouta-t-elle à son tour, espiègle. Qu'allons-nous leur raconter ?

Un éclair de malice passa dans les yeux de Bari.

— Nous allons mettre à profit l'erreur de mon grand-père. Il a voulu que je vous épouse, puis il a changé d'avis sans me consulter, sans égard pour mes sentiments. Il ne pourra pas se plaindre que je me serve de lui.

Épilogue

Princesse de mon cœur !
Dernier épisode du « mariage interdit » ?

Nous apprenons, de source sûre, que le mariage, étrangement retardé, du cheikh Bari al Khalid, Compagnon de la Coupe, et de la princesse Noor Yasmin al Jawadi Durrani, pourrait avoir lieu très prochainement.

On se souvient que, le mois dernier, les futurs époux avaient mystérieusement disparu, quelques instants avant la grandiose cérémonie qui devait se dérouler au Bagestan.

Nous sommes en mesure, aujourd'hui, de révéler la raison de cette disparition. Des proches des fiancés nous ont appris que le grand-père du cheikh, Jabir al Khalid, avait soudain refusé son consentement à l'union de son petit-fils avec la princesse Noor. Cela, à la toute dernière minute.

Le couple avait alors résolu de passer outre à la volonté de l'aïeul et décidé d'aller célébrer le mariage... ailleurs. Malheureusement, leur avion, pris dans la tempête, fut forcé d'amerrir et les deux amoureux échouèrent sur une île déserte. Nous connaissons la suite. C'est là qu'ils ont passé ce qui aurait dû être leur lune de miel, se nourrissant d'œufs de tortue, de poisson et d'herbes.

Leur dramatique disparition, leur sauvetage, leur amour

l'un pour l'autre, rien n'a pu faire fléchir Jabir al Khalid qui persiste dans sa décision : son petit-fils sera dépossédé d'une grande partie de son héritage s'il ne renonce pas à épouser Noor Askhani Durrani. Un lointain cousin héritera à sa place des propriétés de la famille.

Mais ce revirement ne semble pas entamer l'amour des fiancés ni leur détermination.

« Mon épouse et moi ferons en sorte de constituer un nouveau patrimoine pour nos enfants », a déclaré fièrement le très séduisant Compagnon de la Coupe.

Leur mariage pourrait avoir lieu le mois prochain.

Reportage exclusif pour nos lecteurs.

ALEXANDRA SELLERS

Fiançailles au palais

Intégrale
Princesses du désert

Traduction française de
FLORENCE MOREAU

♦ saGas ♦

HARLEQUIN

Titre original :
THE ICE MAIDEN'S SHEIKH

Ce roman a déjà été publié en 2010.

© 2004, Alexandra Sellers.
© 2010, 2018, HarperCollins France pour la traduction française.

1

La mariée manquait à l'appel.

Le cœur battant, Jalia courait le long du péristyle, en proie à une terrible prémonition. La soie légère de son voile vert, couleur que portaient les demoiselles d'honneur, venait de lui retomber sur le visage, l'aveuglant à moitié et rajoutant à sa confusion. Elle n'avait pourtant pas le temps de se battre avec l'étoffe en ce moment.

Que se passait-il ? Où Noor était-elle partie et surtout, pourquoi ?

Mon Dieu ! Faites qu'elle n'ait pas changé d'avis au dernier moment ! priait ardemment Jalia. Car elle en était bien capable, hélas !

— Noor, appela-t-elle sans oser crier trop fort. Noor, où es-tu ?

Des murmures confus commençaient à s'élever du patio central de la résidence palatine, où la cérémonie devait être célébrée. Jalia sentit son cœur fléchir... Il était vain d'espérer retrouver rapidement Noor pour que le mariage se déroule sans retard.

La mezzanine sur laquelle Jalia venait de déboucher surplombait une petite cour qui ne menait nulle part. Noor s'était-elle réfugiée là, prise d'un brusque accès de panique ? Se penchant par-dessus la balustrade, Jalia appela de nouveau :

— Noor ?

Mais le patio était vide. En son centre, les rayons du soleil jouaient avec l'eau de la fontaine, créant un superbe jet de diamants. Alentour, les boutons de fleurs se balançaient au gré de la brise.

Mais aucune ombre humaine ne se découpait sur les magnifiques carreaux qui pavaient la cour intérieure.

L'enfilade d'arcades et de colonnes qui s'étendait devant elle menait à deux lourds battants de bois. Ce couloir, d'une beauté à couper le souffle, était également désert.

— Noor ?

Sous le voile, une goutte de sueur perla au front de Jalia et tomba sur le dos de sa main. La jeune femme la contempla d'un air absent, doutant quelques secondes de la réalité de ce qu'elle vivait en ce moment.

Etait-elle indirectement responsable de la disparition de la mariée ? Cette question ne cessait de la hanter. Nul doute qu'on allait l'en accuser, et d'aucuns avec une véhémence toute particulière...

Latif Abd al Razzaq Shahin, par exemple !

Il lui reprocherait d'avoir désapprouvé les soudaines fiançailles de sa cousine Noor avec Bari, son ami le plus cher et, ce faisant, d'avoir indirectement causé la fuite de la mariée, le jour de la cérémonie.

— Noor ! appela-t-elle de nouveau en haussant le ton sans grande conviction.

Il était impossible à présent de conserver plus longtemps la disparition secrète...

Voilà qui ressemblait tout à fait à Noor de créer un mélodrame au moment crucial ! Pourquoi n'avait-elle pas suivi les conseils de Jalia qui l'exhortait à la prudence ? Il aurait été bien plus raisonnable de réfléchir un peu avant de s'engager de matière irrévocable avec un étranger, dans un pays inconnu.

Et, bien sûr, — et là encore, c'était sa cousine tout craché —, Noor avait informé toute la famille de l'opposition de Jalia à ce mariage précipité. Tout le monde s'empresserait donc de blâmer cette dernière pour les événements d'aujourd'hui.

Et Latif Abd al Razzaq en premier !

Non qu'elle se souciât particulièrement de son opinion, mais ses critiques seraient immanquablement cinglantes, comme elle les avait cruellement expérimentées déjà à plusieurs reprises. Le cheikh Latif Abd al Razzaq Shahin l'appréciait aussi peu qu'elle ne l'estimait et, qui plus est, ne se gênait pas pour le lui faire remarquer chaque fois qu'il le pouvait.

Ce fut alors que, tel un diable sorti de sa boîte, l'homme qui tourmentait ses pensées, se matérialisa à quelques mètres d'elle, à croire que, bons ou mauvais, les génies des légendes étaient toujours d'actualité et surgissaient dès que l'on y pensait ! Il portait le magnifique costume de cérémonie d'un Compagnon de la Coupe.

Bien malgré elle, Jalia frissonna, comme à l'approche d'une menace et se recula instinctivement derrière l'une des colonnes couleur sable.

Trop tard ! Tel le faucon dont il portait le nom, il s'élança vers elle, lui bloquant le passage.

— Où est votre cousine ? lui demanda-t-il d'une voix autoritaire.

Par réflexe, Jalia se plaqua contre le pilier… avant de se ressaisir bien vite et de redresser les épaules. Son voile lui recouvrait entièrement le visage. Comment Latif pouvait-il savoir qu'il s'agissait d'elle ?

— Je ne comprends pas de quoi vous voulez parler, lui dit-elle dans un arabe qu'elle savait, hélas, teinté d'un fort accent anglais. Vous faites erreur.

A ces mots, il secoua vivement la tête en la gratifiant de ce regard arrogant qui l'agaçait tant chez lui. Dès que Latif Abd al Razzaq donnait un ordre, il fallait que son entourage se plie à ses désirs sans discuter. Il ne tolérait pas la moindre critique.

D'un coup, la colère submergea Jalia. Ce qu'elle pouvait le détester ! Il incarnait tout ce qu'elle ne supportait pas en Orient !

— Le jeu est fini, Jalia, annonça-t-il entre ses dents. Où est Noor ?

— Je ne suis pas celle que vous croyez. Laissez-moi partir, reprit-elle avec hauteur.

Mais Latif lui barrait obstinément le passage. Sans un mot, il souleva lentement le voile de la jeune femme…

La chevelure de Jalia, d'un blond cendré, ramenée d'un seul côté de son visage, formait une épaisse masse de soie contre sa joue délicate et masquait presque sa prunelle verte quand elle releva le menton pour décocher un regard hautain à Latif.

Ce dernier ne relâcha pas le voile, de sorte que les mèches pâles de la jeune femme effleurèrent ses doigts, tandis qu'ils se défiaient longuement du regard… Une hostilité mutuelle et profonde sembla figer l'air entre eux. Lorsque les doigts de Latif relâchèrent enfin la soie souple et qu'il laissa retomber sa main le long de son corps, l'air parut de nouveau circuler librement entre eux.

— Où votre cousine est-elle partie ? lui redemanda-t-il d'une voix dure et sourde.

A cette question, Jalia plongea effrontément son regard de jade dans celui de Latif Abd al Razzaq.

— Ne me parlez pas sur ce ton ! le prévint-elle.

— Où est-elle ? reprit-il, ignorant son avertissement.

— Je n'en ai pas la moindre idée ! Peut-être s'est-elle réfugiée dans l'une des nombreuses salles de bains du palais parce qu'elle avait la nausée ? Moi aussi, je la cherche, figurez-vous ! Et vous me faites perdre mon temps en me retenant ici. Laissez-moi passer, je vous prie.

— J'ai bien peur que votre cousine ne se soit enfuie et qu'elle n'ait quitté le palais.

— Enfuie ? répéta Jalia, prise d'un étrange vertige. Je ne vous crois pas. Et où se serait-elle enfuie ?

— C'est précisément la question que Bari m'envoie vous poser. Où la princesse Noor s'est-elle enfuie ?

— Comment le saurais-je ? se révolta-t-elle. J'attendais tranquillement avec les autres demoiselles d'honneur que la cérémonie commence… J'ignorais qu'elle avait quitté les lieux. Vous semblez d'ailleurs en savoir plus que moi !

Involontairement, Jalia jeta un bref coup d'œil vers sa main fermée, ce qui n'échappa pas au regard perçant de Latif. Dans un geste impérieux, il referma ses doigts agiles sur le poignet de Jalia.

— Que cachez-vous ? demanda-t-il d'un ton cinglant.

— Cela ne vous regarde pas ! Lâchez-moi !

— Ouvrez la main, princesse Jalia !

Elle tenta de se débattre, mais il la tenait fermement et il était illusoire de croire qu'elle allait se libérer aisément de sa poigne de fer. Après un long regard qui exprimait tout le dédain qu'elle lui vouait, Jalia céda sous la pression et ouvrit la main.

A l'intérieur de sa paume, un superbe diamant brillait de tous ses feux...

Latif la fixa alors de son regard vert et l'expression qu'elle lut dans ses yeux la fit frémir.

— Qu'est-ce que c'est ? rugit-il en s'emparant du solitaire.

Il avait relâché si brusquement son poignet qu'elle dut se retenir au pilier pour ne pas perdre l'équilibre.

Il leva la pierre précieuse vers un rayon de lumière qui filtrait à travers les poutres du toit en voûte. La gemme se mit à flamboyer avec insolence. Néanmoins, pour fabuleux qu'il fût, le diamant de la dynastie al Khalid devait rivaliser avec les éclairs que lançaient les yeux de Latif Abd al Razzaq.

— Qu'est-ce que c'est ? répéta ce dernier d'un ton accusateur.

— Une imitation, ironisa Jalia.

Difficile de ne pas reconnaître sur-le-champ le diamant des fiançailles de Noor. Un diamant d'une valeur mille fois plus élevée que la modeste bague de fiançailles en opale que Jalia portait au doigt.

Si le somptueux diamant des al Khalid avait enchanté Noor, il n'avait pas éveillé la moindre jalousie dans le cœur de Jalia, car elle savait pertinemment ce qui était lié à une telle bague : le cheikh Bari al Khalid, un homme autoritaire et implacable, lui aussi Compagnon de la Coupe du nouveau sultan Ashraf al Jawadi.

— Pour la dernière fois, dites-moi où est votre cousine.

— Décidément, vous n'en démordez pas ! Pourquoi le saurais-je ? Je présume qu'elle est quelque part dans le palais. Où pourrait-elle être allée ?

Son voile étant retombé sur son visage, Jalia se mit à retirer non sans nervosité les épingles qui le maintenaient et l'enleva d'un geste rageur. Quelle tradition stupide ! pensa-t-elle, que celle qui voulait tester l'amour et la perspicacité du futur marié en plaçant l'épouse parmi un groupe de femmes toutes voilées. Tout un chacun savait que l'époux avait été renseigné sur la couleur du voile de sa future femme. D'ailleurs, Noor avait soulevé la colère de tous les conservateurs en optant pour du blanc, la couleur associée au mariage en Occident. Dès le départ, ce mariage s'était annoncé des plus délicats, semblait-il.

Eu égard à ce genre de tradition ridicule et pour des dizaines d'autres raisons encore, Jalia était reconnaissante à ses parents d'avoir fui le Bagestan, des années avant sa naissance. Et elle n'envisageait pas d'un bon œil leur décision de revenir s'installer ici.

Latif Abd al Razzaq, un regard froid fixé sur elle, ne la quittait pas des yeux.

Evidemment, il ne la croyait pas. Et pourtant, si opposée qu'elle ait été au mariage hâtif et irréfléchi de Noor, Jalia n'avait absolument rien à voir avec ce sabotage de dernière minute. Oh, et puis zut ! Il pouvait bien penser ce qu'il voulait, elle s'en fichait royalement ! D'un geste agacé, elle lança son voile par-dessus la balustrade, peu soucieuse qu'il atterrisse sur un rosier hérissé d'épines.

— Vous avez la bague, déclara Latif comme s'il pointait du doigt une preuve absolue.

— Effectivement, admit-elle calmement. J'ai la bague. Brillante déduction ! ironisa-t-elle.

— Comment vous l'êtes-vous procurée ? continua-t-il, ignorant le ton moqueur de Jalia.

— De quel droit me posez-vous une telle question, et qui plus est sur ce ton ?

— Quel ton attendez-vous de moi, princesse ? demanda-t-il brutalement, d'un timbre rauque.

Jalia réprima un frisson.

— Ce qui me ferait plaisir, c'est de ne plus jamais entendre votre voix !

Au fond, elle se réjouissait de l'hostilité ouverte de Latif Abd al Razzaq. Un homme de cet acabit ne pouvait être qu'un ennemi et il était préférable que l'inimitié opère au grand jour. Ainsi, nul n'était dupe et savait à quoi s'en tenir.

En l'observant, dans sa veste de soie verte qui soulignait les profondeurs dangereuses de ses yeux émeraude, une épée de cérémonie fourrée dans un baudrier ornant orgueilleusement l'une de ses hanches, elle eut la curieuse sensation que leur antipathie mutuelle était semblable à un courant puissant qui les liait l'un à l'autre.

Elle ignorait pourquoi il la détestait mais elle savait en revanche, pourquoi elle, elle le détestait ; il incarnait tout ce qu'elle ne supportait pas chez un homme : l'autorité, la domination, la confiance éhontée en soi, la fierté d'être un homme et de jouir du pouvoir afférent.

— Noor vous a-t-elle parlé avant de s'enfuir ? A-t-elle laissé des indices ?

— Cessez de penser que je suis l'organisatrice de sa fuite ! Quoi qu'ait pu faire Noor et quels que soient ses complices, je n'ai rien à voir avec cette histoire ! Ne vous a-t-il jamais traversé l'esprit que Noor ait pu fuir sous la menace ?

— Elle n'a donc pas fui de son plein gré ?

— Mais je n'en sais strictement rien ! Votre rigidité d'esprit vous empêche-t-elle donc de comprendre que je ne sais pas pourquoi Noor s'est enfuie ? Si tant est qu'elle se soit enfuie ?

— Que voulez-vous dire ?

— C'est vous qui prétendez qu'elle s'est enfuie.

Latif la contempla un instant sans rien dire et sembla réfléchir.

— Il faut rejoindre les autres, ordonna-t-il soudain. Venez !

Là-dessus, il s'éloigna rapidement entre les arcades du péristyle, avant de passer sous la voûte qui menait aux escaliers descendant vers le patio principal.

Comme si elle retrouvait brusquement la liberté après un séjour en prison, Jalia ferma les yeux et respira longuement.

Elle devait s'entretenir de toute urgence avec les parents de Noor, ce qui signifiait, hélas, obéir à l'ordre que Latif venait de lui donner. En outre, il détenait le diamant des al Khalid, puisqu'il le lui avait confisqué. Il était donc préférable qu'elle le suive. En son absence, ne risquait-il pas d'inventer une histoire de toutes pièces qui la mettrait dans une position délicate ?

Presque en courant, elle s'empressa de rejoindre Latif.

2

Jalia et Latif descendirent à pas précipités l'imposant escalier de marbre qui menait au patio principal. Il y régnait pour l'instant une confusion encore contenue. Les invités tournaient en rond, s'interrogeant sur les raisons de ce retard, avançant des hypothèses ou affichant un air déconcerté.

Seuls, le sultan et sa femme, imperturbables, continuaient à discuter tranquillement avec leurs hôtes, créant ainsi un îlot de sérénité apparente dans un océan d'inquiétudes.

— Que s'est-il passé ?
— Où est la princesse ?
— Lui est-il arrivé malheur ?
— Le mariage est-il annulé ?

Un flot de questions se déversait sur le passage de Jalia et de Latif. Ce dernier se frayait rapidement un chemin à travers la foule d'invités sans prêter la moindre attention à quiconque, et Jalia lui était reconnaissante de l'entraîner dans son sillage car elle était incapable de répondre à la moindre interrogation, n'ayant aucune explication à fournir.

Rassemblées derrière un haut pilier de l'immense salle de réception, les familles des futurs mariés parlaient à voix basse, visages fermés. Sur les nappes richement brodées qui recouvraient les tables rondes, on avait disposé des assiettes en porcelaine de Chine, des verres ouvragés en cristal et des couverts en argent.

Le buffet devant accueillir un millier d'invités, le spectacle était des plus impressionnants.

— Jalia ! s'écrièrent sa mère et sa tante en se précipitant vers elle. Que se passe-t-il ?

Toutes deux avaient les yeux remplis de larmes, et le visage ravagé par l'anxiété.

— T'a-t-elle fait quelque confidence avant de partir ? s'enquit vivement sa tante. Où est-elle allée ? Pourquoi ?

— Est-elle... est-elle réellement partie ? articula Jalia, sentant de nouveau l'angoisse l'étreindre.

Comme elle regrettait d'avoir été si radicale dans son opposition au mariage ! De quel droit s'était-elle mêlée de cette histoire ?

— Comment ? Tu ne le sais donc pas ! Elle a pris la limousine et elle s'est enfuie, sans même prendre le temps de se changer !

— En robe de mariée, où peut-elle aller ? s'étonna Jalia, réprimant un sourire à la vision de Noor, au volant de la limousine, noyée dans un océan de dentelle et de soie. A-t-elle pris des bagages ?

— Selon les domestiques, non. Oh, je t'en prie, dis-nous ce que tu sais, implora sa tante.

— Pas grand-chose, tante Zaynab, je le regrette, répondit Jalia. Je n'étais pas avec Noor au moment de sa fuite.

Dans un ultime effort, elle s'efforça de stimuler sa mémoire, en quête de souvenirs susceptibles d'éclairer la fugue...

— En compagnie des autres demoiselles d'honneur, j'ai rejoint la mariée à l'heure convenue. La coiffeuse nous a alors dit que Noor se trouvait encore dans la salle de bains. Au bout de dix minutes, ne la voyant toujours pas arriver, je suis allée la rejoindre et elle n'y était plus.

Jalia baissa les yeux et soupira.

— Je suis désolée, tante Zaynab, j'aurais dû donner l'alarme aussitôt, mais j'ai songé que ses nerfs avaient pu lâcher, ou qu'elle s'était égarée. Aussi me suis-je lancée à sa recherche. Je pensais réellement que...

— Allons, intervint sa tante en posant une main rassurante sur son bras, tu as pensé qu'il s'agissait d'une tocade de future mariée, ce que tout le monde aurait cru à ta place. Hélas, je crois que c'est plus sérieux que cela. A-t-elle laissé échapper quelque chose pouvant donner à penser qu'elle avait des idées en tête ? La dernière fois que je l'ai vue, elle semblait heureuse, elle riait et était même tout excitée à l'idée de se marier.

— Ma tante, précisa alors Jalia d'un ton grave, j'ai trouvé sa bague de fiançailles dans la chambre. Elle l'y a probablement laissée avant de partir.

A cet instant, Latif ouvrit la main pour montrer le diamant des al Khalid.

La mère de Noor s'en saisit vivement et étouffa un petit cri horrifié.

— Elle a dû paniquer, suggéra quelqu'un. Un caprice de mariée.

Jalia sentit alors de nombreux regards peser lourdement sur elle. Des regards sombres... Par chance, l'oncle de Bari al Khalid entra à cet instant dans la salle et créa une diversion en annonçant d'un air accablé :

— Bari est parti, lui aussi ! Les gardes affirment qu'ils l'ont vu quitter le palais.

— *Barakullah* ! s'écria Zaynab. De quelle nouvelle folie s'agit-il encore ?

Avec un calme souverain qui tranchait sur la panique ambiante, Latif Abd al Razzaq déclara :

— L'un des gardes a vu la princesse s'enfuir et en a immédiatement avisé Bari qui s'est lancé sur ses traces sans attendre.

Latif se tenait au centre de la salle de réception et tout le monde se retourna vers lui.

— Auparavant, il m'a prié d'interroger Jalia afin d'évaluer ce qu'elle savait.

Tous les regards convergèrent de nouveau vers Jalia.

— Je ne sais rien ! se défendit cette dernière, suffoquant presque sous le poids de tous ces yeux braqués sur elle. Noor ne m'a absolument rien dit.

Furieuse, elle décocha un regard noir à Latif : nul doute qu'il se réjouissait de l'avoir mise sur la sellette !

— A-t-on essayé de la joindre sur son portable ? s'enquit-elle.

— Elle l'a laissé dans sa chambre, elle n'a même pas pris d'argent, l'informa sa mère.
— Oh, ma fille, ma fille…, se lamentait Zaynab. Que pouvons-nous faire ? Si Bari la rattrape, je redoute sa colère.
— Je vais tenter de les retrouver, annonça calmement Latif.
— Oh, merci beaucoup, Votre Excellence ! s'exclama Zaynab, reconnaissante. J'espère que si vous trouvez Noor, elle ne s'entêtera pas à…
— Jalia va venir avec moi ! la coupa-t-il.
— Moi ? s'étrangla cette dernière, indignée qu'il décide pour elle sans lui demander son avis. Je ne vois pas ce que ma présence…
— Fais ce que te dit Son Excellence, Jalia ! intervint alors sa mère d'un ton sec. Ta présence peut toujours être utile.
Accompagner Latif Abd al Razzaq ?
Cette seule idée résonnait en elle comme une sorte de dangereuse prémonition. Pourquoi lui ordonnait-on de l'accompagner alors que tout le monde était au courant du peu d'estime qu'ils se vouaient ?
— En quoi pourrais-je être utile ? protesta-t-elle encore. Je ne sais absolument pas où Noor a bien pu…
Elle s'interrompit d'elle-même devant le regard noir de Latif qui lui signifiait clairement qu'elle dépassait les bornes. Et il était évident que la majorité de l'assistance partageait cette opinion. *Quel diable d'homme !* pesta alors Jalia.
— Naturellement, nous te croyons, affirma sa tante Zaynab en lui tapotant doucement la main. Seulement Bari va être si furieux… Je t'en prie, accompagne Latif ! Toi tu seras en mesure de raisonner Noor et de la ramener parmi nous. Tu lui expliqueras qu'il n'est pas trop tard et que son geste n'est pas irrémédiable. Nous attendrons tous ici.

A l'extérieur, une bouffée de vent chaud et sec cingla le visage de Jalia, plaqua violemment les pans de ses vêtements contre son corps, et fit voler du sable dans ses yeux, lui arrachant une exclamation de colère et d'énervement.

Le rebord inférieur de son ample jupe et le haut de sa tunique étaient incrustés de broderies en fils d'or et de paillettes. Il est ridicule de s'élancer sur les traces d'une fugitive vêtue de cette façon ! pensa-t-elle. Ce costume folklorique était bon pour les femmes des montagnes : elles venaient toujours au souk, parées de leurs plus beaux atours qu'elles brandissaient comme un étendard. Certaines avaient les cheveux clairs et les yeux verts, comme Jalia, bien que celle-ci ait toujours prétendu que sa couleur de cheveux lui venait de sa grand-mère française.

Le temps que Latif sorte la limousine du parking et s'arrête devant elle, Jalia était déjà tout en sueur. Qui plus est, elle n'avait rien pris pour se protéger du soleil ! A l'arrière du véhicule, elle aperçut le baudrier décoré de pierres précieuses de l'épée de cérémonie. Elle se glissa sur la banquette avant, à côté de Latif.

Il l'observa un instant en silence.

— Je sais pourquoi vous pensez avoir besoin de moi, décréta-t-elle.

— Moi ? Avoir besoin de vous ? répéta le cheikh d'un ton dédaigneux, tout en l'enveloppant d'un regard indéchiffrable.

A cet instant, une vague de chaleur submergea Jalia, une chaleur étrange, semblable à celle d'un feu invisible qui aurait couvé sous de l'herbe sèche et qui surgit de n'importe où, n'importe quand.

— Je vous ai juste arrachée aux invités avant qu'ils ne se retournent tous contre vous. Encore que vous auriez bien mérité de subir la vindicte publique, conclut-il sèchement.

Lorsque les larges portes s'ouvrirent pour laisser passer la limousine, deux hommes et une femme se jetèrent pratiquement sous ses roues. L'un des hommes portait une caméra sur l'épaule, tandis que la femme tendait un micro en direction de Latif, tout en frappant contre la vitre.

— Excellence ! Pouvez-vous nous dire un mot, s'il vous plaît ?
— Expliquez-nous ce qu'il se passe ! Le mariage a-t-il lieu ?
— Pourquoi la princesse Noor est-elle partie ?

D'autres journalistes accoururent alors, surgis de nulle part, contraignant Latif à ralentir. Le feu roulant des questions se poursuivait, des questions criées à travers les vitres closes de la limousine, tandis que les flashes crépitaient de toutes parts.

— Par pitié ! s'écria Jalia, excédée.
— Ne leur prêtez pas attention, lui conseilla Latif.

Elle lui glissa un coup d'œil en coin. Force lui était d'admirer le calme de son chauffeur ! Bien que contraint à rouler à un kilomètre à l'heure, il ne donnait pas l'impression d'entendre ou même de voir les journalistes. Jalia, au contraire, sentait sa fureur monter à mesure que les individus gesticulants leur bloquaient le passage, frappant de plus belle contre les vitres. Au cas où on ne les aurait pas remarqués sans doute !

Et, comme par un fait exprès, la climatisation ne fonctionnait pas et l'air de la limousine avoisinait celle d'un four ! *Noor, lorsque je te retrouverai, attends-toi à passer un moment difficile !*

— Princesse ! entendit-elle subitement.

Jalia se raidit. Comment savaient-ils qui elle était ? se demanda-t-elle, aveuglée par un nouveau flash. Elle qui avait été si prudente.

— Pouvez-vous nous dire pourquoi la princesse Noor s'est enfuie ?
— A-t-elle voulu échapper à un mariage forcé ?

Forcé ? Pas vraiment, pensa Jalia en revoyant la mariée se livrer joyeusement aux préparatifs de la cérémonie.

Inconsciemment, elle secoua la tête.

Un journaliste enchaîna :

— Si le mariage relève réellement de son propre choix, n'êtes-vous pas surprise par le tour que prennent les événements ?

Fixant obstinément un point devant elle, Jalia demeura cette fois immobile mais sentit ses poings se serrer malgré elle.

— Assez, assez, assez ! marmonna-t-elle entre ses dents.

Sans prévenir, Latif appuya alors simultanément et de toutes ses forces sur les pédales d'accélérateur et de frein, faisant tourner les pneus de la limousine dans le vide, sur la route non pavée. Immédiatement, le véhicule fut enveloppé par un lourd nuage de poussière qui aveugla les journalistes.

Les mains sur le nez pour se protéger du sable et des gaz

d'échappement, pris de quintes de toux, ces derniers s'écartèrent brusquement. Profitant de la brèche, Latif retira le pied de la pédale de frein, et, dans un ultime nuage de poussière, la limousine s'éloigna en trombe.

Après quoi, les deux passagers éclatèrent de rire, comme deux enfants qui viennent de jouer un bon tour aux adultes.

Jalia lança à Latif un regard empreint à la fois d'admiration et de réserve… S'il s'était agi de n'importe qui d'autre, elle l'aurait chaleureusement complimenté, mais avec lui, elle demeurait en permanence sur ses gardes. Soudain, elle redevint sérieuse.

— Moi qui ai redoublé de prudence pour que les journalistes ne m'identifient pas, franchement, je ne comprends pas. Comment ont-ils bien pu savoir que j'étais une princesse ?

Contrairement à Noor qui avait accueilli la nouvelle avec une grande joie, Jalia avait été plus que contrariée en découvrant qu'elle pouvait se prévaloir du titre de princesse du Bagestan. Aussi avait-elle résolu de faire en sorte que la nouvelle reste confidentielle. Elle n'en avait même pas parlé à ses amis les plus proches, en Angleterre.

Qui avait bien pu la trahir ? Et pourquoi ?

Latif lui adressa alors un regard moqueur.

Instinctivement, tous ses sens furent de nouveau en alerte. Dieu du ciel, pourquoi lui faisait-il un effet pareil ? Cela l'agaçait prodigieusement, car il n'y avait aucune raison pour qu'elle réagisse de cette façon.

— Ils vous prenaient juste pour une hôte de marque, et votre propre réaction vous aura trahie, lui expliqua-t-il d'un ton tranquille et assuré.

Naturellement, il avait raison !

— Bon sang ! Pourquoi ai-je retiré mon voile ? se lamenta alors Jalia.

3

Latif éclata de rire, un rire sonore qui fit vibrer l'air de la limousine.

Jalia lui lança un regard noir : ce rire n'avait rien d'amical, il se moquait ouvertement d'elle !

— L'idée de voir votre photo paraître dans les journaux vous effraie-t-elle à ce point, princesse ?

— Vous êtes un Compagnon de la Coupe, rétorqua-t-elle agacée. Une partie de votre tâche consiste à attirer sur vous l'attention des journalistes. En outre, vous êtes douze à porter ce titre. Pour ma part, je suis chargée de cours dans une petite université anglaise, où les princesses ne se comptent pas à la douzaine, et je ne tiens pas à ce que mon nouveau statut s'ébruite.

A cet instant, Latif ralentit pour s'engager sur la route goudronnée qui menait à la ville la plus proche.

Dans le rétroviseur extérieur, Jalia nota avec angoisse qu'ils étaient suivis par deux voitures de journalistes.

— Il ne faut pas exagérer, reprit-il. Vous ne faites pas partie de la famille royale anglaise, tout de même ! Juste d'un petit Etat du Moyen-Orient.

— Que le ciel vous entende ! Vous l'ignorez sûrement, mais les médias occidentaux sont obsédés par les familles royales des Emirats du Barakat. Ce phénomène remonte à cinq ans environ. Leur attention s'est plus particulièrement focalisée sur le Bagestan au moment de la chute du dictateur Ghasib et du couronnement d'Ashraf al Jawadi. Par conséquent, si l'on découvre que je suis une princesse du Bagestan, je peux dire adieu à ma vie privée.

— Uniquement si vous continuez à vivre à l'étranger, fit observer Latif. Pourquoi ne revenez-vous pas chez vous ?

— Parce que le Bagestan n'est pas mon pays ! répliqua-t-elle en se raidissant. Vous n'êtes pas sans savoir que je suis Anglaise.

A ces mots, Latif lui décocha un mystérieux regard.

— Ce n'est pas grave, déclara-t-il, comme si la nationalité britannique était une sorte de handicap. Vous pourriez facilement avoir une vie agréable ici. Il y a de nombreux postes disponibles dans les universités.

— J'enseigne l'arabe classique à des anglophones, lui rappela sèchement Jalia. Je ne parle même pas l'arabe bagestani.

Elle éprouva soudain une bouffée de nostalgie pour la fraîcheur des automnes anglais, le bruit de la pluie contre les carreaux, l'odeur des livres et du café qui imprégnait son petit bureau, à l'université, les conversations distrayantes et neutres avec ses collègues.

— L'arabe du Bagestan est très proche de la langue coranique classique. Vous le comprendrez très rapidement, lui assura-t-il.

Il lui adressa un sourire qui découvrit ses belles dents blanches et régulières avant d'ajouter :

— Naturellement, pour comprendre les autochtones du souk, cela vous prendra un peu plus de temps.

Le grand souk de Medina al Bostan était un lieu où l'on vociférait plus que l'on ne parlait, et où se mêlaient les dialectes de la campagne et de la ville de sorte qu'au fil des années, le marché avait développé son propre dialecte, appelé *shaerashouk*, ce qui signifiait littéralement « la poésie du souk ».

Jalia le fixa sans sourire. Elle ne tenait absolument pas à sourire à Latif Abd al Razzaq.

— Je ne vois pas en quoi le fait de maîtriser le bagestani me protégerait des journalistes, marmonna-t-elle d'un ton boudeur.

— Ici, votre statut ne serait pas un état extraordinaire, vous seriez une princesse parmi d'autres et vos diverses activités ne susciteraient pas particulièrement l'attention des médias, à moins que vous ne le souhaitiez. En tout état de cause, le palais vous protégerait.

— Et m'imposerait également sa loi, répliqua-t-elle avec froideur. Non merci ! Je préfère l'indépendance et l'anonymat.

Latif ne répondit pas, mais le léger tressaillement de ses mâchoires n'échappa pas à l'œil vigilant de Jalia. Elle fut sur le point de lui demander en quoi sa réponse pouvait-elle bien le contrarier, mais son instinct lui conseilla vivement de se taire ; avec Latif Abd al Razzaq, il était préférable de ne pas aborder des questions trop personnelles.

Le silence retomba et Latif redoubla de concentration sur sa conduite. Tout à coup, l'une des voitures qui les poursuivaient les doubla, et un objectif braqué sur eux les filma pendant quelques secondes. Puis le véhicule s'éloigna dans un nuage de poussière.

Mais cette fois, Jalia ne se mit pas en colère. Elle réfléchissait à leur petite conversation. De quoi se mêlait-il au fond, ce Compagnon de la Coupe arrogant et fier de lui ? Qu'est-ce que cela pouvait bien lui faire qu'elle habite à l'étranger ?

— Pourquoi vous rangez-vous sous le même étendard que ma mère ? finit-elle par lui demander. De son point de vue à elle, c'est fort compréhensible, mais du vôtre... En quoi la façon dont je mène ma vie vous regarde-t-elle ?

Latif ne répondit pas immédiatement.

Du coin de l'œil, Jalia l'observait. Pourquoi pesait-il à ce point les mots qu'il allait prononcer ?

— Le sort de ce pays ne vous préoccupe-t-il donc pas ? lâcha-t-il d'un ton sec. Le Bagestan a subi une sérieuse régression durant les trente dernières années. Trop de cerveaux ont fui à l'étranger. Si les gens cultivés ne reviennent pas au pays, comment allons-nous nous en sortir ? Vous êtes la petite-fille de l'ancien sultan, une al Jawadi. En tant que membre de cette illustre famille, vous devriez montrer l'exemple, ne croyez-vous pas ?

La plaidoirie de Latif contraria Jalia. Elle devait hélas reconnaître qu'il n'avait pas tout à fait tort.

Il s'était démené pour retrouver les titres de propriété de sa famille, titres confisqués sous la dictature Ghasib, ainsi que les trésors d'art enfouis, appartenant aux dynasties illustres du Bagestan. C'étaient, entre autres choses, ces investigations qui avaient ramené les parents de Jalia au pays.

Que cherchait-il encore ? s'indigna-t-elle en silence.

— Vous avez déjà convaincu mes parents de revenir, et ma plus jeune sœur se demande si elle ne va pas suivre leur exemple. Cela ne vous suffit-il donc pas ?

— Vos parents sont à la retraite et votre sœur est encore étudiante. En d'autres termes, ils ne font pas partie de la population active.

Soudain, elle vit clair dans son jeu : il voulait exercer une pression sur elle en faisant appel à son sens du devoir. Voilà pourquoi il l'avait priée de l'accompagner : pour pouvoir la convaincre.

— Je commence à comprendre pourquoi vous m'avez entraînée dans cette course dangereuse, sur les traces des mariés. C'était pour me faire la leçon, n'est-ce pas ? Vous avez manqué votre vocation de mollah, Latif ! Mais il n'est peut-être pas trop tard pour y penser !

— Mon opinion ne vous agacerait pas à ce point si, au fond de vous, vous ne sentiez pas que j'ai raison. C'est contre vous-même que vous êtes en colère, Jalia, contre la part de vous-même qui vous dit que votre devoir est plus important que votre vie personnelle.

Ses arguments la prirent de court. Et pourtant ils étaient aussi ridicules qu'erronés ! Pas plus d'un point de vue affectif que moral, Jalia ne se sentait dans l'obligation de revenir au Bagestan afin d'aider à sa reconstruction après trente ans de gabegie. Il y avait quelques semaines encore, elle n'avait jamais mis les pieds dans le pays natal de ses parents. Pourquoi aurait-il fallu, du jour au lendemain, qu'elle considère le Bagestan comme sa patrie ?

En dépit de tous les efforts prodigués par ses parents pour lui rappeler que ses origines étaient au Moyen-Orient, c'était en Angleterre que Jalia se sentait chez elle.

— Ecoutez, reprit-elle, je mène une vie indépendante et heureuse, et j'ai dû assumer mes propres choix pour y parvenir. Pourquoi devrais-je à présent rejeter l'Angleterre, le pays auquel j'appartiens, pour m'intégrer dans un pays étranger, à la reconstruction duquel je serais censée participer ? Le Bagestan a beau être la patrie de mes parents, jamais je ne le considérerai comme mien.

L'œil rivé à la route, Latif ne répondit pas et, de nouveau, le silence les enveloppa. Pour sa part, mal à l'aise, Jalia se mit à fixer le paysage désertique derrière la vitre à peine teintée...

Bien qu'elle fût née à Londres, ses parents avaient tout mis en œuvre pour qu'elle n'ait pas l'impression d'être Anglaise. Au fond d'elle-même, elle leur en tenait grief, car elle avait fini par se sentir moins *légitimement* Anglaise que ses amies. Peut-être était-ce pour cette raison qu'elle tenait tant à sa citoyenneté britannique !

Au moment du coup d'Etat, ses parents venaient juste de se marier. Ils représentaient des cibles parfaites pour les escouades armées de Ghasib : le père de sa mère n'était autre que le sultan déchu, et le père de Jalia était le descendant d'un chef tribal allié par le sang et le mariage aux al Jawadi. Les jeunes époux avaient dû fuir au Parvan et prendre de nouvelles identités. Au bout de quelques mois, le roi du Parvan les avait envoyés en Angleterre, où ils avaient été intégrés au personnel de l'ambassade du Parvan à Londres.

Jalia avait donc passé son enfance dans un pays qui n'était pas le sien, et avait été élevée dans la nostalgie du pays perdu qui, lui, l'était de plein droit. En grandissant, elle avait commencé à craindre la puissance de ces chimères qui exerçaient un effet si inhibiteur sur ses parents. Puis elle s'était mise à éprouver du ressentiment envers sa prétendue patrie si lointaine, de laquelle elle avait été à jamais bannie. Pour une enfant nourrie aux récits d'un pays magnifié, et initiée dès le berceau à d'autres coutumes, elle avait su faire preuve de suffisamment de discernement et de scepticisme afin d'échapper au piège de la nostalgie.

Le jour de ses seize ans, ses parents lui avaient confié le grand secret de leur vie, à savoir qu'ils n'étaient pas des exilés ordinaires, mais qu'ils appartenaient à la famille royale du Bagestan. Le sultan Hafzuddin, le monarque déposé qui figurait dans la plupart des histoires qu'on lui lisait avant de s'endormir, était donc son propre grand-père.

On avait fait jurer à Jalia de ne souffler mot à personne de ses origines, mais en les lui confiant, on lui avait passé le flambeau : un jour, la monarchie serait restaurée, et si ses parents ne vivaient pas jusque-là, Jalia devrait, elle, revenir au pays…

Or, la dictature était tombée plus tôt que ses parents ne l'avaient cru. Ces derniers étaient tout de suite rentrés au pays avec la ferme intention de s'y réinstaller. Et ils souhaitaient naturellement que leur fille aînée fasse de même. Mais Jalia, qui avait toujours refusé d'entretenir le rêve utopique de la patrie perdue, ne partageait pas du tout cet enthousiasme. Qui plus est, son instinct lui dictait que le Bagestan représentait une menace pour elle.

Pour faire plaisir à ses parents, elle avait tout de même accepté d'assister au couronnement du nouveau sultan. Mais il s'agissait d'une courte visite, rien de plus. Après quoi, elle s'était empressée de rentrer à Londres. Jusqu'à ce que Noor, dans sa belle inconscience, tombe follement amoureuse de Bari al Khalid, l'un des nouveaux Compagnons de la Coupe du sultan, et accepte de l'épouser. Il lui avait donc fallu revenir au Bagestan pour assister au mariage.

— Elle vous montre le chemin, à toi et à ta sœur, avait alors déclaré la mère de Jalia, en essuyant une larme du revers de sa main, et en fixant sans ambiguïté sa fille aînée.

Muna était en effet convaincue qu'il suffisait que sa fille Jalia batte des cils pour que Latif Abd al Razzaq s'agenouille devant elle et la demande en mariage. Et elle ne comprenait absolument pas que Jalia ne daigne pas faire attention à ce si séduisant Compagnon de la Coupe.

Muna, qui n'avait pas perdu de temps, connaissait dans les moindres détails la biographie du beau Latif. Il n'était pas uniquement Compagnon de la Coupe du sultan, mais également le chef d'une tribu, dans la montagne.

— On l'appelle « shahin », avait-elle confié à Jalia. Personne ne sait exactement s'il s'agit d'un ancien terme pour « roi » ou si cela signifie réellement « faucon », comme le prétend la légende. Toujours est-il que le détenteur d'un titre si honorifique est traditionnellement l'une des voix les plus écoutées du conseil tribal. Et le sultan Ashraf écoute les avis qu'il émet avec une grande attention.

Bien que Jalia n'ait pas cru une seule seconde que le cheikh aux yeux perçants ait le béguin pour elle, la seule perspective des difficultés auxquelles elle devrait faire face en cas d'une demande en mariage de la part de Latif Abd al Razzaq ou de tout autre Bagestani la terrifiait.

Toutefois, il aurait fallu que les Bagestanis fussent bien impudents pour la courtiser ! En revenant au Bagestan en vue d'assister au mariage de sa cousine, elle avait décidé de s'entourer d'une protection implacable : elle portait en effet au doigt la bague de fiançailles de Michael...

— Pourquoi avez-vous évoqué une « course dangereuse » ?

La voix de Latif l'arracha brusquement à ses réflexions. Elle revint au présent et, dardant son regard vert sur son voisin, demanda à son tour :

— Vous pensez que Noor s'est enfuie de son propre chef, n'est-ce pas ?

— On l'a vue au volant de sa limousine !

— Ce qui signifierait qu'elle a changé d'avis au sujet du mariage.

— En douteriez-vous ?

Jalia haussa les épaules, agacée. Ce n'était pas là qu'elle voulait en venir.

— En toute honnêteté, pensez-vous que si nous la retrouvons, nous allons pouvoir la reconduire gentiment auprès de son mari ? dit-elle d'un ton moqueur.

— Les femmes ne savent pas toujours ce qu'elles veulent, déclara alors Latif avec l'arrogance assurée du parfait machiste.

C'était précisément le genre d'attitudes qui faisait bondir Jalia. Serrant les poings, elle répliqua aussitôt :

— Est-ce réellement l'opinion que vous avez des femmes ?

— Votre pouvoir de persuasion peut l'avoir déstabilisée, mais elle reprendra ses esprits lorsqu'elle comprendra la portée de son geste. Et elle sera soulagée de réaliser que sa fuite n'est pas un acte irrémédiable et qu'elle peut encore faire machine arrière.

— Ne croyez-vous pas qu'elle est déjà revenue à elle ? rétorqua Jalia. Et que c'est précisément pour cette raison qu'elle s'est enfuie ? Il est regrettable qu'il lui ait fallu tout ce temps pour redevenir lucide.

— Elle était sur un petit nuage de bonheur jusqu'à ce que vous lui fassiez perdre la tête !

Indignée par le reproche, Jalia déclara avec véhémence :

— Noor était sur le point de contracter un mariage avec un parfait inconnu, mariage qui allait impliquer une transformation radicale de son existence. Et sur la base de quoi s'engageait-elle de façon définitive ? Sur la base d'une attirance physique ! Pouvez-vous encourager un tel comportement ?

Tournant tranquillement la tête vers elle, Latif lui lança un regard implacable, un regard qui l'irrita autant qu'il la troubla, puis demanda d'un ton neutre :

— Pourquoi pas ?

Jalia ne releva pas.

Noor s'était enfuie parce qu'au dernier moment, le mariage lui avait fait peur. Naturellement, cette dérobade allait plonger son entourage dans l'embarras, mais ne valait-il pas mieux causer une confusion passagère plutôt que de se marier précipitamment ?

Sa cousine avait été littéralement ensorcelée par les regards séducteurs de Bari, par son corps d'athlète, par l'incontestable sex-appeal qui émanait de toute sa personne. Mais cela ne suffisait pas à construire une relation solide, et encore moins à se marier. Sans compter que ce mariage la déracinait de son pays de naissance, l'Australie, pour la transplanter en une terre étrangère, le Bagestan.

— Tout d'abord, parce qu'elle n'est pas amoureuse de lui, reprit-elle néanmoins. Elle est aveuglée par...

— Si elle ne l'aime pas encore, cela ne tardera pas, la coupa-t-il. Bari y veillera, une fois qu'ils seront mariés.

Ces ultimes propos révoltèrent Jalia. Elle opta pourtant pour l'ironie.

— Selon vous, un homme peut faire en sorte qu'une femme l'aime, juste en claquant des doigts ?

— Quel genre d'homme est donc celui qui ne peut pas se faire aimer de sa propre femme ?

L'arrogance du *shahin* la laissa sans voix. Au bout de quelques secondes, elle finit par demander, sachant obscurément qu'elle ferait mieux de se taire :

— Je serais curieuse de savoir comment un homme s'y prend pour arriver à de telles fins.

— Quel genre de personnage est donc votre fiancé s'il n'est pas capable de vous faire comprendre le pouvoir d'un homme sur une femme ? enchaîna alors tranquillement Latif avec un grand sourire.

4

Jalia étouffa un cri.

Un gouffre sembla brusquement s'ouvrir devant elle. D'instinct, elle comprit qu'un péril inconnu la guettait et qu'elle devait redoubler de prudence.

— De quoi parlez-vous donc ? demanda-t-elle en s'efforçant de prendre un ton détaché.

La limousine venait de s'arrêter à un feu rouge. Ils avaient atteint les faubourgs de Medina al Bostan. Devant eux, se profilait le magnifique tableau que constituait la ville. Les dômes et les minarets dorés de la grande mosquée du shah Jawad étincelaient sous l'éclat du soleil, dont les rayons piquaient par ailleurs la mer de filets d'or. La vue était d'une beauté à couper le souffle ; cela, Jalia ne pouvait pas le nier !

Elle sentit soudain le regard intense de Latif braqué sur elle...

— Vous savez parfaitement ce à quoi je fais allusion, rétorqua-t-il d'un ton accusateur.

Si Latif insinuait que les prouesses sexuelles d'un homme l'avaient déjà réduite au rang d'esclave énamourée, il se trompait lourdement. Ses propos relevaient d'une arrogance typiquement masculine qu'elle exécrait au plus haut point.

— Si je suis correctement votre pensée, reprit-elle, j'en déduis que le sexe constitue pour vous un moyen d'asservir une femme.

— L'asservir ? Non, la satisfaire !

— Et combien de femmes rendez-vous heureuses de cette façon ? demanda-t-elle d'une voix moqueuse.
— Vous savez bien que je ne suis pas marié !
— Mais lorsque vous le serez, votre femme vous aimera *forcément*, n'est-ce pas ? Oh, comme je l'envie ! s'écria-t-elle avec une ironie consommée.

Ce disant, un frisson lui parcourut l'échine... La dernière femme dont elle enviait le sort, c'était bien la future épouse de Latif Abd al Razzaq, pensa-t-elle avec effroi.

— Je n'en crois pas un mot, marmonna-t-il en rivant sur elle un regard sombre.
— Quel est donc le secret du bonheur conjugal éternel ? poursuivit-elle en dépit de la petite voix qui lui conseillait vivement de ne pas insister.
— Souhaitez-vous que je vous livre mes secrets sur la voie publique ? laissa-t-il tomber.

Le sachant tout à fait capable de freiner brutalement pour lui faire une démonstration, elle répondit hâtivement que non. Et enragea de le voir relever le coin des lèvres d'un air moqueur... Revenant à la charge, elle enchaîna :

— Néanmoins, votre secret doit être bien gardé, sinon, il y aurait davantage de mariages heureux, ne croyez-vous pas ? Peut-être pourriez-vous faire fortune en faisant breveter le procédé ?

Elle avait bien conscience qu'elle commençait à lui taper sérieusement sur les nerfs. Et s'en réjouissait fortement ! Néanmoins, elle évita de le lui montrer, sentant inconsciemment qu'elle ne devait peut-être pas jouer à ce petit jeu-là avec lui.

Latif lui décocha un long regard menaçant avant de déclarer :

— Permettez-moi de douter qu'un manuel explicatif puisse être d'une grande aide à votre fiancé.
— *Mon fiancé ?*

Nonchalamment, Latif lâcha le volant d'une main pour effleurer du doigt les trois chatons en opale qui ornaient la bague de Jalia.

En toute hâte, elle retira sa main, comme si ce contact l'avait brûlée.

— Avez-vous l'intention d'épouser cet homme ?

— A votre avis ?
— A mon avis, vous êtes folle d'envisager un tel mariage.

A cet instant, le feu passa au vert et, changeant de vitesse, Latif se concentra de nouveau sur la circulation.

A ses côtés, Jalia enrageait. Un étrange mélange de colère et de trouble l'avait envahie. Naturellement elle aurait été bien peu avisée de vouloir épouser Michael, mais comment Latif pouvait-il le savoir ? Possédait-il un sixième sens que seuls les hommes des montagnes possédaient ?

— Qu'il est aimable à vous de vous préoccuper de mes intérêts ! observa-t-elle sur un ton ironique. Cependant, vous ignorez tout de Michael.

— Erreur...

— Pardon ? Et que prétendez-vous savoir de lui exactement ? Vous ne l'avez jamais vu !

— Mais je vous ai vue *vous*.

— Vous ne connaissez rien de moi !

— Suffisamment toutefois pour me forger une opinion.

— Et qu'avez-vous appris de moi qui vous permette d'émettre un jugement sur mon avenir ?

La question avait jailli malgré elle. Or, une seule seconde de réflexion lui aurait permis de comprendre qu'elle n'allait pas sortir victorieuse de cette joute verbale.

Fixant délibérément l'asphalte, Latif répondit, petit sourire à l'appui :

— Votre fiancé n'a jamais réellement éveillé de passion en vous.

Jalia se cala au fond de son siège, comme s'il venait de la gifler. Une rage inhabituelle, inconnue, se propageait à tout son être...

Elle avait une envie primitive de se jeter sur lui, de le griffer, de lui faire une démonstration en règle d'une de ces colères théâtrales de la femme orientale qu'elle avait toujours trouvées ridicules. Mais son éducation d'Occidentale étouffa le sang oriental qui la poussait à une telle violence, et elle se contenta de répliquer avec hauteur :

— Comment osez-vous ?

A ces mots, Latif éclata de rire, renforçant la colère de Jalia.

— J'imagine que c'est le genre de répliques que vous lancez à votre fiancé anglais ! Pensez-vous qu'une telle pique puisse me bouleverser ?

— Et que faudrait-il donc pour vous arrêter ? Que je vous tranche la gorge ?

— Ah, si seulement vous acceptiez que je vous édifie sur les choses de l'amour, vous ne voudriez plus que je m'arrête, lui assura-t-il alors en lui adressant un sourire effronté.

Son insolence la mit hors d'elle. Elle savait pertinemment qu'il ne l'appréciait pas et qu'il n'avait pas du tout l'intention de lui faire l'amour. Pourquoi, dans ces conditions, tenir des propos si allusifs ?

— Les poules auront des dents le jour où vous m'apprendrez quelque chose sur l'amour, marmonna Jalia, soudain fort mal à l'aise. Je vous suggère donc de cesser de vous mêler de ma vie privée, d'accord ?

Comme Latif demeurait silencieux, Jalia coula un regard en biais vers lui... et se heurta à son profil fermé, ses mâchoires serrées. Le dédain et un autre sentiment qu'elle n'arrivait pas à définir empreignaient tous ses traits.

— Dites-moi où votre cousine s'est réfugiée ! ordonna-t-il à brûle-pourpoint.

Pourquoi cherchait-il ainsi à détourner la conversation ? se demanda Jalia. Elle avait pourtant la sensation que Latif avait envie de la questionner sur un tout autre sujet que sa cousine... Mais, pour intriguée qu'elle fût, elle se garda de l'interroger sur ses motivations profondes et se contenta de répondre d'un ton morne :

— Je vous ai déjà dit que je l'ignorais.

A présent, ils n'étaient plus loin du centre-ville. Le dôme surgissait dans les trouées entre les immeubles, tandis que la limousine filait à vive allure dans les rues.

— Vous devez bien avoir votre petite idée tout de même ! insista Latif.

— Si vous pensez que je suis devin, vous me surestimez. Et si vous croyez qu'elle m'a mise au courant, dans ces conditions, allez au diable !

Dardant un regard lourd de suspicion sur elle, il enchaîna néanmoins :

— Ce que je crois, c'est que votre cousine a noué des amitiés en ville, et que vous connaissez sûrement ses nouveaux amis. Par ailleurs, vous savez forcément quels endroits elle fréquente et où elle serait susceptible d'avoir trouvé refuge. Un parc ou un restaurant, par exemple.

Avec son regard perçant, son nez aquilin, ses mains agrippées au volant telles des serres, Latif Abd al Razzaq ressemblait réellement à un faucon à qui le monde appartenait. Cependant, pour une raison qui échappait à Jalia, il s'efforçait de conserver une parfaite maîtrise de lui-même.

— Dois-je vous rappeler que Noor porte une robe de mariée et un voile ? répondit-elle. La croyez-vous assez bête pour se rendre dans un lieu public dans une telle tenue, à moins de tenir absolument à se faire remarquer ?

— Où a-t-elle bien pu aller, alors ?

Pourquoi diable refusait-il de comprendre qu'elle n'en savait strictement rien ? Où pouvait-on bien se cacher, lorsqu'on portait une robe de soie blanche brodée de pierres précieuses et dotée d'une traîne assez grande pour recouvrir un terrain de football, ainsi qu'un voile tout aussi majestueux ?

Ce fut alors que, sans prévenir, Latif appuya sur le frein pour se garer sur le bas-côté, où, à l'ombre d'un parasol défraîchi, un enfant vendait des grenades. Obéissant promptement aux ordres du Compagnon de la Coupe, le garçonnet plaça une demi-douzaine de grenades dans un sac en plastique et le lui apporta.

Lorsque Latif lui tendit l'argent qu'il lui devait, il en profita pour lui poser une question en arabe local. Si elle parvint à saisir le sens de la demande, Jalia fut en revanche incapable de comprendre la réponse du gamin. Néanmoins, aux gestes excités qui accompagnaient ses propos, elle devina qu'il avait bien vu passer Noor.

Latif jeta le sac rempli de grenades sur la banquette arrière et redémarra sans un mot.

— Et alors ? s'enquit Jalia au bout d'un moment.

— Il a vu passer une grosse voiture blanche avec une femme

au volant et un drapeau blanc qui sortait du toit, lui répondit Latif, un sourire de satisfaction aux lèvres. Cela fait une demi-heure environ. Un autre conducteur lui a posé la même question que moi, peu après le passage de la limousine.

— Un drapeau blanc ? s'écria Jalia. Qu'est-ce que cela signifie ?

— Le signe de sa capitulation, peut-être. A moins que ce ne soit son voile qui dépassait du toit ouvrant.

A ces mots, Jalia manqua éclater de rire, mais parvint cependant à se contenir. Elle n'avait aucune envie de devenir la complice de son tourmenteur.

A présent, ils se trouvaient au centre-ville et Latif sillonnait lentement les rues, tournant au hasard. A son côté, Jalia scrutait les véhicules en circulation ainsi que ceux garés dans les parkings... En vain !

Soudain, elle poussa un soupir de découragement et s'exclama :

— Voilà qui ressemble tout à fait à Noor ! Faire la sourde oreille devant ce qui ne lui plaît pas ! Si seulement elle avait consenti à m'écouter quand je voulais discuter avec elle, nous n'en serions pas là ! Mais non ! Il a fallu qu'elle attende qu'il soit trop tard et que sa décision engendre le chaos intégral.

— Vous voulez dire que si vous n'aviez pas tenté de lui imposer votre point de vue erroné, elle n'aurait pas pris brusquement peur, à deux doigts du mariage.

— Erroné ? Pourquoi auriez-vous systématiquement raison et moi, tort ?

— C'est la décision de Bari et de Noor que vous avez remise en cause, pas la mienne ! Je n'ai pas d'opinion particulière sur leur couple, mais ce que je sais, c'est que lorsque deux personnes ont décidé de se marier, il convient de les laisser lier leurs destinées.

— Vraiment ? s'étrangla-t-elle. Et que faisiez-vous donc tout à l'heure ? Ne me conseilliez-vous pas de ne pas épouser Michael ?

A ces mots, ils se jaugèrent durement. Et, pour furieuse que fût Jalia, les prunelles de Latif la troublèrent... Elle réalisa aussi qu'un frémissement agitait ses traits. Se retenait-il de rire ? Il est vrai que la situation était cocasse, mais elle était bien trop agacée pour s'en amuser.

— Vous déplorez que votre cousine n'a pas sérieusement pris en compte vos doutes concernant son futur mariage, mais vous refusez d'entendre les miens en ce qui concerne le vôtre. Vous aussi vous avez vos petites contradictions, princesse, conclut-il d'un air triomphant.

Elle se retint de sourire et dut reconnaître que les discussions avec Latif ne manquaient pas de piquant, et qu'elle avait toujours aimé les esprits vifs. Mais elle décida néanmoins de rester sur ses gardes.

— Faut-il en conclure que nous sommes tous deux aussi hypocrites l'un que l'autre ? demanda-t-elle avec détachement.

Au lieu de répondre, Latif se pencha subitement en avant, comme si le spectacle qu'il voyait le stupéfiait.

— *Barakullah* ! s'écria-t-il.

Il avait pris le grand boulevard qui menait au front de mer. A l'horizon se déployait le golfe de Barakat, une large étendue d'eau étale et scintillante, ainsi que des kilomètres de ciel tout aussi limpide...

Eblouie par la lumière, Jalia plissa les yeux. A droite, une forêt de mats argentés signalait le bassin réservé aux yachts.

— Un yacht ! s'écria-t-elle alors. Bon sang, mais pourquoi n'y ai-je pas pensé plus tôt ! Je parie qu'elle connaît quelqu'un qui possède un yacht ! C'est la cachette idéale lorsque...

— Regardez ! la coupa vivement Latif en pointant son doigt vers le ciel.

Un petit avion brillait sous le soleil, tout en prenant la direction des montagnes.

— Oui, c'est un avion et alors ? demanda Jalia non sans agacement.

— C'est l'avion de Bari !

Elle poussa un petit cri avant de demander, le cœur battant :

— En êtes-vous sûr ?

— Nous allons très rapidement en avoir confirmation.

— Mais qu'est-ce que...

Elle s'interrompit d'elle-même. Inutile de poser des questions auxquelles ni l'un ni l'autre ne pouvaient répondre.

Latif fit rapidement demi-tour sur la rocade qui longeait la mer, puis il s'engouffra par une porte des remparts qui menait à un petit bâtiment en briques et de verre. L'enseigne indiquait qu'il s'agissait du service de taxis aériens qui reliaient entre elles les îles du golfe. Quelques petits avions amarrés se mouvaient doucement au gré de la légère houle.

Latif freina brusquement et, de nouveau, lui désigna quelque chose du doigt...

Devant eux, sur le tarmac, occupant négligemment trois places de parking comme si le conducteur avait été trop affairé à fuir pour songer à se garer correctement, se trouvait une limousine blanche... et vide.

Sans mot dire, Jalia et Latif descendirent de leur véhicule.

— Est-ce la limousine des al Khalid ? questionna Jalia, certaine de la réponse.

Latif hocha la tête.

— Mon Dieu, murmura-t-elle, déconcertée.

Elle releva alors la tête pour suivre la progression de l'oiseau argenté, là-bas, dans le ciel.

— Pensez-vous que Noor soit aux commandes ? demanda-t-elle alors. Où peut-elle bien aller ? Et où est Bari ?

D'un coup d'œil rapide, Latif balaya le parking où étaient garées une dizaine de voitures...

— Je ne vois pas le véhicule de Bari, déclara-t-il d'un air préoccupé. Mais son chauffeur a pu repartir avec.

De nouveau, Jalia scruta le ciel comme si la vue de l'avion allait la renseigner. Une bourrasque de vent chaud plaqua sa tunique contre son corps tandis que quelques grains de sable charriés par la brise lui piquaient les joues.

A son côté, immobile, Latif observait lui aussi le ciel. Mais ce n'était pas l'avion que ses prunelles traquaient.

Intriguée, Jalia suivit la direction de son regard...

De gros nuages noirs s'étaient amoncelés derrière les montagnes, et cette masse impressionnante montait à une vitesse spectaculaire. Dans quelques minutes, ils obscurciraient la ville. Et l'orage promettait d'être terrible.

Pour l'instant, le ciel restait bleu et clair au-dessus du rivage, comme un répit avant la tempête.

Jalia tourna une dernière fois la tête vers l'avion, espérant qu'il allait faire demi-tour, que le pilote avait aperçu les nuages menaçants qui se profilaient et qu'il avait pris la décision d'atterrir.

Hélas ! Le petit appareil, dont les ailes étincelaient encore sous le soleil, s'éloignait doucement, inexorablement…

5

Cette nuit-là, au palais, peu de personnes parvinrent à trouver le sommeil. Les téléphones sonnaient constamment ; la famille éloignée et les amis appelaient régulièrement pour prendre des nouvelles, sans compter les autorités, qui avaient déjà mis en place une cellule de crise, et naturellement les journalistes du monde entier mobilisaient les lignes, en quête de détails sur la fuite périlleuse de la princesse Noor.

Cependant, selon le chauffeur de Bari que l'on avait interrogé à son retour au palais, Bari était arrivé à l'aéroport avant que le petit avion ne décolle. Selon toute vraisemblance, il était avec Noor, ce qui rassura quelque peu tout le monde.

Mais l'inquiétude augmenta de façon notable lorsque la disparition du couple fut annoncée officiellement au journal télévisé du soir. La voix du journaliste résonna avec une gravité telle que l'on pouvait en déduire que la princesse Noor et son fiancé étaient probablement décédés.

Néanmoins, personne ne pouvait se résoudre à éteindre la télévision. Il était tout à fait possible qu'un journaliste ait vent d'une nouvelle émanant de la cellule de crise et la diffuse avant même que la famille n'en soit informée. A chaque bulletin d'informations, tout le monde se réunissait fébrilement devant le poste de télévision pour écouter les nouvelles.

Le lendemain matin, les yeux embrouillés de sommeil après une nuit blanche, Jalia prenait son petit déjeuner sur la terrasse tout en répondant à l'appel d'un journaliste. Quand elle raccrocha, elle se heurta au regard pénétrant de Latif...

Sa silhouette se découpait sur le soleil matinal et elle ne put distinguer son visage. Elle baissa les yeux pour avaler une gorgée de café.

— Des nouvelles ? lui demanda-t-elle.

Cette question était devenue une sorte de rituel depuis quelques heures.

— Savez-vous que les Emirats du Barakat ont mis deux avions à la disposition de la cellule de crise ?

Jalia hocha la tête.

Latif se servit une tasse de café.

— A part cela, il n'y a pas de nouvelles.

— Mon Dieu ! s'exclama Jalia. Que je déteste rester là à ne rien faire, à part répondre aux coups de fil des médias ! Si seulement je pouvais agir !

Elle se sentait d'autant plus inutile qu'elle accusait le contrecoup des préparatifs du mariage, période de frénésie sans pareille durant laquelle elle avait été constamment occupée. En outre, son travail à l'université lui manquait terriblement.

Latif ne s'était pas assis, mais s'était contenté de s'appuyer contre la table et de fixer le patio. Tout en faisant tourner son café dans sa tasse, il demanda :

— Alors pourquoi ne pas agir ?

— Que voulez-vous dire ?

A cet instant, les yeux de la jeune femme tombèrent sur une valise, près de la table. Déconcertée, elle sourcilla.

— Partez-vous en voyage ?

Comment pouvait-il s'en aller alors que la panique la plus absolue régnait au palais ? Bari n'était-il pas l'un de ses meilleurs amis ?

Avalant une gorgée de café, Latif répondit tranquillement :

— Je me rends dans les montagnes pour interroger les villageois. Peut-être ont-ils vu ou entendu un avion atterrir durant la tempête, hier.

— Quelle excellente idée ! s'écria Jalia avec enthousiasme. J'aimerais tellement pouvoir mener une action aussi utile.

— Qu'est-ce qui vous en empêche ?

— La barrière de la langue. Il me faudrait au moins une semaine pour déchiffrer les réponses que l'on me ferait, répondit-elle en soupirant.

Les deux dialectes répandus dans les montagnes étaient bien trop différents de l'arabe bagestani parlé dans les villes, langue que Jalia avait déjà des difficultés à comprendre.

Sans répondre, Latif reposa sa tasse et sonna. Un domestique apparut et s'enquit de ce qu'il désirait manger.

— Rien. Merci, Mansour, répondit-il en arabe. Il me semble que tu as un fils prénommé Shafi, n'est-ce pas ?

— Par Allah, oui. Il a quinze ans et c'est déjà presque un homme.

— Je vais me rendre dans les montagnes pour participer aux recherches, lui annonça Latif. J'ai besoin d'une autre paire d'yeux. Permettrais-tu à Shafi de m'accompagner et d'être mon assistant ? Je serai absent pendant quelques jours.

Une expression catastrophée se peignit alors sur le visage de Mansour.

— Cela aurait été avec plaisir, Excellence. Hélas, il n'est pas à la maison en ce moment. Comme vous le savez, il…

— Merci, Mansour, l'interrompit Latif.

Alors que le domestique s'apprêtait à quitter la terrasse, Jalia le rappela et lui demanda, dans un arabe classique suranné :

— Pourriez-vous apporter de la nourriture à Son Excellence afin qu'il se restaure avant son départ ?

Puis, se tournant vers Latif, elle ajouta en anglais :

— Vous ne pouvez pas partir le ventre vide.

Latif se mit à rire.

— Apporte-moi une omelette, Mansour.

Ce dernier s'inclina et sortit.

Dans le citronnier du patio, un oiseau poussait de joyeux trilles, mais son chant ne parvenait pas à dissiper la mélancolie qui alourdissait le cœur de Jalia.

— Qu'allez-vous faire exactement ? s'enquit-elle au bout d'un moment.

— Je n'ai pas de plan préconçu, dit-il en s'asseyant en face d'elle.

Sans prendre la peine de lui demander la permission, Latif se saisit d'un toast encore chaud dans l'assiette de Jalia et mordit dedans à pleines dents. Ce geste qui laissait supposer une intimité qui n'existait pas entre eux ne manqua pas de la troubler.

— Dans les villages de montagne, poursuivit-il, il n'y a ni télévision ni téléphone. La seule façon de…

— Qui allez-vous emmener avec vous, comme seconde paire d'yeux ? l'interrompit-elle.

— C'est sans importance.

Bien sûr que si, cela en avait ! Il ne pouvait pas à la fois conduire et scruter le terrain.

— J'avais prévu de rentrer demain en Angleterre. Etant donné les circonstances, je vais reporter mon départ ; je ne peux pas m'en aller avant que l'on n'ait retrouvé Noor. Aussi…

Elle hésita, puis ajouta :

— Je peux vous accompagner, si vous n'y voyez pas d'inconvénient.

Devant sa proposition, il parut se raidir.

— Je compte poursuivre mes recherches jusqu'à ce que j'aie obtenu des résultats concrets. Cela peut prendre plusieurs jours.

— Où comptez-vous dormir, la nuit ?

— Dans des refuges ou à la belle étoile, en fonction de l'endroit où je me trouverai. Ce ne sera pas confortable. Et il se peut tout à fait que, dans les refuges, il y ait des puces.

Etait-ce la réticence de Latif qui renforça la détermination de Jalia à l'accompagner ? L'angoisse qu'engendrait l'inaction ? Le désir d'échapper aux médias et aux regards inquiets de la famille ?

La jeune femme ne fut pas longue à se décider.

— Je préfère être piquée par quelques puces plutôt que de rester à me morfondre au palais avec ma mère et ma tante.

Visiblement, sa suggestion n'enchanta guère Latif.

De son côté, elle n'avait pas, non plus, grande envie de passer du temps en sa compagnie. Pourtant ne devaient-ils pas faire fi de leur hostilité réciproque et joindre leurs efforts afin de retrouver Noor et Bari ?

— Ne pensez-vous pas qu'une deuxième paire d'yeux vous serait utile ? insista-t-elle. Il s'agit de ma cousine, Latif.

Fiançailles au palais

— Et Bari est mon meilleur ami ! Il n'empêche que les conditions risquent d'être rudimentaires. Et je doute fort que vous...
— Je saurai m'adapter !
— Je crains que vous ne sous-estimiez l'adjectif « rudimentaire »...

Il cherchait délibérément à la décourager, la lueur qui brillait dans ses yeux en attestait. Ne comprenait-il donc pas que son attitude suscitait une réaction contraire chez elle ?

— Vous ne serez pas en mesure de repérer d'éventuels débris d'avion si vous conduisez seul, car vous devrez vous concentrer sur votre conduite, notamment sur ces routes sinueuses. Et même si vous en voyiez, comment pourriez-vous...

Elle s'interrompit brusquement.

Un éclair de lucidité venait de lui traverser l'esprit : un voyage dans la montagne, seule avec Latif Abd al Razzaq ? Avait-elle perdu la tête ?

— Très bien, n'en parl...
Mais Latif la coupa :
— Vous avez raison, à deux nous serons plus efficaces. J'accepte votre aide. Mettez des pulls dans votre valise, les nuits sont froides dans la montagne.

Le piège venait de se refermer, songea Jalia, beaucoup moins sûre d'elle à présent.

— Nous partons dans une heure, conclut Latif.

— Pouvez-vous m'exposer précisément vos plans ? demanda Jalia, alors qu'ils roulaient déjà depuis un long moment.

La route devenait pentue et les montagnes se dessinaient devant eux, dangereuses et attrayantes... A l'instar de Latif, pensa furtivement Jalia.

Lorsqu'elle avait annoncé à sa mère son intention d'accompagner Latif Abd al Razzaq dans les montagnes, elle croyait que cette dernière allait la mettre en garde, en invoquant le fait qu'au Bagestan, où la liberté de mœurs était encore timide, il était nécessaire de veiller à ne pas offenser la population en violant ses coutumes. Mais sa mère n'avait pas réagi ainsi devant la nouvelle. Désireuse de la pousser dans ses derniers retranchements, et souhaitant secrètement qu'elle la dissuade de partir, Jalia lui avait alors demandé si les gens ne seraient pas choqués de la voir voyager en compagnie d'un homme qui n'était pas de la même famille qu'elle. Muna s'était alors contentée de hausser les épaules.

— Ghasib a été à la tête d'un gouvernement séculier pendant trente ans, par conséquent les gens ne sont pas excessivement formels en ce qui concerne la religion, avait-elle répondu. Tu n'auras qu'à dire que Latif est ton mari.

— Excellente idée, maman ! avait répondu Jalia, scandalisée. Et de la sorte, ils nous mettront dans le même lit !

— Eh bien, dis que c'est ton garde du corps ! lui avait alors conseillé sa mère d'un air las. Pour l'amour du ciel, Jalia, ne sois pas si vieux jeu ! Noor a disparu, ta tante est morte d'inquiétude. Tu peux tout de même passer quelques jours en compagnie d'un homme pour tenter de retrouver ta cousine ! Cela ne représente pas un sacrifice énorme, il me semble.

Naturellement, sa mère avait raison. Les parents de Noor avaient toujours été d'une incroyable gentillesse envers Jalia. Chaque été, quand elle était enfant, ils l'accueillaient pour les vacances chez eux, en Australie, et elle en gardait des souvenirs fabuleux. Noor était comme une sœur pour elle. Elle devait donc laisser ses problèmes personnels à l'écart et tout tenter pour la retrouver.

Néanmoins, elle ne pouvait se départir du sentiment d'avoir subi un chantage affectif, et la présence de Latif à son côté dans la voiture ne l'aidait pas beaucoup à y voir clair.

— Mes plans ? répéta-t-il alors. Mon seul plan est de suivre le conseil de Mulla Nasruddin.

Le nom était familier à Jalia. Dans les contes populaires arabes, c'était un personnage comique et récurrent, mais il y avait long-temps qu'elle ne s'intéressait plus à ce genre d'histoires. Devant son étonnement, Latif poursuivit :

— Un jour, l'un de ses voisins découvrit Mulla à quatre pattes sous le lampadaire qui éclairait les alentours de sa maison. Intrigué, il lui demanda s'il avait un problème. « Je cherche ma clé que j'ai laissée tomber », répondit Mulla. Immédiatement, le serviable voisin s'agenouilla lui aussi, pour aider Mulla dans ses recherches. Comme ils ne trouvaient pas la clé, le voisin finit par demander : « Où l'as-tu laissée tomber exactement ? » « Devant ma porte d'entrée », répondit Mulla. Le voisin lui adressa un regard étonné et lui demanda alors : « Dans ces conditions, pourquoi la cherchons-nous dans la rue ? » Se redressant, Mulla répliqua : « N'avez-vous pas remarqué que c'est le seul endroit éclairé ? »

A cet instant, Latif ébaucha un sourire en coin et Jalia se mit à rire. Il avait des dons de conteur, pensa-t-elle avec étonnement. Néanmoins…

— Je ne suis pas certaine d'avoir perçu la pointe, avoua-t-elle.

— Nous ne savons pas où l'avion est tombé, si tant est qu'il soit tombé. Aussi le rechercherons-nous là où nous pouvons chercher, lui expliqua-t-il dans un sourire.

Jalia émit de nouveau un petit rire et leurs regards se croisèrent furtivement…

A cet instant, elle eut la sensation qu'un lien puissant les reliait l'un à l'autre, d'une tout autre nature que l'hostilité contenue qui d'ordinaire flottait entre eux.

Ce fut alors qu'elle réalisa à quel point Latif était séduisant. Physiquement, bien sûr, avec ses cheveux noirs, son regard de faucon et son corps d'athlète, mais aussi spirituellement.

Et alors ?

Elle n'était tout de même pas attirée par cet homme odieux ! Et quand bien même, cela ne la conduirait pas à tourner le dos à la vie qu'elle s'était construite en Angleterre pour venir s'installer en Orient.

De son côté, Latif Abd al Razzaq était lié de manière inextricable au Bagestan. Il avait œuvré dans la clandestinité et lutté durant de longues années pour que le sultan Ashraf puisse reconquérir le trône.

Par conséquent, son cœur n'avait aucune raison de se mettre à battre comme si elle venait de découvrir un danger… Entre elle et lui, tout projet commun était donc exclu, se persuada-t-elle avec rationalité.

Leur hôtesse s'affairait dans sa modeste cuisine en leur souriant gentiment de temps à autre. Pour préparer le thé à la menthe, elle avait revêtu l'une des plus belles tenues que Jalia ait jamais vue : la jupe était en velours, d'un grenat profond, et la longue tunique de soie orange qu'elle portait par-dessus était ourlée de fils d'or au niveau du col et des poignets. En outre, le haut était incrusté de verroterie, de sorte que la tunique pouvait rivaliser de splendeur avec celles que portaient les demoiselles d'honneur, au mariage brutalement interrompu de Noor.

La chevelure de la femme était enturbannée dans de la mousseline noire à laquelle étaient accrochés des médaillons dorés. Ses bras étaient ornés de bracelets en perles, et ses yeux, cernés de khôl, exprimaient la puissance et le mystère de la féminité.

Dans la montagne, les femmes étaient réputées pour la magnificence de leurs vêtements. Quelle femme se sentait-on à porter tous les jours de si beaux atours ? se demanda Jalia, rêveuse. Devant la maisonnette, une jeune fille vêtue de façon tout aussi raffinée pilait des épices dans un mortier en pierre. Elle avait pris soin de protéger son visage avec un voile. Une odeur âcre et forte commençait à emplir l'air, alentour.

— Il est heureux que le sultan soit de retour, déclara la femme.

Soit le dialecte du village était extrêmement pur, soit l'oreille de Jalia s'était rapidement habituée à la langue. Toujours est-il qu'elle n'éprouvait aucune peine à comprendre son hôtesse.

— Dites-lui qu'il est toujours le bienvenu chez nous, ajouta-t-elle.

Le festin qu'elle avait préparé en leur honneur fut servi à l'extérieur, à l'ombre d'un gros arbre, sur une couverture multicolore fabriquée par les femmes du village.

Jalia était embarrassée devant la quantité des mets, car de toute évidence, leurs hôtes étaient peu fortunés. Leur hôtesse, ainsi qu'elle le leur avait expliqué, rassemblait du menu bois et le revendait au village, pour arrondir les revenus fort modiques que le couple tirait de la terre.

— Auront-ils de quoi se nourrir demain ? s'enquit Jalia auprès de Latif une fois qu'ils furent repartis.

— Allah y veillera.

— Après trois années de sécheresse, observa-t-elle durement, comment osez-vous évoquer la bienveillance divine ?

— Vous raisonnez comme une Occidentale. Pensez-vous qu'en matière de générosité et d'hospitalité, nous imitons les Occidentaux et que nous ne donnons que ce qui ne nous coûte rien ? Ici, dans les montagnes, l'hospitalité est un principe fondamental. Connaissez-vous l'histoire d'Anwar Beg ?

Parfois, elle avait la sensation que Latif était une véritable encyclopédie vivante, et ce côté de sa personnalité la subjuguait.

— Racontez-la-moi ! le pria-t-elle.

— Anwar Beg possédait un cheval magnifique que l'un de ses amis souhaitait acheter. Ce dernier lui en proposa un bon prix, mais Anwar refusa de se séparer de sa prestigieuse bête. L'acheteur doubla son offre. En vain. Il finit par renoncer. Et puis un beau jour, il apprit qu'Anwar Beg traversait une période difficile, et qu'il n'avait plus rien à mettre dans sa marmite. L'homme vit là une occasion inespérée d'entrer en possession du magnifique cheval et se rendit séance tenante chez Anwar Beg.

Faisant une pause pour donner de l'ampleur à son récit, Latif reprit alors :

— Celui-ci l'invita à entrer chez lui et l'ami voulut négocier sans attendre le prix du cheval. Mais Anwar refusa de parler affaires avant que son ami n'ait accepté son hospitalité. Contenant son impatience, l'homme attendit que le repas se prépare puis il dégusta avec délectation le délicieux tajine que l'on avait confectionné à son attention. « Anwar, déclara-t-il, une fois le repas terminé, je voudrais te faire une nouvelle proposition concernant le cheval que tu as toujours refusé de me vendre. »

De nouveau, Latif s'interrompit quelques secondes et jeta un rapide coup d'œil à Jalia. Puis il poursuivit le récit :

— « Impossible », répondit Anwar en secouant la tête. « Allons, étant donné ta situation financière, tu ferais mieux d'accepter. Je t'en offre un très bon prix. » « C'est impossible », répéta Anwar.

« Tu es mon hôte et je me devais de t'offrir l'hospitalité. N'ayant pas les moyens d'acheter de la viande, j'ai ordonné que l'on abatte le cheval. »

L'histoire terminée, Jalia observa longuement Latif. Ce récit était-il censé la rassurer ? Si tel était le cas, le but était manqué. Elle se sentait encore plus coupable pour l'hospitalité qu'on lui avait offerte aujourd'hui !

— Je ne pourrais pas vivre selon de tels principes, finit-elle par décréter.

— Il ne s'agit que d'une fable, d'une utopie vers laquelle nous devons tendre. Vous êtes bien plus généreuse que vous ne le croyez, cela se lit dans vos yeux. C'est inscrit dans vos gènes. Les al Jawadi sont traditionnellement connus pour leur grande générosité. Pensez à votre grand-père ! Il a élevé le jeune Ghasib, celui qui plus tard devait le trahir, comme son propre fils. Le même sang coule dans vos veines, Jalia, même si vous ne le savez pas. Lorsque vous cesserez enfin d'avoir peur, vous découvrirez votre propre générosité.

— Lorsque je cesserai d'avoir peur de quoi ? demanda-t-elle, agacée par ses leçons de morale.

— Je ne peux pas faire tout le travail pour vous ! Ce sont des choses que vous découvrirez par vous-même, lui répondit-il avec assurance.

Une assurance qui, sans qu'elle ne comprenne bien pourquoi, effraya d'autant plus la jeune femme.

6

Latif se concentrait sur sa conduite, s'exhortant au calme. Comment Jalia pouvait-elle être aussi volontairement aveugle ? Il en voulait presque à la terre entière…

Au fond, pensa-t-il soudain, pourquoi blâmait-il Jalia ou la destinée, alors qu'il était le seul responsable de son énervement ?

Le destin avait placé Jalia sur son chemin et lui, Latif Abd al Razzaq, avait osé douter de la sagesse de la Providence, comme seuls les fous peuvent le faire. Tout cela parce qu'il avait eu peur de s'engager dans la voie qui s'ouvrait à lui !

— Princesse Muna, cheikh Ihsan, avait dit le sultan, je vous présente mon Compagnon de la Coupe, mon allié et mon bras droit durant la lutte : Latif Abd al Razzaq Shahin. Il vous aidera, vous et votre famille…

Le reste du discours s'était alors perdu dans les circonvolutions du cerveau en émoi de Latif. Et pour cause ! Entre la princesse Muna et le cheikh Ihsan, son regard clair et droit posé sur lui, se trouvait la femme qu'il attendait depuis toujours…

Son digne port de tête, le dessin précis de sa bouche, la noblesse qui empreignait son visage, tout en elle indiquait qu'elle appartenait sans conteste à une lignée royale.

A l'aristocratie de ses traits s'ajoutait une beauté stupéfiante qui prêtait un caractère inaccessible à la princesse. Ses yeux brillaient d'intelligence tandis qu'elle le regardait fixement sans sourire.

Latif se jura alors de percer le secret de son cœur qu'il devinait passionnément généreux.

Quant à son propre cœur, il battait violemment à ses tempes, presque douloureusement…

L'épaisse masse de sa chevelure ramenée d'un seul côté de son visage évoquait une coulée de miel, une promesse de voluptés si tangibles qu'il dut serrer les poings pour ne pas glisser ses mains dans ses mèches soyeuses, y enfouir son visage, s'enivrer de leur l'odeur…

— … princesse Jalia, avait-il entendu prononcer lorsqu'il était revenu à lui.

Alors, une main sur la poitrine, il s'était incliné devant elle.

— Princesse Jalia, avait-il articulé.

La jeune femme avait forcément perçu son trouble. Telle était la première pensée qui l'avait assailli, et il s'en était voulu de ne pas avoir su se maîtriser. Mais il savait que la personne à qui il venait d'adresser ces mots allait définitivement changer le cours de sa vie.

— On ne m'appelle jamais ainsi, avait-elle répondu avec un dédain ostentatoire. Mon nom est Jalia Shahbazi, Excellence.

A l'instar d'un navigateur se heurtant brutalement à un iceberg, Latif s'était aussitôt ressaisi. De toute évidence, la jeune femme était hostile à toute forme de protocole et se tenait sur ses gardes, sans qu'il sache d'ailleurs pourquoi. En tout état de cause, la logique lui dictait que la patience était de mise. Il devait juste laisser du temps à la princesse.

Pourtant, son instinct le poussait à la défier.

Il était convaincu que le feu de sa propre passion ferait fondre la glace qui figeait le cœur de la belle. Et voilà que, sans prévenir, Jalia était repartie pour les terres lointaines et froides où elle avait vu le jour. Lorsqu'il avait questionné ses parents sur ce départ impromptu, ces derniers lui avaient simplement répondu qu'elle était rentrée « à la maison ». L'expression lui avait transpercé le cœur.

Durant les semaines qui suivirent, alors qu'il remplissait consciencieusement ses différentes fonctions auprès du sultan et qu'il prodiguait des conseils aux parents de Jalia concernant leurs propriétés et leurs trésors perdus, il n'avait cessé de se traiter de fou. Comment pouvait-il être à ce point aveuglé par la beauté d'une femme ? Pourquoi ce besoin insensé de vouloir défier sa froideur ? Cette obsession ressemblait à un caprice d'enfant et n'était absolument pas digne de lui !

L'annonce du mariage de Noor et de Bari avait finalement ramené Jalia au Bagestan. Mais cette fois, avec une bague de fiançailles au doigt !

Dès qu'il l'avait revue, il avait été plongé simultanément dans la joie la plus profonde, et dans une colère extraordinaire lorsqu'il avait aperçu la bague. Cette femme avait-elle aliéné sa raison et allait-elle lui briser le cœur ? s'était-il alors demandé…

La vision qu'il venait d'avoir arracha brusquement Latif à ses méditations. Du doigt, il désigna à Jalia un point brillant sur la crête de la montagne, une sorte d'aiguille argentée qui scintillait sous le soleil éclatant.

Le souffle court, Jalia s'empara des jumelles…

— Alors ? interrogea Latif en ralentissant.

Les yeux rivés aux jumelles, Jalia déclara lentement :

— C'est quelque chose d'apparemment métallique… qui remue au vent.

Mais ce n'était pas forcément les restes d'un avion qui se serait écrasé au sol…, pensa-t-elle, le cœur battant.

— Je n'arrive pas à voir ce que c'est exactement, finit-elle par avouer.

Latif gara le véhicule sur le bas-côté et, sans mot dire, en descendit pour s'élancer sur le chemin.

Jalia lui emboîta le pas, la peur chevillée au ventre.

Ce n'était pas la première fois qu'ils repéraient un objet incongru pouvant évoquer les débris d'un avion. Chaque fois, le cœur de la jeune femme se mettait à battre à tout rompre et un curieux poids venait se loger dans son estomac.

La respiration doublement saccadée par l'effort et l'angoisse, Jalia escaladait à présent le versant de la montagne. Mon Dieu, qu'allaient-ils découvrir ? Le pic qui se dressait devant eux donnait sur une falaise. Si l'avion était tombé par ici, il se pouvait fort bien que la carlingue soit au fond du ravin...

Hors d'haleine, elle arriva enfin à la hauteur de l'objet qui avait attiré leur attention. Latif s'était déjà agenouillé pour l'examiner de plus près.

— C'est la porte d'un avion-cargo, déclara-t-il comme elle s'accroupissait près de lui.

— Seigneur...

La porte se trouvait en équilibre sur l'arête de la falaise ; la tôle en était toute froissée, comme si elle était passée dans un broyeur. Un léger fil d'acier attaché à l'un de ses gonds se balançait au vent. C'était ce qu'ils avaient repéré, du 4x4.

— Pensez-vous... que cela provienne de l'avion de Bari ? demanda-t-elle la gorge serrée.

— Non. Il s'agit d'un avion commercial ou militaire. Cela fait longtemps qu'il s'est écrasé ici.

— Le ciel soit loué ! murmura-t-elle en poussant un soupir de soulagement.

Malgré elle, elle reprit ses jumelles et inspecta le ravin, frissonnante. Et subitement elle s'écria :

— Une vallée ! Il y a une vallée en bas !

Nichée entre les falaises escarpées, elle ressemblait à une oasis verdoyante et la vie semblait y régner. Jalia retira les jumelles pour l'observer à l'œil nu.

— C'est incroyable, reprit-elle. De la route on ne devinerait jamais l'existence de la vallée... Oh ! Regardez ces deux rochers ! On dirait des faucons ou des aigles. Comme c'est beau !

— Ce sont des faucons royaux, lui précisa alors Latif en souriant.

A cet instant, un profond sentiment de paix submergea Jalia...

Au loin, le mont Shir semblait veiller sur toute la région, présence à la fois protectrice et mystérieuse autour de laquelle se déployait le reste du paysage, comme des enfants accrochés au sein de leur mère.

Relevant lentement la tête, Jalia se mit à scruter l'azur...

Ce fut alors qu'elle eut une révélation : l'attitude défensive qu'elle avait adoptée jusque-là envers ce pays l'avait empêchée

Fiançailles au palais

d'en apprécier la majesté et la beauté ! Pour la première fois, elle se laissait imprégner par les paysages et l'air environnant... Un air pur et frais, chargé d'énergie, comme si la montagne était génératrice de vie.

— C'est un endroit réellement magnifique, murmura-t-elle en souriant à Latif. Je commence à comprendre pourquoi mes parents n'ont jamais perdu l'espoir de revenir ici.

De nouveau, elle contempla la vallée. Il n'existait pas de mots adaptés pour décrire le calme et la beauté du tableau qui s'étendait à ses pieds.

— Je vois même des chèvres ! Et des fermes. Comment cet endroit peut-il être si vert après toutes ces années de sécheresse ? Et tous ces arbres..., ajouta-t-elle d'un air rêveur. Savez-vous comment s'appelle la vallée ?

— Nous l'appelons Sey-Shahin, lui dit-il. « Trois faucons ».

A ces mots, elle se tourna vivement vers lui. Shahin ?

— Oui, confirma Latif Abd al Razzaq Shahin, cette vallée est mon foyer. On l'appelle également Marzuqi.

— Marzuqi, répéta doucement Jalia.

Ou « la bénie »... Elle comprenait aisément d'où lui venait l'appellation. L'endroit, fertile et protégé, évoquait l'Arcadie.

— Nous avons été moins affectés par la sécheresse que le reste du pays, expliqua Latif. Dès les premières pluies, tout a reverdi, ici.

— Pouvons-nous descendre dans la vallée ? demanda Jalia.

A première vue, cela semblait impossible. Mais Latif lui désigna du doigt une ligne serpentine qui émergeait d'un cercle noir, aux pieds des roches en forme de faucon, et descendait vers la vallée.

— Le cercle que vous apercevez est un tunnel. Hélas, il a été sévèrement endommagé par les dernières pluies, aussi la vallée n'est-elle plus accessible qu'à pied ou à dos de mulet.

— Comment font les villageois ?

A cet instant, sans le vouloir, elle délogea un galet de son emplacement, avec son coude. La pierre rebondit sur le sol, puis tomba dans le ravin. La jeune femme frémit. Devait-elle y lire une sorte d'avertissement ?

— Nous sommes habitués à nous passer du tunnel. Il a été

creusé il y a peu d'années, à la hâte. Ghasib en avait ordonné la construction car chaque fois qu'il envoyait des émissaires dans la vallée, ils se perdaient dans les cols. Certains prétendent d'ailleurs que Genghis Khan se heurtait aux mêmes difficultés, des siècles avant eux.

— Est-ce pour cette raison que la vallée n'a jamais été conquise ?
Latif acquiesça.

— Même l'islam a pénétré très tard à Sey-Shahin. C'est pourquoi il existe ici des rites que l'on ne trouve nulle part ailleurs. Les ethnologues aiment venir étudier les coutumes de la vallée.

— Et eux, ne s'égarent-ils pas dans la montagne ?
— Certains peut-être...

A ces mots, leurs regards se croisèrent. Devant la lueur malicieuse qui brillait alors dans les yeux de Latif, Jalia éclata de rire. Visiblement, le sort de ces malheureux était le cadet de ses soucis.

Bien qu'elle-même universitaire, elle déplorait que cette vallée enchantée fût l'objet d'études de la part de ses collègues et, tout comme Latif, elle ne plaignait pas ceux qui s'y étaient perdus. Soudain, elle s'aperçut que Latif la fixait d'un air amusé... Des picotements lui parcoururent délicieusement l'échine...

— Supposez que je désire...

Elle s'interrompit brusquement devant le regard pénétrant de Latif. Pourquoi avait-elle cru qu'il la détestait ?

En tout état de cause, elle venait de comprendre que Latif la désirait ! Tout en lui trahissait ce désir : son farouche regard émeraude, ses mâchoires carrées, sa main étroitement agrippée à la falaise dont chaque muscle et chaque ligament lui criaient une vérité qu'elle avait niée pendant des semaines. Une vérité qu'elle avait perçue lors du premier voyage, du premier regard, mais à laquelle elle avait résolument tourné le dos en fuyant...

En fuyant aveuglément par peur du danger, un danger qu'elle était revenue affronter, tout aussi aveuglément.

A présent, elle voyait clair dans le jeu de Latif : il l'avait conduite dans les contrées saisissantes de ses ancêtres, au cœur de sa propre existence, afin que la force du paysage s'impose au sang et au cœur de celle qu'il convoitait. C'était un merveilleux tour de psychologie de sa part !

De plus, cela correspondait exactement aux souhaits des parents de Jalia, à savoir que leur fille soit conquise par la majesté du Bagestan. Quelle inconscience d'avoir joué avec un homme aussi redoutable que Latif Abd al Razzaq ! Son premier instinct, qui lui avait conseillé de fuir, avait été le bon. Jamais elle n'aurait dû revenir au Bagestan, avec ou sans bague de fiançailles. A quoi servait cette bague, si son propre cœur la trahissait ?

En silence, Latif observait le jeu des émotions contradictoires qui agitaient Jalia et se reflétaient sur son beau visage.

— Que vouliez-vous dire ? lui demanda-t-il.

— Rien, éluda-t-elle. Partons !

Une fois qu'ils furent remontés dans le 4x4, elle observa discrètement le profil de Latif...

Désormais, elle avait conscience qu'elle était réellement en danger, car, malheureusement, elle n'était pas insensible à l'aura de virilité qui émanait de Latif, et qui semblait affirmer : « Je suis un homme et tu es une femme. » Avec tout ce que cela impliquait !

Le pire, c'était que Latif ne correspondait pas à son type d'hommes ! Ah, il avait été bien désinvolte de sa part d'accepter ce voyage, un voyage qui la plongeait au milieu d'une contrée à la beauté stupéfiante et troublante, et la plaçait au cœur même de ses contradictions ! Elle qui s'était toujours vantée de mener sa propre vie comme elle l'entendait et d'être toujours lucide...

Néanmoins, il était trop tard pour les regrets.

Mon Dieu ! pensa-t-elle encore, en regardant autour d'elle d'un air inquiet. Ils étaient réellement au milieu de nulle part... Même la route qu'ils suivaient s'était transformée en une sorte de piste défoncée. Si elle décidait de fuir Latif, on retrouverait son squelette dans vingt-cinq ans... Et encore, dans le meilleur des cas !

Elle était donc obligée de rester avec lui.

Il lui était impossible, par ailleurs, de le prier de la ramener au palais. D'une part, il refuserait, et d'autre part, il exigerait des explications... Or elle ne tenait pas à ce qu'il comprenne le pouvoir qu'il exerçait sur elle.

Si au moins elle pouvait détourner les yeux de son profil !

Mais Latif était si séduisant... Si vivant, si félin... On pouvait sentir son sang battre sous sa peau. Et voilà qu'il était parvenu à s'infiltrer dans son cœur...

Elle l'avait peut-être dans la peau depuis le début, réalisa-t-elle brusquement. C'était pour cette raison qu'elle était partie bien vite après la cérémonie du couronnement. Pour cette raison aussi qu'elle portait la bague de Michael...

En compagnie de Latif Abd al Razzaq, elle se trouvait au bord d'un précipice et il se pouvait fort bien que, tel le galet tout à l'heure, elle tombe dans le vide...

7

La nuit tombait rapidement dans les montagnes.

Latif et Jalia se tenaient autour d'un feu de camp, admirant les derniers éclats du soleil couchant.

Dans les grandes étendues qu'ils traversaient, les villages étaient fort espacés les uns des autres. Au bas du plateau sur lequel ils se trouvaient, un jeune garçon essayait de rassembler des chèvres maigres le long d'un sentier étroit. Du village qu'ils apercevaient, tout en bas, montait de la fumée.

Etait-ce une femme qui entretenait ce feu ? se demanda soudain Jalia. Quel genre de vie pouvait-elle bien mener ?

Ils avaient de nouveau une vue plongeante sur Sey-Shahin mais d'un autre angle, car la route qu'ils empruntaient depuis le départ s'entortillait autour des flancs de la montagne.

Ils avaient passé la nuit précédente dans un petit village accroché à une falaise escarpée. Depuis, ils n'avaient plus vu âme qui vive.

Aujourd'hui, ils avaient franchi plusieurs cols et s'étaient rapprochés des rochers en forme de faucons pour atteindre un plateau étroit, juste au-dessus de la vallée.

Ils avaient choisi de dresser leur tente devant une cascade. Elle coulait faiblement, car le torrent qui l'alimentait était quelque peu à sec depuis la sécheresse.

Le tintement des clochettes qui pendaient au cou des chèvres résonnait dans le lointain, se mêlant à la voix du muezzin. Le soleil couchant lançait ses langues de feu derrière les montagnes, et les grandes ombres qui s'allongeaient alentour enserraient le paysage comme un joyau rare sur lequel veillaient les sentinelles de roc.

Le mont Shir dominait l'ensemble, baigné dans une lumière d'or liquide.

Jalia aurait aimé que le paysage fût d'une beauté moindre, car sa splendeur l'émouvait de façon douloureuse et presque dangereuse, éveillant en elle une quantité de possibles par trop inquiétants...

Néanmoins, depuis cet après-midi, depuis qu'elle avait découvert la vallée de Sey-Shahin, elle avait pris conscience d'une curieuse réalité : si Ghasib n'avait pas trahi son grand-père, ce pays aurait été le sien. Elle aurait connu chaque col et chaque falaise du paysage, toutes les vallées magiques, avec leur population fière et valeureuse, là où la vie avait une tout autre valeur que dans le pays où elle avait grandi.

Alors elle aurait sûrement été heureuse qu'un homme de la trempe de Latif Abd al Razzaq, un guerrier capable de prendre en main toutes les situations, pose sur elle un œil possessif et lui montre comment un mari rendait sa femme amoureuse...

Quel genre d'homme est donc celui qui ne peut pas se faire aimer de sa propre femme ?

La conversation qu'ils avaient eue, le jour de la disparition de Noor, lui revint curieusement à la mémoire alors qu'elle s'abîmait dans les somptueux mystères du paysage.

Elle se rappelait aussi les valeurs que Latif avait énumérées : le code de l'honneur des montagnards, leur bravoure, leur virilité envers leur femme.

Pour la virilité, elle croyait qu'il s'agissait d'une pure provocation de sa part. Mais, depuis la révélation au bord de la falaise, quelque chose avait changé en elle. Entre eux...

Aussi tentait-elle de réévaluer ses paroles à l'aune d'un jugement nouveau. Si Latif lui avait tenu de tels propos, c'était parce qu'elle l'attirait. Et lorsqu'il évoquait le pouvoir de l'homme sur la femme, c'était d'amour dont il lui parlait.

L'attraction que Jalia avait ressentie pour lui lors de leur toute première rencontre ne cessait de grandir depuis qu'ils voyageaient tous les deux. Comme elle avait été insensée de se lancer dans cette recherche avec cet homme ! Elle risquait non seulement de ne pas sauver Noor, mais de s'exposer, elle, à un danger fatal.

Elle sentait à présent l'intensité du désir de Latif : elle avait l'impression que l'air s'épaississait autour d'eux, chaque fois qu'il s'approchait d'elle. En outre, il lui semblait que ce désir devenait à chaque instant plus présent, plus puissant... Et terriblement réciproque.

A présent, elle en avait pleinement conscience ; même lorsque Latif s'éloignait, comme en ce moment où, tapi dans l'ombre, il guettait un gibier. Ce désir l'enveloppait tout entière et insufflait en elle une chaleur sensuelle délicieusement excitante... caressant ses cheveux... embrassant sa peau avec une urgence dont elle n'avait jamais rêvé, même dans ses rêves les plus fous...

Inconsciemment, elle souleva la masse de sa chevelure et l'enroula sur sa nuque, dans un mouvement lascif, les yeux fermés... Le désir qui la consumait prêtait à chacun de ses gestes une langueur nimbée d'érotisme.

« Quel genre de personnage est donc votre fiancé s'il n'est pas capable de vous faire comprendre le pouvoir d'un homme sur une femme ? »

Subitement, Jalia rouvrit les yeux, le cœur battant.

Latif était sorti de l'ombre et se tenait de l'autre côté du feu. Des airs de pirate flottaient sur son visage. Un pirate qui avait découvert un trésor et qui entendait bien s'en emparer.

La respiration lui manqua et elle se mit à le fixer elle aussi à travers les flammes qui le magnifiaient et le rendaient encore plus dangereux.

Il aurait pu la prendre sur-le-champ, son regard le lui certifia. Oui, pour une nuit, il aurait pu la faire sienne.

Cette nuit...

Le regard de Latif glissait sur elle, avec la force et la ténacité d'une flamme qui consume tout sur son passage. Ses lèvres s'entrouvrirent, puis il referma résolument la bouche ! La passion le disputait à la volonté en lui, mais cette dernière était de fer.

Néanmoins, si un homme comme lui se laissait aller...

... Alors la montagne devait se mettre à craquer de toute part !

Brusquement, Latif détourna le regard et se pencha pour enfoncer d'un geste sec et précis un morceau de bois noueux à l'extrémité du feu. Il en enfonça un autre du côté opposé avant de placer une broche de fortune sur ces deux supports. La carcasse d'un lapin sauvage y était accrochée. Rapidement, les flammes se mirent à griller sa chair.

Deux heures plus tard, Latif et Jalia étaient étendus l'un à côté de l'autre, chacun dans son sac de couchage. Au-dessus d'eux, les étoiles se détachaient sur le dôme de la nuit. Elles étaient innombrables, fascinantes et si lointaines…

Jalia était aussi repue que fourbue et, malgré tout, elle ne parvenait pas à trouver le sommeil. Aussi scrutait-elle attentivement les étoiles, se demandant lesquelles étaient encore vivantes et lesquelles s'étaient éteintes depuis des milliers d'années.

A côté d'elle, Latif se tourna dans son sac de couchage, et elle glissa un regard dans sa direction. Il était étendu sur le dos, les mains croisées derrière la tête. La lueur du feu se reflétait dans ses yeux. Lui non plus ne parvenait pas à s'endormir, et elle savait pourquoi…

Non, songea-t-elle, il aurait été bien trop dangereux de lui permettre de l'aimer.

« Même pour une nuit, une seule… ? » lui susurra une petite voix caressante.

Oui ! Même pour une nuit !

— Racontez-moi une histoire, le pria-t-elle d'une voix douce.

Surpris, il tourna la tête vers elle. Dans son regard ne brillait plus qu'un feu intérieur, un feu d'une intensité presque farouche.

— Une histoire ?

— Vous avez toujours une fable appropriée à la situation dans laquelle nous nous trouvons. N'en avez-vous pas une à me raconter, ce soir ?

— Appropriée à quelle partie de la situation, Jalia ? demanda-t-il alors avec une douceur inquiétante. A la recherche de Noor ? Ou au désir que nous ressentons l'un pour l'autre, et que nous feignons d'ignorer bien qu'il nous consume à chaque seconde davantage ?

Jalia ne put retenir un petit cri de surprise, et son désir de lui se fit alors plus précis, plus intense. Elle fut obligée de reconnaître que dans son inconscient, elle avait déjà commencé à faire l'amour avec Latif depuis bien longtemps ; les mots qu'il venait de prononcer n'avaient fait que rendre son fantasme plus réel encore.

— Latif..., commença-t-elle.

Elle ne put aller plus loin, ne sachant si elle devait le supplier de lui faire l'amour ou lui ordonner de la laisser tranquille.

— Vous vouliez une histoire, reprit-il. Dois-je vous conter celle du feu que je ressens pour vous et qui ne cesse de grandir, Jalia ? Mais à la réflexion, grandit-il réellement ? J'ai la sensation qu'il est né avec une force inimaginable. Dès l'instant où j'ai posé les yeux sur vous, il était puissant et redoutable. Je ne pouvais que tenter de l'apprivoiser, comme un tigre que l'on prend dans un filet. Est-ce cette histoire-là que vous voulez entendre ?

Latif se tut un instant, pour lui donner le temps de répondre, mais Jalia fut incapable de prononcer la moindre parole. Alors il enchaîna :

— Vous êtes venue dans ce pays bien décidée à le haïr, à lui résister, à lui dénier les droits qu'il a sur votre esprit et votre cœur. Je l'ai senti dès notre première rencontre et pourtant, mon inconscient savait déjà que vous étiez mienne. Vous m'appartenez, Jalia, votre cœur, votre esprit, votre corps, votre âme sont à moi... Tout mon être le sent.

Sous sa couette, Jalia tremblait de peur et de désarroi. C'était encore bien pire que tout ce qu'elle avait imaginé. Et c'était précisément ce dont elle avait voulu se prémunir en arborant la bague de Michael comme un talisman.

— Vous vous trompez, parvint-elle enfin à articuler, paniquée.

— Pourquoi le nier, Jalia ? Vous savez comme moi pourquoi vous vous êtes littéralement enfuie après le couronnement. Vous m'avez fui parce que vous saviez vous aussi que vous m'apparteniez.

Latif s'interrompit, avant de reprendre d'une voix plus sourde :

— J'aurais pu me taire, moi aussi, et m'en remettre au temps pour nouer nos destins. Mais lorsqu'un homme a croisé la femme dont son destin va dépendre, comment peut-il choisir l'attente ? Naturellement, je ne pouvais pas vous rejoindre dans les froides contrées où vous résidiez, en raison de toutes les responsabilités qui me retiennent ici. Et quand bien même vous aurais-je suivie, comment aurais-je pu vous convaincre de revenir au Bagestan avec moi ? J'ai alors tenté de me raisonner, de me persuader qu'un homme ne pouvait pas aimer pour toujours sur un simple regard.

Des frissons parcouraient à présent le corps de Jalia, comme si elle avait de la fièvre ; l'émotion qu'elle ressentait était si puissante qu'elle lui donnait le vertige.

— J'ai été bien insensé de me réfugier dans une telle illusion, continua-t-il d'une voix lente. Vous êtes à moi, Jalia et ce, depuis le premier instant. Rien n'y changera, que vous restiez ou que vous repartiez, que vous l'admettiez ou non. Vous êtes mienne parce que mon cœur a été lié au vôtre avant même votre naissance. Parce que le destin nous a donné un cœur pour deux.

Les lèvres de Jalia eurent brusquement un curieux goût de sel ; elle découvrit alors qu'elle pleurait. Oui, elle versait des larmes sur la femme qu'elle était, sur celle qu'elle ne pourrait plus être, sur celle dont le cœur appartenait à Latif et qui voyait son destin, sa vie entière emprisonnée dans le discours passionné d'un homme.

— Oh, Latif ! s'exclama-t-elle sur un ton désespéré.

— Je dois finir de vous raconter l'histoire que vous avez exigée de moi, Jalia, déclara-t-il alors d'un ton impassible. Ici, dans ce pays qui est le mien, je dois vous en apprendre la fin…

Il reprit son souffle et continua alors d'une voix lancinante :

— Si vous êtes revenue au Bagestan, ce n'était pas initialement pour me revoir, mais pour assister au mariage de votre cousine Noor. Néanmoins, en foulant de nouveau la terre du Bagestan, vous saviez que nous allions être conduits à nous croiser. Or, vous redoutiez tellement cette deuxième rencontre que vous vous êtes prémunie contre moi à l'aide de votre fameuse bague de fiançailles, affirmant haut et fort que vous apparteniez à un autre homme. Voilà, c'est cela mon histoire, Jalia.

8

Son discours terminé, Latif se souleva sur un coude pour en juger les effets sur sa compagne. Sa tête occulta un instant la lueur de la lune montante... Instantanément, l'obscurité apaisa Jalia. C'était le genre de pénombre dans laquelle tout était possible. Alors, sans réfléchir, mue par une urgence contre laquelle elle ne pouvait lutter, elle tendit la main vers lui.

Sans un mot, il l'attira contre lui. Durant quelques secondes interminables, il ne bougea pas, ne dit rien, puis il se pencha vers elle et recouvrit ses lèvres des siennes.

Le cœur de Jalia fit un bond dans sa poitrine, tel un animal sauvage voulant sortir de sa cage...

Il l'embrassa avec une ardeur et une impétuosité qui ne dissimulèrent rien du désir fou qu'elle lui inspirait.

Dans un petit gémissement, Jalia noua ses mains autour du cou de Latif et lui rendit son baiser, prête enfin à lui accorder tout ce qu'il désirait...

Elle s'anima rapidement d'une passion dont elle fut la première surprise. Son sang courait à vive allure dans ses veines, telle une rivière de flammes incendiant toutes les parties de son corps et de son âme. Ses seins s'écrasaient délicieusement sur le torse chaud et palpitant de Latif, et l'idée que son cœur batte si près du sien la grisait. Sa peau brûlante frissonnait sous la progression des mains savantes de Latif qui exploraient son dos, ses bras, son cou, son visage...

La bouche de son compagnon se détacha bientôt de la sienne pour tracer un sillon brûlant dans son cou. Docile, elle rejeta la tête en arrière et il laissa ses lèvres courir jusqu'à la pointe de sa gorge, là où son pouls battait comme un oiseau fou...

Subitement, Latif releva la tête et, saisissant brusquement le poignet de Jalia, il la fixa un instant avant de déclarer :

— Mais mon histoire ne s'arrête pas là.

Sa voix haletante trahissait les efforts qu'il faisait pour maîtriser les élans naturels de sa chair, de son sang et de son cœur.

— Latif, gémit-elle alors d'une voix suppliante. Fais-moi l'amour...

Loin de s'exécuter, son compagnon se redressa. Un froid subit envahit Jalia ; le contact chaud de son torse lui manquait déjà.

— Latif ! s'écria-t-elle en cherchant de nouveau à l'attirer à elle.

Elle avait la sensation qu'elle allait mourir si elle ne le retenait pas, s'ils ne faisaient pas l'amour tout de suite.

Saisissant alors la main de Jalia, Latif la brandit vers le clair de lune.

— Comment peux-tu me demander de te faire l'amour avec ce que tu portes au doigt ? s'exclama-t-il d'une voix vibrante de colère.

Jalia eut l'impression que l'on venait de l'arracher à un rêve délicieux en la secouant trop brusquement. Le souffle lui manqua soudain. Seigneur ! elle avait oublié Michael, la bague...

— Oh, Latif, je t'en prie..., insista-t-elle néanmoins, d'un ton cajoleur.

— Enlève cette bague, lui ordonna-t-il alors d'une voix lascive tout en la laissant se blottir contre lui.

— Mmm... ? dit-elle en déposant un petit baiser dans le creux de son épaule.

— Retire la bague de cet Anglais. C'est moi que tu épouseras. Jure-le-moi, et je pourrai te faire l'amour. Et tu seras mienne pour toujours.

Ce fut de cette façon que le serpent entra au paradis...

— Que veux-tu dire ? articula-t-elle enfin.

— Penses-tu que je veuille te prendre pour une nuit, une

semaine ou un an ? Tu es à moi, Jalia, pour toujours. Ton cœur m'appartient déjà. Reconnais-le et je te ferai l'amour.

Le regard émeraude de Latif étincelait dans l'obscurité. Ses mains la tenaient toujours aussi fermement. La curieuse idée qu'elle serait toujours en sécurité avec lui traversa furtivement l'esprit de Jalia...

— Je ne peux pas t'épouser, Latif, murmura-t-elle pourtant.

— Tu ne peux pas ? répéta-t-il d'une voix dure qui contrasta soudain avec le moment de tendresse qu'ils venaient de partager.

— Tu sais bien que c'est impossible. Tu l'as dit toi-même : ici, ce n'est pas mon pays, je ne m'y sens pas chez moi.

— Une femme doit vivre auprès de son mari dont elle doit épouser le pays. Tu es une Bagestani, Jalia, ton sang et ton cœur le sont. Ton peuple a besoin de toi, tout comme moi.

Ses doigts se resserraient plus étroitement sur le poignet de Jalia à mesure que ses mots se déversaient sur le cœur meurtri de cette dernière. Puis, brusquement, il se pencha vers elle et l'embrassa de nouveau... Une langue de feu balaya le corps de Jalia au contact de cette bouche fougueuse qui semblait communiquer directement avec son âme.

— Réponds-moi, lui ordonna-t-il, sa bouche collée à la sienne.

— Je veux être ta maîtresse. Je t'en prie, Latif, ne m'en demande pas davantage et accepte d'être mon amant.

A ces mots, il se redressa brusquement, révélant son torse musclé dans le clair de lune.

— Comment peux-tu être aussi insensée ? Penses-tu que nous puissions être amants pendant un certain temps et qu'ensuite, je te laisse repartir en Angleterre pour épouser un autre homme ? Crois-tu que je puisse oublier ce que nous aurons vécu ? Oublier que mon corps t'aura fait sien ?

Il s'interrompit un instant pour reprendre son souffle avant de poursuivre d'une voix rauque :

— Si nous faisons l'amour, tu seras à moi pour toujours, Jalia. Tu me seras plus proche que mon propre cœur. Comment peux-tu me demander d'être uniquement ton amant ?

Dans la pénombre, son visage semblait plus anguleux, et sa

ressemblance avec l'oiseau de proie dont il portait le nom n'en était que plus saisissante.

Le cœur de Jalia se tordit de douleur... Néanmoins, la peur d'un tel engagement était plus forte que la douleur.

Sans mot dire, elle se glissa tout au fond de son sac de couchage. Il ne pouvait s'agir d'amour éternel entre eux, du moins en ce qui la concernait ; elle ne le connaissait pas depuis assez longtemps ! Non. Elle ne brûlait que d'assouvir un désir physique impétueux qui n'était dû qu'à cette folle attirance qu'il exerçait sur elle. Ce n'était qu'un désir passager, autant dire une mascarade, et non le vrai visage de l'amour. Et elle aurait été complètement folle d'y succomber, sachant que le prix à payer était le mariage et le Bagestan.

N'était-ce pas le piège dans lequel était tombée Noor ? Noor, qui à l'heure actuelle se trouvait dans un avion qui s'était sûrement écrasé au sol, qui gisait peut-être entre la vie et la mort, pour avoir joué avec le feu d'une magie illusoire. Elle qui avait fait preuve de clairvoyance pour le cas de sa cousine n'allait tout de même pas fermer les yeux pour ce qui la concernait !

— Je ne suis *pas* une Bagestani, Latif, reprit-elle d'une voix voilée. Je suis *Anglaise*. On ne peut pas changer le passé, pas plus que je ne peux adopter les coutumes de ce pays.

Le regard que Latif lui adressa alors, un regard obscurci par l'ombre des étoiles, Jalia s'en souviendrait certainement toute sa vie. Tel un animal blessé, il serra les mâchoires avant de se lever brusquement pour disparaître dans la nuit.

Les rayons du soleil et des craquements de bois tirèrent Jalia de son sommeil. Elle ouvrit les yeux... Accroupi devant elle, lui offrant en spectacle la ligne parfaite de son dos nu, Latif allumait le feu.

Cette posture paraissait si naturelle que l'on avait la sensation que son corps était élastique. Une posture qui lui fit réaliser que Latif était aussi à l'aise dans les montagnes, au milieu de nulle part, qu'au palais, avec l'apparat afférent.

Elle comprenait mieux à présent ce que les gens voulaient dire lorsqu'ils le définissaient comme un homme des montagnes. Le sultan lui avait confié que, lors de leur longue lutte secrète pour renverser Ghasib, Latif avait fait office de chef de liaison avec les tribus des montagnes. Les nomades qui y vivaient étaient difficilement gouvernables et ne respectaient aucune frontière. Latif épousait leur déplacement sans le moindre problème.

Jalia se rendit soudain compte qu'il possédait une qualité qu'elle avait sentie en lui jusque-là sans pouvoir la nommer : le silence. Il avait une capacité extraordinaire à se taire, comme s'il avait appris la patience dans les montagnes. Et c'était un trait de caractère qui la séduisait terriblement chez lui.

Soudain, Latif sentit qu'on le fixait et il tourna la tête. Leurs regards s'enchaînèrent... La veille, elle s'était endormie avant qu'il ne revienne.

— *Sabah al kheir*, lui dit-il.

C'était une expression poétique pour souhaiter le bonjour et qui signifiait littéralement : « un matin de joie ».

— *Sabah al noor*, répondit-elle en souriant.

Pour sa part, elle lui souhaitait « un matin de lumière ».

Il est vrai que la matinée était lumineuse. L'air était frais et clair, revigorant. Comme il était agréable de se réveiller dans la nature, après une nuit passée à la belle étoile ! Elle ne boudait plus le plaisir de ces joies simples, pensa-t-elle en s'étirant sans chercher à retenir un formidable bâillement.

Comme elle refermait la bouche et commençait à se lever, elle se heurta aux prunelles indéchiffrables de Latif.

— Tu es belle, lui dit-il simplement.

Ces mots lui firent l'effet d'une caresse possessive et elle sentit sa peau frémir... Brusquement, elle eut conscience de son corps, de sa poitrine ferme, de la sensualité de ses hanches, de la longueur de ses jambes... Ses pieds nus se plantèrent fermement dans le sol. Elle se sentait aussi solide que le roc et aussi légère que l'air. En un mot, vivante...

Inspirant un long trait d'air, elle croisa les bras et les opales de sa bague miroitèrent sous le soleil.

— Tu es belle, répéta-t-il, et tu m'appartiens. Tu ne veux pas l'entendre, pourtant, c'est la vérité. Tu es à moi, Jalia. Même si tu portes la bague d'un autre homme, même si tu finis par l'épouser, cela ne changera rien à la vérité. Personne n'a le pouvoir de la transformer.

La fixant avec une intensité redoublée, il continua :

— Nous sommes destinés l'un à l'autre, Jalia. J'ai eu tort de me taire lors de notre première rencontre, j'aurais dû te prévenir d'emblée. Ainsi, tu ne te serais pas engagée auprès d'un autre homme. C'est ma faute si aujourd'hui tu portes cette bague.

Naturellement, il aurait fallu qu'elle nie. Si seulement elle avait pu parler ! Mais elle était livrée à un flot de sensations qui allaient de l'indignation à l'attendrissement... Si elle ouvrait la bouche, elle ignorait ce qu'elle allait dire.

Puis, sans attendre sa réaction, Latif pivota sur ses talons pour s'occuper de nouveau du feu.

Jalia s'empara précipitamment de ses affaires de toilette et disparut derrière la colline pour une rapide toilette dans le torrent.

A l'évidence, il ne lui reparlerait pas de ce qu'il s'était passé entre eux la nuit précédente, il ne lui adresserait aucun reproche. Il n'était pas homme à bouder lorsqu'il n'obtenait pas ce qu'il voulait, pensa Jalia en poussant un petit cri au contact de l'eau glacé. Comment serait la vie avec un mari comme lui ? s'interrogea-t-elle alors, songeuse.

La plupart des hommes qu'elle avait connus ne cachaient pas leur mécontentement lorsqu'ils étaient contrariés, comme s'ils étaient toujours de grands enfants.

Latif, lui, semblait estimer que les contretemps faisaient partie intégrante de la vie, et il ne cherchait pas à rejeter la faute sur autrui, à l'instar de nombreux hommes, y compris Michael.

Durant toute son enfance, son père n'avait cessé de lui répéter que les hommes de la montagne étaient des personnes à part. Peut-être fallait-il venir jusqu'au Bagestan pour trouver un homme digne de ce nom. Si toutefois vous en cherchez un ! Or, en ce qui concernait Jalia, les jeux étaient faits. Pour épouser un homme de la trempe de Latif, il aurait fallu qu'elle naisse ici. Comment pouvait-elle s'intégrer dans ce pays, en adopter la culture, alors qu'elle avait été élevée dans une grande ville occidentale ?

Au fond, elle ne le regrettait pas. Elle appartenait à un autre monde, un monde où elle se sentait bien, où elle était heureuse. Naturellement, si l'histoire avait été différente, le Bagestan aurait été sa patrie. Mais la vie en avait décidé autrement. Il n'y avait rien à ajouter à cela.

Bien sûr, s'avoua-t-elle en se frictionnant vigoureusement le corps avec sa serviette de toilette pour se réchauffer, une petite part d'elle-même déplorerait toujours de n'avoir pas connu les bras passionnés du cheikh...

Nul doute qu'elle n'oublierait jamais la déclaration passionnée de Latif et qu'elle resterait le moment le plus romantique de sa vie. Quel Occidental pourrait rivaliser avec une telle déclaration ?

S'habillant rapidement, Jalia revint vers leur camp de fortune, où une agréable odeur de café l'accueillit.

Latif avait fait réchauffer des *naans*, petites crêpes locales. Il en tendit une à Jalia qui la savoura avec du fromage de chèvre et du miel. C'était absolument divin, pensa-t-elle en se léchant les doigts.

— Où allons-nous, ce matin ? demanda-t-elle pour briser le silence.

— Je souhaite me rendre dans la vallée. C'est un voyage que l'on ne peut effectuer qu'à pied, en raison des éboulements dans le tunnel. Veux-tu m'accompagner ou préfères-tu rester ici ?

— Combien de temps cela prendra-t-il ?

— Si je m'y rends seul, quelques heures. Si nous y allons ensemble, ce sera un peu plus long.

Etait-ce par arrogance qu'il prétendait qu'elle le ralentirait ? A moins que cela ne fût un prétexte pour partir seul... Qu'à cela ne tienne ! Elle allait l'accompagner ! La détermination avec laquelle elle lui fit part de sa décision arracha un sourire à Latif...

9

Arrogant ou non, il avait proféré l'entière vérité. Latif traversait les grosses ornières que les pluies avaient creusées avec une aisance et une assurance qui terrifiaient Jalia. Pour sa part, elle avançait en s'agrippant frileusement au bras de son compagnon.

Soudain ils parvinrent à une dénivellation plus redoutable que les autres, et tout naturellement Latif lui proposa de la porter sur son dos. La puissance et la force qu'elle sentit brusquement émaner de lui, lui envoyèrent un message profondément érotique. D'instinct, elle resserra les jambes... Surpris, Latif en perdit presque l'équilibre et ils manquèrent chavirer tous les deux dans l'immense ornière remplie d'eau.

Une fois la difficulté passée, Jalia redescendit de son dos et rajusta ses vêtements, tremblant de peur et de désir, et fort irritée de ne pas pouvoir mieux cacher ses sentiments. Si elle ne se ressaisissait pas immédiatement, elle allait finir par se retrouver mariée à Latif, pour la bonne et seule raison qu'elle voulait impérativement savoir comment il faisait l'amour !

Et tout à coup, un éclair de lucidité s'imposa à elle avec la force d'un coup de tonnerre : chaque fois qu'elle avait discuté avec Noor sur la folle attirance que cette dernière ressentait pour Bari, c'était d'elle-même qu'elle parlait ! Inconsciemment, elle avait toujours été attirée par Latif.

Quel aveuglement impardonnable ! Si elle s'était autorisée à regarder la vérité en face, elle aurait agi avec plus de discernement et aurait soigneusement évité sa compagnie ! En tout état de cause, elle n'aurait sûrement pas été aux abois comme elle l'était en ce moment, dépendante de lui pour sa survie... Et espérant par-dessus tout qu'il finisse par craquer et lui fasse l'amour avant que ce ne soit elle qui cède et lui promette tout ce qu'il voulait, quel qu'en soit le prix.

— Pourquoi ne veux-tu pas me faire l'amour ? demanda-t-elle inopinément, suivant le cours de ses pensées.

Les mots étaient sortis malgré elle, alors qu'ils escaladaient de gros rochers tombés sur la route.

Latif lui lança un regard qui ne trahissait aucune surprise, comme s'il s'attendait à sa question.

Si en plus, ils pensaient la même chose au même moment, pensa Jalia, elle n'allait pas résister bien longtemps...

— Je te ferai l'amour, lui assura-t-il, confiant.

A son corps défendant, sa réponse fit naître un sourire sur les lèvres de Jalia ainsi qu'une bouffée de plaisir dans son cœur. Comme s'il percevait les émotions qui se jouaient en elle, Latif l'enlaça et l'attira tout contre lui.

Les flammes de la passion l'enveloppèrent instantanément, et Jalia releva légèrement le menton, dans un geste d'invitation au baiser. Ce fut alors que Latif ajouta :

— Lorsque tu auras mon alliance au doigt au lieu de la bague que tu portes actuellement.

Là-dessus, la bouche de Latif s'écrasa sur la sienne avec un sens de la possessivité qui fit vibrer toutes les parcelles de son corps. Leurs corps étaient unis par une telle fusion que Jalia se sentit chavirer...

Une main enfouie dans les cheveux de Jalia, Latif maintenait la tête de sa compagne, tandis que de l'autre, il caressait ses hanches. Elle se rendit alors compte de sa puissance dominatrice, et cette prise de conscience ne l'en troubla que davantage.

Relevant la tête, Latif plongea son regard vert, assombri par le désir, dans celui de Jalia. Elle n'avait jamais vu un vert si profond, et elle aurait pu contempler pendant des heures la magie de cette couleur émeraude... Ses yeux la renvoyaient autant au danger qu'elle courait qu'au bien-être qu'elle ressentait en sa compagnie. Elle eut alors la sensation que le temps retenait son souffle, posé en équilibre instable.

— La lutte qui s'annonce sera difficile, reprit Latif d'une voix rauque. Qui de nous en sortira vainqueur ?

Jalia s'efforça de respirer calmement et de recouvrer ses esprits.

Ils reprirent leur chemin et croisèrent bientôt un groupe d'hommes qui réparaient les dégâts d'un éboulement sur la route. A l'aide de quelques ânes et à la force de leurs seuls bras, ils rassemblaient les grosses pierres qui étaient tombées sur la route et les plaçaient dans les ornières creusées par les pluies. Le travail était ardu, voire dangereux, mais les hommes l'effectuaient dans l'enthousiasme et la bonne humeur.

A l'approche de Latif et de Jalia, ils levèrent la tête et les saluèrent à la façon bagestani, c'est-à-dire en plaçant le poing sur le cœur. Puis ils reconnurent Latif.

— Vous venez à un moment favorable, lui dirent-ils en signe de bienvenue.

— Que votre ombre ne diminue jamais !

— Venez-vous assister au conseil ? s'enquit l'un d'eux. J'ai une pétition à vous remettre...

Aucun des hommes ne courbait l'échine devant lui, nota Jalia, bien qu'il fût celui qu'ils appelaient « shahin ». Visiblement, ils le respectaient trop pour être obséquieux. D'ailleurs, entre Latif et ces hommes, le respect était mutuel. Et cependant, il était manifeste qu'ils accepteraient son jugement sans protester.

— J'escorte la princesse Jalia qui recherche sa cousine, la princesse Noor, déclara Latif.

Il leur relata alors leur découverte concernant l'avion qui s'était écrasé. De son côté, Jalia approuvait en hochant la tête mais se gardait bien d'ajouter quoi que ce soit. Avec sa chemise en lin, son jean et ses boots, elle devait représenter une vision inhabituelle pour ces hommes, mais aucun ne la regardait. C'était la coutume dans la montagne.

Ainsi que son père le lui avait appris dans son enfance à travers les innombrables récits qu'il lui lisait, le peuple bagestani des montagnes était farouchement réservé. Jamais les hommes n'auraient dévisagé une étrangère.

La conversation était à présent trop rapide pour qu'elle en saisisse toutes les nuances, d'autant que plusieurs hommes s'exprimaient parfois en même temps. Néanmoins, elle saisit qu'aucun d'entre eux n'avait entendu parler d'un accident d'avion dans la région.

Il lui sembla ensuite qu'ils encourageaient Latif à séjourner un ou deux jours dans la vallée afin qu'il assiste au conseil qui se tenait au village, conseil durant lequel des sujets déterminants pour la communauté seraient abordés. Enfin, l'un des hommes abandonna son travail pour conduire Latif et Jalia dans la vallée. Nul doute que Latif avait accepté de présider le conseil.

L'homme les emmena chez lui, où sa femme et ses filles préparèrent un repas à leur intention. Comme de coutume, ils se restaurèrent en silence, et ce n'est qu'une fois le repas terminé que Latif déclara :

— Le conseil va débattre de sujets graves. Il est important que j'y assiste. Cela signifie que nous passerons la nuit ici. Des jeunes gens du village vont retourner au 4x4 pour nous ramener ce dont nous avons besoin, poursuivit-il. Que désires-tu ?

— Mon sac à dos suffira.

Plus tard, alors que les membres du conseil s'étaient rassemblés chez un des leurs après avoir accueilli Latif avec une joie manifeste, les femmes conduisirent Jalia en haut d'une colline, dans une maison isolée, posée au cœur d'un jardin à la luxuriance extraordinaire, entouré de fortifications.

— A qui appartient cette maison ? demanda Jalia dans son bagestani archaïque.

— Lady Jalia, c'est la maison de votre futur époux, lui répondit-on en souriant. Si Allah le veut, vous serez bientôt familière de l'endroit.

Le sourire de Jalia se figea légèrement. Son futur époux ! Mon Dieu ! Quel dilemme ! Si elle niait être la fiancée de Latif, elle devrait être logée ailleurs ; elle connaissait suffisamment les traditions du pays ! Or elle ne voulait pas dormir ailleurs qu'ici, avec Latif. Et elle n'allait pas laisser échapper une telle occasion…

Par conséquent, elle ne démentirait pas.

Après tout, si Latif devait par la suite s'expliquer auprès de sa tribu sur le fait que la princesse Jalia ne l'accompagnait plus dans la vallée, ce serait son problème à lui, pas le sien !

— Les coutumes du monde extérieur sont curieuses, observa l'une des femmes, en riant. Ici, dans la vallée, aucun homme n'emmène sa future épouse chez lui avant la cérémonie de mariage. Comment pourrez-vous négocier une dot convenable, Lady Jalia, si vous remettez votre trésor à votre futur mari avant qu'il ne l'ait payé ?

— Un aristocrate comme Latif nourrit les mêmes rêves que le commun des mortels : prendre une femme sans rien donner en retour, renchérit une autre femme.

— Amina, veux-tu te taire ! Quand un homme de la valeur de Son Excellence se déclare devant témoins, cela vaut pour contrat de mariage !

Toutes éclatèrent de rire, et Jalia eut la sensation d'être une jeune épouse que l'on conduisait vers le lit de son mari. A son grand désarroi, elle se sentit rougir...

— Quand le moment sera venu, Lady Jalia, reviendrez-vous dans la vallée et nous permettrez-vous de nous occuper de la cérémonie de mariage ?

La femme qui venait de lui poser cette question était jeune et jolie, et d'après ce que Jalia avait cru comprendre, eu égard à certaines plaisanteries, récemment mariée.

— Tu n'y penses donc pas, Parvana ! intervint vivement une autre villageoise. La cérémonie aura lieu au palais, bien sûr...

Et tout le monde d'éclater de rire. La visite de la demeure et des jardins se poursuivit dans la bonne humeur. La maison était la plus grande du village, sans être pour autant démesurée : elle possédait deux dômes, alors que les autres n'en avaient qu'un, et un immense jardin fortifié.

— En temps de troubles, les femmes et les enfants de la vallée viennent se réfugier derrière les fortifications. Alors les hommes et les chefs peuvent partir tranquillement à la guerre, lui précisa-t-on simplement, comme si les guerres faisaient partie de la vie du village, au même titre que les pluies ou les mariages.

— Lorsque les hommes de Ghasib sont venus après la construction du tunnel, nous savions qu'il était préférable de ne pas combattre, car son armée de soldats était bien trop nombreuse...

— La plupart des trésors que possédait cette maison ont été enterrés, Lady Jalia, expliqua une autre femme en désignant les murs, les sols et les alcôves vides. C'est de cette façon que nous nous sommes protégés du pillage de Ghasib.

— Ne craignez pas que Ghasib nous dépossède des richesses de notre *shahin*..., commença l'une d'elles.

— ... car c'est la terre qui les possède, continuèrent les autres en chœur.

Il devait s'agir d'une blague car toutes les femmes éclatèrent de rire.

Pour sa part, Jalia ne chercha pas à comprendre. Elle appréciait tout simplement la convivialité des villageoises, même si elle ne comprenait pas forcément leur sens de l'humour, et si les subtilités de la conversation lui échappaient parfois.

— Nous avions entendu dire que Latif nous rendrait visite, mais nous ignorions qu'il devait venir en compagnie de sa future épouse. Aussi n'avons-nous pas eu le temps de décorer la chambre. Mais nous allons rapporter des lampes et des parfums...

Jalia ne protesta pas, déjà habituée à cette idée...

Pourquoi ne pas créer une atmosphère sensuelle dans l'alcôve qu'elle partagerait avec Latif ? Même si elle ignorait qui séduirait l'autre et qui se laisserait séduire...

10

Les villageoises entreprirent la décoration rituelle de la chambre. On eût dit que, pour compenser les licences que prenait le cheikh par rapport à la tradition, elles avaient décidé d'aller au-devant du destin en décrétant que cette nuit serait leur nuit de noces.

Elles consacrèrent leur après-midi entier aux préparatifs, et mijotèrent des plats spéciaux pour le couple. Ainsi que le voulait la tradition, elles répartirent, dans l'alcôve des futurs époux, des fleurs et des rameaux emmêlés qui y répandirent mille senteurs subtiles. Elles se livrèrent également à de petits rituels mystérieux, dont Jalia savait qu'ils auraient éveillé le plus vif intérêt de l'une de ses collègues ethnologues, à l'université.

On lui remit un superbe pyjama brodé, coupé dans une soie souple, couleur de jade. Au niveau des chevilles, le pantalon comportait des fronces qui lui donnaient du bouffant, tandis que la veste était bien ajustée sur la poitrine. Il s'agissait d'une tenue artisanale qui avait été confectionnée sur mesure pour une jeune fille qui la lui offrait généreusement. Jalia avait eu beau protester, on ne lui avait pas permis de refuser le pyjama qui semblait par ailleurs avoir été fait pour elle, tant il lui seyait.

Les femmes l'aidèrent à prendre son bain, puis enduirent sa peau d'un baume parfumé. Elles tressèrent ensuite quelques *nœuds d'amour* dans ses cheveux, déplorant que sa chevelure ne lui tombât pas jusque sur les reins. « Comme le monde extérieur devait être étrange, lui dirent-elles, si les femmes se coupaient les cheveux, leur bien le plus prestigieux, de leur plein gré ! »

Elles s'émerveillèrent en revanche devant la blondeur de sa chevelure si lisse : dans la vallée, la plupart des femmes étaient brunes et bouclées. Selon elles, les femmes de la tribu Kamrangi possédaient le même type de cheveux que Jalia. C'était ce qu'avait rapporté le grand-père de l'une d'entre elles qui, des années auparavant, avait servi de guide à des voyageurs étrangers.

A mesure que passaient les heures, Jalia tombait de plus en plus sous le charme des villageoises et de leur belle vallée. Les valeurs qu'elles cultivaient étaient simples et authentiques, leurs rires contagieux, leur beauté et leur sagesse impressionnantes. A l'aune de cet environnement pur, son propre monde lui paraissait dénué de sens ; il sonnait faux, comme une fumée toxique dans l'air frais de la montagne.

Néanmoins, tout n'était pas idyllique ici. A commencer par le conseil du village, exclusivement constitué d'hommes ; les femmes n'étaient-elles pas contrariées de ne pas y participer et de ne pouvoir prendre des décisions à l'instar des hommes ?

Cette question suscita des sourires parmi l'assemblée. Autrefois, expliqua l'une des villageoises, le conseil était uniquement composé de femmes, et tout était alors dans l'ordre des choses, dans la mesure où les femmes étaient meilleures juges de la nature humaine que les hommes. Cela, tout le monde le savait !

Cependant, il fallait reconnaître aux hommes leur meilleure aptitude à lire la loi et à l'interpréter. Or, la plupart des pétitions soumises aujourd'hui au conseil relevaient de problèmes juridiques. Il s'agissait notamment de trancher des litiges relatifs à un héritage ou à un titre de propriété. En outre, ces demandes étaient totalement dénuées d'intérêt et d'importance quant à l'essence même de la vie. Mais bien sûr, les hommes avaient un autre avis sur la valeur de leur rôle ; et il ne fallait pas leur enlever leurs certitudes !

Les questions essentielles pour la vie tribale, celles notamment liées aux mariages, aux fêtes ou encore aux dates des semences et des récoltes étaient, quant à elles, toujours réglées par les femmes.

Finalement, Jalia cessa de comparer le monde dont elle était issue et celui qu'elle découvrait pour jouir en toute plénitude de l'agréable compagnie des villageoises et comprendre leur point de vue qui relevait d'une certaine sagesse et d'une grande philosophie.

Quand le soleil bascula derrière les fortifications du jardin à la luxuriance sauvage, les femmes avaient terminé les préparatifs. Elles déclarèrent alors que le conseil devait être levé et prirent congé de Jalia en la priant de demeurer dans la chambre des époux, doucement éclairée et parfumée, et de conserver sa tunique et son pantalon de soie vert. Elles lui promirent que Latif ne tarderait pas à la rejoindre.

En effet, une heure plus tard, il pénétrait dans l'alcôve, douché, parfumé et vêtu d'un costume blanc magnifiquement brodé, dont la soie fluide soulignait sa musculature virile.

Il était incroyablement beau, un mystérieux sourire éclairant son visage farouchement aristocratique.

Il demeura quelques instants sur le seuil pour admirer Jalia dans le jeu des ombres que projetaient les photophores…

Le cœur de la jeune femme s'emballa follement devant les messages qu'elle lut alors dans les yeux de Latif : ils exprimaient la possessivité, l'urgence et la détermination.

En un rien de temps, l'atmosphère parut se densifier autour d'eux… Les yeux verts de Latif s'assombrirent, un signal auquel le corps de Jalia réagissait à présent sur-le-champ. Le désir s'empara de tout son être et, inclinant lascivement la tête sur le côté, elle lui adressa à son tour un petit sourire…

— Les femmes ont préparé de la nourriture pour toi, annonça-t-elle d'une voix suave.

Il ne l'entendit pas, trop occupé à la contempler, à s'imprégner de l'odeur qui émanait d'elle, à la déguster à distance.

Elle était d'une beauté envoûtante dans ce costume traditionnel d'épouse. Un costume qui semblait respirer à même son corps, qui en révélait les pleins et les déliés, la sensualité et la force. Ses cheveux chatoyants étaient tressés de fleurs, sa peau était huilée et parfumée, de sorte que le moindre de ses mouvements dégageait une volupté qui attisait son désir.

La femme de sa vie se tenait devant lui, apprêtée comme une

épouse tribale, toute de soie et parfums, les yeux soulignés de khôl, engageante, apprêtée, comme il l'avait rêvé depuis ce fameux moment où il s'était noyé dans son regard vert tranquille…

En deux pas, il fut près d'elle, et prit fébrilement son visage entre ses paumes : il contempla alors longuement son beau visage, une fleur parfaite, dotée de deux grands lacs verts d'où émanait une telle douceur que le cœur de Latif cessa de battre pendant quelques secondes…

— Tu es à moi, lui dit-il d'une voix rauque et vibrante d'émotion. Tu t'es engagée devant les femmes du village.

Et, avant qu'elle ne puisse protester, il pencha sa tête vers elle. De sa bouche, il effleura les lèvres de Jalia, tendrement, délicatement, comme s'il s'agissait d'un bouton de rose dont il désirait absorber uniquement le parfum.

Cet effleurement subtil fit trembler les lèvres de Jalia et des frissons de désir coururent sur ses reins. Cédant à l'assaut, sa bouche s'entrouvrit… Immédiatement, Latif renforça son baiser, goûtant la douceur de sa compagne, nourrissant son propre désir.

Puis il coula une main sous la veste de soie de Jalia et l'attira plus étroitement contre lui. La jeune femme ne put retenir un léger cri au contact de cette force virile et autoritaire. Leurs corps, qui s'épousaient sensuellement à présent, formaient un bel arc en équilibre. Retenue par les bras de son compagnon, Jalia, qui touchait à peine le sol, avait la sensation de léviter.

D'un pouce habile, Latif dégrafa en partie la veste de son pyjama et se mit à caresser son ventre, sa gorge, sa poitrine…

Chaque caresse, aussi douce qu'électrique, incendiait son esprit, enflammait son sang… Un feu inconnu la consumait à présent… Une faim profonde la tenaillait… Ce fut alors que, détachant sa bouche de la sienne, Latif se mit à la fixer d'un air interrogateur, avant de lire la réponse qu'il attendait dans les prunelles consentantes de la jeune femme.

Alors, avec un naturel qui la bouleversa, Latif glissa sa main vers son sexe brûlant et le monde chavira pour elle…

Toujours penché sur elle, la maintenant en équilibre, il dévorait sa bouche, ses oreilles, sa gorge sans cesser de caresser sa peau brûlante, sous son pyjama. Puis elle entendit le crissement de la soie qui glissait sur ses jambes. Le sentiment de sa vulnérabilité totale l'enveloppa d'un coup...

Elle poussa un petit cri lorsque la main de Latif recouvrit son mont de Vénus avec possessivité... Puis la volupté la submergea et elle accepta le désir violent qu'elle éprouvait pour lui.

Tout en explorant l'intimité de Jalia, Latif enchaîna ses yeux aux siens, des yeux de braise qui proclamaient qu'elle était à lui. Ses caresses la tourmentaient délicieusement, sensuellement... Une chaleur intense l'inondait à présent... Elle se cambra sous sa caresse, comme un arc tendu, jusqu'à ce qu'un flot de plaisir cascade dans tout son corps...

Les jambes flageolantes, elle se pressa contre le corps souple et chaud de Latif.

— Merci, murmura-t-elle spontanément.

Elle soupira et voulut se redresser, mais il continuait à la caresser, et la volupté qu'elle venait d'éprouver fut supplantée par la promesse d'un plaisir renouvelé. Un plaisir plus intense.

— Penses-tu que je vais en rester là ? lui demanda-t-il d'une voix enrouée.

Il ressemblait à un séduisant pirate avec ses yeux verts qui chatoyaient comme deux pierres précieuses et son sourire presque inquiétant...

Quelques minutes plus tard, les ondes du plaisir se propageaient de nouveau dans le corps de Jalia sous les caresses passionnées et appliquées de son compagnon.

Latif la rendait folle.

Jamais aucun homme n'avait montré une détermination si farouche à la satisfaire, jamais aucun homme ne lui avait manifesté une passion si ouverte. Jamais elle ne s'était sentie aussi libre d'apprécier et d'exiger la félicité de la chair. Jamais elle n'avait perdu à ce point le contact avec le reste du monde. Jamais elle n'aurait cru qu'il fût possible de s'évanouir de plaisir...

Ce fut alors que, telle une mer berçante et merveilleuse se retirant d'un coup, les caresses cessèrent... Et Latif brandit vivement la main de sa compagne vers la lumière. Le trio d'opales qu'elle portait au doigt scintilla comme une menace.

— Pourquoi n'as-tu pas enlevé cette bague ? gronda-t-il d'une voix rauque, son regard flamboyant fixé sur elle.

Elle sentit les doigts de Latif se resserrer sur le sien, et une onde électrique la parcourut.

— Demande-moi de te la retirer ! lui ordonna-t-il. Jure-moi que tu vas rompre cet engagement.

Pour toute réponse, Jalia se mit à sourire. Il l'avait enivrée de plaisir, son esprit était à présent noyé dans l'ivresse de la volupté… Le reste du monde était si loin…

— Je ne peux pas…, murmura-t-elle cependant.

— Devons-nous donc mettre un terme à nos étreintes ? répliqua-t-il d'un ton sec. Dois-je cesser de t'aimer, ma Jalia, mon épouse ? Dois-je te laisser rejoindre cet Anglais, toi qui m'es destinée ?

Ce fut alors que, sur un ton tranquille, Jalia ajouta :

— … parce que lui et moi n'avons jamais été fiancés.

Elle avait prononcé ces derniers mots d'un air rêveur. Etait-elle réellement consciente qu'elle était en train de se départir d'une armure implacable ? Désormais, rien ne pouvait plus la protéger de la force dévastatrice de cet amour. Toujours dans le même état absent, elle précisa encore :

— Il s'agissait de pseudo-fiançailles. Michael est l'un de mes amis, à l'université.

Elle sentit la bague glisser de son doigt, puis l'entendit rebondir sur le tapis avant d'atterrir sur le carrelage… *Finie la comédie*, pensa-t-elle.

Dans un élan félin, Latif l'entraîna alors vers la couche fleurie et parfumée que les villageoises avaient préparée à leur intention. Il arracha plus qu'il ne lui retira sa veste de pyjama et la douce lumière des photophores baigna un instant les seins gonflés de désir de Jalia. Les yeux et les mains de Latif glissèrent alors sur son corps, imprimant des sillages brûlants sur sa chair… Elle avait la sensation qu'à chaque caresse, il prenait un peu plus possession d'elle… Il s'inscrivait un peu plus profondément dans son corps, dans son cœur, dans son âme…

Lorsqu'il enleva le costume de soie blanche qui voilait encore son corps, elle attira tout naturellement sa virilité gorgée de désir vers la fleur de son intimité et Latif la pénétra…

Un cri de volupté échappa à Jalia, tandis qu'un plaisir sourd bouleversait tout son être.

Combien de temps restèrent-ils à s'étreindre, dans l'extase de la passion ? Elle l'ignorait… Latif ondulait sur elle sans répit, lui offrant un indicible plaisir. Elle en perdit la notion du temps et d'elle-même, ne sachant plus où elle finissait et où commençait Latif.

Peu à peu, un plaisir grondant, formidable se distilla dans tout son être… Une sensation qu'elle n'avait encore jamais expérimentée… Elle criait, gémissait, marmonnait et l'appelait par son prénom tandis que le plaisir montait par palier en elle, les halètements de Latif rajoutant aux prodigieuses impressions qu'il lui procurait.

Le cheikh des montagnes flamboyantes, le *shahin* de la tribu du bout du monde, la révélait au plaisir absolu.

Désormais, elle savait que les frissons qu'elle avait connus autrefois dans les bras d'autres hommes n'étaient qu'un pâle avant-goût de la félicité profonde et parfaite que Latif lui offrait. Une félicité qui explosait à présent en elle tel un feu d'artifice, et les emportait tous deux dans un fabuleux courant. Elle avait tout simplement la sensation de se trouver à l'embouchure du bonheur quand il se déversait sur la terre avant de se répartir entre tous ses habitants…

Ce fut de cette façon que Latif Abd al Razzaq prit sa bien-aimée et en fit sa femme.

Comme il l'avait toujours désiré.

11

Tête posée contre le torse sombre et humide de son amant, Jalia avait la sensation qu'il était dans l'ordre des choses qu'elle fût là où elle se trouvait. Les souvenirs liés aux voluptés que Latif lui avait procurées continuaient de faire vibrer son corps.

Soudain, elle sentit que Latif effleurait doucement mais avec persistance, son annulaire gauche. Se redressant sur un coude, elle se heurta à son regard.

— Tu n'étais donc pas véritablement fiancée avec cet homme ?

— Michael était mon armure… contre mes parents, admit-elle, sans oser dire : « Contre toi ».

— Comment un homme peut-il prétendre être ton fiancé et ne pas souhaiter concrétiser cette relation ? C'est inconcevable ! C'est un stratagème de sa part. Il ne voudra jamais renoncer à toi, le moment venu.

A ces mots, un sourire éclaira le regard de Jalia.

— Aucun danger, lui assura-t-elle. Michael est gay. Cependant, comme il n'a pas encore fait son *coming out* auprès de ses parents, il lui arrive de m'inviter à des fêtes familiales en me faisant passer pour sa petite amie pour ne pas faire de peine à sa mère. Aussi, quand j'ai eu besoin d'un service en retour…

Le regard de Latif l'arrêta dans ses explications. Son expression indiquait clairement que ce qu'elle lui racontait avait tout intérêt à être l'exacte vérité.

— J'espère que tu dis vrai, murmura-t-il d'un ton rauque.

Je veux te garder auprès de moi, Jalia, tu es ma femme, c'est le destin qui l'a voulu ainsi.

Alors, pendant quelques secondes, Jalia se prit à souhaiter que ces incantations scellent son destin... Cette nuit, elle vivait un rêve. Demain, il serait bien assez tôt pour se réveiller et retrouver la réalité.

— Les villageoises ont préparé des plats délicieux à notre intention, observa-t-elle. Désires-tu les goûter maintenant ?

Au lieu de répondre, Latif se mit à caresser les hanches de la jeune femme qui, pour fatiguée qu'elle fût, sentit immédiatement son corps réagir à ce contact.

— Pour la nourriture de la vallée, j'ai toujours faim, lui répondit-il enfin, tout en suivant les douces courbes de ses épaules. Tout comme j'aurai toujours faim de toi, jusqu'à la fin de mes jours.

Ces ultimes propos émurent si profondément Jalia qu'elle sentit les larmes lui brûler les paupières. S'efforçant de sourire, elle se leva. A présent, elle se tenait nue dans la lumière tamisée et le regard que Latif posa sur elle lui fit l'effet d'une coulée de miel chaud et sensuel sur le corps.

— Viens, murmura-t-elle en désignant un grand plateau posé sur un brasero.

Ils enfilèrent tous deux le pantalon de leur pyjama, puis s'installèrent sur les coussins. Latif ressemblait à un génie sorti de sa lampe et Jalia à une danseuse orientale, avec sa poitrine nue qui chatoyait sous l'éclat de l'huile et de la sueur de leurs étreintes.

Des aubergines grillées à l'huile d'olive, de la viande épicée, de la sauce au yaourt et à l'ail, du fromage de chèvre frais mêlé à des herbes aromatiques, une galette de pain frit... Jalia n'avait jamais rien goûté de si exquis.

Ils mangèrent en silence, murmurant parfois des compliments sur la nourriture ou sur ce qu'ils venaient de vivre, leurs regards se promettant de nouvelles aventures dans le plaisir. Puis ils s'amusèrent à se nourrir mutuellement, unissant leurs lèvres au passage.

— Les femmes de la vallée sont de véritables cordons-bleus, décréta Jalia en léchant ses lèvres épicées tant par la nourriture que par les baisers de Latif.

— La cuisine marzuqi est réputée dans tous les pays frontaliers du golfe de Barakat, lui apprit-il.

— L'une des villageoises, Golnesar, je crois, a fait allusion à des trésors cachés par la tribu afin que les hommes de Ghasib ne mettent pas la main dessus. Puis toutes ont éclaté de rire, comme s'il s'agissait d'une plaisanterie, mais aucune n'a pris la peine de m'expliquer pourquoi.

— Tu n'es pas sans savoir le goût que Ghasib cultivait pour les joyaux de l'art ancien, commença Latif.

Jalia hocha la tête. L'une des missions du cheikh avait consisté à aider ses parents à retrouver l'héritage familial confisqué par Ghasib et ses sbires. Celui-ci avait été réquisitionné en vue d'une prétendue dation aux musées nationaux, mais en réalité, Ghasib en avait détourné la plus grande partie.

— Nous savions tous que la construction du tunnel signifiait le pillage de nos trésors. Or la vallée renfermait de nombreux joyaux, certains d'une valeur inestimable, retraçant notamment l'histoire de nos ancêtres.

S'interrompant pour ponctuer son discours, ainsi qu'en véritable conteur il en avait l'habitude, Latif reprit alors :

— Désireux de se protéger des exactions, mon père a alors prié les villageois de rassembler tous leurs trésors chez lui, trésors que lui-même cacherait ensuite dans un endroit secret.

— N'aurait-il pas été préférable de les disperser dans de nombreuses cachettes, de sorte que si les pilleurs en trouvaient une, il n'était pas certain qu'ils dénichent les autres ?

— N'oublie pas que Ghasib ne reculait devant rien pour faire parler les gens ! S'il avait appris qu'une famille avait enfoui des trésors, toute la vallée aurait été menacée. En l'occurrence, en cas de soupçon, les gens du village pouvaient dire qu'ils avaient remis leurs possessions au *shahin*, et ignoraient ce qui en était advenu.

— Et ton père aurait été torturé !

— Exactement. Mais il misait sur le fait que le secret serait mieux gardé si tous avaient conscience que la vie du *shahin* était en jeu. Et il avait raison. Les hommes de Ghasib s'emparèrent de quelques objets précieux qui avaient été laissés dans certains foyers pour éviter les suspicions, et ne devinèrent jamais la vérité.

— Pourquoi les trésors n'ont-ils pas été déterrés depuis le retour du sultan ?

— Parce que mon père les a trop bien cachés ! Seuls lui et un vieux domestique qui lui était entièrement dévoué en connaissaient l'emplacement. Or, les deux ont rendu l'âme avant de livrer l'endroit de la cachette secrète.

Malgré la triste fin de l'histoire, Jalia se mit à rire.

— Et tu n'as pas la moindre idée de l'endroit où ton père aurait pu les cacher ?

— Pour l'instant, non, mais ayant été absent pendant très longtemps, je n'ai pas eu véritablement le temps de mener des recherches, pas même celui de trier les papiers de mon père. Il a peut-être laissé des indications codées. Lorsque le sultan aura moins besoin de mes services, je procéderai à des fouilles en règle.

Latif paraissait confiant et sincère. Quant à Jalia, elle venait encore une fois d'expérimenter le choc des cultures. En Occident, le père de Latif aurait immédiatement été suspecté d'avoir volé ou revendu les joyaux de son peuple, et son fils aurait dû tout mettre en œuvre pour lever cette suspicion.

Manifestement, Latif n'avait aucune crainte de ce côté-là. Il avait confiance en la probité de son père et le peuple partageait cette confiance.

— Je sais à présent pourquoi on appelle ta famille le troisième *shahin*, déclara subitement Jalia.

— Vraiment ? dit-il en sourcillant.

— Cet après-midi, j'ai questionné les villageoises sur l'origine du nom de la vallée.

— Et que t'ont-elles dit ?

— Sey-Sahin, trois faucons royaux, répondit-elle d'un ton énigmatique, en adoptant inconsciemment le ton du conteur, comme si elle était née dans la vallée. Dans des temps très reculés, la vallée était fertile, mais exposée, hélas, aux quatre vents, de sorte que les semences étaient emportées par la brise avant d'avoir pris racine. Les gens de la vallée mandatèrent alors un messager auprès du Grand Roi — Allah en personne selon certains — et en réponse, le Grand Roi leur envoya son faucon royal favori, afin qu'il veille sur la vallée et la protège des vents. Le faucon resta si longtemps et les protégea si loyalement qu'il devint lui-même un roc et continue aujourd'hui encore de monter la garde.

Elle fit alors une pause pour ménager le suspens du récit avant de poursuivre :

— Néanmoins, les gens de la vallée n'étaient pas au bout de leurs difficultés car, au printemps suivant, plus rien ne les détournant, les eaux des montagnes inondèrent les champs et charrièrent les semences dans leur sillage. Les villageois envoyèrent un deuxième émissaire auprès du Grand Roi. Ce dernier lui remit un deuxième faucon royal, destiné à protéger la vallée des inondations. Le faucon resta si longtemps et les protégea si loyalement qu'il devint lui-même un roc et continue aujourd'hui encore de monter la garde. Alors la vallée prospéra entre ces deux rocs imposants, mais un nouveau souci s'empara de l'endroit : les temps étaient troublés et un grand conquérant était en marche.

Elle s'interrompit pour reprendre son souffle, puis continua :

— Les villageois envoyèrent donc un nouvel ambassadeur auprès du Grand Roi, pour lui demander une protection contre l'envahisseur. Celui-ci remit un troisième faucon au messager, qui se révéla un grand chef. Ce dernier régna longtemps et les protégea si bien que sa famille devint un roc pour les gens de la vallée et que chaque génération produisit un chef fort et charismatique, capable de les protéger. Ces chefs s'appellent les *shahinis*, les faucons, et ils régneront dans la vallée jusqu'à la fin des temps. Tu fais partie de cette lignée, Latif, et les villageois sont fiers de toi.

Lui adressant un regard mi-amusé mi-dubitatif par-dessous ses lourdes paupières, il demanda alors :

— Et quoi d'autre ?

— La vallée était donc à l'abri des vents, des inondations et des conquérants étrangers, mais il restait une chose non protégée : le cœur des gens.

— Ah, ah…, dit-il d'un air faussement intéressé, comme si elle allait lui apprendre quelque chose.

— Ils adressèrent leur requête au Grand Roi, qui leur envoya un quatrième protecteur : l'islam. Et à présent, la vallée est protégée aux quatre points cardinaux, et il ne peut plus rien arriver à ses habitants. Voilà pourquoi on les appelle les Marzuqi, ou « les bénis », conclut-elle dans un sourire. Ai-je bien conté l'histoire de la vallée ?

— Merveilleusement bien ! Un jour, tu la raconteras à nos enfants.

Sans répondre, elle détourna le regard.

Ils finirent le repas par des fruits frais puis se lavèrent les mains et la bouche avec de l'eau de rose, s'aspergeant mutuellement à l'aide d'une aiguière en argent.

Latif repoussa ensuite les plats et le brasero sur le côté, et Jalia s'étendit sur les coussins. Elle se sentait incroyablement libre, presque étrangère à elle-même avec sa poitrine dénudée et son pantalon bouffant, comme une femme d'un harem.

Appuyé sur un coude, Latif était allongé près d'elle et la fixait d'un œil si pénétrant que Jalia en frémit.

Soudain il retira une fleur blanche restée accrochée dans la chevelure de la jeune femme, la porta à son nez, comme un connaisseur humant du vin. Puis, tout en dardant sur elle un regard qu'elle n'oublierait jamais, il porta le bouton de fleur à sa bouche et le mangea…

Jalia voulut protester, mais Latif, l'attirant à lui, ne lui en laissa pas le temps. Sa poitrine fut brusquement en contact avec son torse viril, et de nouveau leurs lèvres s'unirent. D'une main possessive, Latif se mit alors à lui caresser les reins.

— Pourquoi les femmes ont-elles fait tout cela pour nous ? murmura-t-elle en désignant les plateaux vides. Elles savent bien que nous ne sommes pas mariés.

— Selon elles, la date était très favorable pour le mariage du *shahin*. Il n'y aura pas de jour aussi propice avant de longs mois, peut-être même des années, si l'on se fie à la méthode qui permet d'établir ce genre de prédictions.

— Et en quoi consiste cette méthode ?

— Seules les femmes le savent.

— Crois-tu que ces prédictions soient fiables ? s'inquiéta soudain Jalia qui, bien que née et élevée en Angleterre, avait été nourrie des légendes et des croyances de son pays d'origine.

— L'an passé, elles m'ont prédit que cette année serait bénéfique et que nos efforts pour ramener le sultan sur le trône seraient couronnés de succès. Elles avaient également prévu que la sécheresse s'arrêterait avec le retour du sultan.

— Impressionnant ! Néanmoins, nous ne sommes pas mariés, aussi en quoi cela pourrait-il nous être bénéfique de décorer la chambre selon les rituels ?

Cette question fit sourire Latif.

— Selon les règles anciennes et la tradition préislamique, nous sommes mariés. Il suffit que les futurs époux soient baignés et parfumés, puis conduits à leur lit nuptial par les villageoises.

— Pardon ? dit-elle comme frappée par un coup de tonnerre.

Latif éclata de rire et poursuivit :

— De plus, le rituel autorise les femmes de la tribu à s'assurer que les époux disposent des bons attributs pour que tout fonctionne entre eux. Certains aspects du rituel ont été abandonnés. Avant, l'époux devait faire la démonstration de ses talents amoureux auprès des femmes du village...

Jalia lui lança un regard suspicieux tandis qu'il enchaînait, imperturbable :

— La pratique n'a cependant pas entièrement disparu. La tradition est encore très puissante dans la vallée, et sans elle, de nombreuses personnes n'auraient pas la sensation d'être mariées.

Retirant une nouvelle fleur de la chevelure de Jalia, il demanda en souriant :

— Les femmes ne te l'ont-elles pas expliqué ?

— Non..., marmonna-t-elle, soudain perdue dans ses pensées. Latif, que leur diras-tu quand tu reviendras ici sans moi ?

Le visage de Latif demeura impassible et pourtant, elle sut pertinemment qu'elle l'avait blessé.

— Que fait un homme quand il a perdu ce qu'il avait de plus précieux ? répondit-il à son tour d'une voix rauque. Je leur dirai la vérité… Que je n'ai pas pu retenir ma femme, et que l'avenir est désormais bien sombre pour moi.

12

Dans la matinée, le conseil siégea de nouveau. Pendant ce temps, les femmes firent visiter à Jalia les maisons du village et lui présentèrent les enfants et les animaux. Puis elles se mirent à évoquer leur vie et leurs problèmes, riant gentiment de l'arabe archaïque de leur princesse.

L'arabe bagestani n'était pas la langue maternelle des tribus des montagnes, et la plupart des gens d'ici parlaient le parvani, même si tous s'exprimaient sans difficulté en bagestani.

Naturellement, Jalia n'était pas dupe de leur jeu : parce qu'elle était la femme du *shahin*, les villageoises tentaient de la sensibiliser à leurs difficultés. De cette façon, elles espéraient attirer l'attention du cheikh sur leur quotidien.

Pourquoi n'avait-elle donc pas annoncé dès le départ aux villageoises qu'elle n'allait pas épouser leur chef ? se demandait Jalia, assaillie de vifs remords.

Allons, elle était tout de même la cousine du sultan. A ce titre, il se pouvait donc qu'elle leur fût utile. De sorte qu'elle écouta patiemment les complaintes des villageoises, comme si elle était réellement la femme du *shahin*.

Plus tard dans la matinée, après avoir été conviée à un thé à la menthe accompagné d'irrésistibles petits gâteaux aux amandes, on lui proposa de visiter l'atelier de tissage du village.

— Je suis fort honorée par la visite, ne cessait de répéter Jalia, provoquant le rire clair et spontané des petites filles à cause de son arabe suranné.

Jalia n'avait jamais vu de métiers à tisser manuels. En l'honneur de la visite que leur rendaient Latif et Jalia, le jour était chômé, mais l'atelier devait bourdonner comme une ruche lorsque tout le monde était au travail, ainsi qu'en attestaient les magnifiques tapis en cours d'exécution, sur les métiers à tisser, et les nombreuses bobines de fil disséminées un peu partout dans la pièce.

Parmi la laine et la soie, la couleur bleu-violet dominait.

Poussant un cri de surprise, Jalia se pencha sur le métier à tisser.

— Des tapis marzuqi ! s'exclama-t-elle en anglais.

Elle n'avait jamais fait le rapprochement auparavant, mais tout amateur de tapis orientaux aurait reconnu la couleur qui les caractérisait ainsi que leurs motifs bien particuliers.

Les tapis marzuqi étaient extrêmement prisés, et fort chers. Il n'était pas aisé de s'en procurer. Muna en possédait un qu'elle chérissait comme la prunelle de ses yeux.

— Mon honorée mère, la princesse Muna, possède un tapis marzuqi qu'elle considère comme un joyau. Ce sont les plus beaux du monde !

Naturellement, le compliment alla droit au cœur des villageoises.

Hélas, Jalia n'en avait pas prévu les conséquences : on lui présenta immédiatement un tapis de soie juste tissé, le résultat d'une année de travail de la part d'une femme. En d'autres termes, un présent royal !

De plus, elle était à peu près certaine que ce tapis était une commande. Mais il lui parut difficile de refuser sans les offenser…

Aussi gênée que ravie de recevoir un tel cadeau, Jalia en examina attentivement le motif décliné dans un camaïeu du fameux bleu-violet, et composé également de noir, de blanc, de rose et de vert.

— C'est un motif sacré, lui expliqua-t-on. Il est destiné à attirer la Vérité. Nous détenons ce secret de nos mères. Il remonte aux temps précédant la loi des hommes.

« Les temps précédant la loi des hommes. » Quelle étrange expression ! Jalia ne l'avait jamais entendue auparavant et pourtant elle semblait faire partie de l'usage ici. Elle se pencha sur le magnifique tapis, attentive aux explications des femmes qui lui exposaient la signification des signes et symboles, et en soulignaient le puissant mystère qui ne pouvait être exprimé par des mots.

Puis elles roulèrent le tapis et l'attachèrent étroitement avec une corde. Jalia les remercia, non sans évoquer la colère du client à qui il était certainement destiné.

— Ce tapis a été confectionné à l'attention du *shahin* Latif, pour le jour où il reviendrait dans la vallée, lui répondit-on. Razan est la meilleure tisserande de la vallée. Qui d'autre qu'elle aurait pu tisser un tapis pour votre époux ? C'est un honneur pour nous de vous l'offrir. Vous l'emporterez à la ville de sorte que vous et Latif vous rappeliez toujours où est votre véritable maison.

Pourquoi ces paroles lui firent-elles monter les larmes aux yeux ? se demanda Jalia, trop perturbée pour répondre. La vallée n'était pas son foyer et ne le serait jamais, elle était bien trop éloignée de ses racines. Et pourtant, une partie d'elle-même avait la nostalgie de ce qui aurait pu être.

Après le déjeuner, quelques hommes escortèrent Latif et Jalia jusqu'au 4x4. Ils placèrent le tapis et un panier de nourriture à l'arrière, puis agitèrent longuement la main en signe d'adieu.

Alors qu'ils étaient à peine partis, Jalia aborda le sujet qui préoccupait tellement les villageoises, un problème qui menaçait leur gagne-pain et, à terme, l'avenir de la vallée.

— Elles doivent faire face à un double problème, expliqua-t-elle. L'exportateur des tapis, à qui les lie un contrat d'exclusivité, a commencé à faire fabriquer des contrefaçons bon marché au Kaljukistan, qu'il essaie de vendre comme des originaux. Il prétend que les femmes ne travaillent pas assez vite pour répondre à la demande, mais la vérité, c'est qu'il préfère vendre des copies car il peut toucher une plus grande clientèle, dans la mesure où il les vend moins cher.

Reprenant sa respiration, elle poursuivit :

— Seulement, il se heurte à une difficulté : il ne parvient pas à obtenir cette fameuse couleur bleu-violet à l'aide de colorants chimiques. Or, la couleur détermine pour moitié la beauté et la valeur d'un tapis marzuqi. Aussi essaie-t-il de leur extorquer leur secret. C'est inadmissible ! Il essaie de tirer profit de…

— Les temps changent et les villageoises devraient accepter de se moderniser pour produire plus, l'interrompit-il alors.

— Latif ! se récria-t-elle, outrée. Les tapis artisanaux marzuqi sont fort prisés en Occident depuis le siècle dernier. Et il en sera ainsi tant que le marché restera authentique. En revanche, si des copies bon marché envahissent l'Occident, les villageoises peuvent dire adieu à leur économie.

— Cela ne retirera rien à la beauté des véritables tapis qui trouveront toujours preneur auprès des amateurs.

Jalia n'arrivait pas à en croire ses oreilles. Elle s'était lourdement trompée en pensant que Latif serait d'emblée acquis à la cause !

— Je croyais que tu t'intéressais à ton peuple, Latif, s'exclama-t-elle, déçue. Ils ont besoin de ton aide.

— Crois-tu ?

— L'exportateur exerce un horrible chantage sur ces femmes, et menace de ne plus vendre leurs tapis alors qu'il détient un contrat d'exclusivité sur les ventes, ce qui signifie qu'elles ne peuvent pas s'adresser à quelqu'un d'autre. Il prétend que les tapis sont trop chers et que leur confection requiert trop de temps. Il leur a dit qu'après la livraison des tapis déjà commandés, c'est-à-dire dans six mois, il paiera chaque tapis moitié prix. En outre, pour que le travail soit plus rapidement exécuté, il veut leur imposer un motif. Résultat : les femmes ne pourront plus laisser libre cours à leur imagination, et la culture et les traditions de la vallée vont progressivement disparaître. Naturellement, toutes sont contre. Chaque tapis est unique et représente une œuvre d'art. Or, cet homme veut ravaler les villageoises au rang de simples techniciennes.

— Quel genre d'aide réclament-elles ?

— Elles veulent rompre le contrat d'exclusivité avec l'exportateur et l'empêcher d'inonder le marché de contrefaçons. Hélas, après trois ans de sécheresse, aucune ne peut payer un avocat. Et d'ailleurs, elles n'en connaissent pas.

— Il ne va pas être aussi facile que tu sembles le croire de s'opposer aux projets de l'exportateur. En outre, les hommes m'ont rapporté de nombreux problèmes, ce matin. Celui-ci n'est pas le plus important.

— J'en conclus donc que les problèmes des hommes passent en premier ! s'écria-t-elle, indignée.

— Je ferai ce que je pourrai, Jalia, mais le problème ne sera pas résolu en une seconde.

A ces mots, elle sentit une subite fureur monter en elle : comment Latif pouvait-il faire preuve d'une telle désinvolture envers son propre peuple ?

— Je présume qu'il ne sert à rien de t'exposer les plans et les idées que les villageoises et moi avons échangés, n'est-ce pas ? Puisque les intérêts masculins sont prioritaires !

— Si les femmes t'ont chargée de me transmettre le message, c'est parce qu'elles sont certaines que tu es ma femme, laissa-t-il tomber.

Ignorant la colère qui sourdait dans la voix de Latif, elle répondit :

— Exact. Tout comme elles espéraient que tu te conduirais en véritable *shahin*.

— Non, ce n'est pas ainsi qu'elles raisonnent. Ce qu'elles pensent, c'est que je t'aime et que je donnerai à ma femme tout ce qu'elle réclame. C'est pour cela qu'elles ont fait appel à toi.

— Alors elles se sont trompées...

Pendant quelques secondes, il détourna son attention de la route et la fixa d'un œil curieux.

— Non, répondit-il enfin. Seulement, tu n'es pas ma femme. Refais-moi cette demande en tant que telle et tu obtiendras ce que tu voudras.

— C'est honteux ! s'exclama Jalia. Pourquoi ne veux-tu rien faire ? Il s'agit tout de même de ton peuple !

— Et du tien aussi, Jalia ! Les Bagestanis dans leur ensemble sont ton peuple. Ne viens pas me faire la leçon alors que toi-même, tu t'apprêtes à nous tourner le dos à tous pour aller vivre à l'étranger !

— Vas-tu punir les femmes Marzuqi parce que je ne veux pas faire ce que tu exiges ?

Elle sursauta et poussa un petit cri lorsque la main de Latif, tel un étau, enserra sa nuque, l'obligeant à tourner la tête vers lui.

— Epouse-moi, Jalia ! lui dit-il d'un ton désespéré. Ne vois-tu donc pas que tu es ma femme ? Mon peuple te réclame, tu as touché leur cœur. Tu ne peux pas rester insensible à cet appel.

Se dégageant de son étreinte, elle tourna résolument la tête.

— Réponds-moi ! lui ordonna-t-il.

— Je t'ai déjà répondu, Latif ! Pour l'amour du ciel, je suis Anglaise. Je ne peux pas faire ce que tu me demandes.

La route longeait à présent un précipice si profond que Jalia se sentait presque mal à l'aise.

— Tu ne peux pas ? répéta Latif excédé. Qu'est-ce que cela signifie ?

Un magnifique panorama se profila soudain devant eux. La route passait sous deux arcs formés par la falaise. Le troisième ouvrait sur l'immensité...

— Penses-tu qu'une personne née et élevée à Londres soit prête pour ce genre de transition ? Je ne peux pas m'engager dans un mode de vie si radicalement différent du mien. Je deviendrais folle au bout d'un mois.

Au loin, une rivière serpentait au fond d'un gouffre impressionnant, fait de roche rouge sur laquelle poussaient des arbres touffus. Le tableau arracha un petit cri de surprise à Jalia. Le paysage faisait en général alterner montagnes sauvages et vallées verdoyantes. Or cette vue, qui mêlait les deux, était particulièrement poignante.

— Tu peux ! insista-t-il.

— Ma vie est ailleurs, Latif !

— Ne parle pas comme une Occidentale pour qui seul compte l'argent ! lui ordonna-t-il en lui jetant un regard noir. Ton cœur appartient à ce pays. Ta vie ne peut pas se dérouler ailleurs qu'ici.

— Mon Dieu, regarde la route, Latif ! Ne vois-tu pas comme cette falaise est profonde ?

— Je connais cette route, tout comme je connais ton cœur ; mieux que toi-même !

— Je connais en revanche parfaitement mon esprit et c'est ce qui compte ! rétorqua-t-elle.

— Ne fais pas l'insensée !
— Quelle est ta définition d'une « insensée » ? Une femme qui ne partage pas ton avis ?

Deux éclairs verts la foudroyèrent.

— Hier soir, tu as appris que tu m'aimais. Pourquoi ne pas tirer les conséquences de cette découverte ? Tu fais preuve de faiblesse en tournant le dos à la réalité.
— Cette nuit, nous avons fait l'amour, Latif. C'est tout. Aussi merveilleux que cela fût, et je ne le nie absolument pas, je...
— Suis-je donc juste un technicien pour que tu me complimentes sur mes performances ? la coupa-t-il durement.
— Décidément, tu n'es jamais content !
— Oh si ! Il est facile de me contenter, et tu sais de quelle façon !

13

Après leur nuit dans la vallée, les relations entre Jalia et Latif devinrent progressivement plus tendues. Leurs échanges étaient vifs et aucun d'eux ne pouvait prononcer une parole sans que l'autre n'y voie un double sens.

Et pourtant, la nuit venue, bien que tout son être lui criait qu'il creusait un peu plus son malheur en lui faisant l'amour, Latif ne parvenait pas à lui résister. Aussi acerbes qu'aient pu être les propos échangés durant le jour, aussi déterminé qu'il fût à ne pas céder de nouveau, à la tombée de la nuit, sous la tente, lorsque le souffle doux et régulier de Jalia emplissait le silence, il ne pouvait réprimer l'urgence qui le tenaillait... Alors il cherchait à tâtons son corps dans le noir et le trouvait.

Jalia souffrait du même déchirement. Quoi qu'il ait pu dire dans la journée qui l'ait rendue furieuse ou l'ait bouleversée, quel que fût le ressentiment qu'elle portait dans son cœur quand elle se glissait dans son sac de couchage, dès que Latif la touchait, toutes ses résistances fondaient, et elle venait se blottir contre lui dans un soupir qui en disait long sur son désir, et qui faisait voler en éclats les ultimes réticences de son compagnon.

Latif lui faisait l'amour avec passion et tendresse, et dans son esprit, il était clair qu'il étreignait sa future épouse et la mère de ses enfants. Le respect qu'il lui manifestait renforçait l'abandon de Jalia ; elle se donnait à lui en toute confiance, ce qui attisait la passion de Latif. Chaque nuit, ils chevauchaient ensemble les contrées indicibles du plaisir.

Il lui susurrait des mots d'amour qu'il n'avait jamais dits à aucune autre femme. Il se faisait l'effet d'un homme qui, ayant inopinément hérité d'un précieux trésor, le touche, le caresse, contemple sa beauté incomparable non sans craindre constamment qu'on ne le lui reprenne.

Mais le jour venu et jusqu'au coucher du soleil, il la punissait pour les incertitudes qu'elle alimentait en son cœur, pour la façon dont la beauté de son âme, de son visage, de son corps lui demeurait d'une certaine manière inaccessible, pour la part d'elle-même qu'elle ne lui livrait pas, au creux même de la passion.

— Tu m'aimes, lui disait-il d'un ton accusateur tout en se mouvant sur elle pour la conduire dans le précipice du plaisir.

— Oui, murmurait-elle d'un ton langoureux.

— Tu es à moi, Jalia ! Dis-moi que tu es à moi pour toujours ! lui ordonnait-il.

— Latif, n'exige pas l'impossible de moi ! le suppliait-elle alors.

Ces mots stimulaient l'ardeur de son compagnon qui était persuadé que le plaisir immense qu'il lui procurerait viendrait à bout des derniers blocages de Jalia.

Et parfois, il obtenait ce qu'il voulait entendre !

Oui, parfois, elle lui chuchotait :

— Oh, Latif, oui... Tout ce que tu veux... Oh, mon Dieu ! Tu me rends folle...

Plus tard, quand le plaisir s'était dissipé, elle démentait, lui reprochant de lui avoir arraché des promesses sous la contrainte.

— La contrainte ? s'était-il étranglé la première fois qu'elle avait prononcé ce terme. Quelle contrainte ?

— La contrainte du plaisir, avait-elle répondu avec audace.

Il avait éclaté de rire, un rire qui sonnait faux, un rire où sourdait la colère.

Mais elle n'en avait pas démordu.

— Il est déloyal de ta part de me demander de changer d'avis, alors que tu es en train de me faire perdre l'esprit. Tu sais très bien que je te dirai tout ce que tu veux entendre lorsque je suis enivrée par tes caresses.

Devant les regards dubitatifs de son amant, elle insistait pourtant :

— Je n'ai jamais ressenti avec un autre ce que j'éprouve dans tes bras. Je suis sans défense. C'est pourquoi, une fois que j'ai recouvré mes esprits, je me réserve le droit de me rétracter par rapport aux aveux que tu m'exhortes dans l'ardeur du moment.

Et ce discours le déchirait. Naturellement, il éprouvait de la satisfaction à savoir qu'il lui procurait un plaisir inégalable, mais il était furieux que ce plaisir n'ait pas sur elle le même pouvoir de conviction que sur lui.

Pour sa part, il savait que ce lien les unissait pour toujours.

A aucun moment durant leurs longues tribulations, ils n'entendirent parler d'un avion qui aurait eu des difficultés lors du dernier orage.

Leur périple devenait de plus en plus difficile et inutile, dans la mesure où, en raison de la majesté toujours plus imposante des montagnes et de la densité de la végétation, ils ne pouvaient pratiquement plus rien voir de la route. Il se pouvait fort bien qu'à quelques mètres d'eux, derrière une crête, un rocher, un avion se soit écrasé et qu'ils passent sans le voir.

Bien sûr, ils auraient pu tout aussi bien explorer la montagne à pied, mais le terrain était fort dangereux et les risques encourus énormes.

— Lorsque nous aurons atteint l'aéroport Matar Filkoh, nous ferons demi-tour et rentrerons à la maison, décréta un jour Latif. Il est inutile de poursuivre les recherches dans la zone de l'aéroport car si l'avion était passé par là, les radars l'auraient repéré.

A ces mots, Jalia sentit sa gorge se nouer.

Au fond de son cœur, elle savait que Latif avait raison. Ils avaient couvert tout le territoire possible de la route. Soit l'avion s'était écrasé dans une zone si éloignée que seuls des alpinistes chevronnés le retrouveraient peut-être un jour, par hasard, soit Noor et Bari ne s'étaient pas enfuis dans cette direction…

En même temps, n'était-ce pas un soulagement de savoir qu'elle allait bientôt échapper au huis clos infernal que lui faisait vivre Latif Abd al Razzaq Shahin ?

— Non ! s'écria-t-elle pourtant.

Et si l'avion se trouvait derrière le prochain rocher ? S'il leur suffisait d'un seul petit jour supplémentaire pour retrouver Bari et Noor ?

— Pardon ? dit Latif, incrédule, en dardant sur elle le rayon vert de son regard.

— On ne peut pas renoncer maintenant !

A ces mots, il serra les mâchoires.

Nul doute que lui aussi en avait assez de toute cette histoire, pensa Jalia envahie brusquement par un sentiment de tristesse et de soulagement ; de déception peut-être aussi.

— La route se termine à l'aéroport, lui apprit-il. Ensuite, il n'y a plus que des pistes jusqu'au Joharistan. Impraticables en voiture.

Le Joharistan était un Etat minuscule, pratiquement inaccessible, où les troubles entre clans faisaient rage.

Mais cela ne sembla pas décourager Jalia. Elle se sentait responsable de la fuite de Noor et elle voulait aller jusqu'au bout. Son cœur se tordait de douleur à l'idée d'affronter sa famille sans être porteuse de la moindre nouvelle. Et si la compagnie de Latif était le prix à payer…

— Nous n'avons pas fait l'impossible, plaida-t-elle d'un ton obstiné.

— Nous ne pouvons tout de même pas escalader la montagne ! s'exclama-t-il. Où irions-nous ? Dans quelle direction ? Nous risquerions inutilement notre vie. Et nous n'avons pas la moindre certitude que l'avion soit venu dans le coin !

Jalia appuya alors sa tête contre la vitre, apparemment vaincue, avant de se redresser dans un sursaut.

— Il doit bien y avoir quelque chose à faire, s'entêta-t-elle.

— Pas ici.

— Je ne te crois pas. Tu en as assez de moi et tu veux mettre un terme à notre collaboration, c'est tout.

A ces mots, Latif freina brutalement et se tourna tout aussi brusquement vers elle.

— Bien sûr que j'en ai assez ! s'écria-t-il d'un ton énervé. Penses-tu que j'apprécie les tourments que tu me fais endurer ? Chaque nuit, je crois que je t'ai convaincue, et chaque matin j'apprends que tu es une femme qui peut se troubler en faisant l'amour mais que mon amour ne pourra jamais troubler définitivement. Oui, j'en ai assez, sachant que le soir venu, je serai incapable de te résister et que tout ce qu'il me restera, au final, ce seront des souvenirs ! Des souvenirs synonymes pour toi d'une liaison brûlante, alors que moi j'y vois l'union de nos vies ! Comment pourrais-je ne pas souhaiter que tout cela cesse ?

Il s'interrompit pour souffler un peu et tenta de se calmer.

— D'une façon ou d'une autre, tu fais partie de mon futur, Jalia. Soit sous la forme d'un regret éternel, soit comme ma femme et la mère de mes enfants. Et je suis bien conscient que plus nous ferons durer la situation, plus le souvenir de ce que nous avons vécu me fera souffrir, au cas où la deuxième solution ne devrait pas l'emporter.

Son discours avait fait pâlir Jalia. Des larmes lui nouaient de nouveau la gorge...

Sans ajouter un mot, Latif redémarra.

— Je suis désolée, dit-elle enfin d'une petite voix. Je ne voulais pas...

— Non ! l'arrêta-t-il en levant impérieusement la main pour lui signifier de se taire. Ne me dis surtout pas que...

A cet instant, les roues du 4x4 glissèrent dans une dangereuse ornière qu'il ne put éviter. Il manœuvra vivement pour que le véhicule ne soit pas entraîné dans le ravin.

Jalia observa ses mains sur le volant, viriles, expertes, sûres d'elles... Elle se rappela ces mêmes mains sur son corps. C'était de cette façon qu'il la guidait, la nuit, la précipitant dans les abîmes du plaisir...

Dans un accès de folie passagère, elle se prit à souhaiter qu'ils tombent dans le précipice. Ainsi, elle échapperait à la torture de l'indécision. Parfois, elle avait la sensation que seule la mort lui permettrait de résoudre le dilemme qui déchirait son cœur.

La nuit, dans ses bras, la conviction que Latif l'aimait et que cet amour pourrait tout vaincre la rassurait. Alors une sorte de certitude irréelle la submergeait... Son véritable avenir n'était pas en Angleterre, mais ici, au Bagestan, dans le pays de ses ancêtres, aux côtés de cet homme si fort, si aimant, qui se battait pour leur construire une vie meilleure.

Dans la pleine lumière du jour, la certitude complètement opposée s'emparait d'elle. Elle était folle de s'imaginer qu'elle pourrait renoncer à sa vie de Londres pour un homme, et prétendre que ce rude pays était le sien. Elle en voulait alors à Latif d'abuser de ses faiblesses charnelles, de lui prodiguer un plaisir insensé pour arriver à ses fins.

Or, alors qu'il lui proposait de mettre fin à l'impossible situation qu'ils vivaient, elle refusait. Aimait-elle être ainsi tourmentée ? Elle n'avait jamais cherché à connaître ce qui se tramait dans les profondeurs de son cœur pour la bonne raison qu'elle avait toujours été certaine de ses choix. Absolument certaine.

A moins qu'elle n'ait jamais été réellement mise au défi...

Lorsqu'elle avait refusé de suivre ses parents au Bagestan, ces derniers lui avaient opposé de la tristesse, mais peu d'arguments pour la faire changer d'avis.

Quand elle avait décidé de devenir maître de conférences, la vie ne lui avait pas mis de bâtons dans les roues. Certes, elle ne possédait pas encore une chaire dans une université prestigieuse, mais elle était encore jeune pour réaliser ses ambitions.

A bien y regarder, elle n'avait jamais été véritablement confrontée à l'adversité. Or, voilà qu'elle découvrait aujourd'hui que le doute était un ennemi redoutable.

C'était donc pour cette raison que, à cet instant précis, elle envisageait presque la mort comme une délivrance qui mettrait fin à ses doutes.

Outre son incertitude, elle était rongée par le remords d'avoir finalement convaincu Noor qu'elle faisait un bond dans le vide en épousant Bari al Khalid. Et tant qu'elle était dans les montagnes, active, à leur recherche, elle ne voyait pas la réalité dans sa vérité, à savoir que chaque jour qui passait réduisait les espoirs de retrouver les disparus vivants...

Si seulement elle avait reconnu à temps ses propres frayeurs, si elle avait regardé en face sa propre faiblesse en ce qui concernait Latif, au lieu de la transférer sur Noor, cette dernière n'aurait pas eu d'hésitations de dernière minute et ne se serait pas enfuie.

— De l'aéroport, déclara soudain Latif, il y a un autre chemin qui conduit à la plaine et permet de rejoindre Medina al Bostan. Ce n'est pas réellement une route, et il est possible que les pluies l'aient rendu impraticable. Nous aviserons le moment venu.

Jalia hocha la tête, incapable de parler, tourmentée par la culpabilité et l'indécision. C'était la première fois qu'elle était si incertaine du cours qu'allait prendre son existence.

Et l'angoisse lui coupait le souffle.

De l'aéroport, ils appelèrent le palais, mais n'apprirent hélas rien de nouveau. La cellule de crise n'avait pas abandonné ses recherches, la disparition d'une princesse et d'un Compagnon de la Coupe mobilisant un grand nombre de personnes.

Latif et Jalia remontèrent en voiture, silencieux.

La route qui conduisait à Medina al Bostan était praticable, mais terriblement chaotique et dangereuse, car étroite et cernée de précipices.

En outre, le terrain ne permettait pas de dresser la tente ou de trouver un endroit confortable pour dormir à la belle étoile. Par conséquent, ils dormaient dans le 4x4 secoué par le souffle impressionnant du vent contre les vitres, un vent qui cherchait à introduire dans leur petit havre bien précaire, l'hostilité de la nature et des éléments.

Etendue sur la banquette arrière, Jalia écoutait le vent souffler pendant des heures avant de trouver le sommeil. La nuit, sa personnalité déchirée la torturait. Elle devait s'empêcher de se relever, de se pencher vers Latif qui dormait à l'avant, de le réveiller avec des baisers et de le supplier de la consoler et de lui faire l'amour. De prendre une décision pour elle.

Afin d'y résister, elle faisait défiler en boucle les images de ses plus beaux moments en Angleterre, réalisait des projets merveilleux.

Mais le souffle régulier de Latif à son côté finissait rapidement par mettre un terme à ses pitoyables efforts pour penser à autre chose.

Quel immense soulagement lorsqu'ils retrouvèrent la plaine et les champs bruns, or et verts qui s'étendaient à perte de vue devant eux ! Quel bonheur de revoir des villages, de découvrir de nouvelles têtes et de s'apercevoir que la vie avait continué durant l'épreuve.

Hélas, ils demeuraient toujours sans nouvelles de l'avion de Bari. Chaque jour rendait plus plausible la thèse selon laquelle il s'était écrasé en mer.

— S'ils sont tombés dans l'eau..., commença Jalia hésitante.

— On ne peut rien prédire, la coupa Latif. Cela dépend de la façon dont ils sont tombés. S'ils ont été frappés par la foudre dans les airs ou non... Seul Allah en a décidé. Mais il est aussi possible que Bari ait pu atterrir sans problème.

— Dans ces conditions, pourquoi n'ont-ils pas envoyé des balises ou des fusées de détresse ? Combien de temps peuvent-ils tenir sans être secourus ?

Jalia avait entrepris ces recherches pleine d'espoir, convaincue que deux personnes aussi vibrantes de vie que Noor et Bari ne pouvaient pas disparaître comme cela. Ils devaient forcément avoir laissé des traces derrière eux !

Mais quand les jours se transformèrent en semaines, ses espoirs diminuèrent. A présent, tout ce qu'elle souhaitait, c'était rentrer au palais, retrouver la chaleur de sa famille et d'un environnement familier, où l'on avait peut-être commencé le travail de deuil...

Ce fut avec soulagement qu'ils virent se dessiner la ville de Medina al Bostan, à l'horizon.

Lorsqu'elle aperçut le grand dôme doré de la mosquée et ses minarets si pittoresques qui rougeoyaient sous l'éclat du soleil, Jalia se rendit compte qu'elle était recouverte de poussière et de sable. L'envie d'un long bain chaud et d'un lit confortable s'imposa à elle comme un besoin impérieux.

Peu avant midi, ils franchirent les grilles du palais qui, après avoir fait office de musée pendant trente ans, hébergeait de nouveau le sultan, sa famille et ses proches collaborateurs.

A bout de forces et de fatigue, Jalia descendit du 4x4, et fut reconnaissante au domestique qui se matérialisa immédiatement devant elle pour la décharger de son sac à dos.

— Des nouvelles de la princesse, Massoud ? demanda-t-elle.

Comme elle s'y attendait, le domestique soupira tristement.

— Rien, Votre Altesse. Et de votre côté ?

— Rien non plus.

Latif se joignit à eux et ils suivirent Massoud à travers le passage voûté qui menait à un premier patio.

Jalia s'arrêta un instant pour regarder tout autour d'elle...

Des colonnes et des arcades imposantes émanait la plénitude de la perfection. Dans un délicieux glouglou, la fontaine déversait un ruban lisse de diamants, dont le baiser du soleil sublimait la beauté à l'infini. Sur le pavé foulé par ses ancêtres depuis des générations, les ombres des arbres dessinaient des motifs envoûtants. Des grenades mûres se balançaient doucement aux branches de longs et robustes arbustes, dévoilant leur chair couleur pourpre.

Sur une impulsion, Jalia tendit la main pour en effleurer une... Parviendrait-elle jamais à s'habituer à cette beauté ?

— Mon Dieu, qu'il est bon d'être de retour...

Elle s'interrompit brusquement. Le regard de Latif venait de la ramener à la réalité.

— A la maison ? compléta-t-il sur un ton faussement interrogateur.

— Jalia ! Par Allah, tu es de retour !

Elle leva brusquement la tête. Sa mère se tenait sur le balcon, visiblement anxieuse. Le cœur de Jalia se mit à battre la chamade.

— Y a-t-il des nouvelles, maman ?

— Oui... Enfin, non, pas de Noor...

Muna jeta un coup d'œil à Latif, hésitante.

— Pour l'amour du ciel, maman, de quoi s'agit-il ? interrogea Jalia, brusquement angoissée. Que s'est-il passé ?

— Eh bien... Michael a appelé hier, ma chérie.

Cette nouvelle précipita brutalement Jalia dans sa vie d'avant, et elle eut l'impression de changer de décor, de rôle, d'existence.
— Michael ? balbutia-t-elle comme pour mieux s'en convaincre.
— Oui, Michael, ton... ton fiancé. Il s'envole aujourd'hui même.
— Pour quelle destination ?
— Le Bagestan...

A ces mots, Latif la foudroya du regard. Un regard empli de jalousie, de douleur et d'une fureur sauvage. Un regard glacialement beau et inéluctablement effrayant.

— Le Bagestan ? répéta-t-elle d'une voix aiguë, sans y croire. Mais... pourquoi ?

Sa mère leva les yeux au ciel, en signe d'impuissance, avant de préciser :

— Tu le lui demanderas toi-même. Son avion arrive dans deux heures.

14

— Il n'y avait aucune raison à ce que tu m'accompagnes !

Les yeux cachés derrière des lunettes noires et les cheveux ramenés sous un fichu, telle une star hollywoodienne des années cinquante, Jalia arpentait le parvis de l'aéroport d'un pas nerveux sans cesser de protester.

— Bien sûr que si ! rétorqua calmement Latif Abd al Razzaq.

— Cherches-tu à tout prix à attirer l'attention sur nous ? Les gens savent qui tu es, Latif. Et maintenant, ils vont se demander qui je suis !

— Je souhaite simplement rencontrer Michael, lui dit-il avec une impassibilité qui lui donna envie de hurler.

— Et ne peux-tu donc pas attendre de le voir au palais ! C'est ridicule. Il ne manquerait plus qu'il y ait un journaliste à l'affût de clichés sensationnels…

— Je veux rencontrer ton fiancé, répéta Latif.

— Michael n'est pas mon fiancé !

— Dans ces conditions, je me demande bien ce qu'il vient faire ici.

— Moi aussi, figure-toi ! Mais je sais aussi que cela ne te donne nullement le droit de me faire une scène de jalousie. Je t'ai dit depuis le début que…

— Tu me parles de droit quand je te parle d'amour ! la coupa-t-il. Je veux voir l'homme qui, selon toi, n'est pas ton fiancé. Si tu m'as dit la vérité, qu'as-tu à craindre de cette rencontre ?

Fiançailles au palais

— Je n'ai pas peur que tu le rencontres ! mentit-elle alors avec assurance.

En réalité, elle ignorait elle-même pourquoi elle redoutait tant la rencontre entre les deux hommes. Peut-être parce qu'elle ne connaissait pas les motifs du voyage de Michael qui, elle ne le savait que trop, était parfois plein de surprises...

Dans la zone « Arrivées » de l'aéroport, les passagers commençaient à affluer.

Nerveuse, Jalia scrutait les visages, sentant son estomac se nouer...

— Jalia !

La voix de Michael lui fit tourner la tête. Il émergea parmi un petit groupe de voyageurs et se dirigea vers elle. Il n'avait rien perdu du charme qui faisait de lui une mini-vedette parmi ses collègues, à l'université.

Des personnes se retournèrent sur son passage, et instinctivement, Jalia rajusta ses lunettes de soleil avant de baisser la tête. Quelques secondes plus tard, Michael l'enlaçait tendrement.

— Ma chérie ! s'exclama-t-il. Qu'il est gentil de ta part d'être venue m'accueillir alors que tu dois être épuisée. Je suis réellement navré de n'avoir pas pu venir plus tôt.

— Bonjour, Michael. Quelle surprise ! Je...

Il ne lui laissa pas le temps de finir et planta un baiser sonore sur sa bouche avant de passer un bras autour de sa taille d'un geste de propriétaire.

— Je suis moi aussi fort surpris. Je ne m'attendais pas à te voir à l'aéroport, car ta mère m'avait indiqué que tu battais la campagne à la recherche de ta cousine. Quand es-tu revenue ?

Jalia aurait tout donné pour disparaître de ce maudit hall d'arrivée. Elle sentait les yeux de Latif dans son dos comme deux poignards de feu, et redoutait que le faucon qui sommeillait en lui ne passe à l'assaut d'un instant à l'autre.

— Il y a deux heures, marmonna-t-elle. Michael, pour l'amour du ciel, pourquoi...

— Chut ! l'interrompit-il en lui donnant un autre petit baiser. Nous aurons tout le temps de reparler de cela plus tard.

Soudain, elle sentit en lui une petite gêne et comprit qu'il n'était pas aussi heureux qu'il le prétendait de la trouver à l'aéroport. A quoi rimait donc tout ce cinéma ?

— Michael, dit-elle alors en se dégageant de son étreinte. Je te présente Latif Abd al Razzaq. Il…

— Génial ! s'écria Michael en tendant machinalement la main à Latif sans même le regarder. Vous veillez sur la princesse, je suppose.

Aussi immobile qu'un roc, Latif était campé devant lui.

Par réflexe, Jalia se plaça discrètement entre eux, pour protéger Michael d'une éventuelle attaque.

— Oui, je prends bien soin d'elle, comme vous pouvez le constater, déclara Latif d'un ton bien trop calme pour ne pas être alarmant.

— Génial ! répéta Michael. Des nouvelles de Noor ?

— Hélas, non ! répondit Jalia. Bon, allons-y à présent ! Est-ce ton unique bagage ?

Il portait un simple sac en bandoulière, un sac par ailleurs flambant neuf et entièrement en cuir. Et bien trop coûteux pour un universitaire sous-payé, pensa-t-elle sans comprendre.

— Je n'avais pas la moindre idée des vêtements dont j'aurais besoin ici, expliqua-t-il. Tout ce que je sais, c'est qu'il me faudra une *djellaba*.

— Michael, pourrais-tu parler moins fort ? lui demanda alors Jalia à voix basse. Il se peut qu'il y ait des journalistes alentour…

A cet instant, Michael éclata de rire. Un rire qui dura trop longtemps et qui sonnait faux.

— Evidemment qu'il y a des journalistes !

Se retournant, il désigna alors d'un geste décidé une femme blonde au visage anguleux qui se tenait juste derrière eux.

— Voici Ellin Black, du *Evening Herald*. Tu la connais sûrement de nom. Ellin, je te présente ma future épouse, la princesse Jalia.

— Ravie de vous rencontrer, princesse, déclara Ellin Black en lui adressant un sourire conventionnel et poli.

Après quoi, elle jeta un rapide coup d'œil à Latif, et la plus vive curiosité mêlée à un intérêt tout féminin pour le bel homme qui se tenait devant elle brilla dans ses yeux.

En toute autre circonstance, Jalia aurait éclaté de rire. Hélas, elle n'avait guère l'esprit à rire !

— Et vous, qui êtes-vous ? demanda Ellin Black à Latif.

— Je veille sur la princesse, décréta-t-il d'un ton doucereux en s'inclinant respectueusement.

— Voici John ! enchaîna Ellin avec enthousiasme. Le photographe du *Herald*.

De toute évidence, elle entretenait une amitié intime avec l'homme aux tempes grisonnantes qu'elle désigna du doigt à ce moment-là.

John Bentinck leur adressa un petit signe de la main avant d'ajuster tranquillement sa caméra vidéo sur son œil et de commencer à filmer.

Une heure plus tard, après avoir demandé à Michael de la suivre dans ses appartements privés, Jalia lui ordonna d'un ton crispé :

— Assieds-toi, Michael. Que veux-tu boire ?

Elle était dans une telle fureur, qu'elle avait de la peine à parler.

— Je me damnerai pour une tasse de thé, lui dit-il.

Ils avaient effectué le trajet de l'aéroport au palais dans le plus grand silence, Jalia furieuse de la trahison de Michael, et ce dernier fort mécontent contre son amie qui avait refusé que les journalistes montent avec eux dans la limousine.

Michael, après avoir tenté de lui expliquer de quelle façon brillante il s'était débrouillé pour signer un contrat d'exclusivité avec le *Herald*, s'était subitement tu, vaguement conscient de l'erreur qu'il avait commise.

Sur le siège avant, à côté du chauffeur, Latif ressemblait à une statue de bronze, mais Jalia pouvait imaginer sans peine les différents éclairs qui défilaient dans son regard, et ne cessait de guetter le moment où Latif allait bondir sur Michael.

Michael, quant à lui, se moquait éperdument de celui qu'il prenait pour le garde du corps de Jalia.

Curieusement, Latif resta imperturbable. A leur arrivée au palais, il se contenta de s'incliner et de disparaître, laissant Jalia encore plus anxieuse, presque déçue.

Naturellement, elle allait expliquer la situation à Michael et cependant... Tout n'aurait-il pas été bien plus facile si Latif avait revendiqué ses droits ?

Ce fut alors qu'elle se rappela qu'il n'était pas dans la nature de Latif de revendiquer. Qu'avait-elle espéré ? Qu'il mette un coup de poing à Michael ? Qu'il l'envoie rouler par terre ?

Elle comprit trop tard qu'elle aurait dû provoquer l'épreuve de force à l'aéroport, avant qu'Ellin Black ne se méprenne sur la situation. Manifestement, Michael avait trouvé le moyen de se faire payer son voyage au Bagestan en conviant des journalistes. Ce qui allait impliquer de la publicité. En ne levant pas tout de suite le malentendu sur leur relation, elle lui avait prêté une crédibilité qu'il allait être difficile de démentir.

Pourquoi n'avait-elle pas fait preuve de plus de clairvoyance, une heure plus tôt ? s'en voulut-elle.

Elle était alors si préoccupée à ne pas créer de scandale et ne pas provoquer, en public, de scène qui aurait fait le lendemain la une des journaux, qu'elle avait manqué l'occasion de rétablir la vérité.

Tout cela, c'était la faute de Latif ! Si elle n'avait pas été si soucieuse de ce qu'il pouvait bien penser, elle aurait géré la situation avec davantage de discernement. Et si seulement Latif avait dit quelque chose... Alors Michael aurait compris que...

Ah, assez ! Il fallait qu'elle se reprenne, et vite !

D'une voix calme, elle ordonna à sa domestique d'apporter du thé et des jus de fruits, puis elle prit place dans un fauteuil et tenta de remettre de l'ordre dans ses esprits.

Michael ne s'était pas encore assis. Sous la marquise de verre du balcon, il admirait le patio et toutes les arcades qui formaient des jeux d'ombre et de lumière d'une grande sensualité. Le clapotis de l'eau et le chant des oiseaux animaient le superbe tableau qui s'étendait à ses pieds.

— C'est fabuleux ! s'exclama-t-il au bout d'un moment. L'authentique, il n'y a rien de tel, n'est-ce pas ? Les hôtels modernes n'arrivent pas à la cheville de ces splendeurs antiques. Regarde ce carrelage... J'ai mené des fouilles durant lesquelles nous avons découvert des motifs semblables à celui-ci ; ils remontaient au VIIIe siècle ! Ce palais doit avoir...

— Oui ! et Ghasib avait de bonnes raisons de le transformer en musée, le coupa-t-elle, agacée. Il est d'ailleurs toujours ouvert au public, excepté l'aile où vit la famille du sultan.

— La famille du sultan ! minauda Michael en riant. Au fond, personne en Angleterre n'a été surpris de découvrir que tu étais une princesse. Dans la salle des profs, certains te surnommaient déjà la Reine des Glaces. Le savais-tu ?

De nouveau, il éclata de rire.

Pour sa part, Jalia n'apprécia pas mais n'en montra rien.

La domestique revint avec un plateau qu'elle disposa sur une petite table. Jalia la congédia et déclara avec un calme qu'elle était loin de ressentir :

— Je l'ignorais. A présent, viens boire ton thé !

Michael quitta son poste d'observation à regret et se laissa tomber dans le sofa, en face de Jalia.

Cette dernière versa la boisson ombrée et brûlante dans des tasses en cristal dorées à l'or fin puis lui en tendit une.

— Qu'espères-tu obtenir de toute cette affaire, Michael ?

Lui lançant un petit regard anxieux, il toussota.

— Allons, Jalia, pourquoi me parles-tu sur ce ton ? J'ai rempli ma part du contrat en ce qui concerne nos prétendues fiançailles. Pourquoi n'en profiterais-je pas un peu à mon tour ?

— Tu débarques ici sans prévenir, à un moment des plus pénibles pour moi et ma famille, accompagné d'une journaliste louche et...

— Ellin n'est pas louche du tout ! Et comment pouvais-je prévoir que tu le prendrais au tragique ? Est-il donc si terrible que nos fiançailles soient rendues publiques ? En quoi cela affecte-t-il ta vie, Jalia ?

— Ne détourne pas la conversation ! La question est plutôt : en quoi cela sert-il tes intérêts ?

Prenant un morceau de sucre, Michael le fit délicatement tomber dans sa tasse, avant d'avaler une gorgée de thé.

— Cela fait des années que j'attends l'occasion de voir les collections privées d'art antique que possèdent les princes des Emirats du Barakat, commença-t-il. Je ne t'apprends rien. Tu sais aussi quelle impulsion cela donnerait à ma carrière universitaire si j'y parvenais. Dois-je te rappeler comme il est difficile, de nos jours, de faire carrière à l'université ?

— Non, je le sais parfaitement, répondit-elle d'un ton glacé.

Ignorant sa froideur, il enchaîna avec animation :

— Te rappelles-tu la photo de ce plat Mithra que Jasmin Shaw a publiée il y a quelques années, suggérant que c'était la copie d'un fabuleux original ? Or, la rumeur veut que, pendant la guerre entre le Parvan et le Kaljukistan, le roi du Parvan ait réellement vendu au roi Daud des Emirats du Barakat un plat Mithra qui se trouverait maintenant dans la collection privée du prince Rafi. Aussi, si je pouvais…

— Michael, quel rapport avec nos fiançailles ?

— Allons, ne sois pas si naïve ! s'exclama-t-il, irrité. Tu as des liens familiaux ou diplomatiques avec tout ce beau monde ! Si je suis ton fiancé, je ne suis plus un universitaire lambda, tu comprends ? Je fais partie du sérail.

Reposant sa tasse de thé, il poursuivit :

— Le *Herald* a pris contact avec moi au sujet d'un article sur les trésors antiques du golfe de Barakat. On me demande de publier un article sur des pièces de collections privées avec photos à l'appui. D'où ce voyage… Les trésors antiques du Moyen-Orient vont enfin passer à la postérité, Jalia ! Et il se peut que j'obtienne une émission à la télé, si tout marche comme je le souhaite ! Cela donnera un bond formidable à ma carrière.

Elle se mit à le fixer, sans en croire ses oreilles.

— La télévision ? Les tabloïds ? Je ne savais pas que tu avais l'ambition de devenir un historien populaire de l'art.

Lui qui s'était toujours gardé de la moindre compromission ! Lui qui se fichait jusque-là de gagner ou non de l'argent ! Qui se moquait de ses collègues se pavanant à la moindre publication d'un de leurs articles ! Que s'était-il donc passé ?

— Je l'ignorais moi-même jusqu'à ce que le *Herald* m'en fasse prendre conscience. Hélas ! Tu connais les budgets serrés de l'université.

Jalia reposa sa tasse sur la table plus brutalement qu'elle ne l'avait souhaité.

— Tu as donc pensé que tes prétendues fiançailles avec moi t'ouvriraient toutes les portes et te dérouleraient le tapis rouge ?

— Ai-je eu tort ?

— Oui, parce que ces fiançailles ne sont pas authentiques. Quant à moi, j'ai eu tort de mentir à mes parents à propos de notre relation, mais à l'époque, je croyais que c'était la seule solution. Quant à tromper les princes du Barakat et le sultan lui-même, ce serait plus qu'un tort : ce serait une terrible insulte. Et il n'en est pas question.

— Nous pouvons toujours nous marier, avança alors Michael, tandis qu'un éclair désespéré brillait dans ses yeux.

— Pardon ?

— Pour quelque temps seulement ! Ensuite nous divorcerions. Nous sommes de bons amis, n'est-ce pas ? Ne veux-tu pas que moi aussi je me fasse une place au soleil ? Sans quoi, je ne pourrai pas faire carrière, c'est bien trop compliqué, ajouta-t-il d'un ton malheureux.

— Michael, te rends-tu compte de ce que tu dis ? murmura-t-elle, épouvantée. Qui t'a mis une telle idée en tête ?

— Toi, Jalia.

— Ecoute, il est hors de question de continuer cette mascarade ! Je vais y mettre un terme tout de suite !

— Mais pourquoi, si cela sert aussi ta cause ? Je t'en prie, Jalia, réfléchis avant d'agir.

— La plaisanterie est terminée, Michael. Je suis navrée de te placer dans une situation embarrassante, mais c'est toi qui t'es jeté sous les feux de la rampe, alors qu'il s'agissait d'un arrangement confidentiel entre nous. En outre, tu sais parfaitement que tu n'aurais jamais dû agir ainsi sans me consulter. Tu m'as trahie !

Un long silence s'installa.

Michael fixait la jeune femme, consterné…

— Je suis navré, reprit-il enfin. J'ignorais que tu réagirais de cette façon. Seulement, j'ai fait quelque chose de réellement stupide… Je… je regrette de devoir t'annoncer qu'il ne va pas être aussi aisé que tu le crois d'apporter un démenti.

— De quoi s'agit-il ? s'écria Jalia, affolée. Qu'as-tu encore fait ?

S'éclaircissant la gorge, Michael se lança alors dans un bien étrange récit.

— Pour fêter mon contrat avec le *Herald*, Ellin m'a invité chez Savoy. Nous avons bu à mon brillant avenir. Le Moët et Chandon coulait à flots. Comme tu le sais, c'est mon champagne préféré… J'en ai bu des coupes et des coupes, et j'étais complètement ivre.

Une curieuse prémonition fit frémir Jalia.

Blême, désespéré, Michael lâcha subitement :

— Ellin connaît la vérité à notre sujet.

— La vérité ?

— Elle sait que la princesse Jalia était si terrifiée à l'idée d'un mariage forcé au Bagestan qu'elle a prié son ami gay de faire office de fiancé.

— Oh, mon Dieu…

— Ellin voulait naturellement tirer profit de la confidence, mais comme le contrat que j'ai signé avec le *Herald* dépend en grande partie de nos fiançailles, déontologiquement, elle ne pouvait pas. Elle prétend pourtant que l'histoire ferait sensation, notamment avec la disparition de la princesse Noor, puisque le bruit court que cette dernière a peut-être fui pour échapper à un mariage forcé. Ton histoire apporterait donc de l'eau au moulin… Noor aurait choisi la mort afin d'échapper à un mariage malheureux. Tu vois d'ici les titres des journaux.

Jalia eut l'impression qu'elle manquait d'oxygène. Elle se retint à l'accoudoir du sofa…

— C'est pourquoi nous devons maintenir que nous sommes fiancés. Sinon, tu imagines le scandale. Je suis désolé, ma chérie. Bien plus que tu ne crois. Tu peux me rouer de coups si cela te soulage, mais cela ne me fera pas autant souffrir que mes propres remords.

Jalia fixait Michael sans réellement le voir. A la révélation qu'il venait de lui faire et qui ressemblait fort à une catastrophe, une certitude venait de s'imposer à elle : elle était amoureuse de Latif Abd Al Razzaq.

Une autre catastrophe.

15

Fiancé à une princesse !

Une exclusivité du Herald.

Michael Wickliffe, docteur en histoire de l'art, collectionneur et chargé de cours à la prestigieuse université de King James IV a tout pour être comblé. Non seulement sa demande en mariage a été acceptée par l'élue de son cœur, Jalia Shahbazi, une collègue de l'université, mais on a dernièrement découvert que celle-ci était une princesse. Jalia est effectivement la cousine du sultan Ashraf al Jawadi, récemment monté sur le trône du Bagestan.

Dans l'un des patios inondés par les rayons du soleil matinal, on servait un petit déjeuner commun depuis la disparition de Noor et de Bari.

Les journaux du monde entier étaient à la disposition des hôtes qui pouvaient les lire tout en sirotant leur café. Une radio, une télévision et un téléphone avaient également été installés.

Sachant pertinemment quelle allait être la une des journaux, Jalia descendit de bonne heure. A son grand dam, pas assez tôt... Latif était déjà installé à la table du petit déjeuner, seul, plongé dans la lecture d'un journal anglais.

En l'entendant approcher, il leva les yeux.

Jalia s'immobilisa devant son visage aussi pâle et sévère que celui d'un juge.

— Latif..., murmura-t-elle d'une voix étranglée.

Elle avait espéré le voir en tête à tête, la veille, pour tenter de s'expliquer, mais les dernières informations l'en avaient empêchée en accaparant l'attention générale : une chaîne de télévision prétendait en effet que Noor avait été repérée sur un ferry français. Il avait fallu des heures pour confirmer ce que chacun pressentait d'instinct : il s'agissait d'une fausse nouvelle.

Latif replia et reposa son journal sur la table. Chacun de ses mouvements précis semblait calculé. Il se leva enfin, faisant grincer sa chaise sur les carreaux et toisa la jeune femme.

— Donc tu n'as pas démenti l'histoire de ton fiancé.

— Non, parce que... Enfin, Michael n'est pas mon...

Les yeux de Latif se plissèrent dangereusement.

— Il n'est pas ton fiancé ? C'est bien ça ?

Sa voix était menaçante, rauque, dédaigneuse même.

Jalia sentit ses jambes devenir de coton.

— Le *Herald* a donc publié un mensonge, poursuivit-il.

— Oui... Enfin, pas exactement...

Déglutissant avec difficulté, elle serra les lèvres et respira profondément. Elle ne reconnaissait plus l'homme qui se tenait devant elle. C'était devenu un inconnu en colère, effrayant... La fureur qui émanait de sa personne semblait s'être matérialisée et rôdait autour d'elle telle une bête sauvage.

— Oui ou non ? Décide-toi, à la fin ! lui ordonna-t-il durement.

— Nous sommes obligés pour l'instant de faire croire que nous sommes fiancés, avoua-t-elle dans un souffle.

Alors, sous le regard adamantin de Latif, Jalia marmonna une explication.

Il l'écouta sans broncher. Et, avant qu'il ne lui réponde, elle comprit que l'explication venait trop tard et que quelque chose s'était brisé entre eux.

— Tu te sers de tes prétendues fiançailles aujourd'hui de la même façon qu'autrefois : pour te protéger de moi, conclut-il.

Mais tu n'as plus besoin de ce mensonge, Jalia, car tu n'as plus rien à craindre de moi.

— Pourquoi mets-tu ma parole en doute ? Je t'ai dit la vérité !

— Et alors ? Qu'attends-tu de moi à présent ?

Le cœur de la jeune femme se mit soudain à battre une funeste chamade. Elle n'avait pas cru qu'il serait si difficile de s'expliquer avec lui. Comment aurait-elle pu imaginer, qu'au moment où elle lui déclarerait son amour, Latif ne serait plus intéressé ?

— Rien, laissa-t-elle tomber d'une voix atone. Je voulais simplement que tu saches comment tout cela était arrivé.

— Pourquoi ?

— Peut-être l'as-tu oublié, mais tu m'as dit un jour que tu m'aimais...

Relevant fièrement la tête, elle rassembla tout son courage et le regarda bien en face.

— Moi aussi, Latif, je t'aime. Je suis navrée de m'en rendre compte si tard. Je t'aime et... et je veux rester avec toi, même si cela signifie m'installer au Bagestan...

Il la jaugea par-dessous ses lourdes paupières et, durant quelques secondes, le cœur de Jalia battit avec tant d'espoir qu'elle en suffoqua presque...

— Tu viendrais t'installer au Bagestan pour moi ? dit-il enfin, sceptique.

— Si c'est cc que tu désires, oui.

— Jalia, je te rappelle que tu es déjà fiancée, lâcha-t-il froidement. N'as-tu pas honte de trahir ainsi ton fiancé ?

— Il s'agit d'une mauvaise blague qui a dégénéré. Je t'ai expliqué ce que la journaliste avait dit à Michael et...

— Et pourquoi n'es-tu pas venue me voir *avant* que cette histoire ne soit imprimée ?

— Qu'aurais-tu pu faire ?

— Cela n'a plus d'importance maintenant, déclara-t-il sèchement. Tu as reconnu que tu étais fiancée et refusé de le démentir. Qu'attends-tu de moi exactement ?

— J'attends d'abord que l'on retrouve Bari et Noor. Ensuite, j'essaierai de me désengager auprès de Michael sans scandale.

— Ne veut-il pas t'épouser ?
— Pas vraiment, répondit-elle, gênée.
A ces mots, il lui lança un long regard impénétrable.
— Ce n'est pas ce que tu penses…, commença-t-elle.
Ne pouvait-il donc pas comprendre que les raisons qui poussaient Michael à l'épouser étaient à l'opposé des siennes ? Courageusement, elle reprit :
— Nous annoncerons que nos fiançailles sont rompues dès que…
— Et que suis-je censé faire pendant ce temps ? demanda-t-il avec hauteur. Attendre mon tour et sourire à la femme promise à un autre ? A moins que tu ne souhaites tromper ton fiancé avant ?
— Latif, je t'aime !
Bon sang ! Pourquoi tout allait-il de travers ? Pourquoi ne parvenait-elle pas à s'expliquer clairement ? Et pourquoi refusait-il de comprendre ?
— Il s'agit d'un bien petit amour, Jalia, si tu peux accepter d'être fiancée à un autre, même temporairement.
— Là n'est pas la question !
Aux abois, elle se jeta à son cou, pressant son visage contre son torse. Puis elle se mit à pleurer, le corps secoué de spasmes.
Latif demeura impassible, imperturbable, et ne fit pas le moindre geste pour la serrer dans ses bras.
Honteuse, elle finit par le relâcher et s'écarta de lui.
— J'ai subi assez d'humiliations et de mensonges, Jalia, articula-t-il lentement. J'ai saisi la leçon. A toi de la comprendre à ton tour.

LE MONDE ETINCELLANT DES GRANDS DE CE MONDE…

Concernant les fiançailles de la princesse Jalia et du Dr Michael Wickliffe que nous vous annoncions dernièrement, les apparences sont-elles bien conformes à la réalité ?

Il semble que, lors de sa première visite au Bagestan, la princesse Jalia, connue également sous le nom de Reine des Glaces en Angleterre, avait complètement fondu pour un beau Compagnon de la Coupe du sultan. Or, dès son retour en Angleterre, Wickliffe et elle annonçaient leurs

fiançailles au cercle de leurs intimes. Selon des proches, cette nouvelle était des plus inattendues.
Essaie-t-on de mystifier le rayonnant fiancé ?

— Je souhaiterais que vous occupiez un poste dans l'une de nos universités, proposa la sultane à Michael. Sous Ghasib, les universités manquaient volontairement de fonds, car il savait que les étudiants pouvaient être source de dissidence. Ashraf entend pour sa part redonner du prestige aux facultés de notre pays.

Tous les vendredis soir, le sultan et son épouse Dana organisaient des dîners dans leurs appartements privés, ou dans l'un des patios du palais. Les membres de la famille et les Compagnons de la Coupe y participaient toujours, à titre d'invités permanents.

Ce soir-là, le traditionnel *sofreh* avait lieu près de la fontaine. On avait étendu une nappe sur la pelouse, où l'on avait disposé les différents mets. La première fois que Jalia avait assisté à ce dîner, son cœur s'était serré d'émotion devant le tableau de toute sa famille recomposée, qui se régalait tranquillement de riz et d'agneau, de poulet à la sauce grenadine, et qui picorait de délicieux grains de grenade, aussi éclatants que des rubis, disposés dans des bols.

Aujourd'hui, en revanche, Jalia ne prenait aucun plaisir au rassemblement familial. En raison tout d'abord de la présence encombrante de Michael, lequel était accueilli et traité comme son fiancé. Ensuite, à cause de l'angoisse liée à la disparition de Noor. Quant à la présence de Latif, elle rôdait autour d'elle à l'étouffer.

— Merci, Votre Altesse, nous ne manquerons pas de réfléchir à cette proposition, répondit Michael. Existe-t-il des projets concernant l'inventaire des anciennes collections royales ? enchaîna-t-il sans complexe, ignorant le regard noir de Jalia. Je vous offrirai volontiers mon aide.

Découragée, la jeune femme feignit de s'intéresser à autre chose et repensa à sa récente conversation avec la sultane.

Quelques minutes plus tôt, elle lui avait avoué la vérité concernant sa véritable relation avec Michael. Manifestement, Dana avait flairé un problème... Aussi Jalia n'avait-elle pas pu résister à la tentation de passer aux aveux.

— Les fiançailles viennent juste d'être annoncées, nous ne pouvons pas faire part de votre rupture dans l'immédiat, avait dit Dana après avoir écouté patiemment ses explications. Ton image de marque en serait égratignée, et il est inutile de provoquer une nouvelle hystérie médiatique.

Jalia avait été soulagée de pouvoir se confier à Dana, et heureuse de constater que celle-ci ne la jugeait pas et cherchait une solution.

— Cela dit, avait poursuivi la sultane, il va falloir que tu te dégages de l'affaire le plus tôt possible. Je ne connais pas exactement l'ampleur des rumeurs liées à tes fiançailles, mais cela risque de te placer dans une position délicate...

A cet instant, elle avait jeté un bref regard dans la direction de Latif qui était assis près de la fontaine, avant d'ajouter :

— Nous reparlerons de tout cela ultérieurement. Rejoignons nos invités, il ne faudrait pas que notre aparté suscite de nouvelles rumeurs. Je me demande bien qui les répand d'ailleurs...

A présent, la sultane s'entretenait avec Michael afin de montrer qu'elle s'intéressait au fiancé de Jalia.

Latif était assis à l'autre bout de la nappe et, tel un aimant, attirait irrésistiblement le regard de Jalia. Chaque fois que leurs regards se croisaient, le cœur de la jeune femme battait plus fortement. Puis elle détournait vivement le regard, comme prise en flagrant délit.

Désormais, l'expression de Latif ne lui renvoyait que de l'indifférence. Son regard ne trahissait pas le moindre souvenir concernant ce qu'il s'était passé entre eux ; elle ne lisait ni désir, ni condamnation, ni intérêt. Il ne semblait même plus remarquer qu'elle était un être humain. Ses yeux verts la traversaient sans la voir, comme si elle était transparente, et chaque fois, son cœur saignait un peu plus.

Oh ! comme l'ambiance était différente des premiers jours, lorsque son regard émeraude s'apparentait à un contact physique. Un regard magnétique, plein de promesses qui avait pourtant fini par la perturber, l'angoisser... Au point qu'elle s'était sentie menacée. Et la peur terrifiante qu'elle avait alors ressentie en découvrant ses propres sentiments l'avait conduite à cette ridicule histoire de fausses fiançailles qui prenait, aujourd'hui, des proportions délirantes.

Mais visiblement, toute brûlante qu'elle ait été, la passion de Latif se révélait bien éphémère... Tant pis ! Cela lui aurait au moins permis d'en apprendre davantage sur ses véritables sentiments à elle. Force était de reconnaître que la cour assidue qu'il lui avait faite, son regard brûlant et possessif, sa maîtrise dans l'art d'aimer, tout avait concouru à lui procurer la sensation d'exister réellement en tant que femme. Et tout cela resterait gravé à jamais en elle.

Naturellement, elle n'épouserait jamais Michael, et elle avait été rassurée de savoir que Dana envisageait l'annonce d'une rupture dans un futur proche. Ce n'était pas cette histoire qui la peinait, mais le fait de savoir que Latif la dédaignait à présent.

Allons, n'était-ce pas mieux ainsi ? Sa vie était en Angleterre. Que viendrait-elle faire au Bagestan ? se demanda-t-elle avec un soupir tout en parcourant du regard la foule animée et joyeuse. Son attention revint à Michael et Dana, toujours en pleine discussion.

— Je présume que, tôt ou tard, il faudra effectivement procéder à un tel inventaire, répondait Dana. Mais je ne sais pas si cela fait partie des priorités du sultan.

— Je l'espère, dit Michael en souriant. Ce sont ces joyaux de l'art qui attestent de la richesse historique du Bagestan. La collection privée du sultan Hafzuddin était légendaire. Il est primordial de savoir ce qu'il reste après les exactions commises par Ghasib, ne croyez-vous pas ?

— Certes ! Encore que cela ne soit pas aussi urgent que de rétablir le système d'irrigation dans les villages qui n'avaient pas l'heur de soutenir la politique de Ghasib, conclut la sultane avec un beau sourire. Je suis certaine que vous en conviendrez.

— Hélas, je ne vous serai d'aucune utilité dans ce domaine, répondit Michael avec un air mi-contrit, mi-amusé.

— Jalia ! Debout !
La voix de Latif pénétra dans son sommeil, et pendant quelques

secondes, elle crut qu'il avait dormi près d'elle, comme dans la montagne.

— Réveille-toi ! répéta-t-il d'un ton plus pressant.

Jalia se redressa, le cœur battant. La douce lumière du photophore alliée aux premiers rayons du soleil qui filtraient à travers les moucharabiehs dessinait d'originales arabesques dans la chambre. Encore tout endormie, elle se méprit sur sa venue précipitée dans sa chambre.

— Latif ! s'exclama-t-elle les larmes aux yeux.

Mais comme elle tendait la main vers lui, il se recula en déclarant durement :

— Il y a du nouveau !

Elle remarqua alors qu'il était vêtu d'un jean, d'une chemise et d'un blouson d'aviateur. Elle comprit soudain qu'il ne venait pas lui parler d'amour.

— Est-ce Noor ? L'a-t-on retrouvée ? Est-elle vivante ? Et Bari ?

Les yeux de Latif glissèrent sur son corps comme si, malgré lui, il avait été attiré par sa chevelure sensuellement ébouriffée et son déshabillé osé qui couvrait à peine sa poitrine.

Mais l'accès de faiblesse fut éphémère.

La regardant droit dans les yeux, il déclara :

— La CB de l'avion de Bari a envoyé un signal. Il provient des îles du golfe.

— *Alhamdolillah !* s'écria-t-elle en éclatant en sanglots. Cela signifie-t-il qu'ils sont vivants ?

— Je l'espère, princesse. Mais nous ne pouvons être sûrs de rien tant que nous ne nous sommes pas rendus sur place. Deux hélicoptères sont prêts à décoller et Ashraf me prie de me joindre à l'expédition. Peux-tu...

— Je viens avec toi ! décréta Jalia en se levant d'un bond.

— Non ! trancha-t-il. Ashraf te charge d'annoncer la nouvelle aux parents de Noor. Dana t'attend par ailleurs dans le petit salon.

L'attrapant par le bras, Jalia s'écria :

— Dana peut se passer de ma présence. J'en ai pour deux secondes à m'habiller. Attends-moi. Je veux...

— Tu ne viens pas avec moi ! déclara-t-il, mâchoires serrées. Ne fais pas l'enfant, Jalia. Ce n'est pas un endroit pour toi.

— Mais si Noor est blessée...

— Un médecin nous accompagne. Penses-tu que le sultan soit aussi inconséquent ?

— Latif..., insista-t-elle sans lâcher son bras.

Ce dernier lui saisit alors le poignet et le serra au point de lui faire mal.

— N'écoutes-tu donc jamais rien ni personne ?

Mais il avait commis une erreur en la touchant...

Incapable de résister plus longtemps à la tentation, il l'attira à lui et enfouit sa main dans la masse soyeuse de sa chevelure. Jalia poussa un petit cri rauque, qui fouetta les sens du cheikh... Sans plus attendre, sa bouche bâillonna celle de la princesse.

Au moment où cette dernière voulut tout naturellement nouer ses bras autour de son cou, Latif se dégagea brutalement. Ils se jaugèrent alors durant de longues secondes, haletants et terriblement conscients de la tentation que représentait le lit baigné d'une lumière dorée, derrière eux...

L'indifférence qu'il lui avait témoignée durant les derniers jours venait brusquement de tomber, comme un masque que l'on retire, et le cœur de Jalia se gonflait de joie devant le regard retrouvé de Latif...

Hélas, ce moment ne dura pas.

En un rien de temps, il reprit le contrôle de lui-même.

— Réveille les parents de Noor, ordonna-t-il. Je vous donnerai des nouvelles dès que j'en aurai.

16

Lorsque, plus tard, elle y repensa, il parut curieux à Jalia que ce fût précisément dans ces moments d'angoisse extrême, où toute la famille s'était rassemblée au palais dans l'attente de nouvelles qui tardaient à venir, qu'elle comprit enfin tant de choses sur elle-même et sur la vie. Sur la famille, les liens du sang et le sens du devoir.

Sur l'amour aussi.

Noor était-elle encore en vie ? A moins qu'elle ne fût terriblement blessée... Mais quel que soit son sort, Jalia ne pouvait rien changer au destin de sa cousine.

L'existence était courte et précieuse. Jalia allait-elle vivre la sienne sans amour ? Allait-elle fuir les défis que lui offrait la vie ?

Elle avait deux pays, celui de sa naissance et celui de ses ancêtres et de son sang. Elle appartenait aux deux. Les deux l'appelaient, mais un seul avait réellement besoin d'elle, de tout ce qu'elle était et ce qu'elle pouvait être. Un seul avait besoin de son cœur, de son esprit, de son amour, de sa formation, de son engagement, de la vie qu'elle mènerait, des enfants qu'elle aurait.

En retour, ce pays lui offrait son histoire, la majesté de ses paysages, un sens profond de la famille et de l'appartenance à un peuple, ainsi que le cœur d'un amant fort et valeureux, un homme unique — si toutefois elle était capable de le reconquérir...

Et quand bien même elle échouerait, son avenir était dans ce pays, où elle pourrait accomplir de grandes choses si elle voulait bien s'en donner la peine. Sa contribution serait essentielle ! Oui, que Latif l'aime ou non, sa place était désormais ici.

Au Bagestan.

Jalia avait lu la vérité dans les yeux de Latif : il l'aimait. Son indifférence était une stratégie. Mais cela ne signifiait pas pour autant qu'elle pouvait le faire changer d'avis.

Leurs prières furent enfin exaucées. Au moment où le soleil atteignait son zénith dans l'azur limpide, Latif appela pour annoncer que Noor et Bari étaient vivants et en bonne santé.

Ils avaient été contraints d'atterrir, à cause du violent orage, sur une des plus petites îles du golfe, Le Talon de Salomon.

Débordante de joie, Zaynab, la mère de Noor, s'entretint en premier lieu au téléphone avec sa fille, puis ce fut le tour de son père, des cousines, des tantes et des oncles. Jalia pleurait à chaudes larmes quand elle prit l'appareil pour discuter avec sa cousine et amie d'enfance.

— *Alhamdolillah rabilalamin !* commença le père de Noor une fois qu'ils eurent raccroché.

Et toute la famille poursuivit en chœur :

— *Al rahman, al raheem.*

« Loué soit Allah, le Seigneur du Monde, le Compatissant, le Miséricordieux », disait la prière.

A cet instant précis, Jalia se rendit compte qu'elle n'était pas seule dans sa vie, mais qu'elle faisait partie de la grande chaîne de l'âme humaine.

— Je t'en prie, cesse de te flageller, disait gentiment Noor. Ma fuite n'a rien à voir avec tes mises en garde concernant mon mariage. En outre, cette aventure éprouvante est peut-être la meilleure chose qui me soit arrivée.

Noor était descendue de l'avion méconnaissable. Elle avait maigri, bruni ; ses cheveux avaient blondi à cause du soleil. Mais surtout, une expression que Jalia ne lui avait jamais vue brillait désormais dans ses yeux...

A ces mots, Jalia éclata en sanglots. Ces derniers temps, elle n'arrivait plus à contrôler ses émotions.

— C'était si difficile, commença-t-elle. Ne pas savoir ce qu'il t'était arrivé, où tu étais... Tout le monde me maudissait dans le secret de son cœur, mais certainement pas aussi fort que moi-même. J'ai eu tellement tort de...

— Tort ? Tu ne pouvais avoir plus raison. Bari ne m'aime pas, il ne m'a jamais aimée.

— Oh, Noor ! s'exclama Jalia, fortement peinée.

A cet instant, sa cousine sortit la main de l'eau de son bain pour contempler un instant ses ongles abîmés. A son arrivée au palais, elle avait pris un copieux repas, puis elle s'était mise au lit et avait fait le tour du cadran. Dès son réveil, elle s'était plongée dans un bon bain parfumé aux huiles essentielles.

— Amusant, n'est-ce pas, toutes ces rumeurs dans les journaux à propos d'un mariage forcé ? reprit Noor. C'en était un, effectivement, mais pas au sens où on l'entend communément. Je me demande pourquoi les médias ne se préoccupent pas plus du sort des hommes que l'on sacrifie sur l'autel du devoir familial.

— Détrompe-toi, Noor. Je pense que Bari est amoureux de toi. Il m'a dit...

— Je me moque de ses confidences !

— Il m'a dit qu'il aurait dû comprendre plus tôt ses sentiments et qu'il est véritablement tombé amoureux de toi sur l'île, insista Jalia.

— Vraiment ? Alors il a une curieuse façon de manifester cet amour.

— Noor, ne peux-tu pas discuter avec lui ? Ecouter ce qu'il a à te dire ?

— En réalité, je me moque qu'il soit tombé amoureux de moi, si tant est qu'il le soit. Il s'est réveillé trop tard, décréta durement sa cousine avec une moue dédaigneuse.

— Je présume que Latif est dans les mêmes dispositions d'esprit à mon égard, soupira alors Jalia. Il pense certainement lui aussi que je me suis réveillée trop tard.

— Oh, Jalia, s'écria Noor. Quel gâchis que cette affaire de princesses !

— Oui, d'une certaine façon...

A cet instant, Jalia s'empara de la poupée artisanale que Noor avait trouvée sur l'île et, d'un air absent, se mit à jouer avec ses bras. Le jouet sentait la fumée et le moisi, et il s'en dégageait comme une détresse enfantine.

— ... mais pas entièrement, précisa-t-elle. Certaines choses sont désormais plus claires pour moi. Je sais maintenant ce que je dois faire, ce qui n'était pas le cas, avant. Je me suis trompée en ce qui concernait le Bagestan. A présent, je sais à quel point j'aime ce pays. Et je sais aussi qu'il est ma véritable patrie, en dépit de tout ce que j'ai vécu en Angleterre. Je suis prête à me consacrer à sa reconstruction... Aider des femmes comme celles de la tribu de Sey-Shahin, par exemple. Elles doivent faire face à la globalisation du marché et luttent pour conserver leurs spécificités. De telles entreprises me tiennent désormais à cœur, et c'est à Latif que je le dois, quoi qu'il arrive.

Effleurant d'un pouce distrait le collier en coquillages de la poupée, elle poursuivit :

— Dans un camp de réfugiés, quelque part dans le monde, une enfant a peut-être la même poupée et souffre je ne sais quel tourment. Je veux contribuer à faire diminuer cette souffrance...

Jalia se tut, de nouveau au bord des larmes.

Les yeux de Noor brillaient eux aussi et elle regarda un instant sa cousine sans rien dire.

— Latif t'aime, lui assura-t-elle tout à coup. Il t'aime toujours. J'ai bien vu la façon dont il te regardait, hier, au dîner. Cela ne trompe pas.

— C'est probable, mais je crois qu'il se fiche désormais de cet amour. Il a décidé que je n'en valais pas la peine. C'est à ce problème-là que je me heurte : il se peut qu'il m'aime, mais il ne veut plus rien avoir à faire avec moi.

— Il faut absolument que tu te désengages auprès de Michael, déclara Noor avec autorité en sortant de son bain. Pourquoi ne pas dire simplement la vérité ?

— Pas maintenant, ce ne serait pas judicieux. Mes parents sont retournés en Angleterre pour régler certaines affaires, et je ne voudrais pas que le *Herald* publie quoi que ce soit durant leur séjour là-bas.

Noor s'enveloppa dans un peignoir molletonné et soupira d'aise.

— D'un point de vue purement égoïste, enchaîna Noor, il est effectivement plus confortable pour moi que l'on ne reparle pas de toutes ces histoires au sujet de mon prétendu mariage forcé... Cependant, ne penses-tu pas que notre retour t'offre la parfaite opportunité de rétablir la vérité ?

— Je ne crois pas être en mesure de supporter une nouvelle fois le regard des médias. Ces petites insinuations concernant ma relation avec Michael, et ce cheikh mystérieux après lequel je courrais, suffisent sans que j'en rajoute. Heureusement que le nom de Latif n'a pas été mentionné. Ah, si seulement je savais qui a répandu ces rumeurs...

— Jalia ! s'écria soudain Noor. As-tu lu cela ?

— Quoi encore ? dit cette dernière, la peur au ventre.

— Là, sur la table. Le *Blatt*...

Jalia bondit pour s'emparer du journal. Elle ne vit d'abord que les photos de sa cousine et de Bari à leur descente de l'hélicoptère.

— Là ! précisa Noor en désignant un encadré du doigt.

Des sueurs froides lui coulant déjà dans le dos, Jalia en commença la lecture :

« On connaît enfin l'identité du mystérieux Compagnon de la Coupe qui a, semble-t-il, capturé le cœur de la princesse Jalia : il s'agit du fringant Latif Abd al Razzaq Shahin, chef de la tribu de Sey-Shahin.

« Son titre de « shahin » pourrait être traduit par « faucon royal » et il est vrai qu'il y a en celui qui a dérobé le cœur de la princesse, un peu d'un oiseau de proie.

« Une source très proche du palais a révélé que le Compagnon de la Coupe et la princesse sont partis, seuls dans la montagne, à la recherche de la princesse Noor et de Bari al Khalid, la cousine de l'une et le meilleur ami de l'autre. Une escapade des plus romantiques, n'est-ce pas ? Quoi qu'il ait pu se passer entre eux, cela n'a pas modifié le statut de la princesse.

« Pas plus d'ailleurs que l'équipée n'a suscité de jalousie dans le cœur du prétendu fiancé de Jalia, le professeur Michael Wickliffe. Se pourrait-il que le véritable amour de ce dernier soit les plats en argent antiques de la collection privée du sultan ? »

— Qui a écrit cet article ? Qui leur a dit ? s'écria Jalia en fermant les yeux pour retenir ses larmes. Si l'on commence à me questionner sur Latif, je sens que je vais devenir folle... A moins que... Penses-tu que ce soit Latif lui-même qui ait parlé ? Est-ce sa manière de se venger de moi ?

— Non, je ne le crois pas, protesta Noor, choquée. Ma chérie, j'ignorais que la lecture de cet article allait te bouleverser à ce point. Je suis désolée de te l'avoir montré sans préparation.

A cet instant, Jalia cessa de lutter et des larmes coulèrent de ses yeux.

Sans un mot, Noor la prit tendrement dans ses bras.

— Toi aussi tu as changé, déclara Noor.

Les deux cousines étaient assises sur le balcon de la chambre d'où elles admiraient la fontaine tout en sirotant un délicieux jus d'orange.

— Avant, tu ne montrais jamais tes sentiments, poursuivit-elle.

— J'avais fait mienne la vertu anglaise du « self-control », et, comme tous les convertis, j'adoptais une attitude extrême.

— Peut-être que, pour ma part, j'étais bien trop égocentrique pour m'intéresser aux autres, ainsi que le prétend Bari.

— C'est un jugement fort sévère. Néanmoins, je crois que dans les situations extrêmes, on réalise quelles sont les vraies valeurs de chacun.

— Quand l'autre a envie de vous réduire en pièces, il faut effectivement se raccrocher à certaines valeurs, soupira Noor avec amertume.

— Allons, Bari ne t'a pas réduite en pièces. D'ailleurs, peut-être que...

Jalia hésita, puis ajouta d'un air malicieux :

— D'une certaine façon, il t'a taillée et façonnée comme un diamant. Il t'a révélée à toi-même.

— Merci ! dit Noor, ne sachant si elle devait en rire ou en pleurer. En tout cas, l'opération n'était pas indolore...

Elle se tut un instant, avant de reprendre :

— A la réflexion, je pourrais te retourner le compliment : Latif t'a façonnée et a fait de toi un être de chair et de sang qui sait désormais exprimer sa souffrance.

— Pour moi non plus ce ne fut pas indolore ! déclara tragiquement Jalia.

Alors les deux cousines éclatèrent de rire, tandis que des larmes brûlaient leurs joues...

17

Tout en arpentant un long couloir d'un autre âge, éclairé par un clair de lune presque irréel, Jalia avait la sensation de se fondre dans la trace de ses ancêtres…

L'architecte qui avait conçu cette aile du palais avait dû avoir une pensée pour les noctambules qui s'y promèneraient, ainsi que l'attestaient les alcôves de la grandeur d'un être humain où l'on pouvait se réfugier. Tel fut ce qui traversa l'esprit de Jalia lorsqu'elle s'y glissa pour échapper au regard d'un domestique qui passait.

Le seul problème, c'était que ces alcôves étaient en général décorées de lampes ouvragées, de plateaux en laiton, ou encore d'armes ornées de rubis ou d'émeraudes.

Dans le passé, si une femme désireuse d'échapper à ses gardes trébuchait sur l'une de ces décorations et attirait l'attention, signait-elle, par sa maladresse, son acte de mort ?

Depuis peu, la pensée de ses ancêtres hantait Jalia. Etaient-ce eux, qui, au cours d'une nouvelle nuit d'insomnie, l'avaient poussée à rejoindre la chambre de Latif ?

Depuis l'arrivée de Michael, les nuits de Jalia avaient été remplies de solitude et de souffrance au lieu d'être éclairées par la présence magnétique de Latif Abd al Razzaq.

L'amour pouvait conduire à des actes si désespérés ! Jalia repensait amèrement à ces jours lointains où elle avait accusé sa cousine de ne ressentir qu'une attirance sexuelle pour Bari ! Comme si une telle attirance était répréhensible. De quelle prétention avait-elle fait preuve alors !

De nouveau, elle compta les portes. Pourvu que leur nombre soit égal à celui du balcon ! Un seul placard fausserait ses calculs... Seigneur, comme il serait embarrassant de se retrouver dans la chambre d'un autre Compagnon de la Coupe !

Son ombre se déplaçait, légère et vacillante, sur les carreaux baignés par le clair de lune. Soudain, la lueur parut s'assombrir... Le cœur de Jalia fit un bond dans sa poitrine et il lui fallut quelques secondes pour comprendre. Pivotant vivement sur ses talons, elle étouffa un cri en apercevant la silhouette d'un domestique dans l'embrasure d'une porte.

— Bonsoir, Lady Jalia, murmura ce dernier d'une voix dénuée de surprise.

Pourquoi cet accent lui était-il si familier alors qu'il lui semblait bien ne jamais avoir vu le visage de la personne qui se tenait devant elle ?

— Bonsoir, répondit-elle machinalement.

Elle fixait le domestique sans parvenir à trouver une explication plausible à sa présence dans le couloir à cette heure de la nuit.

Un sourire aux lèvres, l'homme lui indiqua une porte sculptée et murmura :

— Si vous permettez, Lady Jalia...

Alors il ouvrit la porte et invita la jeune femme à la franchir.

« Lady Jalia ! » Soudain elle comprit ! Cet accent, elle l'avait entendu dans la vallée de Sey-Shahin. Par conséquent, cet homme était sûrement l'un des domestiques de Latif. Et s'il lui attribuait le titre de « lady », c'était parce qu'il avait entendu parler de la fameuse nuit de noces dans la vallée...

Jalia sentit ses joues la brûler. Il était heureux que, conformément à la loi de la montagne, il ne la regardait pas. Durant quelques secondes, elle demeura paralysée d'effroi, ne sachant que faire.

Puis elle repensa à ses ancêtres féminines et aux alcôves si savamment conçues par l'architecte du palais pour abriter, sûrement, leurs amours interdites. Elle qui avait beaucoup moins à perdre, allait-elle renoncer au moment où, précisément, on l'encourageait à aller de l'avant ?

— Merci, murmura-t-elle.

Puis elle franchit enfin le seuil et le domestique referma la porte derrière elle.

Elle se trouvait à présent dans une antichambre éclairée par le rayon de lune qui filtrait d'une lucarne.

Un instant plus tard, elle poussait une porte...

Le cœur battant, elle entra dans la chambre de Latif, dont la respiration régulière indiquait qu'il était profondément endormi.

L'ombre d'un arbre dansait dans la lumière pâle et bleutée du balcon. Au sol, le motif des carreaux formait des arabesques, tandis que le tapis de soie resplendissait dans la pénombre. Près d'une magnifique cheminée, se trouvait le lit de Latif.

Le matelas était posé à même le sol, ainsi que le voulait la tradition orientale. Un matelas épais, noyé sous les coussins et les édredons, disparaissait presque sous une immense couverture aussi somptueuse qu'un tableau, où se mêlaient le bleu, l'or et le violet.

Latif était allongé sur le côté, un bras tendu sur l'édredon, comme s'il attendait qu'une amante vienne se glisser contre lui. Le clair-obscur soulignait ses pommettes anguleuses, tout comme il révélait ses yeux fermés. Sa bouche était aussi superbement sculptée que celle d'une statue de marbre, sa mâchoire aussi déterminée dans le sommeil qu'elle l'était en plein jour.

Le cœur de Jalia battait par à-coups, comme autant de petits soubresauts de panique et de plaisir.

Lentement, elle repoussa sur ses épaules le fin peignoir qu'elle portait ; il glissa à ses pieds sans bruit. Le clair de lune accrocha alors des reflets d'argent à son pyjama de soie couleur de jade, celui qu'elle portait lors de leur *nuit de noces* dans la vallée.

Pieds nus sur le tapis d'une douceur sensuelle, Jalia s'avança vers le lit. Son ombre s'interposa alors entre la lune et le visage de Latif, l'espace d'une seconde, avant qu'elle ne s'agenouille à côté du lit et que le clair de lune ne reprenne ses droits. Latif avait-il apparenté ce mouvement à une caresse ? Toujours est-il qu'il se retourna et demanda dans un murmure aussi ardent qu'éperdu :

— Jalia ?

Le cœur de cette dernière se mit à tambouriner violemment dans sa poitrine.

— Oui, répondit-elle sur le même ton, oui...

— Bon sang, qu'est-ce que tu fais ici ? !

Un cri échappa à Jalia devant le rude changement de ton.

Latif venait de s'asseoir sur son lit, tout à fait éveillé à présent. Et furieux. La couverture avait glissé et dévoilait son torse nu. Il tendit la main pour allumer une lampe posée sur le sol, à côté du matelas.

A la lueur de celle-ci, il jaugea longuement sa visiteuse, son bras toujours posé sur l'interrupteur de la lampe, le visage figé dans une expression d'incompréhension. D'un air absent, Jalia nota la présence de documents et de livres épars sur le sol. Latif avait vraisemblablement travaillé avant de s'endormir.

Les yeux de ce dernier passaient du vert au brun clair, et la colère qui les animait était si brûlante que toute parole de justification mourait sur les lèvres de Jalia.

— Nom d'un chien ! Qu'est-ce que tu fais ici ? répéta-t-il plus fort.

Rassemblant tout son courage, Jalia répliqua alors :

— Pourquoi est-il si outrageant que je sois dans ta chambre ? Je...

— Va-t'en !

— Dois-je te rappeler à quel point tu as malmené ma résistance pour parvenir à tes fins et me faire l'amour ? se défendit-elle en haussant la voix. Sois bon joueur et ne réagis pas comme une vierge effarouchée si je te rends la pareille !

A ces mots, Latif repoussa la couverture et offrit à Jalia le spectacle de son corps entièrement nu, ce qui ne semblait absolument pas le perturber.

En revanche, la lumière dorée qui baignait son corps athlétique et les ombres qui jouaient sur ses muscles coupèrent le souffle à Jalia.

Ce fut alors que, sans ménagement, il la saisit par le bras et, rapprochant dangereusement son visage du sien, lui répéta d'une voix coupante :

— Dehors !

— Latif, plaida-t-elle. Pourquoi ne pas...

Ses yeux se mirent à briller, ses lèvres à trembler.

— Oh, Latif, tu m'as tant manqué ! Ne peux-tu pas...

L'étreinte de Latif se resserra sur le bras de Jalia quand il se pencha pour ramasser son peignoir de soie.

— Ne puis-je pas *quoi* ? demanda-t-il d'un ton peu engageant. Oublier que tu appartiens à un autre ? Me prends-tu pour un idiot ?

Ce fut alors que les effluves de rose qui émanaient du peignoir embrouillèrent subitement les sens de Latif. Il se mit à jurer, comme un homme qui découvre qu'il est ivre en se mettant debout.

Immédiatement, Jalia comprit que l'odeur de rose et le souvenir auquel elle était associée avaient eu raison de sa résistance.

— Maudit soit ce peignoir ! jura-t-il entre ses dents.

Et, le jetant par terre, il attira Jalia à lui et l'embrassa passionnément, farouchement...

La violence de son baiser embrasa sans attendre tous les sens de Jalia. Les mains viriles qui palpaient son corps de façon impérieuse la firent littéralement fondre. Les cuisses de Latif l'enveloppèrent bientôt de leur chaleur réconfortante tandis qu'il pressait son corps dur contre le sien...

Puis, détachant presque brutalement sa bouche de la sienne, il embrassa son cou, sa gorge, ses épaules... Eperdue, Jalia gémissait de plaisir, les doigts enfouis dans les boucles de Latif.

Avec une rapidité qui arracha un petit cri à sa compagne, Latif introduisit ses cuisses entre les siennes...

Une sorte de fureur sauvage le possédait. Une fureur qu'elle avait déjà pressentie en lui, une fureur qu'il avait toujours su contrôler, et à laquelle aujourd'hui il donnait libre cours...

— Amour, murmura-t-il comme si ce mot remontait douloureusement du plus profond de ses entrailles. Mon amour...

Alors le cœur de Jalia se serra de joie, et elle s'abandonna définitivement à l'étreinte déchaînée...

Latif dégrafa si violemment le pyjama de Jalia qu'il en arracha un bouton ou deux. La jeune femme se retrouva rapidement nue sous son regard brûlant... Il fit alors courir ses mains fébriles sur ses seins, sa taille, ses cuisses, comme un sculpteur retrouvant les lignes d'une statue sculptée par ses soins, comme si elle avait été sa chose... Puis, sans un mot, il la pénétra et retrouva instantanément la maison brûlante qui était la sienne, uniquement la sienne, allant et venant en elle tandis qu'elle gémissait de plaisir sous lui et lui réclamait ce que lui seul pouvait lui donner.

Ses mains, son corps s'étaient emparés de Jalia, la pétrissaient sans ménagement, la maintenant à la frontière enivrante du plaisir et de la douleur.

Il usait de leur ancienne complicité, en explorait de nouvelles. Il faisait naître un plaisir là, et, sans le conduire à son apogée, allait en allumer un autre aussitôt ailleurs. Pendant de longues minutes, elle demeura sur la frange de sensations explosives, gémissant et frémissant à leur approche... Enfin, avec une détermination farouche, Latif la précipita dans la jouissance et l'y suivit sans attendre. Ils restèrent longtemps enlacés l'un à l'autre, savourant les ultimes spasmes de l'amour, comme deux amants qui viennent de sauter dans le vide...

Le corps brillant de sueur, Latif se détacha de Jalia pour s'asseoir sur le lit. Puis il se mit à l'observer en silence. Elle soutint son regard, ne distinguant rien d'autre qu'une ombre limitée par le halo de lumière qui l'entourait, ignorant l'expression de ses traits. Elle eut soudain peur.

Le ton de sa voix la renseigna rapidement.

— Rien n'a changé, Jalia.

Un grand vide s'ouvrit alors en elle.

— Pardon ?

Désormais, j'adopte ta règle du jeu. Nous faisons l'amour, mais cela n'affecte pas mon cœur. Si tu reviens dans mon lit, une nuit prochaine, ne prête surtout pas attention aux propos insensés que je pourrais tenir au creux du plaisir. Ils ne signifieront rien.

18

— Je n'y suis absolument pour rien ! se défendit Michael. D'ailleurs, le *Herald* n'a jamais relayé la rumeur. Ellin elle-même ne décolère pas.

— Vraiment ? s'exclama Jalia. Elle n'a pourtant pas l'air d'une personne qui se laisse abuser facilement.

— Et moi alors ? Pour qui est-ce que je passe dans toute cette histoire ?

D'un geste sec, il replia le journal dans lequel on relatait avec complaisance la savoureuse passion de la princesse pour un beau cheikh, puis ajouta :

— Hélas, il va falloir que tu t'habitues à l'intrusion des médias dans ta vie, Jalia ! Et si je comprends bien, il faut s'estimer heureux que les journaux ne professent pas la vérité. C'est quand ils relatent la vérité que la douleur est amère.

— Je présume, marmonna Jalia en pâlissant.

A cet instant, Michael fixa son amie, bouche entrouverte...

— Oh, mon Dieu ! Quel idiot je fais ! s'écria-t-il. Ce ne sont donc pas des commérages, mais la vérité ! Et c'est pourquoi cet article te contrarie tellement.

— Ils se trompent sur une seule chose : quand ils affirment que c'est à cause de cette liaison que je me suis fiancée avec toi. A l'époque, il n'y avait rien entre Latif et moi, et je ne savais pas ce que j'éprouvais pour lui, à part de la crainte.

Claquant des doigts, Michael déclara :

— J'y suis ! Latif était l'homme qui se trouvait avec toi à l'aéroport, n'est-ce pas ? J'aurais dû m'en douter, à la façon dont il se comportait.

Il s'interrompit, fronça les sourcils, et ajouta :

— Pourtant... N'a-t-il pas prétendu être ton garde du corps ?

— C'est toi qui as déduit qu'il exerçait cette fonction. Lui s'est contenté de ne pas démentir.

— Bon sang, Jalia, tu aurais dû me prévenir ! Pourquoi ne m'as-tu rien dit ?

— Parce qu'il y avait Ellin Black juste derrière toi, Michael ! lui rappela-t-elle sévèrement.

Fermant les yeux, ce dernier secoua la tête comme s'il tentait de se remettre les idées en place.

— A partir d'aujourd'hui, je fais le serment de renoncer au champagne, déclara-t-il d'un ton morne. Il n'empêche que nous devons trouver une façon pour démêler l'imbroglio. Dois-je m'entretenir avec Latif ? Cela t'aiderait-il ?

— Je ne crois pas, répondit Jalia au bord des larmes. Il est déjà au courant de tout, mais il s'en fiche.

— A présent que Noor est de retour, quelle importance si Ellin écrit un article sur les mariages forcés ? Comme je te l'ai déjà dit, tant que ce n'est pas vrai, cela ne doit pas t'affecter.

— Mes parents n'ont pas mérité une telle humiliation, Michael, répondit Jalia. Il faut au moins attendre leur retour d'Angleterre. Imagine le déchaînement des médias, là-bas ! Ah, j'aimerais tant que l'on trouve une solution ! Notamment pour toi.

— Ne te fais pas de souci pour moi ! Le rôle de l'amant utilisé et éconduit ne m'effraie pas ; au contraire, il m'amuse beaucoup. Plus sérieusement, je suis en pourparlers avec la sultane en ce qui concerne la collection d'Hafzuddin. Je ne doute pas que nous parvenions à trouver un accord équitable pour les deux parties.

Outre les articles intempestifs relatifs à ses amours véritables ou supposées, l'autre grande préoccupation de Jalia était de trouver une solution aux problèmes que lui avaient exposés les femmes de la vallée de Sey-Shahin. Et tant pis si cela ne plaisait pas à Latif ! Elle en avait déjà discuté longuement avec le sultan et sa femme, mais elle ne pouvait rien décider sans l'approbation du *shahin*.

— Pourquoi te préoccupes-tu de cette histoire ? lui demanda Latif lorsque, faisant fi de ses réticences, Jalia assiégea son bureau et insista pour discuter avec lui. Le problème des villageoises, ce n'est pas le tien.

— Il semblerait que ce ne soit pas le tien non plus ! répliqua-t-elle sans se départir de son calme. Ces femmes sont venues m'exposer leur...

— Sur les bases d'une supposition qui s'est révélée erronée, la coupa-t-il froidement. Ma femme aura effectivement le devoir de se préoccuper de tels problèmes. Toi, non !

— Je refuse d'être l'esclave des conventions ! J'ai beaucoup réfléchi à la question et j'ai des suggestions concrètes à émettre. Quand retournes-tu dans la vallée ?

A ces mots, Latif se redressa.

— Et l'une de tes suggestions serait-elle de m'y accompagner, par hasard ?

— Veux-tu bien déposer les armes et consentir à m'écouter un instant ? Ce que j'ai à te dire peut se révéler d'une importance capitale pour de nombreuses personnes, et tu n'as pas le droit de t'y opposer en raison d'une animosité personnelle.

Subitement, les traits de Latif se durcirent, et ses yeux se mirent à briller curieusement.

— Je n'ai pas d'animosité personnelle contre toi, princesse, dit-il enfin. Parle, je t'écoute.

— Merci. Pour commencer, j'ai requis des conseils juridiques, ici et en Angleterre, afin que soit examinée la légalité du contrat d'exclusivité qui lie les villageoises à leur revendeur. S'il s'avère que le contrat est illégal, les femmes auront besoin d'un nouvel agent. Après discussion avec la sultane, nous sommes arrivées à la conclusion que la présence de délégués nommés par le palais auprès des coopératives tribales serait nécessaire. Et cela, pas uniquement pour la vallée de Sey-Shahin, mais pour tout le Bagestan.

Marquant une pause pour reprendre sa respiration, Jalia poursuivit :

— Ces délégués représenteront les groupes tribaux sur les marchés étrangers. J'aiderai Dana à constituer une équipe dans les mois à venir.

Latif se contentait de la regarder, le visage semblable à un masque.

— Nous l'appellerons la Coopérative pour les Arts tribaux, précisa-t-elle encore.

— Je vois.

— Si la sultane s'engage personnellement, tout pourra se mettre en place dans les plus brefs délais. Nous organiserons alors la distribution à l'échelle mondiale. Gazi al Hamseh s'occupera de la publicité.

— Gazi al Hamseh ? répéta Latif en sourcillant.

— Ne le connais-tu pas ? C'est un Compagnon de la Coupe du prince Karim, et l'agent de publicité le plus zélé du moment. C'est aussi un véritable génie de la communication. Il diffuse l'information sous forme de scoops, et non de communiqués de presse auxquels personne ne prête jamais attention. C'est lui qui a organisé la campagne de presse d'Ashraf, après la chute de Ghasib.

— Je le connais, articula enfin Latif.

— Nous avons l'intention de publier un beau livre sur les tapis marzuqi, et espérons que, de par le monde, les notables qui en possèdent déjà accepteront d'être photographiés avec leur tapis et de répondre à quelques questions.

— Pourquoi me racontes-tu tout cela ? demanda Latif à brûle-pourpoint.

Sans se laisser troubler, Jalia poursuivit :

— Nous envisageons également de publier des livres de cuisine tribale. Pas uniquement des recettes, mais aussi des photographies de femmes dans leurs champs et leurs cuisines. Le thème sera : « La nourriture dans les zones tribales, des semences aux fourneaux. » Nous commencerons naturellement par Sey-Shahin.

— Pourquoi me racontes-tu tout cela ? redemanda-t-il avec insistance.

— Tu as sûrement remarqué que tu étais le *shahin*, répondit-elle alors non sans ironie.

— Et toi, Jalia, qui es-tu ? répliqua-t-il alors d'un ton tendu.

La situation allait-elle enfin se dénouer entre eux ? se demanda Jalia, le cœur battant à tout rompre. Mais, devant le regard glacé de Latif, elle répondit :

— La représentante de la sultane. Pour l'instant…

La princesse que j'aime

Le mariage interdit aura finalement lieu !

Le mariage du Compagnon de la Coupe Bari al Khalid et de la princesse Noor al Jawadi Durrani, tragiquement suspendu le mois dernier pour cause de disparition mystérieuse des futurs époux, sera finalement célébré, selon des sources bien informées.

On connaît enfin la vérité concernant l'énigmatique fuite du couple juste avant la cérémonie. La raison en incombe au grand-père du futur marié, le cheikh Jabir al Khalid, qui a fait connaître son opposition au mariage à la dernière minute. Le couple décida alors d'aller le célébrer ailleurs. Hélas ! L'avion dans lequel il s'était enfui fut contraint d'atterrir à cause d'un violent orage. On connaît la suite : Noor et Bari ont passé ce qui aurait dû être leur lune de miel sur une île quasi désertique, se nourrissant d'œufs de tortue.

Leur disparition, les recherches afférentes, leur sauvetage in extremis et l'amour que le couple se porte mutuellement, rien de tout cela ne semble infléchir la décision du vieux cheikh.

Bari al Khalid devra donc renoncer à son futur et immense héritage pour épouser la femme qu'il aime.

« Mon épouse et moi ferons en sorte de constituer un nouveau patrimoine pour nos enfants », a-t-il déclaré.

Le mariage aura lieu tout prochainement. Nous ne manquerons pas de vous aviser de la date.

Fiançailles au palais

— N'est-ce pas une affaire rondement menée ? s'exclama Noor, tout excitée. Bari avait bien dit que Gazi était l'homme de la situation ! Qui d'autre que lui aurait bien pu utiliser cette histoire de grand-père réfractaire ?

— Est-il vrai que Bari n'héritera pas s'il t'épouse ?

— Pas un centime ! Mais on s'en moque, répondit Noor en éclatant de rire.

Jalia se contenta de sourire tendrement. Sa cousine avait tellement changé !

— Toujours est-il que j'ai le diamant, ajouta-t-elle en montrant son doigt, car cette bague, Bari l'a héritée de son père. Non que j'y accorde de l'importance, mais elle est très belle, n'est-ce pas ?

— Elle est superbe, dit Jalia d'un air absent en repensant au moment où elle avait trouvé cette bague, il y a si longtemps lui semblait-il...

— A propos... T'ai-je dit que Bari et moi avons finalement découvert que nous nous aimions ?

— Il me semble l'avoir déjà entendu une dizaine de fois, mais je suis prête à l'entendre encore, si cela peut te faire plaisir. Décidément, ce Gazi al Hamseh est un faiseur de miracles !

— Bari l'a aidé à concocter l'histoire, déclara Noor. Et à présent, toi aussi tu es sauve puisqu'il n'est plus question de mariage forcé entre Bari et moi. Gazi prétend d'ailleurs que c'est la première fois qu'il résout le problème de deux clients avec une seule histoire.

— Pardon ?

Noor se mordit la lèvre.

— Depuis le début, c'est lui qui s'occupe de ton cas, avoua-t-elle.

— De mon cas ?

— Ne comprends-tu donc pas ? Gazi est l'auteur des fuites concernant ta passion pour Latif.

19

Les jardins baignaient dans la lumière du soleil couchant, dont l'or profond nimbait les feuillages et faisait flamboyer les grandes verrières cintrées.

Ses rayons s'attardaient également dans la chevelure brune de Latif Abd al Razzaq, la frôlant de leurs longs doigts mordorés chaque fois qu'il se penchait sur son bureau pour écrire.

Même le soleil ne veut pas le quitter, pensa furtivement Jalia.

Elle s'arrêta dans l'embrasure de la porte ouverte, et à pas de loup, s'approcha de son bureau. Le stylo-plume de Latif crissait sur le document qu'il était en train de ratifier. Lorsque l'ombre de Jalia lui occulta la lumière, il releva lentement la tête.

Ils se jaugèrent un bon moment en silence…

Puis, comme si de rien n'était, Latif leva la main pour replacer le capuchon sur son stylo. Chacun de ses mouvements était précis, comme s'il lui était nécessaire d'exercer une maîtrise absolue sur le moindre de ses muscles.

— Etait-ce toi ? lui demanda-t-elle.

D'un coup d'œil, Latif congédia son assistant qui venait d'apparaître sur le seuil de la porte. L'homme plaça son poing sur son cœur, s'inclina et disparut sans faire de bruit.

— Réponds ! lui ordonna-t-elle.
— De quoi parles-tu ? s'enquit Latif.

Pour toute réponse, Jalia posa sur son bureau le journal qu'elle tenait à la main et désigna du doigt l'article contenant l'ultime médisance les concernant.

Latif se saisit alors du tabloïd et lut en diagonale.

— As-tu demandé à Gazi al Hamseh de manipuler les médias ? questionna Jalia.

D'un geste brusque, Latif se leva de sa chaise et malgré elle, Jalia recula d'un pas.

— Bien sûr que oui ! lui répondit-il.

Et, comme s'il était subitement las de ce petit jeu, il reposa le journal sur la table et vint se poster sur le seuil de la porte d'où l'on avait une vue merveilleuse sur les jardins.

A travers les branchages verdoyants des arbres, la brise jouait avec l'eau de la fontaine. A cette heure-ci, l'endroit était tout simplement enchanteur. Les ombres s'allongeaient paresseusement et les fleurs, après avoir boudé la lumière crue de l'après-midi, consentaient enfin à s'ouvrir et à répandre leurs senteurs exquises dans l'air.

Jalia était tellement persuadée que Latif allait nier, qu'il lui fallut quelques secondes pour comprendre la portée de sa réponse.

— C'était donc toi ! dit-elle, déconcertée.

— La campagne a atteint son but, n'est-ce pas ?

— Quel en était exactement le sens, à part m'humilier ?

Il lui jeta un rapide coup d'œil par-dessus son épaule, avant de s'abîmer de nouveau dans la contemplation des jardins.

— Gazi pensait que nous devions attaquer de façon préventive. L'histoire du mariage forcé devait être discréditée avant que le bruit ne coure réellement. Gazi connaît son affaire.

— Et qu'est-ce qui te fait dire que le but est atteint ?

— L'ignores-tu donc ? Ton *fiancé* et sa journaliste ont été surpris en flagrant délit de dispute, cet après-midi. Elle l'accusait de l'avoir délibérément trompée, et elle a réservé une place sur le vol de minuit, en partance pour Londres.

— Je n'en savais rien.

De nouveau, le silence les enveloppa. Mâchoires serrées, Latif contemplait les ombres qui assombrissaient de plus en plus le jardin. Il finit par se retourner et demanda brusquement :

— Qu'attends-tu de la vie, Jalia ?

Elle cligna des yeux et se mordit la lèvre.

Un ultime rayon de soleil coula du toit pour frapper en plein cœur le jet d'eau de la fontaine et le transformer en feu liquide.

Ne devait-elle pas y voir un signe ?

— Tu sais ce que je veux…

— Redis-le moi encore, lui ordonna-t-il d'une voix douce.

— Je veux la vie que tu m'as proposée, il y a quelque temps. Je veux que ce pays devienne le mien, car c'est ici que vit mon peuple et là que j'ai mes racines.

Elle s'arrêta un instant pour maîtriser le tremblement de ses lèvres avant de reprendre :

— Je ne l'ai encore dit à personne, Latif, mais la sultane m'a offert de devenir sa Compagne de la Coupe. J'ai longuement réfléchi à sa proposition et je crois que je vais l'accepter. Cela constitue une très belle opportunité pour réaliser les projets qui me tiennent à cœur.

De nouveau, elle s'interrompit, prit une longue inspiration et continua :

— Aussi, que cela te plaise ou non, je vais m'installer au Bagestan. Mais je désire bien davantage que cela, Latif. Je t'aime. Et je veux que tu m'aimes comme avant. Je veux t'épouser, avoir des enfants avec toi et je veux que le Bagestan soit leur maison.

A cet instant, sa voix se brisa et elle ajouta dans un murmure :

— Hélas, toi tu ne veux plus rien de tout cela…

Alors, sans mot dire, Latif s'approcha d'elle et la prit dans ses bras.

Immédiatement, elle sentit la chaleur virile de ses mains irradier son dos. Une chaleur qui s'immisça dans ses veines, son cœur, sa tête… Levant la tête vers lui, elle lui adressa un magnifique sourire.

— Mon aimée, lui dit-il, qui t'a raconté un tel mensonge ?

A ces mots, Jalia comprit qu'elle avait retrouvé son véritable foyer.

Plus tard, ils se promenèrent dans les jardins, là où les fleurs de la nuit s'amusaient à séduire le clair de lune avec leurs lourds parfums. Latif enlaçait tendrement Jalia qui avait niché sa tête dans le creux de son épaule.

— Je pensais que tu ne connaissais pas ton propre cœur, que tu m'aimais sans le savoir. Je voulais t'édifier sur les sentiments que tu ressentais pour moi, lui confia-t-il.

— Tu avais raison, mais cette ignorance remonte à longtemps. Au temps où je refusais de m'avouer mes sentiments. Etait-ce pour cette raison que tu voulais m'entraîner dans les montagnes avec toi ? C'était une ruse, n'est-ce pas ? Je suis certaine que le fils de Mansour qui ne pouvait soi-disant pas venir, était également une mise en scène.

— Comment pouvais-je te faire voir clair en ton cœur sans passer du temps en ta compagnie ? demanda Latif en riant. Or, avant la disparition de Noor et de Bari, tu m'évitais systématiquement.

— Et ma mère était au courant, j'en suis certaine ! s'exclama soudain Jalia. Elle était ta complice ! Avoue !

— Tes parents ont très vite compris mes sentiments pour toi. Lorsque tu es repartie en Angleterre sans prévenir, après le couronnement, je n'ai pas pu leur cacher ma déception. Oui, ils savaient quelles étaient mes intentions à ton égard et ce que tu représentais pour moi.

Jalia secoua la tête.

— J'aurais dû m'en douter, face au calme dont faisait preuve ma mère à l'idée de me voir partir dans la montagne en ta compagnie. « Tu n'auras qu'à dire que Latif est ton mari », dit Jalia en imitant sa mère. J'ai l'impression d'être tombée dans tous les pièges que l'on m'a tendus !

— Et alors ? N'étais-je pas déjà tombé dans les tiens ? demanda-t-il en déposant un tendre baiser sur ses lèvres.

— Puis, alors que tu pensais être arrivé à tes fins..., commença-t-elle.

— ... alors que j'espérais avoir réussi à te montrer ton cœur tel qu'il était, enchaîna-t-il, Michael a débarqué, prétendant que tu étais à lui.

La fontaine clapotait doucement dans l'obscurité, et Jalia tendit sa main sous le jet d'eau. Au contact des gouttes fraîches, un long frisson la parcourut...

— Lorsque Michael est arrivé, as-tu cru que je t'avais menti lors de notre... lors de cette fameuse nuit où je t'avais avoué que nos fiançailles étaient une invention ?

— Notre *nuit de noces*, corrigea-t-il en l'enlaçant plus étroitement. Au début, peut-être... J'étais fou de jalousie, et je ne savais plus ce que je devais croire.

— J'étais consternée à l'arrivée de Michael, se défendit Jalia. Ne t'en es-tu donc pas rendu compte ?

— Il aurait pu s'agir d'une angoisse liée à la présence des journalistes.

Une fleur trop lourde pour rester accrochée à sa branche voltigea devant eux avant d'atterrir sur l'herbe, charriant dans sa chute le parfum suave du musc. Sa senteur reflétait toute la douceur qui emplissait le cœur de Jalia. Cette dernière sourit d'un air songeur et poussa un petit soupir de satisfaction.

— J'ai donc décidé de jouer le jeu des Occidentaux, reprit Latif. Faire semblant de ne plus vouloir de toi, espérant que mon attitude te placerait devant tes propres choix et que tu redouterais que les portes ne se referment définitivement sur la vérité si tu ne les franchissais pas en temps opportun.

— Et pendant tout ce temps, Gazi travaillait pour toi !

— Après l'annonce de tes fiançailles avec Michael, je ne voyais plus comment m'en sortir. Cette affaire de mariage forcé aurait pu nous être préjudiciable pendant de nombreuses années, et tes parents et toi-même en aurez injustement souffert. Me tiens-tu grief d'avoir pris des mesures pour sauver notre avenir, tout en donnant l'impression que nous n'en avions plus ?

— Nooon ! lui assura-t-elle. Pauvre Michael, tout de même...

— Michael sera comblé par l'argenterie du sultan. Et lorsque nous aurons retrouvé les trésors cachés de la vallée de Sey-Shahin, je suis convaincu qu'il sera ravi de les expertiser, si nous le lui demandons.

Jalia se mit à rire.

— Effectivement, cela représentera une large compensation

pour lui. Néanmoins… Etait-il nécessaire de me faire passer pour une insensée ?

— Qui n'est pas fou quand il aime ? demanda-t-il d'une voix rauque. Je suis fou de toi, Jalia. Dès le premier instant où mes yeux se sont posés sur toi, je me suis mis à errer dans le désert, comme Majnun pour Layla.

— Tu as toutefois cessé de m'aimer pendant quelque temps, lui reprocha gentiment Jalia. Quand je t'ai avoué mon amour, tu n'as rien voulu entendre. Tu prétendais qu'il était trop tard. Brusquement, tu semblais être devenu indifférent.

Elle plongea alors ses yeux dans les siens, son regard assombri par ces douloureux souvenirs.

— Tu avais appris que tu m'aimais, mais tu ne savais pas encore que tu aimais ce pays. Je mourrais d'accepter ce que tu me proposais, ce que j'appelais de toutes mes forces depuis si longtemps. Mais je savais aussi que céder à la tentation aurait été dangereux. Qu'aurais-je fait d'une femme qui consentait à être mon épouse, alors qu'elle conservait des réticences face à mon pays ?

En formulant enfin ses sentiments, Latif semblait lui-même les comprendre clairement pour la première fois.

— Il était manifeste que, si ton amour pour moi te conduisait à vivre ici contre ta volonté, nous n'aurions jamais été heureux, poursuivit-il. La vie ne sera pas toujours facile pour nous, Jalia. Nous avons un énorme travail à accomplir. Or, si tu n'avais pas été complètement convaincue que le Bagestan était ton pays, tu aurais certainement regretté tes décisions. Il fallait que tu découvres par toi-même que tu aimais ce pays.

Jalia poussa un long soupir en pensant à son ancienne vie, à ses amis, à ses étudiants, à l'université… Cependant, aucun doute n'habitait plus son cœur. Sa vie était ici, son cœur aussi, et son destin était de passer le reste de ses jours au côté de Latif.

— Il était nécessaire que je t'offre la possibilité de découvrir et d'harmoniser les différents élans de ton cœur, de ton sang et de ta générosité.

— Que veux-tu dire ?

— Ne crois-tu pas que ce sont en partie tes préoccupations

envers les villageoises de ma vallée qui t'ont révélé que ton cœur appartenait au Bagestan ?

— Peut-être, admit-elle, un rien agacée. Mais tu n'es pas à l'origine de cet intérêt. Et si tu insinues que je t'épouse pour sauver les femmes de la vallée, alors...

Les mots lui manquaient tandis que Latif secouait la tête en riant.

— Crois-tu, mon aimée, que je n'aurais pas tout mis en œuvre pour régler le problème des tapis marzuqi sous prétexte qu'il s'agissait de femmes ?

— Tu m'as piégée ! s'écria Jalia. Depuis le début ! Depuis cette fameuse nuit dans la vallée de Sey-Shahin !

— J'ai simplement feint un petit désintérêt dans l'espoir de susciter ton intérêt pour la cause de mon peuple. J'espérais que l'amour que tu éprouvais pour mon peuple t'apprendrait à aimer leur *shahin*...

— Tu m'as quand même piégée..., murmura-t-elle en se blottissant contre son cœur.

Épilogue

LA PRINCESSE GAGNE LE CŒUR DU CHEIKH

La princesse Jalia al Jawadi Shahbazi, récemment nommée Compagne de la Coupe de la sultane du Bagestan, et le cheikh Latif Abd al Razzaq, Compagnon de la Coupe du sultan, vont se marier ! Le porte-parole du palais a déclaré que la possibilité d'un double mariage n'était pas exclue... Il s'agit naturellement de Noor, la cousine de la princesse, et de son fiancé Bari al Khalid.

Par ces deux mariages princiers, le retour à la vie du Bagestan s'annonce des plus lumineux.

ALEXANDRA SELLERS

Son séduisant protecteur

INTÉGRALE
PRINCESSES DU DÉSERT

Traduction française de
SYLVETTE GUIRAUD

♦ sAGAs ♦

Titre original :
THE FIERCE AND TENDER SHEIKH

Ce roman a déjà été publié en 2010.

© 2005, Alexandra Sellers.
© 2010, 2018, HarperCollins France pour la traduction française.

HANI

Le rêve de Hani

Dans le rêve, elle avait un nom. Son véritable nom. Dans le rêve, elle savait qui elle était et elle n'était plus seule. Elle avait un foyer et une famille. Sa vraie famille. Les traits tant aimés, perdus depuis si longtemps, elle les retrouvait maintenant sur d'autres visages qui, chose curieuse, faisaient aussi partie d'elle. Elle n'avait pas faim, dans le rêve, et on lui disait que jamais plus elle n'aurait faim. Et il y avait de l'eau, une eau limpide, pour boire comme pour se laver. Elle ne dormait plus dans la boue sous une tente infecte, et pas non plus dans une pièce minuscule et étouffante avec des barreaux aux fenêtres. Non. Elle avait un lit si grand, si moelleux et si propre, qu'elle ne parvenait pas à s'endormir à cause de la fraîcheur et de son émerveillement. Une chambre enfin, si vaste et si belle que, toujours dans son rêve, elle ne pouvait retenir ses larmes. Sa famille lui disait qu'elle lui appartenait de droit et que jamais plus elle ne serait perdue pour eux. On l'appelait « princesse » dans le rêve. Comme une personne chère. Quelqu'un d'important, digne d'être aimé.

Dans le rêve, elle était une femme.

1

Sous un soleil incandescent, le désert australien s'étendait, fumant, raboteux et inhospitalier jusqu'aux lointaines montagnes. Une autoroute le traversait, sans souci apparent du terrain, sorte de ruban gris et imprécis qui enjambait, presque par inadvertance, ravines et surfaces planes. Ici, un monde hostile et inflexible offrait un visage anonyme aux besoins des humains. Un grand camion à fond plat rugissait sur cette portion désolée de l'autoroute, sa cargaison arrimée par des câbles sous une bâche en plastique d'un bleu vif. Une poussière brûlante s'élevait à son passage, comme si le bitume mettait le feu à ses roues, l'obligeant à poursuivre son chemin ou à être consumé.

Loin derrière, une voiture grise rutilante gagnait rapidement du terrain sur le camion. Le cheikh Sharif Azad al Daouleh leva les yeux de la carte étalée sur le volant pour jeter un coup d'œil autour de lui. Toujours aucun signe de son lieu de destination. Tout ce qu'il voyait, c'était une terre stérile, desséchée, couleur de rouille, comme labourée par une griffe géante, ponctuée çà et là d'arbustes racornis. Une terre aussi désolée que le désert bagestani, et cependant terriblement étrangère.

Le point qu'il recherchait dans le désert était seulement indiqué au stylo sur la carte. *Centre de rétention de Burry Hill* était barré d'un X, non loin de la ligne qui représentait l'autoroute, à quelques kilomètres de la ville la plus proche. Les yeux du cheikh parcoururent le paysage, à la recherche d'une voie latérale. D'après les informations dont il disposait, il n'existait aucun panneau de signalisation, le grand public n'étant, bien sûr, guère encouragé à visiter les camps de réfugiés.

L'homme rejeta la carte et soupira. Le sultan avait parlé d'une mission difficile. Mais ni Ashraf ni lui n'en avaient véritablement évalué la difficulté. La tâche de retrouver un membre de la famille royale quelque part dans l'univers des camps de réfugiés n'était pas seulement un cauchemar de logistique, c'était aussi une sorte de trou noir émotionnel. L'échelle des souffrances auxquelles il avait assisté était quelque chose à quoi personne ne pouvait être préparé.

Devant lui, le camion crachait une épaisse fumée grise et délétère. Le cheikh appuya plus fort sur l'accélérateur et entreprit de le doubler.

A l'arrière du poids lourd, un paquet de chiffons couleur de poussière s'agitait violemment comme s'il était sur le point d'être déchiqueté par celui qui le chevauchait, un gamin accroché aux câbles. Le camion avait un passager clandestin ! Maigre mais agile comme un singe, ce dernier entreprit de dégringoler du sommet de la cargaison avec une audace telle que Sharif sentit son ventre se contracter. Il regarda le gamin étirer une jambe longue et mince jusqu'à ce que son pied nu touche le pare-chocs. Ensuite il se redressa, jeta un coup d'œil par-dessus son épaule pour surveiller la route derrière lui. A cet instant, Sharif réalisa avec horreur que sa voiture était dans l'angle mort de la vision du garçon qui, maintenant, se penchait vers l'extérieur, sur le côté du camion opposé à la voiture. Accroché d'une seule main, il paraissait sur le point de sauter.

Sharif étouffa un juron. Alors que sa main s'aplatissait sur l'avertisseur, le passager tendit le bras et jeta quelque chose sous les roues du camion.

Le bruit de l'explosion couvrit celui du Klaxon. Devant l'automobiliste, le camion se mit en travers de la route et s'arrêta dans un long gémissement, carcasse frémissante.

Ecrasant la pédale de frein et braquant de toutes ses forces pour éviter la collision, Sharif vit la petite silhouette maigre sauter avec agilité juste devant lui. A cet instant seulement, le jeune garçon prit conscience de sa présence. Il lança un regard de stupeur horrifiée vers la voiture qui s'approchait et, durant une épouvantable seconde, ses yeux se plantèrent dans ceux de Sharif. Puis il atterrit avec maladresse sur le sol, grimaça de douleur et roula sur lui-même, dans un effort désespéré pour s'éloigner de sa trajectoire. Les roues de la voiture mordirent durement le bitume bouillant dans un hurlement de protestation au moment où Sharif, cramponné au volant, parvenait enfin à s'arrêter. Comme une grêle de balles, des gravillons bombardèrent l'habitacle et les vitres, et une odeur chaude et entêtante de caoutchouc brûlé envahit l'atmosphère. La voiture argentée stoppa sur une bande d'arrêt d'urgence, le nez à quelques mètres du fossé qui dégringolait en pente raide vers le désert. Devant, le camion s'était immobilisé dans l'autre sens, formant un V élargi par rapport à la voiture. Entre les deux, le jeune garçon gisait, ses bras décharnés enroulés autour de la tête. Autour de lui s'éparpillaient des objets hétéroclites tombés avec lui, barres chocolatées, un jouet, et quelque chose qui brillait pitoyablement sous le soleil implacable : une orange, dont la couleur éclatante détonnait dans ce paysage poussiéreux. Puis ce furent le silence et la poussière qui retombait.

Sharif ouvrit vivement sa portière et descendit. Il était grand et taillé en guerrier avec, dans le maintien, quelque chose de fier et même, comme certains le prétendaient, une sorte d'arrogance. Le visage allongé, il avait une mâchoire carrée et un nez droit, hérité d'une mère étrangère. La lèvre supérieure était bien dessinée, l'autre, généreuse, signe d'une nature profonde et passionnée. Les yeux noirs, sous la barre des sourcils, trahissaient une intelligence aiguë. Avec cela, des pommettes saillantes, une peau douce. Ses fins cheveux noirs étaient coupés court, coiffés en arrière d'un front large et net.

— Espèce de petit idiot ! s'écria-t-il.

Le garçon s'assit, luttant pour retrouver son souffle. Il ne paraissait pas blessé.

— D'où... d'où venez-vous ? demanda-t-il en anglais d'une voix haletante.

Son épaisse chevelure, brûlée par le soleil, était courte et en broussaille. Dans la structure osseuse émaciée du petit visage affamé, la mâchoire était carrée mais délicate pour un garçon et se terminait par un petit menton pointu. La bouche pleine était trop grande pour le mince visage. Il en était de même pour les yeux. Le gamin paraissait trop jeune par rapport à l'expression de son regard, mais il en était ainsi de tous les enfants qui vivaient dans les camps. Il devait avoir environ quatorze ans.

Sharif éclata d'un rire auquel se mêlait cependant une certaine colère.

— D'où je viens ? Il est bien question de cela ! Que diable étais-tu en train de faire ? Tu as de la chance d'être encore vivant !

Pendant un instant, le garçon se contenta de le fixer de ses grands yeux, examinant la belle silhouette fière et grave, la djellaba blanche et le keffieh, si étrangers à ce pays.

— Oui, merci, marmonna-t-il.

Cette fois, devant l'inattendu de la réponse, Sharif partit d'un rire sincère. Il sortit une boîte en or de sa djellaba, en tira un fin cigare noir et le coinça entre ses dents. Pendant ce temps, l'enfant, la respiration toujours saccadée, se redressa sur ses genoux et tendit la main vers une barre chocolatée. Une douleur soudaine le fit grimacer et il se détourna pour se masser la cheville.

Sur le point de sortir son briquet, Sharif interrompit son geste.

— Es-tu blessé ?

— Non ! mentit le garçon, comme s'il devinait qu'une faiblesse apparente pouvait constituer un danger.

Dents serrées pour contrer la douleur, il recommença avec obstination à rassembler ses affaires éparpillées.

Sharif posa le pied sur un anneau d'un bleu vif dans son enveloppe de carton juste au moment où les doigts du gamin l'atteignaient. Le regard de l'enfant remonta vers les yeux sombres qui, au-dessus de lui, l'évaluaient.

— Ça fait mal comment ? questionna Sharif.

Le gosse haussa les épaules.

— Es-tu blessé ? insista Sharif.

— Qu'est-ce que ça peut vous faire ? Vous seriez mieux dans votre peau si vous n'aviez pas de souci à vous faire ? Comme ça, quand vous remonterez dans votre belle voiture brillante, vous aurez peut-être l'impression rassurante de vous être préoccupé de ma santé ?

Le cynisme brutal en disait long sur les années de souffrance du gamin. Et ce n'était encore qu'un enfant. Une telle absence de confiance dans un cœur humain frappa soudain Sharif comme quelque chose d'éminemment tragique. Un besoin impérieux le saisit d'apprendre à cet enfant blessé qu'il existait une authentique bonté humaine. Au cours des semaines passées, il n'avait assisté qu'à des scènes tout droit venues de l'enfer, et il s'était forcé à garder la tête froide. Pourquoi se laissait-il gagner par l'émotion maintenant ? Et, qui plus est, pour cet enfant décharné qui ne se fiait à personne. Non, il refusait absolument de se laisser entraîner dans cette voie sans issue. Prendre en compte un membre de l'humanité souffrante était une entreprise délicate et parfois dangereuse. Tel un chirurgien, il se devait de garder une certaine distance.

— Ne sois pas idiot. Monte dans la voiture. Je vais t'emmener voir un docteur.

Le garçon tressaillit visiblement.

— Non merci. Vous pouvez ôter votre pied ? J'ai besoin de ça.

Il essaya de tirer l'anneau de sous le pied de Sharif, mais ne réussit qu'à déchirer l'emballage.

Après avoir garé son engin sur le bas-côté, le chaffeur du camion s'avançait maintenant vers eux, furieux.

— Espèce de sale petit voyou ! s'écria-t-il en saisissant le gamin par le poignet pour le remettre debout sans ménagement. A quoi tu jouais ? Tu es encore un de ces maudits réfugiés, hein ?

Ce dernier poussa un cri de douleur, et toutes ses précieuses possessions s'éparpillèrent de nouveau sur le sol.

— Des réfugiés ? demanda Sharif Azad al Daouleh d'une voix douce qui contrastait avec la colère de l'autre.

Le chaffeur s'immobilisa et observa attentivement Sharif, sa carrure puissante, son allure fière, ses vêtements venus d'un autre désert, très loin, dans une partie différente du monde.

— C'est Burry Hill, par là-bas, grommela-t-il, soudain plus calme.

D'un mouvement du menton, il désigna les cruelles et impitoyables rangées de barbelés, à peine visibles au loin, ignorant le garçon qui luttait en silence pour se débarrasser de la rude étreinte.

— Ce camp n'est pas aussi sûr que les autres, ajouta-t-il. On dit qu'ils peuvent en sortir, mais il n'y a aucun endroit où aller et ils sont obligés d'y revenir. J'ai déjà entendu parler de ce tour. Ils jettent une sorte de pétard sous vos roues et quand vous stoppez, ils sautent et se perdent dans le désert avant que vous puissiez leur mettre la main dessus. Mais pas cette fois-ci, hein ? fit-il en serrant de plus belle le poignet du garçon. Pas cette fois-ci !

— Laisse-moi partir, espèce de puant fumier de chameau ! hurla le gamin, qui abandonna soudain l'anglais pour un sabir formé en grande partie de dialectes bagestani, arabe et parvani.

Un torrent d'insultes suivit.

Sharif alluma son briquet et sourit en découvrant la richesse des invectives du garçon. Il se pencha brièvement vers la flamme. Quand il releva la tête, son regard tomba sur le visage convulsé du gamin et, pendant un instant, il retint son souffle, le cœur battant.

— Viens un peu ici, toi, espèce de…

Le chauffeur tenta de lui donner un coup de pied mais, même blessé, le gamin fut trop preste pour lui.

— Mangeur de vomi de chien ! cria-t-il.

Le briquet se referma avec le claquement sec et doux d'un objet de luxe, et Sharif Azad al Daouleh ôta le cigare de sa bouche.

— Laissez-le partir !

Le ton glacial était un ordre.

Médusé, le chauffeur écarquilla les yeux.

— Quoi ?

— Vous êtes plus gros que lui et vous, vous pouvez vous souvenir de votre dernier repas.

— Quel rapport ? Il aurait pu nous tuer tous les deux. Et puis c'est un voleur. Regardez tout ça… Chapardé, c'est sûr ! cria l'homme en montrant du doigt les objets abandonnés par terre.

— Laissez-le partir !

— Vous perdez la…

Les yeux levés vers ceux de l'homme plus grand que lui, le chauffeur hésita un instant.

Bras croisés sur la poitrine, paupières à demi closes pour lutter contre la fumée, Sharif souriait.

Le gamin profita de l'étreinte relâchée du chauffeur et clopina pour aller s'abriter, hors d'haleine, derrière la portière restée ouverte de la voiture.

— Vous devez faire erreur, reprit Sharif d'une voix calme mais ferme. Vous avez sûrement roulé sur une bouteille en plastique.

Il y eut un long silence, empli de défi. Le regard de l'homme passa des yeux noirs du cheikh à ceux tout aussi sombres du garçon et il ricana.

— C'est l'un des vôtres, hein ?

— Oui, répondit doucement Sharif, c'est l'un des miens.

Quelque chose sur son visage fit reculer l'autre.

— Oh, et puis je n'ai pas de temps à perdre avec ça, grommela-t-il. J'ai un horaire à respecter, moi.

Il cracha avec violence sur les possessions dispersées du gamin et s'en retourna à grands pas vers son véhicule.

Un instant plus tard, le camion reprenait sa route en rugissant, comme s'il tentait d'échapper à sa propre fumée.

Sharif Azad al Daouleh resta à sa place un moment encore, le regard perdu à travers le désert vers les barbelés et le dérisoire alignement de toits de tôle, cherchant un sens à ce qu'il voyait. *Peut-être ai-je été trop longtemps exposé au soleil ?* songea-t-il.

— Sors de là, toi, ordonna-t-il sans élever la voix.

A l'instant où la mince silhouette se redressait derrière la portière, il tourna la tête. Le garçon paraissait vraiment mourir de faim. Ses bras nus, sous le T-shirt trop grand, étaient d'une maigreur atroce et son long cou et ses joues creuses contribuaient à amplifier le sentiment qu'il avait besoin d'un solide repas. Mais il n'y avait pas à se méprendre sur la ressemblance : un seul coup d'œil avait suffi à Sharif.

— Comment t'appelles-tu ? demanda-t-il d'une voix douce en arabe bagestani.

Le garçon le regarda, à la fois surpris et apeuré. Il respirait vite comme un animal blessé qui attend le retour de ses forces pour s'enfuir. Ses yeux se vidèrent de toute expression.

— J'ai une bonne raison de te le demander, insista Sharif.

De la même façon qu'il s'était adressé au chauffeur du poids lourd, le gamin lui expliqua à quel endroit précis il ferait mieux de placer sa question. La phrase était colorée et inventive.

— Comment s'appelle ton père ? insista Sharif, imperturbable.

Un bref instant pendant lequel il cessa d'être sur ses gardes, le visage du garçon ne fut plus qu'un masque de chagrin. Puis son regard se vida de nouveau et il haussa les épaules, l'air de dire : « Va au diable ! » Ensuite, il boita péniblement pour aller ramasser l'orange. Sharif souleva son pied pour libérer le jouet bloqué dessous et, un instant, l'enfant parut se ramasser sur lui-même, tel un animal prêt à mordre.

Sharif se pencha et saisit l'objet. L'enfant enfouit le reste des affaires dans ses poches sous le T-shirt démesuré puis se tint à quelques pas de Sharif.

— C'est à moi ! Donnez-le-moi !

Sharif ôta le cigare de sa bouche.

— Ne l'as-tu pas volé ?

— Qu'est-ce que ça fait ? C'est moi qui l'ai volé, pas vous ! Il est à moi. Si vous le gardez, vous êtes un voleur aussi, donc pas meilleur que moi. Rendez-le-moi !

Le garçon évitait de s'appuyer sur son pied et Sharif devina que sa petite acrobatie avait dû lui froisser un nerf ou, pire, lui fracturer un os. L'important était donc de l'emmener voir un médecin. Pour le reste, il s'en inquiéterait plus tard. Il lança le jouet au gamin avec un mouvement sec de la tête.

— Grimpe dans la voiture.

Mais l'enfant, après avoir attrapé l'objet au vol, pivota sur lui-même et se dirigea vers le talus.

— Ne sois pas stupide, répéta Sharif. Tu es blessé. Laisse-moi t'emmener chez un médecin.

Un sourire moqueur aux lèvres, le garçon jeta un coup d'œil derrière lui. Dans la lumière et les ombres qui l'enveloppaient en cet

instant précis, ses pommettes et ses yeux trahirent de nouveau des traits que tous les Compagnons de la Coupe connaissaient si bien.
— Comment t'appelles-tu ? Quelle est ta famille ? insista Sharif.
Mais le garçon dévala la pente, presque au pas de course, jusqu'à ce qu'il retombe sur le sol désertique. Un moment plus tard, aussi rapide qu'un chasseur aborigène, il s'était évaporé dans le paysage.

2

— C'est toi, mon fils ? Allah t'a-t-il porté chance ?

Farida était étendue sur son lit, à côté de son bébé. Ses cheveux noirs retenus par une écharpe étaient trempés de sueur, et elle tentait de calmer l'enfant qui pleurnichait, avec un bout d'étoffe trempé dans de l'eau sucrée. A l'entrée de Hani, la jeune mère leva les yeux et, avec un soupir, passa une main lasse sur son visage. Il régnait dans la pièce une température étouffante malgré le peu de lumière naturelle qui passait par une petite fenêtre pourvue de barreaux, bien trop haute pour que l'on puisse regarder au-dehors.

Le garçon s'approcha et commença à sortir les objets cachés sous son T-shirt. Des barres chocolatées, un bracelet, un anneau pour les dents d'un bébé et l'orange apparurent rapidement sur le lit devant Farida. La jeune mère sourit en dépit de sa fatigue et retourna chaque objet l'un après l'autre.

— Comment as-tu fait ? s'étonna-t-elle en secouant la tête avec admiration.

Le jeune garçon se contenta de hausser les épaules et exhiba d'autres trésors ; certains leur seraient utiles, les autres, il irait les revendre. *Quelle sotte question que celle de Farida !* songeait-il. Hani faisait toujours des choses auxquelles personne d'autre n'aurait pensé. C'était un débrouillard-né. Au contraire des autres, peut-être grâce à son agilité d'elfe, ou simplement aidé par la chance et une longue expérience, il parvenait à entretenir sa famille. Le jour où le garçon s'était attaché à elle avait été un heureux jour pour Farida. Malgré sa jeunesse et sa fragilité, il avait passé des années dans les camps, s'y était endurci et possédait l'intelligence d'un homme plus âgé. Sa rapidité et son astuce les avaient maintes fois protégés, là où un adulte aurait dû user de ses muscles. Sans doute se servait-il de sa connaissance de l'anglais pour duper les gens dans les échoppes ? Personne, à l'intérieur du camp, ne lui connaissait ce talent. Hani savait donc toujours ce qui se passait dans le camp. Il lui suffisait d'écouter aux portes du bureau de l'administration. C'était lui qui, le premier, avait entendu parler de la visite de l'émissaire du sultan.

Le gamin sortit un dernier objet d'une poche et le jeta sur le lit. C'était un portefeuille en cuir noir. A sa vue, la bouche de Farida s'arrondit de stupeur, car Hani ne faisait pas souvent les poches. Le portefeuille était à l'évidence de fabrication coûteuse, taillé dans un cuir fin et souple. Farida s'en empara et ses doigts découvrirent l'argent qui se trouvait à l'intérieur. Avec un léger soupir, elle entreprit de le compter rapidement et sourit. Cet argent allait leur faciliter la vie pendant des jours, voire des semaines !

Elle le passa à Hani qui saisit un vieux pot de yaourt, rangé à côté d'une éponge à gratter rouillée et d'un pain de savon de couleur verte, le tout posé sur une petite étagère entre une cuvette à vaisselle et un seau d'eau. Le gamin glissa les billets dans le pot, puis remit soigneusement le tout en place. C'était là leur banque...

— *Barakullah !* Qu'est-ce que c'est ? souffla Farida, l'œil fixé sur le sceau doré et la délicate calligraphie de la carte professionnelle qu'elle venait de trouver dans le portefeuille.

— Son Excellence Sharif Azad al Daoulch, lut-elle.

Sa bouche s'ouvrit alors toute grande et une expression presque comique, mélange de surprise et d'embarras, se peignit sur son visage.

— Hani ! Tu as volé un diplomate bagestani ! dit-elle dans un murmure rauque. Comment ? Où était-il ? Comment t'es-tu approché de lui ?

Hani prit une grande louche d'eau dans le seau pour nettoyer l'anneau bleu au-dessus de la cuvette, avant de s'asperger le visage et le cou de ses petites mains osseuses. Puis il tendit le cercle de caoutchouc au bébé.

— Sur la route, laissa-t-il tomber. Sa voiture roulait derrière le camion sur lequel je faisais une petite balade. Il aurait pu me tuer mais il a eu de bons réflexes.

— Tu es blessé ? s'inquiéta Farida.

Le garçon haussa les épaules.

— Hani ! Dis-moi ce qui s'est passé.

Farida se leva et se mit à arpenter le minuscule espace au centre de la pièce, tout en écoutant le récit du garçon. Contre son épaule, le bébé mâchouillait l'anneau, ses grands yeux curieux fixés sur Hani.

— Mon fils, il t'a sauvé la vie, il t'a empêché d'être battu, et tu lui as volé son portefeuille ?

Hani se contenta de la regarder.

— Oh, Hani... mais réfléchis ! C'est sûrement *lui*, l'envoyé du sultan Ashraf !

Depuis des jours, le centre de rétention bourdonnait de la rumeur qu'un officiel venu du Bagestan était attendu au camp. On ne connaissait pas les raisons de sa visite, mais les Bagestanis présents espéraient vivement que cela avait un rapport avec leur rapatriement, maintenant que le nouveau sultan avait été rétabli sur le trône. Même les quelques représentants de la demi-douzaine d'autres nations déchirées par les conflits étaient convaincus que leur propre sort en dépendait.

Sur les épaules du nouveau sultan Ashraf reposaient les espoirs de tous les réfugiés et exilés bagestanis.

— Il voyageait seul, sans même un chauffeur, répliqua Hani. Les diplomates qui viennent en mission dans les camps de réfugiés ne se déplacent jamais sans assistants et sans les médias, ajouta-t-il avec une gravité pleine de cynisme.

— Il est possible que son entourage vienne plus tard. Pour quelle autre raison un homme comme lui occuperait une telle position ? *Ya Allah* ! Un Compagnon de la Coupe ! Crois-tu qu'il te reconnaîtrait s'il te revoyait ? Oh ! Hani...

Au même instant on frappa à la porte.

Farida sursauta et serra le portefeuille contre elle. Le bébé ouvrit la bouche, laissa tomber le hochet sur le sol et recommença à pleurer.

— Que faire ? murmura Farida en tremblant.

— Donne ! dit vivement Hani en arrachant le portefeuille des mains de Farida.

Un instant plus tard, l'objet avait disparu sous l'ample T-shirt.

— Hani !

Mais il n'était plus temps. Un autre coup retentit. Les yeux agrandis par l'inquiétude, Farida alla ouvrir.

Sur le seuil se tenait l'un des gardes de la communauté de réfugiés chargés de la liaison entre le personnel et les habitants. Ces hommes avaient profité de leur situation pour créer une véritable mafia qui prospérait en dépit des autorités du camp qui ne pouvaient ou ne voulaient rien voir ni savoir.

L'homme toisa Hani d'un œil mauvais.

— Tu es allé en ville aujourd'hui, gronda-t-il dans le sabir du camp.

Son regard se posa ensuite sur le lit où était toujours étalé le misérable butin, récompense de l'expédition d'approvisionnement.

— Fais voir ça ! ordonna l'homme.

Hani fit un bond vers lui et lui saisit le bras dans le but dérisoire de protéger ses trésors rudement gagnés. Mais le garde était grand et sans pitié. Il se contenta de repousser le garçon qui tomba contre l'évier. Hani s'y accrocha un instant, à demi agenouillé, essayant de calmer la douleur de sa cheville blessée.

— Un hochet pour bébé ! lança-t-il au garde avec le fier mépris des impuissants. Tu as envie de le mâcher ? Ça fera peut-être repousser tes dents pourries !

Soudain il se releva et sauta sur le dos de l'homme penché sur le lit. De son petit poing, il se mit à lui marteler l'oreille mais une grosse et puissante main s'abattit sur le mince poignet et le tordit avec brutalité. Le gamin poussa un cri de douleur et abandonna la partie. Puis l'homme le rejeta comme un paquet de linge sale : son regard venait de se poser sur le bracelet. Il le rafla en même temps que deux barres de chocolat.

— Ma part, grimaça-t-il avec un sourire ironique.

Il leva le bracelet pour mieux l'admirer.

— Je connais quelqu'un à qui il plaira.

Il y avait dans sa voix une note mauvaise de triomphe et, dans sa fureur impuissante, la bouche du gamin se tordit.

— Puisse Allah te rendre incapable de profiter d'elle !

— Quoi d'autre ? questionna l'homme, ignorant l'insulte.

Ses yeux étaient emplis de colère, mais plus encore d'avidité. Il tendit la main vers le gamin à terre, paume ouverte, en agitant les doigts comme une invite. Hani et Farida braquèrent le regard vers lui en s'obligeant à ne pas jeter un coup d'œil vers le pot de yaourt.

— Donne, gronda l'homme.

Un bruit de pas à l'extérieur rompit soudain la tension.

— Farida, où es-tu ? Tu as entendu ? L'envoyé du sultan est enfin arrivé. Un Compagnon de la Coupe en personne. On dit qu'il recherche quelqu'un, cria une voix depuis le seuil. Il est en train d'inspecter chaque pièce. Sors et viens voir.

Le regard liquéfié par la terreur, Farida fixa Hani. Impossible désormais de se débarrasser du portefeuille.

La fuite du jeune garçon n'avait pas affecté Sharif. Sûr à présent de savoir où le trouver, il s'était rendu au centre de Burry Hill, priant le ciel que sa mission fût remplie.

— Bonjour, Rashid ; bonjour, madame Rashid, dit le directeur du camp d'un ton jovial. Qui avons-nous ici, Alison ?

Son assistante essuya son front trempé de sueur, remit son chapeau et consulta la feuille sur son bloc-notes.

— Rashid al Hamza Muntazer, sa femme, sept enfants. De la tribu des Joharis. Nous n'avons pas leur âge exact mais, d'après l'estimation de l'infirmière, ils ont tous au-dessous de douze ans.

Sharif Azad al Daouleh, Compagnon de la Coupe du sultan du Bagestan, posa le poing sur son cœur pour saluer la famille. La brève conversation qui s'ensuivit différa très peu des milliers d'autres qu'il avait entendues depuis des semaines : *Dites-leur, je vous prie, que les enfants devraient aller à l'école, que mon épouse est malade. Je suis ingénieur en bâtiment et je veux travailler. Demandez-leur, s'il vous plaît, combien de temps encore nous serons retenus ici.*

Le groupe poursuivit son chemin, mais l'angoisse des mots tintait encore aux oreilles de Sharif. C'était toujours le même récit de cauchemar et de gâchis, sans cesse répété, qui résonnait maintenant en lui comme une blessure véritable. Chacun d'eux était une variation de l'enfer sur terre.

Ils avaient maintenant parcouru une bonne moitié du centre de rétention, et Sharif désespérait presque de retrouver le garçon. Son instinct lui soufflait qu'un gamin aussi futé devait avoir des cachettes et, comme il lui avait dérobé son portefeuille — un fait que Sharif avait découvert sans surprise et presque avec amusement en remontant en voiture —, il avait toutes les raisons de se cacher pour éviter une rencontre. Mais Sharif Azad al Daouleh était un homme déterminé et il ne quitterait pas le camp avant d'avoir retrouvé le garçon.

A la porte suivante, il s'agissait d'une femme bagestani, un bébé dans les bras. Un autre enfant s'accrochait à sa jupe.

— Voici Mme Sabzi, lut l'assistante à voix haute. Elle a trois enfants. Un fils, Hani, une fille, Jamila, et le bébé.

Sharif porta le poing à sa poitrine et s'inclina. Farida lui rendit son salut et se remit à bercer son enfant, les yeux fixés sur lui avec anxiété. Fasciné, le bébé tendit la main vers le visiteur et laissa tomber son hochet.

L'anneau bleu que Sharif avait vu pour la dernière fois sous son propre pied sur l'autoroute ! Il sourit. *Je t'ai eu !* dit-il mentalement au garçon. Il tendit un doigt vers le bébé qui s'en empara et le dévisagea d'un regard trop sérieux pour un si petit être.

— Avez-vous un fils, madame Sabzi ? demanda-t-il à Farida.

Une lueur alarmée passa dans le regard de la jeune femme et elle s'humecta les lèvres.

— Je... Oui, mon fils, Hani.

Sharif lui sourit.

— Puis-je le voir ?

— Vous êtes très aimable, Excellence. C'est très bon de votre part, mais vous êtes un homme très important et mon fils…

Elle haussa les épaules pour manifester le peu d'importance qu'avait son fils face à lui.

Sharif inclina la tête.

— S'il est ici, j'aimerais faire sa connaissance.

— Il ne se sent pas très bien, hélas, Excellence. Je lui ai ordonné de rester au lit, bien qu'il ait eu très envie de vous voir. Nous sommes des Sabzi, Excellence. Nous venons des îles, dit-elle avec animation, comme pour faire dévier la conversation.

— Votre fils est-il ici en ce moment ?

— Oui… Non, commença-t-elle avant de détourner les yeux et de pousser une légère exclamation qui attira le regard de Sharif vers la porte de la chambre.

Le garçon était là, et le regardait droit dans les yeux, l'air de dire : « Accusez-moi et allez en enfer. » Il boitilla vers sa mère qui lui passa un bras autour des épaules et l'attira contre elle.

— Voici Hani, dit-elle d'une voix qui grimpa d'une octave, malgré tous ses efforts pour paraître calme. Vous voyez, il n'est pas assez malade pour rester couché quand un Compagnon de la Coupe vient nous rendre visite.

Son regard passa anxieusement de Sharif au garçon, comme si elle s'attendait à ce que Sharif accuse l'enfant. Elle pleura presque de soulagement lorsque l'envoyé du sultan reprit :

— Vous dites que vous venez des îles du Golfe ?

— Oui, Excellence. Nous habitions l'île Le Talon de Salomon. Notre maison a été détruite et on nous a chassés de l'île. Mon mari a été arrêté il y a quinze mois, Excellence, et depuis, je n'ai eu aucune nouvelle de lui.

— Les envoyés du sultan travaillent à réunir tous les prisonniers politiques et leur famille. J'espère que vous aurez bientôt des nouvelles de votre mari, madame Sabzi.

— Mais nous sommes tellement loin, ici ! A des dizaines de milliers de kilomètres, paraît-il. Je vous en prie, dites au sultan que nous voulons rentrer chez nous.

A moins d'être un miracle de conservation, songea Sharif, *elle n'était pas assez âgée pour être la mère du garçon.* Il scruta son visage, pour trouver entre eux une ressemblance quelconque. Il savait que des relations familiales se bâtissaient souvent à l'intérieur des camps, en partie à cause de l'ignorance des Occidentaux sur l'importance de certaines relations dans les autres cultures, en partie aussi parce que même des liens éloignés prenaient de l'importance lorsque de nombreux membres de la famille avaient disparu. Ainsi, des grands-oncles devenaient des pères, des cousins, des frères et des sœurs pour se plier aux conditions exigées par une autorité étrangère.

Mais Sharif ne vit pas la moindre trace de ressemblance familiale.

— Votre mari, madame Sabzi…, commença-t-il.

— Vous avez laissé tomber quelque chose, je crois, Excellence, l'interrompit le garçon.

Alarmée, la mère poussa une exclamation étranglée.

Sharif baissa les yeux : son portefeuille gisait par terre contre son pied. Le gamin se baissa pour le ramasser et le lui tendit avec un regard de défi.

— Est-ce là votre portefeuille ? s'écria le directeur du camp en anglais. Comment a-t-il pu arriver ici ?

— Il a dû tomber de ma poche, répliqua Sharif.

— J'en doute beaucoup, répliqua le directeur d'un ton sec. Vous feriez bien de l'examiner pour voir s'il manque quelque chose.

— *Choukrane*, dit Sharif au garçon. Merci.

Il saisit le portefeuille et ses doigts, en effleurant le poignet du gamin, prirent une conscience aiguë de sa cruelle minceur. Pourquoi cette femme, qui prétendait être sa mère, ne prenait-elle pas mieux soin de son fils ? Que faisaient donc les autorités du camp pour laisser un gosse mourir ainsi de faim ? Sharif ouvrit le portefeuille. L'argent s'était envolé. Il comprit le défi délibéré et autodestructeur du garçon mais au lieu de ressentir de la colère, il en éprouva un profond chagrin.

— Tout est à sa place, dit-il d'un ton calme en empochant le portefeuille.

— Excellence, s'exclama la mère avec un soupir de soulagement, vous êtes un homme bon.

Elle lâcha l'épaule du garçon et s'empara de la main de Sharif qu'elle baisa.

— Nous sommes des gens simples et la vie est tellement vide ici. Il faut rebâtir notre maison et nous sommes prêts à travailler dur pour cela. Dites-nous seulement que nous allons pouvoir rentrer chez nous !

Pendant qu'elle parlait, son fils à côté d'elle semblait perplexe. Les yeux assombris par la confusion et la méfiance, il fixait Sharif. A l'évidence, la bonté le démontait complètement et cela aussi fit déferler dans le cœur de Sharif une vague de tristesse.

3

Assis sur un rocher, Hani avait le regard fixé sur la plaine stérile plongée dans une profonde pénombre. Son estomac criait famine, mais ce n'était pas tout à fait cette faim-là qui le tenaillait. Une légère brise soufflait depuis les montagnes. L'air sec, chargé de la poussière du désert, et le parfum astringent d'une plante dont il ignorait le nom se mélangeaient pour créer une odeur particulière. Des étoiles scintillaient dans le ciel noir de nouvelle lune et leurs configurations lui rappelaient à quel point il était loin de chez lui. De temps à autre, sur l'autoroute proche, de longs doigts lumineux semblaient tirer une voiture solitaire de l'obscurité. A l'horizon, la ville s'étendait, fragmentée, et, non loin de lui, un verre à vin brisé captait la lumière des étoiles.

Tout autour, c'était la nuit. Derrière lui, une lueur fantomatique baignait le camp, rejetant l'ombre des barbelés sur le sol désertique, mais le rocher sur lequel il était assis dissimulait sa mince silhouette.

Pour la première fois depuis bien longtemps, il songeait au passé. La voix de l'émissaire du sultan avait fait remonter en lui des souvenirs, ces étranges souvenirs auxquels il ne comprenait rien : celui d'un bel homme, d'une femme souriante, d'autres enfants... Dans ces souvenirs, il portait un autre nom aussi...

— Maintenant tu t'appelles Hani. Oublie ton autre nom. Il faut oublier.

Il avait obéi. Peut-être même avait-il presque tout oublié. Dans le lointain clair-obscur de sa mémoire, c'était tout ce qu'il en restait. Sa vie — mais peut-être ne s'agissait-il que d'un rêve ? — était environnée d'une brume d'ombre douce, dans laquelle il distinguait de fraîches fontaines, des fleurs...

Elle avait joué dans un beau jardin, auprès d'un bassin plein de reflets, dans l'exquise fragrance des roses venue des parterres dont *elle* était entourée. La maison se reflétait avec précision dans le bassin avec son dôme cannelé, ses colonnes de mosaïque et ses balcons en encorbellement. Quand le soleil devenait brûlant, il y avait les fontaines. Les gouttelettes d'eau emportées par la brise venaient rafraîchir son visage et ses mains.

Aujourd'hui, même dans cet univers cruellement privé d'eau, Hani parvenait encore à se rappeler la sensation exquise. Puis, un jour, la fontaine s'était tue. Il s'en souvenait. Et aussi du visage de son frère — mais était-ce bien son frère ? —, pâle et tiré.

— Il ne reste plus que nous deux, maintenant, avait-il dit en *la* serrant très fort contre lui. Je te protégerai.

— Reverrons-nous les fontaines ? lui avait-*elle* demandé.

Et, bien que son frère n'ait pas répondu, elle avait compris.

Ils étaient restés seuls dans la maison silencieuse, elle n'aurait su dire combien de temps. Puis, un matin, *elle* s'était éveillée dans un lieu inconnu et son frère avait disparu.

— Maintenant, lui avait-on ordonné, tu dois être un garçon. Tu t'appelleras Hani.

Alors *elle* avait protesté en disant qu'*elle* avait déjà un nom !

On lui avait répété, presque avec colère :

— Oublie ton ancien nom ! Tout a disparu. Nous sommes ta famille désormais, nous veillerons sur toi. Voici tes nouveaux frères et sœurs.

Alors *elle* avait oublié son ancien nom, et *elle* était devenue Hani, un garçon, sans jamais vraiment savoir pourquoi, et son ancienne vie s'était peu à peu évanouie. Il avait partagé une chambre avec quatre autres enfants, dans un petit appartement surchauffé, sans bassin, sans fontaines, sans parterres de roses. S'il posait certaines questions, sa nouvelle mère faisait d'abord mine de ne pas entendre, et s'il s'entêtait, elle se mettait en colère. Qui étaient donc les gens dont il se souvenait ? Son cœur lui soufflait que l'homme si grand était son père, la femme souriante, sa mère, les autres enfants, ses frères et sœurs dont il parvenait parfois à se remémorer les noms.

— Nous sommes ta famille maintenant, et voici tes frères et tes sœurs. Maintenant, tu t'appelles Hani.

Quelque chose chez l'inconnu lui rappelait cette vie depuis longtemps enfuie, cette vie dont la mémoire lui était interdite. Le souvenir lui faisait mal. Il était aussi frais que si sa perte était la seule souffrance qu'il ait subie, comme si les années sombres qu'il avait vécues depuis n'avaient jamais émoussé son chagrin. La voix de l'homme ressemblait aux voix qu'il avait entendues il y avait longtemps, comme celle de son père, resurgie d'un monde englouti. *N'y pense pas, ne dis rien. Tu dois oublier...* N'était-ce donc qu'un rêve ? Son esprit d'enfant malheureux avait-il tout inventé ? Pourtant, il se souvenait bien de son père et de sa mère qui lui souriaient. Il se rappelait le cocon d'amour dans lequel il vivait.

— Un jour, quand tu seras grand, tu connaîtras la vérité. Mais pas maintenant...

Et puis... Après la bombe, sa nouvelle mère l'avait fixé d'un regard impuissant, essayant de lui faire passer le message que sa gorge déchiquetée d'où coulait le sang ne pouvait plus prononcer. Qui étaient ces gens dont il se rappelait les visages, dont le souvenir de l'amour qu'ils lui portaient, dans le vide d'une existence sans affection, surgissait parfois des profondeurs de son cœur pour lui rappeler ce qui pouvait être ? Où était son foyer qu'il revoyait parfois en pensée avec tant de clarté ? Pourquoi tout cela était-il soudain si frais à son esprit ?

A l'intérieur de ce qui se rapprochait le plus d'un hôtel de luxe, Sharif Azad al Daouleh, debout dans l'obscurité d'un balcon, réfléchissait à ce qu'il allait annoncer au sultan Ashraf. Malgré l'air frais du désert, il était nu, hormis la serviette qui lui ceignait les hanches. Le dos long et droit, l'estomac plat, les bras et le torse musclés lui conféraient l'allure d'un très beau génie sorti d'une lampe magique.

— Je te propose une mission, lui avait dit le sultan quelque temps auparavant.

Un serviteur avait apporté un plateau avec des boissons fraîches pendant que le sultan se penchait pour ouvrir un dossier. Sur le dessus de la pile de documents se trouvait la photo d'un jeune enfant, une fillette. Ashraf la prit et la tendit à Sharif.

Ce dernier examina le cliché. Les yeux de l'enfant étaient fixés sur lui, heureux et confiants, avec l'indubitable structure osseuse autour des yeux qui était la marque de fabrique des al Jawadi. Sharif savait que les membres de la famille royale étaient disséminés un peu partout sur la surface du globe, mais il n'avait jamais vu cette enfant-là.

— Ma cousine, la princesse Shakira, avait murmuré le sultan. Elle est la fille de mon cousin Mahlouf, le fils de l'oncle Safa.

Les cils épais de Sharif battirent sous l'effet de la surprise. Le prince Safa avait été l'un des premiers de la famille royale à être assassiné par Ghasib après le coup d'Etat. Sa mort avait incité le vieux sultan à ordonner à tous ses héritiers de prendre des noms d'emprunt et de se cacher.

— Safa avait un enfant de sa première épouse, la chanteuse Suhaila.

— Je n'imaginais pas du tout que le prince Safa ait pu épouser le rossignol du Bagestan.

— Peu de gens étaient au courant. Ce mariage fut court et marqué par le destin. Safa était alors très jeune. Suhaila le quitta alors qu'elle était enceinte. Plus tard, même si un certain lien a été maintenu, le public n'a jamais su que le prince Safa était le père de Mahlouf. Les dossiers de la police secrète de Ghasib indiquaient que Mahlouf, sa femme et toute sa famille étaient morts dans un accident de la circulation. Nous savons maintenant qu'il ne s'agissait pas d'un accident.

Un muscle tressaillit dans la mâchoire de Sharif en parcourant les documents que lui tendait Ashraf. Mentalement, il nota le nom de l'homme qui avait mis en scène l'assassinat.

— Nous avons cet homme, dit-il avec un sourire de satisfaction.
— Oui, on m'en a informé. Mais la question n'est pas là, pour l'instant. Un enfant a pu échapper à la mort. Nous avions toujours cru que toute la famille était morte dans l'accident. Mais nous étions dans l'erreur, et Shakira, la plus jeune fille de Mahlouf, ne se trouvait pas dans la voiture. La police secrète ayant eu vent de la rumeur n'a jamais réussi à retrouver sa trace. Mais d'une source indépendante, nous avons reçu confirmation de cette rumeur. La princesse aurait été adoptée par l'activiste dissident Arif al Vafa Bahrami.
— *Barakullah !*
Sharif se leva et s'inclina.
— Oui, dit Ashraf. Il a été plus loyal que nous ne le croyions. Mais nous n'avons pas eu d'informations ultérieures. Bahrami s'est enfui en Angleterre et y a résidé pendant quelques années avec sa famille en attendant que leur demande d'asile politique soit acceptée. Mais avant cela, Arif a été assassiné dans la rue. Si l'histoire est vraie, Shakira aurait dû être parmi eux. Mais il n'existe aucun rapport qui mentionne son nom.
— Lui auraient-ils donné un autre nom ? suggéra Sharif.
— C'est possible.
Le sultan se renversa dans son fauteuil et poussa un soupir.
— Mais il existe des arguments qui s'y opposent de manière formelle, Sharif. Après la mort d'Arif Bahrami, le ministère des Affaires étrangères britannique a décidé que son épouse et ses enfants n'étaient plus en danger et devaient donc repartir au Bagestan. Il y a eu un appel. Nous en avons maintenant la transcription, elle nous a été transmise par le gouvernement britannique. L'épouse d'Arif n'a jamais fait mention d'une parente du sultan qu'elle aurait hébergée. Et pourtant, ce genre d'information aurait sans aucun doute appuyé la demande d'asile de la famille.
— La princesse Shakira figurait sans aucun doute sur la liste noire de Ghasib, fit remarquer Sharif. Et avec elle toute personne qui l'aurait approchée, de près ou de loin. Barhami savait cela.
Il s'interrompit pour boire une gorgée de jus de fruits et reposa son verre.

— Quel a été le résultat de l'appel ?

— Il a été rejeté et toute la famille a été expulsée d'Angleterre.

Les lèvres de Sharif se resserrèrent sur une grimace pleine d'amertume.

— Ils ont pourtant été acceptés au Parvan et y ont résidé, peu de temps avant l'invasion kaljouk.

D'un air absent, le sultan remit les documents en place, la photographie sur le dessus. Il resta assis un long moment, les yeux baissés sur le visage de sa jeune cousine.

— Des rapports venus du Parvan signalent le nom de Bahrami dans un camp de réfugiés qui a été bombardé pendant la guerre kaljouk. Les survivants ont apparemment été expédiés dans un autre camp de réfugiés en Indonésie, mais après cela, les rapports sont flous. Une personne qui pourrait faire partie de la famille Bahrami y apparaît dans la liste des orphelins mais, depuis, ce camp a été fermé.

Il se renversa en arrière et se frotta les yeux.

— Les habitants ont été acheminés par bateaux dans des camps du monde entier. La piste est aujourd'hui totalement gelée.

Sharif reprit la photo de la princesse Shakira. C'était une enfant d'environ cinq ou six ans. Des cheveux bruns, brillants et bouclés, lui retombaient sur les épaules. Elle avait des joues rondes, éclatantes de santé et de vitalité, des yeux au regard pensif et un sourire malicieux. *S'il avait un jour une fille*, songea-t-il, *il aimerait qu'elle lui ressemblât.*

— Quel âge a-t-elle maintenant ? demanda-t-il.

— Si nos informations sont correctes, je dirais vingt et un ans.

— Elle a tout à fait l'air de famille des al Jawadi.

Ashraf hocha la tête et sourit tristement.

L'œil toujours fixé sur le visage de l'enfant, Sharif éprouva soudain un puissant sentiment d'attirance, et il se demanda quelle femme elle pouvait être devenue. Si elle vivait toujours...

— Vous souhaitez que je la retrouve ? demanda-t-il.

— Oui. Ou, plus exactement, une preuve de ce que son destin a été. Néanmoins, s'il y avait quelque espoir... Seul Allah sait combien de camps tu devras visiter. C'est une tâche quasiment sans espoir, Sharif, je le sais.

Sharif accepta d'un lent hochement de tête. Puis les deux hommes se relevèrent et s'étreignirent encore une fois.

— Fais de ton mieux, dit le sultan. Même si c'est une mission presque impossible.

Sharif referma le poing et le posa sur son cœur.

— Sur ma tête et mes yeux, Altesse, dit-il avec gravité, si la princesse est vivante, je la trouverai.

C'est donc avec une certaine émotion que Sharif Azad al Daouleh, Compagnon de la Coupe, après des mois et des mois de recherche, appela le sultan Ashraf.

— Sharif ! Quelles sont les nouvelles ?
— J'ai quelque chose ici, Ashraf.
— As-tu une information sur elle ?
— Pas sur la princesse, répondit Sharif. Mais attendez-vous à quelque chose d'assez étrange. J'ai trouvé quelqu'un d'autre ici.
— Quelqu'un d'autre ?
— Il s'agit d'un garçon. Environ quatorze ou quinze ans.

Au loin, dans le désert, une lueur indiquait l'emplacement du centre de rétention.

— Un orphelin j'imagine. Il s'est attaché à une famille qui, à l'évidence, n'est pas la sienne. S'il n'est pas un al Jawadi, alors vous n'en êtes pas un non plus. Vous n'avez aucune idée de qui cela peut être ?

Au bout du fil, un long silence s'installa. Puis le souffle saccadé du sultan parvint à Sharif.

— Par Allah, comment le savoir ? Nous en savons si peu sur certaines branches de la famille... Quelqu'un a peut-être fait une erreur sur le nom ? Ou peut-être que deux des enfants de Mahlouf ont pu s'échapper.

— Le garçon parle anglais, ce qui rejoint ce que nous savons de l'histoire des Bahrami...

Sharif hésita un instant avant de reprendre, sachant toute l'importance que revêtait le moindre indice à ce sujet :

— Ce devait être un nourrisson au moment où sa famille a été assassinée.

Dans l'ombre de la table derrière Sharif, le dossier de la princesse Shakira était posé, grand ouvert. Sharif se retourna et saisit la photo. Il avait été chargé de retrouver l'enfant vivante. Il ne parvenait pas à accepter la pensée que ce délicieux et insaisissable petit esprit ait pu être effacé de la surface de la Terre sans avoir eu la chance de s'épanouir. Ce n'était qu'une réaction toute sentimentale, et il savait qu'il l'aurait méprisée chez quelqu'un d'autre. De nombreux membres de la famille royale, sans compter un nombre inimaginable d'innocents, avaient été assassinés durant la guerre et la prise de pouvoir de Ghasib. Pourquoi devrait-il sortir précisément cette fillette de l'obscurité qui s'était abattue sur son pays, quelque trente années auparavant ?

La voix d'Ashraf le tira de sa rêverie.

— Qu'en dit le garçon lui-même ?

— Je ne lui ai rien demandé. Il a été durement secoué par les épreuves qu'il a traversées.

Le visage du garçon marqué par la souffrance et le chagrin lui revint à la mémoire. *Hormis les caractéristiques des al Jawadi qu'ils possédaient en commun, le contraste entre Hani et la petite fille de la photo était écrasant*, songea-t-il avec tristesse. La petite fille était confiante, là où le garçon ne se fiait à personne. Elle était heureuse, le garçon souffrait. Elle était bien nourrie, lui mourait de faim. Elle croyait sûrement ce qu'on lui disait, le garçon avait appris le cynisme. Et pourtant, ils semblaient reliés par un fil qui paraissait prendre le pas sur toutes leurs différences. Comme une évidence qui dominait tout.

— J'aimerais avoir votre permission de le ramener sans même tenter d'abord de faire le point sur ses origines, demanda-t-il au sultan. C'est un Bagestani avant tout.

— Agis en fonction de ce que te souffle ton jugement, Sharif. Tu as toute ma confiance.

Après avoir raccroché, Sharif resta à sa place, le regard perdu vers le désert. Sharif Azad al Daouleh était souvent considéré comme un être froid, cynique et égoïste. Pourtant, aucune de ces accusations n'était exacte. Certes, il était doué d'une brillante intelligence et il était fier de son haut lignage. Il était également courageux mais s'impatientait souvent de toute faiblesse ou lâcheté. Des hommes ou des femmes plus faibles pouvaient lui en tenir rigueur. Mais si sa compassion s'éveillait rarement, c'était peut-être parce qu'il n'en éprouvait guère pour lui-même. Il avait vu beaucoup de souffrances humaines au cours des longs mois d'une recherche infructueuse, et maintenant seulement, il éprouvait le sentiment d'impuissance qu'il avait inconsciemment emporté avec lui. Etait-ce à cause de la ressemblance de Hani avec les al Jawadi et sa loyauté viscérale envers eux ? Etait-ce quelque chose chez Hani lui-même ? Ou bien parce que cet enfant, avec ses yeux hantés et sa lucidité cynique sur son destin de dépossédé de sa terre, était simplement la dernière goutte de souffrance que Sharif était incapable de supporter ? Etait-ce parce que, somme toute, ce qu'il faisait était encore trop peu ? Certes, il allait sauver une âme, enlever un enfant souffrant du cauchemar de sa vie perdue et dévastée. Et ce simple geste était, à lui seul, une victoire. D'un seul coup, Sharif se rendit compte du prix que ces mois passés en tant que témoin d'une telle souffrance lui avaient coûté. Ils avaient empiété sur ses propres réserves intérieures. Il était heureux de pouvoir enfin rentrer chez lui.

— Me ramener à la maison ? murmura Hani. Me ramener chez moi ?

La vision d'une fontaine vacilla un instant dans son esprit et un espoir fit frémir son cœur. Sharif réalisa tout de suite son erreur. C'était l'interrogatoire le plus difficile auquel il se fût jamais livré et il espérait bien ne plus jamais recommencer.

— Te ramener au Bagestan, corrigea-t-il.

Mais l'enfant poursuivait son rêve.

— Ma mère est-elle là-bas ? Et mon père ?

Sharif déglutit péniblement. Par Allah ! Comment avait-il pu s'imaginer pouvoir traiter seul cette affaire ?

— Je ne crois pas, Hani.

— Ils sont donc morts, murmura Hani comme pour lui-même.

Pendant un long moment, le garçon fixa Sharif. Il y avait une sorte de dignité dans ses yeux sombres.

— Etes-vous mon frère ? demanda-t-il soudain.

La question secoua Sharif.

— Non, répondit-il avec douceur. Je ne suis pas ton frère.

Hani se mordit la lèvre pour refouler les larmes qui se pressaient soudain derrière ses paupières.

— Qui suis-je ? Savez-vous qui je suis ?

— Je suis navré, Hani. Je n'ai que des questions, comme toi. Si tu peux me dire quoi que ce soit, cela pourra m'aider à découvrir ton identité. Te rappelles-tu des noms ?

Sharif n'avait pas du tout eu l'intention de commencer par là. Son projet avait été d'en dire le moins possible, juste ce qu'il fallait pour inciter l'enfant à prendre l'avion avec lui. Mais, face à un besoin de savoir aussi pressant et profond, sa résolution avait échoué.

Hani secoua la tête, les yeux humides de tristesse.

— Il a fallu que j'oublie tous les noms quand j'étais tout petit. Je ne me souviens d'aucun, même pas ceux de mes frères et sœurs. On me disait que j'allais être tué si je les prononçais. Tué par un homme méchant.

Sharif lutta pour ne pas laisser son visage trahir ses sentiments. Il y avait eu de nombreuses victimes, mais seul un groupe d'habitants du Bagestan avait été en butte à la vindicte de Ghasib : ceux qui portaient le même nom, celui de la famille royale.

— Qui te l'a dit ?

— Ma... Elle disait qu'elle était ma mère, mais je savais qu'elle ne l'était pas. Dans mon cœur, je l'ai toujours considérée comme ma belle-mère. Mais je n'avais pas le droit de le dire.

Un étrange et écrasant silence les enveloppa. A l'extérieur du bureau du directeur, les bruits habituels du camp s'atténuaient, comme si l'air devenait trop faible pour les porter.

— Quel était le nom de ta famille adoptive ?

Hani retint son souffle et le monde parut en même temps retenir le sien. D'une manière ou d'une autre, avant même de le prononcer, il savait que ce seul mot allait tout changer.

— Bahrami, laissa-t-il tomber.

Le nom éclata comme un diamant taillé dans un lac d'eau tranquille. Cette fois, Sharif fut incapable de réprimer son émotion. Il put seulement fixer le garçon.

— Bahrami ? répéta-t-il d'une voix douce. Arif al Vafa Bahrami ?

— Oui.

Soudain, tous les tourments de son passé manquant s'agitèrent dans le cœur d'Hani.

— Dites-le-moi. Dites-moi où ils sont. Un homme et une femme, et d'autres enfants et une maison avec une fontaine. Des roses... Oh, tellement de roses ! Qui étaient-ils ?

Sharif sentit le souffle lui manquer ; un sentiment étrange lui déchirait le cœur avec ses serres d'aigle.

— Hani, je crois... Je t'en prie, comprends bien que nous ne pouvons en être certains, mais ton père aurait pu être Mahlouf Jawad al Nadim. Est-ce que...

Le cœur du garçon battait si vite et si fort que tout son corps en était secoué. Des frissons coururent sur sa peau et il se mit à trembler.

— Mon père ? C'est le nom de mon père ? Il est... encore vivant, alors ? Vous a-t-il envoyé me chercher ?

— Non, je suis désolé, Hani. Il est mort il y a des années. Ce nom te paraît-il familier ?

A demi aveuglé par les larmes, Hani secoua la tête.

— Pourquoi est-ce que je ne le connais pas, si c'était bien le nom de mon père ? Mon nom à moi, ajouta-t-il tout bas.

Puis il le répéta comme pour en goûter la saveur.

— Mahlouf Jawad al Nadim, mon père...

— Tu devais être très jeune lorsque tes parents sont morts, avança Sharif. Tu ne les as peut-être jamais connus.

Il se détourna vers son attaché-case et en retira le dossier de la princesse Shakira.

Hani ne le quittait pas des yeux.

— Je veux te montrer une photo, reprit Sharif d'une voix calme. Il est possible qu'elle ait vécu aussi avec les Bahrami. Te rappelles-tu ce visage ?

Il saisit la photo et la déposa devant Hani sur la table basse, non sans surveiller de près le visage de l'enfant, notant les différences terribles que la faim, l'horreur et les privations avaient créées entre ces deux visages à l'air de famille si prononcé.

Un long moment, l'enfant garda le silence, l'œil fixé sur la photo. Puis une minuscule larme cristalline tomba et atterrit sur la joue de la princesse Shakira. Posée sur la photo, elle trembla et étincela dans un rai de soleil. Hani leva les yeux vers Sharif, avala sa salive puis s'essuya la joue d'une main amaigrie.

— Comment s'appelait-elle ? chuchota le garçon d'une voix cassée. Comment s'appelait-elle ?

Enfin, Sharif la vit. Pas la ressemblance familiale, non. Bien plus que cela. Et maintenant qu'il s'en était aperçu, il était stupéfait que cela lui ait pris aussi longtemps.

Il répondit d'une voix très douce, comme si l'air autour d'eux pouvait se fracasser à ce qu'il allait dire :

— Shakira. Tu t'appelles… Shakira.

4

— Shakira.

Le nom, telle une trombe, parut tournoyer autour de la pièce avant de lui assener dans la poitrine un coup puissant qui le fit vaciller. Hani ouvrit la bouche et étouffa une exclamation. Une spirale de lumière lui incendia le cœur avant de se diffuser dans son être tout entier, faisant éclater la froideur et l'obscurité des années passées.

Elle se leva sans même s'en rendre compte, regarda Sharif, puis la photo et de nouveau Sharif.

— Shakira, répéta-t-elle.

Alors, tout au fond d'elle-même, elle entendit s'élever ce à quoi, depuis des années, elle avait aspiré : la voix de sa mère qui l'appelait par son véritable prénom. Elle vit la fontaine comme si elle était là devant elle, à la place du bureau et de son horrible mobilier fonctionnel. Par-dessus l'air sec du désert elle huma l'odeur de l'eau, la merveilleuse odeur de l'eau. Celle des roses, tremblant sous les gouttelettes et exhalant leur parfum, l'emplit comme une caresse oubliée. *Shakira, ma rose,* chuchota la voix de sa mère à son oreille. Tout cela était vrai : la photo, c'était elle, Shakira. Autrefois, il y avait bien longtemps, elle avait été aimée. Ses souvenirs d'amour étaient vrais. Elle avait eu une famille qui l'aimait.

Alors les larmes gonflèrent ses yeux et roulèrent le long de ses joues avec une abondance que Sharif n'aurait jamais cru pouvoir exister. Jamais il n'avait vu un tel flot s'échapper des yeux d'une créature humaine, ce qui lui rappela un vieux conte de fées dans lequel une princesse pleurait jusqu'à former un lac sur lequel elle voguait ensuite.

Les yeux noyés de larmes de Shakira se levèrent vers lui, tels des diamants noirs et tremblants.

— Qui suis-je ? Je vous en prie, qui suis-je ?

Il n'avait rien prévu de tout cela. Pourtant, sans intention aucune, il avait créé ce moment. Et il lui semblait impossible, à présent, de cacher quoi que ce soit à la jeune princesse. Pour la première fois de sa vie, le cheikh Azad al Daouleh se sentait totalement déstabilisé.

— Tu...

Sa voix s'étrangla dans sa gorge. Il toussa, avala sa salive et recommença :

— Votre nom entier est Shakira Warda Jawad al Nadim.

— Pourquoi être venu à ma recherche ? Qui désire me retrouver ? Toute ma famille est morte.

Les yeux noirs plongèrent au fond des siens avec un tel désir d'être contredite qu'il en eut presque le cœur brisé.

— Non. Votre famille proche a disparu, c'est vrai, mais vous avez d'autres parents. Vous avez une très vaste famille de cousins, de tantes et d'oncles.

Une longue plainte sortit de la gorge de Shakira et secoua Sharif jusqu'au tréfonds de lui-même, car c'était le cri de libération d'un terrible et inimaginable chagrin. La jeune fille bondit sur ses pieds, les yeux emplis de larmes, comme si rien ne pourrait plus jamais les arrêter. Elle se jeta contre la poitrine de Sharif et ses mains s'accrochèrent à son caftan, comme si, en le secouant, elle allait pouvoir lui arracher toute la vérité.

— Des cousins ? J'ai des cousins, des oncles et des tantes ? gémit-elle, les yeux levés vers lui. C'est ma vraie famille ? Ma famille à moi ? Ils savent qui je suis ?

Quelqu'un entrouvrit la porte du bureau et glissa un œil curieux à l'intérieur. D'un froncement de sourcils, Sharif chassa l'intrus. Puis il posa doucement les mains sur les petites épaules maigres.

— Ils attendent votre retour pour vous souhaiter la bienvenue, dit-il.

Des souvenirs se bousculaient maintenant dans la tête de Shakira. Puissant et irrésistible, un flot de chagrin mêlé de joie déferla en elle, comme si d'entendre prononcer son nom avait ouvert une porte derrière laquelle tout lui avait été dissimulé. L'un après l'autre, elle revit les visages de son père, de sa mère, de ses frères et de ses sœurs. Puis la fontaine, la roseraie, toute la beauté dont elle avait été entourée. Un livre avec l'image d'un prince et d'une princesse vêtus avec magnificence. Elle entendait de la musique aussi, et des voix qui prononçaient son nom et puis d'autres choses encore. Le mélange de sensations et d'émotions l'accabla soudain. Ils étaient tous là, ceux qui l'avaient aimée et qu'elle avait été obligée d'oublier. Oh ! comment allait-elle pouvoir supporter tout cela ? Elle s'essuya les yeux avec son T-shirt et jeta à Sharif un regard avide.

— Etes-vous mon cousin ?

Un lien avec lui lui donnerait sans doute l'impression immédiate d'être de retour chez elle.

— Etes-vous de ma famille ?

Ma famille. Le mot prenait ici une résonance que Sharif n'avait jamais perçue auparavant. Il eut soudain la vision d'un homme qui meurt de faim et entend prononcer le mot « pain ». Un sentiment protecteur jaillit en lui, et il souhaita de tout son cœur être la personne qu'elle aurait aimé qu'il fût.

— Je n'ai aucun lien de parenté avec vous. J'ai été envoyé à votre recherche par votre cousin. Il vient seulement d'apprendre que vous étiez vivante. Jusqu'à présent, il était persuadé que vous aviez péri dans l'accident avec vos parents.

— Il me croyait morte ?

Elle le toisa soudain avec une lueur étrange dans le regard.

— Qui est-il ce cousin ? Comment s'appelle-t-il ? Pourquoi n'est-il pas venu lui-même me chercher ?

Sharif serra les lèvres et répondit avec lenteur :

— Je crois que... ma réponse à cette question va être pour

vous une surprise encore plus grande. Votre père était apparenté à une très importante famille bagestani.

Dans les yeux de Shakira se bousculèrent, comme dans un kaléidoscope, le doute, l'incrédulité et le soupçon, au point que Sharif faillit se mettre à rire.

— Importante ? répéta-t-elle sans comprendre.

Sharif hésita un instant. Lui révéler la vérité de cette manière lui sembla soudain indécent et quelque peu ridicule. Mais la situation était telle, maintenant, qu'il lui était impossible de ne pas poursuivre.

— Mahlouf Jawad al Nadim descend en ligne directe du dernier sultan. Votre cousin est Ashraf al Jawadi, le nouveau sultan du Bagestan. Shakira, vous... vous êtes une princesse.

Les dômes polis et les minarets de Medina al Bostan miroitaient sous le soleil de l'après-midi, tandis qu'ils survolaient la cité enveloppée d'une brume scintillante, telle une ville de rêve. Le dôme bleu turquoise et violet était celui de l'ancien palais maintenant rendu à son ancien usage, de même que la demeure du sultan à qui l'on avait également redonné son ancien nom de « palais Jawad ».

— Comme moi, avait fait remarquer Shakira.

La mosquée du shah Jawad était le cœur de la cité. Sous Ghasib, on en avait fait un musée. Elle avait aujourd'hui repris ses anciennes attributions.

Toutes ces courbes s'étaient peu à peu effacées du cœur de Shakira, arrachée trop jeune à son foyer. La vie dans les camps s'était tellement acharnée à détruire ses souvenirs, qu'elle se demandait comment une telle beauté pouvait exister à côté de ce qu'elle avait connu. Maintenant, tout se passait comme si une main magique faisait réapparaître les images de ses rêves dans toute la glorieuse perfection de leurs couleurs et de leurs formes, et son cœur battait la chamade à chaque nouvelle vision. Enfin, elle était de retour chez elle.

— Ma famille va-t-elle être là ? avait-elle demandé, inquiète, au cours des longues et interminables heures d'attente, pendant que Farida et sa petite fille bavardaient et riaient, nullement déconcertées par le luxe du jet que l'hôtesse leur faisait visiter.

Shakira était restée assise en face de Sharif, le visage grave, les yeux sombres emplis d'émotions mêlées et d'une prestance intérieure que Sharif avait rarement rencontrée chez une personne aussi jeune.

Dans l'environnement luxueux du jet qui avait appartenu à Ghasib, les marques de la vie de privation de la princesse prenaient un relief aigu. Le corps pitoyablement mince, les cheveux ébouriffés et brûlés par le soleil, les pauvres vêtements de garçon et, par-dessus tout, les yeux hantés semblaient un reproche vivant à l'opulence qui l'entourait. *Personne,* songea Sharif, *n'avait moins l'air d'une princesse de la maison régnante que la jeune fille en face de lui.*

— Certains seront là, avait-il répondu. Tous ceux qui le pourront, en tout cas. Beaucoup parmi eux n'ont pas encore rejoint le Bagestan.

— Certains, avait-elle répété. Beaucoup...

— Oui. C'est ainsi qu'à l'avenir, vous pourrez dénombrer votre famille.

Rien, au cours de sa vie, ne lui avait autant déchiré le cœur que de constater cette faim désespérée et angoissée de trouver une personne qui la revendique comme sienne.

— Mes cousins, dit-elle avec un profond soupir. Pourriez-vous me parler de ma famille ?

Bien sûr. Votre arrière-grand-père, le sultan Hafzuddin, a eu trois épouses : Rabia, Sonia et Maryam. Entre ces trois, il y a eu de nombreux enfants et petits-enfants.

Shakira se redressa, ouvrant de grands yeux, et but, comme de l'eau dans le désert, l'histoire des siens.

— Ma grand-mère était donc une célèbre chanteuse ?
Sharif hocha la tête.

— Son nom de scène était Suha, et elle était très belle. Au moment du coup d'Etat de Ghasib, elle s'est exilée pour protester. Elle n'est rentrée que depuis peu.

— Oh !

Shakira détourna un peu les yeux et Sharif put voir quelle douceur les souvenirs donnaient au petit visage grave.

Soudain une larme lui échappa et elle l'essuya d'un geste brusque comme si elle en avait honte. Une nouvelle fois, son regard sérieux se posa sur Sharif.

— Rabia avait un fils, Wafiq, continua-t-il. C'est Ashraf, son fils aîné, le cousin de votre père, qui est maintenant le sultan. Le sultan a un frère, Haroun et trois sœurs, Aliyah, Iman et Lina. Ashraf et Haroun sont mariés et leurs épouses s'appellent Dana et Mariel.

— Ma famille est donc si grande ? murmura Shakira comme pour elle-même.

— Oui, et bien plus encore. Depuis le Grand Retour, beaucoup reviennent au Bagestan. Les petites-filles de Sonia, Noor et Jalia ont à peu près votre âge. Leur cousin Najib et sa femme vivent aussi tout près. Ils sont presque trop nombreux pour que vous puissiez les compter.

Mais Shakira ne s'estima pas satisfaite avant d'avoir appris tout ce qu'il pouvait lui dire. A la fin, elle resta immobile et silencieuse pendant quelques minutes, comme si elle écoutait encore et méditait tout ce que cela signifiait pour elle.

Une série de buildings massifs en marbre noir et blanc apparut soudain. Leurs formes lourdes détonnaient en comparaison de l'antique perfection des arcs et des dômes à l'architecture délicate. Shakira fronça les sourcils.

— Qu'est-ce que c'est ? questionna-t-elle.

Sa curiosité teintée d'indignation arracha un demi-sourire à Sharif.

— C'est le complexe du nouveau palais. Ghasib avait engagé des architectes étrangers. Il a fallu des années pour en venir à bout. Ce n'était peut-être même pas terminé quand vous avez quitté le Bagestan.

— On dirait ces morceaux de sucre que nous recevions dans

l'un des camps, observa-t-elle. Un jour, une grosse boîte s'est brisée et le sucre s'est éparpillé partout dans la boue. Nous sommes restés tout autour à le regarder se dissoudre et disparaître dans la terre, et à nous demander qui nous l'avait envoyé. Des hommes criaient : *Mais où est le thé à la menthe pour le mettre dedans ?* Les petits enfants avaient si faim que l'on n'a pas pu les empêcher d'en manger avec la boue aussi. Elle était polluée. Beaucoup ont eu la dysenterie et certains en sont morts.

Sharif l'écoutait, la gorge nouée. Il savait que, derrière ces grands yeux tragiques, se cachaient bien d'autres histoires semblables.

— Pourquoi ont-ils fait ça ? demanda-t-elle d'un ton pressant. Nous avions besoin de farine pour faire du pain, nous avions besoin de nourriture. Alors pourquoi du sucre ? Les hommes disaient que c'était une insulte délibérée pour nous montrer que le monde ne se souciait pas de nous.

— La bureaucratie crée de telles stupidités, répondit Sharif, désespéré de ne pas avoir de meilleure réponse à lui apporter.

Shakira jeta un coup d'œil par le hublot. Le nouveau palais commençait à disparaître de leur champ de vision.

— Pourquoi n'a-t-il pas fait quelque chose de beau ? demanda-t-elle.

Sharif éclata de rire. L'ensemble, lors de sa construction, avait été salué comme un mélange artistique des architectures de l'Orient et de l'Occident. Mais Shakira avait raison cependant : la forteresse était d'une solide laideur.

— Tout est grotesque ici, reprit-elle avec animation. Que savent-ils de la vie ? Ici, il y a de l'eau potable dans les toilettes ! Vous le saviez ? Quel gâchis ! Dans les camps, lorsque j'avais soif et qu'il n'y avait pas d'eau, je me disais : *Aujourd'hui, tu ne boiras pas l'eau que tu gâchais dans les toilettes en Angleterre quand tu y étais. Et demain, ce sera sans doute pareil.*

Elle s'exprimait comme quelqu'un qui a recouvré sa santé mentale après des années d'internement en asile. Il savait bien, lui, qu'il y avait des toilettes modernes au palais Jawad et il se demanda comment Ashraf et le reste de la famille réagiraient devant ce boutefeu déboulant au milieu d'eux avec son langage direct et sa vision sans concession de la vie.

Farida et Jamila vinrent reprendre leurs places à côté d'eux. L'avion allait atterrir et Sharif s'abstint de répondre.

— Et maintenant tu vas habiter dans un palais et tu seras une princesse, dit Farida sans la moindre trace de jalousie. Dire que mon fils était une princesse durant tout ce temps-là ! ajouta-t-elle en riant. Mon époux aura du mal à le croire quand je le lui dirai. Oh, Excellence, ce sera merveilleux de rentrer chez nous. Mon mari sera-t-il déjà là ? Il est peut-être en train de rebâtir notre maison ? C'est un honnête commerçant, vous savez. Nous cueillons et faisons sécher des herbes médicinales pour les vendre sur le continent. Et un bon époux ! Etes-vous marié, Excellence ?

— Telle n'a pas encore été la volonté d'Allah de m'envoyer une épouse, répliqua-t-il en utilisant la formule polie des gens de son pays.

— *Inch'Allah*, ce sera sûrement bientôt son bon plaisir. Quand vous vous marierez, je suis certaine que vous serez un bon époux. Le prophète n'a-t-il pas dit : *On connaît un homme à sa manière de traiter son épouse* ? Si vous êtes aussi bon mari que le mien, votre femme sera très heureuse et Allah vous bénira en vous envoyant de nombreux enfants.

— Votre époux a très bien choisi la mère de ses enfants, répondit Sharif.

Ils bavardèrent un moment et Farida parlait de son mari comme si elle allait le retrouver à sa descente d'avion. Mais, qu'il soit vivant ou non, qu'on le retrouve ou non, pour l'instant, il n'y aurait aucun retour sur Le Talon de Salomon. Sharif ne l'avait pas encore expliqué à Farida et il espérait ne pas avoir à le faire.

— Vous souhaiterez sans doute visiter le palais avec la princesse pendant que l'on recherche votre époux, avança-t-il. Le sultan m'a demandé d'étendre son hospitalité à la famille d'adoption de sa bien-aimée cousine.

Un large sourire se dessina sur le visage de Farida. Mais elle secoua la tête et tapota le bras de Shakira.

— La princesse a sa propre famille désormais et moi la mienne. Il convient que nous retournions dans le milieu auquel nous appartenons. Je ne fais pas partie du palais, j'ai mon propre foyer.

— Il faudra du temps à votre mari pour rebâtir.
— Alors, n'est-ce pas mon rôle de l'aider là-bas ? objecta doucement Farida, polie mais déterminée.

Mal à l'aise, Sharif s'éclaircit la gorge. Il n'avait pas imaginé que cette femme refuserait un séjour au palais. Il s'aperçut que Shakira l'observait d'un œil interrogateur. Il lui sourit d'un air rassurant, se demandant quel sujet embarrassant elle allait encore lui soumettre, mais il fut sauvé par Jamila de la question qu'il voyait poindre dans ses yeux.

La petite fille, assise à côté de lui, haussa son petit menton et le regarda bien en face.

— Où est mon Amina ? demanda-t-elle avec tristesse. C'est toi qui l'as ?
— Qui est Amina ? s'enquit poliment Sharif.
— Voyons, Jamila ! la gronda Farida avec douceur. Comment Son Excellence pourrait-elle avoir ta poupée ? Elle n'était pas là ce jour-là. Ma fille a perdu sa poupée quand ils ont arrêté mon époux et nous ont pris notre maison, Excellence. Quel terrible jour ! Jamila n'a pas oublié. La poupée, c'est moi qui l'avais fabriquée. Je lui avais dit que dès que nous aurions reconstruit notre maison, je lui en ferais une autre. Il suffira d'une vieille chaussette de mon mari et d'un peu de laine de couleur.

— Je veux mon Amina, répéta l'enfant avec obstination.

Sharif se pencha vers elle.

— Il y a de très jolies poupées en ville. Voudrais-tu m'accompagner au bazar pour choisir une autre Amina ?

Jamila pinça les lèvres et exprima son refus déterminé en secouant vivement la tête d'un côté puis de l'autre. Ses doux cheveux balayèrent le dossier de son siège.

Sharif se mit à rire.

— Ne réponds pas ainsi lorsqu'on t'offre un cadeau, l'admonesta sa mère.

— Je n'ai rien dit, protesta l'enfant, déclenchant aussitôt le rire de tout le monde.

L'avion atterrit enfin et roula jusqu'à une certaine distance du terminal principal où un pavillon de marbre et d'or était réservé aux hôtes de marque et aux dignitaires étrangers pour les soustraire à la curiosité du public. Pendant qu'ils attendaient la mise en place de la passerelle, une douzaine de personnes sortirent du bâtiment et se dirigèrent vers l'avion.

Jamais Shakira n'avait vu d'êtres aussi magnifiques. Hommes et femmes avaient les yeux brillants, des visages souriants et des cheveux légers qui scintillaient au soleil. Leurs vêtements éclataient de couleurs et d'un blanc si pur qu'on en avait mal aux yeux.

— Qui est-ce ? murmura-t-elle, tournée vers Sharif.
— Votre famille.

Un homme au visage grave, vêtu d'une djellaba blanche et d'un keffieh vert, et d'une femme superbe dont les cheveux noirs s'étalaient en nuage autour de son visage, marchaient côte à côte en tête du groupe. Ils étaient droits et élancés, et Shakira ne parvint pas à en détacher son regard.

— Le sultan et la sultane, vos cousins, précisa Sharif, attentif à tous les sentiments qu'il voyait défiler dans les yeux de la jeune fille.

La porte de l'avion s'ouvrit enfin et Shakira resta un instant dans la lumière du soleil, à regarder ces inconnus qui n'étaient pourtant pas des étrangers. Elle avala sa salive, rejeta la tête en arrière et s'efforça de respirer, mais elle était trop oppressée. Elle avait l'impression de mourir. Elle qui s'enorgueillissait de ne jamais avoir peur, elle qui avait défié les hommes de la sécurité dans les échoppes, qui avait sauté de camions en marche et bien d'autres choses encore, était maintenant tétanisée par la peur. Elle tourna un regard aveugle vers Sharif qui se tenait à quelques pas. Il la contempla, l'œil grave, un demi-sourire aux lèvres. D'un geste inconscient, elle tendit la main vers lui et il eut l'impression que de minuscules vrilles s'élançaient vers son cœur.

— Venez avec moi, le supplia-t-elle d'une voix à peine audible.

Il fit un pas vers elle.

— C'est votre famille, Shakira, dit-il en lui indiquant la sortie. Ils vous attendent.

Shakira regarda au-dehors. Ils étaient tous là. Sa famille. *Sa famille...* Le petit groupe l'appela en lui faisant de grands gestes de la main. Comme dans un brouillard elle entendit son prénom,

son véritable prénom, repris par des dizaines de voix joyeuses qui le prononçaient avec affection, comme si elle était quelqu'un de précieux, quelqu'un que l'on peut chérir.
— Shakira ! criaient-elles. Sois la bienvenue chez toi !

5

Un vent doux charriait jusqu'à elle les suaves parfums du désert. Il régnait une chaleur sèche qui faisait évaporer ses larmes dès qu'elles roulaient le long de ses joues.

L'homme brun et élancé en djellaba blanche et keffieh vert soulevés par la brise s'avança jusqu'au pied de la passerelle et lui adressa un regard plein de gravité. Avec un coup au cœur, Shakira reconnut un certain regard dans le noble et digne visage. Un cri muet s'étrangla dans sa gorge Elle dévala les marches et s'arrêta devant lui.

— Qui êtes-vous ? chuchota-t-elle. Etes-vous…

— Je suis ton cousin Ashraf, répondit le sultan avec simplicité.

— Oh ! Comme vous ressemblez à mon père ! s'écria-t-elle.

Soudain, l'autre visage bien-aimé se dressa dans son esprit, avec clarté et précision, comme cela ne lui était pas arrivé depuis longtemps. Shakira resta un moment sans savoir comment gérer la puissance des sentiments qui montaient en elle. Après une vie dépourvue de liens avec des proches, elle ignorait comment exprimer le mélange de joie, de chagrin et aussi de terrible soulagement qui la submergeait.

Ashraf rompit la tension en la serrant étroitement contre lui.

— Bienvenue chez toi, cousine.

Un instant elle résista, et son corps frêle se tendit comme dans l'attente d'une attaque. Puis une sensation inconnue se fit jour en elle et un sanglot monta à sa gorge. Des larmes brûlantes lui emplirent les yeux, impossibles à maîtriser, même si son instinct lui soufflait qu'elles étaient la manifestation d'une dangereuse faiblesse. Pleurer devant tant de gens ! Qu'allaient-ils penser d'elle ? Comment allaient-ils la traiter désormais ? Pourtant, les bras qui l'entouraient lui procuraient une sensation de bien-être qu'elle n'avait pas connue depuis longtemps mais dont elle se souvenait quand même. Elle n'eut pas le temps de démêler ce conflit d'émotions. Ashraf relâcha son étreinte et elle fut de nouveau embrassée par la femme aux cheveux noirs.

— Je suis Dana, l'épouse d'Ashraf, entendit Shakira. Nous sommes si heureux et tellement reconnaissants de t'avoir enfin retrouvée ! Quels moments terribles tu as dû connaître ! Mais tu es en sécurité dans ta famille, désormais.

Hani avait toujours su retenir ses larmes. Il avait même toujours cru que son âme était tellement desséchée qu'il ne parviendrait jamais plus à pleurer. Shakira, elle, ne parvint pas à arrêter le flot de ses larmes. Depuis l'instant où elle avait appris sa véritable identité, elle semblait avoir perdu le pouvoir de refréner ses émotions, de réprimer le sentiment qui s'écoulait par le biais des larmes. Maintenant, entre les bras de la sultane, la tête contre sa poitrine comme avec sa mère, longtemps auparavant, Shakira était comme anéantie.

— Tu es en sécurité ici, répéta la sultane comme si elle comprenait tout. Tout va bien.

Son doux visage souriant s'inclina vers elle, et, à cet instant, Shakira perdit les derniers vestiges de son sang-froid. Elle se mit à pleurer, et à pleurer encore. Elle pleura pour Hani, elle pleura pour Shakira, pour les malheurs qu'elle avait connus et pour son retour au pays. Elle pleura à cause du chagrin et de la joie qui se mêlaient en elle, et aussi de la honte qu'elle ressentait de cette inhabituelle faiblesse.

Elle releva enfin son visage sillonné de larmes, ses sanglots s'apaisèrent et son souffle prit un cours plus régulier. Tout à son embarras, elle ne savait que dire pour retrouver une contenance. Alors, bien vite elle releva le bas de son T-shirt pour s'essuyer les yeux et le nez et adressa ensuite un sourire suppliant et nerveux à la sultane.

— Oh, tu ressembles tellement à Ashraf, s'écria celle-ci. Je vois comment vous avez pu la reconnaître, Sharif.

— C'est vrai ? balbutia Shakira, partagée entre le ravissement d'avoir un air de famille avec eux et le doute de tout ce qui lui arrivait.

Tout le monde se rassembla alors autour d'elle, et de nombreuses voix se joignirent à celle de la sultane.

— Mais oui, regardez donc ! Elle est tout le portrait de la sœur de grand-mère, entendit-elle.

— Tu as hérité des yeux d'Ashraf, c'est certain. Bonjour, Shakira ! Moi aussi, je suis ta cousine. Je m'appelle Noor. Bienvenue dans la famille !

— Je ne crois pas que nous devrions nous présenter tous en même temps, intervint Dana qui sentait la tension s'accumuler dans le maigre petit corps accroché à elle. Ramenons Shakira à la maison. Ce long voyage l'a fatiguée. Et n'oublions pas sa famille d'adoption.

La sultane se retourna vers l'endroit où se tenait Farida, le bébé dans ses bras, Jamila serrée contre sa jambe, et tendit la main.

— Nous vous sommes très reconnaissants de votre amitié pour la princesse, dit-elle. Bien entendu, vous allez nous accompagner et résider au palais aussi longtemps qu'il sera nécessaire pour trouver votre mari.

Un poing sur le cœur, Farida s'inclina avec respect.

— Excellente dame, votre hospitalité m'honore. La place de Hani est auprès de vous dans son foyer. Mais ma maison est ma maison et je rêve d'y retourner tout de suite. Je ne veux pas vous encombrer plus longtemps. Si votre générosité pouvait nous offrir un peu d'eau et de nourriture pour le voyage, nous nous en irons. Je connais le capitaine du ferry-boat. Quand il apprendra notre histoire, il acceptera de nous emmener. Quand mon mari reviendra, il le paiera.

Shakira vit le coup d'œil échangé entre le sultan et son épouse.

Dana adressa un nouveau sourire à Farida.

— Je suis tout à fait désolée. Il n'y a pas de ferry en ce moment. Et il n'y a aucun endroit sur l'île où vous pourriez vivre. Rien n'a encore été rebâti là-bas. Mais vous êtes tout à fait la bienvenue.

D'un seul coup, Shakira se redressa.

— Pourquoi Farida n'a-t-elle pas le droit de rentrer chez elle ? interrogea-t-elle.

Hani, tout au fond d'elle maintenant, trouvait soudain l'occasion de manifester son énergie après la terrible démonstration de faiblesse de ses larmes.

— Elle désire rentrer chez elle ! Croyez-vous qu'habiter dans une île sans un abri peut être pire que de vivre dans le centre de rétention de Burry Hill ?

— Cousine, intervint doucement le sultan, ce n'est pas…

— Pourquoi ne peut-elle rentrer chez elle ? insista Shakira avec une sorte de colère intérieure.

Ils se figèrent tous en même temps, visiblement à la recherche d'un moyen de régler ce défi inattendu mais, avant même de leur laisser le temps de trouver une réponse, Sharif fit un pas vers Shakira, s'offrant comme une cible.

Une sorte de soupir de soulagement involontaire s'échappa de la poitrine de ceux qui les entouraient.

— Vous aviez dit que vous nous ramèneriez chez nous, lui lança Shakira d'un ton accusateur.

Le regard ferme de Sharif soutint le sien.

— Vous qui avez attendu si longtemps d'avoir une famille, de vous trouver vous-même, de reprendre votre propre nom, Shakira, croyez-vous vraiment que les bonnes choses arrivent en claquant des doigts ? Farida doit s'estimer simplement heureuse de se retrouver au Bagestan parmi ses compatriotes. Il lui faut juste attendre un peu plus avant de rentrer dans son foyer.

— Pourquoi doit-elle attendre ?

Sa rage n'intimida pas Sharif.

— Elle doit attendre parce que : « Seuls ceux qui sont patients recevront leur pleine récompense », cita-t-il. Votre attitude protectrice envers votre amie vous honore, Princesse, mais Farida doit se soumettre à la réalité du moment.

Un silence tomba, pendant lequel le fragile petit garçon-fille et l'homme bâti en force s'affrontèrent du regard. Puis Shakira poussa un profond soupir et son étrange fureur parut se dissiper. Elle se tourna alors vers Farida.

— J'espère que ce ne sera pas long.

Farida sourit.

— « Personne ne peut recevoir meilleure et plus grande bénédiction que la patience », dit-elle. Notre Prophète ne l'a-t-il pas dit ?

La jeune mère se tourna vers la sultane et inclina de nouveau la tête devant elle.

— Excellente dame, je me sens honorée d'être votre invitée.

Dans un haut mur recouvert de carreaux de faïence bleue s'ouvrait, vers l'intérieur, une porte voûtée de bois massif, et la petite file de voitures quitta la rue étroite pour s'engouffrer dans la cour. A l'arrière d'une limousine, assise entre deux cousines dont les noms faisaient partie d'un méli-mélo de prénoms et de visages, Shakira baissa la tête pour regarder la voûte par la vitre arrière. Au-dessus, il y avait des fenêtres. Son regard fit le tour de la cour, là où les voitures se garaient l'une après l'autre, face à une autre voûte, plus petite celle-là. Shakira devina qu'elle devait ouvrir sur une autre ruelle. Face à la cour, un haut mur de brique d'un jaune fané dominait la cour, et le sol était pavé dans le même ton. Des plantes vertes garnissaient le bas des murs, et deux grands arbres s'élançaient vers le ciel. Le soleil déclinait, donnant au vieux mur de brique une teinte lumineuse et chaude totalement étrangère aux structures stériles de Burry Hill.

— Est-ce le palais ? interrogea Shakira avec étonnement. C'est beau.

Noor émit un léger rire. En réalité, ils se trouvaient seulement dans l'entrée privée et le parking du palais.

— Tu vas voir comme c'est beau, promit-elle.

Toute la famille quitta alors les multiples véhicules et se dirigea d'un pas pressé vers la porte en arcade.

Shakira glissa un coup d'œil de l'autre côté et réprima un soupir.

— Oh ! s'écria-t-elle ensuite, c'est comme le paradis !

Au-delà du passage voûté s'étendait le plus magnifique jardin du palais. Par la suite, Shakira devait toujours se rappeler le premier coup d'œil qu'elle y avait jeté. C'était un vaste rectangle, entouré de balcons en encorbellement, et ombragé d'arbres et d'arbustes ornementaux, dont beaucoup étaient en fleurs. Au centre s'étalait un grand bassin aux reflets scintillants, surmonté d'une magnifique fontaine de marbre d'où jaillissait une eau murmurante. L'eau retombait de niveau en niveau avec un bruit qui était un pur ravissement.

— Une fontaine ! s'écria Shakira.

Elle se retourna pour partager son émerveillement et aperçut Sharif. Il se tenait en arrière, un peu à l'écart du groupe familial qui avait laissé la jeune fille seule pour découvrir le jardin dans toute sa splendeur. Elle lui sourit et ses yeux pleins de lumière l'appellèrent à son côté.

— L'aviez-vous déjà vu ? demanda-t-elle avec étonnement.

— Très souvent. Mes appartements sont là-bas.

Du doigt, il désigna à travers les arbres, un balcon d'où jaillissaient une profusion de plantes qui s'inclinaient vers le jardin magique. Shakira le fixa, bouche bée. Puis elle se retourna très excitée vers sa famille qui l'entourait maintenant, ravie de sa réaction.

— Y a-t-il des gens qui habitent ici ? s'enquit-elle.

— *Tu* habites ici, l'informa quelqu'un.

— Oui, et je pense que je vais t'emmener maintenant dans tes appartements, Shakira, dit Dana d'une voix calme.

Il lui apparaissait clairement que la princesse, encore à moitié garçon, à moitié dans son ancienne vie, avait eu assez de sujets d'émotion pour l'instant.

SHAKIRA

Le rêve de Shakira

Dans le rêve, on l'habillait de robes froufroutantes d'une incroyable beauté, délicatement brodées de fils et de joyaux qui brillaient et chatoyaient dans la lumière de cet endroit magique qui était, miraculeusement, sa propre maison. Le visage que lui renvoyait le miroir était mystérieux et profondément féminin, et les boucles qui éclataient au-dessus de sa tête en rehaussaient la délicate structure osseuse et la gratitude émerveillée dont brûlait son regard. Dans le rêve, des gardes vêtus de fabuleux uniformes la saluaient au moment où elle franchissait une énorme porte voûtée vers une salle tellement lumineuse qu'elle en avait mal aux yeux. Une multitude de gens en habits splendides se retournaient sur son passage pour lui sourire avec de grands yeux approbateurs. Elle se dirigeait ensuite vers une volée de grandes marches de marbre qui permettaient de descendre vers la salle.

Dans son rêve, sa famille était rassemblée là et, sur les visages, elle pouvait lire la fierté qu'ils éprouvaient pour elle. Son cœur se gonflait de douceur en les regardant, et elle ressentait qu'elle était une part d'eux tous. Ses yeux fouillaient la foule sans trop savoir pourquoi. Comme si elle cherchait quelqu'un. Quelqu'un d'autre, qui ne faisait pas partie de sa famille. Puis il était là, bien qu'elle ne puisse pas voir son visage. De tout son être, elle absorbait la force, la passion, la férocité et la possessivité qui étaient en lui. Elle était pénétrée aussi de sa douceur, de sa chaleur. Dans le rêve, il s'approchait d'elle au moment où elle descendait les marches dans le doux froufrou de sa robe étincelante, agitée par la brise qui, juste à cet instant, s'engouffrait par la porte cintrée donnant sur le jardin éclairé de chandelles pour l'occasion. Il levait la tête et, sans distinguer ses traits, elle devinait qu'il lui souriait.

Dans le rêve, elle n'avait pas peur. Forte et confiante, elle tendait la main et la posait dans la sienne. Sur son bras, des bracelets piqués de précieuses pierreries étincelaient. Mais bien moins cependant que la lueur étrange qu'elle lisait soudain dans ses yeux sombres.

6

LE RETOUR DE LA PRINCESSE PERDUE
DES PHOTOS EXCLUSIVES DE LA PRINCESSE-GARÇON

La famille royale du Bagestan fête aujourd'hui, toutes portes fermées, le retour au bercail d'une autre princesse, celle-là même que l'on croyait morte. De source bien informée, nous avons appris que la princesse Shakira a été découverte par hasard dans un centre australien de rétention pour réfugiés où elle vivait, déguisée en garçon. D'après nos informateurs, la princesse serait arrivée hier à l'aéroport international du Bagestan, où elle a été accueillie par le sultan et la sultane et des membres de la famille royale, dont faisaient partie les princesses Noor et Jalia. Shakira, qui paraissait épuisée et mal nourrie, a pleuré de joie lorsque le sultan, cousin de son père, l'a embrassée. La famille a sollicité un peu d'intimité, le temps que la princesse se remette de ses épreuves.

C'était Sharif qu'elle voulait. Dans l'étrangeté absolue de son nouvel environnement, il était son seul lien entre le passé et le présent. Lui seul savait d'où elle venait et vers quoi elle allait. Et c'était un réconfort pour elle de songer qu'il existait un être qui la connaissait alors qu'elle-même ne savait plus qui elle était. Mais où était-il ? Elle ne l'avait plus revu depuis son arrivée au palais. Cette journée avait été accablante, en dépit de tous les efforts de la sultane pour adoucir l'impact de la nouveauté sur son esprit débordant de questions. Elle n'avait même pas eu le temps d'avoir peur.

Ce soir, elle avait pris un bain dans suffisamment d'eau pour garder en vie une personne pendant au moins un mois. Une eau tiède et parfumée par des huiles. Un luxe inimaginable. Elle était restée une heure dans l'eau, croyant à peine que cela puisse être vrai. Mais quand sa femme de chambre personnelle, comme le lui avait indiqué la sultane, avait retiré la bonde, laissant l'eau se vider après un unique usage, Shakira s'était soudain retrouvée dans le monde réel, enveloppée dans une serviette blanche et moelleuse aussi grande qu'une couverture. Elle avait injurié la femme et l'avait maudite pour son gâchis et sa stupidité. Tandis qu'elle tentait de remettre la bonde en place, la servante effarée avait couru chercher de l'aide. Six autres personnes s'étaient ruées dans ses appartements, babillant comme des gens en train d'attendre qu'on leur jette des sacs de farine de l'arrière d'un camion. Personne ne parvenait à la comprendre. C'était comme si elle parlait une langue étrangère. Pour aggraver le gâchis, une femme aux cheveux grisonnants avait ouvert le robinet pour laisser encore couler l'eau.

— Regardez, Princesse, avait-elle dit, nous ne manquons pas d'eau. Les pluies sont venues. Le sultan est assis sur son trône et Allah nous sourit maintenant.

Au bord des larmes, Shakira lui avait crié d'arrêter.

— Les pluies sont venues, avait répété la femme.

Quelqu'un s'était éclipsé pour aller prévenir la sultane dont l'arrivée avait aussitôt calmé Shakira.

— On aurait dû t'expliquer, lui avait-elle dit, que toute l'eau des bains et des éviers s'écoule dans un réservoir pour être réutilisée dans les jardins du palais. Je te montrerai les citernes demain matin.

Shakira s'était alors apaisée car il était difficile de ne pas l'être par la voix douce et profonde de la sultane. Néanmoins, elle se demandait si elle parviendrait un jour à se faire au luxe des bains et des douches. Elle avait envie de parler de tout cela à Sharif. Il avait suivi sa trace dans tant de camps. Lui, il avait vu. Il savait.

Son séduisant protecteur 375

Maintenant, Shakira se laissa glisser du lit trop doux où elle avait passé de longues heures sans sommeil, à écouter l'appel des oiseaux de nuit. Les fontaines ne coulaient plus et la lune montait dans le ciel quand elle sortit, pieds nus sur le balcon. Tout était silencieux dans le palais. La lumière argentée de la lune se reflétait sur la surface lisse du bassin. Dissimulées sous les fleurs et les plantes, des lumières tamisées s'allumaient par intervalles, et donnaient au jardin des allures magiques. Au-dessus, des pièces éclairées indiquaient que leurs occupants ne dormaient toujours pas. Une lampe brillait dans la chambre que Sharif lui avait indiquée comme étant la sienne. Shakira eut un léger pincement au cœur et elle se sentit réconfortée de savoir que lui aussi était éveillé, même si elle ne pouvait lui parler. Elle s'agenouilla sur les dalles tièdes, les bras posés sur la balustrade, le menton sur ses mains croisées, et contempla le minuscule croissant de lune. Etait-ce vraiment la même lune qu'elle apercevait du camp ? Ou bien le monde avait-il changé en même temps que sa vie ? Toute certitude avait fui. Dans les camps au moins, elle en avait, des certitudes. Rudes, grossières et dures, certes, et qui lui rappelaient sans cesse qui elle était, où elle était, et qu'elle était toujours vivante. Quand tu as faim, pensa-t-elle, au moins tu peux être certaine que tu vis. Ici, elle ne pouvait être sûre de rien ; elle ne pouvait distinguer le réel du rêve.

Une ombre passa derrière la lampe dans la chambre de Sharif, et son ardente envie de lui parler la reprit avec plus de violence. Lui, il lui dirait. Il comprendrait. Elle contempla fébrilement la lumière à travers cette mer d'incertitude. *Si elle pouvait l'atteindre*, songea-t-elle, *elle serait sauvée*. Il était si proche et cependant tellement hors de portée. Elle n'avait pas vu grand-chose du palais aujourd'hui, mais assez pour en tirer une impression de confusion à la vue de tous ces couloirs, de toutes ces portes. Hani, lui, avait découvert une issue secrète à Burry Hill, mais à la pensée de retrouver sa route au détour de tous ces corridors, Shakira sentit son courage l'abandonner. Jamais elle ne trouverait la chambre de Sharif si elle allait à sa recherche et pourtant, elle savait très exactement où elle était située. Cependant, la débrouillardise qu'elle avait utilisée pendant toute sa vie n'était plus de mise ici. Mais… cette lumière l'attirait, lui faisait signe… Elle se redressa et jeta un coup d'œil par-dessus la balustrade dans le jardin obscur, les mains posées sur la tiédeur rassurante du marbre. Le bord de chaque balcon délicatement ouvragé offrait un millier de prises pour les pieds d'une personne agile et habituée aux acrobaties comme l'était Hani…

Un instant plus tard, à peine ralentie par sa cheville bandée, Shakira enjamba la rambarde de son balcon et entreprit de descendre. Avec un soupir de soulagement, elle se rendit compte qu'elle n'était pas totalement perdue dans son nouvel environnement. Ses talents pouvaient encore lui être utiles. Le sol dallé du jardin parut doux et frais à ses pieds tandis qu'elle se glissait dans l'ombre vers l'autre aile du palais. Puis, après s'être arrêtée quelques secondes pour prendre ses repères, elle se remit à grimper comme un singe et se faufila en silence dans l'obscurité du balcon de Sharif. La porte-fenêtre était ouverte. A l'intérieur, penché sur des papiers, Sharif était assis derrière un grand bureau noir. Shakira s'accorda une brève pause et l'observa, les lèvres étirées par un sourire. Elle le vit signer au bas d'une feuille et se détourner pour en lire une autre. Puis, sourcils froncés, il se mit à fouiller une pile de documents. Il lui parut différent tout à coup. Son visage était sévère et distant à la lueur de la lampe et Shakira s'agita, un peu nerveuse. Peut-être ne le connaissait-elle pas si bien que cela, après tout. Peut-être ne serait-il pas aussi heureux qu'elle de la voir ?

Sharif jeta son stylo pour saisir sa boîte à cigares en or posée sous la lampe. Il l'ouvrit d'un geste vif et en sortit un petit cigare avant de la refermer. Le léger claquement résonna étrangement dans le silence de la nuit. Soudain, comme s'il avait deviné une présence, Sharif haussa l'un de ses sourcils et tourna la tête vers le balcon. Un instant, le front plissé, il fouilla l'obscurité juste au-delà du cercle lumineux de la lampe puis, comme s'il avait reconnu Shakira, son visage se détendit. Il lâcha le cigare et la boîte et tendit une main impérieuse.

— Venez, dit-il.

Shakira se glissa dans la lumière avec la souplesse d'un rat d'hôtel. Ses yeux paraissaient immenses dans son petit visage.

— Alors, on ne peut pas dormir, Princesse ?

La tendresse qu'il mit dans sa question lui fit bondir le cœur, et une petite voix, sans doute venue de son passé douloureux, lui conseilla de se tenir sur ses gardes. Mais elle était passée aujourd'hui par trop d'épreuves pour être capable de résister à cette sensation qui la faisait fondre. Elle se rapprocha de Sharif avec un sourire nerveux.

— Mon lit est trop mou, répondit-elle.
— La journée a été très éprouvante.

Ses yeux sombres paraissaient lire en elle. *Il est dangereux d'être ainsi découverte !* cria Hani au fond d'elle-même. Mais comment se détourner du regard à la fois scrutateur et si tendre ?

— Je voudrais que vous soyez mon frère, dit-elle soudain.

A l'exception de sa virtuosité linguistique en matière d'insultes, elle se sentait très maladroite pour exprimer une émotion plus aimable.

— Il était là, murmura-t-elle. Et un matin, je ne l'ai plus jamais revu.

Elle leva vers Sharif des yeux implorants.

— Nous rechercherons votre frère un jour prochain, lui promit-il.

Shakira sourit à travers les larmes qui lui étaient montées aux yeux sans qu'elle s'en aperçoive.

— La seule chose qui reste la même, c'est la lune ! s'écria-t-elle, comme pour se ressaisir. Comment tout cela peut-il être réel, quand tout est si différent ? Vous savez, je rêvais toujours de cela au camp. Je rêvais que l'on m'appelait « Princesse » et que l'on m'aimait. J'ai peur maintenant... J'ai si peur...

Elle ne put continuer tant les sanglots se bousculaient dans sa gorge.

— J'ai peur, répéta-t-elle, elle qui avait appris à ne jamais admettre sa peur.

Mais la sensation d'être en sécurité avec lui lui faisait abandonner ses défenses.

Sharif repoussa sa chaise et se leva. Puis il l'entoura de ses bras et l'entraîna vers sa propre chambre. Un épais matelas était posé à même le sol. Des oreillers et des coussins étaient éparpillés dessus. Le drap avait été replié avec soin pour lui, et il se baissa pour l'écarter.

— Ceci n'est pas un rêve, déclara-t-il d'une voix ferme et rassurante. Lorsque vous vous réveillerez demain, vous serez toujours ici au palais, dans votre famille. En sécurité.

Subitement, le nœud qui s'était formé tout au fond d'elle-même se défit. Sharif avait découvert quelque chose en elle dont elle n'avait jamais eu conscience, et elle comprit que toute forme de méfiance était désormais devenue inutile. La fatigue la fit soudain bâiller. Sans un mot, elle se laissa glisser sur le matelas et enfouit ses pieds sous le drap que Sharif rabattit sur elle.

— Celui-là n'est pas aussi mou, lui dit-elle avec un sourire. C'est mieux, n'est-ce pas ?

Sharif se contenta de sourire et elle bâilla de nouveau.

— Où allez-vous dormir ? murmura-t-elle d'une voix ensommeillée, les bras autour d'un coussin dont le contact lui parut très agréable. Je peux dormir par terre, vous savez.

— Moi aussi, Princesse. Ne vous inquiétez pas.

— Ma chambre est très grande, ajouta Shakira en guise d'explication. Je n'ai jamais été seule dans une aussi grande pièce. C'est mieux ici, avec vous.

— Je ne vous laisserai pas, promit-il.

La main de Shakira quitta l'oreiller pour se tendre vers lui. Il se baissa et la prit dans la sienne. Une fois encore, il eut conscience de sa terrible maigreur, et son cœur se serra.

— Maintenant, j'ai sommeil, annonça Shakira.

Sharif éteignit la lumière. En même temps, la petite main se détendit, confiante, dans la sienne, et la frêle femme-enfant s'endormit.

— C'est un choc, c'est vrai, dit Noor avec un sourire, mais il te paraîtra merveilleux quand tu te seras habituée. C'est curieux, n'est-ce pas, que nous ayons été si proches sans le savoir, toi dans ton camp, moi à Sydney, sans connaître notre existence mutuelle ? Et pendant tout ce temps-là, nous étions cousines.

Shakira ne put faire autrement que de sourire à la lumineuse créature qui l'appelait « cousine ».

La princesse Jalia lui prit gentiment la main.

— C'est si agréable de découvrir une autre cousine alors que ce monstre voulait tous nous tuer, murmura-t-elle.

Les trois princesses étaient assises auprès de la fontaine dans le jardin, à l'ombre d'un grand arbre, et se détendaient après le premier dîner du vendredi avec toute la famille.

— Tu seras demoiselle d'honneur à notre mariage, Shakira. Quelle chance ! Je devrais déjà être mariée, mais la noce a été annulée à la dernière minute. Nous te raconterons tout cela, mais pas maintenant.

Noor se mit à rire et lança un coup d'œil espiègle à Jalia qui se contenta de hocher la tête.

— Jalia et moi projetons un double mariage, et tu seras l'une de nos demoiselles d'honneur. Nous allons passer des moments magnifiques à te faire belle pour l'occasion, n'est-ce pas, Jalia ?

La crainte de Shakira dut se lire dans ses yeux car Jalia la rassura vivement :

— Ne te fais pas de souci, c'est dans des mois ! Le mariage de Noor et de Bari a dû être remis à cause de la mort du grand-père de Bari, et nous avons décidé ensuite de nous marier en même temps.

— Alors, commençons par le début. Ce dont tu as besoin pour l'instant c'est d'être sérieusement pomponnée, déclara solennellement Noor. Coiffure, massage, manucure. J'ai quelqu'un de formidable pour cela.

— Cela ne m'est jamais arrivé, s'inquiéta Shakira.

— Ce n'est pas un problème, lui répondit gentiment Noor. Il faut une première fois à tout.

— Tu découvriras bientôt que Noor s'est très vite habituée à se faire dorloter, renchérit Jalia d'un ton moqueur. Elle s'est glissée dans la peau d'une princesse comme dans un gant ! Toi et moi, cela nous coûte davantage, sûrement.

— Quand j'étais un... euh, jeune, ma belle-mère me faisait toujours couper les cheveux. Plus tard c'était le barbier du camp qui s'en chargeait, ou moi-même. Et... j'ignore quelles sont les autres choses dont vous parlez.

Son regard se fit incertain en passant de Noor à Jalia. Elle était tellement plus habituée à vivre avec des hommes qu'avec des femmes !

— Je ne sais pas vraiment ce que c'est que d'être une fille, confessa-t-elle d'une petite voix.

Noor sourit et hocha la tête comme s'il s'agissait d'un problème très habituel.

— Ne t'inquiète pas. Nous t'apprendrons.

Il y avait tant à apprendre, elle avait manqué tant de choses ! Lorsqu'on l'emmena faire le tour du palais pour lui détailler l'histoire de chaque portrait, des belles miniatures, des grands plateaux de bronze qui formaient une partie du trésor artistique de la nation et de la famille à laquelle elle appartenait, Shakira fut à la fois enthousiasmée et déçue d'être si peu au courant de sa propre histoire.

Sharif lui raconta un jour, en s'arrêtant devant son portrait, l'histoire de son ancêtre Akram, et de sa lutte contre le grand Ahmad Shah. Malgré son écrasante supériorité, ce dernier, impressionné par la bravoure et l'esprit stratégique d'Akram, lui offrit une trêve et, aussi longtemps que vécut le shah, Akram demeura son allié.

— Voilà pourquoi, conclut Sharif, le Bagestan n'a jamais été conquis par les Mongols. Ce doit être le sang d'Akram qui coule dans vos veines, Princesse, et qui vous a rendue tellement indomptable dans l'adversité.

Shakira fixa le noble visage.

— Il vous ressemble un peu, dit-elle.

Car ce qu'elle voyait en Sharif, ce n'était ni ses yeux ni sa bouche, mais la profonde bonté qui émanait de l'homme du portrait.

Elle était enchantée et passionnée par les histoires que lui contait Sharif. Même si une partie de sa famille complétait aussi son éducation, les faits qu'il lui rapportait se référaient souvent à sa propre expérience, et elle finissait par se sentir fière de ses ancêtres mais également d'elle-même. Comme si, dans sa lutte solitaire pour survivre, elle avait marché dans leurs pas. Avec Sharif, elle avait l'impression d'avoir toujours été une princesse. Elle adorait l'écouter. Quand il lui parlait du passé aboli, il lui rendait en même temps son passé perdu, tel un artiste qui restaure une œuvre d'art en retraçant les lignes effacées. Exactement de la même façon qu'il lui avait rendu son nom.

La nuit cependant, lorsqu'elle ne pouvait dormir, elle continuait à grimper jusqu'à sa chambre et apparaissait à sa fenêtre, avec ses grands yeux pleins de questions et jamais tout à fait certaine d'être la bienvenue. Parfois, quand il était encore à son bureau, elle s'asseyait et le regardait travailler en buvant du thé ou en mâchonnant des caramels que lui avait laissés son serviteur. S'il était tard, il la mettait tout de suite au lit et restait à son côté jusqu'à ce qu'elle s'endorme. Les moments qu'elle préférait durant ces nuits étaient ceux où Sharif lâchait son stylo. Ils étalaient alors des coussins sur le balcon et, côte à côte, contemplaient le clair de lune qui transformait le jardin en un monde encore plus féerique que durant la journée. Il lui racontait des histoires de sa famille ou des contes de fées, et elle lui parlait de son passé, de l'Angleterre, des camps, et des temps heureux dans un lointain brumeux avec sa famille. Elle lui parlait le plus souvent de son frère, rêvant que Mazin était encore vivant, imaginant leurs retrouvailles. Mais il y eut un sujet qu'elle omit d'aborder. Un seul sujet. Maintes fois, elle l'eut sur le bout de la langue, mais, toujours, elle se retint. C'était une histoire horrible qui s'était passée dans les camps, une part d'elle-même dont elle ne put jamais lui parler.

7

Allahaa akbaar... Allahaa akbaar...

Aux premières lueurs grises de l'aube, la voix du muezzin éveilla Shakira. Elle se redressa brusquement et son regard erra autour d'elle dans la semi-obscurité. Où était-elle ? Pourquoi se trouvait-elle seule sous une si grande tente ? Et pourquoi celle-ci était-elle si propre ? Elle retombait en larges plis blancs et floconneux tout autour de l'endroit où elle était étendue. Toute la literie aussi était blanche Derrière sa tête s'empilaient de nombreux coussins et oreillers moelleux, et il y avait assez de place dans le lit pour y faire dormir une douzaine de personnes.

Venez prier... La musique venait de son enfance, et, pourtant, elle lui paraissait si peu familière. Etait-elle morte ? Au paradis peut-être ? Sûrement... Tout était si propre et si blanc ici, et elle disposait de tant d'espace rien que pour elle... Oui, elle était bien au paradis. Etrange quand même de n'avoir aucun souvenir de sa mort.

Lentement, la mémoire commença à lui revenir... D'abord, elle ne dormait plus sous une tente, mais dans une petite pièce au centre de rétention de Burry Hill. Puis elle entrevit le visage de Sharif Azad al Daouleh et, d'un seul coup, tout lui revint. Le palais... Elle était dans sa propre chambre, dans ses appartements. Elle était de retour chez elle, dans sa vraie famille depuis près de trois semaines.

Venez prier... Dans les camps, il n'y avait pas de muezzin. Et qu'elle dorme à poings fermés, comme la nuit passée, ou qu'elle se tourne et se retourne pendant des heures à se poser des questions sur le luxe et le silence qui l'environnaient, ou, plus merveilleusement encore sur les coussins du balcon de Sharif, l'appel la réveillait toujours au matin. La voix ravivait en elle un passé depuis longtemps révolu lorsque, sur le seuil du bureau de son père, elle le regardait faire sa prière, sûre que tout allait bien dans son univers parce que son père s'entretenait avec Allah. Parfois elle pouvait presque entendre encore sa voix psalmodier les versets.

Shakira se glissa vers le bord du lit à la ferme douceur à laquelle elle s'était maintenant habituée, et posa les pieds sur la soie du tapis aux délicates arabesques. Dehors, le ciel pâlissait, révélant les détails de la pièce. Dans la salle de bains, Shakira se brossa les dents et se lava les mains et les pieds comme le voulait le rite, sans oublier d'économiser l'eau. Ensuite, elle se prosterna sur le tapis de prière étalé dans un coin et, le cœur empli de gratitude, commença à réciter la prière de l'aube, telle qu'elle l'avait entendue de la bouche de son père, des années auparavant, et telle qu'elle l'avait récitée lorsqu'elle était Hani.

Au nom d'Allah, le Compatissant, le Miséricordieux...

Quand ce fut fini, elle sortit sur le balcon surplombant le jardin et le bassin aux mille reflets. Comme toujours, son cœur battit en harmonie avec tant de beauté à la fois naturelle et née de la main de l'homme. A cette heure, les fontaines étaient encore silencieuses, l'eau, immobile et lisse, et la lumière de l'aurore faisait luire leur surface tranquille. Comme toujours à cette heure, l'appartement de Sharif était déjà éclairé. Les Compagnons de la Coupe, Shakira le savait, travaillaient dur pour aider leur sultan à reconstruire le pays. Shakira sourit et s'appuya à la balustrade, en attendant de voir Sharif apparaître, comme il le faisait tous les matins, pour la saluer. Un jardinier, un râteau à la main, passa sous le balcon en bâillant. Des lumières s'allumaient çà et là au rez-de-chaussée du palais, car le personnel se mettait tôt à l'ouvrage pendant qu'il faisait encore frais afin de se reposer dans la touffeur du jour. *Quelle différence avec la vie à Burry Hill où personne n'avait rien de productif à faire !* songea Shakira. Elle avait demandé à la sultane de lui assigner une tâche, mais celle-ci lui avait répondu qu'elle devait d'abord se refaire une santé, s'habituer à toutes les nouveautés qu'elle découvrait, et apprendre à connaître sa famille. Ce qui était, à vrai dire, bien suffisant. Il lui était très difficile encore de retrouver son chemin à travers le palais et de faire connaissance avec les multiples membres de sa famille, passés et présents. De plus, elle avait été entraînée dans un tourbillon par ses cousines qui avaient tout fait pour lui redonner une apparence humaine. Maintenant, elle osait à peine se regarder dans un miroir. Ses cheveux très courts et bouclés lui faisaient comme un casque autour de la tête. Jamais, même pour se transformer en garçon, elle ne les avait eus si courts ! Mais le coiffeur de Noor avait insisté. Sa chevelure était trop abîmée pour se revivifier telle qu'elle était. Au début, Shakira avait eu encore davantage l'air famélique, même si chacun avait prétendu le contraire. Désormais, ce n'était plus la peine : grâce aux crèmes et aux huiles odorantes, sa peau était éblouissante. Ses cousines lui avaient demandé de choisir un parfum et elle s'était décidée pour celui qui sentait la rose et lui rappelait sa mère. Elle se changeait tous les jours, et ses placards et tiroirs débordaient de vêtements propres et neufs que sa femme de chambre lui montrait pour qu'elle choisisse ce qu'elle voulait mettre. Elle s'habillait essentiellement en blanc car elle ne parvenait pas à se défaire de la magie du blanc. Ses sandales aussi étaient en cuir doux et blanc, et blanc également était le pyjama qu'elle portait à cette heure.

Sharif n'avait pas bronché lorsqu'il avait aperçu sa tête presque chauve ; son visage était resté le même, comme si... comme s'il se souciait fort peu de son apparence, sachant parfaitement ce qui existait au fond d'elle.

Shakira remua sa cheville maintenant tout à fait guérie, et se rappela leur première rencontre sur la route, son premier regard sur cet homme grand et noble qui la défendait contre le chauffeur du camion. Elle avait alors ressenti une sorte de faim de quelque chose qu'elle ne parvenait pas à nommer. Peut-être le désir de faire confiance à quelqu'un ? Mais ce sentiment, elle l'avait aussi ressenti comme une faiblesse et un danger. Pourtant, elle avait fini par se fier à lui et sa vie...

— Princesse !

Si tous ses sens n'avaient pas été en alerte, elle n'aurait même pas entendu l'appel à peine murmuré. Elle se pencha et sonda du regard l'obscurité.

— Regardez juste en bas !

Une silhouette sombre se tenait au-dessous d'elle dans le jardin. Même si elle n'avait pas entendu sa voix, elle l'aurait reconnu entre tous.

— Sharif !

— Bonjour, dit-il à voix basse. Avez-vous bien dormi ?

— Oui. C'est le muezzin qui m'a réveillée. Que faites-vous donc ? Oh, attendez !

D'un mouvement vif elle enjamba la balustrade du balcon et, en s'aidant des arabesques sculptées dans la pierre, dégringola jusqu'en bas avec l'adresse d'un singe.

— Bon sang, Princesse ! gémit Sharif qui la regardait, impuissant, passer de balcon en balcon, les jambes battant l'air un instant avant de trouver le pilier.

Elle s'y accrocha avec facilité et glissa tout le long jusqu'au moment où elle se retrouva à côté de lui, pieds nus, un sourire éclatant aux lèvres.

— Bonjour Hani, dit-il d'un ton sec.

Shakira renversa la tête en arrière et éclata d'un rire joyeux devant la mine de Sharif.

— C'est formidable de se promener dans le jardin avant le lever du soleil, dit-elle tandis qu'ils emboîtaient le pas au jardinier.

Une feuille tomba à la surface du bassin et fit courir des rides sur l'image parfaitement réfléchie des colonnes et du dôme du *talar*. Les dalles étaient fraîches sous leurs pieds, mais la brise annonçait déjà la chaleur de la journée à venir.

Shakira se baissa pour ramasser une fleur tombée et caressa les tendres pétales de ses mains curieuses. Elle la porta à son visage et se délecta de sa douceur satinée et de son parfum.

— Sentez ! ordonna-t-elle doucement.

Le visage de Sharif s'inclina, et la rose se trouva bientôt entre sa bouche et la paume de Shakira, comme un baiser. Quand il se redressa, aucun des deux ne comprit s'il ne s'était passé qu'un instant ou l'espace d'une vie...

— Princesse, je suis venu vous dire au revoir, annonça brusquement Sharif.

Il la vit accuser le coup, comme si un éclair venait de la frapper, et il se maudit de sa maladresse. Les mots avaient un sens différent pour elle. Quand apprendrait-il cela ? Les grands yeux sombres, toujours creusés des cernes provoqués par les privations, le fixèrent avec incrédulité et tristesse.

— Au revoir ? Vous allez partir ? Vous allez me...

Elle ne prononça pas le mot. Pourtant Sharif l'entendit clairement et son cœur se serra.

— Je ne vous quitte qu'une semaine, se hâta-t-il de répondre. Mais cela pourrait durer plus longtemps. Je ne peux pas en être certain.

Elle parut à peine l'entendre.

— Pourquoi ?

Comment avait-il pu sous-estimer aussi grossièrement l'impact qu'il avait sur sa vie ? L'importance qu'il avait pour elle ? Il se rappela sa manière de prononcer le mot « famille ». Il se souvint de sa joie émouvante. Maintenant, elle avait une famille, et pourtant... Il aurait dû le savoir. Si lui, peu habitué à s'attacher à un autre être humain, ressentait un lien particulier avec la jeune princesse, pourquoi avait-il tellement de mal à se rendre compte qu'elle aussi éprouvait un attachement semblable ?

— Pourquoi ? cria-t-elle de nouveau.

Il hésita. Ashraf et lui avaient décidé de ne rien lui dire. Un instant pourtant, il hésita.

— C'est... Je dois y aller, Princesse, dit-il enfin. Le sultan m'a donné une tâche et...

— Dites-lui non. Pourquoi vous ?

— Princesse, quand le sultan donne un ordre, c'est « entendre c'est obéir ».

— Vous ne pouvez pas partir ! s'écria-t-elle avec colère cette fois.

De plus en plus furieux contre lui-même, Sharif serra les lèvres. Il ne voulait pas partir en la laissant ainsi fâchée contre lui.

— Vous vivez avec votre famille, désormais, Shakira. Je ne vous manquerai pas autant que...

— Non ! commença-t-elle d'une voix furieuse avant de s'interrompre brusquement.

Lui manquer ? Lui ? Pourquoi devrait-il lui manquer ? Elle avait sa famille et, même sans cela, elle n'avait besoin de personne. Elle était capable de survivre. Elle l'avait toujours été.

Le cœur de Sharif se serra tandis qu'il observait le visage tendu si près du sien. Les yeux de Shakira perdirent toute expression. Elle haussa ses minces épaules et son regard se fit plus dur.

— Partez ! Je m'en fiche ! Je n'ai pas besoin de vous. J'ai ma famille maintenant ! s'écria-t-elle.

Sharif réfléchit un instant.

— Shakira, nous n'avions pas l'intention de vous révéler pourquoi je m'en vais, mais à mon avis, je dois quand même le faire. Le sultan...

— Je m'en fiche ! le coupa-t-elle violemment. De toute manière, vous ne me manquerez pas, parce que ma grand-mère va venir me voir aujourd'hui, l'informa-t-elle avec hauteur.

Une fois de plus elle fermait les portes de son cœur pour repousser la douleur de l'abandon. Elle oublia ainsi avec quelle impatience elle avait attendu de partager cette joie avec lui. Une joie dont elle se faisait maintenant une armure contre lui.

Malgré sa tristesse d'être ainsi rejeté, Sharif comprenait sans peine le besoin de la jeune fille d'ériger une muraille entre eux pour se protéger.

— Ah ! dit-il avec un léger sourire, alors vous allez faire la connaissance de la grande Suhaila ? Quelle excellente nouvelle !

— Oui ! cria-t-elle, toujours sous le coup de la colère. C'est une chanteuse célèbre, Sharif. Alors vous voyez, cela m'est égal que vous ne soyez pas là, parce que je parlerai avec ma grand-mère.

Elle jeta quelque chose par terre, se détourna et remonta en courant l'allée dallée. Arrivée sous son propre balcon, elle bondit et s'accrocha puis, des pieds, des genoux et des mains, se hissa jusqu'à ce que ses doigts trouvent une meilleure prise sur la pierre sculptée. Ensuite, sans un regard en arrière, elle remonta vers le balcon qu'elle enjamba avant de disparaître à l'intérieur.

Sharif se pencha pour ramasser la fleur dédaignée. L'odeur puissante des pétales blessés s'éleva dans l'air autour de lui.

Des doigts minces et souples lui avaient broyé le cœur...

8

Suhaila était une minuscule femme très vive, vêtue des soieries les plus magnifiques. Ses mains et ses bras étaient parés de joyaux et de bracelets magnifiques. Ses longs cheveux tressés étaient d'un noir outrancier et ses yeux sombres brillaient d'humour, de malice, de sagesse mais aussi de méfiance.

— Ah, tu me ressembles, dit-elle à Shakira. Les yeux, bien entendu... là, tu ressembles à Safa. Mais tu es petite et mince comme moi, et tu n'as pas de poitrine. Quant à ton menton...

Elle tendit une main ferme pour caresser la joue de sa petite-fille.

— Ceci te vient de moi. Ta poitrine va grossir maintenant que tu manges à ta faim, mais tu resteras une femme petite. Tu es une battante, cela se voit sur ton visage. Moi aussi, je l'étais. Méfie-toi, ma petite fille, car cela ne mène pas toujours au bonheur. Quel âge as-tu ?

— Je... Vingt et un ans je crois.

Sa date de naissance s'était perdue depuis longtemps au hasard des camps, mais elle en avait pris connaissance dans les dossiers du sultan.

— Mahlouf a été fou de revenir au Bagestan, observa la vieille dame. Je l'avais prévenu. Mais s'il existe une manière d'empêcher un jeune homme de faire l'idiot, je ne l'ai jamais su ! Même s'il n'avait pas été le fils du prince Safa, le seul fait que sa mère soit à l'étranger en train d'enregistrer des chansons de la Résistance aurait suffi à le mettre en danger.

Ravie par la flamme et l'énergie de sa grand-mère, Shakira lui adressa un timide sourire.

— On m'a fait écouter *Aina al Warda*, Où est la rose ? C'est une chanson merveilleuse, lui confia-t-elle. Le sultan m'a dit que tout le mouvement de la Résistance avait été enflammé par ta manière de la chanter.

La voix de Suhaila, quand elle chantait cela, posait la question avec tant de douloureux désir, elle était si plaintive, que Shakira, comme bien d'autres personnes au Bagestan, ne pouvait l'écouter sans verser de larmes.

Suhaila se mit à rire, mais elle était manifestement flattée.

— *Mash'Allah !* As-tu aussi hérité de ma voix ?

— Je ne sais pas. Je n'avais pas la permission de chanter.

La vieille dame la fixa d'un air pensif avant de hocher la tête.

— Ghasib avait envoyé ses espions à ta recherche bien entendu, car il savait très bien de quelle grand-mère tu étais la petite-fille. Si l'on avait entendu un enfant de la famille d'Arif Bahrami avec une telle voix...

Shakira battit des paupières. Elle se souvenait d'un jour de promenade dans un jardin public avec sa famille adoptive. Une belle journée fraîche après une nuit où il avait plu sans discontinuer. Les roses étaient en fleur. Sans savoir pourquoi, Hani avait senti son cœur se gonfler et s'était mis à fredonner mais, l'instant suivant, une tape de sa mère adoptive sur l'arrière de la tête l'en avait vite dissuadé. *Ne chante pas !*

La chose lui avait paru tellement insensée que le cœur de Hani s'était presque brisé devant cette injustice. C'était là une de ces incompréhensibles interdictions qu'on lui avait imposées. Comme d'être un garçon au lieu d'une fille.

Mais Shakira comprenait à présent que tout ce qu'elle prenait alors pour des injustices n'était, en fait, qu'un moyen de la protéger du terrible danger qu'elle courait.

— C'était donc pour cette raison ? demanda-t-elle à sa grand-mère.

Suhaila leva les mains dans un cliquetis de bracelets d'or.

— Pour quelle autre raison ? Bahrami était un célèbre dissident. Il savait jusqu'où pouvait aller la paranoïa de Ghasib.

— Je pensais qu'elle me détestait, murmura Shakira, prenant soudain conscience de toutes ces réalités qu'elle découvrait. Elle paraissait toujours tellement en colère.

— Peut-être avait-elle toujours peur.

Suhaila hocha la tête et sourit.

— Bon, alors peut-être bien que tu as une belle voix. Un jour, nous verrons cela. Pour l'instant, il y a plus important.

— Grand-mère...

Comme son cœur battait au seul énoncé du mot !

— Grand-mère, tu me raconteras des histoires sur toi et mon grand-père ? Et sur mon père et ma mère ? Tu me raconteras tout ?

La célèbre chanteuse se mit à rire, et de nouveau lui caressa la joue.

— C'est bien la raison de ma présence ici, mon enfant.

Elle se carra confortablement sur le divan dans un fouillis de coussins joufflus comme si elle était le sultan en personne.

— Aujourd'hui, je te parlerai de ton magnifique grand-père, le prince Safa. Assieds-toi là.

Avec des étoiles dans les yeux, Shakira se laissa tomber à ses genoux.

— Mon père, ton arrière-grand-père, était un frère du chef de la tribu des Joharis et un homme très cultivé et en avance sur son temps. L'un de ses frères était un des Compagnons de la Coupe du prince héritier. Lorsque j'étais enfant, il y avait la guerre en Europe, et les armées de l'Occident avaient envahi les pays autour du Bagestan pour le pétrole. Mon père disait que c'était un avertissement pour l'avenir. Personne ne pouvait prévoir avec certitude ce qui se passait, sauf que le monde changeait et que ses filles et ses fils devaient faire des études pour avoir une profession. *Mash'Allah* ! j'ai reçu en don la voix d'un *bulbul* et mon père me donna la permission de chanter en public et de faire carrière. Cela choqua beaucoup de membres de la famille, mais mon père m'a toujours soutenue. Je commençais à devenir une chanteuse très connue lorsque le prince Safa assista à l'un de mes concerts. C'était un bouillant jeune homme, un prince très fortuné qui possédait des chevaux de course et pilotait une voiture de sport. Il sortait aussi avec de très belles femmes, des actrices étrangères et des princesses européennes. Mais quand il me vit, il tomba amoureux de moi au premier regard. Il me dit qu'il n'avait jamais aimé auparavant et je le crus, parce que, moi aussi, j'étais tombée amoureuse de lui. Quel homme magnifique et généreux ! Il commandait l'un des régiments à cheval de son père. Oh, il était beau à couper le souffle avec sa moustache et ses yeux noirs qui plongeaient droit dans le regard des femmes !

Shakira poussa un soupir.

— Or, poursuivit sa grand-mère, même si je chantais en public, je faisais quand même partie d'une famille très importante et j'étais surveillée de près. Seul, le mariage était possible entre nous. Mais Safa savait que le sultan le lui défendrait, car il voulait lui faire épouser sa cousine. Alors, jeunes et inconscients comme nous l'étions, nous nous sommes mariés en secret. Le grand-père de Safa était alors à la fin de sa vie et il se sentit outragé quand Safa m'emmena au palais et me présenta à lui. Il m'ordonna de renoncer immédiatement à chanter en public et de vivre dans le harem comme ses propres épouses. Mais j'étais jeune et riche des idées nouvelles sur la liberté des femmes. Jamais mon père ne m'avait parlé comme le faisait le sultan, et cela me mit très en colère.

La vieille dame sourit et un voile de nostalgie traversa son regard.

— De plus on venait juste de m'offrir de partir en tournée dans tout le Bagestan et dans les pays limitrophes. C'était une étape importante de ma carrière et j'étais bien décidée à accepter. Nous nous sommes alors disputés, le sultan et moi, et tout le monde fut horrifié de me voir lui parler ainsi, d'oser le défier si ouvertement. Safa, lui, n'osa pas l'affronter et ne prit pas ma défense. Toute son éducation le lui interdisait. Il se tut. Peut-être désirait-il, lui aussi, me voir abandonner ma carrière et demeurer au palais pour le restant de ma vie. Mais cela m'était impossible et notre mariage fut très court. Je quittai le palais dans la voiture qui devait m'emmener sur la première étape de ma tournée. Poussé par son grand-père, Safa demanda le divorce. J'entends encore sa voix me dire : *Je te répudie*. Plus tard, il prétendit avoir prononcé cette phrase uniquement pour que je revienne à la raison. Mais j'étais têtue. Puisqu'il voulait divorcer, qu'il en soit fait ainsi. Et c'est ainsi que je m'en allai.

— Oh, grand-mère..., murmura tristement Shakira.

— J'aurais peut-être dû réfléchir un peu plus longtemps, admit Suhaila, mais j'étais jeune et belle, et j'avais une voix rare. Je pouvais avoir le monde à mes pieds, me disait-on. Toi, ma petite fille, tu as appris la valeur de la famille et de l'amour d'une certaine manière, sans les posséder. Moi, j'avais tout. Une famille qui m'entourait, un père attentif, et leur amour n'avait jamais rien exigé de moi. Et moi, j'étais aimée d'un prince, mais son amour était à un prix trop élevé pour moi. Après tout, peut-être aurais-je fini par le payer, ce prix...

La vieille dame poussa un profond soupir et caressa la joue de Shakira, le regard perdu dans ses souvenirs.

— C'est étrange, n'est-ce pas ? Quel qu'ait pu être notre choix alors, à toi comme à moi, nous aurions quand même fini par nous retrouver toutes les deux assises ici en ce moment. Tu vois, ma petite fille, nos choix personnels ne pèsent rien quand la politique et la guerre envahissent nos vies.

— Que s'est-il passé ensuite ?

— Pendant ma tournée, je m'aperçus que j'étais enceinte. Le secret avait été gardé sur notre mariage et, en dehors de nos familles, seuls quelques amis très proches étaient au courant. Le public ne m'aurait pas pardonné mon mariage et mon divorce. Mais s'il apprenait que j'avais un amant dont j'étais enceinte, ma carrière aurait été totalement détruite. J'aurais dû revenir, faire une nouvelle tentative avec Safa, car il me manquait plus que je ne l'avais imaginé, et aussi parce que l'arrivée d'un enfant bouleverse tout. Mais la tournée rencontrait un énorme succès et mon manager me proposa de m'épouser et de faire comme si l'enfant était de lui. Je l'ignorais encore, mais Majdi m'aimait, lui aussi. Il était beaucoup plus âgé que moi. J'adressai alors un message à Safa pour lui expliquer ma position en lui disant que j'attendrais sa réponse pendant deux semaines. Puis je promis à Majdi de l'épouser si Safa ne répondait pas. Safa ne vint pas, ne répondit pas et j'épousai Majdi. Même au dernier moment, je cherchais du regard une voiture, un cheval… et je compris alors que Safa ne m'avait jamais vraiment aimée. J'appelai mon fils Mahlouf ; c'est lui qui devait devenir ton père. Ensuite, j'écrivis à Safa une lettre pleine d'amertume pour lui dire que son fils avait les yeux des al Jawadi, même s'il ne portait pas leur nom. Alors, il vint me voir. Il était dans une rage terrible. Il n'avait jamais reçu mon message. Majdi l'avait intercepté et détruit.

— Oh ! s'écria Shakira, les yeux brûlants, la gorge serrée. Qu'est-il arrivé ? Tu ne pouvais…

La vieille dame secoua la tête.

— Il était trop tard. J'étais l'épouse d'un autre homme. Si j'avais divorcé de Majdi pour épouser Safa de nouveau, un énorme scandale aurait éclaté. Nous ne nous sommes jamais revus, mais nous nous sommes aimé jusqu'à la fin.

Ses yeux s'emplirent soudain de larmes.

— Le jour où Safa fut assassiné, mon cœur fut percé par la même balle.

9

Première apparition publique de la princesse disparue.

La princesse Shakira a fait hier sa première apparition publique au balcon du palais Jawad, en compagnie du sultan et d'autres membres de la famille. Leur présence a déclenché une démonstration spontanée d'enthousiasme sur la place du shah Jawad. Une foule d'environ cent mille personnes, selon les estimations, s'était rassemblée, attirée par la rumeur persistante que la chanteuse populaire Suha résidait au palais. La foule fut récompensée au bout de plusieurs heures d'attente par l'apparition de la chanteuse que les Bagestanis de tous bords idolâtrent pour ses chansons anti-Ghasib durant le long exil. Quand la famille royale la rejoignit, la foule put remarquer une silhouette de garçon qui se tenait au côté de la sultane. Un micro fut installé et le peuple obtint enfin ce qu'il était venu réclamer. La grande Suha chanta Aina al Warda, la chanson-phare de la résistance bagestani. Les Bagestanis ont toujours été un peuple émotif, mais cette fois-ci, ils se sont surpassés. Ils chantaient, poussaient des cris et sanglotaient sur l'épaule de leur voisin. Ils refusèrent de se disperser avant que la vieille chanteuse ait répété trois fois sa chanson.

Le grand bazar de Medina al Bostan était un nœud d'allées enchevêtrées derrière la grand-place, pas très loin de la mosquée du shah Jawad. Tout en marchant le long de l'allée centrale, Sharif Azad al Daouleh pouvait apercevoir, à travers la voûte du toit, le soleil se réfléchir sur le dôme doré, et les hauts minarets finement ouvragés qui l'entouraient. Tout autour de lui, on marchandait ferme comme d'habitude le jeudi après-midi, car tout le monde venait faire ses courses avant la célébration de la *Juma,* jour de prière. Depuis la restauration de la mosquée en tant que lieu de culte, les vendredis dans la capitale prenaient un air de fête.

Sharif ne s'était absenté qu'un mois. Comme chaque fois, la ville lui avait manqué. Revenir maintenant au palais en passant par le bazar était pour lui une manière de retrouver le cœur de sa vie. Les odeurs, mélange d'épices, de sucre, de parfums, de vieilles pierres et d'encens, étaient puissamment évocatrices, et la vue du dôme d'or de la mosquée à travers la voûte constituait l'un de ses plus vieux souvenirs d'enfance.

Il était fatigué et très heureux d'être de retour, même s'il n'avait rien appris dans la mission d'importance extrême pour laquelle il était parti. Mais il allait revoir la princesse Shakira. Il avait maintes fois pensé à elle pendant son absence, et il s'était demandé ce qui se passait dans sa vie, dans son cœur, et ce qui, peu à peu, y prenait place. Chose curieuse : malgré son immense famille, il se sentait responsable d'elle. Il l'avait arrachée à l'enfer d'une existence vide et sans avenir pour la ramener dans son véritable foyer. Il ne s'agissait pas d'une expérience banale, et il ressentait un intérêt croissant pour ce qui allait advenir, même si, désormais, Shakira pouvait oublier la part qu'il avait prise dans son retour à la vie. Quelle sorte de femme était-elle devenue ? Sincère et vibrante, de cela il était certain. *Et peu soucieuse du protocole,* pensa-t-il en souriant. Il se rappela ses acrobaties entre les balcons et se demanda si elle avait mis la vie du palais sens dessus dessous, à sa manière directe et exigeante. Sans doute finirait-elle par devenir une très belle femme. La beauté de sa grand-mère avait captivé un prince et, près de cinquante ans plus tard, elle était toujours belle.

Le visage de Shakira l'avait toujours accompagné, hanté, même lorsqu'il était émacié par la faim. Le mois qui venait de s'écouler avait dû changer beaucoup de choses, et Sharif était à la fois désolé d'avoir manqué la transition, et profondément intéressé de voir quelle sorte de femme la princesse Shakira avait fait naître.

Soudain, devant lui, un gamin des rues surgit de sous un étal de légumes, suivi du propriétaire qui vociférait et s'accrochait à son caftan sale. Le garçon agrippa en jurant un panier sans cesser de se débattre. Une cascade d'aubergines d'un beau violet foncé s'écroula et les légumes rebondirent et roulèrent en travers du passage tandis que les passants s'écartaient.

— Lâche-moi, excrément de chameau !

Cette voix... Sharif haussa un sourcil et se retourna pour observer le tumulte avec un sombre intérêt. Une caisse de tomates suivit le même chemin que les aubergines. Les passants s'agglutinèrent afin d'observer la scène, d'autres tentèrent de retenir les fruits.

Après une courte lutte, Hani échappa à l'étreinte du marchand et plongea dans la foule. Il s'y faufila, telle une anguille et, l'instant d'après, il s'était volatilisé.

Chaque vendredi après-midi, le sultan et son épouse recevaient à leur table les membres de leur famille et les Compagnons de la Coupe. En ce jour, le traditionnel *sofreh* était servi dehors dans le jardin privé. La nappe étendue par terre était couverte d'une quantité de mets appétissants, accompagnés d'un énorme plateau surmonté d'une montagne de riz. Tout près de là, la fontaine balbutiait et rafraîchissait l'atmosphère. Il y avait aujourd'hui un peu moins de monde que d'habitude, le sultan et plusieurs de ses compagnons étant partis consulter les chefs de tribus. Shakira aperçut Sharif à l'instant même où il émergea de l'obscurité pour traverser la pelouse à grands pas en direction du pique-nique, et elle eut l'impression que son cœur allait s'échapper de sa poitrine.

— Sharif ! s'écria-t-elle, oubliant tous les mensonges qu'elle s'était racontés à son sujet.

Elle suivit chacun de ses pas d'un œil agrandi et de plus en plus noir, qui trahissait sa joie de le voir et semblait l'attirer comme dans un filet.

— Bonjour, Princesse, dit-il d'une voix calme.

Il la détailla un instant et lui sourit.

Elle avait pris du poids, et l'ossature de son visage n'évoquait plus du tout une tête de mort. Les pommettes saillantes et la mâchoire carrée s'étaient désormais recouvertes d'une chair saine, et son menton s'était arrondi. Ses joues resteraient creuses cependant et conféreraient à son visage une élégance royale. Les grands cernes noirs avaient aussi disparu. Ses cheveux coupés ras avaient repoussé, et des boucles sombres foisonnaient sur sa tête et sur son cou, révélant des oreilles bien ourlées. Désormais, Shakira adulte ressemblait à l'enfant de la photo. Elle était toute vêtue de blanc qui faisait ressortir l'éclat de sa peau couleur café. Elle n'était pas maquillée et ne portait aucun bijou. *Il ne s'était pas trompé*, songea Sharif. Elle était en passe de devenir une très belle femme, et sa beauté serait éclatante et d'une touche toute personnelle.

— Je vois que le mois s'est bien passé, enchaîna-t-il.

Shakira leva les yeux, heureuse de son regard approbateur.

Sharif était très grand et la dominait de toute sa taille. Il portait un caftan noir qui obscurcissait davantage encore ses yeux et un grand keffieh vert dont les pans étaient rejetés sur ses épaules.

— Vous aviez dit « une semaine » ! lui reprocha-t-elle à sa manière directe.

Il s'assit à côté d'elle.

— Mon travail a été beaucoup plus problématique que nous ne l'avions imaginé, Princesse. J'en suis désolé.

Il détacha un morceau de pain *naan* d'une corbeille proche, et Shakira poussa un soupir.

— Je pensais... je pensais... Parfois je pensais que vous étiez mort.

Au souvenir de son chagrin, son regard se fit brûlant, et Sharif en fut secoué jusqu'au tréfonds de lui-même. Il lâcha le morceau de pain et lui saisit le poignet.

— *Ya Allah !* Pourquoi n'avez-vous rien demandé au sultan ?

— Je ne sais pas, murmura-t-elle.

Comment expliquer, en effet, la tristesse d'agir comme s'il ne lui manquait pas, de se dire qu'il était mort parce que c'était plus facile que de se persuader qu'il l'avait simplement abandonnée ?

Plein de remords, Sharif secoua la tête. Il connaissait la princesse mieux que quiconque, il en était soudain certain, et de ce fait, il aurait dû se montrer plus attentif. Il s'était imaginé qu'il n'était pas important dans la vie de Shakira, mais il aurait dû savoir qu'une perte de plus dans sa vie pouvait raviver la blessure cachée en elle. Il aurait dû savoir qu'en l'arrachant si brutalement à son ancienne existence, il était devenu le gouvernail sur la mer inconnue où il l'avait embarquée. Il aurait dû respecter cela. Un regret le gagna alors de n'avoir pas été là pour lui indiquer le chemin.

— C'était important la raison qui vous a éloigné si longtemps ? lui demanda-t-elle d'une petite voix.

— Très important. J'ai eu plus d'une tâche à accomplir, mais l'une d'elles, en particulier, était…

Il s'interrompit. Shakira le fixa d'un air interrogateur.

— Je recherchais votre frère, Princesse.

Sous le choc, les yeux de Shakira s'élargirent, devinrent plus sombres et une larme perla au coin de sa paupière.

— Vous… Oh, Sharif ! vous recherchiez mon frère ? Le sult… Est-ce Ashraf qui vous en a chargé ?

— C'est moi qui le lui ai demandé. Je pensais que c'était très important pour vous, et j'étais apparemment la personne la plus qualifiée pour le faire. J'aurais voulu réussir, Shakira. Mais il n'est pas impossible que nous n'ayons pas encore épuisé toutes les options.

— Rien ? Vous n'avez rien trouvé ? gémit-elle d'une voix qui lui mit le cœur en lambeaux.

— J'en suis plus navré que je ne peux le dire, Princesse.

Les yeux de Shakira s'emplirent de larmes brûlantes.

— J'aurais voulu que vous m'en parliez, le jour de votre départ.
— Oui.

Mais il se garda de lui rappeler qu'elle avait rejeté toute tentative d'explication.

— Nous voulions vous éviter de trop y penser, si nous vous avions mise au courant, ajouta-t-il. Notre priorité était de vous installer ici et de vous faire oublier vos années de détresse.

Mais Shakira était trop honnête pour accepter cette version de l'histoire.

— Vous étiez sur le point de me le dire et je n'ai pas voulu vous écouter. J'étais tellement en colère, Sharif.

Elle leva vers lui un regard souriant et Sharif sentit les battements de son cœur s'accélérer. Oui, elle allait se transformer en une femme magnifique...

— Je suis tellement heureuse de votre retour, lui confia-t-elle avec un manque total d'artifice féminin.

Ils restèrent un long moment assis sans parler, puis Sharif évoqua la présence de Suhaila.

— Ma grand-mère ? répondit Shakira d'un ton vif en regardant autour d'elle. Oh oui, elle vit au palais maintenant. Elle est d'ailleurs là-bas, avec Dana.

Sharif suivit son regard. La chanteuse et la sultane étaient toutes deux superbes, Dana en turquoise et violet, Suha en rouge et or et, pour la première fois, Shakira se demanda ce qu'elle ressentirait ainsi vêtue. Que dirait Sharif s'il la voyait parée comme une vraie femme ?

— Je suis certain que sa présence vous fait très plaisir, fit remarquer Sharif.

— Oui. Tout le monde l'adore. Le saviez-vous ? Les gens ont entendu dire qu'elle était ici et ils ont commencé à se rassembler en foule sur la place. Ils criaient son nom et la réclamaient. Ils étaient des milliers et ils appelaient aussi le sultan. Finalement, nous sommes tous allés sur le balcon et grand-mère a chanté *Aina al Warda*. Elle a changé le dernier vers et, au lieu de dire : *Où est la rose ?* elle a dit : *Ici est la rose*.

Shakira ferma les yeux au souvenir de cet instant précieux.

— La foule pleurait et l'acclamait. C'était tellement fort ! L'avez-vous vue ? Etiez-vous déjà revenu ?

Sharif réalisa alors ce qui avait adouci le petit visage : une bonne part du cynisme qui avait protégé Shakira jusque-là avait disparu.

Un sentiment de gratitude à la pensée que son innocence lui avait été rendue le submergea alors. Une gratitude très proche de la joie. Une joie aussi qu'il n'avait pas ressentie depuis bien longtemps. Et cependant, ses yeux brûlaient de larmes qu'il s'efforçait de retenir.

— J'étais à des kilomètres d'ici, mais je l'ai vue à la télévision, dit-il.

— Vraiment ? Nous l'avons regardée nous aussi ensuite. Et moi, m'avez-vous vue ? demanda-t-elle avec un plaisir enfantin. J'étais à côté de Dana.

Sharif la considéra avec gravité.

— Oui Princesse, je vous ai vue. Nous vous avons tous vue.

— C'était tellement étrange de me regarder ainsi à la télévision, lui confia-t-elle. Jusqu'au moment où vous m'avez donné cette photo, je n'avais jamais vu une image de moi-même. Enfin, sauf sur les documents officiels du camp, corrigea-t-elle.

Sharif la contempla un long moment puis lui parla à l'oreille, de manière à n'être entendu que d'elle seule.

— Des millions d'autres personnes vous ont également regardée, Princesse. A partir de maintenant, il faudra vous tenir sur vos gardes.

Sous l'effet de la surprise et de l'incrédulité, Shakira écarquilla les yeux. Elle s'agita, l'air gêné sans trop savoir pourquoi. Qu'essayait-il de lui dire ? Il ne pouvait pas être au courant... Personne ne l'était.

— Soyez prudente, Princesse, dit-il encore.

Aucun d'eux ne vit venir Suhaila et la sultane jusqu'au moment où les deux femmes s'assirent à côté d'eux.

— Quelqu'un insiste beaucoup pour faire tout de suite votre connaissance, Sharif, déclara Dana. Suhaila, je vous présente Sharif ibn Bassam Azad al Daouleh. C'est lui qui a retrouvé et sauvé Shakira. Vous devez savoir, j'en suis certaine, Sharif, que « le rossignol du Bagestan » est la grand-mère de Shakira ?

Les yeux splendides, toujours pleins de jeunesse et de vitalité dans le visage ridé, se mouillèrent de larmes quand la grande chanteuse prit la main de Sharif entre les siennes et le remercia.

— Allah a dû le vouloir ainsi et, chaque soir, je Le remercie qu'Ashraf vous ait choisi pour accomplir cette mission. Je ne vois pas qui d'autre aurait pu réussir. Quelle tâche impossible ! Et pourtant, vous avez réussi.

Sharif plaqua un poing sur sa poitrine.

— Shakira me parle beaucoup de vous, savez-vous ? reprit Suhaila. Quel plus beau présent un être humain pourrait-il offrir à son semblable que de lui restituer son histoire, sa famille, sa propre personne ? Vous avez rendu sa vie à ma petite-fille et vous m'avez aussi donné... la chose la plus précieuse qu'on ait pu me donner.

Elle posa la main sur la joue de Shakira et la caressa avec tendresse, à en faire chavirer de bonheur le cœur de la jeune fille.

— Vous m'avez redonné ma vie perdue. L'amour que j'avais rejeté m'a été rendu par Shakira, ajouta-t-elle gravement.

Le poing toujours sur la poitrine, Sharif s'inclina.

Soudain, toute la famille parut réaliser sa présence et l'entoura aussitôt. Une ou deux voix plaisantèrent sur le caractère pointu de Shakira.

Sharif se contenta d'en rire.

— Le palais n'est plus du tout le même depuis son arrivée, plaisanta Dana. J'ignore comment nous faisions quand elle n'était pas là. Nous sommes tous vos obligés, Sharif.

Tout le monde l'approuva joyeusement, et chacun raconta une anecdote concernant la princesse peu conventionnelle qu'était Shakira.

Cette dernière, immobile, se contentait de les écouter, le cœur gonflé d'un bonheur inconnu. Jamais personne, au cours de toute son existence d'avant, n'avait eu de paroles aussi merveilleuses à son sujet. Jamais elle ne s'était sentie autant aimée, à l'exception des lointains souvenirs qui lui restaient de son père et de sa mère. Et, à cet instant précis, tout était même encore plus merveilleux, car Sharif était là et partageait ce moment avec elle. C'était lui qui l'avait amenée ici et elle était heureuse qu'il sache qu'elle était aimée.

*
* *

— Tous les mois ? s'écria Shakira, stupéfaite. Tous les mois pendant trois jours ? Tu en es sûre ?

Noor lui sourit dans le miroir.

— Tu l'ignorais vraiment ? Tu n'as jamais eu tes règles auparavant ?

Avec la résistance de la jeunesse, Shakira s'était rapidement remise. Seulement personne n'avait songé qu'avec le retour à la santé, sa puberté retardée allait faire une réapparition inopinée.

— Je me rappelle avoir saigné lorsque j'avais à peu près... treize ans, je crois. Je pensais que c'était... une punition.

Noor fronça les sourcils.

— Une punition ? Pourquoi ?

Shakira détourna les yeux.

— J'étais certaine que j'allais mourir. Mais cela ne s'est jamais reproduit et... j'ai tout oublié ensuite.

— Tu croyais que tu allais mourir ? répéta Noor, horrifiée.

— En général, répondit Shakira d'un ton blasé, quand les gens saignent de l'intérieur, ils meurent. Cela signifie qu'ils ont des blessures internes.

— Mais... tu n'en as parlé à personne ?

Shakira se contenta de hausser les épaules. Bien sûr qu'elle avait entendu dire que les femmes avaient des règles, mais elle ne s'était jamais crue concernée. Aucune femme n'en avait parlé en sa présence parce qu'elle était alors un garçon. Quant à ce qu'elle en avait entendu dire par les hommes, cela tenait d'une véritable paranoïa. Mieux valait donc rester à l'écart de toutes ces histoires.

— Je n'avais pas encore fait le rapprochement, déclara Shakira. Je l'aurais fait si j'avais saigné encore, mais cela ne s'est jamais reproduit.

— Sans doute parce que tu mourais presque de faim. Ton corps ne pouvait se permettre ce luxe. C'est ce qui se passe chez les anorexiques et tu l'étais certainement. Maintenant que tu es bien nourrie, ton corps recommence à fonctionner normalement. C'est merveilleux, Shakira, parce que si cela ne s'était jamais reproduit, tu n'aurais jamais pu avoir de bébés.

Des bébés ? Shakira fixa sa propre image dans le miroir. Etait-ce possible ? Aurait-elle… Pourrait-elle avoir des bébés un jour ?

Un jour, il y aurait un homme qui partagerait sa vie, et elle aurait sa propre famille…

10

Elle s'arrêta devant un étal de bonbons pour observer avec une fascination enfantine une femme qui rangeait de tout petits carrés de sa confection sur un plateau. Sous le regard aigu de Sharif, la femme adressa un sourire au gamin des rues en face d'elle et lui offrit l'un des brillants carrés de bonbon au citron. Shakira l'accepta avec un sourire aussi large que si elle avait été l'orphelin affamé que supposait la marchande et l'engloutit. Puis, avec une rapidité qui prit Sharif par surprise, elle tourna la tête vers lui et le regarda.

Il se raidit et fit mine d'accorder toute son attention à une lampe en argent sur un autre étal à côté de lui. Shakira mâchonna la sucrerie et l'avala en remerciant la femme avec une grande politesse puis elle se détourna et poursuivit son chemin.

Ya Allah ! elle ne l'avait pas reconnu. Il attendit un instant avant de reprendre sa filature, à une distance respectueuse. Devant lui, Shakira tourna dans la principale section du bazar et il hâta un peu le pas, car, ici, il serait facile de la perdre. L'allée qu'ils suivaient débouchait dans la grande rue du bazar, près de l'entrée en arcade dans laquelle s'encadrait la mosquée. Le soleil qui brillait sur l'or du dôme était aveuglant depuis l'ombre du bazar, et Sharif resta un moment, sourcils froncés, essayant de découvrir de quel côté Shakira était partie.

— Etiez-vous en train de me suivre, Excellence ? fit une petite voix moqueuse à hauteur de son coude.

Sharif soupira. Elle n'était allée nulle part. C'était un vieux truc et il aurait dû savoir que Hani était assez rusé pour le connaître. Il baissa les yeux vers elle et put contempler à loisir les traces artistiques de saleté sur son visage, la djellaba d'un blanc sale et le bonnet multicolore au crochet, un accoutrement peu éloigné de celui que portaient les petits mendiants du bazar.

— Bonjour, Hani, dit-il simplement.

Elle retint son souffle puis laissa échapper un léger rire.

— Vous m'appelez toujours comme ça ?

Mais maintenant, si on la regardait d'un peu près, elle ne pouvait plus sérieusement passer pour un garçon. Son visage s'était rempli, arrondi, adouci. Sa bouche était plus détendue, elle avait pris une rondeur généreuse, toute féminine. Le caftan lâche ne parvenait pas tout à fait à déguiser la nouvelle et légère courbe de ses seins. Les boucles qui dépassaient de son bonnet étaient trop nettes, trop brillantes pour appartenir à un quelconque gamin des rues. Avec ses grands yeux sombres et sa bouche large, elle avait cependant un côté Aladin.

Sharif garda un long moment les yeux baissés sur elle. Il se taisait. Une faible brise dérangea une boucle noire qui retomba sur le front de Shakira.

— N'est-ce pas votre nom ? demanda-t-il enfin d'une voix douce.

Elle releva la tête d'un geste brusque et le regarda dans les yeux. Elle avait l'air si insolemment féminine qu'il eut envie de la secouer. Comment pouvait-elle se sentir en sécurité dans cet accoutrement ridicule ?

— Parfois, répondit-elle, moqueuse.

— Seulement parfois ?

Avant, il avait souvent ri chaque fois qu'elle recommençait à rentrer dans la peau de Hani. Elle savait que seul Sharif la comprenait. Il s'était cependant réjoui en secret de la voir peu à peu abandonner son ancien personnage. Mais aujourd'hui, elle lui répondait à la manière du garçon avec une subite agressivité.

— Pourquoi me suivez-vous ? Est-ce que ce que je fais vous regarde ?

— Cela regarde tout le monde de vous empêcher d'avoir des ennuis, répliqua-t-il.
— Mais pas vous !
— Qui d'autre connaît votre présence ici ?
— En quoi cela regarderait-il quelqu'un ?
— Vous le savez très bien. Parce que vous prenez un risque inutile et ridicule.
— Et pourquoi n'en aurais-je pas le droit ? s'enflamma-t-elle soudain.
— Il y a plusieurs excellentes raisons à cela, répondit-il avec calme. Certaines que vous connaissez et d'autres pas. Celles que vous connaissez devraient suffire à vous convaincre !

Shakira ne répondit pas. Comment lui expliquer ce besoin qui la prenait parfois de redevenir Hani ? Elle avait eu envie depuis si longtemps d'être Shakira qu'elle avait elle-même quelque peine à comprendre pourquoi la transition lui paraissait aussi difficile. Mais elle avait été Hani si longtemps qu'il ne lui était pas si simple de le bannir du jour au lendemain, ou de faire comme s'il n'avait jamais existé. Hani était une part d'elle-même. Il y avait des côtés chez lui qu'elle avait aimés. Mais comment mettre des mots sur tout ce qu'elle ressentait ? Quelqu'un la bouscula en marmonnant, l'arrachant à ses pensées. Ils gênaient le passage à se tenir ainsi en travers du flot humain. Sharif la prit par le bras et l'entraîna vers le magnifique dôme doré. Puis il sourit, pour essayer de désarmer son hostilité.

— Où avez-vous déniché ce costume ?

Elle haussa les épaules.

— Je l'ai marchandé avec l'un des garçons du bazar. Comment saviez-vous que j'étais ici ?

— Jeudi dernier, je vous ai aperçue par hasard. Aujourd'hui, je vous ai suivie depuis le palais. Hier aussi. Vous prenez trop de risques, Shakira. Cela doit cesser. Si vous ne tenez pas à garantir votre propre sécurité, pensez à celle de votre famille.

— Laissez-moi tranquille ! Occupez-vous de vos affaires, Sharif ! Si je me conduis mal, j'ai ma famille pour me conseiller.

Sharif faillit éclater de rire.

— Vous venez à peine de reconnaître qu'ils ignorent ce que vous faites. Dois-je en parler à Ashraf afin qu'il vous donne son avis ?
— Vous me menacez ?
— Vous ne pouvez jouer sur les deux tableaux, lança-t-il d'une voix coupante en relâchant le bras de Shakira. Vous ne voulez pas de mes conseils, mais à qui d'autre pouvez-vous vous adresser ?
— Je sais ce que je fais. Je n'ai besoin d'aucun conseil !
— Oui et non.

Partagée entre la rage et la sensation d'être traitée comme si elle avait un vice caché, elle le foudroya du regard.

— Laissez-moi tranquille, satyre de chèvres ! s'écria-t-elle dans le sabir des camps auquel elle revenait chaque fois qu'elle se sentait menacée.

— Non, pas plus que de chameaux, répliqua-t-il avec dans les yeux une lueur qui la fit frémir.

Mais cela ne fit que renforcer sa colère.

— Qui devinerait jamais que vous êtes si civilisé ? lança-t-elle d'un ton grossier.

— Et moi qui pensais que vous aviez un don pour les insultes ! Ne pouvez-vous pas vraiment mieux faire ?

— Avec un adversaire plus intéressant, peut-être, oui.

Sharif sourit. D'un sourire lent et dangereux.

Shakira se tendit, prête à bondir.

— Si vous étiez réellement le garçon que vous prétendez être, je vous apprendrais quelque chose sur les dangers d'insulter plus important que vous. Prenez garde cependant de trop bien jouer votre rôle, car je pourrais bien oublier un jour.

Elle ricana.

— Croyez-vous que j'ignore ce que c'est que d'être rouée de coups par des brutes ? Allez-y ! Essayez donc ! Mais je vous avertis, je n'ai pas *tout* oublié de ce que j'ai appris dans les camps !

— Vous n'avez rien oublié du tout, à ce que je vois, jeta Sharif, ennuyé de constater qu'il avait perdu son sang-froid. Que faites-vous ici ? Vous regrettez peut-être l'enfer que vous rêviez de quitter ? Vous regrettez que je ne vous y aie laissée ?

C'était exactement ce que son propre sentiment de culpabilité, rappelait sans cesse à Shakira : se l'entendre dire par quelqu'un d'autre, et par Sharif Azad al Daouleh fut plus qu'elle n'en put supporter.

— Vous auriez peut-être dû ! s'écria-t-elle. Je ne suis peut-être pas assez bien pour un palais, après tout. Qu'est-ce que je suis ? Rien ! Je ne mérite pas que l'on s'inquiète de moi. Et puis qui vous l'a demandé, hein ? Pas moi, en tout cas !

Un sanglot lui échappa. Elle était maintenant au cœur du sujet. Avec courage elle reprit :

— D'abord, ils m'ont fait oublier Shakira pour devenir Hani et maintenant, je dois oublier Hani pour devenir Shakira ! Je dois toujours oublier qui je suis. Mais je suis un être humain ! Je suis tout ce que je suis ! Ma vie et mon histoire ! Je ne peux pas prétendre n'avoir pas été ce que j'étais et que je suis toujours !

Sharif jeta un regard autour de lui. La voix éclatante de Shakira avait attiré les regards intéressés de certains passants.

— Je comprends, dit-il d'une voix douce. Mais parfois, certaines choses déplaisantes à entendre doivent être dites... et écoutées. Vous n'êtes plus dans un camp désormais, solitaire et isolée. Vous êtes une princesse et vos actes ont de l'impact sur d'autres que vous, Shakira, et...

— Laissez-moi tranquille !

Et, sans qu'il ait eu le temps d'esquisser le moindre geste pour la retenir, elle lui tourna le dos et s'enfuit à l'intérieur du bazar.

Comme si l'incident avait eu l'effet d'un détonateur, une colère subite s'empara de Shakira. Dix fois par jour, elle la sentait bouillonner en elle, sans l'avertir, sans raison. Elle en ressortait tremblante et bouleversée, et faisait reculer tout le monde autour d'elle. La moindre suggestion lui apparaissait comme une tentative pour la faire plier, pour la transformer en ce qu'elle n'était pas. Alors elle réagissait en conséquence. La colère la tordait, telle une tornade. Elle ne parvenait plus à contrôler ses accès de rage, pas plus qu'elle n'aurait pu commander à la tempête de se calmer. Parfois, en pleine crise de rage, elle blâmait Sharif d'être à l'origine de tout ceci. Parce qu'il avait essayé de la forcer à renier Hani, comme elle avait été une fois obligée de renier Shakira. Il l'avait suivie, menacée. Il s'imaginait qu'elle lui appartenait parce qu'il l'avait sauvée. Il s'imaginait avoir le droit de lui dire ce qu'elle devait faire. En outre, elle avait l'impression de ne pouvoir lui échapper, malgré l'immensité du palais. Il se trouvait toujours au coin du couloir qu'elle empruntait, ou traversait le jardin juste quand elle jetait un coup d'œil en bas. Tout se passait comme si le destin lui-même les forçait à se croiser.

Sharif ne redoutait pas ses crises de fureur. Qu'elle s'emporte contre lui ou quelqu'un d'autre, il se contentait de la regarder, et elle prenait soudain conscience de ce qu'elle était en train de faire. Parfois, elle n'en était que plus enragée. Parfois aussi, elle en était déconcertée.

— Je vous ai dit de cesser de me suivre ! lui cria-t-elle un matin en le trouvant dans le jardin.

Sharif fronça les sourcils.

— Princesse, même les membres de la famille royale, et votre cousin le sultan lui-même, ont le devoir de s'adresser aux autres personnes avec respect.

— Et moi j'appelle un manque de respect le fait que vous me suiviez ! Donc si vous ne le faisiez pas, vous ne seriez pas traité sans respect.

Sharif la considéra avec cette expression de gravité et d'amusement qui lui était propre et qui la faisait enrager la plupart du temps. Mais aujourd'hui, sa colère s'apaisa un peu et elle eut soudain honte. Sharif était un compagnon d'armes du sultan, un homme respectable dont la noblesse tenait à ses propres mérites. Il l'avait retrouvée et arrachée à une existence de tourments... Bien vite pourtant, elle reprit son aplomb.

— Je suis en colère parce que chaque fois que je lève les yeux, vous êtes là.

— Mais tout ne vous met-il pas en colère en ce moment, Princesse ?

Oh, comme elle aurait voulu lui sauter dessus, le mordre et le battre, comme elle le faisait avec les gardes du camp lorsqu'ils la tourmentaient ! Déconcertée, déroutée, en pleine confusion, elle le regarda.

— Allez-vous toujours au bazar déguisée en Hani, Princesse ? reprit-il.

Elle haussa les épaules.

— Et alors ?

— Ashraf a des ennemis, Shakira. Prenez garde à ne pas leur fournir des armes. Est-ce ainsi que vous désirez rendre sa bonté et ses attentions à votre cousin ?

11

La question des îles du Golfe concentra bientôt toute la fureur de Shakira. Farida vivait toujours au palais, et chaque semaine qui passait la rendait de plus en plus malheureuse. Elle n'avait en effet toujours aucune nouvelle de son mari. Pourtant, malgré les accès de rage et de tempête de la princesse, aucune solution rapide n'avait été réellement envisagée. Le problème était complexe comme elle le découvrit en harcelant le sultan qui, exaspéré, finit par lui jeter un épais dossier.

— Lis donc cela, cousine, lui ordonna-t-il. Après, et seulement après, j'accepterai d'entendre de nouveaux arguments sur le sujet.

Shakira en savait déjà beaucoup sur ce qu'elle lut.

Une dizaine d'années auparavant, Ghasib avait loué une île à une société du nom de Mystery Resorts qui y bâtit un luxueux hôtel, le *Gulf Eden*. L'affaire fut tellement prospère que la société voulut l'étendre à d'autres îles afin d'offrir des séjours idylliques à de riches vacanciers étrangers sur ces îles merveilleuses. Mais pour y parvenir, il fallait d'abord les vider de leurs occupants. Deux ans auparavant, Ghasib avait aussi loué toutes les autres îles, avec droit d'en expulser les habitants. Son gouvernement avait même aidé à cette *évacuation*, ce que Shakira savait déjà. Toutes les maisons sur Le Talon de Salomon avaient été détruites. Ces événements étaient intervenus quinze mois auparavant, à l'époque où

Farida était arrivée au camp et où elle avait rencontré Hani. Plus tard, on les avait expédiées à Burry Hill.

Mais le dossier allait plus loin. Lors de son retour sur le trône, Ashraf avait immédiatement annulé le contrat de location signé par Ghasib, excepté pour le terrain sur lequel était bâti le *Gulf Eden*. Il avait également promis que les habitants seraient ramenés dans leur île et qu'ils obtiendraient des aides pour rebâtir leurs maisons. Mais, alors que les premiers d'entre eux commençaient à revenir, Mystery Resorts avait dénoncé la révocation de leur contrat par Ashraf, arguant du fait que le contrat avait été signé par Ghasib en faveur du peuple bagestani, et qu'il devait être honoré. Une injonction avait déjà été lancée pour empêcher la réinstallation des insulaires, et le sultan était désormais menacé d'une action en justice. « Bien que ceci n'ait pas été porté à la connaissance du public », lut Shakira un peu plus loin. « Mystery Resorts est une puissante multinationale, propriétaire, entre autres, du géant pharmaceutique Webson Attary. Celle-ci pourrait essayer d'influencer certains de ses partenaires commerciaux bagestanis dans les négociations à venir. Tout cela risque d'avoir de fortes retombées sur l'économie du pays. »

D'autre part, l'offre de convaincre le conseil des tribus des montagnes et des déserts de permettre aux insulaires de se réinstaller sur la grande terre, à titre soit temporaire, soit définitif, rencontrait une opposition féroce. Et maintenant, un nouvel acteur entrait en scène. Un groupe de préservation de l'environnement venait de déclarer que l'habitat des tourterelles Aswad, une espèce unique dans les îles du Golfe et sur la liste des espèces en danger, était sérieusement menacé. Un article d'un chercheur avait même critiqué les insulaires pour leur commerce des œufs de ces oiseaux et d'autres produits aussi, en les avertissant que ces tourterelles s'achemineraient vers leur extinction s'ils revenaient chez eux. Ce groupe de protecteurs faisait un bruyant ramdam dans la presse occidentale.

— Si tu as une solution à proposer, Shakira, lui dit le sultan quand elle remit le dossier sur son bureau, je serais heureux de l'entendre.

— Je ne crois pas que tu aies à t'en inquiéter. C'est plutôt bon signe, non ? fit observer Dana.

Shakira la fixa d'un air surpris.

— Bon signe ? Que veux-tu dire ?

— Cela signifie que tu commences à te sentir plus en sécurité parmi nous. Jusqu'à maintenant, tu n'as pas eu la capacité d'exprimer tes sentiments sur ce qui t'est arrivé, et tu dois encore avoir en toi un tas d'horreurs. Tu ne pourrais pas vraiment rejeter tout ce par quoi tu es passée sans partir en guerre contre le monde entier. Je suis persuadée que tout cela doit s'évacuer. Maintenant que tu es plus en sécurité, tu vas y arriver.

— Je ne te crois pas, s'exclama Shakira, gênée.

— D'ailleurs, plus tu auras confiance en nous et plus tu te sentiras libre de t'exprimer, sourit Dana. Tu as passé des années de ton enfance dans des conditions presque inhumaines, Shakira, à un âge où les enfants sont aimés et dorlotés. Il est normal que tu sois furieuse d'avoir été traitée ainsi. Tu es un être humain, tu as le droit d'être considérée avec respect et dignité, et quelque part en toi, tu le sais. Alors maintenant, tu le clames au monde entier. Ton attitude est des plus saines.

— Mais je l'ai déjà fait ! s'écria Shakira comme si sa cousine l'accusait de lâcheté. Je me suis mise en colère des centaines de fois dans les camps ! On avait peur de moi, tu sais, ajouta-t-elle avec fierté.

— Je vois pourquoi, admit la sultane en souriant. Tu es féroce quand tu en as envie. Mais peut-être dois-tu l'exprimer encore. Pendant de longues années, tu étais seule et sans protection, et si tu n'avais pas appris à te défendre, tu n'aurais probablement pas survécu. Il est très éprouvant d'essayer d'apprendre de nouveaux comportements, j'en suis certaine. Cela ne se fait pas en une nuit.

— Je n'étais pas sans défense ! s'écria Shakira, vexée. J'étais très capable de veiller sur moi-même !

Dana se retint à temps de sourire et se contenta de cette lueur chaleureuse dans ses yeux sombres que Shakira trouvait si énervante lorsqu'elle était de cette humeur.

— Sois douce avec toi-même, Shakira. On ne change pas en une seule fois, tu sais. Au fond de toi…

Elle posa un doigt contre le cœur de la princesse.

— Au fond de toi, il reste encore beaucoup de Hani, là. Tu ne peux pas simplement le rejeter. Lui aussi a besoin d'être aimé.

Shakira se renfrogna mais sentit néanmoins son irritation se calmer.

— Personne n'aime Hani, bougonna-t-elle.

Dana éclata de rire.

— Oh si ! Tout le monde ici aime Hani. Il est drôle et acide, et ses remarques sont toujours pertinentes.

Shakira avala sa salive puis redressa les épaules.

— Sharif n'aime pas Hani ! éclata-t-elle.

— Oh, mais si ! En fait, l'autre jour justement, il disait…

— Quoi ? Qu'est-ce qu'il a dit ?

— Voyons, de quoi s'agissait-il ? Tu posais des questions à Bari et à Noor sur Le Talon de Salomon, l'île de Farida. Sharif a dit : « Quand elle apprendra à contrôler toute son énergie, elle sera formidable. » Et il souriait comme si tu méritais chaque seconde du mal qu'il s'est donné pour te retrouver.

Shakira se mit à trembler. Sa colère se transforma soudain en confusion.

— Je ne comprends pas, murmura-t-elle.

Dana la regarda au fond des yeux.

— Shakira, Hani est celui qui t'a permis de rester vivante durant toutes ces années, jusqu'à ce que Sharif te retrouve. Bien sûr que nous l'aimons. Et quoi qu'il ait pu faire et quel que soit le combat qu'il ait eu à mener, c'était le bon. Nous le respectons pour cela. Et nous l'en remercions. Et s'il a envie de fulminer et de crier au monde ce qu'il pense de la façon dont il a été traité toutes ces années, il en a le droit, ne crois-tu pas ?

Depuis son balcon, Shakira contemplait l'aube. C'était une heure magnifique pour le jardin, quand la surface de l'eau était tout à fait lisse et tranquille et réfléchissait les éclairs dorés du dôme. De l'autre côté du jardin, la lumière de Sharif lui disait qu'il était réveillé. Exactement comme lors de ses premiers jours au palais, après son arrivée, quand elle attendait au même endroit de le voir apparaître. Tandis qu'elle continuait à regarder, le soleil monta derrière le dôme et saupoudra de son or le sommet des arbres. Le *bulbul* laissa éclater sa chanson pour la rose encore endormie et, soudain, le cœur de Shakira se serra d'une nostalgie dont elle ignorait encore la raison. Comme en réponse à sa question, Sharif apparut sur son balcon et alluma son éternel petit cigare. Il resta un instant l'œil fixé sur elle et, au moment où il allait lever la main pour la saluer, une certitude vacilla tout au bord de sa conscience, une terrible certitude sans doute, car son cœur se mit à cogner dans sa poitrine. D'un seul coup, elle comprit que Sharif serait capable de lui expliquer le sentiment confus qu'elle éprouvait lorsqu'elle pensait à lui. Enfin, si elle était assez brave pour le lui demander...

Il y avait aussi autre chose qu'elle voulait lui demander.
— Que désirez-vous savoir, Princesse ? s'enquit Sharif.
— Vous avez dit... vous avez dit : « Ashraf a des ennemis. Prenez garde à ne pas leur fournir des armes. »
Sharif exhala un nuage de fumée et baissa les yeux sur elle.
— Dites-moi, réclama Shakira d'une voix pressante.
Le soleil brillait sur ses longs cils épais et ses yeux sombres. Sharif réalisa tout à coup qu'il n'y avait rien qu'elle puisse lui demander qu'il ne soit capable de lui refuser.

— Que savez-vous des îles du Golfe, Princesse ? demanda-t-il d'une voix douce.

Elle le regarda fixement sans comprendre.

— Les îles du Golfe ? J'ai lu un dossier qu'Ashraf m'a donné.

Sharif hocha la tête.

— Dans ce cas, vous savez presque tout. Etes-vous au courant pour ce groupe d'écologistes ?

Elle eut un rire ironique, tant la chose lui paraissait à peine croyable.

— Les tourterelles ! C'est ridicule que des gens puissent être sans toit à cause de ça, n'est-ce pas ? s'écria-t-elle. Que savent-ils, ces écologistes, de ce que l'on éprouve quand on est chassés de chez soi au milieu de la nuit avec l'angoisse de ne jamais pouvoir revenir ?

Sharif garda le silence et elle leva les yeux vers lui. Il la regardait, un sourire au fond des yeux.

— Rien, répondit-il à voix basse.

Le cœur de Shakira se mit à battre la chamade et elle détourna le regard pour contempler l'aurore qui rosissait le ciel derrière le dôme encore obscur.

— Une campagne est néanmoins engagée pour rameuter l'opinion publique contre la réinstallation des tribus dans l'île, poursuivit Sharif. Or, l'opinion mondiale est quelque chose dont nous ne pouvons pas faire fi si nous ne voulons pas perdre la bataille sur ce point. Surtout maintenant.

— Pourquoi ? Que s'est-il passé ?

— Nous avons des informations selon lesquelles Mystery Resorts serait sur le point de lancer une action en justice. Ils ont l'intention de réclamer au sultan et à son peuple une somme de vingt-cinq *billions*.

Il écrasa son cigare dans la terre.

— Ce qui représente plus que le produit national brut du Bagestan.

— Mais... je ne comprends pas. Ils ne peuvent bâtir de

complexe hôtelier maintenant, n'est-ce pas ? Cela porterait atteinte autant à l'écosystème que… Cela n'a aucun sens !

À la voir comprendre si vite, une lueur d'approbation s'alluma dans les yeux de Sharif.

— On pourrait le penser. Seulement, il est possible qu'ils croient pouvoir acheter les écologistes en leur promettant de protéger l'habitat des tourterelles, ou bien en créant un fonds important pour les questions d'environnement. Enfin, c'est ce que nous imaginons. Or, il est possible que ce groupe ait été délibérément créé par Mystery Resorts elle-même, afin de monter en épingle toute cette campagne sur les tourterelles et de mettre encore plus la pression sur Ashraf.

Un silence tomba, juste ponctué par le chant du *bulbul*.

Shakira réfléchissait. Ashraf paraissait pris au piège aussi sûrement que s'il était entouré de fils de fer barbelés en plein désert.

— Il doit bien y avoir quelque chose à faire ! s'écria-t-elle enfin d'une voix désespérée.

— Il est crucial de les empêcher d'engager les poursuites, car une fois les choses mises en route, tout sera bloqué dans les tribunaux pour des années. Nous sommes en train de mettre en place une campagne de communication, Princesse, dans l'espoir que l'opinion publique poussera Mystery Resorts à réfléchir à deux fois avant de poursuivre son action en justice.

Shakira vit les rayons du soleil atteindre enfin l'eau du bassin et la caresser.

— Et c'est tout ? demanda-t-elle d'un ton pensif.

Sharif garda le silence et elle leva les yeux vers lui.

— Quel lien cela a-t-il avec Hani, Sharif ? demanda-t-elle. Des armes, disiez-vous ? Donner des armes aux ennemis d'Ashraf ?

— Pas exactement des armes. Mais le palais a beaucoup travaillé pour garder les médias à l'écart de votre personne jusqu'à ce que vous soyez plus forte. Du coup, toute la presse piaffe d'impatience d'avoir un bon article sur vous. Je suis sûr que vous avez pu voir les paparazzis autour des grilles du palais. Après tous les efforts que nous avons fournis pour la campagne, ce serait une tragédie, n'est-ce pas, si l'histoire capable de tenir en haleine les médias du monde entier sur le Bagestan n'était pas la situation critique des exilés des îles du Golfe, mais les escapades de la princesse Shakira dans le bazar, vêtue en garçon comme elle l'était autrefois, à quémander des bonbons et à renverser les étalages.

Le rêve de la princesse

Dans le rêve, elle était ceinte d'une épée. Montée sur un blanc destrier, elle brandissait une bannière et se ruait à la bataille pour libérer son peuple de l'oppression. Des lueurs éclatantes s'allumaient sur le champ de bataille et l'aveuglaient à tel point qu'elle distinguait à peine l'ennemi. Des gens venaient assister au combat. Ils se tenaient autour, en longues files de dizaines et de centaines d'inconnus. A son arrivée, ils se mettaient à la saluer et à l'applaudir. Ils l'appelaient par son nom et la pressaient de s'engager dans la bataille.

La situation était bizarre et confuse dans le rêve, car très souvent, elle ne parvenait pas du tout à voir l'ennemi et elle se contentait de hurler et de le héler, dans une brume qui tourbillonnait, tandis que sa monture se cabrait nerveusement et que son peuple la suppliait de le délivrer. Des petits yeux rouges la suivaient partout au cœur des ténèbres, comme si une autre elle-même, invisible, observait sa lutte.

Soudain, un messager lui apportait une lettre qui lui annonçait la victoire et, tout autour d'elle, des cris de joie éclataient sur le champ de bataille.

12

LES DÉBUTS DE LA PRINCESSE-GARÇON
AU COURS D'UNE RÉCEPTION AU PALAIS

Demain, la famille royale organise une réception en l'honneur de la princesse perdue du Bagestan, afin de la présenter aux autres membres de sa famille et aux notables étrangers. Cette réception constituera un prélude à son entrée dans la vie publique. La princesse Shakira sera chargée d'un nombre limité d'apparitions en public et d'une mission particulière, a annoncé le palais. Elle s'occupera avant tout du soutien aux réfugiés des îles du Golfe. La princesse qui, afin d'échapper aux sbires de Ghasib, a passé sa vie dans des camps de réfugiés déguisée en garçon jusqu'à sa découverte il y a plusieurs mois est désormais chargée des questions sociales. Le sort des insulaires, empêchés de rentrer chez eux en raison de la présence sur les îles du Golfe d'une espèce de tourterelles en voie de disparition, la touche, dit-on, de très près.

— Oh, Shakira, tu n'es pas médusée ? Kamila, vous vous êtes surpassée, cette fois ! s'écria Noor.

La couturière sourit et pinça un pli.

Shakira, elle, était trop étonnée pour parler et se contentait de se regarder encore et encore dans la glace. Le pantalon de harem de soie diaphane couleur de rubis était couvert de broderies délicates, et parsemé de perles et de rubis. Sa taille et ses chevilles étaient serrées dans une large bande lourdement piquée de pierreries dans des tons de rouge, entremêlées de fils d'or. Un bracelet assorti encerclait étroitement un mince et gracieux poignet.

Par-dessus, un corselet de soie aux fines bretelles lui laissait les bras et les épaules nus. A partir de la taille, une longue jupe retombait en larges panneaux de mousseline rouge ouverte devant depuis l'ourlet jusqu'au-dessus du nombril. On apercevait un net triangle de chair nue entre la ceinture cloutée de joyaux du pantalon et le corselet. Même quand elle ne bougeait pas, la jupe vaporeuse semblait onduler autour d'elle. Aux pieds, les lanières piquées de rubis et de diamants qui lui entouraient le pied ressemblaient plus à des bijoux qu'à des sandales.

Un essaim d'assistantes bourdonnait autour d'elle, ajustant ceci, arrangeant cela, mais c'était tout juste si Shakira s'en rendait compte. Elle sortait, éclatante, lumineuse, d'une journée entière consacrée à des soins de beauté. La maquilleuse avait accompli des merveilles sur ses yeux déjà très grands en leur apportant quelque chose de mystérieux. Sa bouche pleine était rehaussée par un gloss légèrement teinté. Les ongles de ses mains étaient polis, ceux de ses pieds vernis de rouge-rubis. Une masse de boucles lustrées dégringolait derrière son front jusqu'à sa nuque et mettait en relief les pommettes altières des al Jawadi et des oreilles délicatement ourlées. Chaque fois qu'elle respirait, ses boucles d'oreilles en diamant dans leur monture ancienne captaient des milliers de lumières. Une seule boucle lui retombait sur le front.

— Tu ressembles à… Oh, je ne sais pas à qui ! s'exclama Noor. A toi-même, je suppose. A la femme que tu devais être depuis toujours. Tu vas l'épater !

— Qui donc ?

Dans le miroir, Noor et Jalia échangèrent un coup d'œil légèrement confus.

— Eh bien… tout le monde !

— Qui y aura-t-il ? s'enquit Shakira, nerveuse. Est-ce que… toute ma famille y sera ?

Les deux cousines éclatèrent d'un rire ravi.

— Bien sûr que oui, chérie. Qui voudrait manquer cela ? J'ai entendu dire que les gens auraient quasiment tué pour avoir une invitation. Bien sûr qu'ils seront tous là, Shakira, affirma Noor avec gravité.

Pourtant, il y aurait un absent, pensa-t-elle avec tristesse. Mais il ne serait pas loyal envers sa famille de regretter sans cesse l'absence de son frère.

— Le prince Omar et le prince royal Kavian et leurs épouses, énuméra Jalia sur ses doigts. Une poignée de célébrités internationales... Tout le monde a accepté ! Les médias sont venus en force. Il y a des paparazzi massés aux grilles comme des voleurs.

Noor consulta sa montre.

— C'est l'heure !

Des gardes en uniformes chamarrés les saluèrent au passage quand elles franchirent la massive porte voûtée qui ouvrait sur la grande cour que Shakira n'avait vue que de jour. Maintenant, la vision l'émerveillait. Jamais au cours de sa vie ni dans ses rêves les plus beaux, elle n'avait contemplé telle magnificence. Au centre, quatre bassins carrés, d'où jaillissait une fontaine, étaient entourés de flambeaux dont la lumière faisait miroiter l'eau comme un flot sans fin de diamants. Des colonnades, des parterres de fleurs, des ruisselets qui couraient entre eux comme des rubans d'or et d'argent... On aurait dit un château de contes de fées. Une foule de gens se pressait là, vêtue de couleurs chaudes, abondamment brodées de pierreries et de fils d'or qui réfléchissaient la lueur des torches comme celle des étoiles qui brillaient au-dessus d'eux.

Shakira se glissa dans la suite du sultan et de son épouse. Peu à peu, des murmures s'élevèrent de la foule, puis gagnèrent des groupes entiers et, enfin, tout le monde se retourna pour la fixer. *Ainsi,* murmurait-on, *c'était elle, l'enfant perdue, la fille-garçon !* Quelle surprise de découvrir la plus belle des déshéritées. Shakira, inconsciente de l'intérêt qu'elle suscitait, contemplait, émerveillée, le spectacle grandiose.

Lorsqu'elle sortit de son rêve éveillé, le sultan et la sultane s'étaient éloignés et elle se retrouva seule au centre de toutes les attentions. Surprise, elle battit des paupières, puis son sourire espiègle et spontané enchanta davantage encore les invités. Des applaudissements enthousiastes éclatèrent de part et d'autre. Elle respira profondément et chercha du regard parmi les visages levés vers elle ceux qu'elle aimait et chérissait : le sultan, grand et mince, vêtu de soie rouge, des rangées de perles étalées sur la poitrine ; la sultane tout en blanc, avec son haut chignon ceint d'un bandeau d'or et de diamants, qui lui adressait un chaleureux sourire. Sa grand-mère Suhaila, vêtue d'émeraude et d'or, se tenait, fière et confiante, auprès du couple imposant, comme la star qu'elle était ; ses yeux, tels de sombres joyaux, étincelaient d'une lueur d'approbation. Le reste de la famille s'était déjà mêlé à la foule. Mais lorsque Shakira croisait leur regard, elle y lisait une fierté qui ne s'adressait qu'à elle. Le cœur gonflé de douceur et d'amour, elle les contempla tour à tour avec la sensation de faire totalement partie d'un grand tout.

Seulement alors, elle commença à descendre les marches de la plate-forme sur laquelle elle était restée. La soie de sa robe bruissait autour d'elle comme le murmure d'une brise soudaine et douce.

Puis elle l'aperçut. Il était là, debout près d'une fontaine, majestueux dans sa veste de soie bleu nuit brodée de perles et d'or. Ses cheveux noirs brillaient sous les lumières. Sharif ne souriait pas. Ses yeux n'étaient que le reflet du ciel nocturne. Les mâchoires crispées, il la fixait comme un homme qui vient de recevoir une balle et attend l'arrivée de la douleur.

Shakira lui sourit et, dans un geste naturel, lui tendit la main.

Sharif ne put résister à la silencieuse requête. Faisant fi du protocole, il s'avança afin d'aider la princesse à descendre les marches vers le jardin. Autour d'eux, aussitôt, des murmures s'élevèrent. *C'est Sharif Azad al Daouleh, l'homme qui l'a sauvée. Sans lui, elle ne serait pas ici. Y a-t-il quelque chose entre eux ? Regardez le visage de la princesse ! Regardez celui de Sharif !*

Dans la pénombre, Shakira leva les yeux vers lui, sourde à tous les bruits, pareille à un elfe, glissant à la lueur des torchères.

Il avait dû rêver, songea Sharif. Il avait regardé la photo de l'enfant et s'était immédiatement lancé à sa recherche, mû par une force inconnue. Il n'avait pas compris, lorsqu'il avait accepté cette mission, qu'il était déjà tombé amoureux de la femme qu'elle allait devenir… et que telle était la raison pour laquelle il devait la trouver. Il sourit et se sentit comme soulagé d'un poids. Ce qu'il désirait plus que tout à cet instant précis, c'était l'envelopper dans ses bras, et jurer de la chérir et de la protéger à jamais. A cette pensée, il réalisa qu'il lui tenait toujours la main. Mais comment la laisser partir ? La bouche de Shakira frémit et ses yeux réfléchirent les torches vacillantes, comme s'il avait frotté la lampe magique d'Aladin et fait un vœu.

— Alors ? lança-t-elle avec ce manque total de retenue féminine qui s'exprimait dans chacun de ses gestes.

Ses grands yeux sombres dominaient toujours dans son visage, empreints de cette force de caractère qui, Sharif en était persuadé, ne s'effacerait jamais. La bouche généreuse appelait la passion, mais il était encore trop tôt pour le lui dire, trop tôt pour apprendre à ces lèvres les mille et un chants de l'amour. Son visage brillait sous la lumière douce. La peau de ses cuisses chatoyait, aussi attirante, à travers la soie impalpable de son pantalon de harem, que les perles et les rubis qui le brodaient. Sharif serra les mâchoires un instant et lutta pour chasser de son regard sa trop lourde intensité.

— Parfait, Princesse, approuva-t-il avec douceur, tandis que la lueur des torches se reflétait également dans ses yeux. Mais ne deviez-vous pas faire la connaissance du prince Omar ?

— Oui, dans un moment. Mais je voulais d'abord que vous puissiez me voir. Ils comprendront, dit elle, rejetant le protocole d'un geste de la main. C'est un grand changement pour le garçon que vous avez presque écrasé sur la route, n'est-ce pas ?

— Oui, mais bien que Shakira soit une très belle femme, je découvre encore dans ses yeux quelques traces du jeune Hani.

Elle retint son souffle.

— Belle ? murmura-t-elle, le cœur tambourinant un peu plus fort.

Les yeux de Sharif s'obscurcirent et il dut se battre avec lui-même pour retrouver un peu de son calme.

— N'avez-vous donc pas de miroir dans vos appartements ? demanda-t-il d'un ton rogue.

— Ce n'est pas la même chose que de vous l'entendre dire, lui confia Shakira, une lueur nouvelle au fond des yeux.

Derrière elle, Sharif vit, non sans un certain soulagement, la sultane souriante se diriger rapidement vers eux. Il porta à ses lèvres la petite main toujours gracile et y déposa un baiser, puis ils se séparèrent.

Longtemps après qu'il se fut éloigné, le baiser lui brûlait encore la peau, comme si elle avait été frappée par un courant électrique et que les nerfs de son bras et de son corps tout entier le lui rappelaient sans cesse. La réception telle que l'avait voulue la sultane était très informelle, aussi, au lieu que sa famille se place en ligne pour recevoir les invités, Shakira leur fut présentée au fur et à mesure qu'elle-même et sa grand-mère, ainsi qu'Ashraf et Dana, circulaient parmi la foule. A plusieurs reprises, tandis qu'on l'entraînait de groupe en groupe, elle se retourna pour essayer de retrouver Sharif et de déchiffrer sur son visage ce que signifiait son baiser. Mais il s'était perdu dans la foule. On la présenta à Kavian, le prince héritier du Parvan, à la shahbanou Alinor et à leur fils aîné, le prince Roshan, au prince Omar du Barakat central qu'Ashraf avait toujours soutenu pendant la guerre contre les Kaljouks. Shakira était au courant de tout cela.

— Votre pays nous a donné asile, dit-elle à Kavian. Ma belle-mère vous en a toujours été tellement reconnaissante. Elle avait si peur, quand nous n'avions nulle part où aller, hormis le Bagestan ! Mais au dernier moment, le Parvan nous a acceptés.

— Je suis navré que nous n'ayons pas pu prendre mieux soin de vous, lui répondit Kavian.

Tous, à cet instant, virent le visage de Shakira changer au souvenir des épreuves, et la conversation dévia bien vite. Du reste, tout le monde avait envie de faire la connaissance de la princesse perdue au point que, au bout d'une heure ou deux, Shakira commença à manifester des signes de lassitude.

— Vous devez être mal à l'aise au milieu d'une foule, lui dit alors quelqu'un avec sympathie.

— Ce sont des gens bien plus agréables que ces brutes que l'on trouvait autour des camions-citernes qui apportaient de l'eau, et qui piétinaient les femmes et les enfants assoiffés, rétorqua Shakira d'un ton tranchant car elle ne supportait aucune allusion à une éventuelle faiblesse de sa part.

— Oh... ah... oui, j'imagine...

Dana se tourna en souriant vers Suhaila et lui souffla :

— Je pense que nous pourrions nous mettre en route, maintenant.

La chanteuse leva les mains pour signifier son accord et, quelques minutes plus tard, elles remontèrent vers le *talar*.

L'orchestre traditionnel commença à égrener quelques notes familières et, de sa voix claire et envoûtante, Suha se mit à chanter les premières mesures de *Aina al Warda*.

Où est la rose ?
Quand la verrai-je ?

Le rossignol réclamait sa bien-aimée.

Alors Sharif vint la retrouver car pour lui elle était La Rose et il était incapable de résister. Ils se mirent à vagabonder dans le jardin en silence. Une rafale de vent sur l'eau de la fontaine les aspergea, apportant avec elle l'odeur des roses.

Shakira s'immobilisa, offrant son visage aux gouttelettes.

— Oh ! s'écria-t-elle.

Elle resta un long moment sans bouger, les yeux clos, avant de se tourner vers Sharif.

— Vous rappelez-vous, dit-elle d'une voix douce, ce que je vous ai dit au sujet de mes parents et des gouttes d'eau sur mon visage ?

— Je m'en souviens, répondit Sharif d'une voix profonde et émue car il voyait sa bouche trembler, entre le chagrin et la joie.

— Cela devait être exactement pareil, vous ne croyez pas ? Un coup de vent... C'est pour cela que je me rappelle les gouttes d'eau et le parfum des roses...

— Oui, dit-il simplement, le cœur lourd d'un millier de choses qu'il ne pouvait exprimer pour l'instant.

— Parfois, dans les camps, je pensais… que je ne serais jamais plus heureuse comme je me souvenais de l'avoir été. Mais ce n'était pas vrai, Sharif, murmura-t-elle.

Le clair de lune faisait briller ses yeux et elle lui sourit d'un air mystérieux.

— Ce n'était pas vrai, répéta-t-elle.

13

— Mon avis serait de commencer par une ou deux interviews sur le plan local, afin que la princesse puisse prendre ses marques, proposa Gazi al Hamseh. Ensuite, nous passerions à une émission de portée internationale. De même pour la presse écrite. Qu'en pensez-vous, Princesse ?

Gazi était un vieil ami du sultan, expert en relations publiques et compagnon de route du prince Karim du Barakat occidental. Il avait mené de main de maître la campagne médiatique pendant la tentative réussie d'Ashraf pour détrôner Ghasib et aujourd'hui, c'était à lui qu'il incombait de diriger les débuts de Shakira en sa qualité de porte-parole pour les réfugiés des îles du Golfe.

Shakira se frotta le bout du nez et réfléchit un instant. Elle avait parfois l'impression de rêver.

— Très bien, accepta-t-elle. Mais croyez-vous que quelqu'un voudra de moi ?

Gazi parut ne pas en croire ses oreilles. Puis il eut un large sourire.

— Le monde entier vous réclame, Princesse. Nous vous enverrons avec Sharif, « l'homme qui vous a tirée d'un camp de réfugiés ». Un sujet brûlant.

Il y avait une chose que Shakira n'avait pas encore faite. Un matin, elle quitta donc le palais, accompagnée de Sharif, pour retourner sur les lieux de son enfance, un joli village, au pied des montagnes, à quelques kilomètres de la capitale.

— Safa avait acheté la maison à un noble et me l'avait offerte après la naissance de Mahlouf, lui avait expliqué sa grand-mère. C'est là que nous avons passé nos étés avant le coup d'Etat et l'exil. Lorsque Mahlouf a grandi, il a voulu regagner le Bagestan dans la maison que son père lui avait donnée. C'est sans doute cela qui a permis aux espions de Ghasib de retrouver sa trace…

Mille pensées tourbillonnaient dans l'esprit de Shakira alors qu'ils roulaient vers les montagnes, mais la jeune princesse savait, tout au fond de son cœur, que le moment qu'elle allait vivre, même s'il s'annonçait douloureux, serait important pour sa vie.

— Ne vous attendez pas à la revoir telle que dans vos souvenirs, l'avertit Sharif en traversant en voiture le petit village. La maison aura souffert, elle aussi.

Peut-être était-ce la raison pour laquelle elle avait attendu avant de venir. Elle avait parfois songé qu'il lui serait impossible de supporter de revoir le reste des rêves qui l'avaient tant soutenue. Mais, à moins que son frère ne réapparaisse, ce qui semblait de moins en moins probable désormais, la maison lui appartenait et elle devrait décider de son sort. Ils tournèrent dans une rue latérale qui courait à flanc de colline avant de s'interrompre brusquement. Ils s'arrêtèrent au pied d'un long et haut mur autrefois blanc.

Shakira descendit lentement de voiture et se planta devant une porte battue par les intempéries. Rien ici ne lui paraissait familier.

— Etes-vous certain que c'est ici ?

— Il n'est guère surprenant que vous ne reconnaissiez pas l'extérieur, Shakira. Vous n'aviez que six ans lorsque vous êtes partie.

La porte était cadenassée mais Sharif l'avait prévu, et il sortit des outils de la voiture.

— Les villageois m'ont raconté qu'un des généraux de Ghasib a vécu ici avec sa famille. Mais la maison est vide depuis des années. Personne n'a osé y pénétrer.

Il fit sauter le cadenas et la porte s'ouvrit sur un corridor sombre.

Tremblante, Shakira pénétra à l'intérieur. Machinalement, elle leva les yeux, mue par un geste instinctif. Au-dessus de sa tête, très haut, il y avait une coupole de verre teinté, décorée d'un délicat motif bleu à peine visible sous les feuilles mortes et d'autres débris qui s'y étaient accumulés.

— Oh oui, c'est bien ici ! murmura-t-elle d'une voix émue.

Longtemps auparavant, elle s'était démanché le cou pour contempler cette beauté.

Devant elle, une autre porte. Elle n'était pas fermée à clé et Shakira l'ouvrit, non sans avoir jeté un regard derrière elle pour voir si Sharif la suivait bien. Elle commença à longer le couloir qui zigzaguait, au-dessous du niveau de la rue. Quelques mètres plus loin, le corridor débouchait sur un spectacle de désolation : le bassin et le jardin restés dans sa mémoire étaient toujours là, mais ressemblaient à un véritable champ de ruines... De l'eau stagnante, des briques écroulées, des pavés cassés, des tuiles décolorées et, pire que tout, une masse épaisse de feuilles mortes, de brindilles, de papiers froissés et tachés d'où dépassaient les squelettes des arbres qui, autrefois, avaient ombragé ces lieux et avaient accordé leurs bienfaits. Sur deux des côtés du jardin s'alignaient des portes et des fenêtres délicatement voûtées, dont certaines étaient cassées, vitres brisées montrant les effets de la négligence et des tempêtes. Autour, les murs étaient tapissés de panneaux de pierre et de plâtre autrefois décorés de dessins d'une richesse à couper le souffle. Maintenant, tout était effacé, écorné, brisé... Pourtant, le fantôme de ce qui avait été était toujours présent.

Immobile, Shakira resta quelques minutes à contempler cette image désolée, essayant d'y raccrocher les bribes de ses souvenirs.

— Quelque chose d'aussi magnifique, murmura-t-elle. Pourquoi ont-ils fait ça ?

Sharif se contenta de secouer la tête. Il n'avait pas de réponse à lui offrir. Pourtant Shakira saisit avec reconnaissance la main qu'il lui tendait. Ensuite, ils passèrent de pièce en pièce, le cœur serré en découvrant les murs sur lesquels, autrefois, des artistes avaient peint d'étincelantes fresques. Tout était dans un état pitoyable. La demeure gardait cependant un cachet et une beauté qui coupaient le souffle.

— C'est une magnifique demeure, reconnut Sharif. Rien d'étonnant à ce que vous ne l'ayez pas oubliée.

— Regardez ! s'écria soudain Shakira.

A l'autre extrémité du jardin, sur l'un des arbres proches de l'ancien *talar*, quelque chose de rose pendait au bout d'un rameau recourbé par le vent.

Shakira se fraya un chemin parmi les débris accumulés, longea le bord du bassin et, arrivée près de l'arbre, murmura :

— C'est moi...

Contre toute attente, un bouton de rose s'épanouissait sur un unique rameau resté vert.

— C'est moi, répéta-t-elle. La dernière fleur d'un arbre qui... qui...

Elle serra très fort les paupières car le souvenir des derniers jours en compagnie de son frère affluait, puissant, à sa mémoire.

— Oh ! Où est mon frère ? Pourquoi ne peut-on le retrouver ?

Encore une fois, Sharif se sentit impuissant à lui répondre.

Un souvenir s'imposa tout à coup à la mémoire de la princesse et elle se précipita à l'intérieur de la maison, traversant les pièces jusqu'à une porte qu'elle connaissait. Les battements de son cœur s'amplifièrent tandis qu'elle l'ouvrait. Le massif bureau de chêne était toujours là ! Il lui parut un peu différent parce qu'elle était plus grande maintenant. *Bismillah arrahman arraheem*... Le murmure de la voix de son père lui parvint, mêlé au bruissement des feuilles agitées par le vent qui se ruait par les fenêtres brisées.

— *Man antom ?* grommela une voix dans le dialecte guttural du pays. Qui êtes-vous ?

Shakira poussa une exclamation étouffée et se retourna.

Derrière elle, dans l'encadrement de la porte, se tenait un vieillard. L'homme était trapu, mais son visage était maigre. Il avait des cheveux épais, gris et raides, des yeux noirs et une grande bouche.

— La propriétaire de la maison est venue l'inspecter, dit Sharif d'un ton ferme. Qui es-tu ?

— La propriétaire ? Quelle propriétaire ? Ils sont tous morts ! s'écria le vieil homme.

Shakira retint son souffle. Quelque chose de latent au fond de sa mémoire revint à la vie.

— Monsieur Gulab ! s'exclama-t-elle d'une voix étranglée.

Le nom avait jailli de lui-même, comme s'il n'avait aucun lien avec son cerveau.

L'homme se rapprocha et glissa un œil à l'intérieur de la pièce.

— Qui est là ?

— C'est moi, Shakira, monsieur Gulab ! Vous souvenez-vous de moi ? Shakira al Nadim, la fille de Mahlouf et de Saira.

Elle frissonnait encore chaque fois qu'elle prononçait leur nom.

— Vous étiez... Vous travailliez dans la roseraie de ma mère, n'est-ce pas ?

Sous les sourcils gris en broussaille, l'homme la dévisagea. Puis il leva les bras, dans un geste de stupéfaction.

— *Ya Allah !* Shakira ! Khanum Shakira ! Vous êtes vivante ? Allah est grand car il l'a voulu. Ça fait si longtemps ! Et maintenant, vous êtes une femme. Et votre frère, où est-il ?

Il se retourna vers Sharif.

— Etes-vous Mazin qui, loué soit Allah, a aussi échappé aux brutes criminelles qui ont assassiné votre famille ?

— Les autres serviteurs ont fui, expliqua Gulab un peu plus tard en leur servant du thé à la menthe dans des verres soulignés d'or. Sucrez-le bien, *khanum* Shakira, car votre cœur a beaucoup souffert aujourd'hui, à revoir la maison comme elle ne l'a jamais été du temps de l'ancien sultan, la paix soit avec lui. Vous reconnaissez ces verres ? Ils étaient les préférés de votre mère. Je les ai volés il y a bien longtemps. Puisse-t-elle me le pardonner.

— Ils se sont enfuis ? le pressa Shakira tout en laissant tomber deux sucres dans son verre.

Ce n'était pas la première fois qu'elle buvait du thé à la menthe ici, se souvint-elle. Quelle surprise étrange de constater que les souvenirs qui la fuyaient depuis si longtemps revenaient maintenant en force.

Gulab s'installa sur un coussin.

— Ils avaient très peur et il n'y avait plus personne pour leur payer leurs gages. Ils ont fui la même nuit, bien que j'aie essayé de les retenir car vous et Mazin aviez besoin de quelqu'un pour vous nourrir et s'occuper de vous.

— Alors mon frère était bien là ! s'écria Shakira. Parfois, je croyais que je l'imaginais.

Les yeux noirs se posèrent sur elle.

— C'était un garçon courageux, votre frère. Je lui ai dit qu'il y avait du danger. Qui savait quand les gens de Ghasib reviendraient pour vérifier que personne n'avait échappé à leur crime ?

— Vous saviez que ce n'était pas un accident ?

— Nous savions que votre père Mahlouf était le petit-fils du sultan, dit-il avec simplicité. C'était un secret, mais nous le savions.

— Gulab, dit Shakira, savez-vous ce qui s'est passé, cette nuit-là ? Je... j'ai été emmenée... Et savez-vous ce qui est arrivé à Mazin ?

L'homme hocha sa vieille tête grisonnante.

— J'avais envoyé un message à... certaines personnes, dit-il, repris par la prudence qu'il avait apprise durant les années Ghasib. Je leur avais parlé de la situation. Quelqu'un est venu après la tombée de la nuit. C'était une mission dangereuse et ils ne pouvaient risquer d'être vus par certains du village. Ils venaient emmener le garçon qui courait le plus de risques. Leur plus jeune fils était mort et ils espéraient le remplacer par Mazin. Mais quand ils l'ont vu, ils ont dit que cela ne marcherait pas. Il était trop grand. Il avait le même âge que leur fils aîné. Alors ils se sont demandé s'ils n'allaient pas vous prendre et vous donner le nom de leur fils.

Shakira le fixa. Dans sa poitrine, son cœur battait follement.

— Alors c'est pour cela que je devais être un garçon ? Oh, pourquoi ne m'ont-ils jamais expliqué ?

— Mazin a été très brave. Il leur a dit de vous prendre, qu'il trouverait un moyen pour lui-même. Bahrami lui a recommandé de ne pas rester dans la maison, de se cacher dans les montagnes ou le désert si c'était nécessaire. Ils avaient eu des informations disant que la police secrète savait déjà que deux enfants avaient échappé au massacre. La nuit suivante, Mazin a pris des provisions et de l'eau et m'a dit au revoir. C'est la dernière fois que je l'ai vu. Il avait douze ans alors et il était très courageux. Peut-être a-t-il été assez fort pour survivre ? Il en sera selon la volonté d'Allah.

Des larmes ruisselaient sur les joues de Shakira. *Seul dans les montagnes*, sanglotait-elle. *Oh, Mazin !*

14

— Je vous prie de bien vouloir accueillir la princesse Shakira Warda Jawad al Nadim et le cheikh Sharif ibn Bassam Azad al Daouleh.

Un projecteur commença à jouer sur le tapis juste au-delà de l'entrée du studio et Shakira comprit que c'était à elle. Son cœur battit encore plus fort que les centaines de mains qui applaudirent. Elle glissa un regard incertain à Sharif. Il se pencha et lui dit à l'oreille :

— Il n'y a personne là-bas que Hani ne puisse dominer, même avec un bras dans le plâtre !

Shakira étouffa un petit rire vite réprimé et avança dans la lumière, la tête haute, les yeux étincelants, la bouche incurvée en cette expression espiègle qui n'appartenait qu'à elle. Sharif la suivait de près. Les yeux affamés des caméras se projetèrent vers elle de différents endroits du plateau tandis que la présentatrice du show s'avançait vers eux.

— Princesse, dit-elle lorsqu'ils furent tous assis et que les applaudissements se furent calmés, en l'espace de quelques mois, vous avez été projetée des pires profondeurs de l'horreur et portée jusqu'au pinacle. Vous étiez dans un camp de réfugiés au milieu du désert australien, orpheline, affamée, déguisée en garçon. Vous voici maintenant princesse de l'une des plus populaires familles royales du Moyen-Orient des temps modernes. Vous habitez un palais, vous portez des bijoux somptueux, vous voyagez en jet privé avec vos gardes du corps. Si vous le vouliez, vous pourriez oublier vos années de misère et de privations. Pourtant, vous avez choisi de ne pas oublier.

Shakira ne répondit pas au sourire que lui adressait la présentatrice.

— Il ne s'agit pas d'un choix, expliqua-t-elle d'une voix grave. Je ne peux pas oublier. Ce serait impossible. Je n'avais pas de foyer, pas de nom et je pensais que je n'en aurais jamais. Maintenant, j'ai tout. Mais comment pourrais-je oublier ce que l'on ressent quand on n'a rien ? Comment pourrais-je oublier ceux qui sont toujours là-bas et n'ont toujours rien ?

Elle secoua la tête.

— C'est impossible, répéta-t-elle.

— Nous parlerons d'eux dans un instant, mais pour le moment, dites-nous ce qu'est la vie dans un camp de réfugiés. Cela doit être terrible de vivre ainsi avec si peu de nourriture et des conditions d'hygiène inexistantes.

— Le pire n'est pas le manque d'eau et de nourriture, ni la saleté ni la chaleur, répondit Shakira avec sincérité. Le pire, c'est d'être sans nom et sans histoire. Le pire, c'est lorsque l'on vous parle comme si vous n'étiez rien parce que vous n'avez rien. C'est quand on vous a fait beaucoup de mal et, qu'au lieu de vous venir en aide, on fait de vous une prisonnière et que l'on vous traite comme si c'était vous qui aviez fait du mal. C'est cela le pire. Parce que l'on vous persuade aussi que vous n'êtes rien.

— Nous avons quelques images d'archives de l'un des camps où vous avez séjourné, intervint la présentatrice.

Le public garda le silence pendant que le document passait sur le moniteur.

— Reconnaissez-vous ceci ?

Shakira déglutit péniblement comme apparaissaient le paysage triste des tentes de fortune et la forme familière d'un bâtiment. Elle avait bien entendu visionné le film auparavant, car Gazi al Hamseh avait voulu s'assurer qu'il n'y aurait aucune mauvaise surprise ce soir. Mais la souffrance était toujours aussi vive.

— Oui, dit-elle. C'est le premier camp où je suis allée, au

Parvan. Au début, ce n'était pas si mal, mais après l'invasion, les Kaljouks nous ont bombardés, harcelés. Mais ils n'ont jamais atteint le bâtiment des cuisines, et c'est là que nous nous réfugiions pendant les attaques. Quand ils ont fini par le toucher, ils ont tué beaucoup de gens, dont ma belle-mère et mes demi-frères et sœurs.

Un murmure courut dans le public. Le film s'arrêta.

— Et après cela, vous vous êtes retrouvée totalement seule ? Quel âge aviez-vous ?

— Je l'ignore. Environ douze ans, répondit Shakira en haussant les épaules comme pour chasser quelque chose d'importun.

— Ensuite, toujours seule, vous êtes allée dans d'autres camps. Toujours sous l'apparence d'un garçon ?

— En arrivant dans ce premier camp, j'étais redevenue une fille. Mais après ce bombardement qui a anéanti toute ma famille adoptive, j'ai compris qu'il était dangereux d'être seule en étant une fille ; j'ai donc repris mon apparence de garçon.

— Et vous avez vécu comme un garçon pendant combien... neuf ans ?

La princesse haussa de nouveau les épaules.

— Peut-être. Je n'en suis pas certaine. Il vaut mieux là-bas ne pas compter les anniversaires.

— Vous nous avez raconté, Princesse, le pire de la vie dans ces camps. Vous rappelez-vous autre chose ?

— Les politiciens qui venaient en visite et faisaient des promesses en disant des mensonges, répondit Shakira qui souleva des applaudissements.

La journaliste sourit.

— Et après cela ?

— L'eau. Pas dans le dernier camp, pas en Australie, mais dans les autres. Il y avait parfois de terribles manques d'eau potable. Alors on en rêvait, nuit après nuit. On rêvait que quelqu'un avait creusé un puits... On rêvait que les bébés ne mouraient plus.

Elle se retourna et laissa soudain planer son regard sur le public.

— Se parer de bijoux, vivre dans un palais, oui, c'est très agréable. Mais boire de l'eau fraîche, c'est...

D'un geste vif, elle se défit du lourd bracelet qu'elle portait et le brandit sur sa paume. Sous les lumières du studio, les rubis et les diamants étincelèrent. La caméra 2 se braqua dessus avec avidité.

— Croyez-vous que vous n'échangeriez pas ceci pour une simple gorgée d'eau pure dans un tel endroit ?

Une fois encore, le studio éclata en applaudissements.

Assis dans le public, Gazi al Hamseh se pencha vers sa femme.

— Elle a un don, souffla-t-il.

— L'homme qui est à votre côté, reprit la présentatrice, est le cheikh Sharif Azad al Daouleh. C'est l'homme qui a fouillé une centaine de camps à votre recherche et vous a enfin retrouvée.

Un sourire transforma le petit visage crispé.

— Oui. Sharif est venu. Quelle journée extraordinaire !

— Dites-nous-en un peu plus, Princesse.

— Rien n'aurait pu être plus magnifique que l'instant où il s'est approché de moi et m'a dit : « Je connais votre nom. Vous avez une famille et je vais vous ramener chez vous. » C'est la chose la plus merveilleuse qui soit arrivée dans ma vie !

Shakira se tourna vers Sharif avec un sourire tremblant et plein de larmes. Les yeux de celui-ci brûlèrent soudain en une réponse sauvage et incontrôlée, et le public retint son souffle. Les yeux de Shakira s'écarquillèrent comme si elle était prise au piège de ce regard.

Gazi laissa échapper une exclamation de surprise.

— Je te l'avais bien dit, lui murmura son épouse avec un large sourire.

— Cela a dû être également une minute importante pour vous, Excellence, poursuivit la journaliste après cet instant émouvant.

Les yeux noirs sautèrent du visage de Shakira à celui de la présentatrice.

— Oui, ce fut un grand moment pour moi aussi.

— Mais la princesse était déguisée en garçon. Comment avez-vous su qu'il s'agissait d'elle ?

— Au début, je ne m'en suis pas vraiment aperçu. Mais je me suis brusquement rendu compte qu'elle était une al Jawadi parce qu'elle ressemble à sa famille. C'est un détail de sa physionomie tout à fait particulier.

— C'est ce que l'on nomme « le regard al Jawadi », je crois bien ? Nous avons quelques photos, Princesse. Nous avons réussi à nous procurer une photographie de vous d'après les archives du camp où son Excellence vous a découverte…

Quelque chose à mi-chemin entre une exclamation de surprise et un gémissement monta du public à la vue du visage décharné qui apparaissait sur les moniteurs. C'était un garçon maigre et affamé, au crâne démesuré, aux joues et aux tempes creuses, les yeux cernés d'ombre, noircis par l'hostilité. Une incrustation montra soudain Shakira dans le studio à côté de la photo de Hani. Le contraste entre ces deux visages provoqua des applaudissements et des bravos qui, cette fois, se prolongèrent.

— Est-ce ainsi que vous avez vu la princesse lors de votre première rencontre ?

— Oui. Tel était Hani, répliqua Sharif avec un sourire en coin.

Sa voix contenait une note possessive telle que Shakira, inconsciemment, se tourna encore une fois vers lui. Ses yeux étaient pleins d'une nostalgie que tout le monde put constater.

— Avons-nous une image du sultan du Bagestan ? Ah, le voici.

Le visage d'Ashraf remplaça celui de Sharif à côté de Hani.

— Pardonnez-moi, Excellence, mais je ne vois guère de ressemblance entre ce garçon et le sultan. C'est une bonne chose que je n'aie pas eu à partir à sa recherche, car je crois que la princesse serait toujours dans ce camp !

Il y eut des rires et des applaudissements.

— Cela vient de certaines expressions, expliqua Sharif. J'ai eu la chance qu'un trait particulier sur le visage de la princesse me rappelle fortement le sultan.

— J'ai l'impression, Excellence, insista la présentatrice, que ce fut aussi une expérience marquante pour une autre personne que la princesse. Est-ce exact ?

Sharif se tourna vers Shakira qui lui sourit de nouveau. Une faim de possession le consuma et il comprit qu'il devait maîtriser ses sentiments. Pourtant il en fut incapable. Il avala sa salive, ouvrit la bouche et la referma.

Une fois de plus, Shakira se perdit dans son regard. Au bord de sa conscience existait la certitude qu'il était tout ce dont elle avait besoin et elle lui sourit.

Un soupir monta des sièges et troubla le silence.

— Je pense que je vois de quoi il s'agit, commenta la présentatrice avec un sourire qui fit éclater l'assistance en applaudissements. Actuellement, vous êtes inquiète pour un groupe particulier de réfugiés, n'est-ce pas, Princesse ? Il s'agit de ces gens que l'on appelle les insulaires du Golfe. Pouvez-vous nous en dire quelques mots.

Le regard de Shakira revint se poser sur son hôtesse et elle hocha la tête.

— Oui. Leur histoire est vraiment tragique…

Elle résuma avec soin la question et poursuivit :

— Maintenant, ils ne peuvent rentrer chez eux tant que la question des tourterelles n'est pas réglée. Nous nous impliquons donc beaucoup pour établir les faits et juger de ce qui est le mieux dans cette situation qui doit trouver une solution le plus rapidement possible. Nous désirons également convaincre Mystery Resorts d'abandonner les poursuites et d'oublier ses projets concernant les insulaires. Ghasib n'a pas signé cet accord pour le peuple mais pour lui-même. Pourquoi le peuple devrait-il l'honorer ?

— Je suppose qu'il doit vous être pénible de constater qu'un élément comme une espèce rare de tourterelles puisse obliger des gens à quitter des îles qu'ils occupent depuis toujours ?

Shakira hocha la tête avec vigueur.

— Je sais à quel point ils sont désespérés. Les autres réfugiés bagestanis rentrent chez eux maintenant. Leurs villages ont été reconstruits, mais pas ceux des insulaires. Peut-être devrons-nous bâtir un nouveau camp pour eux, le temps que la question soit débattue. Mais quelle horreur de redevenir des réfugiés dans son propre pays ! Et où iront-ils ? Il est difficile de placer une tribu sur le territoire d'une autre et de les voir s'entendre. Farida, la femme qui a été ma mère dans le dernier camp, vient de l'île Le Talon de Salomon. Sa famille et celle de son époux y vivaient depuis des centaines d'années. Son mari a été arrêté, comme tant d'autres, par Ghasib et ses sbires sur de fausses accusations pour que l'île soit évacuée pour le compte de Mystery Resorts, et on ne l'a pas encore retrouvé. Leur maison a été entièrement brûlée par les forces d'évacuation. Farida désire rentrer chez elle, reconstruire sa maison et aussi retrouver son mari. Mais elle doit continuer à n'être qu'une réfugiée.

— Mais en attendant, elle vit avec vous au palais ?

— Même dans un palais, il est difficile d'être une réfugiée, répliqua Shakira d'un ton ferme. Comment se sentir bien dans un palais s'il n'est pas votre vrai foyer ? Vous savez, les tourterelles ont vécu en bonne intelligence avec les insulaires depuis des années. Sinon elles n'y seraient plus. Les insulaires ont toujours pris grand soin de leur environnement, parce qu'il y pousse des herbes qu'ils utilisent dans leur médecine traditionnelle. C'est aussi leur première source de revenus. Tout le monde au Bagestan utilise ces herbes.

— A votre avis, Princesse, comment ce problème pourrait-il être résolu ?

— Ne vous aventurez pas par là, Princesse, supplia tout bas Gazi depuis le premier rang des spectateurs.

Shakira redressa la tête.

— Comment les gens peuvent-ils devenir soudain un danger pour un environnement qu'ils chérissent depuis si longtemps ? A mon avis, toute cette histoire de tourterelles a été fabriquée de toutes pièces parce que Mystery Resorts veut toujours mettre la main sur cette île pour son usage exclusif. Et je pense que c'est mal s'ils placent leur profit avant le droit d'un peuple à rentrer chez lui !

— Oh ! dit la présentatrice.

— Ce ne sont que des empailleurs de chameaux ! termina la princesse.

— Je suis désolée de m'être emballée, dit Shakira. Mais pourquoi n'aurais-je pas le droit de dire la vérité ? Pourquoi ?

Ils étaient assis dans leur suite à l'hôtel — Shakira et Sharif, Gazi al Hamseh et sa femme Anna —, et regardaient la diffusion du show.

— Tant qu'ils ne nous poursuivent pas pour diffamation…, répondit Gazi non sans humour.

Pas un mot de l'interview n'avait été coupé. Ils regardèrent jusqu'à la fin, y compris les applaudissements enthousiastes qui garantissaient que les lignes du palais crouleraient vite sous de nouvelles invitations. Gazi coupa la télé.

— Demain, annonça-t-il, nous aurons une liste de demandes d'interviews aussi longue que le bras. Vous vous êtes très bien débrouillés tous les deux. Shakira est authentique et toi, Sharif, tu es intervenu avec une stupéfiante autorité. Vous formez une équipe gagnante. Maintenant, allons faire la fête !

Au léger murmure qui courut dans la discothèque à leur entrée, il était clair que beaucoup avaient suivi l'émission.

C'était la première visite de Shakira dans un night-club et elle aussi ouvrit de grands yeux surpris.

— Que font les gens dans un night-club ? demanda-t-elle à Anna lorsqu'ils s'installèrent.

— Ils mangent, boivent, dansent, fument et bavardent, répondit Anna avec concision.

Pendant que les trois autres consultaient le menu, la princesse regarda autour d'elle. L'orchestre commença à jouer et les gens se levèrent pour danser. Shakira les observa pendant quelques minutes.

— Aimeriez-vous danser, Shakira ? lui demanda Anna.

Shakira sourit et secoua la tête.

— Parfois, il nous arrivait de danser dans les camps. Certains avaient des instruments de musique ou en fabriquaient et nous dansions. J'aimais bien ces moments-là. Les gens avaient toujours l'air heureux et ils riaient.

Elle s'interrompit pour observer les danseurs.

— Je pensais que nous ne dansions pas bien et que, dans les autres parties du monde, danser serait différent. Mais c'est exactement pareil : les gens sautillent.

Réprimant un sourire, Sharif contempla un instant ses yeux qui brillaient.

— Aimeriez-vous *sautiller*, Princesse ?

Il la conduisit sur la piste et bientôt Shakira, qui avait hérité un certain instinct musical de sa grand-mère, commença à danser à sa manière. Elle portait une robe en organza vert émeraude, et son dos et ses épaules étaient nus. Un petit corselet enserrait ses seins menus et un large collier piqueté de joyaux lui encerclait la gorge. Kamila lui avait dessiné là une toilette d'une simple et noble élégance.

Sharif portait un smoking noir. *Pourquoi vous êtes-vous habillé comme un corbeau ?* lui avait-elle demandé. Pourtant il était assez séduisant dans ce vêtement. Mais elle ne l'aimait pas. Elle le préférait de beaucoup dans la veste de soie brodée de pierres précieuses des hommes de la garde rapprochée du sultan qu'il avait portée lors de la réception donnée en son honneur.

Mâchoires serrées, il la regarda danser avec une inconsciente sensualité. *Du temps*, songea-t-il, *il devait lui laisser du temps.* Cependant, il y aurait maintenant des quantités d'autres hommes qui n'auraient pas forcément la patience ou l'intelligence de lui donner du temps. Elle pouvait céder au charme d'un autre pendant que lui, Sharif, attendait et observait et prenait beaucoup de précautions... Mais il tuerait le premier qui l'approcherait !

Ses sentiments durent s'inscrire sur ses traits car un homme qui avait regardé Shakira avec avidité surprit son regard, se retourna vers son voisin et lui parla à l'oreille.

Les musiciens entamèrent un air plus lent et la piste se vida. Seule demeura une douzaine de couples.

Sharif avait attendu trop longtemps ce moment de la tenir contre lui. Shakira mit sa main dans la sienne parce qu'il avait l'air de s'y attendre mais, quand il l'attira contre lui, elle protesta, nerveuse.

— Je n'ai jamais encore dansé avec un homme ! Je... je ne sais pas ce que vous faites.

Puis elle retint son souffle car Sharif resserrait son étreinte et passait un bras autour d'elle. Il lui parut très grand tout à coup. Sa tête lui arrivait à hauteur du cœur et, instinctivement, elle se nicha contre lui.

— C'est comme de marcher, dit Sharif qui compléta en quelques mots sa leçon.

Sa voix résonna à ses oreilles comme le ronron d'un chat et

elle eut l'impression que ses mots couraient jusqu'en bas de son épine dorsale.

— Oh..., souffla-t-elle sur le ton de la surprise, sans pour autant se reculer.

Il la prit fermement dans ses bras et elle se sentit aussitôt en sécurité dans ce petit espace de bonheur. Elle fit ce qu'il lui recommandait et suivit les mouvements de son corps. La musique paraissait les envelopper, les lier l'un à l'autre et, au bout d'un instant, Shakira eut le sentiment qu'elle n'évoluait plus de sa propre volonté. Une sensation de chaleur passa sur sa peau quand Sharif la toucha. Sa main se déplaçait sur son dos nu, provoquant en elle un long frisson inconnu. Il pencha la tête pour lui murmurer quelque chose et même son souffle sur son cou la fit délicieusement fondre. Elle eut l'impression que son sang coulait dans ses veines avec la douceur exquise du miel.

Puis Sharif laissa retomber ses mains et s'écarta un peu d'elle. Shakira comprit alors qu'elle s'était trompée sur les liens qui les unissaient à cet instant en pensant que seule la musique les avait fait naître. Parce que ces liens étaient toujours là, même quand la musique eut cessé.

Des liens forts et vibrants qui l'attachaient à lui malgré elle...

15

Elle fit un vrai malheur, eut un énorme succès, cette frêle princesse qui avait survécu à l'enfer en gardant son humour, sa vérité… et son goût pour un langage direct et abrupt, que personne, après des mois d'efforts, n'avait encore réussi à lui faire abandonner. Le monde en raffola et en voulut plus encore. Après cette interview, comme l'avait prédit Gazi, la demande d'apparitions de la princesse du Bagestan et de son sauveur explosa. De ce fait, la campagne en faveur des îles du Golfe prit du relief et s'imposa à l'attention du monde entier. Par la suite, d'autres membres de la famille royale, comme les cousines de Shakira, furent enrôlés, de même que Farida et Jamila.

Shakira trouvait étrange d'avoir découvert l'amour, le véritable amour, non pour sa famille, non pour le sultan ou même sa grand-mère, mais pour Sharif. Quand son cœur s'ouvrit à lui, elle comprit que ce sentiment était très différent de sa simple soif d'aimer pour combler le vide de tant d'années de solitude. Tout cela restait pour elle mystérieux, inexplicable. Pourtant, quelque chose s'était bel et bien passé au moment où il lui avait révélé son nom, et même plus tôt en fait, quand elle lui avait dérobé son portefeuille. Elle n'avait pourtant pas trop cherché à comprendre ce qui avait changé en elle, jusqu'à ce moment précis où elle avait dansé avec lui. Son cœur, totalement fermé avant l'arrivée de Sharif, s'ouvrait maintenant chaque jour un peu plus. *Comme une pièce sombre et fermée à clé*, se dit-elle. *Puis Sharif a ouvert la porte. Il est entré avec la lumière et il a vu en moi des choses que personne n'avait jamais vues avant lui.*

Mais ce n'était pas tout encore. Maintenant qu'elle connaissait le sens de l'amour vrai, Sharif l'aimerait-il en retour s'il s'en rendait compte ?

La grande mobilisation familiale des al Jawadi en faveur des insulaires vola dès lors de succès en succès. Cette histoire captiva les esprits. Grâce à Shakira, Sharif et tous les autres, la campagne s'enflamma. Quelqu'un commença même à vendre des T-shirts sur Internet et en envoya des échantillons au palais.

— Pourquoi pas ? s'était exclamé Gazi.

Et, au talk-show suivant, Noor, Farida et Jamila apparurent avec, sur la poitrine, l'inscription : « Les hommes aussi ont besoin d'un sanctuaire ». Noor et Farida formaient une excellente équipe, car Noor avait été naufragée sur l'île Le Talon de Salomon où vivait la famille de Farida depuis des générations. Sur un plan plus pratique, Noor pouvait assurer la traduction lorsque Farida était interrogée en anglais. Comme l'avait prédit Gazi, Jamila et Farida faisaient jouer les violons et Noor apportait les paillettes.

— Bien entendu, Shakira assure sur les deux tableaux, observa Gazi. Les jeunes filles de cette trempe sont rares, Sharif. Elle est unique et ils lui courent tous après...

— Crois-tu que je ne le sache pas ?

— Tu sais ce que l'on dit ? Que tu ferais bien de te hâter car les choses vont très vite parfois.

— Il faudra d'abord me passer sur le corps, menaça Sharif en montrant les dents.

Gazi leva les bras en l'air et soupira.

— D'accord, d'accord. Aussi longtemps que tu resteras vigilant. Il faudrait être aveugle pour ne pas se rendre compte de ce que tu ressens, et de sa manière de te regarder. Tu es en tête du peloton à l'heure actuelle, mais es-tu certain de garder l'avantage ?

— Tu as raison, Gazi. Elle est unique. Elle est formidable. Parfois, on a l'impression qu'elle est complètement rétablie et que rien de tout cela ne lui est arrivé. Mais sous la surface, la princesse Shakira est toujours Hani, un orphelin déshérité qui se bat contre le monde entier pour avoir le droit de vivre. Elle a besoin d'espace pour se retrouver un peu plus, avant que je commence à la considérer comme mienne. Elle a le droit d'apprendre à se connaître.

Mais l'attente le tuait, même s'il était persuadé d'avoir raison. Du reste, accorder du temps à Shakira ne signifiait pas qu'il laissait une chance à quiconque. Il était tout à fait capable de tenir les autres à l'écart.

On retrouva le mari de Farida loin de la capitale, dans une prison dont le directeur avait détruit les archives avant de prendre la fuite. Hashim Sabzi était maigre, faible et malade, mais il n'avait pas été torturé. Sous surveillance médicale, il s'installa au palais avec Farida. Il n'était pas encore assez solide pour participer à la prochaine émission télévisée avec sa famille, comme le producteur l'avait espéré. Mais Jamila et Farida y participèrent, comme prévu.

Ce qui arriva alors au cours de l'émission fut complètement inattendu. Et l'événement fut accueilli comme un symbole d'espoir pour les centaines de réfugiés qui attendaient de rentrer chez eux.

Noor avait eu l'idée d'emporter, ce jour-là, la poupée qu'elle avait découverte sous la maison brûlée de l'île, Le Talon de Salomon — où elle était restée naufragée plusieurs semaines —, une poupée qu'elle avait baptisée *Laqiya,* l'enfant trouvée.

— Dites-nous ce que vous mangiez alors, Princesse, car c'est probablement ce qui préoccupe le plus tout le monde. Avez-vous été obligée de vous nourrir de racines ?

Noor se mit à rire.

— Non ! Nous avons survécu avec des œufs de tortues et du poisson et ce que nous pouvions trouver comme fruits dans la forêt. Puis nous sommes tombés sur les restes tragiques d'un village. Le village de Farida, je le sais maintenant. Les maisons avaient toutes été brûlées, mais nous avons quand même pu récupérer certains matériaux pour nous bâtir un abri de fortune. Et ce fut extraordinaire de trouver des légumes qui s'étaient resemés dans les jardins abandonnés. J'ai aussi fait une autre découverte, poursuivit-elle d'une voix plus grave, et je pense que ceci en dira plus que n'importe quoi sur la nature innommable de ce que Mystery Resorts et Ghasib ont commis sur ces îles. Je l'ai apportée aujourd'hui et j'aimerais vous la montrer.

Noor se pencha alors vers l'élégant fourre-tout à ses pieds.

— Aussi longtemps que je vivrai, je n'oublierai jamais le jour où j'ai découvert ceci dans les ruines d'une maison démolie, à demi brûlée. Face à cela, les grands discours sont inutiles.

Elle tira Laqiya du sac et assit sur ses genoux la petite poupée de chiffon.

— A mes yeux, cette poupée est le symbole de…

Un cri perçant éclata soudain, électrisant l'assistance.

— Aminaaaaaa ! hurla Jamila. Maman, c'est mon Amina !

Et l'enfant sauta des genoux de sa mère pour se précipiter vers Noor. Elle lui arracha la poupée des mains et se mit à danser autour du studio, la poupée pressée contre ses joues humides de larmes.

— Maman, quand c'est qu'on rentre à la maison ?

L'animateur, qui pourtant était habitué à ce genre de débordements émotionnels, ne sut comment enchaîner. Mais tout le monde comprit, dans le silence ému qui suivit, que quelque chose d'important venait de se déclencher.

« Chère princesse Shakira, disait la lettre. Je vous ai vue à la télévision. Ce qui vous est arrivé, ainsi qu'aux habitants des îles, est horrible, mais jusqu'à présent il m'était très difficile de savoir quoi faire. Quand j'ai vu cette petite fille, j'ai décidé de ne plus garder le silence. Ils appellent cela secrets industriels. Mais tout est archifaux. Ils n'ont jamais voulu faire de ces îles un complexe hôtelier. Ce n'était qu'une excuse pour se débarrasser des habitants et avoir les droits d'exclusivité sur les herbes médicinales que les insulaires ont toujours utilisées pour se soigner. Ces plantes ont prouvé leur efficacité grâce à des études cliniques. La société Webson Attary Pharmaceutical a des scientifiques qui travaillent à synthétiser six plantes différentes, de manière à obtenir le brevet de la formule. Ces plantes sont en effet uniques. L'une d'elles, par exemple, cicatrise les brûlures et les écorchures, et pourrait sans doute être utilisée pour ses propriétés de régénération et être à la base d'une crème anti-âge. Et cela rapporterait d'énormes royalties aux insulaires dans le cas d'un rachat.

« Mais cela signifie stopper le commerce insulaire des plantes médicinales, et la partie juridique s'annonce difficile, parce que certaines sociétés ont déjà été poursuivies en justice pour ce genre de choses. Qui sait dans quel sens ira le jury international dans quelques années ? Voilà donc de quoi il s'agit : assurer les futurs profits de Webson Attary Pharmaceutical. Vous trouverez tout ce dont vous aurez besoin dans le document ci-joint. Tout est là et il n'y a pas de copie. Tout est en langage technique. Il y est mentionné, entre autres, que les tourterelles sont réellement uniques pour les insulaires et que l'on peut vraiment les considérer comme une espèce en danger, en raison de leur faible nombre et du fait qu'elles n'ont que ce seul habitat. Mais leur population n'a pas décru au cours des cinquante dernières années. Donc les insulaires ne constituent pas un problème pour leur survie.

« Je suis navré de ne pouvoir signer ceci. J'espère cependant vous rencontrer un jour et vous révéler mon identité. »

C'était la nuit. Ils se promenaient dans le jardin. Il avait passé un bras autour d'elle et elle avait la tête posée contre son cœur. Autour d'eux, les fontaines gargouillaient et chantaient, et la fragrance des roses endormies embaumait l'air.

— Cela n'aurait pas pu arriver sans vous, dit Sharif. Félicitations, Princesse. Tout le monde n'est pas capable de transformer les dures expériences de sa vie en quelque chose d'aussi positif.

— Ashraf a-t-il décidé que les insulaires pourront bientôt rentrer chez eux ?

— Oui. La lettre anonyme a tout changé. Le contrat original de location des îles n'était pas signé en bonne et due forme, ce qui signifie que la société ne pourra exiger du tribunal de l'imposer. Mais en tous les cas, ce serait un trop grand risque à prendre pour la société en raison de l'hostilité du public à son égard.

Shakira sourit et poussa un soupir.

— Cela signifie aussi que nous serons plus à l'aise avec le conseil des tribus. Maintenant que nous ne nous battons plus pour qu'ils accordent la réinstallation des insulaires sur le continent, nous allons pouvoir nous occuper d'autres questions.

Elle leva la tête vers lui et le regarda au fond des yeux.

— Et tout cela grâce à vous ! Depuis que vous m'avez retrouvée dans ce camp, tellement de vies ont complètement changé. Et surtout ma propre vie…

Sharif resta un instant silencieux, le temps de reprendre longuement son souffle. Puis il murmura :

— La mienne aussi, Princesse.

Shakira s'agita, nerveuse, mais le bras de Sharif la maintint avec fermeté et elle s'appuya de nouveau contre son cœur.

— Je vous aime, Shakira, dit Sharif à voix basse.

Le sang afflua vers la poitrine de la jeune fille et ses oreilles bourdonnèrent.

— Vraiment ? murmura-t-elle d'une voix tremblante. Vous m'aimez ? Moi ? Oh, Sharif !

Des larmes jaillirent sur ses joues comme si d'être aimée de lui était un fardeau trop lourd pour son cœur.

Sharif tourna son visage vers elle et l'enveloppa de ses bras comme s'il voulait embrasser la lune.

— Je veux que vous soyez ma femme. Le désirez-vous ?

— Oh ! s'exclama-t-elle, le souffle coupé. Oh, Sharif, je ne crois pas… Oh, par Allah ! M'épouser ? Comment pourrais-je me marier ? Je ne ressemble pas à Noor, ni même à Jalia… Je ne suis pas une femme, je suis encore à moitié un garçon. Vous savez cela mieux que n'importe qui. Je suis tellement ignorante… J'ai besoin d'aller à l'école et aussi… Oh ! comment pourrais-je être une épouse ?

— M'aimez-vous, Shakira ?

La voix de Sharif était soudain devenue plus rauque, et un frisson courut sur la peau de Shakira, comme à l'approche d'un danger.

— Oui, oh oui ! Mais...

Sharif inclina doucement la tête tandis que Shakira sentait son cœur bondir et se débattre comme un oiseau en cage. Tendrement, il lui effleura les lèvres, et une douceur inconnue s'épanouit en elle, aussi suave que le parfum des roses. Sharif éloigna un peu sa bouche et posa son front contre le sien.

— Si vous m'aimez, Shakira, le reste peut attendre. Nous pouvons aller aussi lentement que vous le voudrez. Mais dites-moi que vous m'aimez.

C'était la première fois de sa vie que quelqu'un quêtait son amour et elle eut l'impression que son cœur se déchirait. Etre quelqu'un dont l'amour avait de la valeur. Oh, comme elle était loin de Burry Hill !

— Est-ce... est-ce important pour vous ? insista-t-elle, juste pour prolonger la magie de l'instant.

— Rien n'a jamais été aussi important.

— Oui. Je vous aime, Sharif. Je crois que j'ignorais, avant de vous aimer, ce qu'était l'amour. Mais c'est... Cela arrive quand votre cœur s'ouvre, n'est-ce pas ? Lorsque quelqu'un s'y glisse et que l'on est empli d'un bonheur inconnu qui pourtant vous fait peur ?

— Oui, acquiesça-t-il, car lui aussi venait de comprendre le sens de cette joie presque effrayante. Oui, c'est bien ainsi qu'est l'amour.

— Et alors on découvre que l'on a encore beaucoup de place pour des tas de gens. Je... je croyais aimer ma famille, mais mon cœur ne savait pas comment s'ouvrir tout de suite comme... comme ça. Puis vous y êtes entré et maintenant... maintenant, je suis capable d'aimer qui je veux.

Il la serra si fort contre lui qu'elle en eut presque le souffle coupé. *Mais est-il besoin de respirer quand on est amoureux ?* se demanda-t-elle. La bouche de Sharif chercha de nouveau la sienne. Elle leva docilement les lèvres vers lui, mais il devina sa peur et, une fois de plus, tremblant sous l'effort qu'il s'imposait, il les effleura à peine.

— Promettez-moi de devenir ma femme, chuchota-t-il.

— Mais je suis si… si peu une femme…

— Shakira, vous êtes parfaite et vraie. Que craignez-vous ?

— Je l'ignore, murmura-t-elle, de nouveau envahie par son terrible secret.

Comment lui dire ?

Sharif la regarda attentivement, comme s'il se doutait de quelque chose, et elle baissa les yeux.

— Asseyons-nous, proposa-t-il au bout d'un instant.

Il l'entraîna vers un banc sous un arbre au feuillage bruissant. Au-dessus de leur tête, la lune brillait, posée sur une écharpe de nuages gris dans le ciel d'une riche teinte violet foncé. Sa lumière tombait sur le dôme turquoise et sur la fontaine comme un tissu de douceur.

— Je veux vous conter une histoire, commença-t-il.

— Oh, j'adore vos histoires ! s'exclama Shakira ravie. De quoi s'agit-il ?

Au loin s'égrenèrent soudain des notes de musique puis la voix de sa grand-mère s'éleva.

> *Quand l'encens ne brûle pas*
> *Il ne donne aucun parfum*
> *Et seuls ceux que l'amour a consumés*
> *Me comprendront…*

— C'est de vous dont il s'agit, Shakira. Que pourrait-il y avoir de mieux ? Ecoutez donc.

16

— Il était une fois…, commença-t-il, tandis que Shakira se pelotonnait avec un soupir contre lui. Il était une fois un jeune homme du nom de Younous. Travaillant dur et économe, il décida un jour qu'il était temps pour lui de se marier. A plusieurs reprises, il avait aperçu une très jolie fille à la fenêtre de la maison de son voisin et pensa faire d'elle son épouse. Aussi alla-t-il la demander en mariage. Mais le père fit grise mine.

— Bien sûr, répondit-il, il est temps pour ma Fatima de se marier, mais je ne veux pas te l'imposer, Younous, toi qui es un bon ami, car aussi agréable à regarder qu'elle soit, elle a une voix de mégère et très mauvais caractère. Une seule chose pourrait corriger cela et il m'est bien trop difficile de te suggérer de le faire. Personne ne pourrait se donner autant de mal pour ma petite Fatima.

Younous ne voulut pas en démordre et demanda de quoi il s'agissait.

— Un saint homme m'a raconté, répondit le voisin, que trois gouttes venant du Puits de la Douceur, enfermées dans un petit flacon, la guériraient.

— Alors j'irai chercher cette eau, déclara Younous. Où est-il, ce Puits de la Douceur ?

— La femme qui dort sur les marches de la mosquée le sait, répondit le voisin. Mais je t'en prie, mon ami, ne va pas te donner tant de mal…

Mais Younous était bien décidé. Il commença par acheter au

bazar un petit flacon et, ensuite, il alla trouver la mendiante à la mosquée. Il mit dans sa sébile une pièce d'or et lui demanda comment trouver le Puits de la Douceur.

— Marche pendant sept jours vers l'ouest, répondit la femme, et ensuite pendant sept jours vers le sud. Là, tu verras une rivière. Traverse-la et tu arriveras à l'endroit où vit un géant. Demande-lui ce que tu veux savoir.

Younous suivit ses instructions jusqu'au moment où il parvint à la rivière. Comme le passeur l'emmenait vers l'autre rive, il lui demanda où trouver le géant. L'homme lui apprit qu'il vivait dans une grotte de la montagne.

— Mais sois poli avec lui, sinon il te tuera avec sa massue, ajouta le passeur.

Younous marcha longtemps et il était très las lorsque enfin il rencontra le géant. Poliment, il lui souhaita la paix et lui expliqua sa mission.

— Puisque tu m'as parlé avec respect, je vais te le dire, répondit le géant, car bien peu de ceux qui viennent jusqu'ici se montrent aussi polis et, en général, je les tue. A l'intérieur de la grotte, il y a un passage secret, gardé par un dragon à trois têtes. Quand tu le verras, dis-lui : « Par Suleiman, fils de David, la paix soit avec toi. Laisse-moi passer. » Et le dragon te laissera passer.

Tout arriva comme l'avait prédit le géant et, après le dragon, Younous suivit un passage très sombre. Enfin, parvenu tout au bout, il aperçut un rai de lumière et une belle fée qui tirait de l'eau avec un seau dans un puits profond.

— La paix soit avec toi ! lui cria Younous.

— Et avec toi aussi, oh, mortel ! lui répondit la fée. Viens, je vais remplir ton flacon.

Alors, elle y mit trois gouttes d'eau et le lui rendit.

Ensuite, Younous rebroussa chemin dans le couloir sombre qui lui parut plus long et plus pénible qu'à l'aller, avec ces ombres autour de lui et les pierres coupantes à ses pieds. Mais à la fin, il rejoignit le dragon, récita la sentence magique qui lui ouvrit de nouveau le passage. Une fois dans la grotte du géant, il lui montra le flacon et le géant lui ordonna :

— Maintenant, mortel, tu devras travailler un an et un jour pour moi et, ensuite, tu pourras rentrer chez toi.

Alors, Younous servit le géant pendant un an et un jour. Il soigna et tira le lait de ses chèvres et prépara ses repas. Il lava sa vaisselle et nettoya ses chemises avant de les mettre à sécher sur des buissons. Il s'occupa aussi de garder le feu allumé. Au bout d'un an et un jour, le géant était si content de son travail qu'il lui offrit un sac d'or et le renvoya chez lui. Une fois de retour, Younous fut accueilli par son voisin.

— Ta route a été longue, mon ami ! s'exclama-t-il. Nous avons craint pour toi. Quelles expériences tu as dû connaître ! As-tu rapporté l'eau du Puits de la Douceur ?

Younous lui conta ses aventures, lui donna le flacon magique pour Fatima et rentra chez lui afin de préparer la noce. Quand tout fut prêt, sa fiancée apparut voilée et magnifiquement vêtue, et la cérémonie commença. Younous avait l'impression d'être le plus heureux des hommes. Cette nuit-là, après le festin, Younous enleva le voile de Fatima et la trouva aussi belle qu'il pouvait le désirer. Sa voix était douce et suave comme le roucoulement de la tourterelle.

— Chère épouse, lui dit-il, quelles merveilles il y a de par le monde ! *Hamdoulillah* ! Comme je suis heureux d'entendre ta douce voix, car c'est pour toi que je suis allé jusqu'au Puits de la Douceur.

— Que veux-tu dire, ô, mon époux ? lui demanda Fatima étonnée.

Et Younous de lui expliquer que son père l'avait envoyé chercher l'eau magique pour lui adoucir la voix et le caractère.

Alors Fatima rejeta la tête en arrière et rit aux éclats.

— Ce n'est pas moi, dit-elle enfin, qui avais mauvais caractère, mais ma mère ! Un sage avait dit à mon père que s'il lui versait sur la langue trois gouttes d'eau du Puits de la Douceur, elle en serait transformée. C'est ainsi qu'il décida que celui qui demanderait ma main devrait d'abord aller chercher l'eau.

Younous se mit à rire avec elle et tous deux furent heureux ensemble et ne se disputèrent pas une seule fois tout au long de leur vie.

***

Shakira garda le silence pendant que Sharif attendait et l'observait.

— Est-ce mon histoire ? demanda-t-elle enfin. Je ne comprends pas.

— Ne voyez-vous pas que Younous a vu la perfection et en est tombé amoureux, mais qu'à cause d'une certaine faiblesse en lui, de certains doutes, il s'imagine que sa future épouse a elle aussi un défaut ? Il est possible alors que Younous doive s'en aller pour sa quête, mais ni ses voyages ni sa recherche n'auront d'effet sur sa fiancée. Par contre, ils affectent Younous de telle manière qu'il en arrive à prendre Fatima comme elle est. Car tel est l'aboutissement des véritables quêtes, n'est-ce pas ?

— Mais qui suis-je, dans l'histoire ? Fatima ou Younous ?
— Les deux, dit Sharif.
— Les deux ?
— Et peut-être aussi chacun d'entre nous. Fatima est votre Moi intérieur, Shakira. La part de doute en vous pense qu'elle est défectueuse, mais elle est parfaitement belle et vraie. Il est possible qu'à l'extérieur, vous deviez parvenir à un stade où vous pourrez reconnaître votre propre vérité, mais votre Moi intérieur n'a aucun besoin d'être transformé.

Shakira resta assise, sans parler, à méditer ses paroles. Etait-ce vrai ? Etait-ce de la peur qu'elle ressentait ? De la peur ? Mais de quoi donc ?

De n'être pas assez parfaite. D'être encore trop proche du garçon qui se trouvait indigne d'être aimé.

En fait, elle avait peur d'être jugée.

LA BIEN-AIMEE

Le rêve de la bien-aimée

Dans le rêve, elle nageait dans une mer couleur de jade et d'émeraude, fraîche et douce, pailletée d'or, et il était à son côté. Elle était nue, et l'eau la prenait comme un amant. A chaque vague qui la léchait, un plaisir exquis lui parcourait la peau. Ensuite, ce ne fut plus l'eau qui la soutint, mais son corps à lui. Il était étendu sous elle et ses mains et les vagues la caressaient en même temps.

Dans le rêve, il l'embrassait et elle sentait son cœur battre au rythme de son désir ardent et délicieux. Dans le rêve, elle n'avait plus peur quand il lui prenait le visage entre ses paumes et que son souffle courait sur sa peau. Ses lèvres lui effleuraient les paupières, l'arête du nez, la joue, l'oreille et, sous la caresse, son sang battait, impatient, recherchait sa chaleur et repartait ensuite baigner son corps entier. Dans le rêve, son corps se fondait dans le sien avec une avidité divine et sans crainte. Elle s'appuyait contre lui pour qu'il puisse ressentir en même temps son désir et son amour. Il l'encerclait de ses bras avec une passion sauvage et tendre et attirait son visage pour un baiser ardent qui explorait sa bouche. A cet instant seulement, elle comprenait combien longtemps il l'avait attendue et avec quelle faim. Dans le rêve, son visage restait obscur mais, elle en était sûre, il lui souriait. Ses yeux étaient sombres et aussi profonds que l'océan, avec une lueur qui y brillait. Cette lumière lui transperçait le cœur et se dispersait dans tout son être.

— *C'est l'amour ! s'écriait-elle.*

— *Oui, répondait-il, sans qu'elle puisse entendre sa voix.*

Etaient-ce ses mains ou était-ce la mer qui commençaient à la caresser et mêlaient en elle la joie, l'amour et le plaisir ? Elle soupirait et gémissait et s'étirait dans la mer avec volupté contre son corps, et ses mains couraient partout sur elle. Alors elle se serrait étroitement contre lui et comprenait qu'elle était lui, qu'il était elle. Ils n'étaient plus qu'un seul être et s'unissaient aussi à la mer. Puis la joie surgissait en elle comme la tempête, submergeait son corps et son âme. Le plaisir s'emparait sans merci de leurs deux corps. Il l'attirait dans les profondeurs vertes. Elle s'enfonçait de plus en plus parmi les paillettes de lumière dorée. L'eau ou bien ses mains la caressaient, l'aimaient, car il accompagnait sa descente tandis qu'elle se laissait couler et que le plaisir résonnait en elle encore et encore. Alors, tout au fond de ce vert mystérieux, elle se rendait compte qu'ils étaient entourés de dômes et de minarets. Ils passaient sous des voûtes et entre des rangées de colonnes et, soudain, elle apercevait un pavillon doré. A l'intérieur, elle trouvait des malles remplies de joyaux de toutes les couleurs, et de l'or et de l'argent. Et tout cela lui appartenait.

— Oh ! s'écriait-elle, je ne le savais pas !

Alors il se tournait vers elle, il la reprenait entre ses bras et enfin les battements insistants du plaisir se manifestèrent. Ils la traversaient, se propageaient en eux et se perdaient dans l'infini de la mer. Ensuite venait l'amour, un sentiment d'amour profond qui lui comblait le cœur et le corps, l'emplissait de sagesse et de connaissance. Alors son cœur prenait son essor. Il montait, montait, et tous deux le suivaient jusqu'au moment où il flottait à la surface de la mer si verte, sous le ciel étincelant.

17

Au cours des deux jours qui suivirent, Shakira ne put penser à rien d'autre qu'à Sharif… A ses yeux, à sa manière de la regarder, et ce souvenir la faisait frémir jusqu'à la moelle des os. Elle avait l'impression de lui être précieuse et pensait qu'il craignait de ne pas être aimé en retour. Oh si ! elle l'aimait ! Elle ne pouvait s'en empêcher, même si elle savait à quel point c'était dangereux d'aimer. A quel point l'existence était fragile… Mais elle ne pouvait lui donner la réponse qu'il attendait.

Ces derniers temps, elle ne le voyait pas souvent car les chefs de tribus étaient présents au palais, et Sharif participait aux négociations. Elle passait presque toutes ses journées avec Noor et Jalia, qui ne parlaient plus que mariage, essayages, musique…

Tout cela était très passionnant bien sûr, mais moins pour Shakira qui désespérait de revoir Sharif…

Lorsqu'ils se rencontrèrent enfin, ce fut pour une brève demi-heure dans la cour privée où, ce soir-là, ils se promenèrent. Il ne lui parla pas d'amour. Elle en fut soulagée.

— Maintenant que la question du repeuplement de l'île est résolue, lui confia Sharif, les insulaires sont devenus le souci premier de la sultane, car les réfugiés sont sous sa protection. J'ai dit à Dana que je désirais m'impliquer dans cette action. Elle m'a demandé de prendre en charge le rapatriement, et pas seulement des insulaires mais de tous les réfugiés.

Shakira le fixa intensément.

— Oh ! Allez-vous… Aimerez-vous cette tâche ?

Il plongea son regard dans le sien.

— Je le prends très à cœur, Princesse. Je désire empêcher chacun de passer un jour de plus qu'il ne sera nécessaire dans l'enfer où je les ai trouvés.

Le cœur de Shakira se mit à battre douloureusement.

— Oh…

— Nous nous demandions, Dana et moi, si vous accepteriez de travailler avec moi sur ce projet.

— Oh, répéta-t-elle, d'un ton différent cette fois. Oh oui ! Pourquoi n'y ai-je pas pensé moi-même ? Pourrons-nous tous les ramener chez eux ? Quand ?

Freinant en riant l'enthousiame de Shakira, Sharif entreprit de lui exposer les détails de l'entreprise et les précautions à prendre avec les divers chefs de tribus siégeant au conseil. Ashraf, lui dit-il, comptait beaucoup sur l'influence croissante d'un jeune homme, le fils de Tabasi, et un accord devait normalement intervenir le lendemain. En attendant le rapatriement, il fallait loger des centaines de personnes et ne surtout pas établir un nouveau camp.

— Pourquoi ne pas en loger quelques-uns dans le nouveau palais de Ghasib ? suggéra Shakira. Il est immense, affreux mais pas autant que Burry Hill et, au moins, il y a l'eau courante ! Si Ashraf peut trouver des investisseurs, il pourra ensuite le transformer en complexe touristique.

Sharif renversa la tête en arrière et éclata de rire. Du rire d'un homme qui vient subitement de tomber sur la réponse que tout le monde avait sous le nez depuis longtemps !

Le jour suivant était un vendredi et le sultan avait convié à dîner au palais le conseil tribal. Il n'y aurait avec eux que la famille et les commensaux habituels du sultan. Le groupe des chefs de tribus dans leurs larges caftans et le burnous qu'ils portaient plus souvent dans le désert que dans les villes avait quelque chose de sauvage et de somptueux. Certains avaient revêtu le large pantalon et la veste des tribus montagnardes. Il n'y avait là que des hommes, car dans les tribus, on n'avait pas encore admis de femmes au conseil. Shakira avait déjà rencontré des hommes comme eux dans les camps, car ils avaient souvent été considérés comme un danger par Ghasib. Par instinct, parce qu'il restait en elle une part des manières et du langage de Hani, elle se sentait à l'aise avec eux. Mais depuis qu'elle était redevenue une princesse magnifiquement vêtue, tous les hommes ne l'étaient plus autant avec elle.

Sharif apparut soudain dans l'encadrement de la porte et ses yeux parcoururent la pièce. Quand son regard s'arrêta sur elle, elle fut surprise de le voir s'assombrir avant de lui sourire. Il ne vint pas à sa rencontre, mais elle le suivit des yeux et le vit se diriger vers le sultan et son épouse qui se tenaient sous le grand portrait d'Hafzuddin. Il s'inclina et leur parla. Etonnée, Shakira vit la sultane tourner les yeux vers elle avec la même expression soucieuse, et commencer à traverser la salle dans sa direction. Au même instant, un mouvement dans l'entrée attira son attention. Elle se retourna et aperçut un homme debout sur le seuil. Ses farouches yeux noirs balayèrent la pièce. Il paraissait très jeune, mais il avait la même autorité que les chefs aux cheveux grisonnants. Un vague souvenir de déjà-vu envahit Shakira, et son cœur se mit à battre un peu plus vite soudain. Peut-être l'avait-elle aperçu dans les camps ? L'homme portait un immense burnous blanc ouvert sur les épaules comme une cape, un gilet sombre, le traditionnel *shalwar kamees* flottant et un turban bleu marine dont les pans lui retombaient sur l'épaule.

— Qui est-ce ? demanda-t-elle au fiancé de Jalia, qui se tenait près d'elle avec la jeune femme.

Latif leva la tête.

— C'est le fils du vieux Tabasi. C'est le plus fort soutien d'Ashraf au conseil, et nous pensons que son influence sur son père a contribué à tous les convaincre.

L'homme, en tout point un véritable cheikh de tribu, était d'une beauté sévère. Sa peau était légèrement brunie par le soleil et il avait une expression fière et énergique qui imposait le respect. Ses yeux parcouraient l'assemblée avec la férocité de l'aigle. Soudain, son regard se posa sur Shakira. Quelque chose bourdonna dans la tête de la princesse et elle frissonna quand l'homme, son burnous flottant autour de lui, traversa la pièce dans sa direction.

Noor se pencha à l'oreille de Shakira.

— Aïe ! Quel beau garçon ! On dirait qu'il risque de faire concurrence à Sharif. Et à ce que je vois, celui-ci n'est pas à la fête.

A cet instant précis Sharif traversa à son tour la pièce et vint à la rencontre de l'homme, de manière à lui couper la route.

Shakira ne l'avait jamais vu se déplacer aussi vite, bousculant pratiquement tout le monde au passage. Il rejoignit le fils de Tabasi à quelques mètres à peine de l'endroit où se tenait Shakira, et elle l'entendit murmurer quelque chose sur une note basse et pressante. Mais le chef de tribu l'écarta d'une main altière. En deux pas, il se planta face à la princesse.

— Shakira, dit la voix de Dana derrière elle, prépare-toi à...

Mais l'homme resta devant la jeune femme durant un moment chargé d'électricité avec, au fond des yeux, une expression qui lui fit presque peur. Un grondement lui emplit les oreilles et, un instant, la lumière s'obscurcit, comme si elle venait de faire une découverte qui n'avait pas encore tout à fait atteint sa conscience.

Sharif intervint alors :

— Shakira, voici le cheikh Mazin ibn Tabasi al Johari.

Elle ne lui avait jamais vu un regard aussi inquiet, comme s'il ne savait comment gérer la situation.

— Le cheikh croit... Enfin vous devez comprendre que nous n'avons encore aucune preuve, mais...

Mais le cheikh Mazin ibn Tabasi al Johari ne semblait pas être un homme de grands discours. Il tendit les deux mains vers Shakira et la prit par les épaules, lui arrachant une exclamation étouffée.

— Ma sœur, dit-il simplement. Ma sœur Shakira. Quel immense bonheur de t'avoir retrouvée !

Le mot explosa aux oreilles de Shakira sauvagement, follement, comme l'oiseau pris au piège depuis longtemps et qui parvient enfin à s'échapper, et le cœur de la jeune princesse palpita au même rythme que ses ailes.

Ma sœur...

Derrière elle, des murmures s'élevèrent par dizaines, répétant ce mot étonnant, stupéfiant.

— Sœur ?

Elle le prononça elle aussi d'une voix émue, ce mot merveilleux, magnifique, qu'elle avait espéré entendre pendant quinze longues années.

— Es-tu mon frère ? Oh, es-tu vraiment mon frère ? Es-tu Mazin ?

— Shakira, nous avons besoin de preuves, avant de…, avança Dana.

Mais Shakira fouillait le visage sombre avec avidité, à la recherche du frère qu'elle avait connu. Il baissa vers elle des yeux brillant des larmes qu'il ne pouvait verser, et sa bouche se fendit d'un sourire qui révéla des dents fortes et blanches. Une canine chevauchait un peu sa voisine.

— Mazin ! s'écria Shakira d'une voix qui fit frissonner toutes les personnes présentes. Mazin ! C'est toi ! Oh, c'est toi, mon frère !

Alors elle se jeta dans ses bras et Mazin la serra avec autant de force qu'elle en avait rêvé depuis si longtemps.

Ils arpentèrent le jardin et parlèrent durant des heures, cherchant des points de repère communs au cours des quinze années d'une histoire qu'ils n'avaient pas partagée. Il y avait tant à raconter, tant à écouter ! Shakira était affamée de détails de la vie de son frère et lui de la sienne.

— La nuit où les Barhami t'ont emmenée, Gulab m'a donné un sac et m'a dit d'aller dans la montagne. Il prétendait que je n'étais plus en sécurité dans la maison. Je suis sûr qu'il avait raison. Certains, dans le village…

— Oh, n'étais-tu pas terrifié ? Partir ainsi dans la montagne, la nuit, seul ?

Mazin se contenta de secouer la tête, en puissant guerrier qu'il était devenu, peu envieux de se rappeler un temps où il était vulnérable et effrayé.

— J'ai marché pendant trois jours avant de rencontrer un chasseur, reprit-il. Il m'a emmené dans la forteresse où était le cheikh. C'était Tabasi, chef des Joharis. C'était déjà un homme âgé et son fils était mort dans une terrible épidémie qui avait décimé une grande partie de la tribu. Tabasi m'a adopté. Je n'étais d'ailleurs pas en territoire inconnu. Notre grand-mère était une al Johari et la tribu connaissait le nom de mon père. Je n'ai jamais souffert comme toi. Si j'avais faim, nous partions tous à la chasse. Pendant la sécheresse cependant, nous avons perdu beaucoup de gens.

Shakira lui raconta aussi sa vie, les Bahrami, l'Angleterre, les bombardements, les camps, et il l'écouta avec une véritable attention comme pour mieux la connaître à travers toutes ses souffrances. Il gardait le silence, opinait, tournant de temps à autre la tête vers elle pour contempler sa sœur au clair de lune, comme pour s'assurer qu'elle était réellement là. Alors, parce qu'il était son frère, Shakira eut enfin le courage de tout lui avouer.

— Maintenant que tu me l'as dit et comme je suis ton frère, ton gardien, ces souvenirs ne doivent plus jamais te troubler, déclara Mazin à la fin, avec la sagesse des gens de la montagne.

Et désormais, il y a mon ami Sharif Azad al Daouleh, dit Mazin.

Shakira étouffa une exclamation.

Il était tard. Ils ne savaient même pas quelle heure au juste, mais la lune était déjà haute, et le ciel derrière eux était passé au noir-violet aux alentours de minuit. Ils venaient de parler de longues heures sans s'en apercevoir.

— J'ai fait sa connaissance pendant les négociations, poursuivit Mazin. Et puis j'ai vu sa manière de te regarder, j'ai entendu sa voix prononcer ton nom. Il désire que tout aille bien pour toi, n'est-ce pas ?

— Oui, murmura Shakira.

— Il te demande d'être sa femme.

Elle hocha la tête.

— Mais je... je ne... je ne suis pas...

Il la regarda avec attention.

— C'est un homme noble, ma sœur. Il a été honoré par le sultan et il est d'une bonne famille, issue d'une tribu qui a toujours été en bons termes avec les Joharis. Tu as ma permission d'épouser Sharif Azad al Daouleh.

— Mazin... il... Je... Crois-tu qu'il m'aime vraiment assez pour cela ? Ne va-t-il pas... S'il savait... ?

Mazin fronça les sourcils.

— C'est un homme, ma sœur.

Et, dans ce simple mot, Shakira vit apparaître les merveilleuses réalités qui se rattachaient à ses sentiments pour Sharif, et ne douta plus un instant de ce qu'elle avait à faire.

18

— Avez-vous toujours su qui il était ?
— Cela ne m'a jamais traversé l'esprit. Il n'a guère les traits des al Jawadi, affirma Sharif à Shakira. Du reste, pour une fois, je ne cherchais pas la ressemblance.
— Il y en a une, pourtant. Quand il rit très fort !
— Je suis heureux que vous riiez avec votre frère, Shakira, commenta-t-il d'une voix douce. Il n'y a pas eu beaucoup de rires pendant nos réunions. Non, c'est un pur hasard si je lui ai demandé, à lui et non à d'autres membres du conseil, s'il avait jamais entendu parler d'un garçon errant dans les montagnes. Au fur et à mesure de notre conversation, il s'est agité de plus en plus et, finalement, il a demandé le nom de votre père. Quand je le lui ai donné, rien alors n'a pu l'arrêter.

Ils se promenaient encore dans le jardin à cette heure de la nuit que Shakira aimait par-dessus tout, quand l'odeur des roses semblait encore plus suave dans l'air nocturne. Elle avait la tête posée contre le cœur de Sharif et ils avançaient en silence pendant que la lune montait doucement dans le ciel.

— En observant la tradition de sa tribu, votre frère a donné son accord pour notre mariage, murmura Sharif. Et…
— J'ai quelque chose à vous avouer, Sharif, l'interrompit-elle à la hâte. Si vous… si vous désirez toujours m'épouser quand je vous l'aurai dit, alors j'accepterai.

Sharif s'immobilisa un instant, inquiet.

— Rien de ce que vous pourrez me raconter ne me fera changer d'idée. Je vous veux pour épouse.

— Mais je dois vous le dire !

Devant l'intensité de son expression, il hocha la tête et garda le silence.

— Il y avait... C'était dans le premier camp au Parvan. Il y avait un homme. Tout le monde savait que c'était un Kaljouk à cause de sa façon de prononcer certains mots. Il était marié à une femme parvani. Ils vivaient au Parvan depuis des années et il paraissait croire que personne n'était au courant. C'était un méchant homme. Il s'en prenait toujours aux plus faibles et il volait de la nourriture aux femmes enceintes.

Sharif grommela quelque chose entre ses dents.

— Tout le monde savait ou soupçonnait qu'il s'attaquait aux femmes, mais il choisissait des femmes ou des filles seules, sans frères ni maris pour les venger et après, les femmes se taisaient parce qu'elles avaient honte.

Sharif ferma les yeux et inspira profondément.

— J'avais à peu près douze ans. C'était juste avant que ma belle-mère soit tuée. J'étais redevenue une fille depuis l'Angleterre, vous savez, mais j'étais encore... Enfin, je n'étais pas encore pubère, alors je ne pensais pas vraiment... Je n'avais pas peur de lui, comme certaines. Puis un jour...

Sharif la laissa faire une pause, luttant contre la colère qui montait en lui, une rage meurtrière qui l'aurait fait éventrer l'infâme s'il l'avait eu en face de lui. Un nuage obscurcit la lune et dissimula son visage à Shakira.

— Je vous ai raconté que les avions kaljouks avaient pris l'habitude de bombarder et de mitrailler le camp comme si c'était un jeu pour eux. Ils poursuivaient quelqu'un en le mitraillant. Parfois ils le tuaient, parfois non. Quand nous entendions leurs avions, nous courions tous vers le bâtiment des cuisines.

Shakira reprit son souffle et jeta un rapide coup d'œil à Sharif.

— Un jour, je me trouvais dans la tente-école, Nous n'avions que quelques cahiers et ils restaient toujours là. Ce jour-là, j'étais toute seule en train d'étudier et je n'ai pas entendu arriver les avions. Je me suis levée pour tailler mon crayon avec le couteau de la boîte de fournitures, et c'est à ce moment-là que j'ai réalisé que les avions arrivaient. J'ai couru vers la porte. Presque tout le monde était déjà dans la cabane des cuisines. Les avions étaient tout près et je ne savais pas si je devais courir ou pas. J'étais...

Même maintenant, la peur la dominait encore tout entière.

Sharif l'entoura de son bras et la serra un instant contre lui.

— J'avais tellement peur, continua-t-elle, les yeux obscurcis par la frayeur. Comme j'étais là, quelqu'un est arrivé au coin de la tente et c'était lui. Le Kaljouk. Il m'a jeté un regard rapide et j'ai vu son visage changer... Il est venu vers moi. Et alors... J'aurais voulu courir, bien que les premiers avions soient déjà presque sur nous, mais il m'a attrapée et m'a poussée à l'intérieur de l'école avant que je... avant que...

Elle poussa un seul sanglot, mais ses yeux restèrent secs.

— Shakira, je vous aime, dit Sharif.

— J'avais taillé le crayon et je... Il m'a entraînée vers la table du professeur et il a commencé à me pousser et je... je...

Elle prit une profonde et tremblante inspiration et le regarda droit dans les yeux un long moment.

— J'avais encore le couteau à la main, laissa-t-elle brusquement tomber.

A cet instant seulement, Sharif se remit à respirer.

D'un geste convulsif, Shakira s'essuya les yeux.

— Je l'ai poignardé. Je ne sais pas où je l'ai frappé, je me souviens juste d'avoir levé le bras et... Je le haïssais et je l'ai frappé aussi fort que j'ai pu...

Son regard quitta celui de Sharif et sonda de nouveau le passé.

— Il y a eu du sang... tout d'un coup, il y en a eu partout. Il a grogné et je l'ai repoussé. Il est tombé par terre, alors j'ai couru dehors. J'avais du sang sur les mains, et les avions hurlaient au-dessus de ma tête. Ils volaient très bas et j'étais sûre qu'ils allaient me mitrailler. Je ne pourrai jamais oublier ça... Ma course vers les cuisines, avec le sang de cet homme sur mes mains et les avions... Et puis les bombes ont commencé à tomber...

Sharif pleurait maintenant. De soulagement, de colère, d'une émotion plus forte que tout ce qu'il avait jamais ressenti.

— On a retrouvé son corps après et personne n'a jamais posé de questions pour savoir qui l'avait tué. A voir les hommes échanger des regards, je pense qu'ils savaient que ce n'étaient pas les bombes. L'un d'eux a dit : *C'est la justice d'Allah*. Et il y a eu tellement de victimes ce jour-là que le corps n'a jamais été examiné de près.

Enfin, Shakira leva les yeux vers Sharif et attendit son verdict.

— Vous voulez dire que vous éprouvez un sentiment de culpabilité à cause de la mort de cet homme ?

— Non, murmura-t-elle. Je ne peux pas, même... même si je l'ai tué de ma main. Mais je devais vous le dire, Sharif. Je n'étais pas désolée, et je ne le suis toujours pas ! Et peut-être cela fait-il de moi quelqu'un d'aussi mauvais que lui. Il était mauvais et méchant. Les femmes ont applaudi et craché sur son corps quand on l'a retrouvé. J'étais heureuse de l'avoir tué, parce qu'il ne pourrait plus jamais faire de mal à personne.

— J'en suis heureux moi aussi, ma bien-aimée, chuchota-t-il.

Il l'attira contre lui et Shakira poussa un soupir qui venait du plus profond d'elle-même. Puis ils poursuivirent un peu leur chemin.

— Et c'est alors que vous êtes redevenue Hani ? demanda tout à coup Sharif.

Elle éclata de rire.

— Oui. Une semaine plus tard, la cuisine a été bombardée et ma belle-mère est morte. Le camp a été entièrement détruit. Nous avons été déplacés et il m'a été facile alors de me faire passer pour un garçon.

— Et plus tard, vous avez pris sous votre protection les autres femmes, Farida et Jamila. C'est pour cela que vous les avez *adoptées*.

Elle battit des paupières.

— Je... je le suppose.

— Mon brave et courageux Hani ! Mais que craigniez-vous donc de moi, ma bien-aimée ? Vous imaginiez-vous que je pouvais avoir un jugement différent ? Pouviez-vous croire que j'allais vous dire que c'était mal ?

— Je... je l'ignorais. Je savais juste que je devais vous le dire. Mais je n'y arrivais pas... Alors j'en ai parlé à Mazin.

Sharif s'arrêta et la prit dans ses bras. Elle resta un instant là, la tête posée contre lui, dans son refuge naturel, à écouter ce cœur qui battait, fort et rassurant sous son oreille. Au-dessus d'eux, la lune glissait, sereine, dégagée du nuage qui l'avait cachée, tirant des éclats de lumière au bassin et à l'eau qui ruisselait de la fontaine, et faisait luire au loin le grand dôme doré.

— Et voilà ce qui vous a éloignée de moi, reprit Sharif après un long silence au cours duquel leurs cœurs se parlèrent sans avoir besoin de mots. Mais désormais, tout cela est fini. Vous allez être ma femme. Je vous aime, Shakira. Dans mon cœur, vous êtes déjà mon épouse. Dites-moi si vous ressentez la même chose.

— Oui, Sharif.

A cet instant, elle sut que son cœur était délivré du dernier fardeau qui pesait sur lui et, comme la lune ce soir, qu'il allait bientôt prendre son essor.

19

LES INSULAIRES DE RETOUR CHEZ EUX

Le Bagestan va commencer cette semaine le rapatriement des réfugiés des îles du Golfe, annonce aujourd'hui le palais. Les réfugiés ont attendu dans des camps disséminés dans le monde entier le règlement du problème de la tourterelle Aswad. La cause des insulaires a été soutenue par la princesse Shakira du Bagestan, qui fut elle-même longtemps une réfugiée. On dit la princesse ravie de la nouvelle.

— Eh bien, Marta, annonça Barry, voici un nouveau mariage royal au Bagestan. Cela semble devenir une habitude.
— En effet, et c'est même un fabuleux *triple* mariage, Barry. Nous n'avons retransmis aucune cérémonie semblable depuis que les séduisants princes de Barakat furent à tout jamais perdus pour nous les femmes, en une seule journée.
— J'ai l'impression que vous ne vous en êtes jamais remise.
— C'est à votre tour de souffrir, maintenant. Trois princesses de la famille al Jawadi se sont mises d'accord pour échanger leurs vœux en une seule cérémonie avec trois des plus beaux Compagnons de la Coupe de ce pays, et croyez-moi, c'est quelque chose.
— Parlez-nous un peu des princesses, Marta.
— Eh bien, elles descendent toutes trois de l'ancien sultan du

Bagestan, Hafzuddin al Jawadi, mais aucune d'elles ne le savait jusqu'au moment où se termina le coup d'Etat sans effusion de sang de la partie occidentale, que nous avons appelée la Révolution de Soie, mais que la plupart des gens au Bagestan nomment le Grand Retour. Comme vous le savez bien sûr, la famille royale était en danger de mort, poursuivie pendant des années par les sbires de Ghasib, et elle fut obligée de fuir vers d'autres pays et de vivre sous des noms d'emprunt jusqu'à ce qu'Ashraf, petit-fils du sultan, remonte sur le trône…

Suivit un résumé des tribulations des princesses Noor et Jalia. Puis Marta reprit :

— Ensuite, vient la chérie de tous, la princesse Shakira, celle qui nous a enchantés par son courage et sa force de caractère. Elle a surmonté avec héroïsme ses horribles expériences dans les camps de réfugiés pour fuir les assassins et elle s'est voulue la championne de la cause des insulaires des îles du Golfe. Elle s'est pratiquement chargée, à elle toute seule, de la lutte contre l'avide multinationale dont nous ne citerons pas le nom, et elle est en passe de gagner. Shakira prévoit également de reprendre ses études car, dit-elle, elle a manqué bien trop de choses lorsqu'elle vivait dans les camps. Elle… Oh, désolée, je crois que nous allons avoir Andrea maintenant, en direct du Bagestan ! Andrea ? Andrea, vous me recevez ?

La journaliste jeta un coup d'œil au visage du reporter qui s'affichait sur le moniteur. Autour de lui, une foule de Bagestanis poussait des cris d'allégresse, face au dôme d'or de la mosquée du shah Jawad.

— Que se passe-t-il, Andrea ?

— Eh bien, comme vous le savez, Marta, le Bagestan a des traditions uniques et colorées qui remontent à très loin, et nous allons assister à un mariage traditionnel bagestani en trois parties. Chacun des fiancés arrivera au palais avec sa propre suite et je me tiens moi-même sur la place du shah Jawad face à la mosquée où les trois processions vont se rejoindre. Nous les suivons depuis une demi-heure à peu près, et maintenant, les trois fiancés chevauchent l'un à côté de l'autre. Ils s'apprêtent à entrer sur la place, escortés par leur famille, leurs amis, des enfants des rues, des musiciens et des spectateurs. Vous devriez les voir à l'écran maintenant.

— Oui, en effet, Andrea et, oh… Ils sont magnifiques !

Ils étaient montés sur trois chevaux splendides, un noir, un blanc et un bai. Les rênes et les brides étaient piquées de pierres précieuses et les étriers étincelaient. Les fiancés étaient richement vêtus du traditionnel *shalwar kamees* de soie blanche couvert d'une sorte d'habit sans manches en drap d'or, dont les longs pans étalés sur la croupe des chevaux brillaient comme la coupole de la mosquée au soleil. Autour des épaules, chacun portait des rangs de perles et de pierres précieuses ainsi que la chaîne des Compagnons de la Coupe. Sur la hanche un cimeterre incrusté de pierreries. Chacun d'eux, enfin, était coiffé d'un large turban où se mêlaient inextricablement les perles et l'or.

La foule se mit à rugir et le dialogue entre les deux journalistes devint difficile. Puis, comme la procession atteignait l'autre bout de la place, Marta fit observer que les portes du palais étaient closes.

— Oui, Marta, et elles le resteront, cria son correspondant pour couvrir le tumulte. Voici ce qui va se passer : chacun des fiancés va sonner aux portes qui s'ouvriront. Mais le gardien leur refusera l'entrée et refermera. Alors les fiancés crieront et tireront leur épée et, devant cette démonstration de force, ils obtiendront la permission d'entrer. Et voilà tout ce que je peux vous dire de là où je suis.

— Et maintenant, conclut Marta, nous allons nous rendre dans la grande cour où doit se tenir la cérémonie.

Dans la cour centrale étaient dressées de nombreuses tentes, et des bannières aux teintes vives s'agitaient dans la douce brise. Une foule d'invités s'y pressait, vêtue de costumes splendides, faits de satin et de soie de toutes les couleurs de l'arc-en-ciel. L'or et les pierreries étincelaient sous le soleil éclatant. On entendait de la musique, des rires et le gargouillis de douzaines de fontaines.

— Il ne manque plus que les jongleurs, déclara Marta qui compara ce spectacle à une fête médiévale.

Soudain, les fiancés firent leur entrée, cimeterre brandi, entourés de leurs partisans qui déchargeaient maintenant leurs fusils en l'air.

— Que désirez-vous ? hurla la foule des invités.

— Nous sommes venus chercher nos femmes ! crièrent les fiancés et ceux qui les suivaient.

— Un homme vient-il chercher sa promise avec une lame nue à la main ?

Après une pause et un conciliabule avec leurs partisans, les fiancés remirent leur cimeterre au fourreau.

— Que voulez-vous ? cria de nouveau la foule.

— Nous sommes venus chercher nos fiancées.

— Un homme vient-il chercher sa fiancée à dos de cheval ? cria-t-on encore.

Nouvelle consultation et, enfin, les trois hommes mirent pied à terre et s'avancèrent, leur manteau doré flottant dans le vent.

— Amenez nos fiancées ! rugirent-ils d'une voix farouche.

— Trouvez la vôtre, si vous la reconnaissez ! crièrent les gens, le doigt tendu.

Sous un arc majestueux, couvert de tuiles bleues, turquoise et violettes ornées d'arabesques mystérieuses, trois longues files de femmes et de jeunes filles firent leur apparition. Toutes étaient vêtues des soieries les plus précieuses, de satin et de mousseline. Toutes étaient étroitement voilées. Un large carré de soie magnifiquement brodée dissimulait leur tête et leurs épaules. Les silhouettes féminines passèrent sous la voûte et s'engagèrent le long d'une large allée dallée parsemée de pétales de roses qui les conduisit vers la grande cour. Là, les trois files se réunirent en un seul groupe silencieux qui s'arrêta, voiles flottant au vent.

— Trouvez votre fiancée ! cria encore une fois la foule aux trois hommes.

— Chacune des promises doit être célibataire, en profita pour murmurer Marta, comme les fiancés échangeaient des insultes avec la foule. Par tradition un homme doit épouser celle qu'il désignera à cet instant précis.

— Voilà qui paraît fort risqué, observa son correspondant.

— Il arrive parfois qu'une famille se ruine pour parer une fille qui, pour une raison quelconque, n'a pas réussi à se marier, dans l'espoir que, dans la confusion, un prétendant se trompera. Il est aussi de tradition que la vraie fiancée accroche une faveur à son voile — dont le fiancé aura bien sûr été informé —, afin d'être sûre d'être reconnue.

Dans la cour, les fiancés marchaient maintenant entre les jeunes filles voilées et les interpellaient :

— Es-tu celle que je cherche ? demandaient-ils au hasard.

Mais les vierges se contentaient d'incliner la tête sans répondre.

— Maintenant, dit Marta d'une voix calme, ils vont faire semblant de choisir celle qu'il ne faut pas, afin de découvrir la vraie fiancée en la voyant s'agiter. Les femmes n'ont pas le droit de faire des signes, mais si le fiancé trouve sa promise rapidement, c'est de bon augure. On dit en effet qu'un mari judicieux... Mais que se passe-t-il ? On s'agite là-bas. On dirait qu'une des fiancées a rompu avec la tradition et réclamé son époux... Est-ce... Oui ! ce doit être la princesse Shakira, car elle s'agrippe au cheikh Sharif Azad al Daouleh avec férocité ! Je vois aussi son frère Mazin lui adresser des remontrances... non sans rire aux éclats...

— Quel superbe costume porte la princesse ! Elle est tout de vert d'eau et d'or vêtue et, voilà bien la touche garçonnière de Shakira, elle porte un pantalon sous une tunique magnifiquement brodée. Peut-être a-t-elle pris cette histoire très à cœur, car elle ne va sûrement pas risquer de faire une erreur... J'ignore ce qui se dit là-bas, mais tout le monde rit maintenant à gorge déployée, et surtout Sharif. La rupture des traditions a été bien acceptée, il me semble, et je crois que nous ne pouvions en attendre moins de la part de notre princesse iconoclaste. Les deux autres fiancés ont maintenant chacun trouvé leur promise et les conduisent vers l'une des tentes dressées sur le *talar*. La véritable cérémonie va commencer.

20

Tard dans la nuit, les mariés erraient seuls le long du rivage.
— Qui habite ici ? demanda Shakira en levant la tête au moment où une vague s'écrasait contre un éperon rocheux et que la brise emportait des gouttelettes jusque sur ses lèvres.
— C'est la villa de vacances du prince Rafi.
— Elle est splendide, n'est-ce pas ?
Ils s'immobilisèrent pour contempler le ciel doré au-dessus d'eux. La maison, adossée aux rochers, se dressait dans la minuscule baie privée où ils se tenaient, les pieds rafraîchis par la mer. Sur trois côtés, elle enserrait un vaste jardin planté de grenadiers. Au milieu, une très belle piscine, aux magnifiques mosaïques, dont l'eau verte chatoyait sous le feu des spots installés sous l'eau. Un pavillon dont le dôme était caressé par une lueur dorée occupait l'autre côté. Il y avait de la musique aussi.
La voix de la grand-mère de Shakira rehaussait la beauté des lieux.

Quand l'encens ne brûle pas
Il ne donne aucun parfum
Et seuls ceux que l'amour a consumés
Me comprendront...

— Quel long voyage ! s'émerveilla Shakira.
Sa tête reposait maintenant contre le cœur de Sharif dont les battements forts et réguliers s'accordaient, songeait-elle, à la musique.

— Mais cela valait bien chaque centimètre du chemin, répondit Sharif, puisque je t'ai trouvée.

Elle haussa vers lui ses yeux baignés par le clair de lune, cherchant encore à être rassurée. Mais son époux avait tout le reste de leur vie pour lui faire comprendre que tout était bien réel et qu'ils se lançaient dans un voyage entièrement nouveau dont ils entreprendraient, cette nuit, la première étape.

— Même si mon cœur s'est senti affligé par tout ce que j'ai vu, dit Sharif, quelque part Hani m'a bouleversé bien plus que tout ce que j'avais pu connaître auparavant.

Il embrassa le visage levé vers lui.

— Je me figurais que j'étais touché à ce point à cause des privations dont tu avais souffert, ma bien-aimée. Tu ne faisais confiance à personne et moi, je voulais que tu te fies à moi.

Elle sourit et parut méditer ses paroles.

— C'était l'amour, je crois. Ce désir d'être cru et reconnu.

— C'est une très petite part de l'amour, affirma-t-il. Il y a tellement plus.

Ils remontèrent le long de la plage vers le jardin, et le cœur de Shakira commença à battre à un rythme plus rapide.

Sharif l'emmena vers le petit pavillon dont le dôme brillait au clair de lune. Il s'arrêta sur le seuil et la retourna vers lui pour la contempler. Enfin il la prit dans ses bras et posa sa bouche sur la sienne. Et pour la première fois, il donna libre cours à son désir. Au bout d'un temps infini, il releva la tête. Tous les sens de Shakira s'étaient éveillés et, pendant qu'il l'entraînait à l'intérieur du pavillon, elle eut l'impression que son sang, dans ses veines, s'était transformé en une coulée de miel chaud. Alors, d'un seul coup, elle se rappela.

— Oh, s'écria-t-elle, c'est tout à fait comme dans mon rêve !

Le pavillon avait été bâti pour l'amour. Ses larges ouvertures en arc donnaient sur l'air nocturne aux grisants parfums, sur le murmure des fontaines et des fleurs alanguies, sur le ciel incrusté de diamants. A l'intérieur, un spacieux divan débordait de coussins aux tapisseries somptueuses, les plus beaux que Shakira ait jamais vus. Le sol et les murs étaient couverts de carreaux de faïence venus d'un autre âge, et du plafond voûté descendaient des arcs étincelant de miroirs et d'or illuminé par la lune et les étoiles, sans compter une douzaine de lampes. Sur une table basse en marbre sculpté était disposé un festin à leur intention. Des douzaines de plats différents, succulents et épicés, s'y côtoyaient et leur odeur était une véritable ambroisie pour les sens.

Sharif Azad al Daouleh conduisit son épouse vers le divan et l'entoura de coussins pendant qu'elle s'asseyait et levait des yeux souriants vers lui. Sa robe formait une corolle somptueuse autour d'elle et s'étalait sur les coussins et jusqu'au sol, véritable mer de soie verte chatoyante. Sharif se pencha vers elle, posé sur ses bras dont la force n'était pas dissimulée par la fine soie de sa propre veste. Il inclina la tête pour l'embrasser, lui taquiner les lèvres au goût plus délicieux que n'importe quelle nourriture. Une onde tiède envahit tout le corps de Shakira et le désir affleura comme un miel sous sa peau. Sharif se laissa tomber à ses pieds, genoux repliés comme dans les anciennes miniatures. La lumière des lampes faisait briller ses cheveux noirs et la pierre précieuse de sa main. L'amour faisait étinceler ses yeux. Allongée contre les coussins, la princesse avait elle aussi l'attitude d'un personnage des miniatures anciennes. Elle ouvrit la bouche pour prendre les mets délicieux qu'il lui offrait avec ses doigts : morceaux de viandes ou de légumes subtilement épicés, apprêtés avec délicatesse dans les plus fines huiles, enveloppés d'une fine pâte et plongés dans de riches sauces. Il la nourrit et, après chaque bouchée, lécha du bout de la langue la dernière goutte échappée à ses lèvres tremblantes. A chaque caresse, le cœur de Shakira faisait un bond car elle savait que le désir battait également en lui et l'écartelait entre douleur et plaisir. Il lui versa du vin d'une carafe de cristal dans un gobelet cerclé d'or. C'est alors, entre baisers grisants et mets exquis, que Shakira sentit ses sens devenir confus. Une fraise sucrée effleura ses lèvres et la fit frémir. La langue de Sharif avait un goût d'épice lorsqu'elle suivit le contour de ses lèvres, et sa bouche la douceur du miel quand elle descendit le long de sa gorge, au creux de son bras, puis de sa paume...

Les mains de Sharif, comme musique et feu à la fois, se glissèrent à travers la soie richement brodée de sa robe. La sensation s'enroula autour de Shakira comme la langue de Sharif sur la sienne et ses doigts dans ses cheveux...

— Mon épouse, ma bien-aimée, murmura-t-il, et tout le sang de Shakira parut se mettre à chanter au son triomphant de sa voix. Il y a si longtemps que je t'attends !

Elle lui sourit et, pour la première fois, eut l'audace de plaisanter.

— Etait-ce vraiment si long ? Quelques mois seulement...

Il plongea dans le sien un regard de feu.

— Je t'ai attendue toute ma vie, ma princesse, et même plus longtemps encore.

La main de Sharif remonta vers sa gorge et, sous ses doigts, un minuscule bouton céda. La bouche suivit la main et baisa chaque pouce de peau révélé par la soie qui s'écartait, bruissait, comme si, elle aussi, tremblait sous la caresse puis s'affaissait, exposant les épaules nues. Délicatement, Sharif souleva son épouse et tira sur le tissu ; la lueur de la lampe joua sur la peau douce et mate des épaules et des bras de Shakira. Puis il posa sa bouche sur la courbe du sein au-dessus du corselet de soie verte, et la jeune femme frissonna de plaisir sous le souffle tiède de chacun de ses baisers.

Enfin il s'étendit à côté d'elle et l'attira sur lui dans la tendre lumière qui donnait une teinte chaude à leurs cheveux. Ses mains lui caressèrent les épaules, glissèrent sur la peau soyeuse de sa taille et de ses hanches tout en la maintenant avec une fermeté qui la ravissait.

— Shakira, murmura-t-il. Par Allah ! Comme l'amour déchire le cœur !

Puis il lui prit la tête entre ses mains et elle gémit sous l'appel du désir, comme un petit animal qui cherche le réconfort. Les doigts de Sharif découvrirent la fermeture cachée de son corselet et, avec un petit grognement satisfait, il l'ouvrit.

— Oh ! s'écria-t-elle.

— Tu n'as rien à craindre, la rassura-t-il d'une voix basse et pressante. Tu es ma vie, Shakira. Je serai toujours incapable de te faire du mal, aussi longtemps que je vivrai.

Elle ébaucha un sourire tremblant.

— Je n'ai pas peur.

Maintenant, hormis son pantalon de soie verte, elle était nue comme une femme des harems d'autrefois. Ses seins frémissaient de vie, pressés contre la chemise de Sharif et son torse puissant. D'une main, il enveloppa un sein petit et ferme avec une science exigeante comme si la main et le sein n'avaient été créés que pour cet instant. Sa paume allait et venait, transmettait son message à son ventre et à ses jambes, descendait le long de son dos, de ses bras jusqu'au bout de ses doigts. Alors, pris d'une impatience soudaine, il se souleva un peu pour arracher sa propre veste brodée de perles. Torse nu, vêtu du *shalwar* blanc, il ressembla une minute à un génie échappé de la lampe d'Aladin, puis il baissa le *shalwar* le long de ses jambes et Shakira écarquilla les yeux, car il n'était plus un génie, mais un homme dans tout son désir d'elle.

— Oh ! s'exclama-t-elle encore une fois.

Sharif éteignit toutes les lampes sauf une, et une enveloppe protectrice de rêve et d'ombre les entoura. Dans la faible lueur qui subsistait, il se pencha au-dessus d'elle. Sa main la saisit par le cou d'un geste possessif, et il s'abreuva à sa bouche comme un homme qui meurt de soif. Puis son baiser s'égara vers sa gorge et, de là, descendit le long de son corps. Dehors, un oiseau de nuit siffla une délicieuse et enivrante mélodie qui résonna aux oreilles de Shakira comme la musique des lèvres de son époux sur sa peau.

Elle errait maintenant dans le jardin des désirs, car la bouche de Sharif lui effleurait les seins, l'estomac, et ses doigts fouillaient la soie sombre de ses cheveux et les emmêlaient. Il tourna la tête et, lui prenant la main, l'attira vers sa bouche et la lécha. Un éclair de plaisir traversa Shakira, tel un courant électrique, et elle replia un genou vers le haut pour presser sa cuisse contre le bras de Sharif. Celui-ci alors couvrit de sa main la douce colline sous la soie verte et observa le visage de Shakira, avec le plaisir de voir le désir y frissonner.

— Oh ! cria-t-elle encore. Oh, Sharif !

Sous sa main elle se cambra et, satisfait, il sourit. Il la caressa, éveillant peu à peu son plaisir. Shakira leva la tête et le fixa. Dans les prunelles sombres elle aperçut une lueur de détermination et la profondeur de son amour pour elle. A cet instant, le plaisir promis surgit et elle laissa retomber sa tête contre les coussins avec un cri de gratitude.

— Oh, je ne savais pas…, gémit-elle.

Il l'enveloppa d'un sourire tendre et possessif.

— Ce n'est que le début, ma bien-aimée. Il y a encore beaucoup à apprendre. Pour toi comme pour moi.

Une minute, elle se sentit nerveuse, car elle pressentait la perte de contrôle qui allait suivre. Mais elle était avec Sharif et, l'instant suivant, l'annonce du plaisir anéantit en elle tout autre sentiment. Elle sentit ses doigts trouver l'ouverture dans la soie qui l'entourait. Sharif se débarrassa du tissu et sa bouche baisa la peau qu'il découvrait, passant de l'estomac au ventre, puis tout le long de sa jambe jusqu'à la cheville et la cambrure du pied. Au bout d'un long moment à errer dans le jardin du plaisir, Shakira devina qu'il levait la tête. Ses mains la recouchèrent sur le divan et puis son corps fut sur le sien, puissant et exigeant. Une de ses mains se posa sur son cou et, d'un baiser, il lui bloqua la bouche, tandis que son autre main s'activait pour ouvrir son corps au sien.

L'univers attendait la caresse qui allait être le sceau de leur amour, le grand souffle capté juste avant l'instant où la tempête allait se déchaîner. Puis Sharif entra en elle, avec un cri qui était presque une prière contre la douleur, et Shakira comprit que, pour lui, un désir aussi profond était comme une torture. Sa propre douleur se perdit dans le mouvement de joie sauvage créé par l'union profonde de leurs corps et de leurs âmes, et elle accueillit le corps de son époux dans le sien avec un cri qui était un chant de victoire. Un oiseau nocturne dut l'entendre car il lui répondit, et ce fut pour les deux amants comme si la nature les conviait à une fête. Sharif maintenant se mouvait en elle avec une urgence qui ne pouvait plus être retenue. Il plongea en elle et en ressortit, à la recherche de ce lieu qui n'appartenait qu'à lui et à lui seul, là où il n'y avait plus ni faim, ni besoin, mais la paix la plus profonde. Un chant sortit de sa gorge et rejoignit celui de Shakira. Ils trouvèrent enfin la note claire, la note bleue et leur commune musique explosa et retomba en cascade vers la terre dans un dôme éblouissant de lumière. Shakira se cramponna à son époux, et des larmes de joie et de gratitude perlèrent soudain à ses cils, ruisselant le long de ses joues comme un ruisseau libérateur et purificateur. Elle savait désormais qu'elle était guérie, et son cœur avait du mal à contenir son bonheur et son émerveillement devant ce que la vie pouvait offrir.

Épilogue

LE RECOURS EN JUSTICE DES INSULAIRES.

Les réfugiés des îles du Golfe sont sur le point d'intenter une action en justice contre Mystery Resorts, Webson Attary Pharmaceutical et leurs filiales. Chassés de leurs îles, leurs maisons détruites par ces sociétés, les insulaires, annonce-t-on aujourd'hui, réclameront, en compensation des dommages subis, une somme pouvant excéder dix billions.

Retrouvez en avril 2018, dans votre collection
♦ SAGAS ♦

Trilogie intégrale : SOUS LE VENT BRÛLANT DU SUD - N°78
Brûlante séduction de Kate Hoffmann
Libby est bouleversée. Voilà que Trey Marbury, après douze ans d'absence, vient d'emménager dans la maison voisine de la sienne. Trey, qui lui a fait tant de mal autrefois... Comble de malchance pour Libby, il n'a pas changé : il est resté l'homme si séduisant qu'elle pensait avoir pourtant enfin réussi à chasser de son esprit. Et, sous la colère, Libby sent renaître le feu de la passion, à son corps défendant...

Une rencontre irrésistible de Leslie Kelly
Lorsque Jade rencontre Ryan Stoddard, l'architecte de renom qui a brisé le cœur de sa sœur, elle n'a qu'une idée en tête : lui rendre la vie impossible. Pourtant, Jade comprend très vite que la tâche risque de s'avérer plus compliquée que prévue, tant Ryan se révèle charmant et prévenant, très loin de l'homme froid et méprisant qu'elle s'était imaginé... Si seulement elle n'était pas obligée de le détester !

Rencontre magique de Jacquie d'Alessandro
Riley Addison, chef comptable économe et zélée, et Jackson Lange, directeur marketing ambitieux et entreprenant, se livrent une guerre sans merci par e-mails interposés. Heureusement que plus de mille kilomètres séparent leurs bureaux ! Mais, à la faveur d'un week-end organisé par leur directeur général sous le soleil du vieux Sud, quel n'est pas leur désarroi de constater qu'ils sont bel et bien tombés dans les bras l'un de l'autre — par le plus grand des hasards...

Trilogie intégrale : L'HONNEUR DES WESTERLING
de Sarah Morgan - N°79
Mariage chez les Westerling
Katy Westerling le sait : Jago Rodriguez est le seul homme à connaître la femme ardente et passionnée qu'elle est vraiment — bien loin de l'aristocrate froide qu'elle s'évertue à incarner. Et, pour lui, elle serait prête à quitter son fiancé, un lord anglais qu'elle a accepté d'épouser par devoir. Encore faudrait-il que Jago exprime enfin les sentiments qu'elle rêve de l'entendre confesser...

Un scandaleux séducteur
Libby Westerling est folle de rage lorsque, au cours d'un gala de charité, Andreas Christakos offre publiquement de donner une fortune en échange d'un dîner en sa compagnie. Si Andreas n'avait pas été son patron — et si cette cause ne lui avait pas tant tenu à cœur, Libby l'aurait envoyé paître. À la place, elle va devoir satisfaire les caprices de ce play-boy...

Un bébé par surprise
Lorsque Jenny annonce au richissime Alex Westerling qu'il est le père de Daisy, sa petite nièce dont elle a la charge, elle sait qu'elle va passer pour une intrigante doublée d'une opportuniste. Mais, par amour pour l'enfant, Jenny est déterminée à ne pas se laisser intimider. Fût-ce par un homme aussi puissant et redoutable qu'Alex.

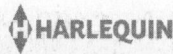

Retrouvez en avril 2018, dans votre collection
♦ sAGAs ♦

Trilogie intégrale : TENUE DE SOIRÉE EXIGÉE
de Penny Jordan - N°80

Une folle attirance
En faisant la connaissance de Ricardo Salvatore, Carly se sent envahie par le désir. Succomber à cet homme si séduisant, n'est-ce pas l'occasion pour elle de découvrir enfin la passion physique, sans y mêler les sentiments ? À moins qu'il ne soit trop tard et que son cœur ne soit déjà conquis par cet irrésistible séducteur…

La fiancée du milliardaire
Pour faire comprendre au mari de son amie Lucy qu'elle n'a aucune intention de céder à ses avances, Julia accepte la proposition de Silas, un ami de la famille qui l'a toujours horripilée par son arrogance : faire croire à tous qu'ils vont se marier. Mais elle doit bientôt faire face à un sentiment imprévu : l'intense désir qu'elle ressent pour Silas…

Un mariage surprise
Lucy est stupéfaite quand Marcus Canning, l'homme qu'elle aime en silence depuis des années, lui propose un mariage de convenance. Si elle refuse, elle le sait, il épousera une autre femme qui lui donnera cet héritier qu'il désire tant. Mais Lucy aura-t-elle la force de vivre avec cet homme qui n'éprouve rien pour elle, alors qu'elle-même l'aime de toutes ses forces ?

Trilogie intégrale : LA DYNASTIE DES HARDIN
de Linda Warren - N°81

Mariés… sous contrat !
Si on lui avait dit que son mentor, Roscoe Murdock, lui offrirait un jour la direction de Shilah Oil, un grand groupe d'exploitation pétrolière, Cadde Hardin n'y aurait pas cru. Et il exulte. Sauf que, à la clé de ce contrat en or, Murdock a mis une condition. Et pas n'importe laquelle ! Si Cadde veut la compagnie, il faudra d'abord qu'il épouse Jessie. Jessie, la belle mais indomptable fille de Murdock. Cadde se serait bien passé de cette « formalité ». Mais, après tout, que risque-t-il ? Il ne va pas tarder à le savoir. Car Jessie, qui n'est pas du genre à apprécier qu'on l'ait « marchandée », semble décidée à mettre les nerfs de son « acheteur » à rude épreuve…

Liés… par un secret !
On ne peut pas fermer les yeux longtemps sur ses secrets… Shay n'a qu'un but : fuir la tyrannie de sa mère, et offrir à sa fille Darcy un autre modèle que cette femme capricieuse et égoïste. Chance, lui, vient d'hériter avec ses frères la compagnie Shilah Oil — et, surtout, il garde secrète une vérité dérangeante à propos de son père, qu'il est seul à connaître. Lorsque le destin les fait se croiser sur une route du Texas, ils ne savent pas encore que cette rencontre va bouleverser leur vie et celle de leurs proches. Malgré leurs différences, ils succombent à une relation passionnée…

Destinés… à s'aimer !
Lucinda se l'était pourtant promis : si jamais Cisco Hardin réapparaissait dans sa vie, après tant d'années d'absence et de silence, elle l'enverrait se faire voir, sans ménagement ! Au lieu de cela, elle a succombé à son charme — encore une fois. Et voilà que, maintenant, elle se découvre enceinte ! À croire que le destin s'acharne sur elle ! Certes, Cisco a juré de rester auprès d'elle et de leur enfant à naître. Mais Lucinda peut-elle le croire alors qu'il l'a déjà trahie par le passé ? Dans le doute, elle décide de le mettre à l'épreuve…

 ♦ sAGAs ♦

Rendez-vous sur notre nouveau site
www.harlequin.fr

Et vivez chaque jour,
une nouvelle expérience de lectrice connectée.

- ♥ **Découvrez** toutes nos actualités, exclusivités, promotions, parutions à venir...
- ♥ **Partagez** vos avis sur vos dernières lectures...
- ♥ **Lisez** gratuitement en ligne, regardez des vidéos...
- ♥ **Échangez** avec d'autres lectrices sur le forum...
- ♥ **Retrouvez** vos abonnements, vos romans dédicacés, vos livres et vos ebooks en pré-commande...

L'application Harlequin
Achetez, synchronisez, lisez... Et emportez vos ebooks Harlequin partout avec vous.

Suivez-nous ! 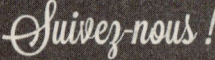   facebook.com/HarlequinFrance
twitter.com/harlequinfrance

OFFRE DÉCOUVERTE !

Vous souhaitez découvrir nos collections ? Recevez **votre 1er colis gratuit*** avec **2 cadeaux surprise !** Une fois votre colis de bienvenue reçu, si vous souhaitez continuer à recevoir nos livres, cela se fera automatiquement. Vous recevrez alors vos livres inédits** en avant première.

Vous n'avez aucune obligation d'achat et cette offre est sans engagement de durée !

*1 livre offert + 2 cadeaux / 2 livres offerts pour la collection Azur + 2 cadeaux.
**Les livres Ispahan, Sagas et Hors-Série sont des réédités.

☛ **COCHEZ la collection choisie et renvoyez cette page au**
Service Lectrices Harlequin – CS 20008 – 59718 Lille Cedex 9 – France

Collections	Références	Prix colis France* / Belgique*
❏ **AZUR**	ZZ8F56/ZZ8FB2	6 livres par mois 28,19€ / 30,19€
❏ **BLANCHE**	BZ8F53/BZ8FB2	3 livres par mois 23,20€ / 25,20€
❏ **LES HISTORIQUES**	HZ8F52/HZ8FB2	2 livres par mois 16,29€ / 18,29€
❏ **ISPAHAN**	YZ8F53/YZ8FB2	3 livres tous les deux mois 23,02€ / 25,02€
❏ **HORS-SÉRIE**	CZ8F54/CZ8FB2	4 livres tous les deux mois 31,65€ / 33,65€
❏ **PASSIONS**	RZ8F53/RZ8FB2	3 livres par mois 24,49€ / 26,49€
❏ **SAGAS**	NZ8F53/NZ8FB2	3 livres tous les deux mois 26,19€ / 28,19€
❏ **BLACK ROSE**	IZ8F53/IZ8FB2	3 livres par mois 24,49€ / 26,49€
❏ **VICTORIA**	VZ8F53/VZ8FB2	3 livres tous les deux mois 25,69€ / 27,69€

N° d'abonnée Harlequin (si vous en avez un) ⎵⎵⎵⎵⎵⎵⎵⎵

Mme ❏ Mlle ❏   Nom : _____

Prénom : _____   Adresse : _____

Code Postal : ⎵⎵⎵⎵⎵   Ville : _____

Pays : _____   Tél. : ⎵⎵⎵⎵⎵⎵⎵⎵⎵⎵

E-mail : _____

Date de naissance : _____

❏ Oui, je souhaite recevoir par e-mail les offres promotionnelles des éditions Harlequin.
❏ Oui, je souhaite recevoir par e-mail les offres promotionnelles des partenaires des éditions Harlequin.

Date limite : 31 décembre 2018. Vous recevrez votre colis environ 20 jours après réception de ce bon. Offre soumise à acceptation et réservée aux personnes majeures, résidant en France métropolitaine et Belgique, dans la limite des stocks disponibles. Prix susceptibles de modification en cours d'année. Conformément à la loi Informatique et libertés du 6 janvier 1978, vous disposez d'un droit d'accès et de rectification aux données personnelles vous concernant. Par notre intermédiaire, vous pouvez être amenée à recevoir des propositions d'autres entreprises. Si vous ne le souhaitez pas, il vous suffit de nous écrire en nous indiquant vos nom, prénom et adresse à : Service Lectrices Harlequin CS 20008 59718 LILLE Cedex 9. Service Lectrices disponible du lundi au vendredi de 8h à 17h : 01 45 82 47 47 ou 33 1 45 82 47 47 pour la Belgique.

Composé et édité par HarperCollins France.

Achevé d'imprimer en janvier 2018.

Barcelone

Dépôt légal : février 2018.

Pour limiter l'empreinte environnementale de ses livres, HarperCollins France s'engage à n'utiliser que du papier fabriqué à partir de bois provenant de forêts gérées durablement et de manière responsable.

Imprimé en Espagne.